全本全注全译丛书

中华经典名著

余兴安等◎译注

经史百家杂钞 八

典志 杂记

中华书局

目录

第八册

书

《尚书》简介参见卷一。

禹贡

【题解】

《禹贡》,选自《尚书》,是我国最早的地理著作,详细记载了古代政治制度、九州的划分、山川的方位脉络、物产分布、土壤性质等,内容十分丰富。全文体系完整,结构严密,尤其可贵的是,它在内容上基本抛弃了神话迷信的成分,记载多凿凿有据,开创了地理学征实派先河。至于《禹贡》写定的时代,历代学者分歧很大,现多认为是战国时的作品。

禹敷土①,随山刊木②,奠高山大川。

【注释】

①敷:铺陈。

②刊:雕刻。

【译文】

大禹把天下划分为九州,随山川地形划界,沿界在树木上雕刻界标。他致奠山川,为之命名。

冀州:既载壶口^①,治梁及岐^②。既修太原,至于岳阳^③;
覃怀底绩^④,至于衡漳^⑤。厥土惟白壤,厥赋惟上上错^⑥,厥
田惟中中。恒、卫既从^⑦,大陆既作^⑧。岛夷皮服^⑨,夹右碣
石^⑩,入于河。

【注释】

①既:已经。载:完成。壶口:山名。在今山西长治东南。

②梁:山名。在今陕西韩城。岐:山名。在今陕西岐山。

③岳:太岳山。在今山西霍州。阳:山南为阳。

④覃(tán)怀:在今河南武陟西。底(zhǐ):致,获得。

⑤衡漳:古水名。即漳水。据孔颖达疏,衡,即古"横"字,漳水横流
　　入河,故云横漳。

⑥上上:最上等,第一等。错:杂,错杂。此指第一等与第二等相
　　交错。

⑦恒:古水名。源出今山西恒山北麓,东流入滱水。卫:古水名。
　　源出今河北灵寿,东北入滹沱河。

⑧大陆:泽名。在今河北巨鹿。

⑨岛夷:指我国东部近海一带及海岛上的居民。皮服:皮衣。此指
　　以皮衣进贡。

⑩碣石:山名。一说在渤海西岸古黄河河口。

【译文】

冀州:已经完成壶口的工程,又去治理梁山和岐山。修治好太原附
近的河道,一直达到太岳山的南面。修治覃怀一带的工程,又修治横流
入黄河的漳水。这里的土质白细松软,所缴纳的赋税在九州之中列第

一等,也间杂出第二等,田地属第五等。恒水、卫水已经疏通,大陆泽一带也可以耕作了。东方诸岛夷人来朝贡的皮衣等物品,可以由海路绕过碣石进入黄河。

济、河惟兖州。九河既道,雷夏既泽①,灉、沮会同②。桑土既蚕,是降丘宅土。厥土黑坟③,厥草惟繇④,厥木惟条⑤,厥田惟中下,厥赋贞⑥。作十有三载乃同。厥贡漆丝,厥篚织文⑦。浮于济、漯⑧,达于河。

【注释】

①雷夏:泽名。在今山东菏泽。

②灉(yōng):古水名。故道约在今山东西部、河北南部一带。沮(jū):古水名。在今山东境内。

③坟:肥沃。

④繇(yáo):茂盛,一说发芽。

⑤条:长,高大。

⑥贞:下下,最低的等级,第九等。孔颖达疏:"诸州赋无下下,贞即下下,为第九也。此州治水最在后毕,州为第九成功,其赋亦为第九,列赋于九州之差,与第九州相当,故变文为贞,见此意也。"

⑦篚(fěi):圆形竹器。

⑧济(jǐ):古水名。古四渎之一。漯(tà):古水名。为古黄河的支流。

【译文】

济水、黄河一带为兖州。黄河下游的九条河道疏通了,雷夏一带聚积成大泽,灉水和沮水汇合而入。宜桑之地适于发展养蚕业,所以民众逐渐从山地迁到平原居住。这里的土质黑而肥沃,水草茂盛,林木高大，田地属第六等，赋税列第九等。经营了十三年之久，这里才和其他州一样。这里进贡漆、丝，有各种花纹的丝织品盛在竹筐里。上贡时走水路，由济水、漯水进入黄河。

海、岱惟青州。嵎夷既略①，潍、淄其道②。厥土白坟，海滨广斥③，厥田惟上下，厥赋中上。厥贡盐絺④，海物惟错，岱畎丝、枲、铅、松、怪石⑤。莱夷作牧⑥。厥篚檿丝⑦。浮于汶，达于济。

【注释】

①嵎（yú）夷：地名。古代指山东东部滨海地区。

②潍：水名。今称潍河。在山东东部。淄：水名。即今山东的淄河。

③斥：咸卤。

④絺（chī）：细葛布。

⑤畎（quǎn）：山谷。枲（xǐ）：不结子的大麻。纤维可制麻布。

⑥莱夷：古国名。殷周时分布在今山东半岛东北部。春秋时为齐所灭。作牧：放牧。

⑦檿（yǎn）：山桑，其材可制弓。

【译文】

渤海、泰山之间是青州。嵎夷已经平治，潍水、淄水也都疏通。这里的土质灰白肥沃，滨海地区多为盐碱地，田地属第三等，赋税列第四等。这里的贡品是盐、细葛布和各种海产品，以及泰山谷中所产的丝、麻、铅、松木、怪石。莱夷之地可以放牧。用山桑木材和丝作贡品盛在竹筐里，进贡时由汶水直入济水。

海、岱及淮惟徐州。淮、沂其乂①，蒙、羽其艺②，大野既猪③，东原底平④。厥土赤埴坟⑤，草木渐包⑥，厥田惟上中，厥赋中中。厥贡惟土五色⑦，羽畎夏翟⑧，峄阳孤桐⑨，泗滨浮磬⑩，淮夷玭珠暨鱼⑪。厥篚玄纤缟⑫。浮于淮、泗，达于河。

【注释】

①乂（yì）：治。

②蒙：山名。在今山东蒙阴。羽：山名。在今江苏连云港。艺：种植。

③大野：即巨野泽，在今山东巨野。猪：即"潴（zhū）"，水停积处。

④东原：在今山东东平。底（dǐ）平：得以平复。谓大水已退，可以耕种。

⑤埴（zhí）：黏土。

⑥包：通"苞"。草木丛生。

⑦土五色：五色土，指青、赤、白、黑、黄五种颜色的土，供天子筑社坛之用，象征四方及中央。

⑧夏翟（dí）：羽毛五色的长尾山鸡。

⑨峄（yì）：山名。又名邹山或邹峄山，在今山东邹城。

⑩泗：水名。源于今山东泗水县东，四源并发，故名。浮磬：水边一种能制磬的石头。磬，石制的敲击乐器。

⑪玭（pín）珠：珍珠。玭，产珍珠的蚌类。

⑫缟（gǎo）：白细的生绢。

【译文】

渤海、泰山与淮水之间是徐州。淮水、沂水已治理好，蒙山、羽山开发后也可以耕种了，大野泽蓄水为湖，东原一带水退复原也可以耕作了。这里的土壤是红色的肥沃黏土,草木逐渐茂盛起来,这里的田地属第二等,赋税居第五等。这里的贡品是五色土,羽山山谷中的野鸡,峰山南坡独生的桐木,泗水边制磬的浮石,淮夷的珍珠和鱼类,黑色丝绸白色生绢盛在竹筐里。由淮水、泗水进入黄河。

淮、海惟扬州。彭蠡既猪①,阳鸟攸居②。三江既入③,震泽底定④。篠簜既敷⑤,厥草惟夭⑥,厥木惟乔,厥土惟涂泥,厥田惟下下,厥赋下上,上错。厥贡惟金三品⑦,瑶、琨、篠、簜、齿、革、羽、毛惟木⑧。岛夷卉服⑨。厥篚织贝,厥包橘柚,锡贡⑩。沿于江、海,达于淮、泗。

【注释】

①彭蠡(lǐ):泽名。旧注以为当今江西鄱阳湖,一说应在长江北岸,约当今湖北东部、安徽西部一带之滨江诸湖。

②阳鸟:鸿雁一类的候鸟。

③三江:众多水道的总称。

④震泽:太湖古名。

⑤篠(xiǎo):小竹。簜(dàng):大竹。

⑥夭:草木茂盛的样子。

⑦金三品:三种金属,指金、银、铜。

⑧惟木:二字难解,且与通篇体例不合,疑衍。

⑨卉服:用缔葛做的衣服。

⑩锡贡:待天子有令而后进贡。有别于常贡。

【译文】

淮水与大海之间是扬州。彭蠡汇成湖泊,候鸟在那里过冬。众多的河流被疏通入海,震泽就平定了。小竹大竹普遍生长,野草繁茂,树木高大。这里泥土湿润，田地属第九等，赋税列在第七等，间或也出第六等。贡品有金、银、铜三种金属，还有玉石、竹子、象牙、皮革、羽毛、旄牛尾，和岛上居民用缔葛制成的衣服。把贝锦放在竹筐里，把橘子、柚子包裹起来进献，要等到天子有令时再进贡。进贡时沿着长江或海岸，最后到达淮水、泗水。

　　荆及衡阳惟荆州①。江、汉朝宗于海，九江孔殷②，沱、潜既道③，云土梦作乂④。厥土惟涂泥，厥田惟下中，厥赋上下。厥贡羽、毛、齿、革，惟金三品，杶、榦、栝、柏⑤，砺、砥、砮、丹⑥，惟箘、簵、楛⑦，三邦底贡厥名⑧。包匦菁茅⑨，厥篚玄纁玑组⑩，九江纳锡大龟。浮于江、沱、潜、汉，逾于洛，至于南河。

【注释】

①荆：山名。在今湖北南漳西部。

②九江：旧说不一，近人以为"九"为虚数，指流入洞庭湖的诸条河流。

③沱：水名。长江支流。潜：水名。汉水支流。

④云土梦作乂：谓云梦泽已得到治理。云土，云泽露出了泥土。梦作乂，梦泽的土地已治理完毕。云，云泽；梦，梦泽。合言之为一，分言之为二。

⑤杶（chūn）：木名。可制琴。榦：木名。即柘（zhè），宜作弓箭。栝（kuò）：木名。即桧（guì）。木材桃红色，有香味，细致坚实。

⑥砮（nú）：可制箭镞的石头。丹：丹砂。

⑦箘（jùn）：竹笋。簵（lù）：竹名。楛（hù）：木名。

⑧底贡：进贡。底，奉献。

⑨匦（guǐ）：匣子。菁（jīng）茅：一种茅草，祭祀时过滤酒中渣滓

之用。

⑩纁(xūn)：浅绛色。玑组：珠串。一说文彩似珠子的丝带。

【译文】

由荆山到衡山以南为荆州。长江和汉水在这里合流，奔向大海；许多支流汇集到洞庭，水势大极了，沱水、潜水已经疏通，云泽、梦泽都已经修治。这里泥土湿润，田地属于第八等，赋税居第三等。荆州的贡品是羽毛、牦牛尾、象牙、皮革，金、银、铜三种金属，枏木、柘木、栝木、柏木，磨石、砮石、朱砂，竹笋、美竹、楛木，这里一些邦国则贡上当地名产。将菁茅包裹捆扎，黑色和浅绛色的锦缎和成串的珍珠盛在竹筐里，九江上贡大龟。贡赋由长江、沱水、潜水、汉水水运北上，经一段陆运到洛水，再由洛水入黄河。

　　荆、河惟豫州。伊、洛、瀍、涧既入于河①，荥波既猪②。导菏泽③，被孟猪④。厥土惟壤，下土坟垆⑤，厥田惟中上，厥赋错上中。厥贡漆、枲、缔、纻⑥，厥篚纤纩⑦，锡贡磬错⑧。浮于洛，达于河。

【注释】

①伊、洛、瀍(chán)、涧：都是水名。四条河都流经今河南境内。

②荥波：泽名。在今河南荥阳。

③菏泽：古泽名。其地说法不一，班固谓在山东定陶（今山东定陶西北）。

④被：及。孟猪：又作孟诸。古泽名。在今河南商丘东北、虞城西北。

⑤垆：黑色或黄黑色坚硬而质粗不粘的土壤。

⑥纻(zhù)：苎麻织成的粗布。

⑦纩（kuàng）：新绵。

⑧磬错：磨磬用的石头。错，琢玉石的砺石，磨石。

【译文】

荆山、黄河之间为豫州。伊水、洛水、瀍水、涧水已疏通流入黄河，荥波汇为湖泊。又疏导菏泽，直到孟猪泽。豫州土质柔细，低洼之处是肥沃疏松的黑土，田地属第四等，赋税居第二等，有时列第一等。豫州的贡品是漆、麻、细葛布、纻麻布，盛在竹筐里的贡品是细绵，依令进贡磨磬的磨石。贡赋由洛水水运入黄河。

华阳、黑水惟梁州①。岷、嶓既艺②，沱、潜既道。蔡、蒙旅平③，和夷底绩④。厥土青黎⑤，厥田惟下上，厥赋下中三错。厥贡璆、铁、银、镂、砮、磬⑥，熊、罴、狐、狸、织皮⑦，西倾因桓是来⑧，浮于潜，逾于沔⑨，入于渭，乱于河⑩。

【注释】

①华阳：华山之南。黑水：众说不一，有金沙江、雅砻江、澜沧江或怒江等各种说法，现一般认为应为横断山区大河中的一条。

②岷：山名。在今四川北部。嶓（bō）：山名。嶓冢山，在今陕西宁强。

③蔡：即峨眉山。蒙：山名。在今四川雅安。旅：治。

④和：即今大渡河。夷：指西南夷。底绩：致功，取得功绩。

⑤青黎：青黑色。黎，黑色。后作"黧"。

⑥璆（qiú）：美玉。镂（lòu）：钢铁。铁和碳的合金。

⑦织皮：用兽毛织成的呢毡之属。

⑧西倾：山名。在今青海东部和甘肃西南部交界处，属秦岭西端。

桓：水名。即今白龙江。发源于今甘肃岷县。

⑨逾：越过，经过。此指从陆路转运。沔水：即汉水。

⑩乱：过，至。

【译文】

华山之南与黑水之间为梁州。岷山和蟠冢山已经垦殖，沱水和潜水已经疏通，蔡山和蒙山都已平治，和水流域的夷人治理也已成功。这里的土壤青黑色，田地属第七等，赋税居第八等，有时也夹杂着第七或第九等。此地贡品有美玉、铁、银、镂钢、砮石、磬、熊、罴、狐、狸、呢毡。西倾山的贡品由桓水运来，其他贡赋由潜水水运，经陆路转运入沔水、渭水，进入黄河。

黑水、西河惟雍州①。弱水既西②，泾属渭汭③，漆、沮既从④，沣水攸同⑤。荆、岐既旅⑥，终南、惇物⑦，至于鸟鼠⑧。原隰底绩⑨，至于猪野⑩。三危既宅⑪，三苗丕叙⑫。厥土惟黄壤，厥田惟上上，厥赋中下。厥贡惟球、琳、琅玕⑬。浮于积石⑭，至于龙门、西河⑮，会于渭汭。织皮昆仑、析支、渠搜⑯，西戎即叙。

【注释】

①黑水：水名。雍州之黑水与梁州之黑水不同，一般认为即额济纳河。西河：指今陕西与山西交界线上的黄河。

②弱水：水名。刘起釪说："这是《禹贡》中唯一西流之水，……发源于今甘肃山丹县焉支山西麓、穷石之东，西北流至张掖，合来自祁连山西南之羌谷水后，亦称张掖河。继而西北流经今高台县，过合黎山西南，又称合黎水。经合黎峡口折而向北流，经酒泉东的金塔县东北，过巴丹吉林沙漠西部，即所谓'入于流沙'，最后东北入于居延海。"

③泾：水名。渭河的支流，在陕西中部。属（zhǔ）：汇入。渭：水名。
黄河最大支流，源出甘肃鸟鼠山，横贯陕西中部，至潼关入黄河。
汭（ruì）：河流会合处或河流弯曲处。

④漆：水名。渭河支流，今名漆水河。发源于陕西麟游西，东南流
至武功西注入渭河。沮：水名。在陕西岐山一带。

⑤沣水：水名。源出陕西秦岭山中，北流至西安西北入渭水。攸：
所。同：会合。

⑥荆：山名。荆山，在今陕西富平西南，又称北条荆山，荆州的荆山
称南条荆山。

⑦终南：终南山。一说指秦岭。惇（dūn）物：山名。在今陕西眉县
东南。

⑧鸟鼠：山名。又名青雀山，在今甘肃渭源西南。

⑨原隰（xí）：平原湿地。这里指豳地，在今陕西旬邑、彬县境内。
隰，低湿之地。

⑩猪野：泽名。在今甘肃民勤东北。

⑪三危：山名。说法不一，今甘肃敦煌南党河旁有三危山。

⑫三苗：古代南方民族名。居处约在今湖南、江西境内。《尚书·
尧典》曰："窜三苗于三危。"故被迁徙于西方。丕叙：意即安置
就绪。

⑬琅玕（láng gān）：美石。

⑭积石：山名。即小积石山。在今甘肃积石山保安族东乡族撒拉
族自治县。

⑮龙门：山名。在今陕西韩城。

⑯昆仑、析支、渠搜：均西方部族名。

【译文】

黑水、西河之间为雍州。弱水已疏导向西流，泾水疏通入渭水，漆
水、沮水也已疏通，沣水也导入渭水。北条荆山和岐山已治理好，终南

山、惇物山,一直到鸟鼠山,都治理完毕。平原与低地,直到猪野泽,都治理成功。三危一带已有居民,三苗已经安置就绪。这里土壤为黄土,田地属第一等,赋税居第六等。贡品有玉石珠宝。贡赋由积石山入黄河走水路,直至龙门山、西河,会集到渭水弯曲处。昆仑、析支、渠搜贡献呢毡等毛织品,西戎各国也都归服了。

　　导岍及岐①,至于荆山②,逾于河;壶口、雷首至于太岳③;厎柱、析城至于王屋④;太行、恒山至于碣石⑤,入于海。

【注释】

①岍(qiān):山名。在今陕西陇县西南,为汧水(今称千水)所出。

②荆山:此指上文北条荆山。

③雷首:山名。在今山西永济东南。

④厎柱:山名。原在今河南三门峡的黄河中,因不利行船,现已被炸掉,修成了三门峡水电站。析城:山名。在今山西阳城西南。王屋:山名。在今山西阳城西南,西跨垣曲界,南跨河南济源,山有三重,形状似屋,故名。

⑤太行:山名。南起河南济源,北至河北井陉、鹿泉,在今河南、山西、河北三省交界处。

【译文】

　　大禹疏通了岍山和岐山,直至北条荆山,穿过黄河;从壶口山,经雷首山直到太岳山;由厎柱山、析城山,到达王屋山;太行山,通过恒山,直到碣石山,伸入海中。

　　西倾、朱圉、鸟鼠至于太华①;熊耳、外方、桐柏至于陪尾②。

【注释】

①朱圉：山名。在今甘肃甘谷西南。太华：即华山。

②熊耳：山名。在今河南卢氏东。外方：山名。即嵩山。在今河南
　　登封北。桐柏：山名。在今河南桐柏西南。陪尾：山名。在今湖
　　北安陆东北。

【译文】

由西倾山、朱圉山、鸟鼠山到太华山；经过熊耳山、外方山、桐柏山
到达陪尾山。

　　导嶓冢，至于荆山①；内方②，至于大别③。

【注释】

①荆山：此指荆州的南条荆山。

②内方：山名。今称章山，又名马良山或马仙山，在今湖北钟祥西
　　南，逾汉水与荆门接界。

③大别：山名。即今河南、湖北、安徽三省交界处之大别山。

【译文】

开通嶓冢山，直到南条荆山；经过内方山到大别山。

　　岷山之阳，至于衡山，过九江，至于敷浅原①。

【注释】

①敷浅原：指庐山南麓今江西德安傅阳山的高平之地。

【译文】

从岷山的南面到衡山，越过九江，到达敷浅原。

导弱水,至于合黎①,余波入于流沙②。

【注释】

①合黎:山名。在今甘肃山丹、张掖、高台、酒泉的北面。

②余波:指水的下游。流沙:指西北沙漠地区。

【译文】

又疏导弱水到达合黎山,其下游注入沙漠。

导黑水,至于三危,入于南海。

【译文】

疏导黑水到三危山,流入南海。

导河、积石,至于龙门;南至于华阴,东至于底柱,又东至于孟津①,东过洛汭②,至于大伾③;北过降水④,至于大陆⑤;又北播为九河⑥,同为逆河⑦,入于海。

【注释】

①孟津:黄河渡口名。在今河南孟州南。

②洛汭:洛水入黄河处。在今河南巩义境内。

③大伾:山名。在今河南浚县西南。

④降水:水名。又作绛水、泽水,漳水的别称。源自今山西屯留西发鸠谷,东流至今河北曲周南入古黄河。

⑤大陆:即大陆泽。旧址在今河北之巨鹿、隆尧、任县一带。

⑥播:分散。九河:指黄河下游分成许多河道。九,泛指多。

⑦逆河:王充耘《读书管见》曰:“以海潮逆水而得名。”

【译文】

又疏导黄河,从积石山直到龙门山;河流向南直到华山的北面,然后向东流经底柱山、孟津、洛水,直到大伾山;然后转折向北,经过降水,直到大陆泽;又向北分为许多支流,共同承迎黄河的大水,流入大海。

嶓冢导漾①,东流为汉,又东,为沧浪之水②,过三澨③,至于大别,南入于江。东汇泽为彭蠡,东为北江,入于海④。

【注释】

①漾:古水名。源出嶓冢山,南流为嘉陵江,与东流的汉水不是一个水系。

②沧浪之水:指今湖北丹江口至襄阳间的汉水。

③三澨(shì):旧注说法不一。刘起釪说:"当为沧浪之水以南的汉水边上三大堤防处。"《禹贡锥指》:"三澨当在淯水入汉处,一在襄阳北,即大堤;一在樊城南,一在三洲口东,皆襄阳县地。"

④东为北江,入于海:指汉水又从长江中分出,因其在长江北面,故称北江。刘起釪说:"把汉水和江水说成平行入海的二水,这是《禹贡》作者不了解长江下游情况,凭远道风闻的说法写成的,因而大错。"

【译文】

从嶓冢山开始疏导漾水,向东流即是汉水,再向东便是沧浪水,过三澨,流到大别山,向南流入长江。向东汇入彭蠡泽,再向东称北江,流入大海。

岷山导江,东别为沱,又东至于澧①;过九江,至于东陵②,东迆北,会于汇③;东为中江④,入于海。

【注释】

①澧(lǐ)：水名。源出湖南桑植，再向南向东经大庸、慈利、石门、澧县、津市，再向南流入七里湖。

②东陵：据《水经·江水注》："又东过下雉县北，利水从东陵西南注之。"利水"出庐江郡之东陵乡，江夏有西陵县，故是言'东'矣。《尚书》云江水'过九江至于东陵'者也。"据此，则东陵应在湖北之东部。

③会于汇：曾运乾说："'汇'为'淮'之假借字。两大水相合曰会，江、淮势均力敌，故云'会'。古江、淮本通，《孟子》言'禹决汝汉排淮泗而注之江'，是也。"

④中江：指今之长江，因北有汉水，南有彭蠡，故称。

【译文】

从岷山开始疏导长江，向东则有支流名沱水，再向东到澧水；经过九江，到达东陵，向东斜流向北就汇入淮河，又向东流为中江，然后流入大海。

导沇水①，东流为济，入于河，溢为荥；东出于陶丘北②，又东至于菏，又东北，会于汶；又北，东入于海。

【注释】

①沇(yǎn)水：济水的别称。发源于河南济源王屋山，至温县入黄河。又自荥泽复出黄河南，东流至山东广饶入渤海。

②陶丘：地名。在今山东定陶西南。

【译文】

疏导沇水，向东流的河段则名为济水，流入黄河，河水流溢积聚形成荥泽；然后由陶丘的北面向东流去，直到菏泽，又向东北流去，与汶水相会;又向北流,折向东方,流入大海。

导淮自桐柏,东会于泗、沂,东入于海。

【译文】

从桐柏山疏导淮河,东流汇合泗水、沂水,再向东流入大海。

导渭自鸟鼠同穴①,东会于沣,又东会于泾,又东过漆、沮,入于河。

【注释】

①鸟鼠同穴:古山名。即鸟鼠山。孔传:"鸟鼠共为雌雄,同穴处此山,遂名山曰鸟鼠,渭水出焉。"

【译文】

从鸟鼠山开始疏导渭水,向东会合沣水,再向东会合泾水,又向东经过漆水、沮水,流入黄河。

导洛自熊耳,东北会于涧、瀍;又东会于伊,又东北入于河。

【译文】

从熊耳山开始疏导洛水,向东北流去会合涧水、瀍水;又向东和伊水相会,再向东北流入黄河。

九州攸同,四隩既宅①,九山刊旅②,九川涤源,九泽既陂③,四海会同。六府孔修④,庶土交正⑤,底慎财赋⑥,咸则三壤成赋⑦。中邦锡土、姓⑧,祇台德先,不距朕行⑨。

【注释】

①隩(ào):四方可居的土地。

②刊旅:砍削树木,做出标志,以利人通行。

③陂(bēi):堤岸。

④六府:水、火、金、木、土、谷。孔:很,甚。

⑤庶土交正:各方的土地都已按规定向天子贡纳赋税。交,俱。正,通"征"。

⑥底慎财赋:意即谨慎地征收财赋。底,尽,极。

⑦三壤:指土地上、中、下三等肥瘠程度。成赋:应纳的赋税。

⑧中邦:指九州。锡土、姓:天子分封诸侯,赐之土,赐之姓。锡,通"赐"。

⑨祇台(yí)德先,不距朕行:各方诸侯须把尊敬我的德行放在首位,不许违背我的行事。祇,敬。台,第一人称代词,我。距,违。朕,我。

【译文】

这样,九州同一,四方的土地都可以安居。九州的大山都已经得到治理,树立标志,利于通行,九州的大川都已经疏通源头,九州的大泽也都筑起堤防,四海之内,贡物都可以达到京师。六种生活物资,修治得非常齐备。各地土质得到恰当的评估,慎重地确定贡赋等级,都要根据土质上中下来交纳。对诸侯赐土封国,各国应该把尊敬我的德行放在首位,不得违背我的政教。

五百里甸服①:百里赋纳总②,二百里纳铚③,三百里纳秸服④,四百里粟,五百里米⑤。

【注释】

①甸服:古制称离王城五百里的区域。甸,王田,即天子的直辖领地。

②百里赋纳总:半径五百里的甸服又按离京城远近分成五个纳税圈,第一个百里圈是交纳全禾。总,指全禾,即连带谷穗与禾茎。

③铚:古代的一种短镰刀,此处指用镰刀割下的禾穗。

④秸:去了芒的禾穗。服:疑为衍文。

⑤米:舂好的米。

【译文】

天子王畿之外五百里的地带为甸服:其中靠近王畿一百里以内的地方,缴纳带禾秸的庄稼;二百里以内的地方,缴纳禾穗;三百里以内的地方,缴纳去掉秸芒的禾穗;四百里以内的地方,缴纳带壳的谷物;五百里以内的地方,缴纳脱粒的粟米。

五百里侯服①:百里采②,二百里男邦③,三百里诸侯。

【注释】

①五百里侯服:甸服外圈五百里称作"侯服",是各个诸侯国存在的区域。侯,诸侯。或说斥候,意即为天子防范盗贼。

②百里采:在侯服的五百里内分成三个义务圈,第一个义务圈替天子服各种差役。采,政事,官职。《集解》引马融曰:"采,事也,各受王事者。"

③男邦:男爵小国。

【译文】

甸服以外五百里的地带为侯服:其中靠近甸服一百里以内的地方,

作为卿大夫的采邑；二百里之内的地方，则是封男爵的地方；另外三百里的范围，是封诸侯的地带。

五百里绥服①：三百里揆文教②，二百里奋武卫。

【注释】

①五百里绥服：侯服外圈五百里称绥服，替天子做安抚之事。孔安国曰："绥，安也，服王者政教。"

②揆文教：帮天子向周边民族发布文教。孔安国曰："揆，度也。度王者文教而行之，三百里皆同。"

【译文】

侯服以外五百里的地带为绥服：其中靠近侯服三百里以内的地方，要揆度当地人民生活的情形来施行教化；三百里以外的地方，兴武力以拱卫天子。

五百里要服①：三百里夷②，二百里蔡③。

【注释】

①五百里要服：绥服外圈五百里称要服，接受天子的约束。要，约，约束。

②夷：孔安国曰："守平常之教，服王事而已。"

③蔡：马融曰："蔡，法也。受王者刑法而已。"

【译文】

绥服以外五百里的地带为要服：靠近绥服三百里的地方，给夷人居住；三百里以外的地方，是只服从周王法令而不必服役纳税的地方。

五百里荒服[1]:三百里蛮[2],二百里流[3]。

【注释】

①五百里荒服:要服外圈五百里称作荒服。马融曰:"政教荒忽,因其故俗而治之。"

②蛮:马融曰:"蛮,慢也。礼简怠慢,来不距,去不禁。"

③流:马融曰:"流行无城郭常居。"

【译文】

要服以外五百里的地带为荒服:靠近要服三百里以内的地方,给蛮人居住;三百里以外的地方,流放罪人。

东渐于海,西被于流沙,朔南暨[1],声教讫于四海。禹锡玄圭,告厥成功。

【注释】

①朔南暨:疑文字有脱讹,应作"北至朔方,南暨某某"。朔,北方。暨,及。

【译文】

东面到大海,西面到流沙,从北到南,政令、教化行于四海。于是帝舜赐给大禹青黑色的玉圭,用以表彰他的巨大功业。

周礼

《周礼》，汉初名《周官》，西汉末刘歆改称《周礼》。与《礼记》《仪记》并称"三礼"，是谈古代政治制度的书。旧题为周公姬旦作，也有人认为刘歆伪造。均误。现多认为成书于战国前后。该书按天官、地官、春官、夏官、秋官、冬官六官的体系，分述各种职官的官名、爵等、员数、职掌。书中也掺入部分作者的政治理想，不完全是信史。

大司乐

【题解】

《大司乐》，出《周礼·春官》。春官是掌"礼典"的，而大司乐职掌音乐教育，由此可见礼与乐密不可分的关系。

大司乐掌成均之法①，以治建国之学政②，而合国之子弟焉。凡有道者，有德者，使教焉。死则以为乐祖③，祭于瞽宗。以乐德教国子中、和、祗、庸、孝、友④；以乐语教国子兴、道、讽、诵、言、语⑤；以乐舞教国子舞《云门》《大卷》《大咸》《大韶》《大夏》《大濩》《大武》⑥。以六律、六同、五声、八音、六舞大合乐⑦,以致鬼、神、祇⑧,以和邦国,以谐万民,以安宾客,以说远人,以作动物。乃分乐而序之⑨,以祭、以享、以祀⑩。乃奏黄钟,歌大吕,舞《云门》,以祀天神;乃奏大蔟,歌应钟,舞《咸池》,以祭地祇;乃奏姑洗,歌南吕,舞《大韶》,以祀四望⑪;乃奏蕤宾,歌函钟,舞《大夏》,以祭山川;乃奏夷则,歌小吕,舞《大濩》,以享先妣⑫;乃奏无射,歌夹钟,舞《大武》,以享先祖。

【注释】

①成均:周大学五学之一。周制大学五学,中为辟雍,南为成均,北为上庠,东为东序,西为瞽宗。辟雍为王者所居,四学之中则以成均最尊。

②学政:教育工作。

③乐祖:先师。礼乐之先贤。

④中:忠。和:刚柔相适。祇(zhī):敬。庸:常。孝:孝父母。友:友兄弟。

⑤兴:以物喻事。道:通"导"。引古喻今。讽:背记诗歌之文。诵:按抑扬顿挫的声调节拍唱出背记的诗歌之文。言:直陈己意。语:答述。

⑥《云门》《大卷》:黄帝之乐。《大咸》:尧之乐。《大韶》:舜之乐。《大夏》:禹之乐。《大濩(hù)》:汤之乐。濩,通"頀"。《大武》:周武王之乐。

⑦六律:乐律有十二,阴阳各六,阳为律,阴为吕。六律即黄钟、太蔟、姑洗(xiǎn)、蕤(ruí)宾、夷则、无射(yì)。六同:亦称六吕,即大吕、夹钟、仲(小)吕、林(函)钟、南吕、应钟。五声:宫、商、角(jué)、徵(zhǐ)、羽,也叫五音。十二律是绝对音高,五声是比较音

高。八音：金、石、丝、竹、匏（páo）、土、革、木。金为钟，石为磬，丝为琴瑟，竹为箫管，匏为笙竽，土为壎，又作埙（xūn，一种陶土烧制的吹奏乐器），革为鼓，木为柷敔（yǔ，打击乐器名）。六舞：六种舞，即上述黄帝以来的《云门》《大卷》《大咸》《大韶》《大夏》《大濩》《大武》。《咸池》又名《大咸》。合乐：诸乐合奏。

⑧鬼：人鬼。祖先。神：天神。祇（qí）：地神。

⑨分乐而序：分用六代之舞使尊卑有序。尊者用前代，卑者用后代。

⑩祭：祭祀地神。享：祭祀祖先。祀：祭祀天神。

⑪四望：四方山川之中尤大者。郑玄注以五岳、四镇、四渎为"四望"。

⑫先妣：先祖之母。

【译文】

大司乐，职掌大学的教法，治理王国的学政，集合公卿大夫的子弟们施以教育。那些有道术、有道德的人，让他们来施教。死后就尊他们为乐祖，在西学瞽宗之内受到祭祀。用乐中六德中、和、祇、庸、孝、友来教育子弟，用音乐语言的表达方式兴、导、讽、诵、言、语来教育子弟；用乐舞《云门》《大卷》《大咸》《大韶》《大夏》《大濩》《大武》来教育子弟。运用六律、六同、五声、八音、六舞诸乐合奏，可以用来进献给人鬼、天神、地祇，使邦国和睦，万民谐和，能安抚宾客，悦服远方之人，引来鸟兽舞蹈。分用六代乐舞，以先后表示尊卑的次序，用来祭地祇，享人鬼，祀天神。奏黄钟宫起调，歌大吕宫和之，舞《云门》，用以祭祀天神；奏太簇宫起调，歌应钟宫和之，舞《咸池》，用以祭祀地祇；奏姑洗宫起调，歌南吕宫和之，舞《大韶》，用以向四方遥祭五岳、四镇、四渎；奏蕤宾宫起调，歌函钟宫和之，舞《大夏》，用以祭祀山川；奏夷则宫起调，歌小吕宫和之，舞《大濩》，用以祭享周人远祖之母姜嫄；奏无射宫起调，歌夹钟宫和之，舞《大武》，用以祭祀周人的先王先公。

凡六乐者,文之以五声①,播之以八音。凡六乐者,一变而致羽物及川泽之祇②,再变而致赢物及山林之祇③,三变而致鳞物及丘陵之祇④,四变而致毛物及坟衍之祇⑤,五变而致介物及土祇⑥,六变而致象物及天神⑦。

【注释】

①文:修饰。

②变:更。乐成而更奏。羽物:鸟类。

③赢物:短毛兽类,如虎豹之类。

④鳞物:鱼及爬行类动物。

⑤毛物:兽类。坟:水边高地。衍:低下而平坦的土地。沼泽。

⑥介物:甲虫之类。

⑦象物:麟凤龟龙四灵。

【译文】

以上六乐,靠宫、商、角、徵、羽五声来美化,靠金、石、丝、竹、匏、土、革、木八音来传播。以上六乐,奏一遍可以感召羽物之神与川泽之神;奏两遍可以感召赢物之神和山林之神,奏三遍可以感召鳞物之神及丘陵之神;奏四遍可以感召毛物之神及堤岸沼泽之神,奏五遍可以感召甲虫和土地之神;奏六遍可以感召麟凤龟龙四灵以及天神。

凡乐,圜钟为宫①,黄钟为角,大蔟为徵,姑洗为羽,雷鼓、雷鼗②,孤竹之管③,云和之琴瑟④,《云门》之舞。冬日至,于地上之圜丘奏之⑤,若乐六变,则天神皆降,可得而礼矣。凡乐,函钟为宫,大蔟为角,姑洗为徵,南吕为羽,灵鼓、灵鼗⑥,孙竹之管⑦,空桑之琴瑟⑧,《咸池》之舞。夏日至,于泽中之方丘奏之⑨,若乐八变,则地祇皆出,可得而礼矣。凡

乐,黄钟为宫,大吕为角,大蔟为徵,应钟为羽,路鼓、路鼗⑩,
阴竹之管⑪,龙门之琴瑟,《九德》之歌,《九韶》之舞,于宗庙
之中奏之,若乐九变,则人鬼可得而礼矣。

【注释】

①圜(yuán)钟:即夹钟,六同之一。

②雷鼓:古乐器名。祀天神时用之。鼗(táo):小鼓,犹今之拨浪鼓。

③孤竹:单生之竹。

④云和:传说中山名。以产琴瑟著名。

⑤圜丘:古代帝王冬至祭天的地方。贾公彦疏:"土之高者曰丘,取
　自然之丘。圜者,象天圜也。"

⑥灵鼓:古乐器名。祭地祇之用。

⑦孙竹:竹根末端所生的嫩枝。

⑧空桑:传说中山名。在鲁地,出琴瑟之材。

⑨方丘:夏至日祭地之坛,取野泽中自然之方丘,以象地方。

⑩路鼓:祭鬼神所用的鼓,有四面。

⑪阴竹:生于北山的竹。

【译文】

凡是乐曲,以夹钟为宫调,黄钟为角调,太蔟为徵调,姑洗为羽调;
用雷鼓、雷鼗,用单生竹制的管,用云和的木材制作的琴瑟,舞《云门》乐
舞。冬至日那天在圜丘祭坛上演奏,如果奏乐六遍,则天神都会下降,
就可以致礼于天神了。凡是乐曲,以函钟为宫调,太蔟为角调,姑洗为
徵调,南吕为羽调;用灵鼓、灵鼗,用竹根末端所生嫩枝所制的管,用空
桑的木材制作的琴瑟,舞《咸池》乐舞。夏至日那天,在野泽当中的方丘
祭坛上演奏,如果奏乐八遍,则地祇都要出来,就可以致礼于地祇了。
凡是乐曲,以黄钟为宫调,大吕为角调,太蔟为徵调,应钟为羽调,用路

鼓、路鼗,用生于山北的阴竹所制的管,用龙门山所产木材制作的琴瑟,歌《九德》之歌,舞《九韶》乐舞,在宗庙当中演奏,演奏九遍,就可以致礼于人鬼了。

　　凡乐事,大祭祀,宿县①,遂以声展之②。王出入,则令奏《王夏》③;尸出入④,则令奏《肆夏》;牲出入⑤,则令奏《昭夏》。帅国子而舞⑥,大飨不入牲⑦。其他,皆如祭祀。大射⑧,王出入,令奏《王夏》;及射,令奏《驺虞》⑨;诏诸侯以弓矢舞。王大食⑩,三侑⑪,皆令奏钟鼓。王师大献⑫,则令奏恺乐⑬。凡日月食、四镇五岳崩、大傀异灾、诸侯薨⑭,令去乐。大札、大凶、大灾、大臣死⑮,凡国之大忧,令弛县。凡建国,禁其淫声、过声、凶声、慢声。大丧,莅廞乐器⑯。及葬,藏乐器,亦如之。

【注释】

①宿县(xuán):在祭祀前夕悬挂陈设乐器。县,同"悬"。古称悬挂的乐器,如钟磬等。

②展:检测。叩击乐器让其发声来检测其善恶。

③《王夏》:周乐名。"九夏"之一,王出入时所奏。下文之《肆夏》《昭夏》也属"九夏"。郑玄注:"九夏皆诗篇名,颂之族类也。此歌之大者,载在乐章,乐崩亦从而亡。"

④尸:古人祭祀时,以死者的臣下或晚辈代死者受祭,象征死者神灵的人。

⑤牲:祭祀时用的牲畜。

⑥国子:公卿大夫的子弟。

⑦大飨(xiǎng):天子宴饮来朝之诸侯。

⑧大射：为祭祀择士而举行的射礼。郑玄注："大射者，为祭祀射。王将有郊庙之事，以射择诸侯及群臣与邦国所贡之士可以与祭者……而中多者得与于祭。"

⑨《驺虞》(zōu yú)：古乐曲名。天子射箭时以之为节拍。

⑩大食：王者每月逢初一、十五，加牲盛馔。

⑪三侑：三次奏钟鼓以劝食。侑，劝。多用于酒食、宴饮。

⑫大献：出师获胜，谓献捷于祖庙。

⑬恺(kǎi)乐：庆祝战胜的军乐。

⑭四镇：四座大山。镇，一方的主要山岳。郑玄注："四镇，山之重大者，谓扬州之会稽山，青州之沂山，幽州之医无闾，冀州之霍山。"大傀(guī)异灾：巨大的怪异的灾害异变。如陨星、地震等。傀异，犹怪异。

⑮大札：瘟疫。

⑯莅(lì)：临。歆(xīn)：陈述、讽诵其治功的诗。

【译文】

凡是用乐的大事，大祭祀，前一天晚上按制度陈设悬挂乐器，并且要检视试奏。王者出入，就命令乐官演奏乐曲《王夏》；神尸出入，就命令乐官演奏乐曲《肆夏》；牺牲出入，就命令乐官演奏乐曲《昭夏》。当祭祀中有舞蹈场面时，大司乐就率领公卿大夫的子弟前去舞蹈。大飨不用迎入牺牲，其他要求与大祭祀相同。大射，王者出入，命乐官演奏《王夏》；当射箭之时，命令乐官奏《驺虞》；诏告诸侯执弓挟矢而舞蹈。王大食，三次劝王进食之际，都要命乐官演奏钟鼓之乐。王者之师凯旋献捷，就要命乐官演奏恺乐。凡是遇到日食、月食、四镇五岳的山崩、严重怪异的灾害、诸侯逝世等事件，就下令停止奏乐。有大的疾疫、严重的荒年、大的自然灾害、大臣故去等国家大的忧患等情况，就下令撤去乐器，收藏起来。凡是诸侯初建国，要禁止他们演奏过分的音乐、哀乐不当的音乐、亡国之声和慢而不敬的音乐。遇有大丧之事，要亲自检视治丧时讽诵逝者治功时所用的乐器。到下葬时,把乐器置于墓中,也一样要去检视。

大司马

【题解】

《大司马》,选自《周礼·夏官》。夏官所掌为军政,故大司马得以"九伐之法"正邦国。"中春,教振旅","中夏,教茇舍","中秋,教治兵","中冬,教大阅",都是平时施之于民众的军事训练。从"制畿封国""设仪辨位""进贤兴功""建牧立监""施贡分职""简稽乡民""均守平则""比小事大"来看,除"制军诘禁"以外,大司马的职掌主要仍在执掌邦政。

大司马之职,掌建邦国之九法,以佐王平邦国。制畿封国①,以正邦国;设仪辨位②,以等邦国③;进贤兴功④,以作邦国;建牧立监⑤,以维邦国⑥;制军诘禁⑦,以纠邦国;施贡分职⑧,以任邦国⑨;简稽乡民⑩,以用邦国;均守平则⑪,以安邦国;比小事大,以和邦国。

【注释】

①畿(jī):天子所领之地。封:指帝王分给诸侯土地。

②仪:诸侯及诸臣之礼仪。

③等:划分等级。

④兴:举。

⑤牧:州牧。监:君。

⑥维:联结。

⑦诘(jié)禁:有犯禁者则问其罪而究治之。

⑧施：设置，确定。职：赋税。

⑨任：按照其所能承受的程度分配任务。

⑩简稽：查核，考察。

⑪均守：郑玄注："诸侯有土地者均之，尊者守大，卑者守小。"平则：使法则公平。谓按照封地大小和土质美恶制定征收税赋的标准。则，法。

【译文】

大司马一职，主掌以下建立邦国的九法，以辅佐王者治理邦国。划分天子王畿以及分封诸侯土地，以确正邦国的疆界；设立诸侯及诸臣的礼仪分别尊卑之位，以划分邦国的等级；荐举贤人功臣，以振作邦国；建立官员，设置国君，以维系邦国；建立军队，严行禁令，以纠正邦国；确定贡赋和相应赋税，分配到各邦国；核计臣民人数，以供邦国力役之用；按照爵位尊卑和拥有土地的大小，制定公平的法则，以安定邦国；使大国亲小国，小国事大国，则邦国和睦。

　　以九伐之法正邦国：冯弱犯寡则眚之①，贼贤害民则伐之②，暴内陵外则坛之③，野荒民散则削之，负固不服则侵之④，贼杀其亲则正之，放弑其君则残之，犯令陵政则杜之⑤，外内乱，鸟兽行，则灭之⑥。

【注释】

①冯（píng）：同"凭"。欺凌。眚（shěng）：通"省"。削减。

②贼：杀害。伐：讨伐。《左传》说："凡师有钟鼓曰伐。"

③坛：通"墠（shàn）"。经过清理整治的平地。郑玄注："谓置之空墠，以出其君，更立其次贤者。"

④固：坚固。特指地形险要和城郭坚固。侵：讨伐。郑玄注："兵加

其竟而已,用兵浅者。"

⑤杜:断绝,封闭。郑玄注:"杜之者,杜塞使不得与邻国交通。"

⑥外内乱,鸟兽行:有悖人伦,外内淫乱,无异于禽兽。

【译文】

用九伐之法来整饬诸侯各国:有以强凌弱、以众欺寡的,要全面削减其封地;有残害贤人、虐待百姓的,要大张旗鼓地讨伐他;内行暴政、外辱邻国的,要废除其位,另立贤能;有使耕地荒芜、百姓离散的,要削夺他的封国;有凭恃险固、不服节制的,要讨伐他;有杀害亲族的,要正其罪;有放逐或杀害自己国君的,要杀掉他;有违反王命、轻慢政法的,要切断他与邻国的交通;有悖逆人伦、行同禽兽的,要诛灭他。

正月之吉,始和,布政于邦国都鄙①,乃悬政象之法于象魏②,使万民观政象,挟日而敛之③。乃以九畿之籍施邦国之政职。方千里曰国畿,其外方五百里曰侯畿,又其外方五百里曰甸畿,又其外方五百里曰男畿,又其外方五百里曰采畿,又其外方五百里曰卫畿,又其外方五百里曰蛮畿,又其外方五百里曰夷畿,又其外方五百里曰镇畿,又其外方五百里曰蕃畿。

【注释】

①都鄙:公卿大夫的采邑。

②政象:指政法条文。象魏:宫廷外的阙门。

③挟(jiā)日:古时以干支纪日,从甲至癸凡十日,谓之浃日。挟,通"浃"。

【译文】

正月初一在国都及公卿大夫的采邑宣布政令,并把形诸文字的政令悬挂在阙前,使民众得以观览,十天以后才收藏起来。按照九畿的册籍,对诸侯列国施政分职。中央纵横千里的地方叫国畿,国畿之外五百里的地方叫侯畿,侯畿以外五百里的地方叫甸畿,甸畿以外五百里的地方叫男畿,男畿以外五百里的地方叫采畿,采畿以外五百里的地方叫卫畿,卫畿以外五百里的地方叫蛮畿,蛮畿以外五百里的地方叫夷畿,夷畿以外五百里的地方叫镇畿,镇畿以外五百里的地方叫蕃畿。

　　凡令赋[①],以地与民制之:上地食者参之二,其民可用者家三人;中地食者半,其民可用者二家五人;下地食者参之一,其民可用者家二人[②]。

【注释】

①赋:此指军赋。郑玄注:"赋,给军用者也。"

②"上地食者参之二"几句:郑司农云:"上地,谓肥美田也。食者参之二,假令一家有三顷,岁种二顷,休其一顷。下地食者参之一,田薄恶者所休多。"疏:"此蒙上施政职,而并颁邦国授地令赋之政法也。"

【译文】

　　凡是征收邦国的军赋,要根据土地肥瘠与人民众寡来制定:上等土地的地区每年可耕种的占比全部耕地的三分之二,百姓每家可以出役夫三个人;中等土地的地区每年可耕种的占比全部耕地的一半,百姓平均两家出役夫五人;下等土地的地区每年可耕种的占比全部耕地的三分之一,百姓每家可以出役夫两人。

　　中春,教振旅[①],司马以旗致民,平列陈,如战之陈。辨鼓铎镯铙之用[②],王执路鼓[③],诸侯执贲鼓[④],军将执晋鼓[⑤],

师帅执提⑥,旅帅执鼙⑦,卒长执铙,两司马执铎,公司马执镯,以教坐作进退疾徐疏数之节⑧。遂以蒐田⑨,有司表貉⑩,誓民⑪,鼓,遂围禁,火弊⑫,献禽以祭社⑤。

【注释】

①振旅:本义指整队班师。此指借春田整顿部队,操练士兵。

②铎(duó):古乐器,形如大铃。镯(zhuó):古军乐器,形如小钟。铙(náo):乐器,如铃而大,行军用之。

③路鼓:祭鬼神所用的鼓,有四面。

④贲(fén)鼓:大鼓。

⑤晋鼓:古乐器,与钟相应。按,路鼓、贲鼓、晋鼓体积较大,车上容纳不下,所以天子、诸侯、军将是无法亲自执枹击鼓的。临战之时,王车只载鼙以鼓,路鼓在副车,由鼓人负责击鼓。

⑥提:鼓名。马上鼓,有柄可提持以击。

⑦鼙(pí):古代军中所用的一种小鼓。

⑧疏数(shuò):指队形疏密。

⑨蒐(sōu):春猎。田:通"畋"。打猎。

⑩表:立标识。貉(mà):通"祃"。古代在军队驻地举行的祭礼。郑玄注:"祷气势之十百而多获。"

⑪誓民:以违犯田猎规则所应受处罚告诫民众。誓,诫。

⑫火弊:将要围猎时放火,田猎停止则灭火。弊,停止。郑玄注:"火弊,火止也。春田主用火,因焚莱除陈草,皆杀而火止。"

【译文】

仲春时节,教民众整顿操练,司马用旗帜召集民众,整编队形,如同作战的阵势一样。使民众能分辨鼓、铎、镯、铙的用途,王者执路鼓,诸侯持贲鼓,军将执晋鼓,师帅执提,旅帅执鼙,卒长执铙,两司马执铎,公司马执镯。教导士兵们坐下、起立、前进、后退、行动快慢、队形疏密的法度。于是举行春季田猎，有关官吏树立标识举行祸祭，告诫民众，击鼓围猎，焚烧野草的火熄灭了，停止田猎，进献猎获的禽兽以祭祀土地之神。

　　中夏，教茇舍①，如振旅之陈。群吏撰车徒②，读书契③。辨号名之用④，帅以门名⑤，县鄙各以其名⑥，家以号名⑦，乡以州名⑧，野以邑名⑨，百官各象其事⑩，以辨军之夜事⑪，其他皆如振旅。遂以苗田⑫，如蒐之法，车弊，献禽以享礿⑬。

【注释】

①茇（bá）舍：除草平地，以为宿所。

②撰（xuǎn）：同"选"。选择。车：车兵甲士。徒：步卒。

③书契：此指军中文书。

④号名：标志。郑玄注："号名者，徽识，所以相别也。"

⑤帅：谓军将及师帅、旅帅至伍长。以门名：郑玄注："所被徽识如其在门所树者也。"

⑥县鄙：县里的长吏。郑玄注："县正、鄙师至邻长也。"以：同。

⑦家：采邑主。郑玄注："谓食采地者之臣也。"

⑧乡、州：指乡里各级官吏。郑玄注："谓州长至比长也。"

⑨野：谓郊外之地。野中设有公邑，其长官称公邑大夫。此指公邑大夫。

⑩百官：各种职事人员。郑玄注："以其职从王者。"象：同。

⑪夜事：夜间警戒。

⑫苗田：夏猎。

⑬礿（yuè）：古代宗庙四时祭之一。

【译文】

仲夏时节,教之以野营露舍之法,排列如同整顿操练时的队形。军将以下选择车兵甲士、步卒,核对簿书的记录,看是否相符。要辨明徽识的用途,军帅的徽识要与军门所树立的相同,县鄙官长有本县鄙的徽识,采邑主有本采邑的徽识,六乡官吏有本乡的徽识,公邑大夫有本邑的徽识,百官各以职事为徽识,作为军中夜间戒备守御时辨别之用,其余都与春季整顿操练的训练时一样。于是举行夏季田猎,方式略同春猎,围猎的战车都停下来,就进献猎物来祭祀宗庙。

　　中秋,教治兵,如振旅之陈,辨旗物之用,王载大常①,诸侯载旂,军吏载旗②,师都载旃③,乡遂载物④,郊野载旐⑤,百官载旟,各书其事与其号焉,其他皆如振旅。遂以狝田⑥,如蒐田之法,罗弊,致禽以祀祊⑦。

【注释】

①大(tài)常:天子旗帜,上画日月图案。又作太常。按,以下旂(qí)、旗、旃(zhān)、物、旐(zhào)、旟(yú)都属"九旗",是以不同徽号表示不同等级和用途的旗帜。《周礼·春官·司常》:"司常掌九旗之物名,各有属以待国事。日月为常,交龙为旗,通帛为旃,杂帛为物,熊虎为旗,鸟隼为旟,龟蛇为旐,全羽为旞,析羽为旌。"

②军吏:诸军帅。

③师都:遂大夫。

④乡遂:乡大夫。

⑤郊:谓乡遂之州长、县正以下也。野:谓公邑大夫。

⑥狝(xiǎn):秋猎。

⑦祊(bēng)：宗庙门内设祭之处。

【译文】

仲秋时分，教导民众练习作战，阵势如整顿操练时的阵列。要民众辨明旗帜的用途，王者建立画有日月之形的太常，诸侯建立画有交龙的旂，诸军帅建立画有熊罴的旗，遂大夫建立用纯色丝帛制成的旟，乡大夫建立用杂色丝帛制成的旗，州长、县正、公邑大夫建立画有龟蛇的旐，百官建立画有鸟隼的旟，旗帜分别画上图形，写上名号，其他都和春季训练一样。于是举行秋季田猎，方式与春季田猎相同，收起罗网以后，以猎物献祭四方之神。

中冬，教大阅。前期，群吏戒众庶，修战法。虞人莱所田之野①，为表②；百步则一，为三表，又五十步为一表③。田之日，司马建旗于后表之中④，群吏以旗、物、鼓、铎、镯、铙，各帅其民而致，质明，弊旗，诛后至者。乃陈车徒，如战之陈⑤，皆坐。群吏听誓于陈前⑥，斩牲以左右徇陈曰："不用命者斩之。"中军以鼙令鼓⑦，鼓人皆三鼓，司马振铎，群吏作旗，车徒皆作。鼓行，鸣镯，车徒皆行，及表乃止。三鼓，摙铎⑧，群吏弊旗，车徒皆坐。又三鼓，振铎，作旗，车徒皆作。鼓进，鸣镯，车骤徒趋，及表乃止。坐作如初。乃鼓，车驰徒走，及表乃止。鼓戒三阕⑨，车三发，徒三刺。乃鼓退，鸣铙，且却，及表乃止，坐作如初。

【注释】

①莱：除草。

②表：表帜。

③"百步则一"几句:据孙诒让说,表是从南向北而设,第一表叫作前表(或称四表),往北间隔百步为三表,再往北间隔百步为二表,再往北间隔五十步为后表(最北一表),四表间隔总共二百五十步。

④后表之中:后表至二表之间。

⑤陈:同"阵"。

⑥群吏听誓于陈前:据《周礼注疏》,士卒是面朝北坐以听誓,群吏则出列到后表之北,面朝南向后表、与士卒相向而立以听誓。

⑦中军:中军帅。如王在军中,则指王。

⑧摝(lù):摇动,振作。

⑨鼓戒三阕:击鼓命令进攻三次。戒,此指戒众进攻。郑玄注:"鼓戒,戒攻敌。"阕,止。

【译文】

仲冬时分,举行大校阅。在阅兵前几天,官长们要告诫部属,讲习战法。虞人要芟除田猎及校阅地方的野草,树立表帜,每隔一百步的距离设立一个表帜,设立三个表帜,又五十步外再设立一个表帜。到了冬猎那一天,司马在后表与二表中间建立旗帜,各级军将用相应的旗帜和鼓、铎、镯、铙分别率领自己的部众到达,天刚亮的时候,司马放倒旗帜,迟到的人要受到责罚。于是陈列兵车、卒伍,如同作战的阵势一样,大家都坐下。官长们在阵形的前面聆听誓词。斩杀牺牲,在队列前示众,宣布:"有不从命令不努力向前的,斩首!"中军帅用鼙鼓发令,鼓人都击鼓三通,司马摇动铎,军将们举起旗帜,车兵和步卒起立。击鼓下令队伍行进,鸣镯,车兵和步卒一同行进,从后表前进到二表停止下来。击鼓三通,摇动铎,军将们将各自的旗帜放倒,车兵和步卒都坐下。又击鼓三通,摇动铎,举起旗帜,车兵和步卒全体起立。击鼓命令队伍进攻,鸣镯,兵车跑起来,步卒快走,到三表处停下来。坐下,起立,都和前次一样。于是又一次击鼓下令,兵车疾驰,步卒跑步前进,到四表处停下来。击鼓命令进攻三次,车兵相应地发射三组箭,步卒做三组击刺动作。于是击鼓下令退军,铙声响时,队伍退却,退到后表处停止。坐下、起立,都和以前一样。

遂以狩田①。以旌为左右和之门②,群吏各帅其车徒,以叙和出,左右陈车徒,有司平之。旗居卒间以分地,前后有屯百步,有司巡其前后。险野人为主,易野车为主③。既陈,乃设驱逆之车④,有司表貉于陈前,中军以鼙令鼓,鼓人皆三鼓,群司马振铎,车徒皆作。遂鼓行,徒衔枚而进。大兽公之,小禽私之。获者取左耳。及所弊,鼓皆骇⑤,车徒皆噪。徒乃弊,致禽馌兽于郊⑥。入,献禽以享烝。

【注释】

①狩:冬猎。

②和:古代军队营垒之门。

③险野人为主,易野车为主:郑司农云:"险野人为主,人居前;易野车为主,车居前。"

④驱逆之车:驱车和逆车。驱车驱赶野兽入围,逆车拦击野兽不使逃窜。

⑤骇(xiè):疾雷击鼓。

⑥馌(yè)兽:祭礼。田猎之后,以猎物祭四郊之神。

【译文】

于是举行冬季田猎。树立旌旗作为左右军垒之门,军将们各自率领所部战车、步卒依次出入军门,将兵车、步卒列阵于左右,乡师负责规正他们的行列。旗帜置于卒伍之间,用来分别各部位置的前后,屯驻车辆步卒的距离前后百步,由乡师巡视阵地前后。凡是险阻之地,步卒在前,兵车在后;平坦的地方,兵车在前,步卒在后。军阵列好以后,设置围猎禽兽专用的驱车和逆车,有关人员在阵前设立表帜,举行祃祭仪式,中军帅用鼜鼓发令,鼓人击鼓三通,群司马摇动铎,甲士步卒全体起立。于是击鼓下令行进,步兵口中衔枚冲向前方。捕得大禽兽,要上缴公家,捕得小禽兽,则取为己有。凡捕得禽兽的,要割下猎物的左耳,作为计功的凭据。到了围猎区域的尽头,鼓声雷鸣,军士们大声欢呼。于是传令人们停止围猎,把所得的猎物献祭四郊之神。回到国都之内,又以猎物祭享宗庙。

及师①,大合军,以行禁令,以救无辜,伐有罪。若大师②,则掌其戒令,莅大卜③,帅执事莅衅主及军器④。及致,建大常,比军众,诛后至者。及战,巡陈,眂事而赏罚⑤。若师有功,则左执律⑥,右秉钺,以先恺乐献于社。若师不功,则厌而奉主车⑦。王吊劳士庶子,则相。

【注释】

①师:据郑玄注,此指天子巡守、会同等外出,大司马率军随行。

②大师:王者亲征。

③大卜:卜问出兵吉凶。

④衅主及军器:郑玄注:"凡师既受甲,迎主于庙及社主,祝奉以从,杀牲以血涂主及军器,皆神之。"主,为死者立的牌位。此指随军之先王及社稷神之牌位。

⑤眂:同"视"。

⑥律:定音器,用竹或金属制成。

⑦厌:厌冠,即丧冠。奉主车:送神主之车归庙与社。奉,送。

【译文】

凡是天子巡守、会同等外出,大司马率军随行,集合军队,执行禁令,救助无辜,讨伐有罪之人。如果是天子亲自率军征伐,则大司马主掌军中戒令,亲临卜问出兵吉凶;率领有关官吏临视衅祭随军而行的迁庙主与社主及军事器械。队伍集合的时候,建立天子的太常旗,核定报到的人数,责罚迟到的人。作战的时候,巡察军阵,观察战绩加以赏罚。如果王师得胜,大司马左手持律,右手执钺,身为先导,奏恺乐、献捷于社。如果王师战败,则身着丧服,护送神主之车归庙与社。天子吊唁、慰劳众人,大司马主持有关仪式。

大役①,与虑事,属其植②,受其要③,以待考而赏诛。大会同,则帅士、庶子,而掌其政令。若大射,则合诸侯之六耦④。大祭祀、飨食、羞牲鱼⑤,授其祭⑥。大丧,平士大夫。丧祭,奉诏马牲⑦。

【注释】

①大役:指筑城等大工程。

②属其植:聚集部下将吏。属,聚合。植,郑司农曰:“植,谓部曲将吏。”孙诒让曰:“大役人徒众多,略依军法部署,故亦有将吏。”

③要:簿书。此指役夫名册。

④耦:通“偶”。双人。天子与诸侯射,规格为六耦,共十二人。

⑤羞:进献。

⑥授其祭:此指取所当祭之物授给宾、尸行食前祭礼。郑玄注:“祭,谓尸、宾所以祭也。”

⑦奉诏马牲:谓送马牲至墓,告于柩,藏于棺旁椁内。郑玄注:“奉犹送也,送之至墓,告而藏之。”

【译文】

有筑城等大工程,大司马要参与策划其事,聚集部下将吏管理役夫,收受有关的簿书文件,考校其表现,以备奖赏责罚。在诸侯集体朝见周王的场合,大司马率领士人与庶子作为王的随从,执掌政令。大射时,大司马负责调配六个双人组的人员组合。有大祭祀,诸侯来朝,大司马进献鱼牲,负责取所当祭之物授给宾、尸行食前祭礼。有王、后等大丧事,大司马主持规正公卿大夫士的丧服规格。丧祭之时,护送马牲到墓地以告死者并埋之于棺旁。

职方氏

【题解】

《职方氏》,选自《周礼·夏官》。职方氏,掌天下地图,主管四方职贡。

本篇共分四大部分。第一部分讲职方氏职掌;第二部分讲九州各地的自然地理条件和物产,其中还提到各地人口中性别比例的问题,这在人口史和人口思想史上都是重要的资料;第三部分述九服;第四部分记邦国制度。

职方氏掌天下之图,以掌天下之地,辨其邦国、都鄙、四夷、八蛮、七闽、九貉、五戎、六狄之人民[1],与其财用九谷、六畜之数要[2],周知其利害。

【注释】

①四夷、八蛮、七闽、九貉、五戎、六狄:泛指周边各族。古有东夷、西戎、南蛮、北狄之说。

②九谷:泛指谷物。六畜:马、牛、羊、鸡、狗、猪。

【译文】

职方氏掌理天下的图籍,执掌天下的地形,分辨邦国、都邑、边鄙以及四夷、八蛮、七闽、九貉、五戎、六狄的人民,与财富九谷、六畜的数目,详知各处的地利及要害所在。

　　乃辨九州之国,使同贯利①。东南曰扬州,其山镇曰会稽②,其泽薮曰具区③,其川三江④,其浸五湖⑤,其利金、锡、竹箭,其民二男五女⑥,其畜宜鸟兽,其谷宜稻。

【注释】

①贯:事。

②镇:一方之主山。

③薮(sǒu):大泽。具区:即今太湖。

④三江:有多种解释。据《汉书·地理志》指今吴淞江和芜湖、宜兴
　　间由长江通太湖一水,并长江下游,为南江、中江、北江三江。

⑤浸:泛指可资灌溉的川泽。五湖:泛指太湖一带的湖泊。

⑥其民二男五女:此指男女比例。

【译文】

辨明九州之内的国家,使同其事利。东南方的是扬州,其主山为会稽山,大泽为具区,河流有三江,可以用于灌溉稻田的有五湖,其他特产有金、锡、竹箭,那里男女比例为二比五,就动物而言最适宜鸟兽生长,就谷物而言宜种稻。

　　正南曰荆州,其山镇曰衡山,其泽薮曰云梦,其川江、汉,其浸颍、湛①,其利丹、银、齿、革,其民一男二女,其畜宜鸟兽,其谷宜稻。

【注释】

①颍:颍水。淮河最大的支流。湛:水名。按,郑玄注,此二水都属

　豫州,当是与下文豫州浸之"波、溠"互讹。

【译文】

正南方向是荆州,其主山是衡山,大泽为云梦,大河有长江、汉水,

灌溉之水是颍水、湛水,其地特产有丹砂、银、象牙和犀牛的皮革,那里

男女的比例是一比二,就动物而言适宜鸟兽生长,就谷物而言适宜

种稻。

河南曰豫州,其山镇曰华山,其泽薮曰圃田①,其川荥、

雒②,其浸波、溠③,其利林、漆、丝、枲④,其民二男三女,其畜

宜六扰⑤,其谷宜五种。

【注释】

①圃田:古泽薮名,在今河南中牟西。

②荥:原指荥泽(后改为"荧",据段玉裁、阮元等说属误改),故址在

　今河南郑州西北古荥北,西汉后渐淤为平地。此处实指沇水(济

　水别名),荥泽由沇水溢出而成。雒:今洛河,是黄河下游南岸的

　大支流。

③波:水名。源出今河南鲁山北,入于汝水。溠(zhā):水名。源出

　今湖北随州西北鸡鸣山,东南流入涢水。按,二水都属荆州。

④枲(xǐ):不结子的大麻。

⑤扰:驯服,引申为指牲畜,家禽。

【译文】

黄河以南是豫州,其主山为华山,大泽为圃田,河流有荥泽、雒水,

可灌溉之水有波水、溠水,其地特产有林、漆、丝、枲,男女比例为二比

三,适宜畜养六畜,适宜种植五谷。

正东曰青州,其山镇曰沂山①,其泽薮曰望诸②,其川淮、泗,其浸沂、沭③,其利蒲鱼④,其民二男二女,其畜宜鸡、狗,其谷宜稻、麦。

【注释】

①沂山:又名东泰山,在今山东中部。

②望诸:古泽名。在今河南商丘东北、虞城西北。

③沭(shù):水名。源出今山东南部沂山南麓,与沂水平行,南流入江苏。

④蒲:蒲柳。其枝条可做箭杆。

【译文】

正东方向是青州,其主山为沂山,大泽为望诸,河流有淮水、泗水,可灌溉的有沂水、沭水,其地特产有蒲柳和鱼类,男女比例为二比二,其地适宜畜养鸡、狗,适宜种稻、麦。

河东曰兖州,其山镇曰岱山①,其泽薮曰大野②,其川河、沛③,其浸庐、维④,其利蒲鱼,其民二男三女,其畜宜六扰,其谷宜四种⑤。

【注释】

①岱山:即泰山。

②大野:古泽名。在今山东巨野、嘉祥一带。

③沛(jǐ):水名。即济水。

④庐:水名。即卢水。源出今山东诸城卢山,故名。维:水名。即

潍水。在今山东东部。

⑤四种：郑玄注："黍、稷、稻、麦。"

【译文】

河东地方是兖州，其主山是岱山，大泽为大野，河流有河水、泲水，可灌溉的有庐水、维水，其地特产蒲柳和鱼类，男女比例为二比三，适宜畜养六畜，适宜种植四种谷物。

正西曰雍州，其山镇曰岳山①，其泽薮曰弦蒲②，其川泾、汭③，其浸渭、洛④，其利玉石，其民三男二女，其畜宜牛、马，其谷宜黍、稷。

【注释】

①岳山：山名。在今陕西陇县西南，亦名吴岳，即《禹贡》之岍（qiān）山。

②弦蒲：在今陕西陇县西。

③汭（ruì）：水名。泾水支流。发源于今宁夏泾源南，至今甘肃泾川流入泾水。

④洛：水名。是渭水支流，在今陕西。

【译文】

正西方向是雍州，其主山是岳山，大泽为弦蒲，河流有泾水、汭水，可灌溉的有渭水、洛水，其地特产玉石，男女比例为三比二，适宜畜养牛、马，适宜种植黍、稷。

东北曰幽州，其山镇曰医无闾①，其泽曰貕养②，其川河、泲；其浸菑、时③，其利鱼、盐，其民一男三女，其畜宜四扰④，其谷宜三种⑤。

【注释】

①医无闾(lǘ)：在今辽宁北镇西，今称广宁山。

②貕(xī)养：古泽名。故地当今山东莱阳东，久已堙废。

③菑(zī)：水名。即淄水。源出今山东莱芜禹王山，东北流入海。

时：水名。源出今山东淄博西，东北流入海。

④四扰：郑玄注："马、牛、羊、豕。"

⑤三种：郑玄注："黍、稷、稻。"

【译文】

东北方向是幽州，其主山为医无闾，大泽为貕养，河流有河水、泲水，可灌溉的有淄水、时水，其地特产有鱼类和盐，男女比例为一比三，其地适宜畜养四种家畜，适宜种植三种谷物。

河内曰冀州①，其山镇曰霍山②，其泽薮曰杨纡③，其川漳④，其浸汾、潞⑤，其利松柏，其民五男三女，其畜宜牛、羊，其谷宜黍、稷。

【注释】

①河内：古代指黄河以北的地区。

②霍山：在山西霍州东南，即《禹贡》之太岳山。

③杨纡(yū)：泽名。久已湮废，其地不详。

④漳：水名。今漳河，是卫河支流，在今河北、河南两省边境。

⑤汾：水名。今汾河，是黄河第二大支流，在今山西中部。潞：水名。即今山西东南部的浊漳河。

【译文】

河内地方为冀州，其主山是霍山，大泽为杨纡，河流有漳水，可灌溉的有汾水、潞水，其地特产有松、柏，男女比例为五比三，适宜畜养牛、羊,适宜种植黍、稷。

正北曰并州^①,其山镇曰恒山,其泽薮曰昭馀祁^②,其川虖池、呕夷^③,其浸涞、易^④,其利布帛,其民二男三女,其畜宜五扰^⑤,其谷宜五种^⑥。

【注释】

①并(bīng)州:其地在今河北保定、山西大同一带。

②昭馀祁:古泽名。在今山西祁县、平遥、介休三地之间。唐宋以来已涸塞。

③虖池:水名。又作虖沱,即滹沱河,在今河北北部。呕夷:水名。一作沤夷,即滱水,即今大清河的支流唐河,在河北西部。

④涞:水名。即今拒马河,大清河支流,在河北西部。易:水名。即易水,也是大清河支流,在河北西部。

⑤五扰:郑玄注:"马、牛、羊、犬、豕。"

⑥五种:郑玄注:"黍、稷、菽、麦、稻。"

【译文】

正北方向是并州,其主山为恒山,大泽为昭馀祁,河流有虖池、呕夷,可灌溉的有涞水、易水,特产有麻布、丝帛,男女比例为二比三,适宜畜养五种家畜,适宜五种谷物。

乃辨九服之邦国^①,方千里曰王畿,其外方五百里曰侯服,又其外方五百里曰甸服,又其外方五百里曰男服,又其外方五百里曰采服,又其外方五百里曰卫服,又其外方五百里曰蛮服,又其外方五百里曰夷服,又其外方五百里曰镇服,又其外方五百里曰藩服^②。

【注释】

①九服：同前文《大司马》之"九畿"。

②藩：《大司马》作"蕃"。

【译文】

辨明有九服之别的邦国。中央纵横各千里的地方是王畿，其外五百里为侯服，侯服之外五百里为甸服，甸服之外五百里为男服，男服之外五百里为采服，采服之外五百里为卫服，卫服之外五百里为蛮服，蛮服之外五百里为夷服，夷服之外五百里为镇服，镇服之外五百里为藩服。

凡邦国千里，封公以方五百里，则四公；方四百里，则六侯；方三百里，则七伯①；方二百里，则二十五子；方百里，则百男，以周知天下。凡邦国小大相维，王设其牧，制其职，各以其所能；制其贡，各以其所有。王将巡狩，则戒于四方曰②："各修平乃守，考乃职事，无敢不敬戒，国有大刑。"及王之所行，先道，帅其属而巡戒令。王殷国③，亦如之。

【注释】

①方三百里，则七伯：郑玄注："方千里者，……以（伯）方三百里之积，以九约之（即除以九），得十一有奇，云'七伯'者，字之误也。"即方千里为一百万平方里，伯国方三百，就是九万平方里，一百万除以九万，得十一有余。所以"七"当是"十一"之误。盖"十一"二字竖写笔画相接，后人传抄时误作"七"字。译文改为十一。

②戒：以文书戒敕。

③殷国：周代天子在侯国行殷见之礼。《周礼·秋官·大行人》：

"十有二岁，王巡狩、殷国。"孙诒让正义："殷国者，谓王出在侯国而行殷见之礼也……即于所至之国征诸侯而行朝会之礼，皆谓之殷国。"金鹗曰："殷国与巡守同年，其与巡守异者，盖王有故不能远巡，故止于近于王畿之地巡行，大约在侯、甸二服中，则令四方诸侯毕来朝也。"

【译文】

凡是邦国纵横各千里的地方可以封公，如果以方五百里的地方封公，则方千里之地可封四个公爵；以方四百里之地封侯，则可以封六个侯爵；以方三百里之地封伯，则可以封十一个伯爵；以方二百里之地封子，则可以封二十五个子爵；以方一百里之地封男，则可以封一百个男爵；按此比率，可以推知天下邦国之数。大小邦国之间应该互相维系，天子为之选择统治者，各因其能以确立其职掌，各因其地之所有以确立其土贡。天子将要巡狩，职方氏先以文书戒敕四方诸侯："各自整饬你们应守之责，考校你们执行的情况，如有不够敬戒的，国家有诛杀的大刑。"王者出巡之时，职方氏担任先导，率部先行，巡视日前所申戒令。天子在侯国行殷见之礼时，职方氏的任务也是这样。

大司寇

【题解】

《大司寇》，选自《周礼·秋官》。秋官之属主刑，所以大司寇一职，首先有"三典"："刑新国用轻典"，"刑平国用中典"，"刑乱国用重典"；其次为"五刑"：有野刑、军刑、乡刑、官刑、国刑；至于"圜土""嘉石""肺石"，则是教化、诉讼、下情上达等方面的具体措施。

大司寇之职，掌建邦之三典①，以佐王刑邦国，诘四方②。

一曰,刑新国用轻典;二曰,刑平国用中典;三曰,刑乱国用重典。

【注释】

①建:建立与颁行。

②诘(jié):整治。

【译文】

　　大司寇的职务,掌理建立与颁行邦国的三等法典,以辅佐周天子对各邦国实施刑罚,督察四方。第一等,在新建立的邦国施行刑罚要用轻典;第二等,在承平的邦国施行刑罚要用中典;第三等,在篡弑叛逆的混乱邦国施行刑罚要用重典。

　　以五刑纠万民①:一曰野刑②,上功纠力③;二曰军刑,上命纠守④;三曰乡刑,上德纠孝;四曰官刑,上能纠职;五曰国刑,上愿纠暴⑤。

【注释】

①纠:纠察,纠正。

②野:谓甸、稍、县、都等地。即王城外二百里至五百里之地。

③上:通“尚”。崇尚,鼓励。功:农功。力:勤力。

④命:遵奉将命。守:不失部伍。

⑤愿:质朴,恭谨。暴:郑玄注:“当为‘恭’,字之误也。”

【译文】

　　运用五刑来纠察臣民:第一种是施行于野外的刑罚,目的是鼓励农功,纠察不勤;第二种是施行于军中的刑罚,目的是鼓励遵奉将命,纠察执行情况;第三种是在乡中施行的刑罚,目的是尊崇德行,纠举不孝的行为;第四种是施行于官府的刑罚,目的是鼓励贤能,纠察失职行为;第五种是施行于国都的刑罚,目的是崇尚谨慎朴实,纠察不恭谨的行为。

以圜土聚教罢民①。凡害人者,寘之圜土而施职事焉②,以明刑耻之③。其能改者,反于中国④,不齿三年⑤。其不能改而出圜土者杀。

【注释】

①圜(yuán)土:环土为城,监狱。罢民:此谓游手好闲、不从教化之民。罢,通"疲"。

②寘:同"置"。施职事:此指罚做苦役。

③明刑:郑玄注:"书其罪恶于大方版,著其背。"

④反:通"返"。

⑤不齿:不得与常人叙年齿,等于说不得与常人并列。齿,牛马幼小者,岁生一齿,因而用齿来计其岁数,后常借以指人的年龄。

【译文】

筑城为狱,聚集那些行为恶劣为害一方的人关在里面施以教化。凡为害他人触犯刑律的人,关在狱城之中使服苦役,将他们的罪行写在方板上,挂在后背,让这些人觉得自己的罪过是可耻的。能够改正自己过失的,可以让他返回故里,但仍规定三年之内不得与平民待遇平等。如不肯改正过失而擅自逃出狱城的就杀掉。

以两造禁民讼①。入束矢于朝②,然后听之,以两剂禁民狱③,入钧金④。三日,乃致于朝,然后听之。

【注释】

①造:讼事双方,犹今之原告、被告。禁民讼:禁民不实之讼。讼,
　谓因小事而诉讼。

②束矢:一束箭。束,或说十二,或说五十,或说一百。

③剂:契券,相当现在的合同。狱:郑玄注:"谓相告以罪名者。"

④钧:重量单位,三十斤为一钧。

【译文】

遇有诉讼案件,要求双方当事人本人到场,禁止民间不实之讼。双
方各自呈缴象征理直的一束箭,然后才开始审理案件。遇有以罪名相
指控的案件,要求双方呈上有关契券文书及金三十斤。三天以后传唤
双方当事人到庭,开始审理案件。

以嘉石平罢民①。凡万民之有罪过而未丽于法②,而害
于州里者,桎梏而坐诸嘉石③,役诸司空。重罪,旬有三日
坐④,期役⑤;其次,九日坐,九月役⑨;其次,七日坐,七月役;
其次,五日坐,五月役;其下罪,三日坐,三月役,使州里任
之⑥,则宥而舍之。

【注释】

①嘉石:有纹理的石头。古时于外朝门左侧置嘉石,令罪人坐其上
　示众,按其罪行轻重,有坐三日、五日、七日、九日、十二日之别,
　并有服劳役的规定。

②丽:通"罹(lí)"。遭遇。

③桎(zhì):拘束犯人两脚的刑具。梏(gù):木制的手铐。

④旬有三日:"三"字应为"二"字之误。

⑤期(jī):一周年。

⑥任：担保。

【译文】

要用嘉石来整治那些行为恶劣的人。凡是百姓犯有罪过，虽然没有触及刑律，却已为害地方的，就给他手脚戴上桎梏，让他坐在嘉石上示众，之后再交给司空罚作劳役。罪行重的，要罚他在嘉石上坐十二天，服役一年；罪行略轻一点的，罚坐九天，服役九个月；罪行再轻一点的，罚坐七天，服役七个月；罪行更轻一点的，罚坐五天，服役五个月；罪行最轻的，罚坐三天，服役三个月，直到州里之人肯为他担保，然后才能赦免他，释放他。

以肺石达穷民①。凡远近茕独、老幼之欲有复于上②，而其长弗达者，立于肺石三日，士听其辞③，以告于上，而罪其长。

【注释】

①肺石：放在外朝门外右边的赤色石头。达：通。此指使穷民的冤辞可以通达于上。

②茕（qióng）：指无兄弟的人。独：老而无子之人。

③士：指掌管刑狱的官员。

【译文】

用肺石来转达无告穷民的怨诉。凡是没有兄弟、没有子孙的，老迈或年幼的，如果有事要呈报王者冢宰，而本地长官不肯转达的，可以站到肺石上去，三天以后，由士来听取他们的诉讼之辞，转达于王及冢宰，然后处罚那些地方长官。

正月之吉，始和，布刑于邦国、都鄙①，乃县刑象之法于象魏②,使万民观刑象。挟日而敛之③。

【注释】

①都鄙:公卿大夫的采邑。

②象魏:官廷外的阙门。

③挟日:古时以干支纪日,从甲至癸凡十日,谓之"浃日"。挟,通
　"浃"。

【译文】

正月初一,万象更新,大司寇向邦国都鄙宣布刑法,将成文的刑法
悬挂于阙前,使人民能够观看刑法的内容,十天以后,才把它收藏起来。

凡邦之大盟约①,莅其盟书,而登之于天府②,大史、内
史、司会及六官③,皆受其贰而藏之④。

【注释】

①邦之大盟约:周天子与诸侯会同而盟誓。

②天府:周官名。属春官,掌祖庙的守护保管。凡邦国盟书、民数
　登记、狱讼簿籍之类都送天府保存。

③六官:指天、地、春、夏、秋、冬六官之长。

④贰:指副本。

【译文】

凡是天子与诸侯会同而盟誓,大司寇要亲身参与记录誓言,并将盟
书送进天府。太史、内史、司会以及六官都接受盟书的副本,收藏起来。

凡诸侯之狱讼,以邦典定之①。凡卿大夫之狱讼,以邦
法断之②。凡庶民之狱讼,以邦成弊之③。

【注释】

①邦典：即《大宰》六典。《周礼·天官·大宰》：“一曰治典，以经邦国，以治官府，以纪万民；二曰教典，以安邦国，以教官府，以扰万民；三曰礼典，以和邦国，以统百官，以谐万民；四曰政典，以平邦国，以正百官，以均万民；五曰刑典，以诘邦国，以刑百官，以纠万民；六曰事典，以富邦国，以任百官，以生万民。”

②邦法：即《大宰》八法。《周礼·天官·大宰》：“以八法治官府：一曰官属，以举邦治；二曰官职，以辨邦治；三曰官联，以会官治；四曰官常，以听官治；五曰官成，以经邦治；六曰官法，以正邦治；七曰官刑，以纠邦治；八曰官计，以弊邦治。”

③邦成：即《小宰》八成。《周礼·天官·小宰》：“以官府之八成经邦治：一曰听政役以比居；二曰听师田以简稽；三曰听闾里以版图；四曰听称责以傅别；五曰听禄位以礼命；六曰听取予以书契；七曰听卖买以质剂；八曰听出入以要会。”弊：听断。

【译文】

凡诸侯之间发生狱讼，大司寇根据邦国六典来审定。凡卿大夫之间发生狱讼，大司寇根据邦之八法来断案。凡庶民之间发生狱讼，大司寇根据邦之八种惯例来断案。

大祭祀，奉犬牲；若禋祀五帝①，则戒之日，莅誓百官，戒于百族②。及纳亨③，前王；祭之日，亦如之。奉其明水火④。

【注释】

①禋（yīn）祀：本指升烟祭天的仪式，后泛指祭祀。

②百族：百姓，此指庶人之在官者。

③纳亨：即纳牲。亨，同“烹”。

④明水火：明水、明火。明水用于调配郁鬯和五齐，明火用于给烹牲的灶生火。

【译文】

凡有大祭祀活动，由大司寇进献犬牲；如果祭祀五帝，斋戒那天，大司寇要亲临约誓众官，还要告诫官府中的庶人。送致牺牲时，大司寇为王前导；祭祀那天也是这样。奉献明水明火。

凡朝觐、会同①，前王，大丧亦如之。大军旅，莅戮于社。凡邦之大事，使其属跸②。

【注释】

①朝觐(jìn)：古代诸侯朝见帝王，在春季为朝，在秋季为觐。后泛指朝见帝王。

②跸(bì)：帝王出行时开路清道，禁止他人通行。

【译文】

凡有朝觐、会同，大司寇为天子前导。遇有大丧，也是如此。凡有大的军事活动，大司寇要亲临军社监刑，刑戮那些不服从军令的将士。凡有邦国大事，大司寇要派其徒属清理道路、管制交通。

仪礼

《仪礼》以射礼、丧祭礼为最精详，
然不能钞全经，姑钞其篇幅短者。

《仪礼》，原名《礼》，汉人称《士礼》，或称《礼经》，晋人才称《仪礼》。旧说出自周公姬旦或孔子，现一般认为成书于东周时代。今传共十七篇，有东汉郑玄注本。

全书或记士礼，或记大夫礼；记冠、婚、丧、祭、乡射、朝聘诸礼，内容委曲详尽，文辞古朴洗练。因所记均为十分具体的礼仪细节，时过境迁，礼仪发生变化，这部书的价值自然有所降低。但对我们了解古代社会生活仍有很重要的意义。

士冠礼

【题解】

《士冠礼》是《仪礼》的第一篇。古代男子到二十岁，就成为本族的正式成员。加冠典礼，就是宗族对他的资格确认。这一仪式从远古时代的成丁礼演变而来，后又经过宗法制的改造。《士冠礼》不仅是了解周代礼制的史料，也是研究上古民俗的有益资料。

士冠礼。筮于庙门①。主人玄冠、朝服、缁带、素韠②，即位于门东③，西面。有司如主人服④，即位于西方，东面，北

上⑤。筮与席、所卦者⑥，具馔于西塾⑦。布席于门中，闑西
阈外⑧，西面。筮人执策，抽上韇⑨，兼执之，进受命于主人。
宰自右少退⑩，赞命⑪。筮人许诺，右还，即席坐，西面。卦者
在左。卒筮，书卦，执以示主人。主人受视，反之。筮人还，
东面，旅占⑫，卒，进，告吉。若不吉，则筮远日⑬，如初仪。彻
筮席⑭。宗人告事毕⑮。以上筮日。

【注释】

①筮（shì）：用蓍（shī）草占卜吉凶。庙：祢庙，即父庙。

②主人：将冠者的父亲。若父殁或不能出席，则由亲戚代替。玄
　冠：朝服冠名。黑色。朝（cháo）服：君臣朝会时所穿的礼服。韠
　（bì）：蔽膝，革制，古代官服上的装饰。

③即位：就位。即，就。

④有司：泛指参与冠礼的筮者、卜者、家臣、小吏等。

⑤北上：北边的上位。此时有司有若干人，由北向南纵向排列成
　行，尊者在北。按，《仪礼》凡言"某上"，均指以某方为上位。

⑥筮：此指蓍草。席：蒲席。即筮人所坐之席。所卦者：用以记爻
　书卦的工具。

⑦馔（zhuàn）：食品。塾：官门外两侧房屋。

⑧闑（niè）：门橛，门中央所竖的短木。阈（yù）：门槛，门下横木为内
　外之限。

⑨韇（dú）：卜筮用的蓍草筒，由上下两截相合而成。

⑩宰：家宰。

⑪赞命：帮助传达主人旨意。赞，佐助。命，告。

⑫旅占：占者有三人，顺长幼之序而占。旅，顺序。

⑬筮远日：筮日之法，于本月之下旬筮下月之日。若是吉事，先以

本月之下旬筮下月之上旬,不吉,则筮中旬;仍不吉,则筮下旬。若是丧事,则先以本月之下旬筮下月之下旬,不吉,筮中旬;仍不吉,则筮上旬。其规则是,吉事先近日后远日,丧事先远日后近日。

⑭彻:同"撤"。

⑮宗人:主持礼仪的官。

【译文】

士冠礼。在祢庙门前占筮。主人戴玄冠、着朝服、佩黑色腰带、系白色的蔽膝,在门东侧就位,面向西站立。占筮之人及有关人员所着服装与主人相同,在门西侧就位,面向东站立,从北向南排成一排,以北边为上位。蓍草、蒲席、用来画卦爻象的工具都准备好,将食物陈放在门外西堂。在门中铺设蒲席,要在门中柱西、门限之外,西向而设。用蓍草占筮的人手持蓍草,抽掉蓍草筒上半截,两样都在手中拿着,自西向前,到主人面前接受嘱托。家宰从其右侧稍稍退后,佐助主人告诉筮人占筮的目的。筮人应承下来,退回,到自己的席位上坐下,向西而坐。画卦爻象的人在他左侧。卜筮完毕,把卦象画下来,拿去给主人看。主人接过来,审视一番,还给筮人。筮人归位,东向坐,三位占者按长幼顺序进行占卜,结束以后,进前告诉主人占卜的结果是"吉"。如果占卜结果不吉利,就要另挑一个十天以外的日子,按照当初的仪式再来一遍。占筮完毕,撤去筮人之席,宗人告知主人占筮已结束。以上占卜举行冠礼的日子。

主人戒宾①。**宾礼辞**②,**许。主人再拜,宾答拜。主人退,宾拜送。**以上戒宾。

【注释】

①戒:告知,通报。

②礼辞:谦辞一次之后接受叫礼辞。

【译文】

主人将选定的日期告诉宾。宾依礼要先推辞,然后才答应届时前来。主人行再拜之礼,宾回拜。主人离去时,宾以拜礼相送。以上通报宾客。

前期三日,筮宾①,如求日之仪。以上筮宾。

【注释】

①筮宾:主人从所通报的僚友中筮择一位贤而有德望者,作为冠礼的正宾。

【译文】

在选定举行冠礼的日子之前三天,以占筮来确定为之加冠的嘉宾,仪式与以筮择日相同。以上占筮确定冠礼的正宾。

乃宿宾①。宾如主人服,出门左,西面再拜。主人东面答拜,乃宿宾。宾许,主人再拜,宾答拜。主人退,宾拜送。宿赞冠者一人②,亦如之。以上宿宾。

【注释】

①宿宾:专门预先邀请正宾前来。宿,"夙"的古文,与"速"通,有预先邀请,使之前来之意。

②赞冠者:协助正宾加冠之人。

【译文】

择定以后,要专程邀请正宾前来。正宾要像主人一样着装,从门左边出来,向西行再拜之礼。主人则东向回拜,致专程邀请之辞。正宾答应,主人行再拜之礼,宾回拜。主人离去,正宾拜礼相送。还要预先专程邀请一位赞冠者,其程序与此相同。以上预先邀请正宾。

　　厥明夕为期①,于庙门之外,主人立于门东,兄弟在其南,少退,西面,北上。有司皆如宿服②,立于西方,东面,北上。摈者请期③,宰告曰:“质明行事④。”告兄弟及有司。告事毕。摈者告期于宾之家。以上为期。

【注释】

①厥:其。明夕:即冠礼前一天傍晚。为期:约定时间。冠日已确定,这是约定行礼的具体时间。

②宿服:宿宾时所穿朝服。

③摈者:傧相。摈,同“傧”。

④质明:天刚亮的时候。

【译文】

　　冠礼前一天傍晚要举行约定行礼时间的仪式,在庙门之外,主人立于庙门东侧,主人的兄弟等亲属站在他南边,稍向后退,面向西,从北向南站成一排,以最北边的主人为上位。有关人员都穿着宿宾时所穿朝服,站在西边,面向东,从北向南站成一排,以最北边为上位。傧相请问冠礼的时间,家宰告诉他:“明天天刚亮的时候行冠礼。”傧相告知主人的兄弟及有关人员。宗人告知时间以后,傧相要逐家逐户地到府上去通知正宾及众宾客。以上是约定行冠礼时间的礼仪。

　　夙兴,设洗①,直于东荣②,南北以堂深,水在洗东③。陈服于房中西墉下,东领,北上。爵弁服④:纁裳⑤,纯衣⑥,缁带,韎韐⑦。皮弁服⑧:素积⑨,缁带,素韠。玄端⑩,玄裳,黄裳、杂裳可也⑪，缁带，爵韠⑫。缁布冠缺项⑬，青组缨属于缺⑭。缁纚广终幅⑮，长六尺；皮弁笄⑯，爵弁笄，缁组纮⑰，纁边，同箧⑱。栉实于箪⑲。蒲筵二，在南。侧尊一甒醴⑳，在服北。有篚㉑，实勺、觯、角柶㉒，脯醢㉓，南上。爵弁、皮弁、缁布冠各一匴㉔，执以待于西坫南㉕，南面，东上。宾升则东面。以上陈器服。

【注释】

①洗：盥洗时接弃水用的盆。

②直：当，对着。荣：屋翼，屋檐四角向上翘的部分。

③水：指盛水的器皿。

④爵（què）弁（biàn）服：大夫祭于家庙、士为君助祭的服装。爵弁，古代礼冠的一种。形似冕而无旒，其色赤而微黑如雀头，故名。爵，通"雀"。弁，古代男子穿礼服时所戴的冠称弁。吉礼用冕，通常礼服用弁。

⑤纁（xūn）：浅红色。裳（cháng）：古代称下身穿的衣裙，男女皆服。

⑥纯衣：古时士的祭服，以丝为之。

⑦韎韐（mèi gé）：古时祭服上的蔽膝，因染成赤黄色，故称。韎，茜草，可作染料，也指茜草染的赤黄色。

⑧皮弁服：君臣视朔时所穿的服装。皮弁，用白鹿皮制成的冠。

⑨素积：腰间有褶裥的素裳。是古代的一种礼服。素，白缯。

⑩玄端：古代的一种黑色礼服。

⑪杂裳：颜色为前玄后黄的裳。

⑫爵韠（què bì）：色赤而微黑的蔽膝。

⑬缁布冠：古冠式。古人始行冠礼，初加缁布冠，次加皮弁，次加爵弁。缺（kuǐ）：古代发饰，用以固冠。项：冠的后部。

⑭组：丝带。缨：结冠的带子，以二组系予冠，卷结颐下。

⑮缅（shǐ）：包头发的帛。

⑯笄（jī）：簪，用以插定发髻或弁冕，安发之笄男女皆有，固弁冕之笄仅男子有。

⑰纮（hóng）：古代冠冕上系于颔下的带子，带子两端上结于笄。

⑱箧（qiè）：小箱子。

⑲栉（zhì）：梳篦的总称。箪（dān）：方形竹制盛器。

⑳侧尊：设置一只酒尊。侧，独而无偶。尊一般有二，一为玄酒，一为醴。冠礼无玄酒，故称"侧"。瓶（wǔ）：瓦制酒器。醴（lǐ）：甜酒。

㉑筐（fěi）：竹筐。

㉒觯（zhì）：酒器，一升为尊，三升为觯。柶（sì）：匕之类，此处用于分离酒中渣滓。

㉓脯醢（hǎi）：佐酒食品。脯，干肉，盛于笾中。醢，肉酱，盛于豆中。

㉔匴（suǎn）：专用于冠礼上盛冠用的竹器。

㉕坫（diàn）：先秦时代筑于室内的土台，西坫在屋角，是士举行冠礼、丧礼仪式的地方。

【译文】

　　早早起来，在对着东边屋翼的地方设洗，南北如堂屋进深，盛水器皿放在洗的东面。在房中西墙下陈列今天加冠礼所用的服装，领口朝东，从北向南排列。爵弁服：浅红色的下裳，丝衣，黑色腰带，赤黄色的蔽膝。皮弁服：腰间有褶裥的白色下裳，黑色腰带、白色蔽膝。黑色礼服，可以根据身份高低不同分别配上玄裳、黄裳或杂色裳，黑色腰带，赤而微黑的蔽膝。戴缁布冠，可以用缺来固定冠的后部，用青色丝带来结冠，下结颐下，上系于缺。黑色的包头丝帛有整幅宽，六尺长；皮弁用的簪，爵弁用的簪，系于颔下的黑色浅红边丝带，这些东西都放在一个小箱子里。梳子、篦子一类单放在一个方形竹制容器里。蒲席二领置于南面。单设一尊醴酒,放在缠裳之北。从南往北依次是装有勺、觯、角柶的竹筐和盛有佐酒食品的笾豆。爵弁、皮弁和缁布冠分别放在三个专门的匣中,持着这些竹匣,在屋中西边土台的南侧等候,面向南站立,从东向西依次排开。宾客登堂以后则改为面向东方。以上是陈列冠礼的器物、服饰的礼仪。

　　　　主人玄端爵韠,立于阼阶下①,直东序②,西面。兄弟毕袗玄③,立于洗东,西面,北上。摈者玄端,负东塾④。将冠者采衣⑤,纚⑥,在房中⑦,南面。以上即位。

【注释】

①阼(zuò):大堂前东面的台阶。

②序:堂东西墙为序。

③毕:尽。袗(zhěn)玄:玄衣玄裳,上下同色。袗,衣同色。

④东塾:门内东堂。

⑤采衣:未冠男人所穿的彩色衣裳。

⑥纚(jì):通"髻"。结发。

⑦房:住室。古代堂的正中为正室,左右为房。

【译文】

　　主人身着朝服、赤黑色蔽膝,站在东阶之下,正当堂之东墙,面向西方。主人的兄弟等亲属全都身着玄色衣裳,站在洗的东面,面向西方,从北往南依次排列。傧相身穿朝服,背靠门内东堂。将要举行冠礼的人,身穿童子的彩色衣裳,顶挽发髻,待在房中,面向南方。以上是参加冠礼的家人各自就位。

　　　　宾如主人服,赞者玄端从之,立于外门之外。摈者告①,

主人迎，出门左，西面，再拜。宾答拜。主人揖赞者^②，与宾揖，先入。每曲揖^③。至于庙门，揖入。三揖^④，至于阶。三让，主人升^⑤，立于序端，西面，宾西序，东面。赞者盥于洗西，升，立于房中，西面，南上。以上迎宾。

【注释】

①告：出请入告。即摈者先出门请问宾为何事而来，然后入告主人。

②揖（yī）：拱手礼。

③每曲揖：每到拐弯处宾主都要拱手行礼。曲，曲折，拐弯。

④三揖：入庙门后走至庭前，主、宾相揖；然后分别向东、西行，行至正对着东西阶之处，主、宾再次相揖；然后北行，行至当碑处，主、宾第三次相揖。

⑤升：登。

【译文】

宾着装与主人相同，赞礼的人则仅着朝服不戴蔽膝跟着他，他们站在大门之外。傧相报告之后，主人出来迎接，从大门左侧出来，面向西，行再拜之礼，宾答拜。主人对赞礼之人行拱手礼，对宾拱手之后，主人先行进门引路。而每到转弯的地方都要拱手行礼。走到庙门前，拱手之后才进去。一共拱手三次，来到阶前。谦让三次之后，主人登阶而上，站在东墙之前，面向西方，宾站在西墙前，面向东方。赞者站在洗的西侧，洗过手以后，由西阶而上，站在房中，面向西方，由南往北依次站立。以上是迎接正宾的礼仪。

主人之赞者筵于东序^①，少北，西面。将冠者出房，南面。赞者奠䍐、筓、栉于筵南端^②。宾揖将冠者，将冠者即筵

坐。赞者坐,栉,设缅。宾降,主人降。宾辞,主人对。宾
盥,卒,壹揖,壹让,升。主人升,复初位。宾筵前坐,正缅,
兴,降西阶一等。执冠者升一等,东面授宾。宾右手执项③,
左手执前,进容④,乃祝⑤,坐如初,乃冠,兴,复位。赞者
卒⑥。冠者兴,宾揖之。适房,服玄端爵韠,出房,南面。以上
始加。

【注释】

①筵:铺设席子。

②奠:安放。

③项:冠的后端。

④进容:宾进至筵前,特端正容仪,为冠者示范。

⑤祝:致祝辞。

⑥赞者卒:宾在加冠后即离开,其后如结缨等事,由赞者完成。

【译文】

　　主人这一方赞礼的人在东墙前铺好席子,在稍往北一些的位置向
西站好。将要行冠礼的人从房中出来,面向南方。赞礼之人把包头发
的帛、簪、梳子等放在席子的南端。宾对将要行冠礼的人行拱手礼,将
要行冠礼的人就在这席上跪坐下来。赞礼之人也坐下来,为他梳头、包
头。此后,宾由西阶下,主人也从东阶下来。宾辞谢,主人依礼对答。
宾洗手完毕,行拱手礼一次,谦让一次,由西阶登上。主人也由东阶上,
回到各自原来的位置。宾在席子之前跪坐下来,为行冠礼的人正一正
包头的帛,然后起身,从西阶退下一级台阶,而捧缁布冠的人则再登上
一级台阶,向着东面把冠交给宾。宾的右手拿住冠的后部,左手则拿住
冠的前部,走到行冠礼的人席前,端正其容仪,致祝辞,像前次那样坐在
席前,给行冠礼的人戴上冠,然后起身,回到自己原来的位置。由赞礼

之人把冠完全戴好，系上缨带。行冠礼的人起身，宾向他拱手致意。行冠礼的人回到房中，换穿朝服和赤黑色蔽膝，从房中出来，面向南方。以上是第一次加缁布冠的礼仪。

　　宾揖之，即筵坐，栉，设笄①。宾盥、正缅如初，降二等，受皮弁，右执项，左执前，进、祝、加之如初，复位。赞者卒纮。兴，宾揖之。适房，服素积素韠，容，出房，南面。以上再加。

【注释】

　　①栉，设笄：给冠者加皮弁，要先脱去缁布冠，恐其发散乱，所以再次梳发，设笄。

【译文】

　　宾向他行拱手礼，然后坐在席上，梳头，加上簪。宾下阶洗手、回来后给他端正包头帛等，都跟前次一样，然后宾下两级台阶，接过皮弁，右手拿住皮弁的后部，左手拿住前部，走上前去、致祝辞、把皮弁给行冠礼的人戴上，都跟前次一样，然后退回原位。由赞礼之人来系好丝带。行冠礼的人站起身来，宾对他行拱手礼。行冠礼的人回到房中，换上细褶白裳和白色蔽膝，修饰面容，从房中出来，面向南方。以上是第二次加皮弁的礼仪。

　　宾降三等，受爵弁，加之。服纁裳韎韐。其他如加皮弁之仪。彻皮弁、冠、栉、筵，入于房。以上三加。

【译文】

　　宾走下三级台阶，接受爵弁，然后给行冠礼的人戴上。行冠礼的人穿上浅红色的下裳,戴上赤黄色的蔽膝。其他则与加皮弁的仪式相同。由主方赞礼之人撤去皮弁、缁布冠、梳篦、席子,移到房中。以上是第三次加爵弁的礼仪。

筵于户西①,南面。赞者洗于房中,侧酌醴;加柶,覆之②,面叶③。宾揖,冠者就筵,筵西,南面。宾受醴于户东,加柶,面枋,筵前北面。冠者筵西拜受觯,宾东面答拜。荐脯醢。冠者即筵坐,左执觯,右祭脯醢④,以柶祭醴三⑤,兴;筵末坐,啐醴⑥,建柶⑦,兴;降筵⑧,坐奠觯,拜;执觯兴。宾答拜。以上醴冠者。

【注释】

①户西:室户之西,即户、牖之间的地方。古制,房屋的前后有隔断,前为堂,后为室。室两侧为东房、西房。室西有牖,东面则有单扇的门,称为户。户西之地在室正中,为庙中最尊之位。

②覆:反扣。

③面叶:将柶叶一端朝前。柶细的一端为柄,即下文所说的"枋";大而宽的一端称为"叶",是用以盛物的部分。

④祭脯醢:取脯醢为祭。其法是取少许脯,蘸上醢,放在笾豆之间祭之。

⑤以柶祭醴三:三次用柶取醴为祭。其法是用柶舀取觯中之醴,浇在地上。

⑥啐(cuì):饮,特指祭毕饮酒。

⑦建:立,插。

⑧降筵:离席。

【译文】

在户西铺上席子,面向南方。赞礼之人在房中盥手洗觯,仅酌醴酒于觯中;把角柶放在觯上,把柶反扣过来,柶叶一端朝前。宾拱手礼行,请行冠礼的人就席,在席的西侧,面向南方。宾在户东接受盛有醴酒的觯,加上柶,柶柄向前方,在席的前方,面向北方。行冠礼的人在席西行拜礼,接受酒觯,宾面向东方答拜。赞礼人献上佐酒的脯醢。行冠礼的人来到席上坐下,左手拿着酒觯,右手取脯醢为祭,又三次用柶取醴为祭,起身;到席子的末端坐下,饮醴酒;然后把柶插在觯中,起身;离席,坐在地上,把觯放在席上,行拜礼;拿起觯起身。宾拜礼答谢。以上是宾为冠者酌醴酒的礼仪。

冠者奠觯于荐东①,降筵;北面坐取脯;降自西阶,适东壁②,北面见于母。母拜受,子拜送,母又拜。以上冠者见母。

【注释】

①荐:此指盛脯醢的笾豆。

②东壁:闱(wéi)门之外。古代官室,前曰庙,后曰寝,寝侧两旁的小门曰闱。

【译文】

行冠礼的人把觯放在笾豆的东边,离席;面向北方坐下,取过肉干;从西阶下来,折向东行,出东墙,面向北方谒见母亲。母亲拜礼接受肉干,行冠礼的人拜送母亲离去,母亲再次行拜礼。以上是冠者谒见母亲的礼仪。

宾降,直西序,东面。主人降,复初位。冠者立于西阶东,南面。宾字之,冠者对。以上字冠者。

【译文】

宾由台阶下来,对着西墙,面向东方。主人也下来,站在当初来到阶前谦让时站的位置。行冠礼的人站在西阶的东侧，面向南方。宾为他取表字，他按规矩应答。以上是为冠者取表字的礼仪。

　　宾出。主人送于庙门外，请醴宾①，宾礼辞，许。宾就次②。以上宾出就次。

【注释】

①醴：此指醴礼，是礼毕主人用醴酒款待宾的仪式，以感谢宾。

②次：庙门外用帷幕、簟席围成的更衣和小憩处。

【译文】

　　宾出庙。主人一直送到庙门之外，请求以醴酒感谢他的勤劳辛苦，宾依礼辞谢后应允。进入门外的更衣室。以上是宾出庙就次的礼仪。

　　冠者见于兄弟①，兄弟再拜，冠者答拜。见赞者，西面拜，亦如之。入见姑、姊②，如见母。以上见兄弟赞者姑姊。

【注释】

①兄弟：此指行冠礼的人的男性亲戚，即前文立于洗东者。

②入：入寝门，寝在庙西。

【译文】

　　行冠礼的人到洗东见亲戚们，亲戚们行再拜之礼，行冠礼的人答拜。又见赞礼之人，向西行跪拜礼，也是一样。进入寝门之内谒见姑姑和姐姐，仪式与谒见母亲一样。以上是冠者谒见亲戚、赞者、姑姊的礼仪。

　　乃易服，服玄冠、玄端、爵韠，奠挚见于君①。遂以挚见

于乡大夫、乡先生②。以上奠挚见君及乡大夫、乡先生。

【注释】

①挚(zhì)：初见尊长时所送的礼品。

②乡大夫：掌一乡政教禁令的官员。乡先生：年老辞官居乡之人。

【译文】

于是行冠礼的人换过服装，身穿朝服，进献见面礼物，谒见国君。又带着见面礼谒见乡大夫和乡先生。以上是冠者进献礼物谒见国君、乡大夫、乡先生的礼仪。

乃醴宾，以壹献之礼①。主人酬宾，束帛、俪皮②。赞者皆与③，赞冠者为介④。宾出，主人送于外门外，再拜；归宾俎⑤。以上醴宾。

【注释】

①壹献之礼：包括献、酢、酬。主人献醴于宾为献；宾以醴回敬主人为酢；主人为劝宾饮醴，先自饮，然后再酌醴请宾饮为酬，宾则置爵不举。

②束帛：帛五匹为束，是古时聘问的礼物。俪(lì)皮：两张鹿皮。俪，成双，此处指双份。

③赞者：此指主人一方所有参与冠礼者。

④介：副。

⑤俎：陈放牲体的礼器。壹献之礼时，主人在宾的席前进有笾豆和俎，飨宾之后，将俎上之牲送往宾家。

【译文】

于是以醴酬谢宾，行壹献之礼。主人以一束帛、两张鹿皮来酬谢宾。此时主人一方所有参与者要全部在场,由加冠时的赞礼人为宾担任副手。宾出来,主人相送到外门之外,行再拜之礼;派人把礼俎送到宾府上去。以上是以醴酒酬谢宾的礼仪。

若不醴,则醮^①,用酒。尊于房户之间,两甒,有禁^②,玄酒在西^③,加勺,南枋。洗,有篚在西,南顺^④。始加,醮用脯醢;宾降,取爵于篚,辞,降如初;卒洗,升,酌。冠者拜受,宾答拜如初。冠者升筵,坐;左执爵,右祭脯醢,祭酒,兴;筵末坐,啐酒,降筵,拜。宾答拜。冠者奠爵于荐东,立于筵西。彻荐、爵,筵尊不彻。加皮弁,如初仪;再醮,摄酒^⑤,其他皆如初。加爵弁,如初仪;三醮有干肉折俎^⑥,嚌之^⑦,其他如初。北面取脯,见于母。以上不醴而醮。

【注释】

①醮(jiào):古代冠礼、婚礼中的一种简单仪节。谓尊者对卑者酌酒,卑者接受敬酒后饮尽,不需回敬。郑玄注:"酌而无酬、酢曰醮。"

②禁:器具名,承放酒尊用,形似方案。

③玄酒:古代祭礼中当酒用的清水。

④南顺:器物纵向放置,首北尾南。

⑤摄酒:将先前正祭之酒搅和、添加,表示是新上的酒,不敢以旧酒敬人。摄,整新。

⑥干肉折俎:载有按骨节分解的牲体干肉的俎。

⑦嚌(jì):尝。

【译文】

如果不用醴酒,就要用另一种仪式——醮,用酒。酒尊置于房户之间,两只盛酒器下面都有架子,玄酒放在西边,酒器上加勺,柄朝南方。洗的西边放置盛物竹筐,由北往南排列。初次加缁布冠后,行醮礼,用脯醢;宾由台阶下来,从筐中取出爵,向主人辞谢,下台阶,都与以前的仪式一样;洗过以后,上台阶,斟上酒。行冠礼的人跪拜接受,宾回拜答谢,和前面的礼仪相同。行冠礼的人回到席上,坐下,左手拿着爵,右手取脯醢为祭,又取酒为祭,起身;在席子末端坐下,饮酒入口;从席上下来,向宾行拜礼。宾回拜答谢。行冠礼的人把爵放在笾豆的东边,自己站在席子的西边。撤去笾豆、酒爵,保留席子和酒尊。加皮弁时,和初加缁布冠时仪式一样,再次行醮礼时要搅动一下酒,其他都与前次一样。加爵弁时,和初加缁布冠仪式一样;第三次行醮礼时,要进上放有折断的干肉的俎,要亲口尝一尝,其他仪节与前次相同。面向北方取过干肉,前去谒见母亲。以上是不醴而用醮的礼仪。

　　若杀①,则特豚②,载合升③,离肺实于鼎④,设扃鼏⑤。始醮,如初。再醮,两豆,葵菹、蠃醢⑥;两笾,栗、脯。三醮,摄酒如再醮,加俎⑦,嚌之⑧,皆如初,嚌肺。卒醮,取笾脯以降,如初。以上杀牲醮。

【注释】

①杀:杀牲。

②特豚:一只小猪。特,一。

③载合升:将牲体的左右两边一起升鼎、载俎。胡培翚云:"凡牲煮于爨上之镬谓之亨,由镬而实于鼎谓之升,由鼎而盛于俎谓之载。"

④离肺:古礼所用之肺,要先加切割方可祭祀或食用。为食用而设的肺,划割而不切断,底部要有少许相连,称为离肺或举肺。

⑤扃(jiǒng)：贯穿鼎耳的横木。鼏(mì)：鼎盖。

⑥葵菹(zū)：腌葵菜。葵，菜名。菹，腌菜。蠃(luó)醢：蜗牛肉酱。

⑦加俎：此指豚俎。

⑧唪之：唪，应为"祭"之误。

【译文】

　　如果杀牲，用一头小猪，两扇煮过的肉盛在鼎里，放于俎中，把肺稍做切割也填实鼎中，再插上贯穿鼎耳的横木，加上鼎盖。第一次行醮礼与前次一样。第二次行醮礼，要用两只高脚容器——豆——来盛食物：醃葵菜、蜗牛肉酱；另有两个竹器，盛着栗子、肉干。第三次行醮礼，添酒搅拌，与第二次斟酒相同，另加一只盛着猪的俎致祭，与前次祭脯醢、祭酒相同，尝肺到口。三次醮礼仪式结束，取过笾中肉脯，从台阶上下来，与上节相同。以上是杀牲行醮礼的礼仪。

　　若孤子①，则父兄戒、宿②。冠之日，主人纷而迎宾③，拜，揖，让，立于序端，皆如冠主；礼于阼。凡拜，北面于阼阶上，宾亦北面，于西阶上答拜。若杀，则举鼎陈于门外，直东塾，北面。以上孤子冠。

【注释】

①孤子：嫡子而丧父者。

②父兄：指伯父、叔父和从兄。

③主人：此处是行冠礼的孤子。伯、叔父及从兄不主其事，表示家无二主。

【译文】

　　如果加冠的人是失去父亲的嫡子，那么就由他的叔伯、堂兄替他出面通报僚友，并特邀冠礼的正宾。举行冠礼那天，行冠礼的孤子自为主人梳着发髻迎宾，行过跪拜、拱手、谦让诸礼以后，直至东墙之前，面向西方站立，这些都与前述主人的仪节相同；在阼阶之上行冠礼。凡是仪式中的拜礼，行冠礼的孤子都面朝北在东阶上进行，宾也要面向北方，在西阶上跪拜答谢。若是杀牲，则要把鼎放在庙门外，正对着门内东堂，朝北方。以上是失去父亲的嫡子的冠礼仪式。

若庶子，则冠于房外，南面，遂醮焉。以上庶子冠。

【译文】

如果加冠的人是庶出之子，那么加冠行礼的地点就在房外，面向南方，用醮礼。以上是庶出之子的冠礼仪式。

冠者母不在①，则使人受脯于西阶下。以上母不在。

【注释】

①母不在：指母有病，或有外戚丧服在身，无法与子为礼，不是指亡故。

【译文】

如果行冠礼的人的母亲因故不在，就派别人在西阶之下接受肉干。以上是母亲因故不能参加冠礼的情况。

戒宾，曰："某有子某，将加布于其首，愿吾子之教之也。"宾对曰："某不敏，恐不能共事①，以病吾子，敢辞。"主人曰："某犹愿吾子之终教之也！"宾对曰："吾子重有命，某敢不从？"以上戒宾之辞。

【注释】

①共事：供给加冠之事。共，通"供"。

【译文】

主人向僚友通报将行冠礼的消息时说："某人的儿子某某，将要举行加冠礼，希望您能前往赐教。"僚友回答说："敝人不才，恐怕不能胜任此事，那样会有辱您的名声，斗胆推辞了。"主人又说："某人还是希望您最终能惠允赐教。"僚友回答："您屡次命令，敝人岂敢不从？"以上是通报一般僚友宾客时的辞令。

宿，曰："某将加布于某之首，吾子将莅之，敢宿。"宾对曰："某敢不夙兴？"以上宿宾之辞。

【译文】

主人邀请加冠正宾时说："某人要为某某举行加冠之礼，您要光临。斗胆前来邀请您为正宾。"宾回答："敝人岂敢不早早起身赶去参加？"以上是预先邀请正宾时的辞令。

始加，祝曰："令月吉日①，始加元服②。弃尔幼志，顺尔成德③。寿考维祺④，介尔景福⑤。"再加，曰："吉月令辰，乃申尔服⑥。敬尔威仪，淑慎尔德。眉寿万年⑦，永受胡福⑧。"三加，曰："以岁之正⑨，以月之令，咸加尔服。兄弟具在，以成厥德。黄耇无疆⑩，受天之庆⑪。"以上三加之辞。

【注释】

①令、吉：善。

②元服：即冠。元，首，头。

③顺：通"慎"。成德：成人之德。

④祺：祥。

⑤介、景：大。

⑥申：重。服：指皮弁服。

⑦眉寿：祝寿之意。长眉为高寿之征，故名。

⑧胡：遐，远。

⑨正：善，美。

⑩黄：黄发，头发白而复黄。耇(gǒu)：老，高年。

⑪庆：赐。

【译文】

　　加戴缁布冠时的祝祷之辞是："在吉祥的月份和日子，为你来加冠。改掉幼时的心志，慎养成人的品德。愿你长命吉祥、大吉大利。"加戴皮弁时的祝辞是："在吉祥的月份和时辰，再次为你加冠。敬慎你那威严的容貌举止，恭慎地修养自己的品德。长命高寿，永享幸福。"加戴爵弁时的祝辞是："在美好的年份和月份，把三冠都加给你。亲戚们全都到场，为的是成就你的德行。愿你万寿无疆，接受上天的赐福。"以上是三次加冠时的祝辞。

　　醴辞曰："甘醴惟厚，嘉荐令芳①。拜受祭之，以定尔祥。承天之休，寿考不忘。"以上醴冠者之辞。

【注释】

①荐：指笾豆中的脯醢。

【译文】

　　宾向行冠礼的人敬醴酒的辞令是："甘甜的醴酒真醇厚，佐酒的食品最芳香。跪拜、接受又礼祭，确然保你享吉祥。承蒙上天之美意，到

老心中不敢忘。"<small>以上是宾向冠者敬醴酒时的祝辞。</small>

醮辞曰:"旨酒既清,嘉荐亶时^①。始加元服,兄弟具来。孝友时格^②,永乃保之。"再醮,曰:"旨酒既湑,嘉荐伊脯。乃申尔服,礼仪有序。祭此嘉爵,承天之祜^③。"三醮,曰:"旨酒令芳,笾豆有楚^④。咸加尔服,肴升折俎^⑤。承天之庆,受福无疆。"<small>以上三醮之辞。</small>

【注释】

①亶(dǎn)时:诚善,确实好。亶,诚。时,善。

②时:通"是"。格:至,来。

③祜(hù):福。

④楚:陈列整齐的样子。

⑤肴升折俎:醮礼中或杀牲或不杀。不杀牲用干肉折俎,杀牲则用加俎。此兼指二者,醮辞不变。肴,干肉或豚。

【译文】

宾向行冠礼的人第一次行醮礼的辞令是:"美酒清清,祭献真好。首次为你加冠,亲戚都已来到。孝敬父母,友爱兄弟,望你永远能坚持。"第二次行醮礼的辞令是:"美酒清清,干肉善美。再次为你加冠,礼仪有条不紊。祭献佳酒,承蒙上天赐福。"第三次行醮礼的辞令是:"美酒飘散芳香,笾、豆排列成行。三次连续加冠,杀牲陈放俎上。享受上天庆贺,幸福无边无疆。"<small>以上是三次行醮礼时的祝辞。</small>

字辞曰:"礼仪既备,令月吉日,昭告尔字。爰字孔嘉^①,髦士攸宜^②。宜之于假^③,永受保之,曰伯某甫^④。"仲、叔、季惟其所当。<small>以上字辞。</small>

【注释】

①爱：于。孔：很，尤。

②髦：俊。攸：所。

③于：为。假：通"嘏"。福。

④伯某甫：伯与仲、叔、季是表示兄弟长幼顺序的用字，伯最长。
　　某，指代冠者的字。甫，又作父，是对男子的美称。

【译文】

为行冠礼的人取表字的祝辞是："礼仪完备，月日皆吉，当众告知你的字。你的字非常好，对于俊士最适宜。宜之是为福，永久保用它。称之为伯某甫。"或称适合他的仲、叔、季。以上是为冠者取表字时的祝辞。

屦①，夏用葛。玄端黑屦，青绚缫纯②，纯博寸。素积白屦，以魁柎之③，缁绚缫纯，纯博寸。爵弁缥屦，黑绚缫纯，纯博寸。冬，皮屦可也。不屦繐屦④。以上三屦。

【注释】

①屦（jù）：鞋。汉以后称履。

②绚（qú）：古时鞋头上的装饰，类似今日鞋梁，上有孔，可以穿鞋
　　带。缫（yì）：饰屦的圆丝带。纯（zhǔn）：边缘，古代衣服鞋帽的
　　镶边。

③魁：大蚌子。柎：通"坿"。涂附。

④繐（suì）：细疏麻布，古时多用于丧服。

【译文】

脚上穿的鞋子，在夏季就用葛制的。服玄端朝服配黑色的鞋，青色的鞋梁、丝带、鞋边，鞋边宽一寸。穿细褶白裳时配白色的鞋，用蜃蛤灰涂成白色，黑色的鞋梁、丝带、鞋边，鞋边宽一寸。戴爵弁时穿浅红色的

鞋,黑色的鞋梁、鞋带、鞋边,鞋边宽一寸。冬天穿皮制的鞋就行,但不能穿办丧事时用的细麻鞋。以上是冠礼所穿的三种鞋子。

士相见礼

【题解】

士,为周朝时授予地位较低的贵族的一种爵位。士爵又分为上、中、下三等。春秋时的士多为卿大夫的家臣,或食田,或以俸禄为生。本篇介绍了士相见及士见大夫、国君时的各项礼仪。繁文缛节,可由此窥见当时社会礼俗制度之一斑。

士相见之礼。挚①,冬用雉,夏用腒②。左头奉之③,曰:"某也愿见,无由达。某子以命命某见④。"主人对曰:"某子命某见,吾子有辱。请吾子之就家也,某将走见。"宾对曰:"某不足以辱命,请终赐见。"主人对曰:"某不敢为仪⑤,固请吾子之就家也,某将走见。"宾对曰:"某不敢为仪,固以请。"主人对曰:"某也固辞,不得命,将走见。闻吾子称挚⑥,敢辞挚。"宾对曰:"某不以挚,不敢见。"主人对曰:"某不足以习礼,敢固辞。"宾对曰:"某也不依于挚⑦,不敢见,固以请。"主人对曰:"某也固辞,不得命,敢不敬从!"出迎于门外,再拜。客答再拜。主人揖,入门右。宾奉挚,入门左。主人再拜受,宾再拜送挚,出。主人请见,宾反见,退。主人送于门外,再拜。以上请见。

【注释】

①挚:见面礼。

②腒(jū)：干鸟肉。

③左头：头朝左。

④某子：指介绍人。

⑤不敢为仪：意即出自真心，而非虚礼相待。郑玄注："言不敢外貌为威仪，忠诚欲往也。"

⑥称：举。

⑦依于挚：意谓用礼物表达对主人的敬意。

【译文】

士相见的礼仪：礼物，冬季用野鸡，夏季用干鸟肉。使其头朝左进献，说："我希望与您相见，只是没有机缘。现在某人有命令，命我来见您。"主人回答说："某人命令我见您，您又屈尊前来。请您回到家中，我将去府上拜见您。"宾客回答说："我不能够违背命令，请最终赐予我见面吧。"主人回答说："我不敢假为威仪，一定请您回到家中，我将马上去府上拜见您。"宾客回答说："我不敢装作有威仪，一定请您接见我。"主人回答说："我坚决辞谢您的求见，得不到命允，将赶紧出来相见。听说您携来礼物，谨敢辞谢礼物。"宾客回答说："我不携礼物就不敢来拜见您。"主人回答说："我不敢当您崇礼来见，谨敢坚决辞谢。"宾客回答说："我如不托以礼物之重是不敢来见的，坚决以此请见。"主人回答说："我坚决辞谢而得不到命允，怎敢不恭敬从命？"走出门外迎接，行再拜之礼。宾客行再拜之礼答拜。主人作揖，进门靠右行走，宾客捧着礼物，进门靠左行走。主人行再拜之礼接受，宾客行再拜之礼答拜，送过礼物，出门。主人请宾客相见，宾客返回相见，见毕退出。主人送到门外，行再拜之礼。以上是士请求拜见的礼仪。

主人复见之，以其挚，曰："向者吾子辱①，使某见。请还挚于将命者②。"主人对曰③："某也既得见矣，敢辞。"宾对曰："某也非敢求见，请还挚于将命者。"主人对曰："某也既得见

矣，敢固辞。"宾对曰："某不敢以闻，固以请于将命者。"主人
对曰："某也固辞，不得命，敢不从？"宾奉挚入，主人再拜受。
宾再拜送挚，出。主人送于门外，再拜。以上复见。

【注释】

①辱：谦辞。承蒙。

②将命者：传命者，傧相。将，传。

③主人：此指上文之宾客。此时已转换为主人。

【译文】

主人又去拜见宾客，带着的礼物就是此前宾客送来的，说："前次您
屈尊，使我能见到您。请允许我将礼物还给您的傧相。"主人回答说：
"我既然已经见到您了，谨敢辞谢。"宾客回答说："我并不是敢于来求
见，只是请求将礼物归还给您的傧相。"主人回答说："我既然已经见到
您了，谨敢坚决辞谢。"宾客回答说："我不敢以此惊动您，坚决以此请于
您的傧相。"主人回答说："我坚决辞谢而得不到你的命允，怎敢不从
命？"宾客捧着礼物进入，主人行再拜之礼接受。宾客行再拜之礼送上
礼物，出门。主人送到门外，行再拜之礼。以上是主人回拜的礼仪。

士见于大夫，终辞其挚。于其入也，一拜其辱也。宾
退，送，再拜。以上士见大夫。

【译文】

士拜见大夫，大夫最终不接受其礼物。在其进门时，只以一拜之礼
感谢其屈尊光临。宾客退出，主人送行，行再拜之礼。以上是士见大夫的
礼仪。

若尝为臣者，则礼辞其挚①，曰："某也辞，不得命，不敢固辞。"宾入，奠挚，再拜，主人答壹拜。宾出，使摈者还其挚于门外②，曰："某也使其还挚。"宾对曰："某也既得见矣，敢辞。"摈者对曰："某也命某：'某非敢为仪也。'敢以请。"宾对曰："某也，夫子之贱私，不足以践礼③，敢固辞！"摈者对曰："某也使某，不敢为仪也，固以请！"宾对曰："某固辞，不得命，敢不从？"再拜受。以上尝为臣者见。

【注释】

①礼辞：推辞一次后接受。

②摈（bìn）者：导引宾客的人。摈，通"傧"。

③践礼：指践行主人答见宾客之礼。

【译文】

如果是曾经做过大夫家臣的人来见大夫，大夫则要辞谢一次后收下其礼物，说："我要辞谢，得不到命允，不敢坚决辞谢。"宾客进门，放下礼物，行再拜之礼，主人答以一拜之礼。宾客出门，主人要让傧相在门外归还其礼物，说："某人让我归还礼物。"宾客回答说："我既然已经见到您了，谨敢辞谢。"傧相回答说："某人命令我说：'我并不是敢于假为威仪，谨敢以此相请。'"宾客回答说："我不过是您卑贱的家臣，不足以践行主人答见宾客之礼，谨敢坚决辞谢。"傧相回答说："某人命令我，不敢故作威仪，坚决以此相请。"宾客回答说："我坚决辞谢，得不到命允，怎敢不从命？"行再拜之礼后接受。以上是曾经的家臣来见大夫的礼仪。

下大夫相见以雁，饰之以布，维之以索，如执雉。上大夫相见以羔，饰之以布，四维之，结于面；左头，如麛执之①。如士相见之礼。以上大夫相见。

【注释】

①麛（mí）：幼鹿。

【译文】

下大夫相见以雁为礼物，用布裹着，用绳子拴住足，进献的姿势同献野鸡时一样。上大夫相见以羊羔为礼物，用布裹着，将四条腿拴着，用绳结在前面。头朝向左，如同执着幼鹿一样。如同士相见时的礼仪。以上是大夫互相谒见时的礼仪。

　　始见于君，执挚，至下①，容弥蹙②。庶人见于君，不为容，进退走③。士大夫则奠挚，再拜稽首④；君答壹拜。以上始见于君。

【注释】

①下：君之堂下。

②蹙（cù）：恭敬的样子。

③进退走：前进和后退时要快步走。

④稽（qǐ）首：跪拜礼，叩头至地，是九种拜礼中最恭敬的一种。

【译文】

初次拜谒国君，手执礼物，来到堂下，容仪要更显恭敬。庶人谒见国君，不必做出礼容，只是进前和后退都要快步走。士大夫则要放下礼物，行再拜稽首之礼，国君答拜一次。以上是初次拜见国君时的礼仪。

　　若他邦之人，则使摈者还其挚，曰："寡君使某还挚。"宾对曰："君不有其外臣，臣不敢辞。"再拜稽首，受。以上他邦之人见君。

【译文】

　　如果是其他邦国来的人士，就要使傧相归还其礼物，说："我们国君派我归还礼物。"宾客回答说："君王不以别的邦国之臣为臣，臣下不敢推辞。"行再拜稽首之礼，接受。以上是其他邦国的人谒见国君的礼仪。

　　凡燕见于君，必辩君之南面。若不得，则正方^①，不疑君^②。君在堂，升见无方阶^③，辩君所在。以上燕见于君。

【注释】

　　①正方：燕见时君臣站立的方位没有公朝行礼时严格，如不是君南臣北，必须是正东或正西。方，方向。

　　②疑君：猜度君的方向而斜向。疑，猜度。

　　③升见无方阶：燕见不必如公朝见君正礼一样走规定的台阶，而是以近便为原则，没有一定之规。方，常。

【译文】

　　凡是私见国君，必须辨明国君是南面而坐。如果不是，就要取国君正东或正西之位，不得猜疑国君的方位斜向行礼。国君在堂上，臣升见时以近便为主，按国君的位置，国君在东面则从东阶升见，在西面则从西阶升见。以上是私见国君时的礼仪。

　　凡言，非对也，妥而后传言^①。与君言，言使臣；与大人言^②，言事君；与老者言，言使弟子；与幼者言，言孝弟于父兄；与众言，言忠信慈祥；与居官者言，言忠信。以上言。

【注释】

　　①妥：安座。传言：说话。

②大人：卿大夫。

【译文】

　　凡是言语，如果不是回答国君的发问，就应该安坐后再说话。同国君说话，谈驱使臣下之礼；同卿大夫说话，谈事君的忠诚；同老人说话，谈使任弟子；同年幼的人说话，谈要孝顺敬爱父母兄长；同平民百姓说话，谈要忠诚守信慈爱祥和；同做官的人说话，谈要忠诚守信。以上是言谈的内容。

　　凡与大人言，始视面，中视抱①，卒视面，毋改。众皆若是。若父，则游目②，毋上于面，毋下于带。若不言，立则视足，坐则视膝。以上视。

【注释】

　　①抱：人体胸腹间的部位。
　　②游目：目光游移。

【译文】

　　凡是同卿大夫说话，开始时目光看着他的面容，再看他胸腹间的地方，最后看着他的面容，神情不要变动，诸多卿大夫在场时也应该这样。如果是与父亲交谈，目光就可以游移，但最上不要超过面庞，最下不要超过腰带。如果不讲话，站立时就看着对方的脚，坐下时就看着对方的膝。以上是谈话时眼睛看向何处。

　　凡侍坐于君子，君子欠伸，问日之早晏①，以食具告，改居②，则请退可也。夜侍坐，问夜，膳荤③，请退可也。以上请退。

【注释】

①晏：晚。

②改居：改变坐姿。表示有倦意，不能安坐。

③荤：郑玄注："荤，辛物，葱、薤之属，食之以止卧。"

【译文】

凡是在卿大夫旁边陪坐，卿大夫如果打哈欠和伸腰，问时间的早晚，告以准备吃饭，改变姿势，就应该自请告退了。要是在夜间陪坐，卿大夫问夜间时数，吃葱、薤菜等辛辣提神的食物，就应该自请告退了。以上是自请告退的时机。

若君赐之食，则君祭先饭①，遍尝膳，饮而俟，君命之食，然后食。若有将食者②，则俟君之食，然后食。若君赐之爵③，则下席，再拜稽首，受爵，升席祭，卒爵而俟，君卒爵，然后授虚爵。退，坐取屦，隐辟而后屦。君为之兴，则曰："君无为兴，臣不敢辞。"君若降送之，则不敢顾辞，遂出。大夫则辞，退下，比及门，三辞。以上君赐之食。

【注释】

①饭：煮熟的谷类食品。

②将食者：指膳宰，宫中负责膳食的侍服人员。

③爵：礼器，亦通称酒器。此代指酒。

【译文】

如果国君赐给食物，如果膳宰不在，就在国君祭祀之时先吃一口饭，遍尝菜肴，饮用汤食，然后等待。国君命令吃，然后再吃。如果有膳宰在场，则要等国君用后，再进食。如果国君赐给酒喝，就要下席，行再拜稽首之礼，接受酒爵，登上席位祭祀，喝干酒后等待，待国君喝干酒后,再把空爵交回。退出时,坐着取过鞋,到一个偏僻的地方穿上鞋。国君起身,就说:"君王不要起身,臣下可不敢当。"国君如果走下台阶相送,则不敢回顾辞谢,径直出去。如果客人是大夫,则可以向国君告辞:大夫从起身退下至门口,三处都可以辞谢国君。以上是国君赐予酒食时的礼仪。

若先生异爵者请见之①,则辞。辞不得命,则曰:"某无以见,辞不得命,将走见。"先见之②。以上长者请见。

【注释】

①先生:退休的卿大夫。异爵者:在职的卿大夫。

②先见:先拜。表示不敢劳尊者来见。士出迎于门外,行再拜礼,先生、异爵者答拜,此为先拜。

【译文】

如果是退休的卿大夫或在职的卿大夫请求相见,就要辞谢;辞谢得不到命允,就说:"我不值得您来见,辞谢又得不到命允,我将立即前往相见。"于是出门先拜见他们。以上是应对长者请求相见的礼仪。

非以君命使,则不称寡。大夫士,则曰寡君之老。凡执币者①,不趋,容弥蹙以为仪。执玉者,则唯舒武②,举前曳踵③。凡自称于君,士大夫则曰下臣;宅者④,在邦则曰市井之臣,在野则曰草茅之臣;庶人则曰刺草之臣⑤;他国之人则曰外臣。以上对君自称及执币执玉。

【注释】

①币:古时以束帛为祭祀或赠送宾客的礼物。

②舒武：迈步慢而轻。武，足迹。

③曳踵：拖着脚后跟，足不离地，缓步行走。

④宅者：指退休官员。

⑤刺草：铲草。

【译文】

如果不是受君王的差遣，就不能称"我以国君的某人"。大夫、士被差遣外出时就称"我以国君的家老"。凡是手执锦帛的人，走动时不要快步，神色要愈加恭敬，以符合礼仪。手持玉器的人，就要步履缓慢，前脚拖着后脚走，脚跟不离地。凡是在国君面前称谓自己：士和大夫就称"下臣"；退休家居的人，在城中就称"市井之臣"，在乡邑中就称"草茅之臣"；平民就自称"刺草之臣"；其他国家的人就自称"外臣"。以上是见国君时的自称，以及执币、执玉时的礼仪。

觐礼

【题解】

周朝时，每年秋季，各国诸侯要朝见周天子，称为"觐"。周天子借此了解各国社会情况，考察各国诸侯政绩，并显示周王室的权威，以维护周王室的共主地位。本篇详细介绍了诸侯朝觐时的各项礼仪。

觐礼。至于郊①，王使人皮弁用璧劳②。侯氏亦皮弁迎于帷门之外③，再拜。使者不答拜，遂执玉，三揖。至于阶，使者不让，先升④。侯氏升听命，降，再拜稽首，遂升受玉。使者左还而立，侯氏还璧，使者受。侯氏降，再拜稽首，使者乃出。侯氏乃止使者，使者乃入。侯氏与之让升。侯氏先升，授几。侯氏拜送几；使者设几，答拜。侯氏用束帛、乘马

傧使者⑤，使者再拜受。侯氏再拜送币⑥。使者降，以左骖
出⑦。侯氏送于门外，再拜。侯氏遂从之。以上郊劳。

【注释】

①郊：近郊。王城周围五十里内为郊。

②皮弁：古冠名。用白鹿皮制作，为视朝时的常服。其缝合处名
　会，会有结饰，缀以五采石，名璂。天子十二会、十二璂，下以次
　递减。

③侯氏：诸侯。帷门：帷宫的门。帷宫是为接受郊劳而用帷布围成
　的行礼场所。

④升：升坛。即登上为朝觐天子而临时建起的土坛。

⑤束帛：束在一起的十端丝帛。乘马：四匹马拉的车。傧(bīn)：敬。

⑥币：古时以束帛为祭祀和赠送宾客的礼物为"币"，后来称其他聘
　享的礼物，如车马玉帛等，亦曰"币"。

⑦骖(cān)：驾车的马。居中驾辕者称服，两旁者称骖。

【译文】

诸侯秋季朝见周王的礼仪。诸侯到达周王城的近郊，周王派人头
戴皮弁持玉璧前去慰劳。诸侯也头戴皮弁在帷门外迎接，行再拜之礼。
使者不答拜，于是手持玉璧，三次作揖。到台阶处，使者不谦让，先登上
去。诸侯也登上去，听候使者传达周王的命令后，从坛上下来，行再拜
稽首之礼，于是登坛接受玉璧。使者向左转面向南站立，诸侯归还玉
璧，使者接受。诸侯从坛上走下，行再拜稽首之礼，使者于是出去。诸
侯于是挽留使者，使者进来。诸侯与使者互相谦让登坛。诸侯先登，为
使者安置几案。诸侯拜，送过几案；使者安排好几案，答拜。诸侯用束
在一起的十端丝帛和四匹马拉的车作为礼物送予使者，表示敬意，使者
行再拜之礼接受。诸侯行再拜之礼送过礼物。使者走下台阶，牵着左
边一匹马的缰绳走出。诸侯送到门外，行再拜之礼。诸侯于是跟从使

者到达朝廷。以上是郊劳的礼仪。

天子赐舍，曰："伯父^①，女顺命于王所^②，赐伯父舍！"侯氏再拜稽首，傧之束帛、乘马。以上赐舍。

【注释】

①伯父：周朝时，周王称同姓诸侯为伯父。

②女（rǔ）：通"汝"。第二人称代词，你。

【译文】

天子赐给诸侯馆舍，说："伯父，你顺从王命，赐给伯父你馆舍。"诸侯行再拜稽首之礼，用束在一起的十端丝帛和四匹马作为礼物。以上是赐舍的礼仪。

天子使大夫戒^①，曰："某日，伯父帅乃初事^②。"侯氏再拜稽首。以上戒日。

【注释】

①大夫：指上大夫，即卿。戒：告请，约请。郑玄注："戒犹告也。"

②帅：顺，沿。初：故。

【译文】

天子派大夫前去告知诸侯说："某日，伯父按旧制履行朝见之事。"诸侯行再拜稽首之礼。以上是告以觐见日期的礼仪。

诸侯前朝，皆受舍于朝^①。同姓西面北上，异姓东面北上。侯氏裨冕^②，释币于祢^③。以上受舍释币。

【注释】

①受舍于朝：在庙门外接受指定的次序。郑玄注："受次于文王庙门之外。"

②裨(pí)冕：着裨衣，戴冕。古代诸侯卿大夫朝觐或祭祀时所穿冕服的通称。郑玄注："裨冕者，衣裨衣而冠冕也。裨之为言埤也。天子六服，大裘为上，其余为裨，以事尊卑服之，而诸侯亦服焉。"

③祢(nǐ)：立在宗庙中的神主。

【译文】

诸侯在朝见天子之前，都要到周文王庙门前接受安排位次。与周王室同姓的诸侯面朝西站在东边，从北向南站成一排，以靠北为上首，异姓的诸侯面朝东站在西边，从北向南站成一排，以靠北为上首。在朝见的这一天早晨，诸侯身穿裨衣，头戴冠冕，在庙里用束帛告祭。以上是受舍释币的礼仪。

乘墨车①，载龙旂、弧韣，乃朝以瑞玉②，有缫③。天子设斧依于户牖之间④，左右几。天子衮冕⑤，负斧依。啬夫承命⑥，告于天子。天子曰："非他，伯父实来，予一人嘉之。伯父其入，予一人将受之。"侯氏入门右，坐奠圭，再拜稽首。摈者谒。侯氏坐取圭，升致命。王受之玉。侯氏降阶东北面，再拜稽首。摈者延之，曰："升！"升成拜，乃出。以上觐。

【注释】

①墨车：不加彩绘的黑色车子。《周礼·春官》"大夫乘墨车"。诸侯乘墨车表示尊天子而自卑也。

②龙旂：指上画龙形、竿头系铃的旗。弧韣(dú)：弧，木弓。韣，弓套。

③缫（zǎo）：通"璪"。玉器的彩色垫板。

④斧依：绘有斧钺图案的屏风，也作"斧扆"。

⑤衮（gǔn）冕：衮衣和冕。古代帝王与上公的礼服和礼冠。

⑥啬夫：官名。按《仪礼》，系司空的属官，掌传达王命。后世多用作乡官名。

【译文】

诸侯乘坐墨车，装载着上面绘有龙纹的旌旗以及弓和弓袋，于是就带着玉圭或玉璧及托玉的缫去朝见天子。天子在门与窗之间设置绘有斧钺图案的屏风，左右两边安放几案。天子身着衮衣，头戴冠冕，背靠有斧钺图案的屏风。啬夫承受命令，报告给天子。天子说："没有别的什么事，伯父来了，我很赞赏。伯父进来吧，我将接受朝见。"诸侯靠右边进门，坐下安放玉圭，行再拜稽首之礼。傧相告诉诸侯前来。诸侯坐下取玉圭，登上朝堂，向周王致意。周王接受玉圭。诸侯走下台阶的东边朝北行再拜稽首之礼。傧相召诸侯上前，说："登堂！"诸侯就登堂完成拜礼，于是就走出来。以上是朝觐的礼仪。

四享皆束帛加璧①，庭实唯国所有。奉束帛，匹马卓上②，九马随之，中庭西上，奠币，再拜稽首。摈者曰："予一人将受之。"侯氏升，致命。王抚玉。侯氏降自西阶，东面授宰币西阶前，再拜稽首，以马出，授人，九马随之。事毕。以上享。

【注释】

①四享：当是三享。

②卓上：郑玄注："卓，犹的也。以素的一马以为上。"卓，白额马。

【译文】

三次进献礼物，都使用束在一起的十端丝帛再加上玉璧，尽国中所

有的物产都陈列在庭院中。诸侯手捧丝帛,牵着一匹白额马走在前面,
九匹马跟随在后,陈列在庭院中,从西向东陈列,以靠西为上首,放置好
礼物,行再拜稽首之礼。傧相转达周王的命令说:"我将接受你的礼
物。"诸侯上堂,向周王致意。周王抚弄玉圭。诸侯从西边台阶下堂,在
西边台阶前面向东将礼物交给太宰,行再拜稽首之礼,牵着马走出,将
马交予别人,其余九匹马也随之交付。献礼之事完毕。以上是享礼的
礼仪。

　　乃右肉袒于庙门之东①。乃入门右,北面立,告听事。
傧者谒诸天子。天子辞于侯氏,曰:"伯父无事,归宁乃邦!"
侯氏再拜稽首,出,自屏南,适门西,遂入门左,北面立,王劳
之。再拜稽首。傧者延之,曰:"升!"升成拜,降出。以上请
事,王劳之。

【注释】

　　①庙:这里指周文王庙。

【译文】

　　于是诸侯就在周文王庙门的东边袒露出右上身,从右边入门,向北
站立,告诉周王说自己有罪听从责罚。傧相把他的话转告周王。周王
辞谢诸侯,说:"伯父没有什么罪过,回去吧,安定你的国家。"诸侯行再
拜稽首之礼,走出,从屏风的南面走到大门的西边,于是就进入大门的
西边,朝北站立,周王慰问他,诸侯行再拜稽首之礼。傧相引他上前,
说:"登堂!"诸侯登堂后完成拜礼,下堂,走出大门。以上是诸侯向周王请
事,周王慰劳诸侯的礼仪。

　　天子赐侯氏以车服。迎于外门外,再拜。路先设①,西

上,路下四②,亚之③,重赐无数,在车南。诸公奉箧服④,加命书于其上⑤,升自西阶,东面,大史是右⑥。侯氏升,西面立。大史述命⑦。侯氏降两阶之间,北面再拜稽首,升成拜。大史加书于服上,侯氏受。使者出,侯氏送,再拜,傧使者,诸公赐服者,束帛、四马,傧大史亦如之。同姓大国则曰伯父,其异姓则曰伯舅。同姓小邦则曰叔父,其异姓则曰叔舅。以上赐车服。

【注释】

①路:辂车。

②四:四匹马。

③亚之:次之。次于路车向东陈设。

④箧(qiè):竹箱。

⑤命书:天子命以赐给车服的文书。

⑥大(tài)史:官名。掌祭祀、历数、法典,为《周礼》春官之属。大,通"太"。

⑦述命:宣读天子的命书。

【译文】

周王赐给诸侯车辆服饰。诸侯到外门的外边迎接,行再拜之礼。先陈设辂车,在最西边为上首,车下首是四匹马,在车的东边,又赐予无数礼物,放在车的南边。在朝中任职的诸公手捧竹箱和服饰,上面放置周王的命书,从西边的台阶登堂,面朝东而立,太史站在右边。诸侯登堂,面向西站立。太史宣读周王的命书。诸侯向下走到东西两个台阶的中间,面朝北,行再拜稽首之礼,再登堂完成拜谢。太史将命书放在服饰之上,诸侯接受。周王的使者走出,诸侯相送,行再拜礼,送礼物招待使者,送给来送周王所赐服饰的诸公以束帛和四马,送给太史的礼物也是这样的。与周王同姓的大国的诸侯,周王就称他们为"伯父",对异姓大国的诸侯就称之为"伯舅";对同姓小国的诸侯,周王就称他们为"叔父",对异姓小国的诸侯就称之为"叔舅"。以上是赐车服的礼仪。

飨①,礼,乃归。诸侯觐于天子,为宫方三百步②,四门,坛十有二寻③,深四尺,加方明于其上④。方明者,木也,方四尺,设六色,东方青,南方赤,西方白,北方黑,上玄⑤,下黄。设六玉,上圭,下璧,南方璋,西方琥,北方璜,东方圭。上介皆奉其君之旗⑥,置于宫,尚左。公、侯、伯、子、男,皆就其旗而立。四传摈。天子乘龙⑦,载大旆⑧,象日月、升龙、降龙;出,拜日于东门之外,反祀方明。礼日于南门外,礼月与四渎于北门外⑨,礼山川丘陵于西门外。祭天,燔柴;祭山、丘陵,升;祭川,沉;祭地,瘞⑩。以上诸侯觐于天子。

【注释】

①飨(xiǎng):大宴宾客,赐赏。

②宫:土垒的矮墙。

③寻:古长度单位,八尺为一寻。

④方明:上下四方神明之象。古代诸侯朝见天子、会盟或天子祭祀时所置。

⑤玄:黑中带赤的颜色。

⑥上介:诸侯副使。介,传宾主之言的人。古时主有傧相迎宾,宾有随从通传,称为"介"。

⑦龙:高大的马,骏马。马高八尺以上称为龙。

⑧大旆(pèi):《仪礼》作"大旂"。即大常之旗,是天子所建之旗。

⑨四渎:古以江、河、淮、济四水为"四渎"。渎,河渠。

⑩瘗(yì)：埋葬。

【译文】

周王宴请诸侯，并赐给礼物，然后诸侯就起程回国。诸侯朝见周王，要修造方圆三百步的土墙，设四座宫门，宫中的土坛方圆十二寻，高四尺，在上面放置上下四方神明之象——方明。方明，是用木头制成的，四尺长，分别涂上六种颜色：东方之神为青色，南方之神为红色，西方之神为白色，北方之神为黑色，上方之神为玄色，下方之神为黄色。又陈设六种玉器：上方为玉圭，下方为玉璧，南方为玉璋，西方为玉琥，北方为玉璜：东方为玉圭。各国诸侯副使都手持各国诸侯的旗帜，树立在宫中，以左边为上首。公、侯、伯、子、男五种爵位的诸侯都在自己的旗帜下面站立。傧相四次传达周王的命令。周王乘坐八尺以上的骏马所拉的车子，车上竖立着大常旗，旗子上绘着太阳、月亮及上升下降的龙；出行到东门外，拜太阳之神，返回祭祀方明。依照礼仪在南门外祭祀太阳神，在北门外祭祀月亮神和江、河、淮、济四水之神，在西门外祭祀山川丘陵之神。祭祀上天时，要点燃柴火；祭名山丘陵时，要登上山顶；祭祀河流时，要把祭品沉到水底；祭祀大地时，要把祭品埋入地中。以上是诸侯觐见天子的礼仪。

礼记 《小戴礼》惟《丧大记》《投壶》二篇首尾完备，余皆疏略不详。姑钞其不甚挽杂者。

《礼记》简介参见卷八。

祭法

【题解】

《祭法》概述自有虞氏至周，上至天子，下至庶人，祭祀鬼神祖宗祭礼的名目。由此可见祭祀在古代社会生活中占有的重要地位。

祭法：有虞氏禘黄帝而郊喾①，祖颛顼而宗尧②。夏后氏亦禘黄帝而郊鲧③，祖颛顼而宗禹。殷人禘喾而郊冥④，祖契而宗汤。周人禘喾而郊稷⑤，祖文王而宗武王。以上郊、禘、祖、宗四代不同。

【注释】

①有虞氏：古部落名。传说其部落联盟的首领舜受尧禅。禘(dì)：古代帝王、诸侯举行各种大祭的总名。凡祀天、宗庙大祭与宗庙时祭均称为"禘"。《礼记·丧服小记》："王者禘其祖之所自出，以其祖配之。"郊喾(kù)：郊祭时以帝喾配祭。郊，古代于郊外祭

天地。喾，相传为黄帝子玄嚣的后代。《史记》以为五帝之一。

②祖：对创业开国者的尊称。颛顼(zhuān xū)：五帝之一，相传为黄帝之孙，昌意之子。宗：德高功大者。本朝称祖、称宗者，可享有永远在宗庙中受祭祀的权利。

③夏后氏：传说禹受舜禅，建夏王朝，称夏后氏。鲧：相传为禹之父，因治水无功，舜殛之于羽山。

④冥：契之六世孙。曾为夏水官，勤其官而水死。契(xiè)：传说中商族始祖，帝喾之子，其母简狄吞玄鸟卵而生，舜时助禹治水有功，为司徒。

⑤稷：后稷，名弃，周的先祖，为舜农官。

【译文】

祭祀的方法：有虞氏禘祭黄帝，郊祭天时以帝喾配祭，以颛顼为祖，以尧为宗；夏后氏也禘祭黄帝，郊祭天时以鲧配祭，以颛顼为祖，以大禹为宗；殷人禘祭帝喾，郊祭天时以冥配祭，以契为祖，以汤为宗；周人禘祭帝喾，郊祭天时以后稷配祭，以文王为祖，以武王为宗。以上虞、夏、商、周四代郊、禘、祖、宗祭祀对象不同。

燔柴于泰坛①，祭天也；瘗埋于泰折②，祭地也；用骍犊③。埋少牢于泰昭④，祭时也；相近于坎坛⑤，祭寒暑也。王宫⑥，祭日也；夜明⑦，祭月也；幽宗⑧，祭星也；雩宗⑨，祭水旱也；四坎坛⑩，祭四方也。山林、川谷、丘陵，能出云，为风雨，见怪物，皆曰神。有天下者，祭百神。诸侯，在其地则祭之，亡其地则不祭。大凡生于天地之间者，皆曰命；其万物死，皆曰折；人死，曰鬼；此五代之所不变也。七代之所以更立者，禘、郊、宗、祖，其余不变也。以上天地百神历代不变。

【注释】

①燔(fán)柴：祭天之礼。积薪于坛上，置玉及牲于柴上，燃烧使气
　　上达于天。坛：封土设祭处。下文"折"义与此相同。

②瘗：指埋葬缯、牲于土中，以祭地。

③骍(xīn)：赤色的马或牛。

④少牢：古时祭祀、燕享单用羊、猪称少牢。泰昭：祭时之坛。

⑤相近：疑为"禳(ráng)祈"二字之误。禳，祭名，除邪去恶之祭。
　　坎：古时祭祀用的坑穴。

⑥王宫：此指祭日神的祭坛。

⑦夜明：月坛。

⑧幽宗：祭星的坛。

⑨雩(yú)宗：祭水旱之坛。

⑩四坎坛：四方各设坎、设坛。

【译文】

　　在泰坛上燃烧薪柴，用以祭天；在泰折中瘗埋缯、牲，用以祭地；都
要用赤色的牛犊。在泰昭坛埋少牢，用以祭春夏秋冬四时；在祭坑、祭
坛上举行去邪除恶、求福的祭礼，用以祭寒暑；王宫坛，用以祭日；夜明
坛，用以祭地；幽宗坛，用以祭星；雩宗坛，用以祭水旱；四方各设坎、坛，
以祭四方。山林、川谷、丘陵，凡是能升起云朵，兴起风雨，显现怪物的，
都称之为神。统治天下的君王要祭祀众神。各国诸侯如境内有上述山
林、川谷、丘陵就应举行相应的祭祀，如果没有这些就不必祭祀了。举
凡生存于天地之间的万物都叫命；万物之死都叫折；人死了叫鬼；这是
尧、舜、夏、商、周相沿不变的。颛顼、帝喾、尧、舜、夏、商、周七代更替设
祭的，是禘祭、郊祀、祭宗、祭祖，其他是不变的。以上是讲天地百神的祭祀
历代不变。

天下有王，分地建国，置都立邑，设庙、祧、坛、墠而祭

之①，乃为亲疏多少之数。是故，王立七庙②，一坛一墠，曰考庙、曰王考庙、曰皇考庙、曰显考庙、曰祖考庙③，皆月祭之；远庙为祧，有二祧④，享尝乃止⑤；去祧为坛，去坛为墠，坛墠有祷焉祭之，无祷，乃止；去墠曰鬼。诸侯立五庙，一坛一墠，曰考庙，曰王考庙，曰皇考庙，皆月祭之；显考庙，祖考庙，享尝乃止；去祖为坛，去坛为墠，坛墠有祷焉祭之，无祷乃止；去墠为鬼。大夫立三庙二坛，曰考庙，曰王考庙，曰皇考庙，享尝乃止；显考、祖考无庙，有祷焉，为坛祭之；去坛为鬼。适士二庙一坛⑥，曰考庙，曰王考庙，享尝乃止；显考无庙，有祷焉，为坛祭之；去坛为鬼。官师一庙，曰考庙；王考无庙而祭之；去王考为鬼。庶士、庶人无庙，死曰鬼。以上庙、祧、坛、墠多少之数。

【注释】

① 庙：宗庙。祧（tiāo）：远祖之庙。坛：祭坛。墠（shàn）：祭祀用的场地。

② 七庙：指下文"考庙"至"祖考庙"五庙加上二祧庙。

③ 考庙：父庙。王考庙：祖父庙。皇考庙：曾祖父庙。显考庙：高祖父庙。祖考庙：始祖庙。

④ 二祧：据孙希旦说，应指高祖之父、高祖之祖之庙。

⑤ 享尝：享祀与尝祀。春季为享，秋季为尝，此泛指四时祭祀。

⑥ 适（dí）士：即"嫡士"，大宗嫡子。郑玄注以为是"上士"，今依孙希旦《礼记集解》。适，通"嫡"。

【译文】

天下有君王，分封国土，建立邦国，设置国都采邑，又设宗庙、远祖的庙、祭祀用的高台或场地,举行各种祭礼,并且规定祭者与被祭者的亲疏关系以及立庙的数量。所以国王得立七庙、一坛、一墠,包括考庙、王考庙、皇考庙、显考庙、祖考庙,以上每月一致祭;世数久远的祖先,其庙为祧,共有二祧,四时各一致祭;自祧中迁出的,祭于坛,自坛中迁出的,祭于墠,坛与墠,有祷告求福时才举行祭礼,如果没有祷告,就不行祭礼;从墠中迁出的称为鬼。诸侯得立五庙、一坛、一墠,包括考庙、王考庙、皇考庙,均每月致祭;显考庙、祖考庙,四时致祭;迁出祖庙的祭于坛,迁出坛的祭于墠,坛与墠,有所祷告时才举行祭祀,如无祷告就不行祭礼;从墠中迁出的称为鬼。大夫得立三庙、二坛,包括考庙、王考庙、皇考庙,四时致祭;远祖以上不立庙,遇有祷告,筑坛行祭礼;从坛中迁出称为鬼。大宗嫡子为嫡士,有二庙、一坛,包括考庙、王考庙,四时致祭;显考不再立庙,有所祷告时,筑坛祭之;世数更久远的为鬼。三等之士的官师,得立一庙,即考庙;王考不立庙,但要祭祀;王考以上的为鬼。庶士、庶人不得立庙,死即为鬼。以上是从王至庶人可立庙、祧、坛、墠数目的多少。

　　王为群姓立社①,曰大社。王自为立社,曰王社。诸侯为百姓立社,曰国社。诸侯自为立社,曰侯社。大夫以下,成群立社曰置社②。以上立社之名。

【注释】

①群姓:百官以下至人民。社:土地神。此指祭祀土地神的地方。

②成群立社:大夫以下不可独自立社,大夫与民群居,满一百家以上可共立一社。

【译文】

国王为百官众民所立祭土地之神的场所称大社,王为自家所立的祭土地之神的场所叫王社。诸侯为众人所立祭土神的场所称国社,诸侯给自家所立的祭土神的场所称侯社。大夫以下的,与同居处的民众共同立社,称置社。以上是所立祭土神场所的名称。

王为群姓立七祀,曰司命①,曰中霤②,曰国门③,曰国行④,曰泰厉⑤,曰户⑥,曰灶⑦;王自为立七祀。诸侯为国立五祀,曰司命,曰中霤,曰国门,曰国行,曰公厉⑧;诸侯自为立五祀。大夫立三祀,曰族厉⑨,曰门,曰行。适士立二祀,曰门,曰行。庶士、庶人,立一祀,或立户,或立灶。以上立祀多少之数。

【注释】

①司命:主督察的小神。

②中霤(liù):宅地之神,即后代的宅神。

③国门:负责国都城门,主出入的神。

④国行(háng):道路之神。

⑤泰厉:指古代帝王没有后嗣的,得不到祭祀,则鬼无所依归,为祸作祟,所以要祭祀它们。厉,恶鬼。

⑥户:即后代的门神。

⑦灶:灶神。

⑧公厉:诸侯称公,诸侯没有后嗣的,其鬼为公厉。

⑨族厉:大夫没有后嗣的,其鬼为族厉。族,众。

【译文】

国王为百官以下及众民建立七种祭祀,包括司命、中霤、国门、国行、泰厉、户、灶;国王又为自家设立这七种祭祀。诸侯为其封国设立五种祭祀,包括司命、中霤、国门、国行、公厉;诸侯又为自家设立这五种祭祀。大夫得立三种祭祀,包括族厉、门、行。嫡士可建立两种祭祀,包括门和行。庶士、庶人得立一种祭祀,或是祭户神,或是祭灶神。以上是从王至庶人所立祭祀数目的多少。

王下祭殇五①:適子、適孙、適曾孙、適玄孙、適来孙②。诸侯下祭三,大夫下祭二,適士及庶人,祭子而止。以上祭殇之数。

【注释】

①殇(shāng):未成年而死。

②曾孙:孙之子。玄孙:曾孙之子。来孙:玄孙之子。

【译文】

国王对未成年就早逝的晚辈的祭祀有五种:即嫡子、嫡孙、嫡曾孙、嫡玄孙、嫡来孙。诸侯对早逝的晚辈的祭祀有三种,大夫对早逝晚辈的祭祀有两种,嫡士以及庶人对早逝晚辈的祭祀只限于对嫡子一辈的祭祀。以上是从王至庶人可祭殇子数目的多少。

夫圣王之制祭祀也:法施于民,则祀之;以死勤事,则祀之;以劳定国,则祀之;能御大灾,则祀之;能捍大患,则祀之。是故,厉山氏之有天下也①,其子曰农,能殖百谷,夏之衰也,周弃继之,故祀以为稷;共工氏之霸九州也②,其子曰后土,能平九州,故祀以为社;帝喾能序星辰以著众;尧能赏均刑法以义终;舜勤众事而野死;鲧障鸿水而殛死③;禹能修鲧之功;黄帝正名百物,以明民共财④;颛顼能修之;契为司徒而民成⑤;冥勤其官而水死;汤以宽治民而除其虐;文王以文治,武王以武功,去民之灾;此皆有功烈于民者也。及夫日月星辰,民所瞻仰也,山林、川谷、丘陵,民所取材用也。非此族也,不在祀典。以上圣贤死后应列祀典者。

【注释】

①厉山氏:郑玄注:"厉山氏,炎帝也,起于厉山。或曰有烈山氏。"

②共工氏:传说中的古帝王。据孙颖达疏,共工氏生活在太昊伏羲氏之后,炎帝之前。

③鸿水:洪水,大水。鸿,大。殛:流放。或说指诛杀。

④明民:郑玄注:"谓垂衣裳,使贵贱分明,得其所也。"共财:郑玄注:"谓山泽不障,教民取百物以自赡也。"

⑤民成:郑玄注:"民之五教得成。"

【译文】

圣哲先王制订祭祀的标准是:其创立的法度能够在百姓中施行的要受到祭祀,为王事尽力、以身殉职的要受到祭祀,以自己的功绩安定国家的人要受到祭祀,能抵御大灾害的要受到祭祀,能抵御大祸患的要受到祭祀。所以厉山氏统治天下,他的儿子为农官,能种植各种庄稼,夏朝衰落时,周之先祖弃继之而起,所以以后稷的名号受到祭祀;共工氏为九州盟主,他的儿子为后土之官,能治九州五土,所以作为祭祀土地神时的配享之神。帝喾能够纪星辰出没、序四时物候,让百姓明白休作闲忙的时节;尧能够行赏均平、施刑有法,禅舜而老,以义善终;舜能够致力于政务而最终身死于朝廷之外;鲧努力堵塞洪水而自己被处死;大禹能够继续治理洪水的事业;黄帝能够为各种事物确立其名目,使百姓之间贵贱分明,教给民众自取山泽间物养活自己的方法;颛顼能继续黄帝的事业;契为尧时司徒,使父义、母慈、兄友、弟恭、子孝五教得成;冥努力尽其水官的职责而死于水;汤以宽缓的精神统治民众也能除其残暴者；周文王以文教施政治民，周武王则以战功解除民众的灾难；以上都是对民众有功劳、业绩的人啊！至于日月星辰，这是百姓们抬头仰视的天象；山林、川谷、丘陵，这是百姓们获取生活用品的地方；如果不是这样的，就不在祭祀之列。以上是死后应列于祀典的圣贤。

投壶

【题解】

投壶，古人宴会时的游戏。设置特制的壶，宾主依次投矢其中，中多者为胜，负者饮。本篇是对投壶游戏规则的完整记录，从中可以看到，礼的精神无所不至，连一个小小的游戏也要处处体现出来。

投壶之礼①，主人奉矢②，司射奉中③，使人执壶。主人请曰："某有枉矢哨壶④，请以乐宾。"宾曰："子有旨酒嘉肴⑤，某既赐矣，又重以乐，敢辞。"主人曰："枉矢哨壶，不足辞也，敢固以请。"宾曰："某既赐矣，又重以乐，敢固辞。"主人曰："枉矢哨壶，不足辞也，敢固以请。"宾曰："某固辞不得命，敢不敬从。"宾再拜受，主人般还⑥，曰："辟⑦。"主人阼阶上拜送⑧，宾般还，曰："辟。"已拜，受矢，进即两楹间⑨，退反位，揖宾就筵。

【注释】

①投壶：古人宴会时的一种游戏。设特制的壶，宾主依次投矢壶中，中多者胜，负者饮酒。

②奉：通"捧"。矢：箭，此处用作投壶的筹码。

③中：盛放筹码的器具，木质，为鹿、兕等形，背上凿孔容筹。

④枉矢：不直的箭。哨壶：口不正的壶。枉矢、哨壶都是谦逊的
　说法。

⑤旨：味美。

⑥般（pán）还：回旋。

⑦辟（bì）：通"避"。

⑧阼（zuò）：大堂前东面的台阶。拜送：北面拜送矢。

⑨楹（yíng）：柱。

【译文】

投壶之礼，主人手捧投壶用的箭，司射手捧计算筹码用的器皿，另
使人拿着壶。主人邀请宾客说："敝人有曲矢歪壶，请允许我拿来供各
位娱乐吧。"宾客说："您的美酒佳肴，敝人已蒙厚赐；您又提供娱乐，敝
人冒昧推辞。"主人说："敝人矢曲壶歪，不值得推辞，再次邀请您。"宾客
说："敝人已蒙厚赐，又提供娱乐，敝人再次冒昧推辞。"主人说："矢曲壶
歪，不值得推辞，冒昧地再次邀请。"宾客说："敝人推辞得不到允许，敢
不恭敬地遵从您的命令。"宾客行再拜之礼，接受箭矢，主人盘桓退后，
说："不敢当。"主人在东阶之上拜送箭矢，宾客盘桓退后，说："不敢当。"
主人已拜送箭矢，又自行接受箭矢，向前进至两柱之间，表示将投壶于
此，后退返回自己的位置，向宾客行拱手礼，在筵席上就座。

　　司射进度壶①，间以二矢半②，反位，设中，东面，执八
筹③，兴。

【注释】

①度（duó）壶：量度安置壶的位置。度，思量。

②间（jiàn）：间隔。

③筹（suàn）：同"算"。计算。亦指计算用的筹码。

【译文】

司射进前量度安置壶的位置,使之距宾主之席各七尺,然后返回原位坐好,放好计算筹码用的器皿,面向东,手持八枚算筹站起来。

请宾曰:"顺投为入①,比投不释②,胜饮不胜者,正爵既行③,请为胜者立马④,一马从二马,三马既立,请庆多马⑤。"请主人亦如之。

【注释】

①顺投:指矢的头部先入投壶。

②比投:一人连续投矢。投壶时应宾、主轮流,一人连续投是犯规。比,连续地。释:放,放下算筹,指计算成绩。

③正爵:郑玄注:"所以正礼之爵也。或以罚,或以庆。"爵,一种酒具。此指以爵行酒。

④马:一种计算胜利的筹码。

⑤"一马从二马"几句:以三个筹码为一局,立一个筹码者负于立两个筹码者,一方得立三个筹码,请允许为多筹码的一方庆贺。一说,投壶以先立起三个筹码为胜,如果一方有两个筹码,一方有一个筹码,那么有两个筹码的一方可以撤去对方的一个筹码,而自己凑成三个筹码,先立三个筹码者获胜,输的一方要斟酒庆贺胜方。

【译文】

邀请宾客说:"投矢时矢的前部投入壶中的才算是投中,自己连续投掷,投中也不计成绩,获胜方罚败方喝酒。以爵行酒之后,请允许为获胜方立筹码作为标志,以三个筹码为一局,立一个筹码者负于立两个筹码者,一方得立三个筹码,请允许为筹码多的一方庆贺。"邀请主人时也这样说。

命弦者曰："请奏《狸首》①,间若一②。"大师曰："诺。"

【注释】

①《狸首》:逸诗名。行射礼时歌《狸首》以和发矢之节奏。此投壶礼亦用之。

②间:曲中节奏。

【译文】

又命令乐工说："请演奏《狸首》乐曲,其间节奏要一致。"乐工之长回答说："是。"

左右告矢具,请拾投①。有入者,则司射坐而释一筹焉。宾党于右,主党于左。

【注释】

①拾(jié):轮流,更替。

【译文】

左右报告矢已经准备好了,司射邀请宾主轮流投矢壶中。当有一方投矢入壶有效时,司射就坐下,放下一枚算筹。宾客一方的算筹置其右手边,主人一方的算筹置其左手边。

卒投,司射执筹曰："左右卒投,请数。"二筹为纯①,一纯以取,一筹为奇②。遂以奇筹告曰："某贤于某若干纯。"奇则曰奇,钧则曰左右钧。

【注释】

①纯(quán):成双成对。

②奇(jī)：零数。

【译文】

投掷完毕，司射拿起双方的算筹，说："左右双方结束投掷，请允许我来计算筹码。"计算时以两枚算筹为一纯，每一纯一数，拿起来置于左手；一枚算筹则为奇。于是数胜方较负方多出的算筹，在宾客席前报告："某方比某方多若干纯。"有奇数就说"奇"。两方相当就说"双方均等"。

命酌^①，曰："请行觞。"酌者曰："诺。"当饮者皆跪奉觞，曰："赐灌。"胜者跪曰："敬养^②。"

【注释】

①命酌：郑玄注："酌者，胜党之弟子。"
②敬养：孙希旦曰："敬养者，酒所以养老、养病也。此实罚爵，而曰'赐灌'、曰'敬养'者，皆谦敬之辞也。"

【译文】

司射命胜者之弟子斟酒，说："请依次敬酒。"斟酒的子弟说："是。"该当饮酒的人跪在那里，捧着酒杯，说："承蒙赐酒。"胜方也跪在席上，说："请保重身体。"

正爵既行，请立马。马各直其筭。一马从二马，以庆。庆礼曰："三马既备，请庆多马。"宾主皆曰："诺。"正爵既行，请彻马。

【译文】

敬酒已毕，司射向宾主请示，为胜方立筹码，立于适才的算筹之前。

立有一个筹码的要输给立两个筹码的，为胜方庆贺。庆贺时司射说：
"已立三个筹码，请允许为筹码多的一方庆贺吧。"宾主都说："是。"这一
轮敬酒结束，司射请求撤去计算胜负的筹码。

　　筹多少视其坐。筹，室中五扶^①，堂上七扶，庭中九扶。
筹长尺二寸。壶，颈修七寸，腹修五寸，口径二寸半，容斗五
升。壶中实小豆焉，为其矢之跃而出也。壶去席二矢半。
矢以柘若棘，毋去其皮。鲁令弟子辞曰："毋怃^②，毋敖^③，毋
偝立^④，毋逾言^⑤，偝立逾言，有常爵。"薛令弟子辞曰："毋怃，
毋敖，毋偝立，毋逾言。若是者浮^⑥。"

【注释】

①扶：并四指的宽度为一扶。

②怃（hū）：怠慢。

③敖：通"傲"。

④偝（bèi）：通"背"。

⑤逾言：和远处的人说话。

⑥浮：罚人饮酒。

【译文】

　　算筹总数视在座人数而定。筹码的长度，在室内用的长五扶，堂上
用的为七扶，庭内用的为九扶。算筹长度为一尺二寸。壶的规格，颈长
七寸，腹长五寸，壶口直径为二寸半，容量为一斗五升。壶中装一些小
豆，防止投入壶中的矢可能弹跃出去。壶距离主客筵席各七尺。制矢
的材料用柘木或酸枣木，不要剥去树皮。鲁人投壶，号令弟子的话是：
"不要怠慢，不要倨傲，不要不正面向前，不要隔得较远地谈话。不正面
向前或隔得较远地谈话要罚酒。"薛人投壶，号令弟子的话是："不要怠

慢，不要倨傲，不要不正面向前，不要隔得较远地谈话。如果是这样，要罚酒。”

　　司射、庭长①，及冠士立者，皆属宾党；乐人及使者、童子，皆属主党②。

【注释】

①庭长：即司正，负责酒宴时在庭中督察仪容不合规范者。

②皆属主党：按，本段在《礼记》中置于下面“尽用之为射礼”一段下，底本置于此处，从底本。

【译文】

　　司射、司正，以及来观看投壶的成人都是宾客一边的人；乐工、侍奉进食的人、小孩，都属于主人这一边的。

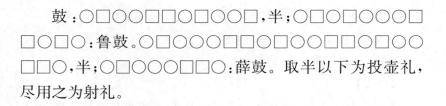

　　鼓：○□○○□□□○□○○□，半；○□○□○○□□□□○□○：鲁鼓。○□○○○□□□□○○□□□○○□□□○○□，半；○□○○○□□○：薛鼓。取半以下为投壶礼，尽用之为射礼。

【译文】

　　击鼓的节奏：○□○○□□□○□○○□，半；○□○□○○□□□□○□○：这是鲁鼓的节奏。○□○○○□□□□○○□□□○○□□□○○□，半；○□○○○□□○：这是薛鼓的节奏。截取半以下的部分作为投壶礼用，用于射礼时则全部采用。

　　鲁鼓：○□○○□□○○，半；○□○○□○○○○□○□○薛鼓：○□○○○○□○□○○○○□○○□○，半；○□○□○○○○□○。

【译文】

　　鲁鼓节奏：○□○○□□○○，半；○□○○□○○○○□○。薛鼓节奏：○□○○○○□○□○○○○□○○□○，半；○□○□○○○○□○。

史记

《史记》简介参见卷十七。

天官书

【题解】

《天官书》是司马迁剪裁荟萃当时的天官星占著作而写成的天文史传，文中夹杂着很多占星、望气、候岁之类的占卜术。我国古代的天文学家把天空的众星划分为五个大区域，在其下再分为三垣、二十八星宿。他们认为众星有尊卑隶属关系，就像人世间的官吏职位一样，所以称为天官。司马迁第一次把古代的天文科学纳入了历史论述的范畴，是独具慧眼的。顾实云：“《天官书》词致古奥，自成一种文字，此必出于甘、石之传，非司马子长所能自造。”（《重考古今伪书考》）这言及了春秋战国以至秦汉间天文学的发展对《天官书》的帮助和影响。从家学和师承来看，《天官书》熔铸了司马谈、司马迁父子两代人的心血，集中“究天人之际”，是司马迁“成一家之言”的重要组成部分。

中宫天极星①，其一明者，太一常居也②。旁三星三公③，或曰子属。后句四星，末大星正妃④，余三星后宫之属也。环之匡卫十二星⑤,藩臣。皆曰紫宫⑥。

【注释】

①中宫:古代星区名。古人将星空划分为五个区域:中宫黄龙,东宫苍龙,南宫朱鸟(亦称朱雀),西宫白虎,北宫玄武。黄龙介于朱鸟与白虎之间的黄道上,即轩辕座、五帝座一带。黄道五方星又与五方神对应。后来黄道五方星才演变为四方星,并把靠近北极附近的天区改为中宫,又称紫宫。宫,王念孙以为当作"官"字,下文所谓"东宫""南宫""西宫""北宫"之"宫",皆当为"官"字。天极星:星官名。即北极星官,由五颗星组成。今属小熊座。

②太一:星官名。古人认为位于北天极附近,联成如一串明珠的五颗星中最亮的那颗称为帝星的星是太一。由于它处于全天星座中的特殊地位,古人都把它比喻为八卦中的太极,或曰太一。今指小熊星座的β星。陈遵妫先生认为,司马迁时代,以帝星为极星。极星是指离北天极最近的星,于是观测者看到的全天恒星似乎都在以一昼夜一周的速度绕太一(极星)旋转。由于极星并不与北天极完全重合,实际上极星也绕北天极旋转,并且由于岁差的影响,天极在星空中的位置在不断变化,导致极星也在不断变换。

③旁三星三公:据陈遵妫先生考证,"旁三星三公"是太一(即帝星)旁边的太子、庶子、后,绝不是紫微垣中或太微垣中的三公。这三颗星都属小熊座。

④后句四星,末大星正妃:天极星后边弯曲排列着四颗星,其末端最大的星代表正妃。陈遵妫先生认为后句四星指勾陈四明星,从帝星算起,最近帝星的是勾陈四,次为勾陈三,再次为勾陈二,最后为最亮的勾陈一,太史公称它为正妃。勾陈,星官名。

⑤匡卫十二星：当指西藩的右枢、少尉、上辅、少辅、上卫、上丞和东
　　藩的左枢、上宰、少宰、上弼、少弼、少卫十二颗星。今属天龙座、
　　大熊座和鹿豹座。
⑥紫宫：即中宫。

【译文】

中宫是以天极星为中心的天区。中宫里面比较明亮而且好像总是
停留在正北不动的那一颗就是天极星，名叫太一星，太一有天帝的意
思。旁边三颗星叫三公，也有称它们为太子星，庶子星的。后面四颗星
可连接成弯曲形状，其中末尾较亮的一颗是正妃，其余三颗星为后宫嫔
妃之属。环绕中宫的十二颗星将中宫护卫似的围在里面，它们以藩臣
命名。以上所有这些星就构成中宫，也叫紫宫。

　　前列直斗口三星，隋北端兑，若见若不，曰阴德，或曰天
一①。紫宫左三星曰天枪②，右五星曰天棓③，后六星绝汉抵
营室④，曰阁道⑤。

【注释】

①"前列直斗口三星"几句：陈久金认为后世的天一星，介于太一和
　　右枢之间，它不可能位于斗口前。又阴德二星较暗，其附近还有
　　一些小星，司马迁把阴德星说成三颗星，也是可能的。王元启
　　曰："按《晋书·天文志》门内东南维五星曰尚书，尚书西二星曰
　　阴德、阳德。今图但云阴德，又止二星在宫垣内，不与斗口相直。
　　下云'或曰天一'，天一在垣外，与斗近，然止一星，疑史公谓之斗
　　口指宫垣南口，非谓斗魁之口也。"阴德二星，今属天龙座。直，
　　同"值"。正当。隋，通"堕"。下垂之意。兑，通"锐"。不，同
　　"否"。

②天枪：星官名。今属牧夫座。

③天棓(bàng)：星官名。今属天龙座和武仙座。棓，通"棒"。天棓
　　与天枪均为守卫宫门的兵器。

④绝汉：直渡银河。汉，指银河。营室：星官名。原包括室宿和壁
　　宿，后专指室宿，二十八宿之一。今属飞马座。

⑤阁道：星官名。今属仙后座。据陈遵妫先生考证，当帝星过子午
　　圈(过南点、北点和天顶的大圆)时居北极之上，则天枪三星在
　　左，天棓五星在帝星之右，若以天一为紫宫之前，则阁道六星适
　　在其后，阁道北二星在天汉之北，正向紫宫，南二星在天汉之南，
　　斜指室宿。

【译文】

　　挡在紫宫前门口的左枢星和右枢星与在它们北边的阴德星，组成
一个向北尖锐的三角形。处在尖端的阴德星很暗，看上去若隐若现，也
有称它为天一星的。由宫门二星向南，左前方的三颗星叫天枪，右前方
的五颗星叫天棓。出此宫的后门向南有六颗星，再向南越过银河直指
壁宿和室宿，这六颗星就是阁道。

　　北斗七星，所谓"璇、玑、玉衡以齐七政"①。杓携龙角②，
衡殷南斗③，魁枕参首④。用昏建者杓⑤；杓，自华以西南⑥。
夜半建者衡⑦；衡，殷中州河、济之间⑧。平旦建者魁⑨；魁，
海、岱以东北也。斗为帝车⑩，运于中央，临制四乡⑪。分阴
阳，建四时，均五行，移节度，定诸纪，皆系于斗⑫。

【注释】

①璇(xuán)、玑(jī)、玉衡以齐七政：古天文术语。出自《尚书》，意
　　为用观测北斗星的璇、玑、玉衡三星来考正日月五星和岁时季

节。璇、玑、玉衡，星名。今均属大熊座。璇，北斗第二星。玑，
北斗第三星。玉衡，北斗第五星。《史记索隐》案："《春秋运斗
枢》云：'斗，第一天枢，第二旋，第三玑，第四权，第五衡，第六开
阳，第七摇光。第一至第四为魁，第五至第七为标（当为"杓"），
合而为斗。'"

②杓携龙角：斗杓延长线连着东方苍龙龙角的大角星。

③衡殷南斗：玉衡和前后两星的连线连着南斗。衡星与斗宿中的
二星正好在一条直线上，故曰"衡殷南斗"。南斗，星官名。即斗
宿，二十八宿之一。今属人马座。

④魁枕参首：斗魁四星顺着杓的方向向北延伸是参宿的头。魁四
星位于参宿的两肩上，参宿的左右肩分别与魁四星中的左右两
星两两相连，成两条平行的直线，故曰"魁枕参首"。参，星官名。
二十八宿之一。今属猎户座。

⑤昏建：古天文术语。黄昏太阳落入地平线约六至八度时，观察北
斗斗杓所指十二辰方位名作为该月月名的月建方法叫昏建。

⑥杓，自华以西南：斗杓指向华山及其西南地区。华，华山，在今陕
西华阴南。在古代人们为了星占，需要把地上不同的区域同天
上不同的分区相对应，叫作分野。分野有不同的标准，可用二十
八宿，十二次，也可用北斗七星进行地理分野。因此，斗杓、斗
魁、斗衡，都指向一定的地理区域。

⑦夜半建：古天文术语。指子夜时观测北斗斗衡所指十二辰方位
名为该月月名的月建的方法。夜半，指子时。

⑧衡，殷中州河、济之间：斗衡代表中州黄河、济水之间的区域。中
州，古地区名，相当于今河南一带，因地处古九州之中而得名。

⑨平旦建：古天文术语。指黎明时观测北斗斗魁所指十二辰方位
名为该月月名的月建方法。

⑩帝：天帝，也可象征皇帝。

⑪四乡：四至之方向。

⑫"分阴阳"几句：陈久金认为，太阳一岁在黄道上运行一周，每月移动一辰，故黄昏时看北斗斗柄的指向，每月移十二方位中的一个方位，正月指寅，二月指卯，三月指辰等等。斗建与月序相差一辰则设置闰月，故说"建四时，均五行，移节度，定诸纪，皆系于斗"。四时指一年各节气；节度指节气和太阳的行度，太阳日行一度，节气和行度是相关联的；诸纪即历法中的纪年、纪月、纪日等周期。天文学上的阴阳五行与哲学上的阴阳五行的概念是不同的，它不是抽象的概念，而是指季节的变化。自冬至到夏至，为阳气上升，为阳；自夏至到冬至，为阴气上升，为阴；故天文上将一岁分为阴阳两个部分。五行在天文上即为五季，每季七十二天。四时五季各为不同的分法。

【译文】

北斗七星即《尚书》说的"璇、玑、玉衡以齐七政"。斗杓向南延伸可见到一颗十分明亮的星，它就是东宫苍龙的龙角，叫大角星。斗衡即玉衡星和它前后两星，斗衡向南延伸可见南斗。斗魁四星顺着杓的方向向北延伸是参宿的头。在历法上，用黄昏后斗杓所指十二辰方位的名称命名该月月名，这种月建方法就叫作昏建；昏建时的斗杓指向对应华山及西南地域。除昏建外还有夜半建，它是夜半时以斗衡所指方位定月名为月建的；在分野上，斗衡所指为中州黄河、济水之间的地域。如果在平旦时刻看斗魁所指方位定月名的，则叫平旦建；在分野上斗魁所指对应为东海、泰山及东北部地域。北斗的形状就像天帝乘坐的车子，运动于靠近中央天极附近。北斗可主管四方地域分野。区分阴阳，分辨月建，配合五行均分五个节气，计量各节气太阳度数，确定历法的纪年、纪月和纪日，这许多重大的事情都要依靠北斗。

斗魁戴匡六星曰文昌宫①：一曰上将，二曰次将，三曰贵相，四曰司命，五曰司中，六曰司禄。在斗魁中，贵人之牢②。魁下六星，两两相比者，名曰三能③。三能色齐④，君臣和；不齐，为乖戾。辅星明近，辅臣亲强⑤；斥小⑥，疏弱。

【注释】

①斗魁戴匡六星曰文昌宫：与斗魁相值的匡扶天帝的六星曰文昌宫。据《尔雅·释地》，戴作"值"解；匡作"辅助"解。文昌宫，星官名。今属大熊座。

②在斗魁中，贵人之牢：在斗魁内无亮星，几乎看不见星，像是贵人的牢房。在斗魁中有四颗星叫天理，属大熊座。

③"魁下六星"几句：据陈遵妫先生考证，魁下六星是三台，即原文"三能(tái)"。上台起文昌，中台对轩辕，下台抵太微，三台各二星，相距不及半度，故称两两相比。三能，星官名。今属大熊座。

④色齐(jì)：颜色相近。三能六星，颜色、亮度基本上差不多，但它们相对的地平高度相差比较大，由于大气消光对地平高度低的恒星的颜色影响比较大，对地平高度高的影响比较小，因此这六颗星表现为色不齐，但六星随周日视运动到天顶附近时，大气消光对它们的颜色影响比较小，故表现为色齐的现象。

⑤辅星明近，辅臣亲强：北斗第六星开阳和它旁边的辅星相邻，如果辅星明亮并靠近开阳，是辅臣能力强并且尽职的吉兆。辅星，星名，指大熊座的80星。恒星之间的相对位置是在短时间内基本上不变的，但由于恒星在做周日运动中所处地平高度不同，由于人的视觉效应，看起来两颗恒星的相对距离就有远近的感觉。

⑥斥小：远离而微小。

【译文】

与斗魁相值的匡扶天帝的六星叫文昌宫：六颗星的名称分别是上

将、次将、贵相、司命、司中和司禄。在斗魁内几乎看不见星，像是贵人的牢房。斗魁下方也有六星，两两并肩，分别叫作上能、中能和下能。三能六星颜色相似，意味着君臣和睦；三能颜色不一致，则君臣关系紧张。北斗的第六星开阳和它旁边的辅星相邻，辅星明亮且靠近主星开阳，是辅臣能力强并尽职的吉兆；辅星暗且与主星相斥，意味着辅臣与皇帝疏远且力量微弱。

杓端有两星：一内为矛，招摇[①]；一外为盾[②]，天锋[③]。有句圜十五星[④]，属杓，曰贱人之牢。其牢中星实则囚多，虚则开出[⑤]。

【注释】

①一内为矛，招摇：内，接近。矛，天矛星，又叫招摇星，指牧夫座的γ星。

②外：远离。

③天锋：星名。一说即元戈。今属牧夫座。据陈遵妫先生考证，招摇南十度为天锋，即梗河星。

④句圜（yuán）十五星：王元启曰："按句七星曰七公，圜八星曰贯索。"七公在今武仙座和牧夫座，贯索在今北冕座。

⑤其牢中星实则囚多，虚则开出：据当代科学家研究，"贱人之牢"主要包括北冕座的半圆形部分，其中有两颗变星北冕座 R 和北冕座 S，变幅分别为 5.8—14.8 等及 6.0—14.0 等，它们最大亮度在人眼可见范围之内，而最小亮度又在人眼可见范围之外，故当 R.S.可见时，牢中星实，反之可称为虚。

【译文】

斗杓尾端有两颗星：靠近杓的为矛，叫招摇星；远一点的为盾，叫天锋星。有围成一个圆圈的十五颗星,也在杓尾方向,它好像是下层人的牢房。圆圈内看到的星清晰,表示囚犯多;圈内星模糊不清,是囚犯已开脱的兆应。

天一、枪、棓、矛、盾动摇,角大①,兵起。以上中官。

【注释】
①角:芒角,光芒。

【译文】
天一、天枪、天棓、天矛、天盾等星摇动且光芒粗大,兆在战争发生。以上是中官之星。

东宫苍龙①,房、心②。心为明堂③,大星天王④,前后星子属,不欲直⑤,直则天王失计。房为府⑥,曰天驷⑦。其阴⑧,右骖⑨。旁有两星曰钤⑩;北一星曰辖⑪。东北曲十二星曰旗⑫。旗中四星曰天市⑬;中六星曰市楼⑭。市中星众者实,其虚则耗。房南众星曰骑官⑮。

【注释】
①东宫:古星区名。包含角、亢、氐、房、心、尾、箕七宿。
②房:房宿,又叫天驷,二十八宿之一。今属天蝎座。心:心宿,又叫商星,二十八宿之一,因相当于东方苍龙心脏而得名。今属天蝎座。
③明堂:古代帝王宣明政教的场所。
④天王:指心宿二,又名"大火",是观象授时的主要星辰。今指天蝎座 α 星。

⑤前后星子属，不欲直：陈遵妫先生认为前星在中央大星西南，后星在其东北，它们不在一条直线上，稍弯曲，故称不欲直。前后星，指心宿一和心宿三，属于天蝎座。直，三星排列直线。

⑥府：《史记索隐》补作"天府"，天帝的官署。

⑦天驷：即指房宿。《史记索隐》引《尔雅》云："天驷，房。"又引《诗纪历枢》云："房为天马，主车驾。"

⑧阴：北边。

⑨右骖（cān）：星名。指天龙座 α 星。

⑩钤（qián）：指钩钤一和钩钤二，分别对应今天蝎座 $Ё\omega 1$、$\omega 2$。

⑪辖（xiá）：即牵星，后称键闭，今指天蝎座 γ 星。

⑫东北曲十二星曰旗：据《晋书·天文志》应为："东北曲二十二星曰旗。"它们指西边的河中、河间、晋、郑、周、秦、蜀、巴、梁、楚、韩。今属武仙座、巨蛇座、蛇夫座。东边的魏、赵、九河、中山、齐、吴越、徐、东海、燕、南海、宋。它们今属武仙座、巨蛇座、蛇夫座、天鹰座。

⑬天市：据陈遵妫先生考证，指天市垣的宗正一、斛二、帝座、侯。但据薄树人先生考证，司马迁所说的天市四星，今证为蛇夫座 α、κ、γ 三星及巨蛇座 η 星，这四星范围内有蛇夫座 μ 及 RS 两变星，变幅分别为 5.8—6.5 等及 4.3—12.5 等，介于肉眼可见与不可见的范围，故有虚实之称。

⑭市楼：星官名。今属蛇夫座和巨蛇座。

⑮骑官：星官名。今属豺狼座和半人马座。

【译文】

东宫的整体形象似一条苍龙，东宫的中央是房宿和心宿。心宿正在苍龙的心脏部位而得名，这里像是天王行政的殿堂，其中最亮的一颗就是天王，它的上下各有一星是王子，三颗星本不在一条直线上，倘若三颗星在一条直线上，意味着天王政令失误。房宿是天府，叫天驷。它的北边是右骖星,右骖旁的两星叫铃星,铃星北边的一颗星叫牵。房宿东北弯曲的十二颗星是旗,它与对面十星围成一个大圈。大圈内有四颗星叫天市;圈内靠南居中的六颗星叫市楼。天市中看到的星多则国库充盈,看到的星少则国库空虚。房宿南边众星组成骑官星座。

　　左角,李;右角,将①。大角者②,天王帝廷。其两旁各有三星,鼎足句之,曰摄提③。摄提者,直斗杓所指,以建时节,故曰"摄提格"④。亢为疏庙⑤,主疾。其南北两大星,曰南门⑥。氐为天根⑦,主疫。

【注释】

①左角,李;右角,将:角宿左边是李星,右边是将星。由于角宿横跨黄道南北,按日自西向东运行,故有左右之分。李,即"理",法官。

②大角:星名。今指牧夫座的α星。

③摄提:古星官名。左摄提与右摄提的合称。在今牧夫座。摄提可与斗杓一起,根据斗杓的指向以建十二时节。

④摄提格:古代纪年名称。古人认为岁星十二年一周天,将黄赤道附近天域均匀划分为十二部分,称作十二星次,岁星每年走一次。古代就根据岁星所在位置来纪年,如岁在鹑火,岁在星纪。摄提格为十二次第三位,与十二地支的"寅"相当。

⑤亢为疏庙:亢宿外形像庙宇。亢,亢宿,二十八宿之一。今属室女座。疏庙,外庙。

⑥南门:星官名。指南门一和南门二。今属半人马座。

⑦氐为天根:氐宿比亢宿更接近地平,就像天的根柢。氐,氐宿,二十八宿之一。今属天秤座。

【译文】

角宿两星一左一右,角宿左边的那颗星叫李星,是法官;角宿右边的那颗星叫将星,是将军。大角星是天王的宫廷。它的两旁各有三颗星,都是鼎足形排列,叫摄提。因为它们正在斗杓所指的方向上,和斗一样有指示时节的作用。当斗杓指向寅位,年名"摄提格"。亢宿外形像庙的房顶,是天帝处理政事的地方,掌管疾病。亢宿往南有一南一北两颗亮星,叫南门座。氐宿比亢宿更靠近地平,所以说它是天根,掌管瘟疫。

尾为九子①,曰君臣;斥绝②,不和。箕为敖客③,曰口舌④。

【注释】

①尾为九子:指尾宿九星,也为古代星占用语。尾,尾宿,二十八宿之一。今属人马座。

②斥绝:疏远。

③箕为敖客:箕,箕宿,二十八宿之一。今属人马座。敖客,拨弄是非的人。敖,游玩,戏弄。

④口舌:此处指传播谗言。

【译文】

尾宿九星也是君臣关系的表象;它们彼此距离遥远,则君臣之间不和。箕宿是爱戏弄的说客,象征着谗言。

火犯守角①,则有战。房、心②,王者恶之也。以上东宫。

【注释】

①火犯守角：火星运行接近或停留在角宿。火，指荧惑。角，指角
　宿。犯守，古人观天象之术语。甲星从下往上光芒接触到乙星
　的光芒，叫作甲星犯乙星；甲星停留在乙星平常所在的位置上，
　叫作甲星守乙星。

②房、心：承前省略了"火犯守"。

【译文】

　　火星运行中接近或停留在角宿，是有战事的征兆。它若接近或停
留在房宿、心宿，这是帝王厌恶的天象。以上是东宫之星。

　　南宫朱鸟①，权、衡②。衡，太微，三光之廷③。匡卫十二
星，藩臣：西，将；东，相；南四星，执法④；中，端门⑤；门左右，
掖门⑥。门内六星，诸侯⑦。其内五星，五帝坐⑧。后聚一十
五星，蔚然，曰郎位⑨；傍一大星，将位也⑩。月、五星顺入，轨
道⑪，司其出，所守，天子所诛也。其逆入，若不轨道，以所犯
命之⑫；中坐⑬，成形⑭，皆群下从谋也⑮。金、火尤甚⑯。廷藩
西有隋星五，曰少微，士大夫⑰。权，轩辕。轩辕，黄龙体。
前大星⑱，女主象⑲；旁小星⑳，御者后宫属。月、五星守犯
者，如衡占㉑。

【注释】

①南宫：古代星区名。包含有井、鬼、柳、星、张、翼、轸七宿。朱鸟：
　又名朱雀或鹑。

②权：星官名。即轩辕。今属狮子座和天猫座。衡：据陈遵妫先生
　考证，衡是并列于权东的大星座，叫作太微，是天帝的南宫，乃三
　光入朝之庭，在今后发座、狮子座、室女座。

③三光之廷：三光，古代天文术语。日、月、五大行星的总称。黄道
　经过太微垣的南部，为三光必经之路，故曰"三光之廷"。

④执法：是左执法和右执法的总称。今属室女座和狮子座。在今
　星图上，左右执法各为一颗星。

⑤端门：古天文术语。"端门"本是皇宫南面的正门，古人把天穹的
　紫宫和太微也比作天帝的宫殿，而把紫宫的左枢、右枢两星，太
　微的左执法、右执法两星都视作端门。

⑥掖门：旁门。陈遵妫先生认为掖门当指《晋书·天文志》所谓左
　执法之东的左掖门和右执法之西的右掖门。

⑦诸侯：又名五诸侯，今属后发座。据陈遵妫先生考证，五诸侯指
　太微西北垣内的五颗星。

⑧五帝坐：古星官名。中央黄帝坐、东方苍帝坐、南方赤帝坐、西方
　白帝坐、北方黑帝坐。今属狮子座。

⑨郎位：古星官名。今属后发座。据考证郎位所在处是一个疏散
　星团。

⑩傍一大星，将位也：一般认为在我国古代天文史中，一直未对恒
　星的亮度做定量的描述，但据薄树人先生研究，在《天官书》中大
　星之谓是一种对恒星亮度的定性式的反映，大星的平均亮度约
　为 0.51—0.69 等；但据陈遵妫先生考证，这颗将星不过是一颗 5
　等星而已。

⑪月、五星顺入，轨道：月亮和五星自西向东运行，循顺行轨道由西
　进入太微垣。行星的视运动是地球和行星公转运动的合成，行
　星视运动在恒星背景上由西向东，表现为顺行。若运动方向是
　自东向西沿赤经减小的方向运行，则表现为逆行。行星与地球
　公转运动合成的方向为观测者的视线方向，若行星由于这一原
　因在天球上的视位置停留不动，这种现象称为留。由于顺行时
　间长，逆行的时间短，留的时间更短，古人把后两种现象作为变

异,是灾祸的预兆。轨道,循道而行。

⑫ "司(sì)其出"几句:《史记札记》称:"司其出,谓自太微廷过五帝坐而东也。守者,留而不去也;犯者,猎其旁也。"司,通"伺"。等候,观察。所守,指被月或五星占去位置的星辰所象征的官员。命,同"名"。定其罪名。

⑬中(zhòng)坐:侵犯五帝坐。中,冲击。

⑭形:作"刑"字解。

⑮从(zòng):相互勾结,共同犯罪。

⑯金:金星。

⑰"廷藩西有隋星五"几句:太微廷外靠西边有从上垂下的五颗星,它们是少微和士大夫。但亦有人认为太微西有少微四星,南北排列,第一星为处士,第二星为议士,第三星为博士,第四星为士大夫。南北为隋,是随下的意思。"隋星五"应如《汉书·天文志》作"隋星四"。少微,星官名。今属狮子座和小狮座。

⑱前大星:据陈遵妫先生考证,此星指轩辕十四,它应在五帝坐之旁。

⑲女主:指皇后。

⑳旁小星:指轩辕十四以北众星,因其小,故称后宫之属。

㉑如衡占:即权占与衡占相同。

【译文】

南宫的整体形象像一只红色凤凰,故称南宫为朱鸟或朱雀,主体星座是权与衡。衡指的就是太微,是日月五星运行中要经过的天区。有十二颗星环绕护卫着太微,它们都以藩臣命名:在西边的叫将,在东边的叫相,在南边的四星叫执法,在中间的叫端门,端门左右的星叫掖门。门内有六颗星,其中一星名诸侯,另五星叫五帝坐。太微北聚集着十五颗星,颇为明亮,这个星座名郎位,其旁有一亮星叫将位。如果月亮和五星自西向东运行,循顺行轨道进入太微,需要十分小心地观察它们出太微和停留在那里的时间，因为它是天子诛杀下臣的预兆。如果月亮和五星自东向西循逆行轨道进入太微，它们接近什么星，相应官职的大臣就有危险；如果它们离五帝坐很近，叫凌犯五帝坐，意味着一定要发生祸及下臣和谋士的灾祸。五星中尤以金星和火星发生以上天象更有危险。太微廷的西侧有从上垂下的五颗星，它们以少微和士大夫命名，再往西是权，权就是轩辕星座，它的形态像一条黄龙。黄龙体南端那颗很亮的星是天上女主的象征，其旁边的暗星为御者，属于后宫。月亮和五星运行至轩辕附近或者是停留在这里，作占的方法和太微一样。

　　东井为水事①。其西曲星曰钺②。钺北，北河③；南，南河④；两河、天阙间为关梁⑤。舆鬼鬼祠事⑥；中白者为质⑦。火守南北河，兵起，谷不登⑧。故德成衡⑨，观成潢⑩，伤成钺⑪，祸成井⑫，诛成质⑬。

【注释】

①东井：井宿，二十八宿之一。今属双子座。为水事：掌管法令制度。水最平，法取之于公平。

②钺：星官名。今属双子座。

③北河：星官名。今属双子座。

④南河：星官名。今属小犬座。

⑤天阙：星官名。又名阙丘，占星家把它认为是天府之宫，故名之。今属麒麟座。关梁：关卡与桥梁，即交通要道。此处比喻为日月五星之交通要道。

⑥舆鬼：鬼宿，又名舆鬼，二十八宿之一。今属巨蟹座。鬼祠事：《史记正义》改"鬼"为"主"，即主持祭祀之事。

⑦质：一名天质，即《观象玩占》所谓积尸气，也即鬼星团 M34。在

今巨蟹座。

⑧登：谷物成熟。

⑨德成衡：言帝王施德政，会预先从衡星表现出征兆。衡，太微廷。

⑩观成潢：潢星为天帝车舍，言天帝外出游览，会预先从潢星表现出征兆。

⑪伤成钺：伤败的征兆见于星座钺。《史记集解》引晋灼曰："贼伤之占先成形于钺。"伤，败坏。

⑫祸成井：《史记集解》引晋灼曰："东井主水事，火人一星居其旁，天子且以火败，故曰祸也。"

⑬诛成质：《史记集解》引晋灼曰："荧惑入舆鬼、天质，占曰大臣有诛。"

【译文】

井宿主管有关法律的事。它西面组成弯曲形状的星座叫钺，钺北有北河星座，钺南有南河星座，北河、南河和天阙之间有黄道通过，所以这里是日月五星运行的通道。鬼宿主管供奉祠鬼的事，鬼宿当中有一团白雾状星体叫作质。火星在运行中到南、北河附近停留，可能有兵祸，五谷不登，收成不好。概括地说，从太微廷可看出帝王是否行德政，从五帝车舍天潢星座可看出帝王外出巡幸的表象，伤败的征兆见于星座钺，灾祸的事表现于井宿，诛杀的事表现于鬼宿中间的质。

柳为鸟注①，主木草；七星，颈，为员官②，主急事；张③，素④，为厨，主觞客⑤；翼为羽翮⑥，主远客。

【注释】

①柳：柳宿，二十八宿之一。今属长蛇座。注（zhòu）：通"咮（zhòu）"。鸟嘴。

②七星,颈,为员官:星,星宿,二十八宿之一。今属长蛇座。员官,
　喉咙。

③张:张宿,二十八宿之一。今属长蛇座。

④素:即"嗉",鸟受食之处。

⑤觞(shāng):酒器,意指敬酒或饮酒。

⑥翼:翼宿,二十八宿之一。今属巨爵座、长蛇座与六分仪座。羽
　翮(hé):羽根,翅膀。

【译文】

　柳宿是鸟喙,掌管草木;星宿七星在朱鸟的颈部,是朱鸟的喉咙,掌管紧急事宜;张宿是朱鸟的嗉囊,是天厨,掌管宴请宾客;翼宿是朱鸟的翅膀,主管迎送远方来的宾客。

　　轸为车①,主风。其旁有一小星,曰长沙②,星星不欲明,明与四星等。若五星入轸中,兵大起。轸南众星曰天库楼③,库有五车④。车星角若益众⑤,及不具⑥,无处车马。以上南宫。

【注释】

①轸(zhěn):轸宿,二十八宿之一。今属乌鸦座。

②长沙:星名。属轸宿,今属乌鸦座。

③天库楼:星官名。又名库楼。今属半人马座。

④库有五车:据陈遵妫先生考证,五车指天市内外的五柱。《晋
　书·天文志》:"库楼十星,六大星为库,南四星为楼,……一曰天
　库,兵车之府也,旁十五星,三三而聚者,柱也。"

⑤角:芒角,即光芒。

⑥不具:隐而不见。

【译文】

　　轸宿的外形像一辆车，主管风。它的旁边有一颗暗星，名叫长沙，通常光微弱得看不见，但发亮的时候其亮度与轸宿四星相当。如果五星之中有哪一个进入轸宿，就有可能发生很大的战事。轸宿南面的许多星是属于天库楼星座的，该星座中一些星组成五车。看到车星芒角很多或者看不清车星，都是有动乱发生的征兆，以至于无处安顿车马。以上是南宫之星。

　　西宫咸池①，曰天五潢。五潢，五帝车舍。火入，旱；金，兵；水②，水。中有三柱，柱不具，兵起③。

【注释】

　①西宫咸池：西宫，星区名。它包括奎、娄、胃、昴、毕、觜、参七宿。咸池，古星官名。今属御夫座。陈久金认为此句句读应为"西宫。咸池"。前人常常将西宫咸池与东宫苍龙、南宫朱雀，北宫玄武并称，这实在是误解，在西宫后当缺漏"白虎"二字。咸池仅为与权、衡、房、心等同列的星官，并不能与苍龙、朱雀、玄武同列为四宫。另外，四神都是动物，《天官书》不可能用车舍来代替白虎。

　②水：水星，又称辰星。

　③"中有三柱"几句：五潢中有三柱，柱星看不清楚，可能有战事发生。三柱，星官名。今属御夫座。陈遵妫先生认为，五车中有三柱九星，分布三处而不整齐，故称柱不具。薄树人先生认为三柱是九颗星，其中西北一柱为御夫座 ζ、ε、η 三颗星，ε 和 ζ 均为变星，ε 的变幅为 5.0—5.6 等，在它亮度极小而天气条件又较差的情况下就有可能看不见，这时就可以说是"柱不具"。

【译文】

西宫有白虎之象，其中心在咸池，叫天五潢。五潢为五方天帝的车舍。火星入五潢，有旱灾；金星入五潢，有兵灾；水星入五潢，有水灾。五潢中有分别由三颗星组成的柱星共三柱九颗星，其中位于西北的柱星通常明显可见是三颗星，如果看不清楚是三颗时，可能有战事发生。

奎曰封豕①，为沟渎。娄为聚众②。胃为天仓③。其南众星曰廥积④。

【注释】

①奎：奎宿，二十八宿之一，又称封豕、天豕。今属仙女座和双鱼座。

②娄为聚众：《史记正义》云："娄三星为苑，牧养牺牲以共祭祀，亦曰聚众。"娄，娄宿，二十八宿之一。今属白羊座。

③胃：胃宿，二十八宿之一。今属白羊座。

④廥（kuài）积：古星名。又名刍。今属鲸鱼座。

【译文】

奎宿也叫封豕，主管有关沟渠的事。娄宿有聚众的意思，聚集祭祀用牺牲。胃宿是天帝的粮仓。胃宿南面众星名廥积，意思为草料库。

昴曰旄头①，胡星也②，为白衣会③。毕曰罕车④，为边兵，主弋猎⑤。其大星旁小星为附耳⑥。附耳摇动，有谗乱臣在侧。昴、毕间为天街⑦。其阴，阴国；阳，阳国⑧。

【注释】

①昴（mǎo）：昴宿，二十八宿之一。即著名的昴星团，肉眼可看到七颗星，因而又叫七姐妹星团。在今金牛座。

②胡星：代表胡人的星辰。

③白衣会：丧事的征兆。白衣，丧服。会，逢，遭遇。

④毕：毕宿，二十八宿之一。今属金牛座。

⑤弋：用绳子系箭发射。

⑥其大星旁小星为附耳：大星为天高星，其旁小星为附耳。今属金牛座。

⑦天街：星官名。今属金牛座。昴在黄道北，毕在黄道南，其间正是日月五星的通道，故称天街。

⑧其阴，阴国；阳，阳国：《史记正义》云："天街二星，在毕昴间，主国界也。街南为华夏之国，街北为夷狄之国。"阴国，指野蛮落后的外族。阳国，华夏族国家。

【译文】

昴宿又叫旄头，看上去星周围有光雾相伴，所以也叫它胡星，主管丧事。毕宿也叫罕车，是边防兵，主管狩猎。毕宿中在最亮的那颗星偏南一点儿有一暗星叫附耳星。附耳看上去摇动，是国君旁有进谗言乱臣的征兆。昴宿和毕宿之间是叫天街的两星。其中靠北的一颗叫阴国星，靠南的一颗叫阳国星。

参为白虎①。三星直者，是为衡石②。下有三星，兑③，曰罚④，为斩艾事。其外四星，左右肩股也。小三星隅置⑤，曰觜觿⑥，为虎首，主葆旅事⑦。其南有四星，曰天厕⑧。厕下一星，曰天矢⑨。矢黄则吉；青、白、黑，凶。其西有句曲九星，三处罗⑩：一曰天旗⑪，二曰天苑⑫，三曰九游⑬。其东有大星曰狼⑭。狼角变色，多盗贼。下有四星曰弧⑮，直狼。狼比地有大星，曰南极老人⑯。老人见，治安；不见，兵起。常以秋分时候之于南郊。

【注释】

①参为白虎：参星是西宫白虎的主体，参四星为左右肩，可见参宿为虎身。觜是虎头，罚为虎尾，其口为毕宿，虎须为昴宿。自昴宿、毕宿至参、罚，均属虎的一部分。

②衡石：参宿中部横列三星像一杆秤，名衡石。今属猎户座。

③兑：同"锐"。

④罚：古星官名。今属猎户座。

⑤隅置：排列于角落。

⑥觜觿（zī xī）：即觜宿，二十八宿之一。今属猎户座。

⑦葆旅：守军。一说指收集军需。

⑧天厕：古星官。今属天兔座。

⑨天矢：星名。亦名天屎。今属天鸽座。天矢星是一颗变星，亮度随时间变化，下文黄、青、白、黑不是说明颜色变化，而是反映了这颗星在亮度上的视觉效应。

⑩罗：排列，分布。

⑪天旗：古星官名。参宿西北参旗九星称为"天旗"。今属猎户座。

⑫天苑：古星官名。今属波江座。天苑星当为十六星。

⑬九游：古星官名。今属波江座和天兔座。

⑭狼：即天狼星。亦称犬星，是全天最亮的一颗星。今指大犬座的α星。

⑮弧：弧矢之简称，又名天弓、狼弧。今属小犬座、船尾座。

⑯南极老人：星名，又叫寿星。今指船底座α星，是全天著名的亮星。但由于老人星近南极，在北纬三十六度观看，仅在地平一度多，又由于近地平，受大气折射的影响，故不多见。只有在秋分前后，其位于正南方时，才能偶见。

【译文】

参宿似一只白虎。三颗排列成直线的星像一杆秤，名衡石。下面的三颗星和它成一锐角的叫罚星,主管斩杀的事。外边有四颗星,分别是参宿的左右肩和左右股。肩的上方略偏向一边的有三颗暗星成小斜三角状,它们叫觜觿,是白虎的头,主管军需事务。参宿南边的四颗星名天厕。天厕南有一星叫天矢。天矢星发黄色是吉兆;如果发青、白、黑的颜色就是凶兆。参宿西边弯曲排列着九颗星,可分为三组:一组是天旗,另一组是天苑,还有一组叫九游。参宿东边有一颗全天最亮的星叫狼星。狼星芒角变色,是盗贼多的表象。狼星东南的四颗星叫弧,正对着狼星。狼星正南靠近地平有一颗亮星叫南极老人星。老人星可见,国家安定;老人星不可见,国家动乱有战事。通常是在秋分左右的晴夜去城南郊观察和等候老人星出现。

附耳入毕中,兵起。以上西宫。

【译文】

附耳星侵入毕宿中,则战争发生。以上是西宫之星。

北宫玄武①,虚、危②。危为盖屋③;虚为哭泣之事。

【注释】

①北宫玄武:北宫,古代星区名。包括斗、牛、女、虚、危、室、壁。玄武,相传是一种灵龟。玄,黑色,又训北方,又训幽远。北方在五行中属水,故北宫星象多与水生动物有关,如南斗又称玄龟之首,斗、箕二宿南有天鳖、天龟二星,壁宿又称天池。又根据幽玄之意,派生出虚、玄宫(室宿)等星。

②虚:虚宿,二十八宿之一。今属宝瓶座和小马座。危:危宿,二十八宿之一。今属宝瓶座和飞马座。

③危为盖屋:《史记索隐》引宋均云:"危上一星高,旁两星隋下,似
　　乎盖屋也。"《史记正义》:"盖屋二星,在危南,主天子所居宫室之
　　官也。"

【译文】

北宫的整体形象是龟蛇,所以称玄武,北宫的主体是虚宿和危宿。
危宿像房屋的盖顶。虚宿掌管哭泣之事。

其南有众星,曰羽林天军①。军西为垒②,或曰钺。旁有
一大星为北落③。北落若微亡④,军星动角益希⑤,及五星犯
北落,入军⑥,军起。火、金、水尤甚:火,军忧;水,患;木、
土⑦,军吉。危东六星,两两相比,曰司空⑧。

【注释】

①羽林天军:星官名。又名羽林军或天军。今属宝瓶座和南鱼座。

②垒:古星官名。壁垒阵的简称。今属双鱼座。

③北落:古星官名。南鱼座的α星。

④北落若微亡:北落近地平时为蒙气所遮蔽,故称"北落若微亡"。
　　又由于北落师门是月道所必经,故五星都可犯它。

⑤希:同"稀"。

⑥入军:羽林军占黄道南一度到北十六度,故五星都能入之。

⑦木:木星,又叫岁星。

⑧司空:古星官名。

【译文】

北宫的南方星数很多,它们被命名为羽林天军。羽林天军西方的
星叫垒,或者叫钺星。垒星旁有一颗亮星名北落。如果北落星暗弱得
几乎看不清楚,羽林天军众星摇动而芒角稀少,五星运行凌犯北落或者

进入羽林天军,都是发生战事的预兆。五星中尤以火星、金星、水星发生上述凌犯的情况严重:发生于火星,军队有忧患;发生于水星,可能有水灾;但如果发生于木星或土星,反而对军事有利。危宿东边两两并列的六颗星,名叫司空。

营室为清庙,曰离宫、阁道①。汉中四星,曰天驷②。旁一星,曰王良③。王良策马④,车骑满野。旁有八星,绝汉,曰天潢⑤。天潢旁,江星。江星动,人涉水⑥。

【注释】

①营室为清庙,曰离宫、阁道:营室,室宿二星与壁宿二星,成一大正四方形,古称为定星。《诗》曰:"定之方中,作于楚宫。"言黄昏时定星位于南中时,正是建筑宫室的时候。离宫,星官名。今属飞马座。营室为清庙,又称为离宫,可见《天官书》将营室、离宫合为一个星官。后世室宿为二星,壁宿为二星,离宫也独立为六星,三个星官总星数正为十颗,因此《天官书》之营室包括室宿、壁宿、离宫在内。清庙,帝侯祭祖之祠庙。离宫、阁道,天子游别宫之道。

②天驷:《史记索隐》案:"《元命包》曰:'汉中四星曰骑,一曰天驷。'"此处不是指房宿的天驷。

③王良:古星名。今属仙后座。自晋以后,天驷与王良合称为王良五星。

④策:驾驭。有人认为策应指王良与阁道间的策星。

⑤天潢:《史记索隐》引宋均云:"天潢,天津也。津,凑也,故主计度也。"天津,古星官名。

⑥江星动,人涉水:本是古语,言观察到江星颤动,就要下大雨了,

后世由此衍生出人星。江星,古星名。《天官书》所述天潢即后
世天津,天津有九星,江星可能是天津四,在今天鹅座。

【译文】

营室好像天上的清庙,营室宿中有离宫、阁道等星座。在银河中的
四颗星叫天驷,是天马的意思。天驷旁一星名叫王良。王良星策马,天
马星看上去闪烁摇动,是人间车骑满野动乱的征兆。王良星旁边有八
颗星横跨于银河之上,它们叫作天潢。天潢八星旁有一星叫江星。江
星看上去摇动的时候,人间可能发大水。

杵、臼四星①,在危南。匏瓜②,有青黑星守之,鱼盐贵。

【注释】

①杵:星官名。当为内杵。今属蝎虎座和飞马座。臼:星官名。今
属天鹅座和飞马座。

②匏(páo)瓜:星官名。今属海豚座。

【译文】

叫杵、臼的四颗星在危宿之南。如果在天潢南边的匏瓜星,发现星
光发青黑色,兆应鱼盐价格昂贵。

南斗为庙①,其北建星②。建星者,旗也。牵牛为牺
牲③。其北河鼓④。河鼓大星,上将;左右,左右将⑤。婺
女⑥,其北织女⑦。织女,天女孙也。以上北官。恒星至此止。

【注释】

①南斗:斗宿的别称,二十八宿之一,与北斗星相对应。今属人
马座。

②建星：古星官名。又叫天旗。今属人马座。

③牵牛：即牛宿，二十八宿之一。今属摩羯座。牺牲：指祭祀用的
牲畜。

④河鼓：古星官名。又称天鼓。今属天鹰座。

⑤左右，左右将：分指河鼓星官的河鼓一、河鼓三，分别对应今天鹰
座的α、γ星。

⑥婺（wù）女：古星官名。一作须女，即女宿，二十八宿之一。今属
宝瓶座。

⑦织女：即织女星，今指天琴座α星。

【译文】

斗宿是天帝的庙堂，它的北边是建星。组成建星的几颗星弯曲像
天旗。牛宿主管祭祀用的牺牲。牛宿之北有一颗很亮的星叫天鼓，是
天帝的大将。其左右各有一颗较暗的星，是左右将。其东面为婺女，即
女宿，往北越过银河可见织女星，她是天帝的孙女。以上是北官之星。恒星
至此讲完。

察日、月之行以揆岁星顺逆①。曰东方木②，主春③，日
甲、乙④。义失者，罚出岁星。岁星赢缩⑤，以其舍命国⑥。
所在国不可伐，可以罚人。其趋舍而前曰赢⑦，退舍曰缩⑧。
赢，其国有兵不复；缩，其国有忧，将亡，国倾败。其所在，五
星皆从而聚于一舍⑨，其下之国可以义致天下。

【注释】

①察日、月之行以揆（kuí）岁星顺逆：观察日月的运行，就可以揆度
岁星运行的顺逆，与日、月同方向，谓之顺行，与日、月反方向，就
是逆行。揆，度量，计量。岁星，即木星，因为它一岁行一次，十

二年一周天,所以叫作岁星。岁星所在的星宿,与地上的某一国家对应,所以又叫应星;岁星可远离太阳,经天而行,故曰经星;可以用岁星来纪年,故曰纪星。岁星、镇星、辰星、太白、荧惑在古代的五行理论支配下定出五个行星的颜色特征,即土黄、木青、火红、金白、水黑,除了水星配黑色纯系凑合,其他四星的颜色与实际基本相符。

②东方木:古代五行说中,把五行与五方相配,得出东方木,南方火,西方金,北方水,中央土。

③主春:五行说中,把五行与四季相配,因五与四不等,因此从四季中又划出季夏,这样木主春,火主夏,金主秋,水主冬,土主季夏。

④日甲、乙:五行与纪日十干相配,出现甲乙木,丙丁火,戊己土,庚辛金,壬癸水。

⑤赢缩:古天文术语。行星视运动有快有慢有顺有逆,有时停留不动。行星运行速度较快超过推算位置而到达下一宿是赢,运动较慢未达到推算位置而落后一宿叫作缩。按,所谓岁星应在何舍,只是古人根据行星运动是均匀的观点而推算出来的,这种假设并不符合行星的真实运动,因此岁星的视行与所推未必密合,故有赢缩现象。

⑥以其舍命国:以赢缩所出现的星宿为该星宿所对应的分野国作占。舍,就是宿,是对天空区域划分。

⑦趋舍:岁星快于推算速度而超过应停留的星宿。

⑧退舍:岁星慢于推算速度而落后应停留的星宿。

⑨五星皆从而聚于一舍:指五大行星同时出现于同一星宿内时,古代称为"五星聚"或"五星连珠"。这种现象不常发生,所以古人认为它是祥瑞。

【译文】

观察日月的运动,据此可以判断木星是顺行还是逆行。木星就是岁星,是东方之神,五行中属木,掌管春作,日期为甲、乙。如果有失义的国家,从木星可以看出对它惩罚的征兆。木星运行的实际位置与计算位置不一致,表现为有赢缩。通常用木星所在宿,对相应的分野国作占,木星运行到达哪一宿,该宿相应的分野国是不可以去征伐的,但这个国家可以去征伐别的国家。木星运行超过推算位置而到达下一宿叫赢,未达推算位置而落后一宿叫缩。如果发生赢,木星超前到达那一宿的分野国即使遇到侵犯也不会灭亡;如果发生缩,木星落在后一宿的分野国就令人担忧了,可能发生大将阵亡国家覆灭的祸事。如果分野国对应的天区,发生了五星先后会聚于那一宿的天象,这个国家能以义号召天下。

以摄提格岁:岁阴左行在寅,岁星右转居丑①。正月,与斗、牵牛晨出东方,名曰监德②。色苍苍有光③。其失次,有应见柳④。岁早⑤,水;晚,旱。

【注释】

①"以摄提格岁"几句:摄提格岁就是寅年,岁阴向左运行在寅位,木星向右运行而在丑位。摄提格岁,及下单阏岁、执徐岁等,都是岁星纪年法的岁名,相应的岁阴向左运行在卯位和辰位等。古人把天空一周分为十二段,称作十二次,以星纪、玄枵等命名,岁星每年行一次,古人就根据岁星所在十二次的情况来纪年,称为岁星纪年法。为符合十二辰方向的习惯,古人又假想出一个与岁星背道而驰的一个点,叫作太岁,或者岁阴、太阴。以岁阴每年所在位置来纪年,就叫作岁阴纪年法或太岁纪年法。左行,自东向西运行。右转,自西向东运行。

②监德:古代岁星纪年法的一种别名。古人根据正月晨见东方之

时的月份,又专门另外给岁星纪年法起了一套别名,如下边的降
入、青章等都是别名。

③色苍苍有光:光色青苍,比较明亮。陈久金认为,这与下文光的
颜色的描述,只是古人的一种认识,由于岁星沿椭圆轨道运动,
其亮度确实应有周期变化。但岁星的颜色变化与距离关系不
大。从各年岁星颜色变化的分析可知它与岁阴晨出的月份有
关,寅、卯、辰年(一、二、三月晨出)为青色,巳、午、未年(四、五、
六月晨出)为赤色,申、酉、戌年(七、八、九月晨出)为白色,亥、
子、丑年(十、十一、十二月晨出)为黑色。由此可以推知,它是由
五行的颜色推导出来的,并无实际的观测依据。

④其失次,有应见柳:失次,古天文术语。在春秋战国时期,天文学
家已知岁星的周期为十二年,但岁星的实际周期为11.86年。所
以每年所行比一个星次多,十二年比一周天多四五度,累积起
来,八十多年就要超越一星次,即八十多年后,本来推算木星应
到的星次,木星却过了头,到了不应该到的下一个星次,对用岁
星纪年法而言,这是超辰,对岁星运动来说,便是失次。斗、牵牛
与柳宿之间相距十二宿,约为一百五十余度。当岁星晨见于东
方时,一般来说,柳宿已经隐没于西方。但当岁星缩行或逆行
时,其间间距就不足十二宿,岁星和柳宿便能分别见于东西方,
故曰"有应见柳"。以下同此。次,又称星次。古时为测量日、
月、五星的位置和运行,把黄道带分成十二个部分,叫作十二次。

⑤岁早:指一年中的前半年。下面的"晚"指后半年。

【译文】

　　摄提格岁即寅年:岁阴顺时针运行在寅位,而实际木星本体现在逆
时针运行在丑位,所以年名的确定是以岁阴运行所在十二辰方位的名
称为准。正月之时,木星和斗宿、牛宿于天亮前一道升起在东方,这时
的岁星名监德。其光色青苍比较明亮。用木星失次作占要观察与斗、

牛两宿处在相对位置的柳宿,应验于柳的分野国。木星超前了,该国有水灾;落后一个星次了,该国有旱灾。

岁星出,东行十二度,百日而止,反逆行①;逆行八度,百日,复东行。岁行三十度十六分度之七,率日行十二分度之一②,十二岁而周天③。出常东方,以晨;入于西方,用昏④。

【注释】

①反:即"返"。

②率日:每天。

③周天:绕天一周。

④"出常东方"几句:初见岁星总是在东方,所以叫作晨星;消逝于阳光淹没之中,则在西方,表现为昏星。

【译文】

岁星初见,向东运行十二度,历时一百天而停止,经过留以后向相反方向逆行;逆行运行八度,用一百天的时间,再向东运行。它一年运行三十度又十六分之七度,每天运行十二分之一度,经过十二年在星空中运行一整圈。它初见总是先出现于东方,表现为晨星;消逝时总淹没在西方的阳光里,表现为昏星。

单阏岁①:岁阴在卯,星居子。以二月与婺女、虚、危晨出,曰降入。大有光。其失次,有应见张。名曰降入,其岁大水。

【注释】

①单阏(chán è):阳气推动,万物兴起,阴气尽止。

【译文】

单阏岁即卯年:岁阴从寅位顺时针运行到卯位,木星本体则逆时针从丑位运行到子位。二月木星和女宿、虚宿、危宿一道于天亮前升起在东方,这时的木星叫降入。特别明亮。如果岁星失次出现在二月,应验会在张宿的分野国见到,是有大水灾的兆应。

执徐岁^①:岁阴在辰,星居亥。以三月居与营室、东壁晨出,曰青章。青青甚章^②。其失次;有应见轸。曰青章岁早,旱;晚,水。

【注释】

①执徐:言伏蛰之物皆散舒而出。徐,同"舒"。

②青青甚章:光色青青甚为明亮。章,明显。

【译文】

执徐岁即辰年:岁阴顺时针运行到辰位,木星逆时针运行到亥位。三月份木星和室宿、壁宿一齐在天亮前出于东方,这时的木星名叫青章,其光色青青而甚为明亮。岁星失次出现在三月,应验会在轸宿的分野国见到,岁星超前一宿有旱灾,岁星落后一宿有水灾。

大荒骆岁^①:岁阴在巳,星居戌。以四月与奎、娄、胃、昴晨出^②,曰跰踵。熊熊赤色^③,有光。其失次,有应见亢。

【注释】

①大荒骆:万物勃然兴起,十分活跃。骆,同"落"。

②与奎、娄、胃、昴晨出:胃、昴二字为衍文。

③熊熊赤色:光色红而明亮。熊熊,光盛的样子。

【译文】

大荒骆岁即巳年：岁阴顺时针运行到巳位，木星逆时针运行到戌位。四月份木星和奎、娄两宿在天亮前出于东方，这时的木星名叫跻踵。其光色红而明亮。岁星失次出现在四月，应验会在亢宿的分野国看到。

敦牂岁[①]：岁阴在午，星居酉。以五月与胃、昴、毕晨出，曰开明。炎炎有光[②]。偃兵[③]；唯利公王[④]，不利治兵。其失次，有应见房。岁早，旱；晚，水。

【注释】

①敦牂(zāng)：万物盛壮。

②炎炎有光：星光明亮。炎炎，光强的样子。

③偃兵：息兵。

④公王：指太平盛世的帝王诸侯。

【译文】

敦牂岁即午年：岁阴顺时针运行到午位，木星逆时针运行到酉位。五月份木星和胃、昴、毕三宿在天亮前出于东方，这时的木星叫开明。星光明亮。这一年没有战事，有利于帝王推行政令，但不利于穷兵黩武者。岁星失次出现在五月，应验会在房宿的分野国见到。岁星超前，天旱；岁星落后，天涝。

叶洽岁[①]：岁阴在未，星居申。以六月与觜觿、参晨出，曰长列。昭昭有光[②]。利行兵。其失次，有应见箕。

【注释】

①叶(xié)洽：万物和合。叶，通"协"。协和。洽，和合。

②昭昭有光：星光灿烂。昭昭，光明的样子。

【译文】

叶洽岁即未年：岁阴顺时针运行到未位，木星逆时针运行到申位。六月份木星和觜觿、参两宿在天亮前出于东方，这时的木星叫长列。星光灿烂。这一年是有利于用兵的年份。岁星失次出现在六月，应验会在箕宿对应的分野国看到。

涒滩岁①：岁阴在申，星居未。以七月与东井、舆鬼晨出，曰大音。昭昭白。其失次，有应见牵牛。

【注释】

①涒（tūn）滩：万物吐秀而倾垂的样子。

【译文】

涒滩岁即申年：岁阴顺时针运行到申位，木星逆时针运行到未位。七月份木星和井宿、鬼宿在天亮前同出东方，名叫大音。星色白而光明。岁星失次在七月，应验可以在牛宿对应的分野国看到。

作鄂岁①：岁阴在酉，星居午。以八月与柳、七星、张晨出，曰为长王。作作有芒②。国其昌，熟谷。其失次，有应见危。曰大章有旱而昌③，有女丧，民疾。

【注释】

①作鄂：植物芒角尖锐。

②作作有芒：星很亮，像有芒角。

③曰大章：三字疑为衍文。有旱而昌：虽则有旱灾，但国运仍昌盛。

【译文】

作鄂岁即酉年:岁阴顺时针运行到酉位,木星逆时针运行到午位。八月份木星和柳、星、张三宿在天亮前出于东方,这时的木星叫长王。星很亮像有芒角。是国家昌盛的年份,五谷丰收。岁星失次在八月,应验可以在危宿的分野国看到。本年即使遇旱,国运仍然昌盛。可能有后妃亡丧,民间有疾病的苦难。

阉茂岁①:岁阴在戌,星居巳。以九月与翼、轸晨出,曰天睢。白色大明。其失次,有应见东壁。岁水,女丧。

【注释】

①阉茂:万物都隐蔽起来。

【译文】

阉茂岁即戌年:岁阴顺时针运行到戌位,木星逆时针运行到巳位。九月份木星和翼、轸两宿在天亮前出于东方,这时的木星叫天睢。星发白光很明亮。岁星失次在九月,有应验反映在壁宿的分野国。本年涝,有后妃死。

大渊献岁①:岁阴在亥,星居辰。以十月与角、亢晨出,曰大章。苍苍然②,星若跃而阴出旦,是谓“正平”③。起师旅,其率必武;其国有德,将有四海。其失次,有应见娄。

【注释】

①大渊献:万物深藏。

②苍苍然:青黑的样子。

③星若跃而阴出旦,是谓“正平”:岁星像是从黑暗中突然跳出,出

现在明亮的晨曦之中似的，叫作"正平"。这是《天官书》中的专称。

【译文】

大渊献岁即亥年：岁阴顺时针运行到亥位，木星逆时针运行到辰位。十月份木星和角、亢二宿在天亮前出于东方，这时的木星叫大章。光色苍青，像是从黑暗中突然跳出在晨曦中闪亮似的，这就叫作"正平"。岁星所在对应的分野国若兴兵伐敌，其将帅必然十分勇武；该国也能因正义有德而臣服四海。岁星失次在十月，它的应验反映在娄宿的分野国。

困敦岁①：岁阴在子，星居卯。以十一月与氐、房、心晨出，曰天泉。玄色甚明②。江池其昌，不利起兵。其失次，有应见昴。

【注释】

①困敦：万物刚开始萌发，处混沌状态。

②玄色甚明：星的颜色为黑色，但比较明亮。

【译文】

困敦岁即子年：岁阴顺时针运行到子位，木星逆时针运行到卯位。十一月木星和氐、房、心三宿在天亮前出于东方，这时的木星叫天泉。色黑但明亮。本年江湖的水产丰收，对发动战争的国家不利。岁星失次在十一月，应验在昴宿的分野国可以看到。

赤奋若岁①：岁阴在丑，星居寅，以十二月与尾、箕晨出，曰天皓。黰然黑色甚明②。其失次，有应见参。

【注释】

①赤奋若：阳气振起万物，无不顺其天性。

②黯（yān）然：黑色的样子。

【译文】

赤奋若岁即丑年：岁阴顺时针运行到丑位，木星逆时针运行到寅位。十二月木星和尾、箕两宿在天亮前出于东方。这时的木星叫天皓。色青黑颇明亮。岁星失次在十二月，应验在参宿的分野国出现。

当居不居①，居之又左右摇，未当去去之，与他星会，其国凶。所居久，国有德厚。其角动，乍小乍大，若色数变②，人主有忧。

【注释】

①当居不居：木星按推算它该留某一宿而没有留。因木星由顺行转为逆行，或由逆行转为顺行时要经过留，此时木星看起来似乎不动，故为居。

②数（shuò）：屡次。

【译文】

木星按推算该留在某一宿而没有留在那一宿，或留又左右摇晃，或不该离开留的位置而离开了，运行到其他宿附近，该宿相应的分野国有大灾难。留在那一宿的时间久，是因为该国的德政深厚感应到了上天。它的光芒出现芒角，乍小乍大，好像颜色总在变化，是该国国君遇到麻烦的兆应。

其失次舍以下，进而东北，三月生天棓①，长四丈，末兑。进而东南，三月生彗星，长二丈，类彗。退而西北，三月生天欃,长四丈,末兑。退而西南,三月生天枪,长数丈,两头兑。谨视其所见之国,不可举事用兵。其出如浮如沉②,其国有土功;如沉如浮,其野亡③。色赤而有角,其所居国昌,迎角而战者④,不胜。星色赤黄而沉,所居野大穰⑤。色青白而赤灰,所居野有忧。岁星入月⑥,其野有逐相;与太白斗⑦,其野有破军。

【注释】

①天棓:指妖星中的天棓,而不是恒星中的天棓。以下天欃(chán)、天枪与此相同,皆属妖星。这些妖星可能是彗星的不同形态。

②如浮如沉:木星运行中看上去似要向北上浮,实际却沉向南方。

③野:分野。

④迎:正对着。

⑤穰(ráng):禾谷丰收。

⑥岁星入月:当木星运行到跟月亮、地球成为一条直线时,观测者的视线被月亮遮断看不见木星,这种现象叫月掩星。

⑦斗:指两星光芒相接触。

【译文】

木星失次超过一宿,且向东北方向顺行,三个月以后会出现天棓星,看上去它长四丈,尖尾巴。若向东南方向顺行,三个月以后会出现彗星,看上去它约长两丈,和彗星很类似。若向西北方向逆行,三个月之后出现天欃,长四丈,尖尾巴。如果向西南方向逆行,三个月以后将出现天枪,看上去它有好几丈长,头尾都是尖的。发生以上这些天象,相应的分野国要十分注意木星的运行并慎重行事,一般来说不可以采取军事行动。木星运行中看上去似要向北上浮,实际却沉向南方,分野国可能会扩张它的领土；若似要向南下沉实际却浮向北方，分野国可能会失去边境的土地。它看上去色红而有芒角，是分野国昌盛的兆应，和这个国家打仗是打不赢的。它看上去色橙红并向南沉，分野国农业大丰收。它发出青白而带赤灰的光，是分野国有忧患的兆应。木星合月，分野国有罢黜的宰相；木星遇金星，分野国的军事行动会以大败告终。

　　岁星一曰摄提，曰重华，曰应星，曰纪星。营室为清庙，岁星庙也①。以上木星。

【注释】

①庙：朝堂。

【译文】

　　木星又叫摄提、重华、应星、纪星。前文说营室宿是天上的清庙，指的就是岁星庙。以上是对木星的占候。

　　察刚气以处荧惑①。曰南方火，主夏，日丙、丁。礼失，罚出荧惑，荧惑失行是也。出则有兵，入则兵散。以其舍命国荧惑。荧惑为勃乱②，残贼、疾、丧、饥、兵③。反道二舍以上④，居之，三月有殃，五月受兵，七月半亡地，九月太半亡地。因与俱出入，国绝祀⑤。居之，殃还至⑥，虽大当小；久而至，当小反大。其南为丈夫丧⑦，北为女子丧。若角动绕环之，及乍前乍后，左右⑧，殃益大。与他星斗，光相逮⑨，为害；不相逮，不害。五星皆从而聚于一舍，其下国可以礼致天下。

【注释】

①察刚气以处荧惑：荧惑表现一种刚正执法的气概。刚气，刚毅之气，因古人认为火星主执法。

②勃（bèi）：通"悖"。违反。

③残贼：凶杀，暴乱。

④反道二舍以上：火星逆行超过两宿以上。反道，逆行。

⑤绝祀：断绝祭祀，指国家灭亡。

⑥还（xuán）：同"旋"。随即。

⑦丈夫：指男子。

⑧左右：即乍左乍右。承前省略状语。

⑨逮：及，到。

【译文】

　　荧惑就是火星，表现了一种刚正执法的气概。主管南方，五行中属火，执掌夏季，日期干支为丙、丁。有失礼的国家，对它的惩罚征兆可以从火星不规则的运行看出来。火星出现在天空，可能有战争，火星不在天空的时期，是和平的时期，通常以火星所在星宿占其分野国的吉凶。火星主管惩罚，所以它的出现意味着动乱、流寇、疾病、死丧、饥荒和战争。火星逆行超过两宿以上留在某宿，留三个月分野国有祸殃，留五个月敌国攻击，留七个月该国可能丧失一半国土，留九个月会失去大半国土。如果从晨出东方至入西方一直与该宿同升落，所当分野国就要灭亡了。火星留于某宿，如果所当分野国很快就发生了灾殃，那么遇到严重的灾情也会减轻；如果灾祸迟迟才到，那么小灾也会变成大灾。若火星运行向南，男子的丧事多，火星运行向北，则女子的丧事多。看到火星芒角动得厉害，像是各个方向都闪动，一会儿在前一会儿在后，一会儿在左一会儿在右，相应的灾祸就更大。火星在运行中与其他星相遇，两者近到光芒互相接触，有灾；两者互相离得较远，就不会有灾害。五大行星相继会聚于一宿，其分野国能够以礼号召天下。

法①，出东行十六舍而止②；逆行二舍；六旬，复东行，自所止数十舍，十月而入西方；伏行五月，出东方。其出西方曰"反明"③，主命者恶之。东行急，一日行一度半。

【注释】

①法：法则，常规。此指火星运行的规律。

②出东行十六舍而止：根据《汉书·律历志》出东行二百七十六日，历百九十度。以平均每舍十三度计之，十六舍当二百零八度，误差较大，王元启以为此处每舍合十度。出，日出前，火星晨初出现于东方。

③其出西方曰"反明"：如果火星在西方消逝之后，又出现在西方，叫作"反明"。按，火星轨道在地球轨道外，为地外行星，只能始见于东方，没有出现在西方的可能。

【译文】

火星运行的规律：晨出东方后向东顺行十六宿后留；经留后向西逆行两宿；共用时六十天，再向东顺行，数十宿留，历时十个月，日落前逐渐消逝于阳光之中；火星在阳光背景下运行，人们看不到，故称伏行，伏行五个月后将再次晨出东方。如果它消逝以后又在西方出现，叫作"反明"，这是分野国最忌讳的天象。火星顺行时速度比较快，一天移动一度半。

其行东、西、南、北疾也①。兵各聚其下；用战，顺之胜，逆之败。荧惑从太白②，军忧；离之，军却。出太白阴，有分军③；行其阳，有偏将战④。当其行，太白逮之，破军杀将。其入守犯太微、轩辕、营室，主命恶之。心为明堂，荧惑庙也。谨候此。以上火星。

【注释】

①其行东、西、南、北疾：火星在恒星背景上的轨迹是曲折的，它可以在东、西、南、北任何一个方向上急速运行。疾，迅速。

②从：随从。

③分军：别部。

④偏将战：不大的战斗。

【译文】

火星可以在东、西、南、北任何一个方向疾速运行。战争往往发生在火星可见的时候；对与火星顺行方向所在宿的分野国，打仗可以得胜，与火星逆行方向所在宿的分野国打仗会失败。火星紧随金星运行，战事不顺利；火星逐渐离开金星运行，部队要退却。火星位于金星之北，有突袭的部队；它位于金星之南，有不大的战事。火星被从后而来的金星追上，可能军溃将亡。火星在运行中到达、停留或接近太微、轩辕、壁宿和室宿，都是执政者最忌讳的事。心宿是行政殿堂，是火星执法的庙堂，对火星的占候谨撰于上。以上是对火星的占候。

　　历斗之会以定填星之位①。曰中央土，主季夏，日戊、己，黄帝②，主德，女主象也。岁填一宿③，其所居国吉。未当居而居，若已去而复还，还居之，其国得土，不乃得女。若当居而不居，既已居之，又西东去，其国失土，不乃失女，不可举事用兵。其居久，其国福厚；易④，福薄。

【注释】

①历斗之会以定填(zhèn)星之位：言推算时以填星与斗宿相会为起点，此后填星离斗宿越来越远，故可用斗宿来确定填星的位置。历，推算。会，聚合。填星，即土星，又名地侯。填，同"镇"。

②黄帝:这里指中央天帝。

③岁填一宿:土星约二十八年运行一周(现代实测,土星公转周期
　　为 29.46 年),每年行程相当于一宿天区。

④易:轻易离去。

【译文】

　　追踪观察与斗宿的聚合来判断土星的位置。土星主持中央,五行
中属土,掌管夏末,日期干支戊、己,是中央黄帝,执掌德行,为女主的象
征。土星约二十八年在恒星间运行一周,所以一年镇守一宿,运行到哪
一宿,该宿的分野国就吉利。土星没有出现在预推位置而运行到了下
一宿,或者已经离开某宿后又返回该宿并停留在那里,所当分野国能获
得领土,或者得到女子。按推算位置该留在某宿而没有留在那里,或者
刚刚留在那里很快又向东或向西离开了那里,所当分野国可能失去一
部分领土或失去女子,该国也不宜进行军事行动。土星在某一宿停留
的时间长,所当国福气大;停留的时间短,该国福气薄。

　　其一名曰地侯,主岁①。岁行十二度百十二分度之五,
日行二十八分度之一,二十八岁周天。其所居,五星皆从而
聚于一舍,其下之国,可以重致天下②。礼、德、义、杀、刑尽
失,而填星乃为之动摇。

【注释】

①岁:年成,一年的收获。

②重:庄重敦厚的德行。致:招致。

【译文】

　　土星的另一名叫地侯,主宰年成。土星每年在恒星间移动十二度
又一百一十二分之五,每天移动二十八分之一度,二十八年在天空运行

一周。它停留在某宿后,其他四颗行星都先后随它而聚于一宿,所当分野国可以凭借德行招致天下。礼制、德行、正义、武力、刑法都丢失了,土星将出现动摇的兆应。

赢,为王不宁;其缩,有军不复①。填星,其色黄,九芒,音曰黄钟宫②。其失次上二三宿曰赢,有主命不成,不乃大水;失次下二三宿曰缩,有后戚③,其岁不复④,不乃天裂若地动。

【注释】

①复:返回。

②黄钟宫:黄钟律为十二律的第一律;宫声为五声的第一声。土为律声的基调。

③后戚:王后忧患。

④不复:阴阳失和。

【译文】

土星运行出现赢,执政者不得安宁;出现缩,出征的军队没有返回的希望。土星发黄色的光芒,有九道芒角,对应的音律是黄钟宫调。土星失次超过两三宿就叫赢,国君的命令不能执行,不然就是发大水;失次落后两三宿就叫缩,王后忧戚,这年阴阳失和,不然这个国家就将发生天崩地动的大灾难。

斗为文太室①,填星庙,天子之星也。

【注释】

①文太室:有文采的帝王祖庙。

【译文】

斗宿是有文采的帝王祖庙,也是填星的庙堂,是属于天子的星。

木星与土合①,为内乱,饥,主勿用战,败;水则变谋而更事②;火为旱;金为白衣会若水③。金在南曰牝牡④,年谷熟,金在北,岁偏无⑤。火与水合为焠⑥,与金合为铄⑦,为丧,皆不可举事,用兵大败。土为忧,主孽卿⑧;大饥,战败,为北军⑨,军困,举事大败。土与水合,穰而拥阏⑩,有覆军,其国不可举事。出,亡地;入,得地。金为疾,为内兵⑪,亡地。三星若合,其宿地国外内有兵与丧,改立公王。四星合,兵丧并起,君子忧⑫,小人流。五星合,是谓易行,有德,受庆,改立大人⑬,掩有四方⑭,子孙蕃昌;无德,受殃若亡。五星皆大,其事亦大⑮;皆小,事亦小。

【注释】

①合:会合。

②水则变谋而更(gēng)事:土星与水星会合,就有变乱阴谋并发生内部变更的事。

③若水:以及水涝之灾。

④金在南曰牝牡:这里金星的位置以木星作为参照,即金在南、木在北,金星象征阴,木星象征阳,故称为牝牡。牝,雌性,阴。牡,雄性,阳。

⑤偏:意外。

⑥焠(cuì):将烧红的金属放入水中以加强其硬度。

⑦铄:熔化,销镕。

⑧孽卿:庶子担任大臣。

⑨北军：军队败北，即战败的军队。

⑩穰而拥阏(è)：农业虽有丰收，但流通受阻。拥阏，阻碍。

⑪内兵：即受兵，受外来军队的侵略。内，同"纳"。

⑫君子：这里指统治阶级。

⑬大人：指帝王。

⑭掩有四方：尽有四方。掩，同"奄"。包括，尽有。

⑮其事：指吉凶之事。

【译文】

木星与土星会合，将会发生内乱、饥荒，出现这一天象后不宜用兵，否则会失败；水星与土星会合就会有变乱阴谋并发生内部变更的事；火星与土星会合有旱灾；金星与土星会合有丧事及水灾。金星在木星南合，叫"牝牡"，当年五谷丰登，金星在木星北合，年成很不好。火星和水星合叫"焠"，火星和金星合叫"铄"，都不吉利，国家不宜有重大举措，出兵则大败。火星和土星合有忧患，庶子担任大臣，有大饥荒，战争失败，有败军和部队被围困的危险，其分野国不可以有举兵之事，举兵将大败。土星与水星会合，年成丰收而不顺畅，有覆灭的军队，其分野国不能举兵。土星和水星合的时候两星都出现在天空中，所当国丧失领土；若两星合于隐没于阳光之中的时候，所当国可获得土地。土星和金星合，有疾疫流行，为受外来的侵略，丢失土地。三颗行星在某宿相合，其分野国外有入侵内有动乱造成丧亡，改立君主。四颗行星合在一宿，所当国兵祸丧乱同时发生，当权的忧急，百姓则流离失所。五颗行星合于一宿，所当国形势有变化，有德的国家有喜庆，改立的君主受四方拥戴，子孙昌盛；没有德行的国家，将遭受灾殃甚至灭亡。五颗星个个明亮，所影响的事大；它们都不太明亮，所影响的事也小。

蚤出者为赢，赢者为客。晚出者为缩，缩者为主人。必有天应见于杓星。同舍为合。相陵为斗①，七寸以内必之矣②。

【注释】

①陵：冒犯。

②必：决定。

【译文】

行星早于推算时间出现为赢，好像来了客人。在预推时间之后出现为缩，像是主人送客在后。发生赢缩必定能在北斗斗杓看到兆应。行星同在一宿叫合，处于相邻两宿叫斗，若相互之间近到七寸以内，一定会有应验出现。

五星色白圜，为丧旱；赤圜，则中不平①，为兵；青圜，为忧水；黑圜，为疾，多死；黄圜，则吉。赤角犯我城②，黄角地之争，白角哭泣之声，青角有兵忧，黑角则水。意，行穷兵之所终③。五星同色，天下偃兵，百姓宁昌。春风秋雨，冬寒夏暑，动摇常以此④。

【注释】

①中不平：内部不平静。

②赤角：红色的光芒。我城：我国。

③意，行穷兵之所终：它们的形状、颜色能应验军事行动的最终结果。按，有人以为此句为衍文。

④动摇常以此：变化常以此应验。按，跟上下文不衔接，似为错简。

【译文】

五星的颜色白而圆，有丧事、旱情；红而圆，则内部不平静，有战事；青而圆，有忧患、水情；黑而圆，有疾病，多死亡；黄而圆，就吉利。出现红色的光芒，有人侵犯我国；出现黄色的光芒，有土地之争；出现白色光芒，有哭泣的声音；出现青色的光芒，就有战争忧患；出现黑色的光芒，就有水情。它们的形状、颜色预示着军事行动的最终结果。五星同一颜色，天下停止战争，百姓安宁幸福。春风秋雨，冬冷夏热，变化之兆常见于这些天象。

　　填星出百二十日而逆西行，西行百二十日反东行。见三百三十日而入，入三十日复出东方。太岁在甲寅，镇星在东壁，故在营室①。以上土星。

【注释】

①"太岁在甲寅"几句：东壁，壁宿的另一种别称。《天官书》以甲寅为历元，历元正月时日月五星皆在营室。此处甲寅年土星在营室，下文太白"以摄提格之岁，与营室晨出东方"，均为明证，此采用颛顼历。唯《天官书》岁星纪年采自他说，岁星甲寅年与斗、牵牛晨出，与次不合。按，此段应在填星条下，这里可能是错简所致。

【译文】

　　土星晨出东方之后，顺行一百二十日以后向西逆行，逆行一百二十日后再回头向东顺行。在天空中出现三百三十日后进入伏行，伏行三十日再次出现于东方天空。太岁在寅位的甲寅年，土星在壁、室两宿。以上是对土星的占候。

　　察日行以处位太白①。曰西方②，秋，司兵、月行及天矢，日庚、辛，主杀。杀失者，罚出太白。太白失行，以其舍命国。其出行十八舍二百四十日而入。入东方，伏行十一舍百三十日；其入西方，伏行三舍十六日而出。当出不出，当入不入，是谓失舍，不有破军，必有国君之篡③。

【注释】

①察日行以处位太白：金星总出现在太阳的左右，所以确定金星的
　　位置需要观察太阳的运行。太白，即金星。

②西方：脱"金"字，即西方金。

③篡：用强力夺取，这里是被动用法。

【译文】

　　观察太阳的运行以判定金星的位置。金星主管西方，五行中属金，
它主宰秋季，掌管军事、月球运转及天矢星，日期干支庚、辛，主管征战。
征伐失策，惩罚的征兆可以从金星看到。金星运行出现失常之时，用它
所在位置可占其分野国的吉凶。金星晨出东方之后运行十八宿经二百
四十日后消逝在阳光之中。在东方伏行十一宿经一百三十日后复现于
东方；如果是消逝在日落前，则在西方伏行三宿经十六日后再次出现在
西方。按推算该出现而未出现，或者按推算该隐没于阳光之中而没有
隐入，叫作失舍。出现失舍，不是打败仗或被击溃就是国君遭受篡位。

　　其纪上元①，以摄提格之岁，与营室晨出东方，至角而
入②；与营室夕出西方，至角而入；与角晨出，入毕；与角夕
出，入毕；与毕晨出，入箕；与毕夕出，入箕；与箕晨出，入柳；
与箕夕出，入柳；与柳晨出，入营室；与柳夕出，入营室。凡
出入东西各五，为八岁，二百二十日，复与营室晨出东方③。
其大率④，岁一周天⑤。其始出东方，行迟，率日半度，一百二
十日，必逆行一二舍，上极而反，东行，行日一度半，一百二
十日入。其庳，近日，曰明星⑥，柔；高，远日，曰大嚣，刚⑦。
其始出西行疾，率日一度半，百二十日，上极而行迟，日半
度，百二十日，旦入，必逆行一二舍而入。其庳，近日，曰太
白，柔；高，远日，曰大相，刚。出以辰、戌⑧，入以丑、未⑨。

【注释】

①上元：古代历法名。中国古历法选取的推算起点，即历元。一般历法选取甲子日夜半作为起点，此时正好交冬至日月合朔。为使日、月、五星交会计算方便，往往再上推找出某一个甲子日、夜半、日月合璧，正好交冬至节，又恰逢五星连珠的时刻作为起算点，这样一个理想的起算点，称作上元。

②至角而入：到角宿天区而隐没。

③"凡出入东西各五"几句：前文已述及上元时太白与营室晨出东方，经一个会合周期后，至角宿晨出东方，第三次与毕、第四次与箕、第五次与柳、第六次又与营室晨出东方，完成一个周期，共需八年。这就是"凡出入东西各五，为八岁"，"复与营室晨出东方"的意义。二百二十日，按一年三百六十五日算，八年合二千九百二十日，此当脱"千九"二字。

④大率：大约。

⑤岁一周天：一年转一周天。按，根据现在的实测，金星的公转周期为 225 天。

⑥明星：金星的别名之一。以下的大白、大嚣、大相等都与此相同。

⑦刚：在夜色背景上极亮，而显得刚烈。

⑧辰：辰位，相当于东偏南。戌：相当于西偏北。

⑨丑：相当于北偏东。未：相当于南偏西。

【译文】

历法的上元是历法一个吉祥的起始点，现行历法的历元定在摄提格岁即甲寅年，这时金星和室宿晨出东方，一直运行到角宿才隐没；再同室宿同出西方，运行至角宿隐没；以后它又同角宿晨出东方，要运行到毕宿才隐没；与角宿夕出西方，运行至毕宿才隐没；再和毕宿晨出东方，运行至箕宿隐没；与毕宿夕出西方，运行至箕宿隐没；与箕宿晨出东方，运行至柳宿隐没；与箕宿夕出西方，运行至柳宿隐没；再和柳宿晨出东方,运行到室宿隐没;最后与柳宿同出西方,直到运行中没于室宿。
金星在这个与室宿晨出东方到傍晚与室宿没入西方的过程叫一个会合
周期。五次从东方出现,五次从西方隐没,历五个会合周期,共用时八
年,为二千九百二十日,又回到与室宿天亮前同出东方的状态。近似地
说,金星运行一周天约需一年的时间。它初出东方,运行较慢,约一日
移行半度,经一百二十日,必逆行一二宿,到达极点又往回返,复向东
行,日移行一度半,经一百二十日隐没。早晨它低而靠近太阳的时候,
叫明星,看上去明亮温柔;它的位置高而远离太阳的时候,叫大嚣,在夜
色背景上显得极为明亮刚烈。金星初见于西方运行较快,日移行一度
半,经一百二十日,到达极点后运行变慢,每日移行半度,经一百二十
日,隐没之前,必定要逆行一二宿后才会隐没。黄昏金星地平位置低且
靠近太阳的时候,叫太白,在较亮的背景下光色显得很温柔;它地平位
置高且远离太阳的时候叫大相,因背景已经黑暗光色显得十分刚烈。
金星升出地平的方位在辰和戌,落入地平的方位在丑和未。

　　当出不出,未当入而入,天下偃兵,兵在外,入。未当出
而出,当入而不入,下起兵,有破国。其当期出也,其国昌。
其出东为东,入东为北方①;出西为西,入西为南方;所居久,
其乡利②;疾,其乡凶。

【注释】
　①其出东为东,入东为北方:它该出现在东方就出现在东方,并隐
　　没在东偏北的方向。按,此句与下句皆言金星出没的方位及其
　　占卜与所主方位的国家的关系。
　②乡:同"向"。方向。
【译文】
　如果金星当出现时未出现,或者不该隐没时已经隐没,局势和平,

在外的军队能够返回。它不该出现的时候出现了,或者该隐没的时候没有隐没,它所对应的分野国有战事发生,有灭亡的国家。它在该出现的时候就出现,所当分野国昌盛。它该出现在东方就出现在东方,并隐没在东偏北的地方;或者该出现在西方就出现在西方,隐没在西偏南的方位;或者它在某一宿停留的时间久,所当分野国吉利,反之该国有凶险。

出西逆行至东,正西国吉。出东至西,正东国吉。其出不经天①;经天,天下革政②。

【注释】

①经天:指金星在白天出现。

②革政:政权改变,改朝换代。

【译文】

金星出现在西方向东逆行,正西方向的国家吉利。它出现在东方向西行,正东方向的国家吉利。它不应当在白昼当空出现,白昼当空出现,天下政权改变。

小以角动①,兵起。始出大,后小,兵弱;出小,后大,兵强。出高,用兵深吉②,浅凶③;庳,浅吉,深凶。日方南金居其南,日方北金居其北,曰赢,侯王不宁,用兵进吉退凶。日方南金居其北,日方北金居其南,曰缩,侯王有忧,用兵退吉进凶。用兵象太白④:太白行疾,疾行;迟,迟行。角,敢战。动摇躁⑤,躁。圜以静,静。顺角所指,吉;反之,皆凶。出则出兵,入则入兵⑥。赤角,有战;白角,有丧;黑圜角,忧,有水事;青圜小角,忧,有木事[7];黄圜和角,有土事[8],有年。其已出三日而复,有微入[9],入三日乃复盛出[10],是谓耎[11],其下国有军败将北。其已入三日又复微出,出三日而复盛入,其下国有忧;师有粮食兵革[12],遗人用之[13];卒虽众,将为人虏。其出西失行,外国败;其出东失行,中国败。其色大圜黄滜[14],可为好事[15];其圜大赤,兵盛不战。

【注释】

①以:而,承接连词。

②深:深入敌国腹地。

③浅:入敌浅。

④象:善观金星的征象。

⑤躁:急躁,不安宁。

⑥入兵:收兵。

⑦木事:斫木之事。

⑧土事:动土之事。

⑨微入:隐没而时间很短。

⑩盛出:隐没后出现时间长。

⑪耎(ruǎn):退缩。

⑫兵革:指武器装备。

⑬遗(wèi):送给,留给。

⑭滜(zé):同“泽”。光润。

⑮好事:和好之事,如通使、会盟。

【译文】

金星光暗并有芒角闪动,有战事发生。它刚出现时很明亮,以后亮度逐渐减少,分野国军力弱小;刚刚出现时并不太明亮,以后越来越亮,分野国是军事强国。出现时地平位置较高,作战的部队深入敌腹吉利,否则就危险;出现时地平位置较低,作战的部队浅入就吉利,否则就危险。太阳位置偏南金星又位于太阳南,或者太阳位置偏北金星又位于太阳北,叫作赢,占候君王不安宁,在军事上进兵吉利,退守凶险。太阳位置偏南而金星位于太阳北,或者太阳位置偏北而金星位于太阳南,叫作缩,占候君王有忧患,在军事上宜退守,进军则有凶险。用兵作战依金星的征象:金星运行迅速,迅速行进;金星运行迟缓,缓慢行进。放射光芒,勇敢战斗;动摇急躁,急进突袭;圆而安静,稳扎稳打。顺着光芒的指向,吉利;反过来,就都凶险。出现就出兵,隐没就收兵。射出红色的光芒,有战争;白色的光芒,有死丧;黑色芒角环绕,则有忧患,有治水的事;青色小芒角环绕,则有忧患,有斫木的事;黄环上有黄色芒角,则有动土的事,有好年成。金星出现三日而又隐没,隐没的时间很短,隐没三天再出现后的时间长,这叫退缩,分野国有军队失败,将领死亡;它隐没三日而又复出了很短的时间,出现三天后再次隐入的时间较长,分野国有忧患,军队的粮草辎重会白白送给人家;士兵虽众,将领却被敌国俘虏。它出现在西方运行失去常轨,外国入侵者败;从东边出现后运行失常,本国军队败。它亮圆而色黄润,会有好事发生;它亮圆而色红,虽有强兵但无战争。

太白白,比狼①;赤,比心;黄,比参左肩②;苍,比参右肩;黑,比奎大星③。五星皆从太白而聚乎一舍,其下之国可以兵从天下④。居实⑤,有得也;居虚,无得也。行胜色⑥,色胜位⑦,有位胜无位,有色胜无色,行得尽胜之。出而留桑榆间⑧,疾其下国⑨。上而疾,未尽其日,过参天⑩,疾其对国⑪。上复下,下复上,有反将。其入月,将僇⑫。金、木星合⑬,光,其下战不合⑭,兵虽起而不斗;合相毁⑮,野有破军。出西方,昏而出阴,阴兵强[16];暮食出[17],小弱;夜半出,中弱;鸡鸣出[18],大弱:是谓阴陷于阳[19]。其在东方,乘明而出阳,阳兵之强[20],鸡鸣出,小弱;夜半出,中弱;昏出,大弱:是谓阳陷于阴。太白伏也,以出兵,兵有殃。其出卯南[21],南胜北方;出卯北,北胜南方;正在卯,东国利。出西北,北胜南方;出西南,南胜北方;正在西,西国胜。

【注释】

①太白白,比狼:衡量太白的颜色用恒星进行对比,与狼星相似为白色。比,比较,类比。狼,即天狼星,大犬座 α 星。根据江晓原的研究,司马迁的这一记载否定了西方古代长期流传着该星为红色的记载,支持了现行恒星演化理论。

②黄,比参左肩:太白和参宿左肩的参宿四相似为黄色。根据现代的观测,参宿四即 α,是一颗红色的超巨星。两千年来迅速地从黄到红,其原因可能是由于恒星的演化过程中出现超额的红外辐射和很大的质量损失。

③黑,比奎大星:太白与奎宿南的西南大星天豕目相比为黑色。金星的颜色和这几颗恒星颜色相比,虽然夹杂着星占术的成分,但也向我们提供了五个恒星颜色的观测纪录,这和现代的观测基本上是一致的。

④从天下:使天下归顺。从,服从。

⑤居实:处在正常出现的天区。下文中"居虚"相反。

⑥行:指运行的方向和速度。色:指光色的变化。

⑦位:指所处次舍。

⑧桑榆:这里指代一般的树木。

⑨疾其下国:有害于它下面的国家。

⑩参(sān)天：三分之一的天空。参，同"三"。

⑪对国：正对着的国家。

⑫僇(lù)：同"戮"。杀。这里用作被动。

⑬金、木星合：据《史记志疑》"木"当改为"水"。

⑭战不合：双方对阵而不交战。

⑮合相毁：金星与木星相合后，光变暗。

⑯阴兵：秘密偷袭的军队。

⑰暮食：古代计时术语。在昏时以后，半夜以前，又称夜食时，约当戌、亥时分。

⑱鸡鸣：古代计时术语。指丑时。

⑲陷：沦陷，陷落。

⑳阳兵：公开作战的军队。

㉑卯：古代用十二地支表示方位：子正北，午正南，卯正东，酉正西，其余类推。

【译文】

衡量金星的颜色可用恒星的颜色作参照，和天狼星相似为色白，和心宿二星相似为色赤，和参宿左肩的参宿四星相似为色黄，和参宿右肩的参宿五星相似为色苍，和奎宿亮星相似为色黑。五颗行星都跟随太白聚于一宿，所当分野国可以用武力征服天下。处于正常的天区，算作得位；处于不正常的天区，不算得位。运行规律胜过颜色的变化，颜色变化胜过位置的虚实，得位的胜过不得位的，色正的胜过色不正的，运行规律正常的全胜过它们。它出现后留于树梢间迟迟不下落，有害于它下面的分野国；它出现后上升很快，还没有到一天，运行已超过三分之一宿，和该宿相对位置的分野国有害。向上运行复而又向下，或向下运行复而又向上，所当分野国可能出叛将。月掩太白，大将遭刑杀。金星、水星相会合，合后两星显得更亮，所当国不会起战事，即使出兵也不会发生战斗；合后两星的光反而变暗，边境有溃败的军队。金星出现在

西方，黄昏时位置偏北，奇兵强大；暮食时出现，稍微弱一些；夜半出现，
更弱一些；拂晓时出现，最弱。这称作阴性陷于阳性。金星出现在东
方，黎明时位置偏南，正兵强大；拂晓时出现，稍微弱一些；夜半出现，更
弱一些；黄昏出现，最弱。这称作阳性陷于阴性。金星隐伏在地平线
下，而出动军队，军队有灾祸。金星在东南方向升起，南方能战胜北方；
在东北方向升起，则北方能战胜南方；恰在正东方向升起，有利于东方
的国家。金星出现于西北，北方能战胜南方；在西南出现，南方能战胜
北方；恰在正西出现，西方的国家能打胜仗。

　　其与列星相犯①，小战；五星，大战。其相犯，太白出其
南，南国败；出其北，北国败。行疾，武；不行，文。色白五
芒，出蚤为月蚀，晚为天夭及彗星②，将发其国③。出东为德，
举事左之迎之④，吉。出西为刑，举事右之背之，吉。反之皆
凶。太白光见景⑤，战胜。昼见而经天，是谓争明，强国弱，
小国强，女主昌。

【注释】

①列星：众星。指恒星。相犯：相遇。

②天夭：底本作"天矢"，据《史记·天官书》改。天夭，古人把不是
　正常出现的天体如彗星等统称为妖星。夭，通"妖"。

③发：震动。

④迎之：面对着它。下文"背之"则相反。

⑤太白光见景（yǐng）：金星光明亮得能在地上投下影子。景，同
　"影"。

【译文】

金星和诸恒星相遇，有小战事，和其他行星相遇，有大战争。相遇

时，金星出现在它们的南边，南边的国家失败；出现在它们的北边，北边的国家失败。它移行的速度快，纠纷需要靠武力解决；它处在留的时候，协商就能解决问题。发白色光且芒角有五道，它出现又早于推算时间，可能有月食，晚于推算时间出现，可能出天妖和彗星，将会震动这个国家。出现在东方为有德行，向左向东方举行迎接祭礼吉利；出现于西方为刑罚，向右向西方举行送行祭礼，吉利。反之都有凶险。金星发出的光能投下影子，作战能取胜。白昼可见金星东升西落，叫争明，兆应强国变弱，小国变强，王后得势。

亢为疏庙，太白庙也。太白，大臣也，其号上公①。其他名殷星、太正、营星、观星、宫星、明星、大衰、大泽、终星、大相、天浩、序星、月纬。大司马位谨候此②。以上金星。

【注释】

①上公：古代官制，三公中有特殊功德者，加荣衔称上公。

②大司马：周代官制，有大司马掌管庶政。汉武帝时，大司马为权力最大的将军的加衔。

【译文】

亢宿是天帝的外朝，金星的宫室。金星是大臣，它的号叫上公。它的其他名称是殷星、太正、营星、观星、宫星、明星、大衰、大泽、终星、大相、天浩、序星、月纬。大司马谨慎地占候有关金星的情况。以上是对金星的占候。

察日辰之会，以治辰星之位①。曰北方水，太阴之精②，主冬，日壬、癸。刑失者，罚出辰星，以其宿命国③。

【注释】

①察日辰之会，以治辰星之位：水星和太阳的距离不超过一辰，所以叫辰星，观察它和太阳的会合就可以确定水星的位置。治，确定。

②太阴：极盛的阴气。

③宿：指所停留的天区。

【译文】

水星和太阳的距离不超过一辰所以叫辰星，观察它和太阳的会合以确定水星的位置。它属北方，五行中属水，是太阴之精，掌管冬季，日期干支壬、癸。刑政失当的国家，可以从水星看出对其惩罚的征兆，即看水星所在宿所当的分野国。

是正四时①：仲春春分，夕出郊奎、娄、胃东五舍②，为齐③；仲夏夏至，夕出郊东井、舆鬼、柳东七舍，为楚④；仲秋秋分，夕出郊角、亢、氐、房东四舍，为汉⑤；仲冬冬至，晨出郊东方，与尾、箕、斗、牵牛俱西⑥，为中国⑦。其出入常以辰、戌、丑、未。

【注释】

①是正：审定，校正。四时：四季。

②出郊：出现。清钱大昕《廿二史考异》云："四'郊'字，皆'效'字之讹。"

③齐：指战国时的齐国地区。相当今山东泰山以北及胶东半岛地区。

④楚：指战国时的楚国地区。相当今湖北、湖南、江西、安徽。

⑤汉：指汉朝京都长安附近的三辅地区。约当今陕西。

⑥俱西:偕同西行。

⑦中国:中原地区。

【译文】

水星因其总在太阳附近,故可用它的位置确定四季:仲春春分,它黄昏出现在太阳东边的奎、娄、胃等五宿,分野为齐的地域;仲夏夏至它黄昏出现在太阳东边的井、鬼、柳等七宿,分野为楚的地域;仲秋秋分,它黄昏出现在太阳东边的角、亢、氐、房等四宿,分野为汉的地域;仲冬冬至,它早晨出现于东方,与太阳西边的尾、箕、斗、牛等宿偕同西行,分野为中原。水星出入的方位常在辰、戌、丑、未四个方向。

其蚤,为月蚀;晚,为彗星及天夭①。其时宜效,不效为失②,追兵在外不战。一时不出③,其时不和;四时不出,天下大饥。其当效而出也,色白为旱,黄为五谷熟,赤为兵,黑为水。出东方,大而白,有兵于外,解④。常在东方,其赤,中国胜⑤;其西而赤,外国利。无兵于外而赤,兵起。其与太白俱出东方,皆赤而角,外国大败,中国胜;其与太白俱出西方,皆赤而角,外国利。五星分天之中,积于东方,中国利;积于西方,外国用者利⑥。五星皆从辰星而聚于一舍,其所舍之国可以法致天下⑦。辰星不出,太白为客;其出,太白为主。出而与太白不相从,野虽有军,不战。出东方,太白出西方;若出西方,太白出东方,为格⑧,野虽有兵不战。失其时而出,为当寒反温,当温反寒。当出不出,是谓击卒⑨,兵大起。其入太白中而上出⑩,破军杀将,客军胜;下出,客亡地。辰星来抵太白⑪,太白不去,将死。正旗上出,破军杀将,客胜;下出,客亡地⑫。视旗所指⑬,以命破军。其绕环太白,若与斗,大战,客胜。兔过太白⑭,间可械剑⑮,小战,客胜。兔居太白前,军罢;出太白左,小战;摩太白⑯,有数万人战⑰,主人吏死⑱;出太白右,去三尺,军急约战⑲。青角,兵忧;黑角,水。赤行穷兵之所终⑳。

【注释】

①天夭:底本作"天矢",据《史记·天官书》改。

②其时宜效,不效为失:应当出现的时候就该出现,不出现就是失行。效,显现。

③时:指季节。

④解:消弭,罢退。

⑤中国:这里指华夏各国或它的统一王朝。

⑥外国用者利:意即有利于敌对国家。"用"与"者"间疑脱"兵"字。

⑦法:法制。

⑧格:抵触,对抗。《史记索隐》曰:"谓辰星出西方。辰,水也。太白出东方。太白,金也。水生于金,母子不相从,故主有军不战,今母子各出一方,故为格。格谓不和同,故野虽有军不战然也。"

⑨击卒:斩杀士兵。

⑩其入太白中:指水星被金星遮掩。

⑪抵:接近,靠近。

⑫"正旗上出"几句:根据《史记志疑》,此句与上句重复,当为衍文。旗,《汉书·天文志》作"其"。

⑬旗:亦应改为"其"字。

⑭兔:兔星,水星又一别名。

⑮间(jiàn):距离。械(hán)剑:中间可容一剑。械,同"含"。容纳。

⑯摩:接近,迫近。

⑰有数万人战：有，底本作"右"，据《史记·天官书》改。

⑱主人吏：指主方的官佐。

⑲约战：预先挑战。

⑳赤行穷兵之所终：颜色赤红而且运行是败兵末日来临的征兆。《史记志疑》云该句为衍文。

【译文】

水星出现早于推算时间，是发生月食的征兆；晚于推算时间，是出现彗星及妖星的征兆。它应当出现而没有按推算出现叫失行，有追兵在外也不会发生战事。一季不出现，该季天下不太平；四季一直没出现，天下就要发生大饥荒了。它在应当出现的时候出现，出现时光色发白，有旱情，光色发黄五谷丰登，光色发红有兵祸，光色发黑有水灾。它出现于东方，明亮而发白色光，虽然有军队在外，也可以和解。常在东方而发出红色光，中原可战胜敌国；在西方的时间长而发红色光，外国用兵有利而不利于中原。水星发红光，即使并未在外屯兵，也会有战事发生。水星与金星同时出于东方，都发红色且有芒角，中原以外的国家在战争中大败，中原获胜；它和金星同时出于西方，都发红色且有芒角，作战对中原以外的国家有利。以中天为准看五星的分布，若五星都在东半天球，对中原有利；五星都在西半天球，有利于中原以外的国家用兵。如果其他行星随水星出现而五星聚于一宿，该宿所当分野国能够以法号召天下。水星不出现时，金星是客；水星出现后，金星是主。水星出现后它不跟随金星运行，边境有军队也不发生战争。水星出现在东，金星出现在西，或者水星出现在西，而金星出现在东，叫"格"，边境即使有兵也打不起来。水星该出时未出，过了该出的时间才出现，会出现该冷的时候反而温暖，或该暖和的时候反而寒冷的反常天气。该出现而不出现，叫"击卒"，是烽烟四起的征兆。水星凌掩金星后从金星上方出来，有军溃将亡敌国取胜的事；从金星下方出来，则敌国将失去领土。水星运行与金星相并而金星没有离开，有主将要死亡。有大的芒

角从水星上方出现,军溃将亡;从水星下方出现,敌国失去领土。率兵
的应观察芒角指向,以决定如何打仗。水星环绕金星,好像在和金星
斗,有大战,敌国胜。水星也名兔星,其运行经过金星近旁,近到其间好
像只容得一剑的空间,是小有战事,敌国胜利。水星在金星前留,军队
罢战;出在金星左方,有小战事。紧挨着金星相擦而过,有几万人参加
的大战事,主军将吏会死;出在金星右方,相距像有三尺左右,两军急于
约战。水星有青色芒角,有兵忧;有黑色芒角,有水害。颜色赤红且运
行,败军的末日来临。

　　兔七命①,曰小正、辰星、天欃、安周星、细爽、能星、钩
星。其色黄而小,出而易处②,天下之文变而不善矣③。兔五
色,青圜忧,白圜丧,赤圜中不平,黑圜吉。赤角犯我城,黄
角地之争,白角号泣之声。

【注释】

①命:名称。

②其色黄而小,出而易处:这是水星的特征。

③文:指礼乐制度。

【译文】

　　水星有七个名称,它们是:小正、辰星、天欃、安周星、细爽、能星、钩
星。它色黄而不亮,出现时又不在推算的位置上,国家的制度将变得不
利于百姓。水星可以呈现五种颜色,青而圆有忧,白而圆有丧,红而圆
国内不安定,黑而圆吉利。色红而有芒角敌犯我城,色黄而有芒角发生
领土争端,色白而有芒角将听到悲号哭泣之声。

　　其出东方,行四舍四十八日①,其数二十日②,而反入于

东方;其出西方,行四舍四十八日,其数二十日,而反入于西方。其一候之营室、角、毕、箕、柳。出房、心间,地动。

【注释】

①四十八日:应是"四十八度"之误。出东方至入东方,两个基本数据一是度数,一是日数,此处开头载舍数,后面载日数,有了日数以后,中间就不可能再载日数,必是将舍数折合成度数。如取一舍为十二度,四十八正是四舍之度。下文"四十八日"也应是"四十八度"之误。根据《汉书·律历志》水星出东方凡见二十八日,行经二十八度。出西方凡见二十六,行经二十六度。《天官书》所载误差较大。译文仍按原文。

②其数:大约。

【译文】

水星在东方出现后,运行四宿历四十八日,约二十日,又反向东隐没;在西方出现后,运行四宿历四十八日,约二十日,再反向西隐入。可在室、角、毕、箕、柳等宿在东方或西方时观测水星。它若是出现在房宿和心宿的中间,将会发生地震。

辰星之色:春,青黄;夏,赤白;秋,青白,而岁熟;冬,黄而不明。即变其色①,其时不昌。春不见,大风,秋则不实②。夏不见,有六十日之旱,月蚀。秋不见,有兵,春则不生③。冬不见,阴雨六十日,有流邑④,夏则不长⑤。

【注释】

①即:假如,如果。

②不实:谷物不成熟。

③春：指次年春天。不生：指谷物不生长。

④流邑：指被冲毁的城邑。

⑤夏：指次年夏季。

【译文】

水星的颜色：春天呈青黄色；夏天呈红白色；秋天呈青白色，年成好；冬天呈黄色但不明亮。如果颜色发生变化，那一季节不好。春天不出现，有大风，秋天谷物不成熟。夏天不出现，有六十天的旱灾，有月食。秋天不出现，有战争，来年春天谷物不生长。冬天不出现，阴雨六十天，有被冲毁的城邑，来年夏天谷物不生长。

　　七星为员官，辰星庙，蛮夷星也①。以上水星。

【注释】

①蛮夷：古代华夏统治者对四方外族的贬称，如南蛮、东夷等。

【译文】

星宿是鸟的喉咙，是水星的宫室，水星是象征着蛮夷外族的星。以上是对水星的占候。

　　角、亢、氐，兖州①。房、心，豫州②。尾、箕，幽州③。斗，江、湖④。牵牛、婺女，扬州⑤。虚、危，青州⑥。营室至东壁，并州⑦。奎、娄、胃，徐州⑧。昴、毕，冀州⑨。觜觿、参，益州⑩。东井、舆鬼，雍州⑪。柳、七星、张，三河⑫。翼、轸，荆州⑬。以上分野。

【注释】

①兖州：古州名。约当今山东西南部。按，该节言二十八星宿

　　分野。

②豫州：古州名。约当今河南东部和安徽北部。

③幽州：古州名。约当今河北北部、辽宁大部。

④江：指长江下游地区。湖：指太湖流域地区。

⑤扬州：古州名。约当今安徽南部、江苏南部和江西、浙江、福建的一部分地区。

⑥青州：古州名。约当今山东中部、东部和北部。

⑦并州：古州名。约当今山西大部、河北西部和内蒙古东南部。

⑧徐州：古州名。约当今江苏北部和山东东南部。

⑨冀州：古州名。约当今河北中南部和山东西部、河南北部一带。

⑩益州：古州名。约当今四川东部、甘肃南端、陕西南部、湖北西北部和贵州大部。

⑪雍州：古州名。约当今陕西北部、宁夏、甘肃和青海东部。

⑫三河：指汉代河东、河内、河南三郡，约当今山西西南部和河南大部。

⑬荆州：古州名。约当今湖北、湖南和广东、广西、贵州的一部。

【译文】

　　角宿、亢宿、氐宿的分野是兖州。房宿、心宿的分野是豫州。尾宿、箕宿的分野是幽州。斗宿的分野是长江下游、太湖流域地区。牛宿、女宿的分野是扬州。虚宿、危宿的分野是青州。室宿至壁宿的分野是并州。奎宿、娄宿、胃宿的分野是徐州。昂宿、毕宿的分野是冀州。觜宿、参宿的分野是益州。井宿、鬼宿的分野是雍州。柳宿、星宿、张宿的分野是三河地区。翼宿、轸宿的分野是荆州。以上是二十八宿对应的分野。

　　两军相当，日晕①。晕等，力钧②；厚长大，有胜；薄短小，无胜。重抱大破无③。抱为和，背不和④，为分离相去。直为自立⑤，立侯王；指晕若曰杀将。负且戴⑥，有喜。圆在中，中胜;在外,外胜⑦。青外赤中,以和相去;赤外青中,以恶相去。气晕⑧,先至而后去,居军胜⑨。先至先去,前利后病⑩;后至后去,前病后利;后至先去,前后皆病,居军不胜。见而去,其发疾,虽胜无功。见半日以上,功大。白虹屈短⑪,上下兑,有者下大流血。日晕制胜⑫,近期三十日,远期六十日。

【注释】

①日晕(yùn):太阳光线经过云层中冰晶的折射或反射形成的光学现象。

②钧:同"均"。

③重抱大破无:日晕的光气重重环抱向日,军将大破。抱,指日晕的光环环抱向日。

④背:云气向着周围扩散。如淳云:"凡气向日为抱,向外为背。"

⑤直:光带笔直。自立:指分裂或反对势力宣布独立。

⑥负且戴:指太阳上下方都有光晕。负,有光晕在日下方叫日负。戴,有光晕在日上方为日戴。

⑦"圜在中"几句:日晕紧围是被围困者取胜的征兆,日晕在外边很远的地方围着,是围困者取胜的征兆。

⑧气晕:由悬浮在大气中的冰晶对光线的反射而形成的一种光学现象,多发生在日、月周围。看起来似云非云,似气非气,多呈环状,亦有弧状、柱状或亮点状。古人常用来占卜用兵征伐之吉凶。

⑨居军:守军,驻扎的军队。底本作"居晕",据《史记·天官书》改。

⑩病:困难,不顺利。

⑪白虹:大气现象,一种横亘天际、成带状如虹的淡白云气。古人

通过观察以占卜用兵征战之吉凶胜负。

⑫制胜：决断胜败。

【译文】

　　两军对峙，应看日晕。日晕均匀，敌我势均；日晕厚而长大，可取胜；日晕薄而短小，不可取胜。光晕曲抱向日多重，有大败的军队。光晕向日为抱，抱晕出现两军修和；光晕背日向外，两军不能修和，但会撤军。光晕直立日上，有自立的侯王；云气指向晕，将帅被杀。光晕出现于太阳上下方分别叫日戴和日负，有喜庆的事。日晕紧围，被围困的一方得胜。日晕在外边较远的地方围着，围困方得胜。日晕外层色青，里层赤红，双方媾和撤军；外层色红，里层色青，双方虽然撤军而积怨更深。气晕先到慢慢消逝，守军胜；气晕先到很快消逝，初对守军有利后转为对守军不利；气晕后到慢慢消逝，初对守军不利后转为对守军有利；气晕后到很快消逝，对守军始终不利，守军不能取胜。日晕从出现到消失，时间很短，即使打了胜仗也无所建树。出现达到半日以上，取胜且收获大。晕气带状如虹谓之白虹，白虹弯而两端尖锐，是发生大流血事件的征兆。以日晕占候作战的胜败有效时间近期三十日，远期六十日。

　　其食①，食所不利；复生②，生所利；而食益尽③，为主位。以其直及日所宿④，加以日时⑤，用命其国也。以上日晕。

【注释】

①食：日食。

②复生：指食甚后生光。

③而食益尽：指食甚时，日食最深的时候。《史记三书证讹》《史记志疑》认为"而""益"为衍文，当删。食尽，即食既。

④其直：指日食部位所当。日所宿：太阳所在的星宿。

⑤日时：日食发生的日期。

【译文】

日食，开始亏缺时所对的地方不利；再生光，生光所对的地方有利。日食作占，食甚时刻为主位。用太阳的方位及所在星宿，再配合日期干支，占所当国的吉凶。以上是用日晕占候。

　　月行中道①，安宁和平。阴间，多水，阴事。外北三尺，阴星。北三尺，太阴②，大水，兵。阳间，骄恣③。阳星，多暴狱。太阳，大旱丧也。角、天门④，十月为四月，十一月为五月⑤，十二月为六月，水发，近三尺，远五尺。犯四辅⑥，辅臣诛。行南北河，以阴阳言⑦，旱水兵丧。

【注释】

①月行中道：指月亮在黄道附近运行。中道，运行路线的名称，指房宿四星的中间。下文的"阴间""阴星""太阴"等都是运行路线名称。《史记索隐》曰："中道，房星之中间也。房有四星，若人之房三间有四表然，故曰房。南为阳间，北为阴间，则中道房星之中间也。故房是日、月、五星之行道。"

②"外北三尺"几句：古人称太阳的轨道为中道或黄道，称月亮的轨道为月道或白道。黄白二道相交，故月行出入中道南北。《天官书》将位于中道北的白道称为太阴道，位于中道南的称为太阳道。黄白交角为五度左右，古人对此十分注意观察，故将位于中道南北五度左右的星定名为阳星、阴星。古人通常以七寸为一度，西汉时黄白交角测量不精确，大致定为三尺，化为度相当于四度多，与实际值相近。《天官书》是将阳星和阴星作为月行轨

道偏离南北的太阳道和太阴道的标志点来使用的。要想知道月亮的轨道,只需观看一下阳星和阴星的位置即可。

③骄恣:骄傲,放纵。

④天门:古星官名。在角宿南,属角宿,今属室女座。

⑤十月为四月,十一月为五月:《史记索隐》:"角间天门。谓月行入角与天门,若十月犯之,当为来年四月成灾;十一月,则主五月也。"

⑥四辅:房宿四星是心宿的四个辅佐。

⑦阴阳:指北河星以北和南河星以南。

【译文】

　　月亮运行在黄道附近,安宁和平。运行在黄道北,多水,多丑事。黄道北三尺,有阴星,阴星北三尺,为太阴道,月亮运行在这里,有大水灾和兵祸。运行在黄道南,君主骄傲一意孤行。月亮运行于黄道南的阳星附近,多有犯人暴狱。月亮愈是在黄道往南的地方运行,愈是有大旱和死丧的事。角宿的南面为天门,十月份月亮运行到角宿和天门星区,灾害出现在来年四月,十一月在这里运行,灾害出现在来年五月,十二月运行到这里,灾害出现在来年六月,是大水灾,日期近水深三尺,日期远水深五尺。月亮运行至房宿,辅臣可能被杀。月亮运行到南河和北河星区,在北河星之北或南河星之南的分野,有水旱兵丧的大祸。

　　月蚀岁星①,其宿地,饥若亡;荧惑也乱;填星也下犯上;太白也强国以战败;辰星也女乱;食大角,主命者恶之;心,则为内贼乱也②;列星,其宿地忧。

【注释】

①月蚀岁星:月掩岁星。《史记正义》曰:"孟康云:'凡星入月,见月

中,为星蚀月;月掩星,星灭,为月蚀星也。'"

②内贼乱:指统治集团内部的变乱。

【译文】

月亮遮掩木星,它的分野有饥荒和死亡;遮掩火星,有变乱;遮掩土星,有以下犯上之事;遮掩金星,有强国战败之事;遮掩水星,有后妃变乱之事;月亮遮掩大角星,统治者厌恶这种现象;遮掩心宿,国内有叛乱;遮掩众星,它的分野有忧患。

月食始日,五月者六,六月者五,五月复六,六月者一,而五月者五,凡百一十三月而复始①。故月蚀,常也;日蚀,为不臧也②。甲、乙,四海之外,日月不占③。丙、丁,江、淮、海、岱也。戊、己,中州、河、济也。庚、辛,华山以西。壬、癸,恒山以北④。日蚀,国君;月蚀,将相当之。以上月行。

【注释】

①"月食始日"几句:月食的发生是有周期的,从月食开始的那一天起,间隔五个月发生的有六次,再间隔六个月发生的有五次,再间五月是六次,再间隔六月为一次,五月为五次,总共是一百一十三月为一周期。

②"故月蚀"几句:此由《诗经》"彼月而食,则维其常;此日而食,于何不臧"变化而来。意为月食比较常见,而日食不常见,见必有灾。因为日食只能在地面上某一地区带才能看见,而发生月食则半个地球都可见,就整个地球而言,日食多于月食,但就一个地区而言,月食多于日食。古人站在中国甚至中原地区观察记录,就觉得月食常见,日食不常见。加上迷信思想作怪,就认为月食是坏事,日食是大坏事。臧(zāng),好,善。

③甲、乙，四海之外，日月不占：发生在甲、乙日的日月食，应验见于四海之外，故一般不用于占候。

④恒山：古称北岳，在今河北曲阳西北，现通称大茂山。

【译文】

月食是有周期的，自发生月食起，间隔五个月出现的月食有六次，再间隔六个月出现的月食有五次，再间隔五个月出现的月食有六次，然后再过六个月发生一次月食，再间隔五个月发生月食的有五次，共计一百一十三个月。所以月食是常见的；但日食为罕见，所以《诗经》中有"彼月而食，则维其常；此日而食，于何不臧"的句子。甲、乙日发生交食，应验见于海外，故不用作占。丙、丁日发生交食，应验将出现在江、淮、海、岱等地。戊、己日发生交食，应验见于中原及黄河、济水之间。庚、辛日发生交食，应验在华山以西。壬、癸日发生交食，应验见于恒山以北。日食是和国君相关的天象，月食则关系将相。以上是用月亮占候。

国皇星①，大而赤，状类南极②。所出，其下起兵，兵强；其冲不利③。

【注释】

①国皇星：古代奇异天象的名称。所指可能是彗星或超新星，或新星。

②南极：即南极星。

③冲：指相对的方向。

【译文】

国皇星，大而红，形状像南极星。它出现于哪一宿，分野国有战事，军队强大；与它相对方向的分野国不吉利。

昭明星①，大而白，无角，乍上乍下。所出国，起兵，多变。

【注释】

①昭明星：古代奇异天象的名称。又名笔星。可能是新星或超新
　星爆发现象。

【译文】

昭明星，大而白，无光芒，忽上忽下。它出现处的分野国有战事，形
势多变。

五残星①，出正东东方之野。其星状类辰星，去地可
六丈。

【注释】

①五残星：古代奇异天象的名称。又名五锋。星的表面有"如晕之
　气"，形似羽毛状，为红色大星，移动频繁。应为天亮以前出现在
　东方的短尾彗星或无尾彗星。

【译文】

五残星，出现于正东东方的分野，这颗星的形状类似水星，离地面
约六丈。

大贼星①，出正南南方之野。星去地可六丈，大而赤，数
动，有光。

【注释】

①大贼星：古代奇异天象名称。大贼星是正南方向看到的火流星。

【译文】

大贼星，出现于正南南方的分野。星离地面约六丈，大而红，不断摇动，有光辉。

司危星^①，出正西西方之野。星去地可六丈，大而白，类太白。

【注释】

①司危星：古代奇异天象名称。出现于天空正西方，可能为双尾的彗星。

【译文】

司危星，出现于正西西方的分野。星离地面约六丈，大而白，类似金星。

狱汉星^①，出正北北方之野。星去地可六丈，大而赤，数动，察之中青。此四野星所出^②。出非其方，其下有兵，冲不利。

【注释】

①狱汉（zhēn）星：古代奇异天象名称。又名咸汉，出现在天空正北方，可能是火流星，与空气摩擦燃烧而红亮，背面颜色就暗些，空气阻力使它出现左右或上下闪动。

②四野星：指五残星、大贼星、司危星、狱汉星。

【译文】

狱汉星，出现于正北北方的分野。星离地面约六丈，大而红，不断地摇动，观察它中间隐约呈青色。以上是四方分野星应出现的天区。

如果出现于不是它本应在的方位,相应的分野国有战争,所对方位的分野国不利。

四填星①,所出四隅②,去地可四丈。

【注释】

①四填星:古代奇异天象名称。在任何方向都有可能看到,可能是出现于东南、西南、西北、东北四个方向的彗星或流星。

②四隅:指东南、东北、西北、西南四个方位。

【译文】

四填星,出现于东北、东南、西南、西北四隅,离地约四丈。

地维咸光①,亦出四隅,去地可三丈,若月始出。所见,下有乱;乱者亡,有德者昌。

【注释】

①地维咸光:古代奇异天象名称。一作地维藏光。可能是彗星,也可能是新星或超新星爆发的现象。

【译文】

地维咸光,也出现在四隅,但离地约高三丈,明亮得好像初出的月亮。所见位置对应的分野国有动乱;作乱的将灭亡,有德行的将昌盛。

烛星①,状如太白,其出也不行,见则灭。所烛者②,城邑乱。

【注释】

①烛星：古代奇异天象名称。明亮似金星，瞬息即灭，可能是沿观
　测者视线方向出现的流星，故亮的时间显得略比其他流星长，并
　且看不出移动，但很快燃尽而灭。也有人认为它是一种像火炬
　一样的极光现象。

②所烛者：所照到的地方。烛，照。

【译文】

　烛星，形状像金星，它出现而不运行，出现一下就消失了。它所照
到的地方，城邑有变乱。

　如星非星，如云非云，命曰归邪①。归邪出，必有归
国者②。

【注释】

①归邪（shé）：古代奇异天象名称。可能是彗星或新星。也有人认
　为是一种极光现象。

②归国者：指逃亡的国君或大臣回到本国。

【译文】

　像星又不是星，像云又不是云，叫归邪星。归邪星出现，一定有逃
亡者回归本国。

　星者，金之散气，本曰火①。星众，国吉；少则凶。

【注释】

①本曰火：其本质是火。

【译文】

星是由金的精气而形成的，它的本质是火。星星多，国家吉利；星星少，就有凶险。

汉者^①，亦金之散气，其本曰水。汉，星多，多水，少则旱，其大经也^②。

【注释】

①汉：河汉，银河。

②大经：大法，常规。

【译文】

银河，也是由金的精气而形成，它的本质是水。银河里星星多，多雨水；星星少，就有旱情，这是它的常规。

天鼓^①，有音如雷非雷，音在地而下及地^②。其所往者，兵发其下。

【注释】

①天鼓：古代奇异天象名称。可能是穿越大气层的火流星。白天出现时，虽光不突出，但星体与大气激烈摩擦而发出似雷的轰鸣。

②音在地而下及地：据张文虎《校刊札记》应当为"音在天而下及地"。

【译文】

天鼓，出现时发出雷鸣般的响声，但不是雷声，声音在天上而传到地面。其飞行下落的方向，是有战事的地方。

天狗^①，状如大奔星^②，有声，其下止地，类狗。所堕及炎火，望之如火光炎炎冲天，其下圜如数顷田处。上兑者则有黄色，千里破军杀将。

【注释】

①天狗：古代奇异天象名称。可能是近地火流星，并伴有陨星落地，所以用天狗命名是因为运行中与大气摩擦而发出啸叫声。另有人认为，流星体穿过低层大气，形成火流星，最后坠入地面，形成陨石坑，陨石的形状像天狗，故称为天狗。

②大奔星：古代奇异天象名称。指形大行疾的流星和火流星。"奔星"即流星。《汉书·天文志》"奔"作"流"。

【译文】

天狗，形状像大流星，有声音，它落到地面，类似狗。它坠落的地方如火光炎炎冲天，坠落的范围大到数顷。其末端尖锐的发出黄色光芒，有剽悍的部队可奔袭千里击败敌人杀死敌帅。

格泽星者^①，如炎火之状，黄白，起地而上，下大，上兑。其见也，不种而获；不有土功，必有大害^②。

【注释】

①格泽星：古代奇异天象名称。像火焰，呈黄白色，由地面升起，上锐下大。可能是极光或黄道光。

②大害：依《汉书·天文志》当作"大客"。

【译文】

格泽星，像燃烧的火焰状，呈黄白色，从地面向上升起，下部大，上部尖。它出现了，不播种而能收获；不是有土木工程兴办，就是一定有贵宾。

蚩尤之旗①，类彗而后曲，象旗。见则王者征伐四方。

【注释】

①蚩尤之旗：古代奇异天象名称。形态有二，一种像红色的云，另一种上段呈黄色，下段呈白色，可能是彗星或极光。蚩尤，传说中东方九黎族的首领，与黄帝交战，失败被杀。

【译文】

蚩尤之旗，类似彗星而后部弯曲，像旗子。它出现就有帝王征伐四方。

旬始①，出于北斗旁，状如雄鸡。其怒②，青黑，象伏鳖。

【注释】

①旬始：古代奇异天象名称。张衡《东京赋》"枪旬始"并列，古人视作妖气，可能是彗星，也有人认为是极光。由于极光形态万千，朦胧多变，故名称甚多。

②怒：光芒射出。

【译文】

旬始，出现于北斗的旁边，形状像公鸡。它放射光芒，青黑色，像伏着的甲鱼。

枉矢①，类大流星，蛇行而苍黑②，望之如有毛羽然。

【注释】

①枉矢：古代奇异天象名称。指流星的一种，在坠地以前气化，由于低层空气浓度使小流星体在燃尽前因空气阻力而形成蛇形轨

迹,燃烧余迹似羽毛飘散。可泛指流星。

②蛇行:屈曲而行。

【译文】

柾始,类似大流星,运行轨迹如蛇弯曲行进,颜色苍黑,轨迹处看上去像有羽毛飘落。

长庚^①,如一匹布着天^②。此星见,兵起。

【注释】

①长庚:古代奇异天象名称。可能是极光。

②着(zhuó)天:挂在天空。

【译文】

长庚,像一匹布挂在天空。这颗星出现,战争发生。

星坠至地,则石也。河、济之间,时有坠星。

【译文】

星体坠落到地面,就是石头。黄河、济水之间,经常有坠落的星体。

天精而见景星^①。景星者,德星也。其状无常,常出于有道之国。以上吉星、凶星。

【注释】

①天精而见景星:《史记集解》引孟康曰:"精,明也。有赤方气与青方气相连,赤方中有两黄星,青方中一黄星,凡三星和为景星。"

精，明亮，清朗。景星，又叫瑞星，德星。空中偶见亮度较强的双
星或聚星，被彩色云气衬托着，古人附会为祥瑞。

【译文】

天空明朗出现景星，是德星。它的形状不一，经常出现在政治清明
的国家。以上是吉星、凶星。

凡望云气^①，仰而望之，三四百里；平望，在桑榆上，千余
里二千里；登高而望之，下属地者三千里^②。云气有兽居上
者，胜。

【注释】

①望云气：古代一种迷信的占卜方法。通过观察云气，预测人间的
　　吉凶。

②属（zhǔ）：注视。

【译文】

凡观察云气作占的，抬头望去，占三四百里；在高于树梢之上平望，
占一二千里；登高望去，向地面方向看，可占三千里。云气上方似有兽
盘踞的，是取胜的云气。

自华以南^①，气下黑上赤。嵩高、三河之郊^②，气正赤。
恒山之北，气下黑上青。勃、碣、海、岱之间^③，气皆黑。江、
淮之间，气皆白。

【注释】

①华：华山，在今陕西华阴，古称西岳。

②嵩高：也叫嵩山，在今河南登封北，古称中岳。三河：今河南洛阳

地区。

③勃：即渤海。碣：古山名。今河北昌黎碣石山。

【译文】

从华山以南，云气下部黑上部红。嵩山、三河的原野，云气呈正红色。恒山以北，云气下部黑上部青。渤海、碣石、东海、泰山一带，云气都是黑色。长江、淮河流域，云气都是白色。

徒气白①。土功气黄②。车气乍高乍下③，往往而聚。骑气卑而布④。卒气抟⑤。前卑而后高者，疾；前方而后高者⑥，兑；后兑而卑者，却。其气平者其行徐。前高而后卑者，不止而反。气相遇者⑦，卑胜高，兑胜方。气来卑而循车通者⑧，不过三四日，去之五六里见⑨。气来高七八尺者，不过五六日，去之十余里见。气来高丈余二丈者，不过三四十日，去之五六十里见。

【注释】

①徒气：预兆备战的一种大气现象。兵家通过望气，用于占卜用兵征战之吉凶胜负。

②土功气：预兆修建防御工事的一种大气现象。

③车气：预兆车战的一种大气现象。

④骑气：预兆骑战的一种大气现象。常在大气低层的云气，分布很广。布：铺开。

⑤卒气：预兆步战的一种大气现象。抟（tuán）：聚拢。

⑥方：形状平正。

⑦相遇（ǒu）：相互对抗。遇，同"偶"。

⑧车通："车道"之误。意即车辙。

⑨不过三四日,去之五六里见:不超过三四天可见敌情,这种气五
　六里外可见。

【译文】

　　备战之气是白色。修筑备战工事之气是黄色。车战之气忽高忽
下,经常聚拢。骑战之气低矮平铺。步战之气团聚着。气前部低而后
部高的,行军迅速;前部平正而后部高的,兵力精锐;后部尖而低的,军
队退却。气平的行军缓慢。前部高而后部低的,军队不停留就回转。
气相互对抗的,低的战胜高的,尖锐的战胜平正的。气来得低而且沿着
车道的,不超过三四天可见敌情,这种气五六里外可见。气来得高七八
尺的,不超过五六天可见敌情,这种气十来里外可见。气来得高一二
丈,不超过三四十日可见敌情,这种气五六十里外就可望见。

　　稍云精白者①,其将悍,其士怯。其大根而前绝远者②,
当战。青白,其前低者,战胜;其前赤而仰者,战不胜。阵云
如立垣③。杼云类杼④。轴云抟两端兑⑤。杓云如绳者⑥,居
前亘天⑦,其半半天。其蚩者类阙旗故⑧。钩云句曲⑨。诸
此云见,以五色合占。而泽抟密⑩,其见动人⑪,乃有占;兵必
起,合斗其直⑫。

【注释】

①稍云:大气现象。一种在天空中时时摇动、色白、呈羽毛状的云
　气。可能是近代气象学上的毛卷云。精白:青白。

②大根:云的基部大。

③阵云:形状如战阵的云。从形状看与近代气象学上所谓的"水积
　云"相似。古人通过观测它以占卜兵患。立垣:耸立的城墙。

④杼(zhù)云:形状像织梭的云。

⑤轴云:形状如滚筒的云。

⑥杓(sháo)云:形状似一条拉直的横亘天空的绳子。杓,即"勺"字。

⑦亘天:横贯天空。

⑧蜺(ní):形状像虹的云。蜺,即霓,虹。阙旗:《史记志疑》作"斗旗",即战斗的旗帜。按,"阙"与"斗(古字作鬪)"形似而误。

⑨钩云:形状像钩的云。

⑩泽:云气润泽。抟:流动。

⑪动人:引人注意。

⑫合斗:交战。

【译文】

稍云呈青白色,它对应的军队是一支将领剽悍而士兵缺乏士气的军队。云的基部大而前部伸向远方的,有战事。云呈青白色而前部低的,战胜;云的前部呈红色而上仰的,战不能取胜。阵云像耸立的城墙。杼云类似织梭。轴云团聚,两端尖锐。杓云的形状像一条绳,横亘于天,其一半就长约半个天空。其中那种状如彩虹的云,类似战旗。钩云弯曲如钩。诸如此类的云出现,根据五色占候,光润、翻动、浓密并极引人注目的云才入占;两军已经开战,相应双方的云气呈交斗情景。

王朔所候①,决于日旁。日旁云气,人主象②。皆如其形以占。

【注释】

①王朔:汉武帝时术士,占候家。精通观测天空云气,占卜帝王吉凶。

②人主象:帝王的象征。

【译文】

王朔作占的时候,他主要看太阳旁的云气。太阳旁的云气,是帝王的象征。都按照它们的形状来占候。

　　故北夷之气如群畜穹闾①,南夷之气类舟船幡旗②。大水处,败军场,破国之虚③,下有积钱,金宝之上,皆有气,不可不察。海旁蜄气象楼台④;广野气成宫阙然。云气各象其山川人民所积聚⑤。

【注释】

①穹闾:即穹庐,游牧民族的帐篷。

②幡旗:直着挂的长方形旗子,这里指船帆。

③虚:同"墟"。废址。

④蜄气:海面上出现像楼台一样的云气。即所谓海市蜃楼。古人误认为蜃所吐的气,实际上是一种大气折光现象。蜄,或作"蜃",大蛤蜊。

⑤山川人民所积聚:指山川的形势和人民的气质。《史记正义》引《淮南子》云:"土地各以类生人,是故山气多勇,泽气多瘖,风气多聋,林气多躄,木气多伛,石气多力,险阻气多寿,谷气多痹,丘气多狂,庙气多仁,陵气多贪,轻土多利足,重土多迟,清水音小,浊水音大,湍水人重,中土多圣人。皆象其气,皆应其类也。"

【译文】

　　因此北夷的气像牲畜穹庐,南夷的气像舟船风帆。洪水流到之处,败军的战场,亡国的废墟,地下埋有金钱珠宝的地方,都有云气,不可以不观察。海边的蜃气像楼台,旷野之气形成像宫殿的样子。云气各像那里山川人民所积聚的气质。

　　故候息耗者①,入国邑,视封疆田畴之正治②,城郭室屋门户之润泽,次至车服畜产精华。实息者③,吉;虚耗者④,凶。

【注释】

①息耗:滋长与消亡。

②视封疆田畴之正治:考察疆界田地的整理耕作。封疆,指疆界。田畴,耕种的土地。种谷地称田,种麻地称畴。正治,疆界明确,田地耕作得好。

③实息:充实,繁荣。

④虚耗:空虚,消耗。

【译文】

占一个地方是繁荣还是消亡,作占的人要亲自进入这个地方的城邑,考察那里的疆域,农耕生产,看城墙、居室门户的新旧,人们的车驾、服饰、农畜产品。充实繁荣的,吉利;空虚萧条的,凶险。

若烟非烟,若云非云,郁郁纷纷①,萧索轮囷②,是谓卿云③。卿云见,喜气也。若雾非雾,衣冠而不濡④,见则其域被甲而趋⑤。

【注释】

①郁郁纷纷:盛美的样子。

②萧索:疏散的样子。轮囷(qūn):弯曲的样子。

③卿云:即庆云,一种古人认为祥瑞的彩云。

④濡(rú):沾湿。

⑤被(pī)甲而趋:披挂着铠甲奔走。被,通"披"。

【译文】

如烟非烟,如云非云,盛美纷纭,疏散卷舒,这叫卿云。卿云出现是喜气。如雾非雾，衣帽不沾湿，此气出现了，那个地区就为战争奔忙。

　　夫雷电、虾虹、辟历、夜明者①，阳气之动者也，春夏则发，秋冬则藏，故候者无不司之。

【注释】

①虾虹：是一种在雨幕或雾上形成的彩虹。阳光射入水滴后经反射、折射、衍射，波长较短的光被滤掉，余下的是波长较长的红光。由于其红如虾，故称。辟历：即"霹雳"。夜明：古人观察用以占卜岁时美恶、国力强弱的一种高空大气现象。可能是多出现于高纬地区的极光或气辉。气辉是夜间高层大气微弱的发光现象，是大气成分受太阳光作用而发出弱光辉，可以有多种不同的色彩。

【译文】

天上的雷电、虾虹、霹雳、夜明之类，都是阳气运动的产物，春夏时出现，秋冬时隐藏，因此占候者无不等待观察它们。

　　天开县物①，地动坼绝②。山崩及徙，川塞谿垎③；水澹泽竭地长④，见象⑤。城郭门闾，闺臬枯槁⑥；宫庙邸第，人民所次⑦。谣俗车服⑧，观民饮食。五谷草木，观其所属⑨。仓府厩库⑩，四通之路。六畜禽兽，所产去就⑪；鱼鳖鸟鼠，观其所处⑫。鬼哭若呼，其人逢悟⑬，化言⑭，诚然。以上望云气。

【注释】

①天开县物：天空裂开，显现悬空的物象。县，即"悬"。薄树人先生认为天开是在黑夜的天空出现的一条光带，好像开裂了一样，

这是一种极光现象。

②坼(chè)绝：裂开，断裂。

③坋(fú)：堵塞。

④水澹(dàn)：波浪起伏，流水回旋。地长：地面隆起。

⑤象：迹象，征象。

⑥闰臯：《汉书·天文志》作"润息"，潮湿之意。

⑦次：止宿，居住。

⑧谣俗：习俗，风俗。

⑨属(zhǔ)：汇集，聚会。

⑩府：储藏财物的地方。库：储藏武器的地方。

⑪去就：去或留，退或进。

⑫处(chǔ)：居止，栖息。

⑬逢俉(wù)：相逢而感到惊奇。俉，同"迕"。偶然相遇。

⑭化言：谣言。化，通"讹"。

【译文】

天空裂开，显现悬空的物像，地震断裂，山岭崩塌及移徙，河流溪涧堵塞，流水起伏回旋，沼泽干涸，地面隆起，都是兆应征象。城邑门巷，有时润息，有时焦枯，还有宫廷府邸，人民住宅也一样。观察当地习俗、车马、服饰，观察人民的饮食，观察五谷草木所汇聚的地方，观察粮仓、钱府、马厩、武库及交通要道，观察牲畜及土特产的转运，观察鱼鳖鸟鼠所栖息的地方，鬼哭鬼叫，有人相遇，感到惊奇，谣言流传，也都是兆应征象。以上是通过望云气占候。

凡候岁美恶，谨候岁始①。岁始或冬至日，产气始萌②。腊明日③，人众卒岁④，一会饮食，发阳气，故曰初岁。正月旦，王者岁首⑤。立春日，四时之卒始也⑥。四始者，候之日⑦。

【注释】

①岁始：古天文术语，即一岁的开始。古代星相家占候一年的岁时美恶和农收丰歉，一定要谨慎观察一年的开始。

②产气：生气。萌：开始，发生。

③腊明日：又叫"初岁"，说法不一。一说指腊月的第二天，即十二月初二；一说是即指"腊日"的第二天。至于什么叫"腊日"，人们的说法也不同。有说指冬至节后的第三个戌日；也有说指十二月的初八；还有说指腊月的最后一天，即除夕。

④卒岁：过年。卒，终止。

⑤正月旦，王者岁首：正月初一，是君主颁用历法的起点。正月旦，正月初一之早晨。亦称"元旦"。旦，有天明、早晨、明亮、日子之意。

⑥立春日，四时之卒始也：立春，正月里的节气名，二十四节气之一。在公历每年二月四日前后，太阳走到黄道约35度时称作立春，该日称为立春日。即太阳到达冬至和春分当中位置的那一天。四时，天文气象术语。一年四季春夏秋冬之总称。我国古代以四立（立春、立夏、立秋、立冬）作为四时的开始。

⑦四始者，候之日：四始都是占候的日子。四始，历法术语。一说指冬至日，万物生气始发；腊明日，阳气始发；正月旦，岁之初始；立春日，四季之初始。另一说指正月初一早晨是岁、月、日、时四种计时单位之起点。

【译文】

凡占候年成好坏，一定要谨慎地占候岁首。岁首有四种，一为冬至日，是一年生气之始。二为腊月的腊明日，这一天人们庆祝旧的一年行将结束，要在一起聚餐，这是阳气将发之时，所以叫初岁。三为正月初一，是君主颁用年历的起始日。四为立春日，是四季的开始。冬至、腊明、元旦、立春合为四始，都是占候的日子。

而汉魏鲜集腊明正月旦决八风①。风从南方来,大旱;西南,小旱;西方,有兵;西北,戎菽为②,小雨③,趣兵④;北方,为中岁⑤;东北,为上岁;东方,大水;东南,民有疾疫,岁恶。故八风各与其冲对⑥,课多者为胜⑦。多胜少,久胜亟⑧,疾胜徐。旦至食⑨,为麦;食至日昳⑩,为稷;昳至𫗦⑪,为黍;𫗦至下𫗦⑫,为菽;下𫗦至日入⑬,为麻。欲终日有雨有云,有风,有日。日当其时者,深而多实⑭;无云有风日,当其时,浅而多实⑮;有云风,无日,当其时,深而少实;有日,无云,不风,当其时者稼有败⑯。如食顷⑰,小败;熟五斗米顷⑱,大败。则风复起⑲,有云,其稼复起⑳。各以其时用云色占种其所宜㉑。其雨雪若寒㉒,岁恶。

【注释】

①而汉魏鲜集腊明正月旦决八风:汉代魏鲜总结出在腊明、正月初一观风的占候方法叫决八风。魏鲜,西汉时期天文气象学家,约与天文学家唐都同时代。主"占岁"观察天象并根据节令气候,推测全年气象、疾疫程度以及各种农产品收获情况。他继承了先秦"占岁"诸法后,又首创以每年元旦之风向来预测全年气象变化的方法。《汉书·艺文志》著录《泰壹杂子候岁》二十六卷,据王先谦《汉书补注》考证,可能是汇辑诸家候岁之法而成。八风,古代星卜、占候术语。又称"八方之风"。古人认为风从东、南、西、北、东北、西北、东南、西南八方而来,与立春、立夏、立秋、立冬、春分、夏至、秋分、冬至八个节气对应,用以占卜年内的风雨岁时和收成丰歉。

②戎菽(shū):胡豆。为:成熟。

③小雨:衍文,《史记三书证讹》《史记志疑》以为当删。

④趣(cù)兵：迅速发生战争。趣，迅速。

⑤中岁：中等年成。

⑥故八风各与其冲对：八方来风各有从相对方向来的风和它相对或抵消。对，敌对，抵消。

⑦课：考核，比较差异。

⑧亟(jí)：急速，短暂。

⑨旦至食：指寅时到辰时，约今三时至九时间。

⑩日昳(dié)：指未时。又指午后日偏斜。

⑪铺(bū)：也作"晡时"，指申时，相当于现在的十五时至十七时。

⑫下铺：申时过后五刻。相当于现今十八时过后。

⑬日入：指酉时。相当于现在的十七时到十九时。

⑭日当其时者，深而多实：这两天正是有风、有云、有太阳的天，那么农作物种植面积大而且结实多。日，衍文，《汉书·天文志》和《史记志疑》以为当删。

⑮"无云有风日"几句：两日里没有云，有风有太阳，那么农作物种植面积小，但结实多。

⑯稼有败：庄稼将要歉收。有，助词。

⑰食顷：吃一顿饭的工夫，形容时间较短。

⑱熟五斗米顷：煮熟五斗米的时间，言时间较长。

⑲则：如果，倘若。

⑳其稼复起：说明形势可转变到对庄稼有利。

㉑种：指五谷中的某一种。

㉒其雨雪若寒：如果下雪而且气候寒冷。雨，名词作动词，降下。

【译文】

汉朝魏鲜总结出一种在腊明、正月旦观风的决八风占候法。在这两日里，风从南方来，有大旱；从西南来，小旱；从西方来，要打仗；从西北来，大豆收成好，有小雨，在很短的时间内将有战事；从北方来，年成较好；从东北来，是大丰收之年；从东方来，有大水灾；从东南来，民间有疾病流行，为歉收之年。因为八方之风各有从相对方向的来风相冲，所以占候的时候要以来风的次数、持续时间的长短和强弱作为决断的依据，来风次数多的胜过次数少的，来风时间久的胜过时间短的，风速快的胜过风速和缓的。如果是占哪一种作物收成好则要看风来的时间，风来在旦时至食时，占麦类；食时到日昳，占稷类；日昳到餔时，占黍类；餔时到下餔，占豆类；下餔到日入，占麻类。在这两日里，希望是有云、有风又有太阳的日子，如果是这样，今年农作面积大结实多；如果这两日里没有云但有风有太阳，这一年农作面积小但结实多；有云有风而没太阳，农作面积虽大但结实少；有太阳而无云无风，这一年庄稼歉收。没有风的时间只有一顿饭的工夫，庄稼有损失但不大；没有风的时间长到能煮熟五斗米的时间，庄稼将有大损失。这以后又起了风并且有云，形势可转变到对庄稼有利。选择种什么作物以期待好的收成，要看风来的时间并参考云的颜色来定。如果在该下春雨之时还下雪并且天像冬天那么寒冷，这一年收成坏。

　　是日光明①，听都邑人民之声。声宫②，则岁善，吉；商，则有兵；徵，旱；羽，水；角，岁恶。

【注释】

①是日：指正月初一。

②宫：古代五声音阶依次为：宫、商、角、徵（zhǐ）、羽。与五行相配：宫为土，商为金，角为木，徵为火，羽为水。该句占候年岁的吉凶于声。

【译文】

岁首这一天晴朗光明，还可以用倾听都市人民发出的声音作占。

发出宫声,兆应好年成,吉利;发商声,有兵祸;发徵声,有旱灾;发羽声,有水灾;若发角声,这一年就是坏年成。

或从正月旦比数雨①。率日食一升,至七升而极②;过之,不占。数至十二日,日直其月,占水旱③。为其环城千里内占④,则其为天下候,竟正月⑤。月所离列宿⑥,日、风、云,占其国。然必察太岁所在。在金⑦,穰;水,毁;木,饥;火,旱。此其大经也。

【注释】

①或从正月旦比(bì)数(shǔ)雨:还有一种占候方法是从正月初一起计数连续下雨的日数。比,排列,接连。数,计算。

②日食一升,至七升而极:即正月初一下雨人民会有一升粮食,到初七为止,如天天下雨,会有七升粮食,这就达到了最高限度。

③“数至十二日”几句:数到十二日,日期应在跟它相当的月份,占候水旱。

④环城:城,《汉书·天文志》作“域”。环域,即环绕国境。

⑤竟正月:在整个正月计数的方法。竟,自始至终。

⑥离:经历。

⑦金:指西方。接下的水指北方,木指东方,火指南方。

【译文】

还有一种在岁首作占的方法,是从正月初一起计数连续下雨的日数。按一日雨相应有一升粮食收成的比例,如果到初七为止,天天有雨,会有七升粮食,这就达到最高限度了;超过七日不占。将正月初一到十二日,当成本年的一月到十二月,用十二天各天的雨量预测本年各月的水旱。对于疆域千里即对整个天下的占候,用在整个正月计数的方法。若要占各分野国，就要看正月里月亮的位置在哪一宿，使用前述的太阳、风、云占各分野国本年的农业收成。然而最重要的是要观测太岁所在方位。太岁在西，主丰收；在北，为歉收年；在东，是饥荒年；在南，主旱灾。以上是占候风的一般原则。

正月上甲①，风从东方，宜蚕；风从西方，若旦黄云，恶。

【注释】

①上甲：上旬的甲日。

【译文】

正月里的第一个甲日，风从东方来，是蚕桑好年成；风从西方来，日出时有黄云，则是歉收年。

冬至短极，县土炭①，炭动，鹿角解②，兰根出，泉水跃，略以知日至③，要决晷景④。岁星所在，五谷逢昌⑤。其对为冲⑤，岁乃有殃。以上候岁。

【注释】

①县土炭：县，同"悬"。指在平衡器两端分别悬挂土和木炭，并使之平衡。因木炭对空气湿度感应灵敏，土则不然。冬至后，太阳回归，湿度增大，炭的重量逐渐增加，平衡器向挂炭的一端倾斜；夏至以后则相反。古人以此观测气候。

②鹿角解：雄鹿的角每年初春脱落，到暮春复生。《汉书·天文志》："鹿"作"麋"。解，脱落。

③略以知日至：告诉人们冬至已经降临。日至，天文术语。冬至、夏至，日长至、日短至的总称。黄道上距离赤道最远的两个点，

一在南,一在北。每年6月22日前后,太阳到达黄道最北点,称为夏至点,该日地球上北半球白昼最长,称夏至,又称日长至、日北至。每年12月22日左右,太阳到达黄道上最南点,称作冬至点。该日地球北半球白昼最短,称作冬至,又称日短至、日南至。

④要决晷景(guǐ yǐng):要准确定出冬至日,就要依靠圭表测影来决定。其法是在平坦的地面上,垂直竖立一根标杆,称作表,在与表垂直的地面上,正南北方向安放一条刻有尺寸长度单位的平面直尺,称作度圭或量天尺。表放在度圭之南端,每天正午,圭面上出现太阳投射形成的表影,称作晷影。用度圭的尺寸刻度,得出晷影长度。通过长期观测比较,就可以得出冬至日的准确日期。要,总。决,确定。晷景,指圭表的表影。

⑤逢昌:大丰收。"逢"与"丰"古字通。

⑥其对为冲:跟木星相对的星次就叫冲。

【译文】

冬至日白昼最短,在平衡器两端悬挂土和木炭,炭开始下沉,雄鹿脱角,兰根萌发,泉水逆发,大约可以知道太阳已运行到极南的地方了,关键取决于日晷上的日影。木星所在的分野,五谷大丰收;与它相对的是冲,所对应的分野国年成有灾殃。以上是占候收成。

太史公曰:自初生民以来①,世主曷尝不历日月星辰②?及至五家、三代③,绍而明之④,内冠带⑤,外夷狄,分中国为十有二州,仰则观象于天,俯则法类于地⑥。天则有日月,地则有阴阳。天有五星⑦,地有五行。天则有列宿,地则有州域。三光者⑧,阴阳之精,气本在地,而圣人统理之。

【注释】

①生民:人类。

②世主：指历代君主。曷（hé）：何，哪。历日月星辰：观测日月星辰
　　制定历法。星辰，有两解：一，众星的总称；二，星指五星，辰指二
　　十八宿。

③五家：指五帝。据《五帝本纪》应是：黄帝、颛顼、帝喾、唐尧、虞
　　舜。三代：即夏、商、周。

④绍：继承。

⑤冠带：礼帽和腰带。与下文"夷狄"相对，借指中原华夏族。

⑥法类：取法各种事物。

⑦五星：古代天文术语。又称"五官""五佐"，指太阳系中水、金、
　　火、木、土五颗行星的总称。

⑧三光：指日、月、星。

【译文】

　　太史公说：自从人类产生以来，历代君主何尝不观测日月星辰制定
历法呢？到了五帝三代，继承和发扬了前人的成就，对天体运行规律和
观测天象的重要性更加明了，他们对内亲和华夏各族，对外抵御夷狄等
族，划分中国为十二州，抬头从天上观测天象，低头在地上取法各类事
物。天上有日月，地上有阴阳。天上有五星，地上有五行。天上布满列
宿，地上划分州域。日月星三光，是阴阳之精，精气的根源在地上，要靠
圣明的帝王统领调理它们。

　　幽、厉以往①，尚矣②。所见天变③，皆国殊窟穴，家占物
怪④，以合时应，其文图籍祥不法⑤。是以孔子论六经⑥，
纪异而说不书⑦。至天道命⑧，不传；传其人，不待告⑨；告非
其人，虽言不著⑩。

【注释】

①幽、厉：幽，周幽王，厉王的孙子。厉，即周厉王。两位都是西周

末有名的昏君。以往：以前，指久远的过去。

②尚：久远。

③天变：古代天文术语。异常的天象。通常把天空出现日食、月食、日月薄食、彗星、客星、流星、陨星、五大行星的凌犯守留、月亮掩食、日晕、月晕、彩虹与其他奇形怪状的云气等天象，以及气象的异常变化，统称为天变。

④皆国殊窟穴，家占物怪：那时所看见的天象变化，由于各国取的应验有各自的标准，记录下不同的奇异物怪变化，以符合各自的国情。殊，异，不同。窟穴，洞穴。借指灾异现象和其他遗迹。物怪，怪异的事物。

⑤其文图籍机(jǐ)祥不法：他们图文典籍中所记占候吉凶的方法全不统一，无法效法。机祥，祈祷鬼神求福。不法，不经，不可信从。

⑥六经：即《诗》《书》《礼》《乐》《易》《春秋》六部儒家经典。

⑦纪异而说不书：记载天变灾异但有关解说不记录。

⑧天道命：指天道、天命。天道，古代哲学概念。它最初包含有日、月、星辰等天体运行规律和用来推测人们吉凶祸福的两个方面。

⑨不待告：只能自己领悟其微妙。

⑩著：明白，通晓。

【译文】

周幽王、周厉王以前，太久远了。那时观测天象变化后，他们各自按照本国国情去占卜，记录下许多奇闻异事和物怪变化，作为天变的兆应，致使他们在图文典籍中所记占卜的方法全不统一，无法效仿。所以孔子编次六经的时候，只叙录他们记载的异象而不录他们互相矛盾的解释。至于天道、天命是涉及天体运行规律和人的命运解释的大事，不能轻易传授；那些知天道、天命的圣哲，都是自己领悟体验出来的。如果遇上不合适的人，就是传授给他，他也不能明白其中奥妙。

　　昔之传天数者①：高辛之前②，重、黎③；于唐、虞，羲、和④；有夏，昆吾⑤；殷商，巫咸⑥；周室，史佚、苌弘⑦；于宋，子韦⑧；郑则裨灶⑨；在齐，甘公⑩；楚，唐昧⑪；赵，尹皋⑫；魏，石申⑬。

【注释】

①天数：天象数术之学，这里指天文历法。

②高辛：即帝喾，号高辛氏。

③重：人名。传在颛顼时曾任木正，掌管天文和祭祀。黎：人名。传为颛顼时任火正，掌管地理和民政。

④羲、和：羲氏与和氏，传说尧、舜时掌管天地四时的官。

⑤昆吾：夏的同盟部落。此指它的君长己樊。

⑥巫咸：商王大戊的大臣。星占学家。帝太戊时政局一度不稳，诸侯或不至，在他和伊陟的共同辅佐下，使"殷复兴，诸侯归之"。擅长于天文术数，精于占星。曾观测过许多恒星，并给予命名。著有《星经》一卷，今佚。

⑦史佚：西周初期史官，天文家，星占家，亦称尹佚。周武王时，任太史，擅长天文术数。曾辅佐武王伐纣，与姜尚及周、召二公并称"四圣"。苌（cháng）弘：周敬王时的大夫。于天地之气、日月之行、风雨之变、律历之数无所不通。后因政治集团内部斗争于敬王二十八年被杀。《汉书·艺文志》有《苌弘》十五篇，已佚。

⑧子韦：宋景公时的天文历算家。《拾遗记》谓："宋景公时，子韦如野人般披草负芨，扣门而入，景公延之崇堂。子韦语及未来之兆，次及以往之事，万无一失。夜观星望气，昼则执算披图，不穿宝衣，不甘奇食。景公遂赐姓子。"

⑨裨（pí）灶：郑国的大夫。长于天文术数，以占星术著名。

⑩甘公:甘德。前300年前后曾测定过恒星的位置,著有《天文星
　　占》八卷,今佚。世传《甘石星经》并非他和石申所作,而是后人
　　所传。

⑪唐昧(mò):人名,战国时楚大将。擅长天文术数。

⑫尹皋(gāo):人名。天文学家,擅长天文术数。

⑬石申:战国中期天文学家,魏国人。前360年前后测定了120颗
　　恒星的位置,著有《天文》八卷,今佚,所测位置收录于《开元占
　　经》。

【译文】

　　往昔传授天象历法的人:在高辛氏以前,有重和黎;在尧、舜时,有
羲氏、和氏;夏代有昆吾氏;殷代有巫咸;周王室,有史佚、苌弘;在宋国,
有子韦;郑国有裨灶;在齐国,有甘公;楚国,有唐昧;赵国,有尹皋;魏
国,有石申。

　　夫天运①,三十岁一小变,百年中变,五百载大变;三大
变一纪,三纪而大备②:此其大数也③。为国者必贵三五④。
上下各千岁,然后天人之际续备⑤。

【注释】

①天运:指日月星辰之运行以及异常天象的出现变化。运,为运
　　行,运转之意,又作命运、气数解。

②三纪而大备:经过三纪就完成了整个的变化周期,这是它的大周
　　期。大备,历尽了一切变化。

③大数:自然的气数或命运。

④贵:重视,研究。

⑤天人之际:天道和人事之间的相互关系。续备:上下继承,前后

贯通,才能够大备。

【译文】

天道运行,三十年一小变,一百年中变,五百年一大变。经历三大变为一纪,三纪是变化的整个周期:这是天道的大限。治国的人必须重视研究这些变化周期,考察上下各一千年的变化,然后才能完备地了解天与人之间的关系。

太史公推古天变①,未有可考于今者。盖略以春秋二百四十二年之间,日蚀三十六,彗星三见,宋襄公时星陨如雨②。天子微③,诸侯力政④,五伯代兴⑤,更为命主⑥,自是之后,众暴寡⑦,大并小。秦、楚、吴、越,夷狄也,为强伯。田氏篡齐⑧,三家分晋⑨,并为战国。争于攻取,兵革更起,城邑数屠,因以饥馑疾疫焦苦⑩,臣主共忧患,其察禨祥候星气尤急。近世十二诸侯七国相王⑪,言从衡者继踵⑫,而皋、唐、甘、石因时务论其书传⑬,故其占验凌杂米盐⑭。

【注释】

①推:推算。

②宋襄公时星陨如雨:《春秋》记载陨星事有两次,一是鲁庄公七年(前687)发生在鲁国,这时是宋闵公五年,原文作"夜中星陨如雨"。一次是鲁僖公十六年(前644)发生在宋国,这时是宋襄公七年,原文作"陨石于宋五"。

③天子微:指周室衰微。

④力政(zhēng):用武力征伐。政,同"征"。

⑤五伯(bà):即春秋五霸。伯,通"霸"。

⑥更:交替。

⑦暴：欺侮。

⑧田氏篡齐：指前386年田和夺得齐国政权，自立为齐君。

⑨三家分晋："三家"指晋国的韩、赵、魏三个大贵族，他们从春秋中期开始与其他几个大贵族共同把持晋国政权。到战国初期，其他几家大贵族又相继被赵、魏、韩三家所消灭。最后赵、魏、韩三家废掉了早已成为傀儡的晋国的君主，而各自宣告独立。周威烈王二十三年（前403）周天子册命三家正式为诸侯。

⑩饥馑（jǐn）：灾荒。饥，五谷不成熟。馑，蔬菜不成熟。

⑪近世：指战国时代。七国相王：即指战国时七雄争霸。

⑫从（zòng）衡：同"纵横"。指合纵连横的外交斗争。

⑬因时务论其书传（zhuàn）：天文星占家各自根据他们国君的需要而写出不同的占候著述。因，就，针对。书传，书文典籍，此指占候的著作。

⑭凌：同"鳞"。杂乱。米盐：比喻琐屑细碎之事。

【译文】

太史公推究古代的天象变化，没有可以验证于今天的。大约在春秋时代的二百四十二年之间，出现日食三十六次，彗星三次出现，宋襄公时星体陨落如下雨。周天子权威衰微，诸侯用武力征伐，五霸更替兴起，轮番充当发号施令的霸主。从此之后，人多的侵略人少的，大国兼并小国。秦、楚、吴、越，本是夷狄之邦，竟成为强大的霸主。田氏夺得了齐国政权，韩、赵、魏三家瓜分了晋国，并列为战国诸侯。相争于攻城略地，战争连绵不断，城邑屡遭屠灭，因而引起饥荒、瘟疫、困苦，臣属和君主都共同忧虑，他们审察吉凶先兆，占候星象云气尤其急迫。近代十二诸侯中七国竞相称王，谈论合纵连横的人频繁穿梭，接踵往返于各国之间，尹皋、唐昧、甘公、石申等天文星占家各自根据他们国君的需要写出了不同的星占著作，这就使他们的占验互相矛盾且杂乱无章，琐碎得如同米、盐一般。

二十八舍主十二州,斗秉兼之①,所从来久矣。秦之疆也,候在太白,占于狼、弧。吴、楚之疆,候在荧惑,占于鸟、衡②。燕、齐之疆,候在辰星,占于虚、危。宋、郑之疆,候在岁星,占于房、心。晋之疆,亦候在辰星,占于参、罚。

【注释】

①斗:指北斗星。秉:同"柄"。

②鸟、衡:当指南宫朱鸟和太微庭。

【译文】

用发生在二十八宿中的天象变化占十二州域,同时参照北斗斗柄的指向,这种做法由来已久了。秦国的疆域,占候金星,在天狼星、天弧星天区。吴国、楚国的疆域,占候火星,在柳宿、太微垣天区。燕国、齐国的疆域,占候水星,在虚宿、危宿天区。宋国、郑国的疆域,占候木星,在房宿、心宿天区。晋国的疆域,也占候水星,在参宿、罚星天区。

及秦并吞三晋、燕、代①,自河、山以南者中国②。中国于四海内则在东南,为阳;阳则日、岁星、荧惑、填星;占于街南③,毕主之。其西北则胡、貉、月氏诸衣旃裘引弓之民④,为阴;阴则月、太白、辰星;占于街北,昴主之。故中国山川东北流,其维⑤,首在陇、蜀⑥,尾没于勃、碣⑦。是以秦、晋好用兵,复占太白,太白主中国;而胡貉数侵掠,独占辰星,辰星出入躁疾⑧,常主夷狄:其大经也。此更为客主人⑨。荧惑为孛⑩,外则理兵,内则理政。故曰"虽有明天子,必视荧惑所在"⑪。诸侯更强⑫,时灾异记⑬,无可录者。

【注释】

①代：战国时国名。在今河北蔚县一带。

②河、山：这里指黄河、华山。

③街：指天街星。

④貉（mò）：也作"貊"，古代对东北部族的贬称。月氏（zhī）：又作"月支"，古族名。衣（yì）：此处用作动词，穿着。旃（zhān）：同"毡"。

⑤维：系统，脉络。

⑥陇：山名。位于六盘山的南段，绵延于陕西、甘肃边境地区。蜀：古国名。在今四川中西部。

⑦没（mò）：沉入水中。

⑧躁疾：急躁，迅速。

⑨此更为客主人：金星和水星交替地处在客位和主位。

⑩孛（bó）：同"勃"。指星光四向扫射的现象，又为彗星的别称。一说通"悖"，逆乱。一说作"理"，与下二"理"字相同。

⑪虽有明天子，必视荧惑所在：引自《春秋纬·文耀钩》，其书已佚。

⑫更强：指交替称雄。

⑬时灾异记：当时这些灾异占候的记录众说纷纭。

【译文】

秦国吞并三晋、燕、代以后，黄河华山以南成为中原的中心，此处地处四海范围的东南，属阳；用属阳的太阳、木星、火星、土星作占，候在天街之南，以毕宿为主。中原西北为胡、貉、月氏等穿兽皮弯弓打猎的民族，属阴；用属阴的月亮、金星、水星作占，候在天街之北，以昴宿为主。所以中原的山川流向东北，主脉之头在陇、蜀，末尾消失在渤海、碣石地方的海中。秦、晋地处主脉西北而和胡人同属阴，所以他们喜好征战，也占候于属阴的金星，所以金星占候的也是属于中原国家的事；但对于原本属阴的胡、貉等民族的多次入侵，只能用水星作占，水星出没运行躁急快速，一般来说主要用于占候夷狄，这也是作占的通用原则。金星和水星交替地处在主位或客位。火星出现光芒四向扫射，对外要准备打仗，对内要修明政治。所以说："虽然有英明的天子，也一定要看火星的动态。"对于诸侯势力强弱的变更，当时的灾异占候记录众说纷纭，无法收录于书。

秦始皇之时，十五年彗星四见，久者八十日，长或竟天①。其后秦遂以兵灭六王，并中国，外攘四夷②，死人如乱麻，因以张楚并起③，三十年之间兵相骀藉④，不可胜数。自蚩尤以来，未尝若斯也。

【注释】

①"秦始皇之时"几句：秦始皇在位十五年间"彗星四见"以及"久者八十余日，长或竟天"云云，皆见《秦始皇本纪》。竟天，横贯天空。

②攘（rǎng）：排斥，排除。

③张楚：秦末农民起义领袖陈胜于前209年建立政权，号为张楚。

④骀藉（tái jí）：践踏。

【译文】

秦始皇的时候，十五年彗星四次出现，时间最长的达八十天，长长的彗星曾横贯整个天空。后来秦国就用武力消灭了六国，统一中国，对外排除四夷，死人像乱麻一样。随后趁着张楚发难而义军纷纷响应，三十年之间，士兵相互践踏，死伤不可胜数。自蚩尤作乱以来，还没有出现过这样的大乱。

项羽救巨鹿①，枉矢西流，山东遂合从诸侯，西坑秦人②，诛屠咸阳。

【注释】

①项羽救巨鹿：即指前207年秦楚巨鹿之战。

②西坑秦人：在巨鹿之战后，二十万秦军投降项羽。项羽在率军西进咸阳的途中将此二十万秦军坑之于新安城南。坑，活埋。

【译文】

项羽援救巨鹿，枉矢星从东向西划破长空，于是崤山以东地区各国联合，西进坑杀秦人，屠灭咸阳。

汉之兴，五星聚于东井。平城之围①，月晕参、毕七重②。诸吕作乱③，日蚀，昼晦④。吴、楚七国叛逆⑤，彗星数丈，天狗过梁野⑥；及兵起，遂伏尸流血其下。元光、元狩⑦，蚩尤之旗再见，长则半天。其后京师师四出，诛夷狄者数十年⑧，而伐胡尤甚。越之亡⑨，荧惑守斗⑩；朝鲜之拔⑪，星茀于河戍⑫；兵征大宛⑬，星茀招摇：此其荦荦大者⑭。若至委曲小变⑮，不可胜道。由是观之，未有不先形见而应随之者也⑯。

【注释】

①平城之围：前200年，刘邦率大军出击匈奴，在平城（今山西大同东北）被匈奴围困，七天才得解围。

②月晕参、毕七重：有月晕七重出现在参宿与毕宿。月晕，大气现象。月亮光线经云层中冰晶的折射和反射而形成的一种环绕月亮的白色或彩色光环，或通过月亮的白色光带。

③诸吕作乱：前180年，吕后死后，其侄吕产、吕禄等企图夺取政权，被太尉周勃等平定。

④昼晦：白天昏暗得有如黑夜。

⑤吴、楚七国叛逆：指前154年，汉景帝时因采取"削藩"政策，引起

的吴、楚、赵、胶西、胶东、济南、菑(zī)川七国之乱。

⑥梁:汉初封国,在今河南、安徽交界地区。国都睢阳,在今河南商丘城南。

⑦元光、元狩:皆为汉武帝的年号。元光,前134—前129。元狩,前122—前117。

⑧诛夷狄者数十年:指汉武帝时期对匈奴、西南夷、百越、朝鲜、西域的历次战争。

⑨越之亡:指前112年,汉武帝时平定南越叛乱。

⑩荧惑守斗:火星徘徊在南斗。荧惑,火星。

⑪朝鲜之拔:指前109年,汉武帝平定朝鲜之事。拔,攻克。

⑫星茀于河戍:孛星出现在南河星与北河星。星茀,指新星出现于某个星宿,或彗星扫某一星官。茀,同"孛"。河戍,指南河星和北河星。因为它们的位置是天帝的关梁,是需要守卫的交通要冲,故称为河戍。

⑬兵征大宛:指前104—前101年,汉武帝派兵征服大宛,夺得名马。大宛,西域国名。国都贵山城(今卡散塞),领地相当于今吉尔吉斯斯坦与乌兹别克斯坦一带。

⑭荦荦(luò):明显,易见。

⑮委曲:隐约曲折。委,微末。

⑯形见:指天象变异的出现。应随:指人世灾祸的发生。

【译文】

汉朝兴起,五大行星会聚于井宿。汉高祖平城被围,月亮在参宿、毕宿发生月晕,有七重光芒。诸吕作乱,出现日食,白昼昏暗。吴、楚七国之乱,彗星有几丈长,天狗经过梁国上空;等到战争发生,果然伏尸流血在梁国城下。汉武帝元光、元狩年间,蚩尤之旗两次出现,长达半个天空,后来京师军队四面出征,诛讨夷狄的战争达几十年,而征伐匈奴尤其激烈。南越灭亡,火星侵占斗宿;朝鲜的攻克,有星光在河戍扫射。

出兵征伐大宛,有星光扫射招摇星。这些是明显易见的。至于隐约曲折的小变异,说也说不尽。由此看来,没有不是先有天象变异出现而后有应验随着它的。

夫自汉之为天数者,星则唐都①,气则王朔,占岁则魏鲜。故甘、石历五星法②,唯独荧惑有反逆行;逆行所守,及他星逆行,日月薄蚀③,皆以为占。

【注释】

①唐都:西汉天文术数家,曾重新划分和测定二十八宿各宿的距度和宿度。司马谈曾向他学天官。武帝元封年间受诏与司马迁等制定太初历。

②五星法:利用五星作占之法。

③薄:太阳或月亮被不透明的高空云气遮掩,因而昏暗无光。

【译文】

自汉朝以来研究天文历法的人,占候星象的是唐都,占候云气的是王朔,占候年成是魏鲜。在此以前的甘德、石申用五星作占,不过那时他们认为五星中只有火星才会逆行;所以火星逆行时所在位置,以及其他四颗行星出现逆行,太阳、月亮被遮掩或有亏蚀,都被用来占候吉凶。

余观史记①,考行事②,百年之中,五星无出而不反逆行,反逆行,尝盛大而变色③;日月薄蚀,行南北有时④:此其大度也⑤。故紫宫、房心、权衡、咸池、虚危列宿部星⑥,此天之五官坐位也⑦,为经⑧,不移徙,大小有差⑨,阔狭有常⑩。水、火、金、木、填星,此五星者,天之五佐⑪,为经纬⑫,见伏有时⑬,所过行赢缩有度⑭。

【注释】

①史记：指古代史籍。

②行事：事迹，事实，指自己的观察实践。

③盛大：光辉强烈闪耀。

④日月薄蚀，行南北有时：指日月接近的时候是否出现交食，和它们在南北方向的相对位置关系。南北，指天地黄道的南北。

⑤大度：指一般规律。

⑥列宿部星：指列宿分区管辖的众星。

⑦五官：中官、东官、西官、南官、北官。

⑧为经：五部天官都是恒星，不易观察其移动，故称为经。

⑨有差（cī）：有次序、等级。

⑩阔狭：宽窄。

⑪五佐：《史记集解》引徐广曰："水、火、金、木、土佐天行德也。"

⑫纬：纬星，即是行星。

⑬见（xiàn）伏：出现和隐没。见，同"现"。

⑭过行：运行。

【译文】

我阅读史书，自己观察实践证明，百年之中，五颗行星出现后都会有逆行运动，并且当它们逆行的时候，不但比平常亮，还会改变颜色；日月接近的时候是否会发生交食，和月亮运动在黄道南还是黄道北有关，这是一般规律。紫宫、房宿与心宿、轩辕和太微、咸池、虚宿与危宿，以上五部星官，对应的是五官的正位，五官中的恒星南北方向分布，它们的位置是固定的，不移动，所以说它们为经。但各宿的大小有差异，其宽度是定数不变。水、火、金、木、土，这五颗行星是天帝的五个辅佐，为纬，其出现与隐没都是有规律的，它们运行的赢缩有一定度数。

日变修德，月变省刑，星变结和①。凡天变，过度乃占②。

国君强大有德者昌，弱小饰诈者亡③。太上修德④，其次修政，其次修救，次修禳⑤，正下无之⑥。夫常星之变希见⑦，而三光之占亟用⑧。日月晕适⑨，云风，此天之客气⑩，其发见亦有大运⑪。然其与政事俯仰⑫，最近大人之符⑬。此五者，天之感动⑭。为天数者，必通三五，终始古今，深观时变，察其精粗，则天官备矣⑮。

【注释】

①"日变修德"几句：是《天官书》的结论，最为重要。其目的在于研究天人之际，教人主敬天变以修人事。如天有日变，则人主应修之以德；天有月变，则人主应省之以刑；天有星变，则人主应结之以和。结和，团结和睦之意。

②过度：指天变程度严重或出现频繁。

③饰诈：虚伪欺诈。

④太上：最上。修德：修明仁德。

⑤禳（ráng）：祈求鬼神，消除灾祸。

⑥正下无之：最下等的无视天变。

⑦常星：恒星。

⑧亟用：屡次，常常发生。

⑨晕适：《史记集解》引孟康曰："晕，日旁气也。适，日之将食，先有黑气之变。"适，通"蚀"。

⑩客气：外来而不长久之气。

⑪大运：指天运。

⑫与政事俯仰：意指随政事的善恶兴废而表现出上下吉凶变化。

⑬大人之符：疑"大"为"天"字之误，意指天人相应的符验。

⑭天之感动：天道对人间政治行为反映的表象。

⑮"为天数者"几句：意即攻研天数者，必须了解上下千年的变化，探索古今历史的终始，深观时代的变化，察考表里精粗的因果，那么天官的全体大用，就算是完备了。三五，指天运的变化周期。精粗，精髓和皮毛。

【译文】

作君主的在发生日变时要行修德政，发生月变时要反省刑罚是否得当，发生星变时要对外睦邻对内和民。凡是发生天变，只有超出常规的才用来作占。国君强大而有德行，其国家昌盛；国君虚弱而伪诈狡猾，其国家会灭亡。最高明的修养仁德，其次修明政治，其次采取补救措施，其次祈祷鬼神，最下等的无视它。恒星变化极为罕见，日月五星因为它们不停地运动变化所以常常用来作占。日、月的晕、食，是外来不长久之气，它们的出现也关乎天运，它们与国家的政治军事等大事相关，是最能沟通天人之间关系的表象。这五气是上天对人间大事的反馈。研究天文历法的人，必须通晓上下千年的变化，探索古今历史的终始，深观时代的变迁，察考表里精粗的因果，那么天官的全体大用就完备了。

苍帝行德，天门为之开①。赤帝行德②，天牢为之空。黄帝行德③，天夭为之起④。风从西北来，必以庚、辛。一秋中，五至，大赦；三至，小赦⑤。白帝行德⑥，以正月二十日、二十一日，月晕围，常大赦载⑦，谓有太阳也⑧。一曰：白帝行德，毕、昂为之围⑨。围三暮，德乃成；不三暮，及围不合，德不成⑩。二曰：以辰围，不出其旬。黑帝行德，天关为之动⑪。天行德，天子更立年⑫；不德，风雨破石。三能、三衡者，天廷也。客星出天廷，有奇令⑬。

【注释】

①苍帝行德,天门为之开:该句至篇末的字句是一些残简,由于长期传抄、转刻,字句错杂,事理紊乱,不好理解。也有人认为此段非太史公之文,乃后人之所妄加。苍帝,指东方灵威仰帝。

②赤帝:指南方赤熛怒帝。

③黄帝:指中央含枢纽帝。

④天夭为之起:有战伐之意。天夭,底本作"天矢",据《史记·天官书》改。

⑤"风从西北来"几句:应移到上文"候岁"段中。

⑥白帝:指西方白招拒帝。

⑦常:疑为"当"字之误。

⑧谓有太阳也:衍文。

⑨白帝行德,毕、昴为之围:该句应移到该段前面。

⑩"围三暮"几句:这是别的星占家的异说,系衍文。下句"二日以辰围,不出其旬"亦同。

⑪"二曰"几句:应移到该段前面。黑帝,指北方汁光纪帝。

⑫天行德,天子更立年:应为"天子行德,天更立年"。

⑬奇令:奇异教令。

【译文】

东方星官发出明亮的光辉,天门因此开启。南方星官发出明亮的光辉,天牢因此空虚。中央星官发出明亮的光辉,天夭因此兴起。风从西北吹来,必定在庚日、辛日。一个秋季里五次出现,会大赦天下;三次出现,会小范围赦免。西方星官发出明亮的光辉,在正月二十、二十一日,为月晕包围,当大赦天下,称之为有太阳。一说:西方星官发出明亮的光辉,毕宿、昴宿因此月晕环绕,环绕三夜,德政才成;不到三夜,及环绕而不相会合,德政不成。另一说以水星环绕,不出现约十日。北方星官发出明亮的光辉,天关因此开闭。天子行为有德,上天将给以风调雨顺;无德,上天必惩之以风雨不调,必致灾荒。三台、三衡,是天帝之庭。忽隐忽显的新星出现于天庭,必有奇异的教令。

封禅书

【题解】

古代君王即位后,在泰山上筑土为坛祭天,表示报答上天之功,叫作“封”;在泰山下面的小山梁父上划定地区来祭地,表示报答大地之功,叫作“禅”。《封禅书》记载了从舜至汉武帝时历代有关封禅的制度,包括历代帝王巡视各地的情况,祭祀天神、地神及其他神灵的祠庙建筑形式、祭祀礼仪、祭品数量等,还对各个朝代的祭祀礼仪等进行了比较。司马迁曾亲随汉武帝巡视各地,祭祀天地众神和名山大川,参加封禅大典,进入寿宫旁听祭神的祝祠。所以,其中对汉武帝时祭祀神灵及寻访神仙的举动的记叙尤为翔实、具体。

自古受命帝王,曷尝不封禅①? 盖有无其应而用事者矣②,未有睹符瑞见而不臻乎泰山者也。虽受命而功不至,至矣而德不洽③,洽矣而日有不暇给,是以即事用希。《传》曰:“三年不为礼,礼必废;三年不为乐,乐必坏④。”每世之隆,则封禅答焉,及衰而息。厥旷远者千有余载⑤,近者数百载,故其仪阙然堙灭,其详不可得而记闻云。以上封禅希旷不举。

【注释】

①曷(hé):疑问代词,同“何”。

②无其应:上天没有显示相应的灵异。用事:指行封禅之礼。

③不洽:不周,不能让黎民普遍受惠。

④"三年不为礼"几句：见《论语·阳货》，原文为："三年不为礼，礼
　必坏；三年不为乐，乐必崩。"

⑤厥旷：指封禅典礼的旷废。厥，其。旷，空缺，中间断绝。

【译文】

　　自古以来承受天命的帝王，哪有不举行封禅大典的呢？只会有即
使在上天并没有显示祥瑞的情况下也要封禅的帝王，还没有亲眼看到
祥瑞出现了却不去泰山封禅的帝王。后代的帝王们虽然承受了天命但
功业却还没达到，功业达到了而恩德又不周遍、圆满，恩德周遍、圆满了
但军务、政务繁忙，又没有空闲的时间，所以封禅大典举行得很少。《论
语》上说："三年了还不对礼制进行修治，那么礼制一定会被废弃；三年
了不振兴乐教，乐教一定会被毁坏。"因此，每逢太平盛世的时代，帝王
一定会举行封禅大典来报答天地的功绩、恩德；等到了衰世、乱世就被
废弃了。封禅典礼的旷废往久远算已达一千多年，往近里说也有几百
年之久了。所以封禅大典的礼仪已经湮没泯灭，它的详细情况不能察
考，无法记载并流传于后世。以上讲封禅大典长久以来很少举行。

　　《尚书》曰，舜在璇玑玉衡，以齐七政①。遂类于上帝②，
禋于六宗③，望山川④，遍群神。辑五瑞⑤，择吉月日，见四岳
诸牧，还瑞⑥。岁二月，东巡狩，至于岱宗。岱宗，泰山也。
柴⑦，望秩于山川⑧。遂觐东后⑨。东后者，诸侯也。合时月
正日，同律度量衡，修五礼⑩，五玉三帛二生一死贽⑪。五月，
巡狩至南岳。南岳，衡山也。八月，巡狩至西岳。西岳，华
山也。十一月，巡狩至北岳。北岳，恒山也。皆如岱宗之
礼。中岳，嵩高也。五载一巡狩。

【注释】

①舜在璇玑玉衡，以齐七政：意为舜用观测北斗星的璇、玑、玉衡三星来考正天、地、人和岁时季节。璇玑玉衡，指北斗七星。璇，北斗第二星。玑，北斗第三星。玉衡，北斗第五星。七政，指天、地、人和春、夏、秋冬四季。

②类：祭祀，祭天神而以事告之。

③禋（yīn）：升烟祭天，使气上达神灵，为古代的祭祀之礼。六宗：指六种尊崇之神，说法不一。一说指四时、寒暑、水旱、日、月、星；一说指水、火、雷、风、山、泽；一说指天上日、月、星，地上河、海、岱；一说指天、地、春、夏、秋、冬。

④望山川：谓遥望山川而祭。望，祭祀名。山川，孔安国谓"九州名山大川，五岳四渎之属"。

⑤辑五瑞：将各地诸侯所执的瑞玉收集起来。辑，敛。五瑞，《史记集解》引马融曰："公、侯、伯、子、男所执，以为瑞信也。"

⑥还瑞：相传舜曾验视诸侯所奉之圭璧，再赐还之，以示瑞物虽受之于尧，经舜验视赐还，今后即为舜臣。

⑦柴：祭祀名。马融曰："积柴加牲其上而燔之。"

⑧望秩于山川：对山川按等级进行望祭。秩，等级。

⑨觐东后：接受东方诸侯的朝见。觐，进见，这里是使动用法。后，君长。

⑩五礼：《史记集解》引马融曰："吉、凶、军、宾、嘉也。"

⑪五玉：即前文所说之"五瑞"。三帛：低于诸侯的群臣拜见天子时所执之帛。孔安国曰："诸侯世子执纁，公之孤执玄，附庸之君执黄。"二生：谓活的羔、雁。孔安国曰："卿执羔，大夫执雁。"一死：指死雉。孔安国曰："士执雉。"

【译文】

《尚书》上说，虞舜用观测北斗星的璇、玑、玉衡三星来考正天、地、人和岁时季节。于是就又为摄政的事来祭祀上帝,点起烟火来祭祀天、地、春、夏、秋、冬六位神灵,遥祭山川,对各种各样的神灵全都进行祭祀。然后收集并检验五等诸侯们的瑞玉,再选择良辰吉日,会见掌管四季、四方的方伯以及各州的州牧,把瑞玉再赐还给他们。在当年的二月间,舜向东行巡视东方的诸侯,到达岱宗。岱宗,就是泰山。舜在这里举行燃烧柴草来祭祀上天的仪式,按顺序遥祭各地山川。接下来就会见了东后。东后,就是东方诸侯。舜又把四季的月数和日数都协调成一致,又统一了音律和度量衡,修定了祭祀、丧葬、宾客、军旅、婚姻五种礼仪制度,规定诸侯用五种瑞玉、诸侯世子等用三种帛、卿用羊羔、大夫用雁、士用一只死雉来作为朝见君王的献礼。五月,舜又巡行到达了南岳。南岳,就是衡山。八月,舜又巡视到达了西岳。西岳,就是华山。十一月,舜又巡视北方到达了北岳。北岳,就是恒山。舜到这些地方祭祀天地的礼仪,都同他在泰山所举行的相同。中岳,就是嵩山。舜就这样,每隔五年巡视一次。

禹遵之。后十四世,至帝孔甲[①],淫德好神[②],神渎,二龙去之[③]。其后三世,汤伐桀,欲迁夏社,不可[④],作《夏社》。后八世,至帝太戊[⑤],有桑穀生于廷[⑥],一暮大拱[⑦],惧。伊陟曰[⑧]:"妖不胜德。"太戊修德,桑穀死。伊陟赞巫咸[⑨],巫咸之兴自此始[⑩]。后十四世,帝武丁得傅说为相[⑪],殷复兴焉,称高宗。有雉登鼎耳雊,武丁惧。祖己曰[⑫]:"修德。"武丁从之,位以永宁。后五世,帝武乙慢神而震死。后三世,帝纣淫乱,武王伐之。由此观之,始未尝不肃祗[⑬],后稍怠慢也。

【注释】

①孔甲:夏朝第十四代国君,相传在位三十一年。

②淫德好神:《夏本纪》作"好方鬼神,事淫乱",即自比为鬼神,自己装扮鬼神。

③二龙去之:传说孔甲在位,天赐二龙,后因孔甲对神怠慢不敬,二龙飞走,夏朝遂衰。

④欲迁夏社,不可:想改变夏朝祭祀土神所供的句龙,但找不到更合适的人选,只好作罢。《史记集解》引孔安国曰:"欲变置社稷,而后世无及句龙者,故不可而止。"

⑤太戊:商朝第十代国君,在位时任用贤臣伊陟辅政,国事日治。

⑥桑穀生于廷:谓桑、穀二木合而生于廷。穀,树名,也称楮或构。

⑦一暮大拱:一夜之间就长了两手相围那么粗。拱,指两手合围的径围。

⑧伊陟:太戊的臣子,伊尹的儿子,太戊时继任相国之位。

⑨赞:告。巫咸:人名。殷的贤臣。

⑩巫咸之兴:指朝廷上设立巫觋这种神职官员。

⑪傅说(yuè):相传早年在傅岩(今山西平陆东)从事版筑操作,商朝国君武丁梦见并寻访到了他,举其为相。

⑫祖己:商王武丁时的大臣,他曾劝谏武丁治理民事要兢兢业业,用美德来感化人民,经常地进行祭祀。

⑬肃祗:犹恭敬。

【译文】

夏禹也遵从了虞舜的巡视、祭祀制度。从他下传十四代到了孔甲帝,由于孔甲德政败坏,又喜欢自己装扮鬼神,神灵受到亵渎,所以,上天赐给他的两条龙也飞走了。他下传三代之后,王位传给夏桀。成汤讨伐夏桀,他想改变夏朝祭祀的土神句龙,没能成功,他就写了《夏社》等篇章。以后历经八代,王位传到太戊帝。这时,有桑树和穀树在朝堂上一起生长,一夜之间,就长到了两手合围那样粗。太戊非常恐惧。伊陟说:"妖异之物是不能胜过高尚的道德的。"太戊于是就修身立德,不久,那桑树和榖树竟枯死了。伊陟向巫咸陈说了这件事,于是,从这时候开始在朝廷上设立巫觋这种神职官员。从这以后又经历了十四代,王位传到武丁帝,他得到傅说,让他做宰相,殷朝的国势又重新振兴了起来。武丁就号称高宗。一次,一只野鸡飞到了鼎耳上而鸣叫,武丁为这很害怕。祖己就对他说:"要修养自己的德行。"武丁听从了他的话,帝位得以长久安宁。以后又经历了五代,王位传到武乙帝,他由于侮辱、傲慢神灵,被雷电震死了。以后又经历了三代,王位传给帝纣,他荒淫无道,废乱政务,周武王就讨伐他。从这些事可以看到,创业的君王们没有一个不是恭敬谨慎,但帝位传到末代就逐渐懈怠傲慢起来了。

　　《周官》曰,冬日至,祀天于南郊,迎长日之至①;夏日至,祭地祇。皆用乐舞,而神乃可得而礼也②。天子祭天下名山大川,五岳视三公③,四渎视诸侯,诸侯祭其疆内名山大川。四渎者,江、河、淮、济也。天子曰明堂、辟雍④,诸侯曰泮宫⑤。

【注释】

①迎长日之至:从"冬至"开始,白天就一天比一天长了。

②可得而礼:可以真正对神灵表示敬意。

③五岳视三公:祭祀五岳之神的规格相当于对国家"三公"的礼遇。视,取齐,相当。

④明堂:古代阐明政教的厅堂,凡祭祀、朝会、敬老、尊贺等大典,都在这里举行。辟雍:周朝所设大学的名称。

⑤泮(pàn)宫:西周诸侯所设大学的名称。

【译文】

《周礼》说,冬至这天,天子来到南郊祭天,迎接渐长的白天的到来;

夏至这天,天子又祭祀地神。在这些祭祀活动中,都要采用音乐舞蹈,
这样,神灵们才能接受祭祀者的敬意。天子又祭祀天下的大山大河,以
对待三公的礼节祭祀五岳,以对待诸侯的礼节祭祀四渎,诸侯们祭祀他
们自己疆域内的大山大川。四渎就是长江、黄河、淮河和济水。天子举
行祭祀朝会的厅堂叫明堂和辟雍,诸侯举行祭祀朝会的厅堂叫泮宫。

　　周公既相成王,郊祀后稷以配天,宗祀文王于明堂以配
上帝。自禹兴而修社祀①,后稷稼穑②,故有稷祠③,郊社所
从来尚矣。以上唐虞三代郊祀大略。

【注释】

　　①社祀:对土神的祭祀。

　　②后稷稼穑:谓自周朝祖先后稷发展农业以来。

　　③稷祠:对农作物之神的祭祀。

【译文】

　　周公辅佐周成王,让周朝的祖先后稷陪同天神一同受祭,在明堂中
祭祀上帝的时候让周朝开国的文王陪同上帝一同受祭。自夏禹因为治
水有功就修建社坛来祭祀土地神,后稷因为教人们种植庄稼有功,从后
稷就开始供奉五谷之神,因此人们对天神、地神、土神、五谷之神的祭祀
是由来已久了。以上是唐尧、虞舜和夏、商、周郊祀的大致情况。

　　自周克殷后十四世,世益衰,礼乐废,诸侯恣行,而幽王
为犬戎所败①,周东徙雒邑②。秦襄公攻戎救周,始列为诸
侯。秦襄公既侯,居西垂③,自以为主少皞之神,作西畤④,祠
白帝,其牲用骝驹黄牛羝羊各一云⑤。其后十六年,秦文公
东猎汧、渭之间⑥,卜居之而吉。文公梦黄蛇自天下属地,其

口止于鄜衍⑦。文公问史敦，敦曰："此上帝之征，君其祠之。"于是作鄜畤，用三牲郊祭白帝焉。

【注释】

①幽王：西周天子，名姬宫湦，在位时剥削人民，加上地震灾害，人民流离失所；因宠爱褒姒，废掉了申后和太子宜臼。申侯联合犬戎攻周，幽王被杀死在骊山之下，西周灭亡。犬戎：古代西北的一个游牧部落。

②雒邑：故城在今河南洛阳西，是周成王为了巩固对东方殷故土的统治，在周公主持下修筑的。

③西垂：也称西犬丘，秦国最早的都城，故城在今甘肃天水西南。

④西畤（zhì）：祭祀坛址的名称。

⑤骝（liú）驹：红身黑鬣的少壮马。羝羊：公羊。

⑥汧（qiān）、渭之间：即今陕西渭水与汧水相汇合夹角地带宝鸡一带。汧，水名。源出陕西陇县，流经千阳、宝鸡，汇入渭水。

⑦鄜（fū）：地名。在今陕西洛川境内。衍：山坡低平之处。

【译文】

自从周朝战胜了殷朝，以后又经历了十四代，国势逐渐衰落，礼乐废弛了，诸侯们更是肆意横行，周幽王被犬戎打败，周王室向东迁到雒邑。而秦襄公因攻打犬戎、救援周朝有功，才开始被封为诸侯。秦襄公被封列为诸侯后，他居住在西垂，自认为应该主持祭祀西方之神少皞，建西畤，祭祀白帝，并用红色黑鬣的马驹、黄牛、公羊各一头作为祭品。这以后十六年，秦文王来到东方打猎，到了汧水与渭水汇合处，于是占卜询问可否在这里定居，结果获得了吉兆。秦文公梦见有黄蛇从天上垂到地面，嘴就停在鄜地的山坡上。秦文公就问太史官史敦。史敦说："这是上帝赐福的征兆，君王您应当立祠祭祀它。"文公于是就建立了鄜畤，并用牛、羊、猪三种牺牲来祭祀白帝。

　　自未作鄜畤时也，而雍旁故有吴阳武畤①，雍东有好畤，皆废无祠。或曰："自古以雍州积高②，神明之隩③，故立畤郊上帝，诸神祠皆聚云。盖黄帝时尝用事，虽晚周亦郊焉。"其语不经见，搢绅者不道。

【注释】

①吴阳武畤：修筑在吴山之南的武畤，也是祭天的坛台。

②雍州：古代九州之一，约指今天陕西北部、甘肃东北部及青海东北部一带。

③隩：通"墺"。

【译文】

　　在没建立鄜畤之前，雍邑旁边的吴山之南原来有武畤，在雍邑的东边也有好畤，但都已荒废没有人来祭祀了。有人说："自古以来，雍州地势高峻，是神明居住的宅舍，所以才在这里建立坛址祭祀上帝，并且其他众位神灵的庙也聚集在这里。黄帝在的时候也曾在这里举行祭祀，即使周朝末年也举行过祭祀。"但这些话并没有见到过有关记载，士大夫们也不加讲述。

　　作鄜畤后九年，文公获若石云，于陈仓北阪城祠之①。其神或岁不至，或岁数来，来也常以夜，光辉若流星，从东南来集于祠城②，则若雄鸡，其声殷云③，野鸡夜雊。以一牢祠，命曰陈宝④。

【注释】

①陈仓：地名。故城在今陕西宝鸡陈仓区。北阪：地名。在今宝鸡南，当时的陈仓西南。城祠之：修城建庙将其供奉起来。

②集：落。

③殷：鸣声响亮的样子。

④命曰陈宝：遂称此神灵为陈宝。命，名，称呼。

【译文】

　　在建立鄜畤九年后，秦文王获得了一块像是石头的东西，于是就在陈仓的北阪建筑城坛来祭祀它。神有时终年不来，有时一年中来好几次，常常在夜里降临，并发出像流星一样的光辉，从东南方向飞来落在祠城中，形状像一只雄鸡，发出响亮的声音。四方的野鸡也在夜里对答鸣叫。祭祀这位神灵的供品，是用牛、羊、猪各一头，叫它为陈宝。

　　作鄜畤后七十八年，秦德公既立，卜居雍，"后子孙饮马于河"①，遂都雍。雍之诸祠自此兴。用三百牢于鄜畤。作伏祠②。磔狗邑四门③，以御蛊灾④。

【注释】

①后子孙饮马于河：意思是后代子孙将把秦国的势力向东扩展到黄河边。这是占卜得到的占辞。

②作伏祠：首次进行夏天入"伏"的祭祀。伏，即今之所谓"三伏"，自夏至后第三个庚日起的十天为初伏，第四个庚日起的十天为中伏，第五个庚日起的十天为终伏。

③磔（zhé）：撕裂牲畜肢体来祭神。

④蛊（gǔ）：伤害人的热毒恶气。

【译文】

　　鄜畤建立以后过了七十八年，秦德公继位，并为定都雍地占卜。卜辞上说："后代的子孙们可以让马匹到黄河边去饮水。"于是秦德公就定都雍地。从此，雍地有许多祠庙兴盛起来。开始用牛、羊、猪各三百头在鄜畤祭天。又开始在夏天入伏时进行祭祀。在雍邑的四面城门口把狗剁成碎块来祭神，来防御热毒恶气。

德公立二年卒。其后六年，秦宣公作密畤于渭南，祭青帝①。

【注释】

①青帝：神话中的东方天神，名灵威仰。一说即指太昊氏。

【译文】

秦德公执政两年后去世了。这以后六年，秦宣公在渭水南岸建立了密畤，用以祭祀青帝。

其后十四年，秦缪公立，病卧五日不寤；寤，乃言梦见上帝，上帝命缪公平晋乱。史书而记藏之府。而后世皆曰秦缪公上天。以上秦作畤及祀陈宝。

【译文】

又过了十四年，秦缪公继位，他曾生病沉睡了五天没有醒来；醒来后，他就说他梦见了上帝，并说上帝命令他平定晋国的内乱。太史记载了他的言论，并把书藏在秘府中。后世的人都说秦缪公曾登上了天庭。以上是秦国建立祭天坛台及祭祀陈宝的情况。

秦缪公即位九年，齐桓公既霸，会诸侯于葵丘①，而欲封禅。管仲曰："古者封泰山禅梁父者七十二家，而夷吾所记者十有二焉。昔无怀氏封泰山②，禅云云③；虙羲封泰山④，禅云云;神农封泰山,禅云云;炎帝封泰山,禅云云;黄帝封泰山,禅亭亭⑤;颛顼封泰山,禅云云;帝喾封泰山,禅云云;尧封泰山,禅云云;舜封泰山,禅云云;禹封泰山,禅会稽;汤封泰山,禅云云;周成王封泰山,禅社首⑥:皆受命然后得封禅。"桓公曰:"寡人北伐山戎⑦,过孤竹⑧;西伐大夏⑨,涉流沙⑩,束马悬车⑪,上卑耳之山⑫;南伐至召陵⑬,登熊耳山以望江、汉⑭。兵车之会三⑮,而乘车之会六⑯,九合诸侯,一匡天下⑰,诸侯莫违我。昔三代受命,亦何以异乎?"于是管仲睹桓公不可穷以辞⑱,因设之以事⑲,曰:"古之封禅,鄗上之黍,北里之禾⑳,所以为盛㉑;江、淮之间,一茅三脊,所以为藉也。东海致比目之鱼,西海致比翼之鸟,然后物有不召而自至者十有五焉。今凤皇麒麟不来,嘉谷不生㉒,而蓬蒿藜莠茂㉓,鸱枭数至㉔,而欲封禅,毋乃不可乎?"于是桓公乃止。

以上管仲与齐桓公论封禅。

【注释】

①葵丘:地名。在今河南民权东北。

②无怀氏:古代传说中的帝王相传在伏羲前,其人见于《庄子》。

③云云:山名。在今山东泰安东南,是泰山的支脉。

④虙(fú)羲:即伏羲。

⑤亭亭:泰山下的小山名。距上所谓云云不远。

⑥社首:山名。在今山东泰安南。

⑦山戎:古代北方民族名。又称北戎,匈奴的一支。活动地区在今河北北部。

⑧孤竹:古国名。故城在今河北卢龙以南一带。

⑨大夏:《史记正义》曰:"大夏,并州晋阳是也。"即今山西太原以南
地区。

⑩流沙:钱穆以为指今山西平陆东之沙涧水。

⑪束马悬车:《史记集解》引韦昭曰:"将上山,缠束其马,悬钩其
车也。"

⑫卑耳:山名。在今山西平陆西北。

⑬召陵:故城在今河南郾城东。

⑭熊耳山:在今河南卢氏南。

⑮兵车之会:与诸侯会师共伐某国。

⑯乘车之会:召集诸侯举行和平性质的会盟。乘车,用于文事之
车,与"兵车"相对而言。

⑰一匡天下:颜师古注:"谓定襄王为天子之位也。一说谓阳谷之
会令诸侯云'无障谷,无贮粟,无以妾为妻',天下皆从,故云'一
匡'者也。"

⑱不可穷以辞:不能以言语说服。

⑲设之以事:又拿其他的一些事情来推托。

⑳鄗上之黍,北里之禾:鄗上、北里,有人说是地名,有人说是山名,
定为难以企及之所在。

㉑所以为盛(chéng):以上述两地所产的黍与禾作为供品。盛,装满
供器。

㉒嘉谷:也称嘉禾,奇特的谷物,如有所谓一茎九穗者。

㉓蓬蒿藜莠(yòu):颜师古注:"皆秽恶之草。"

㉔鸱枭(chī xiāo):猫头鹰,过去被说成是一种不吉祥的鸟。

【译文】

秦缪公登位后第九年,齐桓公已称霸,在葵丘大会诸侯,签立盟约,
便想到泰山去举行封禅大典。管仲说:"古代在泰山上筑祠坛祭上天,
在梁父山开辟出地方祭祀地神的帝王有七十二家,而我记得的共有十

二家：从前无怀氏在泰山上祭祀天神，在云云山上祭祀地神；伏羲氏在泰山上祭祀天神，在云云山上祭祀地神；神农氏在泰山上祭祀天神，在云云山上祭祀地神；炎帝在泰山上祭祀天神，在云云山上祭祀地神；黄帝在泰山上祭祀天神，在亭亭山上祭祀地神；颛顼在泰山上祭祀天神，在云云山上祭祀地神；帝喾在泰山上祭祀天神，在云云山上祭祀地神；唐尧在泰山上祭祀天神，在云云山上祭祀地神；虞舜在泰山上祭祀天神，在云云山上祭祀地神；夏禹在泰山上祭祀天神，在会稽山上祭祀地神；商汤在泰山上祭祀天神，在云云山上祭祀地神；周成王在泰山上祭祀天神，在社首山上祭祀地神。他们都是先承受天命，然后才举行封禅大典。”齐桓公说：“我向北讨伐过山戎，经过孤竹；向西讨伐过大夏，经过流沙，并用布把马脚包裹起来，将车辆悬挂牢靠，攀登上了卑耳山；向南曾讨伐楚国，到达召陵，登上了熊耳山，远眺长江、汉水。我曾举行了三次军事同盟大会，六次和平同盟大会，九次与诸侯会合，一次稳定了周天子王位的危机，各国诸侯都没敢违抗我的命令。这与过去的夏、商、周三代的帝王们相比，还有什么不同的地方吗？”这时管仲看到齐桓公没法用语言来说服，于是便想用一些不可能的事情来劝阻他，说：“古代的帝王们到泰山去祭祀天地，一定要用鄗上出产的黍米，北里出产的谷物，作为祭祀使用的粮食；另外还用长江、淮河流域出产的三脊灵茅，作为祭祀神灵所用的垫席。还从东海打捞到比目鱼，从西海捕捉到比翼鸟，还有其他的不召而来的祭品十五种。而如今凤凰、麒麟没有出现，嘉谷没有生长，而那些蓬蒿藜莠等野草却生长得很茂盛，猫头鹰这种凶恶的鸟也飞来过多次。在这种情况下，想要举行封禅大典，恐怕不可以吧？”于是齐桓公才打消了封禅的想法。以上是管仲与齐桓公讨论封禅之事。

　　是岁，秦缪公内晋君夷吾[①]。其后三置晋国之君，平其乱[②]。缪公立三十九年而卒。

【注释】

①秦缪公内晋君夷吾：晋献公听信骊姬谗言杀太子申生，驱逐了群公子，在他死后，新君奚齐、悼子连续被里克所杀，晋国国内无君，于是秦缪公用军队送晋公子夷吾回国即位，是为晋惠公。

②三置晋国之君，平其乱：此语不准确。事实是晋惠公得立后，在位十四年，与秦国关系紧张，惠公子在秦国为人质。惠公死后，其子潜逃回国，继位为怀公。秦国大怒，遂又以兵送公子重耳入晋，杀怀公，立重耳，是为文公。

【译文】

这一年，秦缪公把公子夷吾送回晋国立为晋君，以后又三次安置晋国君主，平定了晋国的内乱。秦缪公执政三十九年后去世了。

　　其后百有余年，而孔子论述六艺，传略言易姓而王，封泰山禅乎梁父者七十余王矣，其俎豆之礼不章①，盖难言之。或问禘之说②，孔子曰："不知。知禘之说，其于天下也视其掌。"诗云纣在位，文王受命，政不及泰山③。武王克殷二年，天下未宁而崩。爰周德之洽维成王④，成王之封禅则近之矣⑤。及后陪臣执政⑥，季氏旅于泰山⑦，仲尼讥之⑧。

【注释】

①俎（zǔ）豆之礼：祭祀的礼节、仪式。不章：不分明，不清楚。

②禘（dì）：天子及诸侯五年一次的祭祀宗庙的活动。

③文王受命，政不及泰山：意谓周文王虽已受命为王了，但并没有去封禅泰山。

④爰：于是，因此。洽：渥，周遍。

⑤成王之封禅则近之矣：意谓周成王举行封禅是合情合理的。

⑥陪臣执政：指诸侯的权力下移，诸侯国由大夫执政，如鲁之三桓、晋之六卿等。春秋时代各诸侯国的大夫对周天子自称陪臣。

⑦季氏：也称季孙氏，鲁庄公之弟季友的后代，世掌鲁政。此时当权的季氏为季桓子，名斯。旅于泰山：即祭祀泰山。旅，祭祀名。颜师古注："旅，陈也，陈礼物而祭之也。"

⑧仲尼讥之：根据古礼，泰山在鲁国境内，鲁国诸侯是可以祭祀泰山的，但季氏只是一个大夫，他没有祭祀泰山的资格。他这样做是越礼，故孔子讥之。

【译文】

这以后一百多年，孔子论纂了六经，在传文中大略提到历代的改朝换姓的帝王，到泰山筑祠坛祭祀天神，到梁父山开辟场地祭祀地神的有七十多位，关于他们的祭器、祭礼制度，并没有清楚地论述，大概也是很难说清吧。有人问孔子关于"禘"这种祭祀的道理，孔子回答说："不知道。如果有人懂得禘祭的道理，那他在治理天下这方面，就会像察看掌中之物那样容易了。"古诗说当殷朝纣王在位的时候，周文王虽然已经承受了天命，但他的功业还不足以去封泰山。周武王灭殷纣两年之后，天下还没安定他就逝世了。因此，周朝德政遍布全国还要数周成王，那么，周成王时期举行封禅大典就近于合情合理了。到后来王室衰弱，诸侯国中大臣执政，像鲁国的季孙氏竟然僭越了自己的职权范围，到泰山去祭祀。孔子就讥讽了这件事。

是时苌弘以方事周灵王①。诸侯莫朝周，周力少，苌弘乃明鬼神事，设射狸首②。"狸首"者，诸侯之不来者。依物怪欲以致诸侯。诸侯不从，而晋人执杀苌弘。周人之言方怪者自苌弘。以上孔子不言封禅，苌弘以方怪见杀。

【注释】

①苌弘：周灵王时的大夫，传说他能招致神异之物。方：方术。

②射狸（mái）首：古代的一种巫术，在箭靶上写上某个人的名字，用箭射之，以诅咒其人因此而死。凌稚隆曰："大射仪，奏《狸首》。郑玄曰：'狸之言不来也，其诗有射诸侯首不朝者之言，因以名篇。'故苌弘因诸侯不朝，设射狸首。"

【译文】

这时候，苌弘凭自己的方术来服事周灵王。诸侯不来朝见周灵王，周朝的国势衰弱了，苌弘于是大肆宣扬鬼神一类的事，设置了"箭射狸首"的仪式，"狸首"，就象征着那些不来朝见的诸侯。他想凭借神鬼怪异的手段让诸侯前来朝周。诸侯不服从，后来晋国人捕杀了苌弘。周朝人谈论方术鬼怪就是从苌弘这里开始的。以上记孔子不谈论封禅，苌弘因方术怪异而被杀。

其后百余年，秦灵公作吴阳上畤，祭黄帝；作下畤，祭炎帝。

【译文】

这以后一百多年，秦灵公在吴山南面建立上畤，祭祀黄帝；又建立下畤，祭祀炎帝。

后四十八年，周太史儋见秦献公曰①："秦始与周合，合而离，五百岁当复合，合十七年而霸王出焉。"栎阳雨金②，秦献公自以为得金瑞，故作畦畤栎阳而祀白帝。

【注释】

①周太史儋(dān)：有人以为即老子。太史，官名，主管记录史事，保管图籍，亦管占卜、祭祀等。

②栎阳：秦国的新都名。在今西安之阎良区，秦献公二年（前385）迁都于此。

【译文】

又过了四十八年，周朝的太史儋在会见秦献公时说："秦国和周朝原本是合在一起的，合并着又分开了。五百年以后还应当复合，复合十七年，秦国将会有霸主出现。"在栎阳天上落下了金子，秦献公认为得到金子是祥瑞的征兆，所以就在栎阳建立了畦畤，来祭祀白帝。

其后百二十岁而秦灭周，周之九鼎入于秦①。或曰宋太丘社亡②，而鼎没于泗水彭城下③。

【注释】

①九鼎：传说夏禹铸九鼎，象征九州，三代时奉为传国之宝。秦灭周取九鼎，其中一只沉于泗水，其余无考。

②宋太丘社亡：宋国太丘邑的社树忽然失踪。太丘，在今河南永城西北。

③泗水：源出山东泗水陪尾山，四源并发，故得名。彭城：在今江苏铜山。

【译文】

以后一百二十年，秦朝灭亡了周朝，周朝的九只宝鼎也归属了秦朝所有。有人说宋国的太丘失踪时，宝鼎沉没在彭城下边的泗水中了。

其后百一十五年而秦并天下。

【译文】

以后一百一十五年,秦朝统一了天下。

　　秦始皇既并天下而帝,或曰:"黄帝得土德,黄龙地蟪见[①]。夏得木德,青龙止于郊,草木畅茂。殷得金德,银自山溢。周得火德,有赤乌之符[②]。今秦变周,水德之时。昔秦文公出猎,获黑龙,此其水德之瑞。"于是秦更命河曰"德水",以冬十月为年首,色上黑,度以六为名,音上大吕,事统上法。

【注释】

　　①地蟪:神奇的大蚯蚓。蟪,通"蚓"。

　　②赤乌之符:赤乌,传说周武王时有火从天而降,形如赤乌。符,符命,指天以瑞祥之兆,为王者受命之征。

【译文】

　　秦始皇统一了天下后称帝,有人说:"黄帝获得了土德,就有黄龙巨蚓出现。夏朝获得了木德,青龙就在郊外降止,草木长得葱郁茂盛。殷朝获得金德,银子就从山中溢流而出。周朝获得火德,就有火从天而降,形状像赤乌,显示出吉祥的符瑞。现在的秦朝取代周朝,正是处于水德兴盛时期。从前秦文公出外打猎,得到了黑龙,这是秦国获得水德的瑞祥征兆呀。"于是就把黄河改称为"德水",把冬季的十月作为一年的开始,颜色崇尚黑色,度量衡以六为单位,音乐方面崇尚大吕律,在政治方面崇尚法律。

　　即帝位三年,东巡郡县,祠驺峄山[①],颂秦功业。于是征从齐、鲁之儒生博士七十人,至乎泰山下。诸儒生或议曰:

"古者封禅为蒲车②,恶伤山之土石草木;埽地而祭,席用葅秸③,言其易遵也。"始皇闻此议各乖异,难施用,由此绌儒生④。而遂除车道,上自泰山阳至巅,立石颂秦始皇帝德,明其得封也。从阴道下⑤,禅于梁父。其礼颇采太祝之祀雍上帝所用⑥,而封藏皆祕之,世不得而记也。

【注释】

①驺峄山:邹城的峄山。驺,通"邹",也称"邾"。在今山东邹城东南。

②蒲车:用蒲草裹车轮的车子。

③葅(zū)秸:草席。葅,枯草。秸,禾秆。

④绌:通"黜"。贬退,排斥,废除。

⑤阴道:从北面上山的路。

⑥太祝:官名。《周礼·春官》所属,也作泰祝,掌管祝辞和祈祷之事。祀雍上帝:在雍县诸畤祭祀上帝。

【译文】

秦始皇登上帝位三年,到东方的郡县视察,祭祀了驺峄山,在石头上刻字来颂扬秦朝的功业。于是又征召了齐、鲁两地的儒士、博士七十多人,跟随他来到泰山脚下。众儒生中有人建议说:"古代帝王在封禅时都用蒲草把车轮包裹起来,不让车伤害山上的土石、草木;还要打扫干净地面,用草席作垫席。这是说古礼是很容易遵行的。"秦始皇听了这些议论后,认为这些都离奇古怪,难以施行开来,就把儒士们斥退赶走了。接着,他下令修建车道,从泰山的南面登上了山顶。并树立石碑,刻字颂扬自己的功德,来说明他有资格封禅。接着,秦始皇在北边山道下山,在梁父山祭祀了地神。秦始皇封禅的礼仪很多都是采用太祝在雍县祭祀上帝时所使用的礼仪,有关礼仪的记载都密封保藏,世人都无从把它记述下来。

　　始皇之上泰山，中阪遇暴风雨①，休于大树下。诸儒生既绌，不得与用于封事之礼，闻始皇遇风雨，则讥之。以上秦多异征，始皇封禅。

【注释】

①中阪：半山腰的斜坡。

【译文】

　　秦始皇登泰山时，在半山腰遇到了暴风雨，只得停歇在大树下面。那些被斥退的儒生们，没能参加封禅典礼，当听说秦始皇遇到了暴风雨时，就都讥笑他。以上记秦出现了很多奇异征兆，秦始皇举行封禅典礼。

　　于是始皇遂东游海上，行礼祠名山大川及八神，求仙人羡门之属①。八神将自古而有之，或曰太公以来作之。齐所以为齐，以天齐也②。其祀绝莫知起时。八神：一曰天主，祠天齐。天齐渊水，居临菑南郊山下者③。二曰地主，祠泰山梁父。盖天好阴，祠之必于高山之下，小山之上，命曰"畤"；地贵阳，祭之必于泽中圜丘云④。三曰兵主，祠蚩尤⑤。蚩尤在东平陆监乡⑥，齐之西境也。四曰阴主，祠三山。五曰阳主，祠之罘⑦。六曰月主，祠之莱山⑧。皆在齐北，并勃海。七曰日主，祠成山⑨。成山斗入海⑩，最居齐东北隅，以迎日出云。八曰四时主，祠琅邪⑪。琅邪在齐东方，盖岁之所始。皆各用一牢具祠，而巫祝所损益，珪币杂异焉。

【注释】

①羡门:人名。名子高,古代的仙人。

②齐所以为齐,以天齐也:齐国之所以称为"齐",是因为它正对着的天的肚脐。齐,此处通"脐"。颜师古注:"谓其众神异,如天之腹齐也。"

③临菑:也作临淄,齐国国都,在今山东淄博东北。

④圜(yuán)丘:圆形高坛。

⑤蚩尤:黄帝时的诸侯,好兵喜乱,被黄帝杀死在涿鹿。

⑥东平陆:地名。在今山东东平以东一带。

⑦之罘(fú):山名。在今山东烟台境内。

⑧莱山:山名。在今山东烟台龙口境内。

⑨成山:山名。在今山东荣成东北三十里,是一个小半岛。

⑩斗:通"陡"。突出。

⑪琅邪:山名。在今山东青岛黄岛区大海边,其山如台状。

【译文】

这以后,秦始皇又到东边海上巡游,并举行仪式祭祀名山大川和八神,寻访羡门高之类的仙人。八位神将自古代就有,也有人说是姜太公把这事兴起来的。齐国之所以叫作"齐",是因为它处在天的肚脐眼上。它的祭祀典礼早已经断绝了,不知道是从什么时候兴起来的。八神的情况如下:第一个是天主,在天齐泉来祭祀它。天齐,是泉水,位于临淄城南郊山下。第二个是地主,在泰山下的梁父山祭祀它。这是因为天神喜欢阴气,在祭祀天神的时候一定要在高山之下,小山之上,所筑造的祭坛取名叫"畤",而地神喜欢阳气,所以祭祀地神一定要在水泽中露出水面的圆丘上。第三个是兵主,在蚩尤冢来祭祀它。蚩尤冢在东平陆的监乡,位于齐国的西部地境。第四个是阴主,在三山来祭祀它。第五个是阳主,在芝罘山来祭祀它。第六个是月主,在莱山来祭祀它。这些地方都在齐国北部,紧靠着渤海。第七个是日主,在成山来祭祀它。

成山突出伸入海中，位于齐国的最东北角，可以在这里迎接日出。第八个是四时主，在琅邪山来祭祀它。琅邪山在齐国的东部，可在这里迎接一年的开始。对这八位神，都各用一头牲畜来祭祀，掌管祭祀的人员对玉帛等祭品可以有所增减。

　　自齐威、宣之时，驺子之徒论著终始五德之运①，及秦帝而齐人奏之②，故始皇采用之。而宋毋忌、正伯侨、充尚、羡门子高最后皆燕人③，为方仙道④，形解销化，依于鬼神之事⑤。驺衍以阴阳主运显于诸侯⑥，而燕、齐海上之方士传其术不能通，然则怪迂阿谀苟合之徒自此兴，不可胜数也。

【注释】

①驺子：即驺衍。战国时的阴阳五行家，齐国临淄人。终始五德之运：论述水、火、木、金、土五种物质的德性相生相克和周而复始的循环运行，用以说明王朝兴废的原因。

②奏：进献，谓进献"五德终始"之书。

③宋毋忌：传说中的火仙。正伯侨：后人也写作"征伯侨"，《史记索隐》谓其为古仙人之名。充尚：仙人名。最后皆燕人："最后"二字不可通，《史记集解》以为应作"其后"；王念孙以为应作"聚谷"，即宋玉《高唐赋》中之"乐聚谷"。按，《高唐赋》将乐聚谷与羡门高、溪上成、郁林公并称为"有方之士"，盖亦仙人，王说可从。

④为方仙道：讲究修道成仙的方法。

⑤形解销化，依于鬼神之事：即神仙家的所谓"尸解"，谓修道成功后，抛下肉身，真人"飞升"而去。

⑥阴阳主运：指邹衍学说的基本内容。主运，驺衍书中的篇名。

【译文】

从齐威王、齐宣王时起，驺衍等一班人著书立说，论述水、火、木、金、土五种物质的德性相生相克和周而复始的循环运行，用以说明王朝兴废的原因。到秦始皇称帝后，齐国人把这种学说献上，因此秦始皇就采用了这一学说。而宋毋忌、正伯侨、充尚以及羡门子高，都是燕国人，他们创建神仙道术，肉体消解，灵魂飞升，依托鬼神一类的事情。驺衍凭借着他的"阴阳主运"学说，在诸侯中闻名，而燕国、齐国沿海一带的方士们，传播他的学说却弄不懂这个学说的实质，于是怪诞无聊、阿谀奉承、溜须拍马的一帮人从这里兴起，多得数不过来。

自威、宣、燕昭使人入海求蓬莱、方丈、瀛洲。此三神山者，其傅在勃海中①，去人不远；患且至②，则船风引而去。盖尝有至者，诸仙人及不死之药皆在焉。其物禽兽尽白，而黄金银为宫阙。未至，望之如云；及到，三神山反居水下。临之，风辄引去，终莫能至云。世主莫不甘心焉。及至秦始皇并天下，至海上，则方士言之不可胜数。始皇自以为至海上而恐不及矣，使人乃赍童男女入海求之。船交海中，皆以风为解，曰未能至，望见之焉。其明年，始皇复游海上，至琅邪，过恒山，从上党归③。后三年，游碣石，考入海方士④，从上郡归⑤。后五年，始皇南至湘山⑥，遂登会稽⑦，并海上，冀遇海中三神山之奇药。不得，还至沙丘崩⑧。以上燕、齐海上多方士，始皇入海求神仙。

【注释】

①其傅在勃海中："傅"字《汉书》作"传"，臣瓒曰："世人相传云尔。"

②患：难，麻烦。

③上党：郡名。秦汉时治所在今山西长子西南。因这里地势很高，与天为党，故名。

④考：考问，核查。

⑤上郡：郡名。当今陕西北部及内蒙古鄂尔多斯的左侧一带。秦时治所在肤施（今陕西榆林东南）。

⑥湘山：一名君山，又叫洞庭山，位于今湖南岳阳西南洞庭湖中，正对着城西门的岳阳楼。

⑦会稽：在今浙江绍兴东南一带。

⑧沙丘：台名。在今河北广宗西北。

【译文】

自齐威王、齐宣王、燕昭王时代，他们就派人到海中去寻找蓬莱、方丈、瀛洲三座神山。这三座神山，传说坐落在渤海中，离人间不远。麻烦的是船将要到达时，便会被大风刮走。原来曾经有人到过那里，众位仙人以及长生不老的药都在那里。那里的东西，飞鸟走兽都是白色的，宫阙都是用黄金白银建造的。在还没到达那里时，远远望去，三座神山像天上的云彩一般；等到达那里，却看到三座神山反而在水里面。当船接近那里，风就刮起把船刮走了，始终不能到达。世间的帝王们没有谁不向往那里的。等到秦始皇统一了天下后，有关海上神仙的传说，方士们谈论到的真是多得数不过来。秦始皇认为自己到海上恐怕不可能了，就派人携带童男童女到海上去寻找这些神山。船到了海上，回来时都以被风所阻挡为借口，说不能到达那里，只是看见神山。第二年，秦始皇再次巡游海上，到达了琅邪山，经过恒山，从上党返回京城。以后三年，秦始皇巡游到碣石，查问到海上去寻求神仙的方士们后，从上郡返回京城。以后五年，秦始皇南巡到达湘山，于是登上会稽山，沿海路北上，希望能找到海中三神山上长生不老的灵丹妙药。他没有找到，回京的路上，在沙丘死去了。以上记燕国、齐国海边方士很多，秦始皇入海求神仙。

二世元年，东巡碣石，并海南，历泰山，至会稽，皆礼祠之，而刻勒始皇所立石书旁，以章始皇之功德。其秋，诸侯畔秦①。三年而二世弑死。

【注释】

①诸侯畔秦：二世元年（前209）七月，陈胜首先举事反秦，其后项羽、刘邦等相继皆起。畔，通"叛"。

【译文】

秦二世元年，他曾向东巡游到达碣石山，沿海南下，经过泰山，又到了会稽山，他都按祭礼祭祀。秦二世还在秦始皇所立的石碑旁边雕刻了文辞，对秦始皇的功德加以表彰。这年秋天，各路义军起兵反秦。第三年，秦二世被杀死。

始皇封禅之后十三岁，秦亡。诸儒生疾秦焚诗书，诛僇文学①，百姓怨其法，天下畔之，皆讹曰②："始皇上泰山，为暴风雨所击，不得封禅。"此岂所谓无其德而用事者邪？以上秦最速亡，见封禅不足贵。

【注释】

①僇：通"戮"。杀戮。文学：谓"文学方术之士"，也称"术士"，包括各学派的学者，也包括以仙人、仙药骗人的方士。

②讹（é）曰：编造谣言说。

【译文】

秦始皇举行封禅典礼后十三年，秦朝灭亡了。当时儒生们痛恨秦始皇焚烧诗书，侮辱杀害读书人，老百姓们也怨恨秦朝的严刑苛法。这样，天下的人一齐背叛了他，都造谣说："秦始皇上泰山祭祀，遭到了暴风雨的袭击，并没有完成封禅典礼。"这莫非就是所谓不具备德行而硬要勉强举行封禅的后果吗？以上记秦朝灭亡最为迅速，可见封禅不值得珍视。

昔三代之君皆在河、洛之间，故嵩高为中岳，而四岳各如其方，四渎咸在山东①。至秦称帝，都咸阳②，则五岳、四渎皆并在东方。自五帝以至秦，轶兴轶衰③，名山大川或在诸侯，或在天子，其礼损益世殊，不可胜记。及秦并天下，令祠官所常奉天地名山大川鬼神可得而序也。

【注释】

①四渎：即江、淮、河、济四条江河。

②咸阳：战国时秦孝公在咸阳建都，故址在今陕西西安西。

③轶兴轶衰：《汉书·郊祀志》作"迭（dié）兴迭衰"，即此起彼伏之意。轶，通"迭"。

【译文】

从前，夏、商、周三代君主的都城都在黄河和济水之间，因此嵩高山算是中岳，并且其他四岳都按照各自所在的方位命名，四渎也都在嵩山以东。到秦始皇称帝，把咸阳作为都城，因而五岳、四渎都在东方。从五帝时期直到秦朝，各个朝代的兴亡依次更替，这些名山大川就有时在诸侯国，有时在天子的直接管辖地区，它们的祭祀礼仪也随朝代的变更，有增益也有损减，都有不同，无法完整地记载。等到秦朝统一天下，由祠官经常祭祀天、地以及名山、大河的鬼神，从此才可以记述。

于是自殽以东①，名山五，大川祠二。曰太室，太室，嵩高也。恒山、泰山、会稽、湘山。水曰济，曰淮。春以脯酒为岁祠②，因泮冻③，秋涸冻④，冬赛祷祠⑤。其牲用牛犊各一，牢具珪币各异。

【注释】

①殽：即崤山，在今河南洛宁西北，东接渑池界，西接陕州界。

②脯酒：干肉与酒。为岁祠：为祈求农业丰收而祭祀。

③泮冻：解冻。

④秋涸（hé）冻：秋天的祭祀是在水渐干涸，开始结冰的时候。

⑤冬赛祷祠：冬天进行感谢河神一年赐福的祭祀。赛，酬报。旧时祭祀酬神之称。

【译文】

当时从殽山以东，所祭祀的大山有五座，大河有两条。五座大山分别为太室山（太室山又叫嵩山）、恒山、泰山、会稽山、湘山。两条大河，一叫济水，一叫淮河。在这些地方，春天用干肉和酒为每年的年景进行祈祷。春天是在河水解冻的时候用干肉和酒祈求丰收，秋天的祭祀是在水渐干涸，开始结冰的时候，冬天要举行酬谢神功和祈祷求福的祭祀。这里使用的祭牲是一头用祭器盛着的小牛，其他玉石、绸帛等祭品各自不同。

　　自华以西，名山七，名川四。曰华山、薄山。薄山者，襄山也①。岳山、岐山、吴岳、鸿冢、渎山②。渎山，蜀之汶山也③。水曰河，祠临晋④；沔⑤，祠汉中；湫渊⑥，祠朝那⑦；江水⑧，祠蜀。亦春秋泮涸祷赛，如东方名山川；而牲牛犊牢具珪币各异。而四大冢鸿、岐、吴、岳，皆有尝禾⑨。

【注释】

①襄山：旧注皆以为即今山西境内的中条山，或曰即雷首山，在今

山西永济南。但皆与史文所谓"自华以西"不合。

②岳山：即吴岳，也叫岍山，在今陕西陇县西南。岐山：在今陕西岐
　山县东北一带。鸿冢：在今陕西凤翔以东。

③汶山：岷山南下的正支脉，所以岷山也叫汶山，有二十一个峰，位
　于今四川茂县的东南。

④临晋：古邑名。故城在今陕西大荔境内。

⑤沔（miǎn）：即汉水。

⑥湫（jiǎo）渊：地名。在今甘肃固原西南。

⑦朝那：地名。故城在今甘肃平凉西北。

⑧江水：《风俗通》说：江出岷山，岷山庙在江都。《括地志》：江渎祠
　在益州成都县南八里。

⑨尝禾：用秋天的新谷祭祀。尝，祭祀名，在秋天举行。

【译文】

从华山以西，大山有七座，大河有四条。这七座大山分别为华山、
薄山（就是襄山）、岳山、岐山、吴岳、鸿冢、渎山（渎山，就是蜀郡的汶
山）。四条大河，一条叫黄河，在临晋建有祠坛祭祀；一条叫沔河，在汉
中祭祀；一条叫湫渊，在朝那祭祀；一条叫长江，在蜀郡祭祀。在这些山
河中，也是在春天和秋天两季，在河水解冻和冻结时举行祈祷福祉和酬
谢神功的祭祀，如同祭祀东方的大山大河，而祭祀所用祭器盛着的小
牛、玉石、绸帛等祭品却各不相同。四座大山：鸿冢、岐山、吴岳、岳山，
都还有贡献新谷的祭祀礼仪。

　　陈宝节来祠，其河加有尝醪①。此皆在雍州之域，近天
子之都，故加车一乘，骝驹四。

【注释】

①其河加有尝醪（láo）：祭祀华山以西的河流时要加有新酿制的米

酒。醪,米酒。

【译文】

陈宝神也应节日来享受祭祀,祭祀华山以西的河流时还要增献新酒酿。这些山河都在雍州这一地方,靠近帝王居住的京都,所以在祭祀时还要增加一辆车和四匹红毛黑鬃的壮马驹。

灞、产、长水、沣、涝、泾、渭皆非大川①,以近咸阳,尽得比山川祠,而无诸加。

【注释】

①灞:即灞水,关中八川之一,源出今陕西蓝田东山谷中。产:即浐水,关中八川之一,源出陕西蓝田西南谷中。长水:在陕西蓝田西北,流经长安东南,入灞水。沣:即沣水,关中八川之一,源出陕西宁陕东北秦岭,西北流经长安接纳灞水,一起注入渭河。涝:即涝水,关中八川之一,源出陕西鄠邑西南,最后汇入渭水。泾:即泾水,关中八川之一,源出宁夏泾源西南六盘山,东流至泾川,入陕西,东南流经长武、彬州、泾阳、高陵汇入渭河。渭:即渭水,源出甘肃渭源西北鸟鼠山,东流入陕西,至潼关入黄河。

【译文】

灞水、产水、长水、沣水、涝水、泾水、渭水都不算大河,由于离咸阳很近,祭品也都按照祭祀名山大川的仪式进献,但没有各种增加的祭品。

汧、洛二渊,鸣泽、蒲山、岳崤山之属①,为小山川,亦皆岁祷赛泮涸祠,礼不必同。以上秦祀名山大川。

【注释】

①鸣泽：山名。在今河北涿州北。蒲山：即薄山，在今山西永济南。
　岳嶲山：山名。在华山西。

【译文】

　　汧水、洛水两条河，还有鸣泽、蒲山及岳嶲山等一类山河，都算是小山小河，每年也都在河水解冻、冻结的季节，举行祈祷福祉和酬谢神功的祭祀，但礼仪方面不一定同别处相同。以上记秦祭祀名山大川的情况。

　　而雍有日、月、参、辰、南北斗、荧惑、太白、岁星、填星、二十八宿①、风伯、雨师、四海②，九臣、十四臣③，诸布、诸严、诸述之属④，百有余庙。西亦有数十祠⑤。于湖有周天子祠⑥。于下邽有天神⑦。沣、滈有昭明、天子辟池⑧。于杜亳有三社主之祠、寿星祠⑨；而雍菅庙亦有杜主⑩。杜主，故周之右将军⑪，其在秦中，最小鬼之神者。各以岁时奉祠。

【注释】

①二十八宿：古代天文学家分周天之星为二十八宿，四方各七宿，东方为角、亢、氐、房、心、尾、箕；北方为斗、牛、女、虚、危、室、壁；西方为奎、娄、胃、昴、毕、觜、参；南方为井、鬼、柳、星、张、翼、轸。
②风伯：神话中的风神。雨师：神话中的雨神。四海：古代以为中国四周都是海，这里指海神。
③九臣、十四臣：泷川引皮锡瑞语以为应作"九臣六十四臣"。并曰："《汉旧仪》祭九皇六十四民，皆古帝王，汉时尝列祀典。'九臣'当是'九皇'之臣；'六十四臣'当是'六十四民'之臣。"郭嵩焘曰："九臣、十四臣祀之雍，盖皆周臣之有功者也。马融《论语》注'乱臣十人'，谓周公、召公、太公、毕公、荣公、太颠、闳天、散宜

生、南宫适,其一人为文母,则'九臣'当是周初功臣,《祭法》所谓
'有功德于民者也'。"

④诸布、诸严、诸述:郭嵩焘曰:"按《尔雅》:'祭星曰布。'天垂象,故
曰'布'。诸布、诸严、诸述,盖天神、地祇、人鬼之分。丘陵、林谷
皆属之地,而义取深严,故曰'严'。《说文》:'述,敛聚也。'谓合
祀之,九臣、十四臣皆合祀之。述,亦匹也,人神皆有配,《楚辞》
湘君、湘夫人亦配也,故'诸述'宜以当人神也。"泷川引叶德辉
语,以为"诸严"即"诸庄",汉人避明帝讳改;"诸述"应作"诸遂"。
庄,四通八达之道,这里即指路神;遂,田间小路,也是指路神。
刘洪涛以为"布"即瀑布,"严"即山岩,"遂"即隧洞。

⑤西:《史记索隐》以为即西县,亦即西垂,在今甘肃天水西南,秦国
最早的都城。王先谦以为应指长安之西。按,就上下文意,此处
似应指西垂。

⑥湖:秦邑名。在今河南灵宝西,汉代立以为县。周天子祠:《史记
索隐》:"《地理志》,湖县属京兆,有周天子祠二所。"

⑦下邽:地名。故城在今陕西渭南东北。

⑧沣、滈:即"丰、镐",周朝的都城名。文王都丰(今西安西南),武
王都镐(今西安西)。昭明:火星庙。《史记索隐》引《河图》云:
"荧惑星散为昭明。"天子辟池:王先谦引沈钦韩曰:"周辟雍故
地,故曰辟池,所祀者'滈池君'也。"

⑨杜亳:梁玉绳以为应即杜县(今西安东南)境内的亳亭。因西周
末时曾有戎族的亳王居此,故称为亳,后被秦宁公所灭。寿星:
即南极老人星。

⑩菅(jiān)庙:草庵小庙。菅,野草。杜主:即杜陵之神杜伯。

⑪故周之右将军:当年周朝的右将军。《史记索隐》引《墨子》曰:
"周宣王杀杜伯不以罪,后宣王田于圃,见杜伯执弓矢射,宣王伏
弢而死也。"梁玉绳曰:"周宣王杀杜伯事见《国语》《墨子》及《还

冤志》。然杜伯是国君，非将军也，且宣王时安得有右将军
哉……盖杜伯为最小鬼之神者，朱衣冠而操弓矢，厥状甚武，因
以将军目之。'右将军'者，以'右'尊故也。"

【译文】

　　雍县有日神、月神、参宿、辰宿、南北斗、火星、金星、木星、土星、水
星、二十八宿，风伯、雨师、四海、九臣、十四臣，诸布、诸严、诸逑这些神
灵。有一百多座祠庙。秦国的旧都西县也有几十座祠庙。在湖县有周
天子祠。在下邽有天神祠。丰、镐有火星庙和天子辟池。在杜县的亳
亭有三所杜主祠和寿星祠。并且雍县的草庵小庙也有杜主祠。杜主，
原本是周朝的右将军，他在秦中地区，是最小的鬼神中很灵验的一个。
对这些星宿、神灵，每年都按时节分别进行祭祀。

　　唯雍四畤上帝为尊，其光景动人民唯陈宝。故雍四畤，
春以为岁祷，因泮冻，秋涸冻，冬赛祠，五月尝驹，及四仲之
月祠，若月祠，陈宝节来一祠①。春夏用骍，秋冬用黝。畤驹
四匹，木禺龙栾车一驷②，木禺车马一驷，各如其帝色。黄犊
羔各四，珪币各有数，皆生瘗埋，无俎豆之具③。三年一郊。
秦以冬十月为岁首，故常以十月上宿郊见④，通权火⑤，拜于
咸阳之旁，而衣上白，其用如经祠云⑥。西畤、畦畤，祠如其
故，上不亲往。

【注释】

①"及四仲之月祠"几句：《史记·封禅书》作"及四仲之月月祠，若
　　陈宝节来一祠"，意谓四季的中间月份举行月祭，至于陈宝祠则
　　只有在陈宝节时举行祭祀。仲月，每季的第二个月，如二月为仲
　　春，五月为仲夏，八月为仲秋，十一月为仲冬。

②木禺龙：木龙。木禺，同"木偶"。栾车：有铃的车。

③俎（zǔ）豆：古代祭祀、宴飨时盛食物用的两种礼器。亦泛指各种
　礼器。俎，用以陈置牲体或其他食物，青铜制，也有木制漆饰的。
　豆，用木头做成，容量四升，高一尺二寸，里面用漆漆饰。

④上宿郊见：帝王亲自斋戒在南郊拜见上帝。宿，斋戒。

⑤权火：烽火。

⑥其用如经祠：使用的祭品和经常的祭祀一样，不因帝王亲祭而加
　多。经，常。

【译文】

　　雍县四畤，所祭祀的四位上帝是最尊贵的，但要说景象最激动人心的则数陈宝。所以，雍县四畤的祭祀，在春天解冻时祈求丰收，秋天在封冻时祭祀，冬天举行酬报神灵的祭祀，五月间进献小马驹，四季的中间月份举行月祭，陈宝神在节日享受一次祭祀。春夏季节用红色马，秋冬季节献用红毛黑鬃马。每畤使用小马驹四匹，木偶龙驾的有铃的车一套，木偶马驾的车一套，祭品的颜色也都按照各方的天帝的颜色来装饰。还用小黄牛和小羊各四头，玉石、帛绸各用一定数量，都把牲口活着埋下去，祭品不用供设。这样三年郊外祭祀一次。秦朝把冬季十月作为一年的开始，因此，皇帝常常在十月进行斋戒，来到郊外，点燃全路烽火到达四畤，在咸阳附近进行礼拜、祈祷的祭祀，衣服崇尚白色，所用的祭品就像通常祭祀一样。西畤、畦畤，仍像过去一样祭祀，皇帝都不亲自去。

　　诸此祠皆太祝常主，以岁时奉祠之。至如他名山川诸鬼及八神之属，上过则祠，去则已。郡县远方神祠者，民各自奉祠，不领于天子之祝官①。祝官有祕祝②，即有灾祥，辄祝祠移过于下③。以上秦诸神祠。

【注释】

①领：管辖。天子之祝官：朝廷主管祭祀的官员。

②祝官有祕祝：有些祝官在祭祀时向鬼神做"诡秘"的祈祷。

③祝祠移过于下：向鬼神祈祷，请鬼神把惩罚转移给天子之下的
　臣民。

【译文】

　　所有这些祭祀，都经常由太祝来主持，每年按时进行祭祀。至于其
他大山大河，众位鬼灵及八神之类，皇帝经过那里就祭祀，离开了也就
算了。远方郡县祭祀的众神，由当地百姓们各自去祭祀，不归皇帝的祝
官掌管。祝官中的秘祝，如有了灾祸就进行祈祷祭祀，把灾祸转移到众
位官员和老百姓们身上。以上记秦各种神的祠庙和祭祀情况。

　　汉兴，高祖之微时，尝杀大蛇。有物曰①："蛇，白帝子
也，而杀者赤帝子。"高祖初起，祷丰枌榆社②。徇沛，为沛
公，则祠蚩尤，衅鼓旗。遂以十月至灞上③，与诸侯平咸阳，
立为汉王。因以十月为年首，而色上赤。

【注释】

①物：当时人们称那种具有特异功能的人或物。此指哭蛇的老妇。

②丰枌（fén）榆社：指汉高祖故乡丰邑枌榆乡的土地祠。

③灞上：在今陕西蓝田，即白鹿原。

【译文】

　　汉朝兴起，汉高祖还在微贱之时，曾经斩杀了一条大蛇。有神物
说："这条蛇是白帝的儿子，而杀死它的，是赤帝的儿子。"高祖刚起兵的
时候，在丰邑枌榆社进行过祈祷。后来，他占领沛县，作了沛公，于是祭
祠蚩尤，用牲口的血来涂染鼓旗。两年后他在十月到了灞上，与诸侯一

起平定了咸阳，立为汉王。就把十月当作一年的开端，崇尚红色。

　　二年，东击项籍而还入关，问："故秦时上帝祠何帝也？"对曰："四帝，有白、青、黄、赤帝之祠。"高祖曰："吾闻天有五帝，而有四，何也？"莫知其说。于是高祖曰："吾知之矣，乃待我而具五也。"乃立黑帝祠①，命曰北畤。有司进祠，上不亲往。悉召故秦祝官，复置太祝、太宰，如其故仪礼。因令县为公社②。下诏曰："吾甚重祠而敬祭。今上帝之祭及山川诸神当祠者，各以其时礼祠之如故。"

【注释】

①黑帝：传说中的北方天帝，名汁光纪。

②公社：官社，官府祭祀天地神鬼的处所。

【译文】

　　汉高祖二年，他向东攻打项籍而打回关中，问道："过去秦朝所祭祀的上帝是什么呢？"群臣回答说："是四位天帝，有白帝、青帝、黄帝、赤帝的祠庙。"高祖说："我听说天有五位上帝，而现在只有四位，为什么呢？"没有人知道这是为什么。于是高祖说："我知道这个道理了，就是要等我来建立第五个祠庙呀！"于是高祖便建了黑帝祠，名叫北畤。由主管官员前去祭祀，皇帝不亲自前去祭祀。高祖把秦朝的全部祝官们召来，又设置了太祝、太宰，礼仪同过去的一样。又命令各县设立官府社坛。他下诏书说："我很重视并崇敬祭祀。现在对上帝的祭祀和山、河的神灵凡是应当祭祀的，各自按规定的时节祭祀，同过去一样。"

　　后四岁，天下已定，诏御史，令丰谨治枌榆社，常以四时春以羊彘祠之。令祝官立蚩尤之祠于长安。长安置祠祝官、女巫。其梁巫①，祠天、地、天社、天水、房中、堂上之属②；晋巫③，祠五帝、东君、云中、司命、巫社、巫祠、族人、先炊之属④；秦巫⑤，祠社主、巫保、族累之属⑥；荆巫⑦，祠堂下、巫先、司命、施糜之属⑧；九天巫⑨，祠九天：皆以岁时祠宫中。其河巫祠河于临晋，而南山巫祠南山秦中⑩。秦中者，二世皇帝。各有时月。

【注释】

①梁巫：《史记集解》引文颖说，晋范会支庶刘氏随魏都大梁，所以有梁巫。

②天社、天水、房中、堂上：都是神名。

③晋巫：《史记集解》引文颖说，范氏世代在晋做官，所以祠里有晋巫。

④东君：据《楚辞·九歌》应是太阳神。云中：即《九歌》中的云神。司命：据《九歌》应是司掌人寿命的神。巫社、巫祠：颜师古注："皆古巫之神也。"族人、先炊：《史记正义》曰："先炊，古炊母神也。"按，《汉书·郊祀志》作"族人炊"，颜师古注："古主炊母之神也。"

⑤秦巫：《史记集解》引文颖说，范会支庶留秦为刘氏，所以有秦巫。

⑥社主：《汉书·郊祀志》作"杜主"，即杜伯之神，前文已见，此作"社主"，误。巫保、族累：颜师古注："二神名。"钱大昕曰："族累盖疾疫之神。《说文》：'痤，小肿也，一曰族累。'"

⑦荆巫：《史记集解》引文颖说，刘氏后又迁到丰，丰归荆管辖，所以有荆巫。

⑧堂下、巫先、司命、施糜：皆神名。颜师古注："堂下，在堂之下；巫先，巫之最先者也；施糜，其先常施设糜粥者也。"

⑨九天：具体所指，诸说不一。《淮南子》说，中央叫钧天，东方叫苍天，东北昊天，北方元天，西北幽天，西方皓天，西南朱天，南方炎天，东南阳天，即谓九天。《太元经》中说，一中天，二羡天，三徒天，四罚更天，五晬天，六郭天，七成天，八治天，九成天。

⑩南山：也称终南山，在今陕西西安南，为秦岭的一段。

【译文】

以后四年，天下已经安定。高祖命令御史传命丰县要慎重地修治枌榆社，经常按一年四季，春季用羊和猪来祭祀。又命令祝官在长安设立蚩尤祠。在长安设置祠官、祝官和巫婆。其中梁巫掌管祭祀天、地、天社、天水、房中、堂上等神灵；晋巫掌管祭祀五帝、东君、云中君、司命、巫社、巫祠、族人、先炊等神灵；秦巫掌管祭祀杜主、巫保、族累等神灵；荆巫掌管祭祀堂下、巫先、司命、施糜等神灵；九天巫掌管祭祀九天；这些每年都按时在宫中祭祀。其中河巫在临晋祭祀河神，南山巫在南山祭祀秦中。秦中指秦二世皇帝。以上各项祭祀，都各有规定的时日。

　　其后二岁，或曰周兴而邑邰①，立后稷之祠，至今血食天下②。于是高祖制诏御史："其令郡国县立灵星祠③，常以岁时祠以牛。"

【注释】

①邰：在今陕西武功西，周朝的祖先后稷被舜封于此，是周王朝的发祥地。

②血食：享受祭祀。因祭祀宰牲牢，故称。

③灵星：星名。又称天田星，主稼穑，古以辰日祀于东南，取祈年报功之意。

【译文】

这以后两年，有人说："周朝兴盛了，在邰地建立城邑，设立后稷的祠庙，一直到现在还享受天下人的牺牲。"于是，汉高祖命令御史说："应该命令各郡、各国、各县设立灵星祠，每年按时用牛来祭祀。"

高祖十年春，有司请令县常以春三月及时腊祠社稷以羊豕，民里社各自财以祠。制曰："可。"以上汉高祖。

【译文】

汉高祖十年的春天，主管的官员请求皇帝，命令各县常在春季三月和十二月用羊和猪来祭祀土地神和谷神；民间的土地神可命里社中的人分别征收财物来进行祭祀，皇帝批复说："可以。"以上记汉高祖时期建立神祠和祭祀情况。

其后十八年，孝文帝即位。即位十三年，下诏曰："今祕祝移过于下，朕甚不取。自今除之。"

【译文】

以后十八年，汉孝文帝继承帝位。文帝继位后十三年，下诏书说："现在祝官祕祝时把灾祸转移给大臣和百姓们，我很不赞成这种做法。从现在起废除这项制度！"

始名山大川在诸侯，诸侯祝各自奉祠，天子官不领。及齐、淮南国废，令太祝尽以岁时致礼如故。

【译文】

当初，有些名山大川坐落在诸侯国内，由诸侯国的祝官各自供奉祭祀，并不由皇帝的祝官统管负责。等到齐国和淮南国被废除后，就命令太祝每年都按时致以像过去秦朝的礼仪一样的祭祀。

是岁,制曰:"朕即位十三年于今,赖宗庙之灵,社稷之福,方内乂安,民人靡疾。间者比年登,朕之不德,何以飨此?皆上帝诸神之赐也。盖闻古者飨其德必报其功,欲有增诸神祠。有司议增雍五畤路车各一乘①,驾被具②;西畤、畦畤禺车各一乘,禺马四匹,驾被具;其河、湫、汉水加玉各二③;及诸祠,各增广坛场,珪币俎豆以差加之。而祝釐者归福于朕④,百姓不与焉。自今祝致敬,毋有所祈。"

【注释】

①路车:同"辂车"。帝王所乘之车。

②被具:驾车披在马身上的饰具。

③河、湫:指黄河和湫渊。加玉各二:指在祭祀二河时,各加进玉璧两枚。

④祝釐:祷告求福。釐,通"禧"。神降之福。

【译文】

这一年,汉文帝命令说:"我即位到现在已经十三年了,仰赖祖先的神灵、国家的福荫,国内太平无事,人民没有疾苦。近年来连年获得丰收,我没什么德行,凭什么享受这些呢?这都是上帝和各位神灵的恩赐。听说古代的帝王享受了神灵的恩德就一定要报答神灵的功劳,因此我想增加对各位神灵的祭祀。主管官员建议给雍县五畤祠增加路车各一辆,附带全套的车马用具,给西畤、畦畤增加木偶车各一辆,木偶马各四匹,以及全套的车马用具;给黄河、湫渊、汉水各增加玉璧两枚;另外还有许多祠庙,都扩大祭祀场地,祭祀用的玉珪、帛绸、牺牲都按等级适量增加。那祝福的人都把福气归献给我,百姓们却不在其中,从现在起祝福致敬,不要为我祈祷!"

　　鲁人公孙臣上书曰:"始秦得水德,今汉受之,推终始传,则汉当土德,土德之应黄龙见。宜改正朔①,易服色,色上黄②。"是时丞相张苍好律历③,以为汉乃水德之始,故河决金堤,其符也④。年始冬十月,色外黑内赤⑤,与德相应。如公孙臣言,非也。罢之。后三岁,黄龙见成纪⑥。文帝乃召公孙臣,拜为博士,与诸生草改历服色事。其夏,下诏曰:"异物之神见于成纪,无害于民,岁以有年。朕祈郊上帝诸神,礼官议,无讳以劳朕。"有司皆曰:"古者天子夏亲郊,祀上帝于郊,故曰郊。"于是夏四月,文帝始郊见雍五畤祠,衣皆上赤。

【注释】

①改正朔:采用新历法,即不再用十月,而改用另一个月为一年的起始之月。

②易服色,色上黄:即不应该再像秦朝一样的"色上黑",或是像刘邦所讲的"色上赤",而应该"色上黄"。

③张苍:刘邦的开国功臣,文帝时继周勃为丞相。好律历:精通律度、历法。

④河决金堤,其符也:黄河在金堤决口,这就兆示了汉朝是"水"德。符,征兆。据《汉兴以来将相名臣年表》,文帝十二年(前168)"河决东郡金堤"。东郡金堤,指今河南濮阳(当时的东郡郡治)一带的黄河大堤。

⑤外黑内赤:十月阴气在外则黑,阳气还伏在地下则内红。

⑥成纪:县名。故城在今甘肃秦安以北。

【译文】

　　鲁地人公孙臣向文帝报告说:"当初秦朝获得水德,现在汉朝继承了它,按照五德终始的规律来推算,那么汉朝应当轮到得土德了。土德的祥瑞应兆应该是有黄龙出现,所以应该更改历法,改换车马服饰的颜色,应崇尚黄色。"这时候,丞相张苍精通律历,认为汉朝正当是水德的开始,所以黄河才冲决了金堤,这就是水德的征兆。一年把冬天的十月作为开端,十月里阴气在外,阳气内伏,颜色外黑内红,与水德的象征正好相一致。像公孙臣所说的那些,是不正确的。于是否决了公孙臣的意见。以后三年,黄龙在成纪出现了,汉文帝就召来公孙臣,任命他为博士,要他和一些读书人一起草拟修改历法、服饰颜色的事。这年夏天,文帝下诏书说:"异物的神灵在成纪出现,它对人民没有侵害,今年的年景因而很好,获得丰收。我想要祈祷祭祀上帝和众位神灵,命礼官来商讨这项方案,不要怕烦劳我而不告诉我!"主管官员们说:"古时天子在夏至亲自举行郊祀,在南郊祭祀上帝,所以称为郊祀。"于是在这年夏季四月里,汉文帝开始在雍县五畤举行郊祀,参拜上帝,所穿的衣服都崇尚红色。

　　其明年,赵人新垣平以望气见上①,言:"长安东北有神气,成五采,若人冠绁焉②。或曰东北神明之舍③,西方神明之墓也。天瑞下,宜立祠上帝,以合符应。"于是作渭阳五帝庙,同宇,帝一殿,面各五门,各如其帝色。祠所用及仪亦如雍五畤。

【注释】

　　①望气:通过观测云气以附会人世吉凶。

　　②绁:通"冕"。帽子。

③神明:太阳。

【译文】

　　第二年,赵地人新垣平因擅长观察云气来晋见皇上。他对文帝说:"长安东北方向有神异的云气,呈现出五彩颜色,像官吏们头上戴着的礼帽一样。有人说:东北方向是神明的宅舍,西方是神明的墓冢。上天的祥瑞降临,应当设立祠庙来祭祀上帝,用这个来应答吉祥的征兆。"于是,文帝修建了渭阳五帝庙。在同一个屋宇里,给每位天帝分别设立一个神殿,分别面对着五扇大门,按照各方天帝的颜色涂上色。并且祭祀时的祭品和礼仪,也像雍县五畤祠的一样。

　　夏四月,文帝亲拜霸、渭之会,以郊见渭阳五帝。五帝庙南临渭,北穿蒲池沟水①,权火举而祠,若光辉然属天焉。于是贵平上大夫,赐累千金。而使博士诸生刺六经中作《王制》②,谋议巡狩封禅事。

【注释】

①蒲池:种蒲的池子。蒲字亦作"兰"。

②刺六经中作《王制》:意即搜罗、摘取六经中的句子,拼成一篇文献,名叫《王制》。王鸣盛曰:"刘向《七录》云'文帝所造书有《本制》《兵制》《服制》篇',即《封禅书》所谓《王制》也,非今《礼记》所有《王制》。"刺,采取。

【译文】

　　夏季四月里,汉文帝亲自去朝拜灞水、渭水的汇合地,参拜了渭阳五帝庙。五帝庙南面临近渭水,北面又穿沟引水进入兰池。在这里点燃烽火进行祭祀,就如同满天光辉照耀一般。于是,文帝任命新垣平担任上大夫的官职,赏赐给他的金银累加在一起有千金。文帝还让博士和许多读书人采取六经中的内容,编写了《王制》,谋划议论巡视郡国和封禅的大事。

　　文帝出长门,若见五人于道北,遂因其直北立五帝坛①,祠以五牢具。

【注释】

　　①因其直北:在五个人所站立的正北方。

【译文】

　　汉文帝出了长门亭,仿佛看见有五个人站在道路边上,于是就在他们所站之处的正北方修建五帝坛,用牛、羊、猪各五头来祭祀。

　　其明年,新垣平使人持玉杯,上书阙下献之。平言上曰:"阙下有宝玉气来者。"已视之,果有献玉杯者,刻曰"人主延寿"。平又言:"臣候日再中。"居顷之,日却复中。于是始更以十七年为元年,令天下大酺①。

【注释】

　　①大酺(pú):盛大聚饮。

【译文】

　　第二年,新垣平派人拿着玉杯,到宫门前报告要进献给文帝。新垣平对皇上说道:"宫门前有宝玉气来临。"过了一些时候去看,果然有人来进献玉杯,上面刻着"人主延寿"字样。新垣平又说:"我观测太阳将要再次当顶。"过了不久,太阳果然由偏西后退到当顶位置。文帝于是把第十七年改为后元元年,让天下人民举行盛大聚饮。

　　平言曰："周鼎亡在泗水中，今河溢通泗，臣望东北汾阴直有金宝气①，意周鼎其出乎？兆见不迎则不至。"于是上使使治庙汾阴南，临河，欲祠出周鼎。

【注释】

　　①汾阴直：颜师古注："谓正当汾阴也。"即汾阴的上空。直，正对着。汾阴，地名。故城在今山西万荣，汾水之入黄河口南。

【译文】

　　新垣平说："周朝的宝鼎沉没在泗水中，现在黄河水满外流，流进泗水。我望见东北方向汾阴上空有金宝之气，估计周鼎将要出现吧？征兆出现了不去迎接，它就不会到来。"于是，文帝派遣使臣在汾阴南部修建了祠庙，临近黄河，希望通过祭祀使周鼎出现。

　　人有上书告新垣平所言气神事皆诈也。下平吏治，诛夷新垣平。自是之后，文帝怠于改正朔服色神明之事，而渭阳、长门五帝使祠官领，以时致礼，不往焉。

【译文】

　　有人向文帝上书告发新垣平所说的云气和神灵的事全是骗局。文帝把新垣平交给法官处治，把新垣平的全族人全部杀死。从这以后，汉文帝对更改历法、服饰颜色和祭祀神灵的事不太热衷了，派祠官去管理渭阳五帝庙和长门五帝坛，让他们按时致以祭礼，他自己不亲自去了。

　　明年，匈奴数入边，兴兵守御。后岁少不登。

【译文】

第二年，匈奴几次侵入边境，文帝动员军队去守卫防御。接着，地里的收成也减少了。

数年而孝景即位。十六年，祠官各以岁时祠如故，无有所兴，至今天子。以上汉文帝、景帝。

【译文】

过了几年，汉景帝即位。十六年间，祠官每年按时像过去那样举行祭祀，没有兴建新的祠庙，一直到当今的皇帝。以上记汉文帝、景帝时兴建神祠和祭祀的情况。

今天子初即位，尤敬鬼神之祀。

【译文】

当今皇帝刚登上皇位，对敬拜鬼神的祭祀尤其热衷。

元年，汉兴已六十余岁矣，天下乂安，搢绅之属皆望天子封禅改正度也①。而上乡儒术②，招贤良，赵绾、王臧等以文学为公卿③，欲议古立明堂城南④，以朝诸侯。草巡狩封禅改历服色事未就。会窦太后治黄、老言⑤，不好儒术，使人微伺得赵绾等奸利事，召按绾、臧⑥，绾、臧自杀，诸所兴为皆废。

【注释】

①改正度：颜师古注：“正，亦正朔；度，量也，服色度量互言之耳。”

②乡儒术：喜欢儒家学说。乡，通"向"。趋从。

③赵绾：代人，汉武帝时曾任御史大夫。王臧：兰陵人，著名的儒
生，武帝时曾任郎中令。文学：在当时的本义即指儒术。公卿：
三公九卿，御史大夫与丞相、太尉合称三公；郎中令与太常、廷
尉、卫尉等都属于九卿。

④明堂：传说中远古帝王举行典礼的一种殿堂。

⑤窦太后：景帝之母，武帝之祖母。自景帝在位时，窦太后就干预
朝政；武帝即位后，窦太后仍权欲未减，故与武帝朝臣矛盾尖锐。
黄、老言：道家称其祖师是黄帝、老子，所以称道家之言为"黄老
言"。

⑥按：查办。

【译文】

武帝元年，汉朝兴起已经六十多年了，天下太平，朝廷上的官员都
希望皇帝举行封禅大典，改变历法和服饰颜色。而武帝崇尚儒家学说，
招揽有才能、有德望的人，赵绾、王臧等人都凭儒术被任命为公卿，他们
想建议武帝像古代那样在城南建立明堂，来朝会诸侯。他们草拟了皇
帝巡视诸侯、封禅、更改历法以及服饰颜色的计划但还没有完成。正赶
上窦太后喜好黄老学说，不喜欢儒家学说，她派人悄悄地收集赵绾等人
用非法手段谋取私利的事，下令审查赵绾、王臧，赵绾、王臧自杀了。他
们所大力兴办的那些事也都废止了。

后六年，窦太后崩。其明年，征文学之士公孙弘等①。

【注释】

①公孙弘：薛人，姓公孙，名弘，字季。家庭贫穷，曾在海上牧猎，到
了四十多岁，才学习《春秋公羊传》。武帝初，以贤良征为博士，
使匈奴失旨，免归。元光中诏征文学，他策对第一，被拜为博士；

元朔中,被拜为丞相,封为平津侯。公孙弘性外宽内忌,阳为善而阴报以祸。不肯面折廷争,议事常顺武帝之意,熟习文法吏治,缘饰以儒术,为武帝所信任。

【译文】

六年后,窦太后去世。第二年,武帝征召了文学之士公孙弘等人。

明年,今上初至雍,郊见五畤。后常三岁一郊①。是时上求神君,舍之上林中蹄氏观②。神君者,长陵女子③,以子死,见神于先后宛若④。宛若祠之其室,民多往祠。平原君往祠⑤,其后子孙以尊显。及今上即位,则厚礼置祠之内中。闻其言,不见其人云。以上武帝好神异之初。

【注释】

①三岁一郊:三年中第一年祭天,第二年祭地,第三年祭五畤。每三年轮流一遍。

②舍:设其神位,即供奉。上林:苑名。在今陕西西安西南周至、鄠邑交界处。蹄氏观:上林苑中的台观名。

③长陵:刘邦的陵墓,后在其所在地设县(陵邑),县治在今陕西泾阳东南,当时的长安城北。

④见神于先后宛若:向她的妯娌宛若显灵。见,同"现"。先后,妯娌。兄、弟之妻的合称。宛若,人名。

⑤平原君:武帝的外祖母,王太后的母亲,名臧儿,武帝即位后尊之为平原君。

【译文】

又过了一年,武帝初次来到雍县,在五畤举行了祭祀。以后通常是三年祭祀一次。这时,武帝寻求到一位神君,把她安置在上林苑蹄氏观里。神君本是长陵的一位女子,因为在生孩子时死去了,就在她的妯娌宛若身上显灵,宛若就把她供奉在自己屋内,很多老百姓都来祭祀这位"神君"。平原君祭祀过这位"神君",她的子孙们也因此尊贵显赫。到当今皇帝继位,就准备了丰厚的祭品在宫中祭祀这位"神君"。只是在祭祀时能听到她说话,却见不到她的身影。以上记汉武帝开始喜好神异的情况。

是时李少君亦以祠灶、谷道、却老方见上[1],上尊之。少君者,故深泽侯舍人[2],主方[3]。匿其年及其生长,常自谓七十,能使物,却老。其游以方遍诸侯。无妻子。人闻其能使物及不死,更馈遗之,常余金钱衣食。人皆以为不治生业而饶给,又不知其何所人,愈信,争事之。少君资好方,善为巧发奇中[4]。尝从武安侯饮[5],坐中有九十余老人,少君乃言与其大父游射处[6],老人为儿时从其大父,识其处,一坐尽惊。少君见上,上有故铜器,问少君。少君曰:"此器齐桓公十年陈于柏寝[7]。"已而案其刻,果齐桓公器。一宫尽骇,以为少君神,数百岁人也。

【注释】

①谷道:李奇曰:"辟谷不食之道也。"却老:延缓衰老。

②深泽侯:指赵胡,他继承祖上爵位为深泽侯。

③主方:主管方药。

④善为巧发奇中:善于巧妙地预言事物,并每每应验。

⑤武安侯:田蚡,武帝之舅,王太后的同母异父弟,以佐立武帝之功封武安侯。曾任太尉、丞相。

⑥大父:祖父。

⑦柏寝：古台名。具体地点不详。按，《晏子春秋》卷六有"景公（前
　547—前490在位）为柏寝之台成"云云，是柏寝乃筑于景公之
　时，桓公（前685—前642在位）时不可能有"柏寝"。可见李少君
　之胡说八道。

【译文】

　　这时候，李少君也凭借着祭祀灶神、辟谷不食、长生不老等方术来
拜见皇上，皇上很敬重他。李少君，是已死去的深泽侯的舍人，主管方
药。他隐瞒了自己的年龄和生平经历，常常自称说自己七十岁了，能够
驱使鬼神防止衰老。他靠着方术在诸侯各国云游，并没有妻子儿女。
人们听说他能够驱使鬼神办事以及长生不老，就纷纷赠送财物给他，使
他常常能够积攒下许多金钱和衣服、食物。人们都认为他不经营产业
而生活富裕，又不知道他是什么地方的人，就对他更加相信，争着去侍
奉他。李少君天生喜欢方术，又善于巧妙地预言事物，每每都应验了。
他曾经陪同武安侯宴饮，席间坐着一位九十多岁的老人，李少君竟说出
曾经同他的祖父一道游玩打猎的处所，那老人小时经常跟随他的祖父，
还记得那个地方，因此满座的客人们都非常吃惊。李少君拜见皇上，皇
上有一件旧铜器，就问少君是否认得它。少君说："这件铜器是齐桓公
登位十年时陈放在柏寝台上的。"即刻查看上面的铭文，果然是齐桓公
的铜器。这使全宫廷的人都惊怕，认为李少君是神仙，已是几百岁的
人了。

　　少君言上曰："祠灶则致物，致物而丹沙可化为黄金，黄
金成以为饮食器则益寿，益寿而海中蓬莱仙者乃可见，见之
以封禅则不死，黄帝是也。臣尝游海上，见安期生①，安期生
食巨枣②，大如瓜。安期生仙者，通蓬莱中，合则见人，不合
则隐。"于是天子始亲祠灶，遣方士入海求蓬莱安期生之属，

而事化丹沙诸药齐为黄金矣③。

【注释】

①安期生:先秦时的方士。

②巨枣:传说中的仙果,后来有称"安期枣"的。

③诸药齐:各种药材。齐,同"剂"。

【译文】

少君对皇上说:"祭祠灶神可以招致神异之物,有了神异之物,丹沙就可以炼成黄金,黄金炼成了再制成饮食器皿,它可以使人延年益寿,人的寿命延长了就可以见到蓬莱岛上的仙人,见到了仙人后再举行封禅大礼就可以长生不老,黄帝就是这样的。我曾在海上云游,见到过安期生,他吃的巨枣,有瓜那么大。安期生是位仙人,他能在蓬莱岛上往来,他如果和你同道,就与你相见;认为不同道,就隐而不见。"于是皇上就亲自祭祀灶神,派方士们到海上去寻找在蓬莱岛上的安期生这一类仙人,并开始做把丹沙等各种药炼成黄金的工作。

居久之,李少君病死。天子以为化去不死,而使黄锤史宽舒受其方①。求蓬莱安期生莫能得,而海上燕、齐怪迂之方士多更来言神事矣。以上李少君。

【注释】

①黄锤史宽舒:黄锤县人姓史名宽舒。黄锤,黄县和锤县,都在今山东烟台。但一人不能分属两县,其说可疑。郭嵩焘曰:"《始皇本纪》'过黄锤',疑初为一县,后乃分治也。"

【译文】

过了好久,李少君病死了。皇上认为他是尸解升天了,并没有死,就让黄锤县史宽舒继承李少君的方术。继续求寻蓬莱岛上的仙人安期生，但没能找到，而沿海一带燕、齐两地的许多离奇怪诞的方士们，来谈论神仙一类事情的人更多了。以上记李少君的事迹。

　　亳人谬忌奏祠太一方①，曰："天神贵者太一，太一佐曰五帝。古者天子以春秋祭太一东南郊，用太牢②，七日，为坛开八通之鬼道③。"于是天子令太祝立其祠长安东南郊，常奉祠如忌方。其后人有上书，言："古者天子三年壹用太牢祠神三一：天一、地一、太一。"天子许之，令太祝领祠之于忌太一坛上，如其方。后人复有上书，言："古者天子常以春解祠④，祠黄帝用一枭破镜⑤；冥羊用羊祠；马行用一青牡马；太一、泽山君、地长用牛⑥；武夷君用干鱼⑦；阴阳使者以一牛。"令祠官领之如其方，而祠于忌太一坛旁。

【注释】

①太一：神名，也作泰一。《史记正义》："泰一，天帝之别名也。"
②太牢：牛、羊、猪三牲叫太牢，也有说牛为太牢，羊为少牢的。
③八通之鬼道：坛八面有阶，作为神鬼来往的通道。
④解祠：祭祀以求解祸。
⑤枭：猫头鹰。破镜：又名獍，一种眼睛像虎的野兽。
⑥泽山君、地长：神名。
⑦武夷君：武夷山神。

【译文】

　　亳县人谬忌向武帝上奏祭祀太一神的礼仪，说："天神中最尊贵的是太一神，太一神的辅佐者是五帝。古代的天子们在东南郊分春秋两季来祭祀太一神，献用牛、羊、猪三牲，第七天，再为祭坛通设八面台阶，作为神鬼们经过的通道。"于是天子命令太祝在长安东南郊建筑祭祀太一神的祠坛，经常按照谬忌所说的做法供奉祭祀。这以后有人上书奏道："古代的天子们每三年一次使用牛、羊、猪三牲来祭祀三位神：即天一神、地一神、太一神。"汉武帝答应了这项奏请，命令太祝在谬忌的太一坛上管领这项祭祀的仪式，按照这人所奏请的做法举行。后来又有人上书说："古代的天子经常在春天举行消灾祈福的祭祀，祭祀黄帝使用枭鸟、獍兽各一只；祭祀冥羊神使用羊；祭祀马行神使用一匹青牡马；祭祀太一神、泽山君、地长使用牛；祭祀武夷君使用干鱼；祭祀阴阳使者使用牛一头。"于是，汉武帝命令祠官按照这个人奏请的方式来举行祭祀，并在谬忌的太一坛旁边进行。

　　其后，天子苑有白鹿，以其皮为币，以发瑞应，造白金焉①。

【注释】

　①以发瑞应，造白金焉：为了引发上帝显示瑞应，于是铸造白金。白金，本指银，此指一种银与锡的合金。据《平准书》，武帝时用银与锡的合金铸造了三种货币，一种龙纹，一种马纹，一种龟纹，面值都定得很高。

【译文】

　后来，天子的苑林中有白鹿，就用它的皮制造成皮币，来引发上帝显示瑞应，并铸造了银锡合金币。

　　其明年，郊雍，获一角兽，若麃然①。有司曰："陛下肃祗郊祀，上帝报享，锡一角兽，盖麟云。"于是以荐五畤，畤加一牛以燎。锡诸侯白金，风符应合于天也②。

【注释】

①麃(páo)：同"狍"。鹿一类的动物。

②风符应合于天：向诸侯们示意，朝廷的铸造"白金"是合乎天意的，其"符应"就是"麒麟"出现了。风，吹风，示意。

【译文】

这以后的第二年，天子到雍县去祭祀天地，捕捉到了长着一只角的野兽，形状像狍子一样。主管官员说："陛下虔诚恭敬地祭祀天地，上帝为了报答歆享，降赐了这头长有一只角的野兽，这大概就是麒麟了吧！"于是就在五畤把它进献给了上帝，并下令给每个畤的祭祀增加一头牛，用火焚烧。同时还把"白金"赐给诸侯，示意他们朝廷的铸造"白金"是合乎天意的。

于是济北王以为天子且封禅，乃上书献泰山及其旁邑，天子以他县偿之。常山王有罪，迁①，天子封其弟于真定②，以续先王祀，而以常山为郡，然后五岳皆在天子之邦。以上祠太一及诸神。

【注释】

①常山王有罪，迁：常山王刘勃多行不法，被废后，迁之房陵（今湖北房县）。常山国的国都为真定，在今河北石家庄东北。

②封其弟于真定：刘勃被废后，武帝从已废的常山国划出一块地盘，命名为"真定国"，立刘勃之弟刘平为王，国都仍在真定。

【译文】

于是济北王想到天子将要举行封禅大典了，于是上书把泰山及旁边的县邑献给皇上，皇上用其他县邑补偿给他。常山王犯了罪，被贬谪到其他地方，天子就封他的弟弟为真定王，继续先王的祭祀，并把常山改设为郡。这样,五岳所在的地区就都处在天子直辖的地域范围内。以上记祭祀太一及其他各神灵的情况。

其明年,齐人少翁以鬼神方见上。上有所幸王夫人,夫人卒,少翁以方盖夜致王夫人及灶鬼之貌云,天子自帷中望见焉。于是乃拜少翁为文成将军,赏赐甚多,以客礼礼之。文成言曰:"上即欲与神通,宫室被服非象神,神物不至。"乃作画云气车①,及各以胜日驾车辟恶鬼。又作甘泉宫②,中为台室,画天、地、太一诸鬼神,而置祭具以致天神。居岁余,其方益衰,神不至。乃为帛书以饭牛,详不知,言曰:"此牛腹中有奇。"杀视得书,书言甚怪。天子识其手书,问其人,果是伪书,于是诛文成将军,隐之。

【注释】

①云气车:画有五色云气的神车。

②甘泉宫:汉代的离宫名。在今陕西淳化西北的甘泉山上。也称云阳宫。

【译文】

第二年,齐地人少翁晋见皇上,进献祭祀鬼神的方术。皇上有个宠爱的王夫人去世了,少翁在夜间用他的方术招来了王夫人和灶神的形貌,天子从帐幕中看见了,于是就封少翁为文成将军,赏赐的财物很多,并用对待宾客的礼节来对待他。文成将军说:"皇上如果想要与神仙交往,如果宫室、被服等物不像神仙用的,神仙就不会来。"于是就制作画有五色云气的神车,各选择五行相克的制胜日期,驾着各色神车来驱除恶鬼。同时,又修筑甘泉宫,里面设有台室,室内画有天、地、太一等众鬼神,并设置了祭祀器具来招徕天神。过了一年多,他的方术渐渐败落,天神并没有来。于是,他就用帛绸写了一些字,给牛吃下,自己假装不知道,说:"这牛的腹中有神奇之物。"杀了牛一看,拿到了写着字的帛绸,上面写的话很怪异。皇上认识那绸书上的笔迹,就讯问那个人,果然这是伪造的,于是就杀了文成将军,并将这件事隐瞒下来。

其后则又作柏梁、铜柱、承露仙人掌之属矣。以上文成将军。

【译文】

这以后,又建造了柏梁台、铜柱、承露仙人掌等一类的东西。以上记文成将军少翁的事。

文成死明年,天子病鼎湖甚①,巫医无所不致,不愈。游水发根言上郡有巫②,病而鬼神下之③。上召置祠之甘泉。及病,使人问神君。神君言曰:"天子无忧病。病少愈,强与我会甘泉。"于是病愈,遂起,幸甘泉,病良已。大赦,置酒寿宫神君。寿宫神君最贵者太一,其佐曰大禁、司命之属,皆从之。弗可得见,闻其言,言与人音等。时去时来,来则风肃然。居室帷中。时昼言,然常以夜。天子祓④,然后入。因巫为主人,关饮食⑤。所以言,行下。又置寿宫、北宫,张羽旗,设供具,以礼神君。神君所言,上使人受书其言,命之曰"书法"。其所语,世俗之所知也,无绝殊者,而天子心独喜。其事祕,世莫知也。以上因帝病复叙神君事。

【注释】

①鼎湖:宫名。即鼎湖延寿宫,和宜春宫相距不远,在今陕西蓝田

西南。湖也作"胡"，两字通用。

②游水发根：服虔曰："游水，县名；发根，人姓名。"颜师古注："游
　　水，姓也；发根，名也。"

③病而鬼神下之：在他患病的时候有鬼附了他的体。

④祓（fú）：洁，除灾祈福的仪式。

⑤关：通。

【译文】

　　文成将军死后第二年，天子在鼎湖宫病得很厉害，巫医们使用了各
种各样的办法，但病仍不见好。游水发根曾说上郡那里有一名巫师，在
他生病期间鬼神附了体。皇上就把他召来，在甘泉宫供奉起来。等到皇
上病时，派人去问神君。神君说道："天子不要忧虑您的病！待身体稍微
好些，要支撑着同我到甘泉宫相会！"接着，皇上病好了，就起来，亲自光临
甘泉宫，病体果然完全康复了。因此，天子宣布大赦，建造了寿宫，安置神
君在那里。寿宫神君中最尊贵的是太一神，他的辅助者叫大禁、司命等
等，都跟从太一神。众神是不能见到的，只能听到他们讲的话，说话的声
音同人的一样。他们有时来，有时去，来的时候有飒飒的风声，都住进室
内的帷帐里。他们有时白天也说话，但经常是在夜里。天子举行了消灾
求福的仪式，然后才进入寿宫。依靠巫师做这里的主人，领取饮食，众神
所说的话，也要由巫师传达下来。又设置寿宫和北宫，竖起带有羽毛的
旗帜，供设盛有祭礼的器具，用这来祈请神君。神君所说的话，皇上派人
把它们记录下来，给它命名为"书法"。神君们所说的话，世上的凡夫俗子
们也能明白，并没有什么特殊奇奥的地方，然而天子心里暗自欢喜。这
些事情都保密，世人都不能知晓。以上借武帝生病再叙神君的事。

　　　其后三年，有司言元宜以天瑞命，不宜以一二数。一元
曰"建"，二元以长星曰"光"，三元以郊得一角兽曰"狩"云。

【译文】

这以后第三年,主管官员奏议说建立年号应该根据上天降赐的祥瑞来命名,不应当用一二记数。第一个年号叫"建元",第二个年号是因为长星出现叫"元光",第三个年号因为在祭祀天地时捉获一只独角兽,就叫"元狩"。

其明年冬,天子郊雍,议曰:"今上帝朕亲郊,而后土无祀,则礼不答也①。"有司与太史公、祠官宽舒议:"天地牲角茧栗②。今陛下亲祠后土,后土宜于泽中圜丘为五坛,坛一黄犊太牢具,已祠尽瘗,而从祠衣上黄。"于是天子遂东,始立后土祠汾阴睢丘③,如宽舒等议。上亲望拜,如上帝礼。礼毕,天子遂至荥阳而还④。过雒阳,下诏曰:"三代邈绝⑤,远矣难存。其以三十里地封周后为周子南君,以奉其先祀焉。"是岁,天子始巡郡县,浸寻于泰山矣⑥。以上亲祠汾阴后土,因巡郡县。

【注释】

①礼不答:礼节不相称。答,杨树达曰:"合也。"

②天地牲角茧栗:祭祀天地所用的牲畜,应是刚开始长角的牛犊。角茧栗,牛角之形或如茧,或如栗,言其小。

③睢丘:《史记·封禅书》作"脽(shuí)丘"。地名。在今山西万荣西南。

④荥阳:地名。故城在今河南郑州西北古荥镇。

⑤邈绝:久绝,已经灭亡很久了。

⑥浸寻:渐进。

【译文】

第二年冬天，天子到雍县祭祀天地，同大家商议，说："现在，上帝由我亲自祭祀，但后土还没有祭祀，那么礼节就不相称。"主管官员和太史公、祠官宽舒议论道："祭祀天地要用刚长角的小牛，现在陛下要亲自祭祀后土，就应当在湖中的圆形土丘上设立五个祭坛，每个祭坛上供奉一头小黄牛作为祭品举行祭祀，祭祀完毕后要把它全部埋入地下，陪从祭祀的人规定穿黄色衣服。"于是，天子就东行，开始在汾阴的脽丘上建筑后土祠，按照宽舒等人所议奏的实行。皇上亲自遥祭，如同祭祀上帝时的礼仪。礼仪完毕，天子接着到达荥阳，然后返回京城。天子在经过洛阳时，发下诏书说："夏、商、周三代已经灭亡很久了，它们的祭祀难以保存下来。那么就以方圆三十里的地方赐封周朝的后代做周子南君，来供奉其祖先。"这年，天子开始巡视郡县，渐渐接近泰山了。以上记武帝亲自祭祀汾阴后土，接着巡行郡县。

其春，乐成侯上书言栾大①。栾大，胶东宫人②，故尝与文成将军同师，已而为胶东王尚方③。而乐成侯姊为康王后，无子。康王死，他姬子立为王。而康后有淫行，与王不相中④，相危以法⑤。康后闻文成已死，而欲自媚于上，乃遣栾大因乐成侯求见言方。天子既诛文成，后悔其蚤死⑥，惜其方不尽，及见栾大，大说。大为人长美，言多方略，而敢为大言，处之不疑。大言曰："臣常往来海中，见安期、羡门之属。顾以臣为贱，不信臣。又以为康王诸侯耳，不足与方。臣数言康王，康王又不用臣。臣之师曰：'黄金可成，而河决可塞，不死之药可得，仙人可致也。'然臣恐效文成，则方士皆奄口⑦，恶敢言方哉！"上曰："文成食马肝死耳⑧。子诚能修其方，我何爱乎！"大曰："臣师非有求人，人者求之。陛下必欲致之，则贵其使者，令有亲属⑨，以客礼待之，勿卑，使各佩其信印，乃可使通言于神人。神人尚肯邪不邪。致尊其使，然后可致也。"于是上使验小方，斗棋⑩，棋自相触击。

【注释】

①乐成侯：丁义。刘邦功臣丁礼的曾孙，袭其先人之位为乐成侯。

②胶东官人：胶东王官里的侍应人员。胶东，诸侯国名。

③尚方：主管方药。

④不相中：不相能，即今所谓"合不来"。

⑤相危以法：即相互罗织罪名，欲陷对方于法。

⑥蚤：同"早"。

⑦奄口：掩口，闭口不说。奄，通"掩"。

⑧食马肝死：相传马肝有毒，人吃了会死。

⑨令有亲属：让他有达官贵人为亲戚。

⑩斗棋：方士利用磁力作用，使棋子在棋盘上自相触击，用这种魔术手段来骗人。

【译文】

这年春天，乐成侯给皇帝上书介绍栾大。栾大，是胶东王的宫人，过去曾和文成将军在同一位老师门下求学，以后就做了为胶东王掌管方药的尚方。而乐成侯的姐姐是胶东康王的王后，没有儿子。康王死后，别的姬妾的儿子被立为王。康王后有淫秽行为，与新王合不来，他们彼此间罗织罪名互相攻击、伤害。康王后听说文成将军已死，她自己想要讨好皇上，就派栾大通过乐成侯以方术求见皇上。皇上杀死文成将军后，又后悔他死得太早，惋惜他的方术没有完全留传下来。等到见到栾大，皇上非常高兴。栾大人长得高大俊美，言谈中多有计谋，而且敢说大话，神情自然，毫不迟疑。栾大夸口说："我常在海上来往，见到过安期生、羡门高他们，但他们认为我出身低微，并不相信我。他们又认为康王只不过是诸侯罢了，不值得传授方术给他。我多次对康王报告，康王又不相信我。我的老师说：'黄金可以炼成，黄河决口了可以再堵塞住，长生不死的药可以求得，仙人可以招致而来。'但我怕会成为文成将军那样，那么方士们就都要掩口不说话了，还怎么敢谈论方术呢！"皇上说："文成将军是误吃了马肝死去的。您果真能修治研习他的方术，我还会吝惜什么呢！"栾大说："我的老师并不是对人有所索求，只是别人来向他索求。陛下一定要召他来相见，那么就要尊重他的使者，让使者有尊贵的亲戚，要用宾客礼仪接待他，不可贱视他，让他佩带各种印信，才可以使他和神仙交流往来。神仙究竟肯相见呢？还是不肯呢？只有尊重神的使者，然后才能见到神仙。"当时皇上令他用一个小方术实验一下，栾大便摆弄棋子，让棋子在棋盘上自动互相撞击。

　　是时上方忧河决①，而黄金不就，乃拜大为五利将军。居月余，得四印，佩天士将军、地士将军、大通将军印。制诏御史："昔禹疏九江，决四渎。间者河溢皋陆②，堤繇不息③。朕临天下二十有八年，天若遗朕士而大通焉。《乾》称'蜚龙'，'鸿渐于般'④，朕意庶几与焉。其以二千户封地士将军大为乐通侯⑤。"赐列侯甲第，僮千人。乘舆斥车马帷幄器物以充其家⑥。又以卫长公主妻之⑦，赍金万斤，更命其邑曰当利公主⑧。天子亲如五利之第。使者存问供给，相属于道。自大主将相以下⑨，皆置酒其家，献遗之。于是天子又刻玉印曰"天道将军"，使使衣羽衣，夜立白茅上，五利将军亦衣羽衣，夜立白茅上受印，以示不臣也。而佩"天道"者，且为天子道天神也。于是五利常夜祠其家，欲以下神。神未至而百鬼集矣，然颇能使之。其后装治行，东入海，求其师云。

大见数月,佩六印,贵震天下,而海上燕、齐之间,莫不扼捥
而自言有禁方⑩,能神仙矣。以上五利将军。

【注释】

①上方忧河决:自元光三年(前132)黄河决口于瓠子,至此时已二
　　十年没有堵上,这也是汉武帝当时所发愁的一件事。

②皋(gāo)陆:水边平地。皋,岸,水旁地。

③繇:通"徭"。劳役。

④《乾》称"蜚龙","鸿渐于般":"飞龙在天"是《周易·乾卦》九五爻
　　辞,"鸿渐于般"是《周易·渐卦》六二爻辞。方苞曰:"'飞龙在
　　天,利见大人',言君之得臣也;'鸿渐于般,饮食衎衎',言臣之得
　　君也。武帝以栾大为'天所遗士',故引此。"蜚,同"飞"。般,通
　　"磐"。一说借为"泮"。

⑤乐通侯:《史记集解》引韦昭曰:"言栾大能通天意,故封'乐通'。"

⑥乘舆斥车马帷幄器物:此谓皇帝将自己身边不用的车马、帷帐以
　　及各种器物,拨给栾大使用。乘舆,指称皇帝。斥,不用。

⑦卫长(zhǎng)公主:皇后卫子夫所生的大女儿。

⑧当利:县名。西汉时治所在今山东莱州西南。

⑨大主:即大长公主,窦太后之女,武帝姑母。

⑩扼捥(wàn):扼腕。内心激动,跃跃欲试的样子。捥,同"腕"。

【译文】

这时皇上正担忧黄河决口,黄金还没有炼成,就封拜栾大为五利将
军。在一个多月的时间里,栾大就得到四颗官印,佩戴上了五利将军
印、天士将军印、地士将军印、大通将军印。皇上下诏书给御史说:"从
前夏禹疏通九江,开通四渎。近年来河水泛滥,淹没了高地,为了筑好
防洪大堤,人民不停地劳动、服役。我执政已有二十八年,上天如果送
方士给我,栾大可以上通天意。《易经·乾卦》说'飞龙升天',《易经·

渐卦》说'大雁渐近涯岸',我看与这差不多吧,应当以二千户赐封地士将军栾大为乐通侯!"这样,就赏赐给他列侯级的上等府第和一千个奴仆,以及天子不用的车马、帷帐、器械等各种东西,把他家都装满了。皇帝又把卫皇后所生的长公主嫁给他,赠送一万斤黄金,把她的封号改为当利公主。天子亲自驾临五利将军的府第,使者前去慰问供应事宜,他们在路上连绵不断,从大长公主到朝廷将相以下,都备置了酒席送到他家,馈赠贵重的礼物。这时天子又刻制了"天道将军"的玉印,派遣使臣们穿着羽衣,夜里站在白茅上授给他大印,五利将军也穿着羽衣,夜里站在白茅上接受大印,用这种仪式来表示并不把他当作臣子看待。而且,他的佩印称作"天道",就是将要替天子引导天神降临的含义。从这时起,五利将军常常在夜晚在家中祭祀,想要请求神仙下凡。但神仙没有来,众鬼却都聚来了,不过,他很能驱使他们。这以后,他就整装准备出行,说要往东去海上,求见他的仙师等等。栾大晋见皇上几个月,就佩戴上了六颗大印,声名显赫,使天下人震惊。因而,在沿海的燕、齐两地的方士们,没有不激动振奋的,都说自己有祕方,能够招来神仙了。以上记五利将军栾大的事。

　　其夏六月中,汾阴巫锦为民祠魏脽后土营旁①,见地如钩状,掊视得鼎②。鼎大异于众鼎,文镂无款识,怪之,言吏。吏告河东太守胜,胜以闻。天子使使验问巫得鼎无奸诈,乃以礼祠,迎鼎至甘泉,从行,上荐之③。至中山,曣嗢④,有黄云盖焉。有麃过,上自射之,因以祭云。至长安,公卿大夫皆议请尊宝鼎。天子曰:"间者河溢,岁数不登,故巡祭后土,祈为百姓育谷。今岁丰庑未报⑤,鼎曷为出哉?"有司皆曰:"闻昔泰帝兴神鼎一⑥,一者壹统,天地万物所系终也。黄帝作宝鼎三,象天地人。禹收九牧之金,铸九鼎。皆尝亨鬺上帝鬼神⑦。遭圣则兴，鼎迁于夏、商。周德衰，宋之社亡，鼎乃沦没，伏而不见。《颂》云：'自堂徂基，自羊徂牛；鼐鼎及鼒，不吴不敖，胡考之休⑧。'今鼎至甘泉，光润龙变⑨，承休无疆⑩。合兹中山，有黄白云降盖，若兽为符，路弓乘矢⑪，集获坛下，报祠大享。唯受命而帝者心知其意而合德焉。鼎宜见于祖祢⑫，藏于帝廷，以合明应。"制曰："可。"以上迎汾阴宝鼎于官庙。

【注释】

①菅旁：后土祠的区域之旁。菅，祠坛、陵墓所占的地域。

②掊（póu）视：用手扒开来看。掊，以手或工具扒物或掘土。

③从行，上荐之：谓武帝也跟着一道前去，准备将此鼎进献于上帝。

④曃曀：也作晏温，或氤氲，天气晴和温暖。

⑤丰庑（wú）未报：意即今年的丰歉尚无定准。庑，通"芜"。草木茂盛。

⑥泰帝：颜师古以为即太昊伏羲氏。

⑦亨鬺（pēng shāng）：烹煮，特指烹煮牲畜以祭祀。亨，通"烹"。鬺，通"觞"。

⑧"自堂徂基"几句：见《诗经·周颂·丝衣》，这是一首写祭祀的诗。鼐鼎，鼎中之绝大的。鼒（zī），上端收敛、小口的鼎。吴，喧哗。敖，通"傲"。傲慢。胡考，长寿。

⑨光润龙变：指鼎光彩变化万千。

⑩承休无疆：谓武帝承上天无边之福。休，美，福祥。

⑪路弓乘矢：路，大。乘矢，四矢曰"乘"。

⑫祖祢（nǐ）：祖庙。

【译文】

这年的夏季六月中，汾阴一个名叫锦的巫师在魏脽后土祠旁边替人家祭祠神灵,看到地面隆起,形状像弯钩一样,扒开土一看,见到了一只鼎。这只鼎和其他的鼎大不相同,刻着花纹,并没有文字,巫师对这感到奇怪,就告诉了当地官吏。这名官吏又转告河东郡太守胜,胜就把这件事上奏了。天子派使者盘问巫师获得这只鼎的情况,知道这并没有弄虚作假,就按礼节进行祭祀,迎接这只鼎到甘泉宫,皇上亲自跟随使者前去迎接,将此鼎进献于上帝。迎鼎队伍到中山时,天气晴朗,天空中有一片黄云覆盖。有一只狍子跑过,皇上自己射中它,因而用它来祭祀。到达长安,公卿大夫们都议论奏请尊奉宝鼎事宜,天子说:"近年黄河泛滥,连年收成不好,所以我巡行祭祀了后土神,为百姓们培育谷苗祈祷。今年丰歉还未可知,这只鼎为什么会出现呢?"主管官员说:"听说从前泰帝制作了一只神鼎,表示天下一统的意思,是天地万物统一的象征。黄帝制作过三只宝鼎,'三',就象征着天、地、人。夏禹征收了九州的金属,铸造了九只鼎。这些鼎都曾烹煮牺牲,来祭祀上帝、鬼神。鼎遇到圣明君主,就会出现,就这样它传到夏朝、商朝。周朝的德政衰败,宋国的社树失踪,鼎就沉没,潜伏起来不再出现了。《诗经·周颂》中说:'从堂到门查祭器,从羊到牛查祭牲,大鼎、小鼎都干净,既不喧哗又不傲慢,极为肃穆,求得长寿和福祉。'现在宝鼎在来甘泉宫时,光彩焕发,如龙变化无穷,意味着大汉将承受无穷无尽的吉祥。这正符合在中山遇有黄白云覆盖的征兆,还有狍子是相应的符瑞,陛下用一只大弓、四支利箭射中了它,把它奉献在祭坛下面,酬谢天地众神歆享。只有承受天命称帝的人,才能心知天意,并按天意行事,符合天帝的美德。所以,宝鼎应该奉献在祖庙中,在天帝的殿堂中珍藏,来使神明的祥瑞合应一致。"天子下诏书说:"可以!"以上记迎汾阴宝鼎进献宗庙。

入海求蓬莱者,言蓬莱不远,而不能至者,殆不见其气。上乃遣望气佐候其气云。

【译文】

　　到海上寻求蓬莱仙山的人说,蓬莱仙境并不遥远,而不能到达的原因,大概是因没见到那里上空的瑞气。皇上就派遣望云气的官吏,去观察云气。

　　其秋,上幸雍,且郊。或曰"五帝,太一之佐也,宜立太一而上亲郊之"。上疑未定。齐人公孙卿曰:"今年得宝鼎,其冬辛巳朔旦冬至①,与黄帝时等②。"卿有札书曰:"黄帝得宝鼎宛朐③,问于鬼臾区④。鬼臾区对曰:'黄帝得宝鼎神策⑤,是岁己酉朔旦冬至,得天之纪⑥,终而复始。'于是黄帝迎日推策⑦,后率二十岁复朔旦冬至,凡二十推,三百八十年,黄帝仙登于天。"卿因所忠欲奏之⑧。所忠视其书不经,疑其妄书,谢曰:"宝鼎事已决矣,尚何以为!"卿因嬖人奏之。上大说,乃召问卿。对曰:"受此书申公,申公已死。"上曰:"申公何人也?"卿曰:"申公,齐人。与安期生通,受黄帝言,无书,独有此鼎书。曰:'汉兴复当黄帝之时。'曰:'汉之圣者在高祖之孙且曾孙也。宝鼎出而与神通,封禅。封禅七十二王,唯黄帝得上泰山封。'申公曰:'汉主亦当上封,上封则能仙登天矣。黄帝时万诸侯,而神灵之封居七千。天下名山八,而三在蛮夷,五在中国。中国华山、首山、太室、泰山、东莱,此五山黄帝之所常游,与神会。黄帝且战且学仙。患百姓非其道者,乃断斩非鬼神者⑨。百余岁然后得与神通。黄帝郊雍上帝,宿三月。鬼臾区号大鸿,死葬雍,故鸿冢是也。其后黄帝接万灵明廷。明廷者,甘泉也。所谓寒门者,谷口也⑩。黄帝采首山铜,铸鼎于荆山下⑪。鼎既成,有龙垂胡髯下迎黄帝。黄帝上骑,群臣后宫从上者七十余人,龙乃上去。余小臣不得上,乃悉持龙髯,龙髯拔,堕,堕黄帝之弓。百姓仰望黄帝既上天,乃抱其弓与胡髯号,故后世因名其处曰鼎湖,其弓曰乌号。'"于是天子曰:"嗟乎!吾诚得如黄帝,吾视去妻子如脱躧耳^⑫。"乃拜卿为郎,东使候神于太室。以上公孙卿言黄帝事。

【注释】

①辛巳朔旦冬至:十一月初一的早晨交冬至节。

②时:节气,节令。

③宛朐(yuān qú):县名。故城在今山东菏泽西南。

④鬼臾区:传说中的黄帝臣子,为占星之官。

⑤神策:神灵所降的筹码。策,用为推算或计算的筹码。《史记索隐》曰:"神策者,神蓍也,黄帝得之以推算历数。"蓍是一种用以占卜的草。

⑥得天之纪:得到了上天规定的某种定律,指历法而言。

⑦迎日推策:按照日月的运行推算未来的历法。

⑧所忠:人名。汉武帝宠幸的大臣,官至谏议大夫。

⑨断斩:斩杀,审判斩杀。

⑩寒门者,谷口也:寒门,也作塞门。谷口,今陕西礼泉东北一带,与前文所说的"中山"相距不远。

⑪荆山:也称覆釜山,在今河南灵宝西南,与今山西永济西南的首山隔黄河相望。

⑫躧(xǐ):亦作"屣",鞋子。

【译文】

这年秋天,皇上临幸雍县,并举行郊祀。有人说:"五帝,是太一神的辅佐之神。应当设立太一神位,并且皇上亲自去祭祀它。"天子迟疑未定。齐人公孙卿说:"今年得到宝鼎,仲冬月辛巳朔日是冬至,正好与黄帝制造宝鼎的节令相同。"公孙卿有一块木简,上面写道:"黄帝在宛朐得到宝鼎后,向鬼臾区问起这件事。鬼臾区回答说:'黄帝得到宝鼎和神策,今年是己酉朔日早晨交冬至,掌握了天道运行的规律,循环运动,周而复始。'于是黄帝按照日月朔望进行推算,以后都每隔二十年再轮到朔日早晨交冬至,共推算了二十次,共三百八十年,黄帝成仙登上了天。"公孙卿想要通过所忠上奏此事,所忠看到他的简书上所写的话荒诞不经,怀疑那是胡言乱语,就推辞说:"宝鼎的事已经决定了,还说它干什么!"公孙卿又通过皇上宠爱的人上奏,皇上非常高兴,就即刻叫来公孙卿询问这件事。公孙卿回答说:"我从申公那里接受了这木简,申公已经死了。"皇上说:"申公是什么人?"公孙卿说:"申公是齐地人,他与安期生有交往,承受了黄帝的言教,并没有书,只有这鼎书。上面写道:'汉朝的兴盛应当与黄帝得鼎的周期时刻相同。'又写道:'汉朝的圣主,应当在高祖的孙子或曾孙一代人。宝鼎出现是与神意相通的,应举行封禅大典。自古举行过封禅大典的有七十二个帝王,只有黄帝登上泰山祭天。'申公说:'汉朝的君主也应当登泰山封禅,能上泰山封禅,就能成仙升天了。黄帝时有上万的诸侯国,而举行过名山大川祭祀的封国占了七千。天下的名山有八座,三座在蛮夷地区,五座在中原地区。中原地区有华山、首山、太室山、泰山、东莱山,这五座山,是黄帝经常游览和与神仙相会的地方。黄帝一面打仗一面学仙道。他担心百姓们诽谤他的仙道,就处决了那些诋毁鬼神的人。过了一百多年,他才与神仙相通了。黄帝在雍郊祀上帝,居住了三个月。鬼臾区号大鸿,死后葬在雍地,原来的鸿冢就是其地。这以后黄帝在明廷迎接了千万的神灵。明廷,就是甘泉。所谓寒门,就是谷口。黄帝开采首山的铜,在荆山的下面铸鼎。鼎铸成后,天上有一条龙垂着胡须下来迎接黄帝,黄帝骑了上去,群臣、姬妾跟着骑上去的有七十多人,龙才飞上天了。余下的小臣子不能上去,就都抓住龙须,龙须被拔掉了,小臣子们都摔了下来,黄帝的弓也掉了下来。百姓们抬头望着黄帝飞上了天,就抱着他的弓和龙须号哭,所以后世的人就据这件事称那个地方为鼎湖,称那把弓为乌号。'"于是天子说:"啊!我如果真能像黄帝那样飞上天,我将把离开妻子儿女们看得像脱掉鞋子一样容易!"于是,就任命公孙卿为郎官,派他向东去太室山等候神仙。以上记公孙卿谈论黄帝的事。

上遂郊雍,至陇西,西登崆峒,幸甘泉。令祠官宽舒等具太一祠坛,祠坛放薄忌太一坛①,坛三垓②。五帝坛环居其下,各如其方,黄帝西南,除八通鬼道。太一,其所用如雍一畤物,而加醴枣脯之属,杀一狸牛以为俎豆牢具③。而五帝独有俎豆醴进。其下四方地,为馈食群臣从者及北斗云④。已祠,胙余皆燎之。其牛色白,鹿居其中,彘在鹿中,水而洎之⑤。祭日以牛,祭月以羊彘特⑥。太一祝宰则衣紫及绣。五帝各如其色,日赤,月白。

【注释】

①放:仿效。薄忌:亳人谬忌。薄,通"亳"。

②垓(gāi):层,台阶的级次。

③狸牛:即犛(máo)牛,就是牦牛。

④为馈(zhuì)食群臣从者及北斗:以酒沃地,以享群神的从者与北斗之神。馈,祭祀时以酒酹地,祭奠。

⑤洎(jì):及。此处指浸润。

⑥特:只用一种牲。

【译文】

皇上于是到雍县举行祭祀,到达了陇西郡,又往西登上崆峒山,驾幸甘泉宫。皇上命令祠官宽舒等人筹建太一神的祠坛,祠坛依据亳人谬忌所奏过的太一坛的形式,分为三层。五帝的祠坛环绕在它的下面,各自占有自己的方位,黄帝坛在西南方,修建了通向八个方向的鬼道。太一神所用的祭礼像雍县每畤的祭礼一样,另外增加甜酒、枣子、干肉等物品,还杀了一头牦牛作为祭牲供摆。祭五帝只献供甜酒和祭肉。在祭坛下面的四方场地,用酒沃地以祭祀各位神灵的随从和北斗星。祭祠完毕,将祭肉以及各种剩余的供品都焚烧掉。祭祀用的牛是白色的,鹿放在牛的体腔内,猪又放进鹿的体腔内,用水浸泡着。祭祀日神用牛,祭祀月神用一只羊或一头猪。太一神的主祭官员穿紫色绣衣,五帝的主祭官员所穿衣服的颜色和他的本色一样,日神的主祭官员穿红衣,月神的主祭官员穿白衣。

　　　　十一月辛巳朔旦冬至,昧爽①,天子始郊拜太一。朝朝日②,夕夕月③,则揖;而见太一如雍郊礼。其赞飨曰④:"天始以宝鼎神策授皇帝,朔而又朔,终而复始⑤,皇帝敬拜见焉。"而衣上黄。其祠列火满坛,坛旁亨炊具。有司云:"祠上有光焉。"公卿言:"皇帝始郊见太一云阳,有司奉瑄玉嘉牲荐飨。是夜有美光,及昼,黄气上属天。"太史公、祠官宽舒等曰:"神灵之休,祐福兆祥,宜因此地光域立太畤坛以明应⑥。令太祝领,秋及腊间祠。三岁天子一郊见。"以上郊雍拜太一,至陇西、崆峒。

　　【注释】

　　①昧爽:拂晓。

　　②朝朝日:太阳初升时朝拜日神。

　　③夕夕月:晚上月出的时候朝拜月神。

④赞飨：主管祭祀的官名，略似于礼官中的傧相。《史记索隐》引
　　《汉旧仪》云："赞飨一人，秩六百石也。"

⑤朔而又朔，终而复始：犹言年复一年、月复一月，永无止境。朔，
　　初一。

⑥此地光域：意即在出现"美光"的地方。太畤坛：供奉太一神的
　　坛台。

【译文】

　　十一月辛巳朔日早晨交冬至，天刚亮，天子就到郊外祭拜太一神。太阳初升时祭拜日神，晚上月出时朝拜月神，只作揖；而朝见太一神按照雍县郊祀的礼仪。赞飨祝辞说："上天当初把宝鼎和神策授予皇帝，过了一个朔日，又迎到一个朔日，循环不停，周而复始。皇帝恭敬地拜见您。"祭服规定使用黄色。那祭坛上布满火炬，坛旁放着烹煮用的器具。主管官员说："祭坛上空有光彩呈现。"公卿大臣说："皇帝在云阳宫郊祀太一神时，主管官员捧着美玉、嘉牲祭献。当天夜空出现了美丽光彩，一直到第二天早上，黄气还与天顶相连。"太史公与祠官宽舒等人说："神灵显现出美好景象，是保佑福祉、预兆吉祥的象征，应在那出现光彩的地方建立太畤坛，以显示上天的瑞应，由太祝管理，在秋冬两季间举行祭祀。每三年天子亲自郊祀一次。"以上记武帝到雍县祭祀太一，到达陇西、崆峒山。

　　其秋，为伐南越，告祷太一。以牡荆画幡日月北斗登龙①，以象太一三星②，为太一锋③，命曰"灵旗"。为兵祷，则太史奉以指所伐国。而五利将军使不敢入海，之泰山祠。上使人随验，实毋所见。五利妄言见其师，其方尽，多不雠④。上乃诛五利。

【注释】

①牡荆:植物名。如淳曰:"牡荆,荆之无子者,皆洁斋之道。"韦昭
　曰:"以牡荆为柄者也。"登龙:飞龙。

②太一三星:《史记·天官书》:"中宫天极星,其一明者,泰一常居
　也。"泰一,即太一。

③太一锋:晋灼曰:"画一星在后,三星在前,为太一锋也。"

④不雠(chóu):说的话没有应验。

【译文】

这年秋天,为讨伐南越,祷告太一神。用牡荆做旗柄,在条形旗幡
上画着日、月、北斗和飞龙,用它来象征太一三星,作为太一神前面的旗
子,称之为"灵旗"。为战争祈祷时,就由太史捧着灵旗指着所要攻伐的
国家的方向。而先前五利将军被派去求寻神仙,不敢入海,却到泰山去
祭祀。皇上派人去验证,实在没看到什么神仙。他却胡说见到了自己
的仙师,他的方术用尽了,说的话也大多不能应验,皇上于是杀了五利
将军。

　　其冬,公孙卿候神河南,言见仙人迹缑氏城上①,有物如
雉,往来城上。天子亲幸缑氏城视迹。问卿:"得毋效文成、
五利乎?"卿曰:"仙者非有求人主,人主者求之。其道非少
宽假,神不来。言神事,事如迂诞②,积以岁乃可致也。"于是
郡国各除道,缮治宫观名山神祠所,以望幸矣。

【注释】

①缑(gōu)氏:汉县名。在今河南偃师东南,嵩山的西北,离嵩山
　不远。

②迂诞:不切实际。

【译文】

这年冬天,公孙卿在河南等候神仙到来,说在缑氏城上看见了仙人的脚印,有一个像雉一样的东西,在城上往来飞动。天子亲自到缑氏城上视察那脚印。问公孙卿说:"你该不会是在仿效文成将军和五利将军那样吧?"公孙卿说:"仙人并不是对人主有什么索求,只有人主向仙人索求。求仙的方法,如果不能稍微给予宽裕的时间,耐心地等候,神仙是不会来的。谈论神仙的事情,就如谈论遥远离奇的事情一样,要经过长年累月才可能招神仙到来。"于是,各郡国都修整道路,修缮、整治宫室、楼观和名山上的神祠,希望天子能驾幸这里。

其春,既灭南越,上有嬖臣李延年以好音见①。上善之,下公卿议,曰:"民间祠尚有鼓舞乐,今郊祀而无乐,岂称乎?"公卿曰:"古者祠天地皆有乐,而神祇可得而礼。"或曰:"太帝使素女鼓五十弦瑟,悲,帝禁不止,故破其瑟为二十五弦。"于是赛南越②,祷祠太一、后土,始用乐舞,益召歌儿,作二十五弦及空侯琴瑟自此起③。以上杂叙太一旗、缑氏迹及音乐事。

【注释】

①李延年:汉武帝李夫人之兄,任协律都尉,后被杀。好(hào)音:精通音律。

②赛南越:祭神以感谢其在伐南越战争中对汉军的福佑。

③空侯:一作箜篌,一种现今已失传的乐器。武帝派音乐家侯晖做成。它的声音听起来有坎坎之声,所以又叫坎侯。

【译文】

这年春天,在灭亡了南越后,皇上有一个宠臣李延年,他凭着擅长音乐来拜见皇上。皇上很欣赏他的音乐,并将此事让公卿们去讨论,说:"民间祭祀还有鼓舞人心的音乐,现在进行郊祀却没有音乐,这怎么相称呢?"公卿们说:"古代的人祭祀天地都有音乐,神灵们才愿意歆享这祭祀。"有人说:"太帝让素女弹奏五十弦的瑟,音调悲戚,太帝禁止不了,所以就把她的五十弦改成二十五弦。"当时,为了庆祝、酬报攻打南越的胜利,就祭祀祈祷太一神和后土神,开始采用乐舞;更多地招收歌手,制作二十五弦瑟和箜篌、琴瑟就是从这时开始兴起了。以上杂叙太一旗、缑氏城大人迹及音乐诸事。

　　其来年冬,上议曰:"古者先振兵释旅①,然后封禅。"乃遂北巡朔方②,勒兵十余万③,还祭黄帝冢桥山④,释兵须如⑤。上曰:"吾闻黄帝不死,今有冢,何也?"或对曰:"黄帝已仙上天,群臣葬其衣冠。"既至甘泉,为且用事泰山,先类祠太一⑥。

【注释】

①振兵释旅:是一场战争或一次军事演习的全过程。振兵,即治军,整顿部队,进行军事动员,做好战斗准备。释旅,即解除战备状态。释,即遣散。

②朔方:郡名。治所在今内蒙古杭锦旗。

③勒兵十余万:按,此是向匈奴人炫耀武力。勒兵,统兵列阵。

④桥山:今陕西黄陵北,山上有黄帝陵,称桥陵,亦称黄陵。

⑤须如:地名。在今陕西陇县西北。

⑥类:祭祀名。以特别事故祭告天神。

【译文】

第二年冬,皇上议道:"古代的帝王们先要整顿部队展示武力再解散军队,然后才举行封禅大典。"于是,皇上就北上巡视朔方,率领十多万的官兵,回来时在桥山祭祀黄帝陵,在须如把军队遣散了。皇上说:"我听说黄帝没有死,现在却有他的陵墓,这是为什么呢?"有人回答说:"黄帝已经成仙上天了,群臣就把他的衣帽安葬了。"皇上到达甘泉后,为要在泰山上举行封禅大典这件事,首先特意祭祀了太一神。

　　自得宝鼎,上与公卿诸生议封禅。封禅用希旷绝①,莫知其仪礼,而群儒采封禅《尚书》《周官》《王制》之望祀射牛事②。齐人丁公年九十余,曰:"封禅者,合不死之名也③。秦皇帝不得上封,陛下必欲上,稍上即无风雨,遂上封矣。"上于是乃令诸儒习射牛,草封禅仪。数年,至且行。天子既闻公孙卿及方士之言,黄帝以上封禅,皆致怪物与神通,欲放黄帝以上接神仙人蓬莱士,高世比德于九皇④,而颇采儒术以文之。群儒既已不能辨明封禅事,又牵拘于《诗》《书》古文而不能骋⑤。上为封禅祠器示群儒,群儒或曰"不与古同",徐偃又曰"太常诸生行礼不如鲁善",周霸属图封禅事,于是上绌偃、霸,而尽罢诸儒不用。

【注释】

①旷绝:谓时隔久远,礼制缺失。

②望祀:古代祭祀的一种,即遥望而祭。射牛:颜师古注:"天子有事宗庙,必自射牲,示亲杀也。"

③合不死之名也:是"不死"的另一种说法。合,符合,相当。按,《郊祀志》作"古不死之名也"。

④高世:高出于世上的一切其他帝王。比德于九皇:与五帝以前的九皇相比美。

⑤不能骋：不能大胆地驰骋自己的想象。

【译文】

　　自从得到宝鼎后，皇上与公卿大臣和儒生们商议有关举行封禅大典的事。封禅大典自古以来很少举行，没有人能知道它的礼仪，儒生们建议采用《尚书》《周官》《王制》中记载的望祭以及天子亲自射牛的礼仪来举行封禅大典。齐地人丁公已有九十多岁了，他说："封禅大典，是长生不死的别称。秦始皇没能够登上泰山祭天。陛下真要上泰山去祭天，稍微登一点山，如果没有风雨，就可以上去封禅了。"皇上于是就命令儒生们演习射牛，草拟封禅的礼仪。几年后，将要举行封禅大典了。天子又听了公孙卿和方士们的议论，黄帝从前举行封禅，都招来了奇异的东西，因而能与神仙交流。天子想要仿效黄帝，接待神仙的使者蓬莱方士，表明自己的德行已经高出世俗可与上古的九皇相比，并尽其可能采用儒家学说加以文饰。儒生们已不能阐明封禅事宜，又拘泥于《诗经》《尚书》等古代文典而不能自由发挥。皇上把准备用来封禅的礼器给儒生们看，儒生们有的说"与古代的不同"，徐偃又说："太常众儒生在行礼方面不如鲁国的完善。"周霸又在策划封禅事宜。于是皇上把徐偃、周霸废黜赶走，并把这些儒生们全部罢免不用。

　　三月，遂东幸缑氏，礼登中岳太室①。从官在山下闻若有言"万岁"云。问上，上不言；问下，下不言。于是以三百户封太室奉祠，命曰崇高邑。东上泰山，泰山之草木叶未生，乃令人上石立之泰山巅。

【注释】

　　①太室：即嵩山。

【译文】

　　三月，皇上向东驾临缑氏县，登上中岳太室山，举行了祭祀。跟从的官员们在山下,听到了好像是呼喊"万岁"的声音。问山上,山上的人没有呼喊;问山下的人,他们也没呼喊。于是,皇上把三百户民户划作太室山的封邑,让他们供奉祭祀,称之为崇高邑。接着,皇上东行登上泰山,泰山上的草木还没长出新叶,皇上命人把石碑抬上山,竖在泰山顶上。

　　上遂东巡海上,行礼祠八神①。齐人之上疏言神怪奇方者以万数,然无验者。乃益发船,令言海中神山者数千人求蓬莱神人。公孙卿持节常先行候名山,至东莱,言夜见大人,长数丈,就之则不见,见其迹甚大,类禽兽云。群臣有言见一老父牵狗,言"吾欲见巨公",已忽不见。上即见大迹,未信,及群臣有言老父,则大以为仙人也。宿留海上,予方士传车及间使求仙人以千数②。

【注释】

①行礼祠八神:在行进中沿途祭祀八神。《史记索隐》引韦昭曰:"八神谓天、地、阴、阳、日、月、星辰主、四时主之属。"又引《汉书·郊祀志》云:"一曰天主,祠天齐;二曰地主,祠太山、梁父;三曰兵主,祠蚩尤;四曰阴主,祠三山;五曰阳主,祠之罘;六曰月主,祠东莱山;七曰日主,祠盛山;八曰四时主,祠琅邪也。"

②间使:密使,不公开身份的使者。

【译文】

　　皇上接着沿着海边向东巡游,一路上边走边祭祀八位神仙。齐地上疏讲光怪神奇的方术的有几万人,但并没有应验的。皇上就增派船只,命令几千个说海中神山的人去寻找蓬莱神仙。公孙卿拿着符节经常先到名山之上等候神仙,到达东莱,他说在夜里见到过一个巨人,有几丈高,等接近他时,就看不见了,只是看到他的脚印很大,就像禽兽的一样。群臣当中有人说见到一个老头牵着狗,他说"我想见巨公",说完忽然又不见了。皇上刚见到大脚印时,并没相信,等到群臣当中有人谈到老头的事时,就非常相信那是仙人。皇上于是在海边停下来居住,同时又让方士们有的乘坐驿车,有的秘密出行,派出了几千人去寻访仙人。

　　四月,还至奉高①。上念诸儒及方士言封禅人人殊,不经,难施行。天子至梁父,礼祠地主。乙卯,令侍中儒者皮弁荐绅②,射牛行事。封泰山下东方,如郊祠太一之礼。封广丈二尺③,高九尺,其下则有玉牒书④,书祕。礼毕,天子独与侍中奉车子侯上泰山⑤,亦有封。其事皆禁。明日,下阴道。丙辰,禅泰山下趾东北肃然山⑥,如祭后土礼。天子皆亲拜见,衣上黄而尽用乐焉。江、淮间一茅三脊为神藉。五色土益杂封⑦。纵远方奇兽蜚禽及白雉诸物,颇以加礼。兕牛犀象之属不用。皆至泰山祭后土。封禅祠,其夜若有光,昼有白云起封中。

【注释】

①奉高:县名。在今山东泰安以东。

②皮弁(biàn)荐绅:头戴皮帽,腰插笏板,是一种参加典礼的装束。

③封广丈二尺:祭台为一丈二尺见方。封,这里指祭台。

④玉牒书:帝王封禅所用的文字,写在简牒上,用玉作装饰。

⑤奉车子侯:奉车都尉霍子侯。奉车,奉车都尉的简称。子侯,霍去病之子。名嬗,字子侯。

⑥下趾:山脚下。趾,同"址"。

⑦五色土益杂封：把从五方取来的五种颜色的土加盖在祭坛上。杂封，用各色土混杂筑成的祭坛。

【译文】

四月，皇上返回奉高。考虑到儒生和方士们提出的封禅礼仪各不相同，又荒诞不经，难以施行开来。天子来到梁父山，祭拜地神。乙卯日，又命担任侍中的儒生戴上皮弁，穿上插笏的官服，亲自射牛祭祀地神。又在泰山下的东方，设置祭坛祭祀天神，使用如郊祀太一神的礼仪。封坛一丈二尺见方，高九尺，坛下摆放着祭祀天神的玉饰文书，文书的内容是保密的。祭祀完毕，天子单独和侍中奉车都尉霍子侯登上泰山，又设祭坛祭了天。这些事情都禁止外传。第二天，从北山下山。丙辰日，又在泰山脚下东北方向的肃然山祭祀地神，举行的礼仪同祭祀后土的一样。天子都亲自朝拜，身穿黄衣，全都配有音乐。采用江淮一带出产的灵茅作为祭祀神灵时用的垫席。用五色泥土加盖在祭坛上，并放出远方的奇兽飞鸟和白色野鸡等异物，从而增加礼仪的隆重。不使用兕牛犀象一类的牲畜。天子一行人都到泰山祭祀后土。在皇帝举行封禅的这段时间，夜间似乎有光彩闪耀，白天还有白云在祭天的高坛上升起。

天子从禅还，坐明堂，群臣更上寿。于是制诏御史："朕以眇眇之身承至尊，兢兢焉惧不任①。维德菲薄，不明于礼乐。修祠太一，若有象景光，屑如有望②，震于怪物，欲止不敢，遂登封泰山，至于梁父，而后禅肃然。自新，嘉与士大夫更始③。赐民百户牛一酒十石，加年八十孤寡布帛二匹。复博、奉高、蛇丘、历城④，无出今年租税。其大赦天下，如乙卯赦令。行所过毋有复作⑤。事在二年前，皆勿听治⑥。"以上北巡，勒兵朔方，还至甘泉，东礼中岳，又东巡海上，遂封泰山、禅梁父。

【注释】

①兢兢:小心谨慎的样子。

②屑如有望:《汉书·武帝纪》作"屑然如有闻"。臣瓒曰:"'闻呼万岁三'是也。"屑,指声音低微的样子。

③自新,嘉与士大夫更始:修身自新,希望与士大夫们一起作为新的起点。意即更改年号。

④复:免除徭役赋税。博:县名。在泰山南。蛇丘:县名。在今山东肥城以南,在泰山西南。历城:县名。即今山东济南,在泰山北。

⑤行所过毋有复作:凡此次皇帝出行所路过的地方,所有苦役犯人一律赦免。复作,被罚苦役的犯人。《史记正义》曰:"毋有,弛刑徒也。"

⑥皆勿听治:一律不再追究。听,盘查。治,审理。

【译文】

　　天子从祭祀地神后回来,坐在明堂之上,众臣一一上前向皇帝祝贺。皇上于是下诏书给御史说:"我以渺小的身份,承受最尊贵的称号,小心谨慎害怕不能胜任。我的德行浅薄,对礼乐制度并不明白。祭祀太一神时,似乎有吉祥的光彩闪耀,仿佛看见了什么,因受到这些神奇景象的震动,不敢把祭祀活动中止,终于登上了泰山祭祀天神;又到达梁父山,然后到肃然山开辟祭场祭祀地神。我将修身自新,希望与士大夫们一起作为新的起点。赏赐百姓,每百户给一头牛,十石酒,对八十岁以上的老人和孤儿寡母再赏布帛二匹。并免除博县、奉高、蛇丘、历城四县的徭役,也不用征缴今年的租税。当大赦天下,如同乙卯年所颁布的赦令一样。我巡行所到的地方,一切苦役犯通通赦免。所犯的罪行在两年以前的,都不再追究处理。"以上记巡行北方,在朔方统军示威,回到甘泉，东巡礼拜中岳，又东巡海上，在泰山、梁父进行封禅。

又下诏曰："古者天子五载一巡狩，用事泰山，诸侯有朝宿地^①。其令诸侯各治邸泰山下。"

【注释】

①朝宿地：据说古代天子要给每个诸侯在泰山附近划出一小块地盘，作为来朝见天子而临时住宿的地方。

【译文】

又下诏书说："古代的天子每五年进行一次视察，到泰山祭祀天地，诸侯都有朝见天子时的住所。特命令诸侯分别在泰山下面建造府第。"

天子既已封泰山，无风雨灾，而方士更言蓬莱诸神若将可得，于是上欣然庶几遇之^①，乃复东至海上望，冀遇蓬莱焉。奉车子侯暴病，一日死。上乃遂去，并海上^②，北至碣石^③，巡自辽西^④，历北边至九原^⑤。五月，反至甘泉。有司言宝鼎出为元鼎，以今年为元封元年。

【注释】

①庶几：几乎，也许，表希望。

②并（bàng）：通"傍"。沿着。

③碣石：山名。在今河北昌黎以北一带。

④辽西：郡名。郡治在今辽宁阜新西南。辖地相当于今河北东部、辽宁西部部分地区。

⑤历北边：沿北部边境西行。九原：县名。在今内蒙古包头西。当时为五原郡的郡治所在地。

【译文】

天子已在泰山举行了封禅,没有遇到风雨灾害,并且方士们又说蓬莱仙岛上的神仙看来可以寻访到,于是皇上非常高兴,希望能见到神仙,于是就又向东来到海上瞭望,希望能遇到蓬莱神仙。奉车都尉霍子侯忽然患急病,当天死了。皇上这才离去,沿海北上,到达碣石山,再从辽西开始巡视,沿着北方边境到达九原。五月,皇上返回甘泉宫。主管官员说,宝鼎出现的那年年号为元鼎,因今年举行了封禅大典,就应把今年改为元封元年。

　　其秋,有星茀于东井①。后十余日,有星茀于三能②。望气王朔言:"候独见旗星出如瓜③,食顷复入焉。"有司皆曰:"陛下建汉家封禅,天其报德星云④。"

【注释】

①有星茀于东井:彗星出现在井宿的位置。茀,也作孛,彗星,这里用作动词,即火光四射的样子。东井,即二十八宿中的井宿。

②三能(tái):也作三台。古星名,属于现代天文学的大熊星座。

③候:谓占测天文。旗星:古代奇异天象名称。类似彗星而后部弯曲,芒艳如旗。

④德星:景星,岁星,其出现的地方有福,故称德星。按,以彗星为德星,可见其阿谀悖谬。

【译文】

这年秋天,光芒四射的彗星出现在井宿。又过了十多天,彗星又出现在三能。观测云气的王朔说:"我在测视天象时,独自看到旗星出现时有瓜那么大,一顿饭的工夫又隐没了。"主管官员说:"陛下创建了汉朝封禅的制度,所以上天就出现了德星来报答陛下的功绩。"

其来年冬,郊雍五帝。还,拜祝祠太一。赞飨曰:"德星昭衍①,厥维休祥②。寿星仍出③,渊耀光明④。信星昭见⑤,皇帝敬拜太祝之享。"以上再至海上,由碣石、辽西、九原还至甘泉,次年复郊雍。

【注释】

①昭衍:谓光辉明亮,所照广远。衍,大。

②厥维休祥:显示了莫大的吉祥。维,为,是。休,美。

③仍出:频频出现。仍,频繁。

④渊耀:沉静清澈的样子。

⑤信星:传达信息之星,即前文称之为"德星"的彗星。昭见:明显地出现。

【译文】

第二年冬天,皇上到雍县郊祀五帝,回来时又拜祝祭祀太一神。赞飨祝辞说:"德星耀亮远照,是吉祥的象征。南极老人星频频出现,光明远射。传达符信之星应时明显出现,皇帝为此敬拜太祝的神灵。"以上记武帝再次到海边,由碣石、辽西、九原回到甘泉,第二年又到雍县郊祭。

其春,公孙卿言见神人东莱山,若云"欲见天子"。天子于是幸缑氏城,拜卿为中大夫①。遂至东莱,宿留之数日,无所见,见大人迹云。复遣方士求神怪采芝药以千数。是岁旱。于是天子既出无名,乃祷万里沙②,过祠泰山。还至瓠子③,自临塞决河,留二日,沉祠而去④。使二卿将卒塞决河,徙二渠⑤,复禹之故迹焉。以上再至东莱海上,临塞决河。

【注释】

①中大夫：官名。汉时掌管议论，备作顾问。

②万里沙：地区名，也是这里的神祠名。在今山东莱州东北，濒临渤海，海边有神秘的参山。

③瓠（hú）子：地名。也叫瓠子口，在今河南濮阳西南，位于当时黄河的南侧。

④沉祠：将供品沉入河水，以祭祀河神。《史记·河渠书》云："天子已用事万里沙，则还自临决河，沉白马玉璧于河。"

⑤徒二渠：修通两条渠道，以分黄河之水。二渠，一指故"大河"，自今河南浚县引河水北行，至河北黄骅入海，为黄河主干流；一指漯水，自今浚县引河水经南乐东行，至山东高青入海，为支流。

【译文】

这年春天，公孙卿说在东莱山见到了神仙，好像听它说"想要晋见天子"。天子于是驾临缑氏城，任命公孙卿为中大夫。接着，天子来到东莱山，住留了几天，并没看到什么，只见到了巨人的脚印，就又派遣数以千计的方士们去寻访神奇事物，采集灵芝仙药。这年天气干旱。这时，天子因这次出外巡视没有正当名义，就到万里沙去求雨，并顺路去祭祀泰山。回程时到了瓠子口，就亲自到现场部署堵塞黄河决口的大事，停留了两天，沉下白马玉璧祭祀了河神以后才离开。天子派两名大臣统率兵卒执行堵塞黄河决口的任务，使黄河改从两条河道入海，恢复了夏禹治水时的原来水道。以上记武帝再次东巡至海边，亲临瓠子口布置堵塞黄河决口。

　　是时既灭两越①，越人勇之乃言："越人俗信鬼，而其祠皆见鬼，数有效。昔东瓯王敬鬼②，寿百六十岁。后世怠慢，故衰耗③。"乃令越巫立越祝祠，安台无坛，亦祠天神上帝百鬼,而以鸡卜④。上信之,越祠鸡卜始用焉。

【注释】

①两越:谓闽越、南越。闽越是勾践的后裔在今福建一带建立的小国,国都即今武夷山市的古城村,元鼎六年(前111)被汉所灭。南越是真定人赵佗在今两广一带建立的小国,国都即今广州,元鼎五年(前112)被汉所灭。

②东瓯王:也称东越王,名摇,勾践的后裔,秦楚之乱时在今浙江南部建立小国,国都东瓯(即今浙江温州)。建元三年(前138)其后人为避闽越侵袭而降汉,率众北迁于庐江郡(今安徽中部)。

③衰耗:谓寿命不长,国事衰败。

④以鸡卜:以鸡骨占卜吉凶。

【译文】

这时已经灭掉了南越和闽越。越地人勇之说:"越地人的习俗是信鬼的,他们祭祀时都能见到鬼,时常能有效。从前东瓯王敬鬼,活到了一百六十岁,他的后代怠慢了鬼神,所以衰败了。"皇上就命令越地的巫师建立越式的祠庙,安置祭品,也祭祀天神、上帝和百鬼,并采用鸡骨占卜。皇上相信这种方式,于是,越式的祠庙和用鸡骨占卜的方法被朝廷采用。

公孙卿曰:"仙人可见,而上往常遽①,以故不见。今陛下可为观,如缑城,置脯枣,神人宜可致也。且仙人好楼居。"于是上令长安则作蜚廉桂观②,甘泉则作益延寿观③,使卿持节设具而候神人。乃作通天台④,置祠具其下,将招来神仙之属。于是甘泉更置前殿,始广诸宫室。夏,有芝生殿房内中⑤。天子为塞河,兴通天台,若见有光云,乃下诏:"甘

泉房中生芝九茎,赦天下,毋有复作。"以上信用越巫、多作楼观
等事。

【注释】

①上往常遽:皇帝每次总是去得太突然,时间也太短暂。遽,骤,
　　突然。

②蜚廉桂观:二观名。蜚廉,一种神禽,身如鹿,头如雀,能致风气。

③益延寿观:旧说益寿、延寿为二观,《汉武故事》云延寿观高三十
　　丈。而近人发现有"益延寿宫"瓦及"益延寿"大方砖,则益延寿
　　观也可能是一处宫观。

④通天台:又作通天茎台。

⑤殿房内中:殿房的中央区域。王先谦曰:"据《礼乐志》,'内中'则
　　斋房也。"

【译文】

公孙卿说:"仙人是可以见到的,但皇上去时常常很急躁,因此没有
看到。现在陛下可建造高大的观台,就像缑氏城里的样式,里面供设上
干肉、枣子,神仙就应当可以招致了。并且,神仙喜欢住在高楼上面。"
于是皇上下令在长安建造蜚廉观和桂观,在甘泉建造益寿观和延寿观,
派公孙卿手持符节,摆设供品,等候神仙到来。另外还修建了通天台,
在台下摆置供品,用这种办法把神仙之类招来。于是在甘泉宫又建造
了前殿,还扩建了各宫室。夏天,有灵芝草在甘泉宫内的斋房中生出。
天子为了能把黄河决口堵塞住,兴建了通天台,在天空中好像显有光
彩。天子就下诏书说:"甘泉宫内生长出了九茎灵芝,因此大赦天下,免
除苦役犯的刑罚。"以上记武帝信用越巫、大量修建楼观等事。

其明年,伐朝鲜。夏,旱。公孙卿曰:"黄帝时封则天

旱,乾封三年^①。"上乃下诏曰:"天旱,意乾封乎? 其令天下
尊祠灵星焉^②。"

【注释】

①乾(gān)封:晒干新筑的祭坛。

②尊祠灵星:盖祈雨也。灵星,即龙星。

【译文】

第二年,讨伐朝鲜。夏天,出现了天旱。公孙卿说:"黄帝封禅时就
正值天旱,三年中没有下雨,使祭天的祠坛上的土都干
燥了。"皇上就下
诏书道:"天气干旱,那将是为晒干封土吗? 特命令天下人祭祀灵星。"

其明年,上郊雍,通回中道^①,巡之。春,至鸣泽^②,从西
河归^③。

【注释】

①回中道:道路名。南起汧水河谷,北出萧关,途经回中,故名。

②鸣泽:沼泽名。方位不详,应在今内蒙古西部或陕西北部。

③西河:郡名。郡治平定,在今内蒙古伊金霍洛旗东南境。辖今内
　蒙古、山西、陕西交界处部分地区。

【译文】

第二年,皇上又到雍县举行郊祀,又通过回中谷道,巡视地方。春
天,到达了鸣泽,并从西河返回京城。

其明年冬,上巡南郡^①。至江陵而东^②,登礼灊之天柱
山^③,号曰南岳。浮江,自寻阳出枞阳^④,过彭蠡^⑤,礼其名山

川。北至琅邪⑥，并海上。四月中，至奉高修封焉。以上西北巡一次，东南巡至泰山修封一次。

【注释】

①南郡：郡名。郡治江陵，在今湖北荆州江陵西北之纪南城。辖今湖北西部、中部。

②江陵：今湖北江陵。

③灊（qián）：汉县名。在今安徽霍山县东北。天柱山：一名皖山，又叫潜山，在今安徽潜山县西北。

④寻阳：县名。治所在今湖北黄梅西南。枞（zōng）阳：县名。治所在今安徽枞阳。

⑤彭蠡：即今江西鄱阳湖。古时范围广阔，约当今之江西、湖北、安徽三省的交界地带。

⑥琅邪：此指琅邪台。在今山东胶南西南的黄海之滨，在当时的琅邪县东南。

【译文】

第二年冬天，皇上巡视南郡。到达江陵后，转向东行，登上潜县的天柱山举行祭祀，并给它以"南岳"的称号。又坐船沿长江而下，从寻阳前往枞阳，经过彭蠡湖，祭祀了沿路的名山大河。又向北巡行到达了琅邪，沿海路北上。四月中，到达了奉高，在那里举行了祭天仪式。以上西北巡游一次，东南巡游至泰山祭天一次。

初，天子封泰山，泰山东北趾古时有明堂处，处险不敞。上欲治明堂奉高旁，未晓其制度。济南人公玉带上黄帝时明堂图。明堂图中有一殿，四面无壁，以茅盖，通水，圜宫垣为复道，上有楼，从西南入，命曰昆仑，天子从之入，以拜祠上帝焉。于是上令奉高作明堂汶上①，如带图。及五年修封，则祠太一、五帝于明堂上坐②，令高皇帝祠坐对之③。祠后土于下房，以二十太牢。天子从昆仑道入，始拜明堂如郊礼。礼毕，燎堂下。而上又上泰山，自有祕祠其巅。而泰山下祠五帝，各如其方，黄帝并赤帝，而有司侍祠焉。山上举火，下悉应之。以上拜祠明堂。

【注释】

①汶：即今大汶河，在今山东莱芜至梁山一带。当时的汶水流经奉高县城的西北侧。

②明堂上坐：明堂里的尊贵座位。

③令高皇帝祠坐对之：谓以高祖刘邦配享。高皇帝祠坐，刘邦灵牌的座位。

【译文】

当初，天子在泰山举行封禅大典时，泰山的东北脚下在古代就建有明堂，地势险恶，而且不宽敞。皇上想要在奉高附近修建明堂，但不了解建造它的规格。济南人公王带进献了黄帝时明堂的设计图样。图上画有一座殿堂，四面无壁，顶上用茅草覆盖，四周通水，环绕着宫墙，上面还画有夹层通道，上有楼，从西南方向伸入殿堂的名叫昆仑道。天子就可以从这条路走进明堂内，来拜祭上帝。于是皇上命令奉高县的官员在汶水旁边修建明堂，就按照公王带的图样进行施工。等到五年后举行封禅时，就在明堂上座祭祀太一神和五帝，将高皇帝的灵位设在他们的对面。在下房祭祀后土，使用二十太牢祭祀。天子从昆仑道进去，开始按照郊祀的礼仪在明堂祭拜。祭祀完，再在堂下烧柴而祭。皇上又登上泰山，在山顶秘密地举行祭祀。而在泰山下按五帝各自的方位同时祭祀五帝，黄帝和赤帝的祭祀在一起，由主管官员进行祭奠，皇上不亲自参加。祭祀开始时，山上燃起火，山下也燃起火响应。以上记在明堂礼拜祭祀的情况。

　　其后二岁，十一月甲子朔旦冬至，推历者以本统①。天子亲至泰山，以十一月甲子朔旦冬至日祠上帝明堂，毋修封禅。其赞飨曰："天增授皇帝太元神策，周而复始。皇帝敬拜太一。"东至海上，考入海及方士求神者，莫验，然益遣，冀遇之。

【注释】

①本统：即正统，历法周期的起点。

【译文】

这以后两年，十一月甲子朔日早晨交冬至，作为推算历法的起点。天子亲自到泰山，以十一月甲子朔日早晨交冬至这天在明堂祭祀上帝，不举行封禅大典。赞飨祝辞说："上天把神灵的蓍草加授给皇帝，循环往复不停运行。皇帝特敬拜太一神。"皇上接着向东来到大海，查问那些到海上去求神仙的方士，没有人能验证有神仙出现。然而皇上派了更多的人前去寻访，希望能遇到仙境。

　　十一月乙酉，柏梁灾。十二月甲午朔，上亲禅高里①，祠后土。临勃海，将以望祀蓬莱之属，冀至殊廷焉。

【注释】

①高里：山名。泰山支脉，在今山东泰安西南。

【译文】

十一月乙酉日，柏梁台发生火灾。十二月甲午朔日，皇上亲自到高里山祭祠后土。又来到渤海，望祭蓬莱山上的神仙们，希望能到达罕见的仙境。

上还，以柏梁灾故，朝受计甘泉。公孙卿曰："黄帝就青灵台，十二日烧，黄帝乃治明廷。明廷，甘泉也。"方士多言古帝王有都甘泉者。其后天子又朝诸侯甘泉，甘泉作诸侯邸。勇之乃曰："越俗有火灾，复起屋必以大，用胜服之。"于是作建章宫，度为千门万户。前殿度高未央^①。其东则凤阙，高二十余丈。其西则唐中^②，数十里虎圈。其北治大池，渐台高二十余丈^③，命曰太液池，中有蓬莱、方丈、瀛洲、壶梁，象海中神山龟鱼之属。其南有玉堂、璧门、大鸟之属。乃立神明台、井干楼，度五十丈，辇道相属焉^④。以上柏梁灾后作建章宫。

【注释】

①未央：宫名。旧址在今陕西西安西北，汉初萧何为刘邦建造的第一座宫殿，后为西汉历代皇帝之所居。

②唐中：宫殿名。

③渐（jiān）台：台名。因其建在水中故名。渐，淹没，浸泡。

④辇道：供辇车通行的天桥。

【译文】

皇上回京以后，因为柏梁台遭火灾的缘故，就在甘泉宫听取大家的讨论。公孙卿说："黄帝建成青灵台，十二天后被火烧了，黄帝就修建明廷。明廷，即甘泉宫。"方士们中好多人说古代帝王有建都甘泉的。这以后，天子又在甘泉宫会见诸侯，并在甘泉山修建供诸侯使用的官邸。勇之就说："越人的习俗，房屋遭火烧毁，再盖屋时一定要比原先的大，以此来把邪气制服。"于是，又建造建章宫，千门万户，规模很大。前殿的规模比未央宫还高大。它的东面是凤阙，高二十多丈。它的西面为唐中宫，旁边是几十里的虎圈。它的北面建造了一个大池，池中的楼台，即渐台，高有二十多丈，名叫太液池，池中建造了名叫蓬莱、方丈、瀛洲、壶梁的假山，建造得就像海中的神山、海龟和鱼类的形状一样。它的南面建有玉堂、璧门和大鸟之类。宫内还建有神明台和井干楼，高有五十多丈，楼台之间供天子专车使用的御道互相连接。

夏，汉改历，以正月为岁首，而色上黄，官名更印章以五字，为太初元年。是岁，西伐大宛①。蝗大起。丁夫人、雒阳虞初等以方祠诅匈奴、大宛焉②。

【注释】

①大宛：古国名。在大月氏东北。在今乌兹别克斯坦费尔干纳盆地。

②虞初：与丁某同为方士、巫祝之流。以方祠诅：用方术祈祷鬼神给某人降灾。

【译文】

夏天，汉朝更改历法，把正月作为一年的开始，车马和服饰的颜色都崇尚黄色，官印都改为五个字，年号改为太初元年。这一年，向西讨伐大宛。出现了大的蝗虫之灾。丁夫人和洛阳虞初等人用方术祈求鬼神向匈奴和大宛降祸。

其明年，有司上言雍五畤无牢熟具，芬芳不备。乃令祠官进畤犊牢具，色食所胜①，而以木禺马代驹焉②。独五帝用驹，行亲郊用驹。及诸名山川用驹者，悉以木禺马代。行过，乃用驹。他礼如故。以上牲牢不具。

【注释】

①色食所胜：按五行相克学说让该帝享用它所能"胜"之的颜色的
　　牲牢，如祭赤帝则依"火克金"用白色牛犊，祭黑帝则依"水克火"
　　用赤色牛犊等等。

②以木禺马代驹：泷川曰："伐宛马少，故用木偶焉。"

【译文】

　　第二年，主管官员报告说祭祀雍县五畤时，没有使用熟牲，不够芳
香。皇上便下令祠官用牛犊祭牲供献各畤，并按五行相克的原理选用
各方天帝能制胜的毛色，用木偶马代替马驹作为祭祀用的牺牲。只有
祭祀五帝时使用马驹，天子亲自祭祀天地时也使用马驹。祭祀名山大
川时要使用马驹的也都用木偶马来代替。天子巡行经过的地方祭祀神
灵使用马驹，其他的祭礼照旧。以上记祭祀的牺牲不充足。

　　其明年，东巡海上，考神仙之属，未有验者。方士有言：
"黄帝时为五城十二楼，以候神人于执期，命曰迎年。"上许
作之如方，命曰明年。上亲礼祠上帝焉。

【译文】

　　第二年，皇上向东巡游海上，查问去海上寻访神仙的方士们，没有
应验的。方士中有人说："黄帝时修建五城十二楼，在执期迎候神人，给
它命名为'迎年祠'。"皇上就同意按他的方案修建楼台，命名为明年祠。
皇上亲自到那里祭祀上帝。

　　公玉带曰："黄帝时虽封泰山，然风后、封臣、岐伯令黄

帝封东泰山,禅凡山,合符,然后不死焉。"天子既令设祠具,
至东泰山。东泰山卑小,不称其声,乃令祠官礼之,而不封
禅焉。其后令带奉祠候神物。夏,遂还泰山,修五年之礼如
前,而加以禅祠石闾。石闾者,在泰山下阯南方,方士多言
此仙人之闾也,故上亲禅焉。

【译文】

　　公王带说:"黄帝时虽然在泰山祭天,但风后、封臣、岐伯要黄帝到
东泰山祭天,到凡山祭地,与上帝显示的征兆相符,然后就可以长生不
死了。"天子就下令准备好祭品,来到东泰山。东泰山矮小,与它的名称
不相称,就让祠官祭祀它,不在这里举行封禅大典。接着,命公王带留
下来供奉祭祀,迎候神仙到来。夏天,天子又回到泰山,按旧例举行五
年一次的封禅,又在石闾山加祭地神。石闾山就在泰山南面山脚下,方
士们中好多人说这里是仙人居住的地方,所以皇上亲自来祭祀地神。

　　其后五年,复至泰山修封。还过祭恒山。以上屡次修封。
以下总叙武帝祠祀。

【译文】

　　又过了五年,皇上又到泰山举行封禅大典,回京城时顺便祭祀了恒
山。以上记武帝屡次封禅,以下总叙武帝兴建的神祠和祭祀情况。

　　今天子所兴祠,太一、后土,三年亲郊祠,建汉家封禅,
五年一修封。薄忌太一及三一、冥羊、马行、赤星①,五,宽舒
之祠官以岁时致礼②。凡六祠,皆太祝领之。至如八神诸

神,明年、凡山他名祠,行过则祠,行去则已。方士所兴祠,各自主,其人终则已,祠官不主。他祠皆如其故。今上封禅,其后十二岁而还③,遍于五岳、四渎矣。而方士之候祠神人,入海求蓬莱,终无其验。而公孙卿之候神者,犹以大人之迹为解,无其效。天子益怠厌方士之怪迂语矣,然终羁縻不绝④,冀遇其真。自此之后,方士言神祠者弥众,然其效可睹矣。

【注释】

①赤星:《史记索隐》曰:"即上'灵星祠'也。灵星,龙左角,其色赤,故曰'赤星'。"

②宽舒之祠官:《汉书·郊祀志》载,祠官宽舒建议在祠后土之处建立五坛,所以又称他为五宽舒祠官。

③今上封禅,其后十二岁而还:意即自从武帝开始封禅的近十二年来。

④羁縻:笼络,比喻牵制。

【译文】

当今天子所兴建的祠庙有:太一祠、后土祠,每三年亲自郊祀一次,创建了汉朝的封禅制度,每五年举行一次。亳县人谬忌的太一坛和三一祠、冥羊祠、马行祠、赤星祠共五座,由宽舒建议兴建的后土五祠官每年按时致以祭祀。共六座祠庙,都由太祝管理。至于像八神的各祠庙,明年、凡山等著名祠庙,天子在巡行经过时,就举行祭祀;巡行时远离这里,就作罢。方士们所兴建的祠庙,由他们自己分别主持,本人死了就作罢,祠官不负责这些。其他祠、庙都照旧。当今皇上从初次举行封禅大典时起,十二年来,对五岳、四渎之神都祭遍了。而方士们祭祀迎候神仙,到海上去寻找蓬莱仙境,终究没有应验。而公孙卿迎候神仙,尽管还拿巨人的脚印作为口实,也没有什么效验。天子渐渐地嫌弃方士们的奇谈怪论了,但对他们仍进行笼络,没有断绝来往,总希望能遇到神仙。从这以后,方士们中谈论神仙的更多,但那效果也就可以看到了。

　　太史公曰:余从巡祭天地诸神名山川而封禅焉。入寿宫侍祠神语,究观方士祠官之言,于是退而论次自古以来用事于鬼神者,具见其表里。后有君子,得以览焉。若至俎豆珪币之详,献酬之礼,则有司存。

【译文】

　　太史公说:我跟随着皇上巡行,祭祀天地众神和各名山大河,参加了封禅大典,进入寿宫旁听了祭神的祝词,推究体察了方士、祠官的意图。然后,退下来依次论述自古以来祭祀鬼神的史实,把它们的形式和内中情理全都披露在这里。后世的君子们,可以从这里观看到封禅的情景。至于祭品、玉帛的详细情况,以及供献祭祀、酬报神灵的礼仪,那是归有关官员记述的。

平准书

【题解】

　　本文为《史记》八书之一,记载了汉代的经济政策及与其有密切联系的武帝年间的连年对外征伐。文章在肯定汉武帝"文治武功"的同时,也披露了广大劳动者为此所付出的沉重代价。

　　平准,是古代政府运输物资、平抑物价的一种经济措施。本文认为:"大农之诸官尽笼天下之货物,贵即卖之,贱则买之。如此,富商大贾无所牟大利,则反本,而万物不得腾踊,故抑天下物,名曰平准。"从中我们不难看出汉代经济政策的基本精神。

汉兴,接秦之弊①,丈夫从军旅②,老弱转粮饷③,作业剧而财匮④,自天子不能具钧驷⑤,而将相或乘牛车,齐民无藏盖⑥。于是为秦钱重难用⑦,更令民铸钱,一黄金一斤⑧,约法省禁。而不轨逐利之民⑨,蓄积余业以稽市物⑩,物踊腾粜⑪,米至石万钱,马一匹则百金⑫。

【注释】

①弊:指社会经济的凋零衰败。

②丈夫:指男性青壮年。从:参加。

③转:运输。

④作业:从事的事业、工作。这里指劳役。剧:极,甚。

⑤自:即使。钧驷:古代一套车由四匹一样颜色的马拉称钧驷。

⑥齐民:平民百姓。藏盖:积蓄。

⑦为:因为。秦钱重:秦钱半两,重十二铢。

⑧一黄金一斤:一锭黄金的标准重量改定为一斤。秦时以一镒(二十两)为一金,汉初以一斤(十六两)为一金。汉代的一斤相当于今之 0.5165 市斤。黄金,也称"金"。

⑨不轨:不遵法度。

⑩余业:犹言"末业",指商业。稽:囤积。

⑪物踊腾粜(tiào):物价猛涨的时候卖出。踊腾,意为物价飞速上涨。粜,卖粮食。这里即指卖出东西。

⑫百金:百万钱。汉之一金约折合万钱。

【译文】

汉朝兴起,承接了秦朝衰败的状况,青壮年男子加入军队去打仗,年老体弱的人也去从事为军队运输粮饷的工作，劳役繁重而又资财匮乏，即使天子自己坐的车也没有四匹同样毛色的马来拉，将相中有人则只能乘坐牛车了，普通百姓没有一点点积蓄。那个时候，由于秦代的钱币太重而难以使用，改令百姓铸造新的重量轻的钱，规定一锭黄金重为一斤，简约法令，减少禁例。但是那些不遵守法令而一味追逐利润的人，通过商业积聚了丰厚的钱财，并囤积大量市场上的货物，在物价飞涨时卖出，导致米每石一万钱，一匹马则卖一百万钱。

　　天下已平，高祖乃令贾人不得衣丝乘车，重租税以困辱之。孝惠、高后时①，为天下初定，复弛商贾之律，然市井之子孙亦不得仕宦为吏②。量吏禄③，度官用④，以赋于民⑤。而山川园池市井租税之入，自天子以至于封君汤沐邑⑥，皆各为私奉养焉⑦，不领于天下之经费⑧。漕转山东粟⑨，以给中都官⑩，岁不过数十万石。

【注释】

　　①孝惠：刘邦的儿子汉惠帝刘盈，前194—前188年在位。高后：汉高祖刘邦的皇后吕雉，在惠帝死后称制，直至前180年去世。

　　②市井之子孙：工商业者的子弟。市井，即市场。这里特指商人。

　　③吏禄：官吏的俸禄。

　　④官用：政府费用。

　　⑤以赋于民：向人民征收赋税。

　　⑥封君：指分封的诸王及公主、列侯。汤沐邑：分封之地，古时受封王侯在晋见天子时要沐浴。汤沐邑在这里特指封地。

　　⑦私奉养：私人生活的费用，犹如后世之所谓俸禄、薪金。

　　⑧不领于天下之经费：不向主管国家经费的大司农要钱。经，常。

⑨山东:战国及以后的秦汉时,称崤山以东的广大地区为山东。

⑩中都官:指京师的各官府、衙门。

【译文】

天下已经太平,高祖于是命令商人不能穿丝制衣服,不许乘车,向他们征收很重的租税使他们困窘羞辱。孝惠、高后时期,由于天下刚刚安定,重新放松了对商人限制的法令,然而商人的子孙们仍然不允许做官。政府根据官吏的俸禄及办公费用的数量向百姓征税。各地山、川、园、池的开发所得以及市场上商业的税务收入,再加上天子和各诸侯封君的汤沐邑的收入,这些都分别作为供应天子和诸侯封君们的生活费用,都不再向国库支取经费。从山东用水路输运到京师供给各官府的粮食,每年不超过数十万石。

至孝文时①,荚钱益多②,轻,乃更铸四铢钱,其文为"半两",令民纵得自铸钱。故吴③,诸侯也,以即山铸钱,富埒天子④,其后卒以叛逆⑤。邓通⑥,大夫也,以铸钱财过王者。故吴、邓氏钱布天下⑦,而铸钱之禁生焉⑧。

【注释】

①孝文:刘邦的儿子,汉文帝刘恒,前179—前157年在位。

②荚钱:汉高祖准许百姓自铸钱,钱愈铸愈薄,小如榆荚,故曰"荚钱"。

③吴:指刘濞(bì),高祖刘邦的侄子,前195年受封为吴王。

④埒(liè):等于。

⑤卒以叛逆:刘濞于景帝三年(前154)举兵叛乱,后被讨平。卒,终于。

⑥邓通:四川蜀郡南安(今四川乐山)人。汉文帝的男宠,曾官至上

大夫。

⑦布：流传，流通。

⑧铸钱之禁生焉：即谓武帝建元四年（前137）之国家造三铢钱，并下令"盗铸诸金钱罪皆死"事，见后文。

【译文】

到了孝文帝在位时，荚钱增多，且越来越轻了，于是改铸四铢钱，钱上标志为"半两"，允许百姓按标准自己铸造。所以吴王刘濞不过是个诸侯，就凭借自己封地内的铜山铸造钱币，富贵得可以与天子平起平坐，到后来他终于成了反叛之徒。邓通，也不过是大夫而已，因为铸钱而拥有的财富超过诸侯王。因此吴国、邓氏的铸钱遍布天下，于是朝廷禁止私人铸钱的法令就产生了。

匈奴数侵盗北边①，屯戍者多②，边粟不足给食当食者③。于是募民能输及转粟于边者拜爵④，爵得至大庶长⑤。

【注释】

①匈奴数侵盗北边：文帝三年（前177）、十四年（前166）、后元六年（前158），匈奴曾入侵北边。

②屯戍：驻扎边境。

③给食(jǐ sì)：给养。

④募民能输及转粟于边者拜爵：即汉文帝采纳晁错的意见，号召农民向国家交纳粮食，并把粮食运送到边防前线上去，而国家则按照他们所交粮食的数目，赐给相应的爵位。输，向国家捐纳粮食。拜爵，封赏爵位。汉朝的爵位共二十级，第九级的"五大夫"以上，就可以免除徭役，等于有了特权。而且这种"爵"也可以用来赎罪、减刑，还可以转卖以获得钱财。但"爵"不等于"官"，级

位再高也不能居官治民。

⑤大庶长：汉之爵位的第十八级，再往上就是侯爵了。

【译文】

匈奴多次侵掠北部边境，国家派驻了很多军队防备匈奴，边境的粮食不能充足地供给军兵士卒。于是号召百姓能贡献粮食给国家并运粮食到边境去的可以封爵，爵位最高可以到大庶长的级别。

孝景时①，上郡以西旱②，亦复修卖爵令，而贱其价以招民；及徒复作得输粟县官以除罪③。益造苑马以广用④，而宫室列观舆马益增修矣⑤。

【注释】

①孝景：汉景帝刘启，汉文帝的儿子。前156—前141年在位。

②上郡：西汉时郡名。治所在今陕西榆林东南。

③徒：被判徒刑的人。复作：已弛其刑，但尚未服满劳役的犯人。

　县官：朝廷，此指官府。除罪：免罪。

④造苑马：修造苑囿，饲养马匹。

⑤列观：各种皇室的游憩之所。舆马：车马。

【译文】

孝景帝在位时，上郡以西发生旱灾，又重新修订卖爵令，并降低所卖爵位的价格以招徕百姓；被判徒刑及服刑未满的苦役犯也可以通过向官府交纳粮食而免罪。牧苑的建造增加了用来养马的地方从而可以满足军用，宫室楼台车马也随之更多更华美了。

至今上即位数岁①，汉兴七十余年之间，国家无事，非遇水旱之灾，民则人给家足，都鄙廪庾皆满②，而府库余货财。

京师之钱累巨万③,贯朽而不可校④。太仓之粟陈陈相因⑤,充溢露积于外,至腐败不可食。众庶街巷有马,阡陌之间成群⑥,而乘字牝者摈而不得聚会⑦。守闾阎者食粱肉⑧,为吏者长子孙⑨,居官者以为姓号⑩。故人人自爱而重犯法,先行义而绌耻辱焉⑪。当此之时,网疏而民富,役财骄溢⑫,或至兼并豪党之徒⑬,以武断于乡曲⑭。宗室有土公卿大夫以下⑮,争于奢侈,室庐舆服僭于上⑯,无限度。物盛而衰,固其变也。

【注释】

①今上:这里指汉武帝刘彻,景帝之子。前140—前87年在位。

②都鄙:郡县治所所在的城邑。廪庾:米仓,通指仓库。

③累巨万:有好几个"巨万"。累,重也。巨万,也称大万,万万,即今所谓亿。

④贯:穿铜钱的绳索。校(jiào):计算,核对。

⑤太仓:都城的大仓库。

⑥阡陌:田间的小路,此指田野。

⑦字牝(pìn):有孕的母畜,此处指有孕的母马。摈:排斥。

⑧闾阎:乡党里巷的大门。粱肉:指精致的食品。

⑨为吏者长子孙:《史记集解》引如淳曰:"时无事,吏不数转,至于子孙长大而不转职任。"按,汉高祖、惠帝时任职最久的滕公,官太仆三十五年;武帝时郭广意,官光禄大夫至六十一年。

⑩居官者以为姓号:居官年久,遂以其职掌为其姓氏,如仓氏、庾氏等等。

⑪绌(chù):除去,废退。此处指避免。

⑫役财骄溢:占有财产的人骄奢放纵。役,支配,占有。

⑬或：甚或，甚至。

⑭武断：以权势独断独行。乡曲：乡村。

⑮有土：有封邑的王侯。

⑯僭（jiàn）：超越本分，冒用在上者的职权、名义行事。

【译文】

当今皇上即位已经多年，汉朝兴起则已有七十余年，国家在这段时期内平安无事，如果不是遇到水旱灾害，百姓就能做到人能自给，家能富足，都城和边邑粮食丰盈，库府储财很多。京师的钱积累数亿，穿钱的绳子朽断了，钱多得不能数清。太仓所存的粮食陈粮压着陈粮，满得溢出仓外，以至于腐败而不能食用。普通百姓居住的街巷有马，田野上马匹成群，乘有孕母马的人就要受到歧视，不许参加体面人的聚会。里巷门口的看守吃的是精美的米面肉食，做官者在任上把子孙养大成人，时间一长他们使用官名作为姓氏，所以人人自爱，不轻易去触犯法律，很看重端正的品行而避免能招致耻辱的行为。那时候，法纪宽松，百姓富足，有的人就依恃富足而放纵，行不法之事，甚至那些兼并土地、豪强霸道的人在乡里凭权势独断专行。宗室贵族、有封地的王侯、公、卿、大夫以下，追逐奢侈，住宅、车辆、衣服都超越了名分，没有限度。事物发展到鼎盛时期也就到了转衰的时候，这是必然的变化规律。

自是之后，严助、朱买臣等招来东瓯①，事两越②，江、淮之间萧然烦费矣③。唐蒙、司马相如开路西南夷④，凿山通道千余里，以广巴、蜀⑤，巴、蜀之民罢焉。彭吴贾灭朝鲜⑥，置沧海之郡⑦，则燕、齐之间靡然发动⑧。及王恢设谋马邑⑨，匈奴绝和亲，侵扰北边，兵连而不解，天下苦其劳，而干戈日滋。行者赍⑩，居者送，中外骚扰而相奉，百姓抏弊以巧法⑪，财赂衰耗而不赡。入物者补官，出货者除罪，选举陵迟⑫，廉耻相冒⑬，武力进用，法严令具。兴利之臣自此始也⑭。以上总叙所以用兴利之臣。

【注释】

①严助：原名庄助，因避汉明帝刘庄之讳，东汉人称之曰严助。严助曾劝导汉武帝用事于东越。朱买臣：武帝时先为中大夫，后又为会稽太守，是劝导并实际参加了对东越用兵的人。东瓯：汉初瓯越人建立的小国。其都城在今浙江温州。

②两越：指南越和闽越两小国。南越国都城在今广州。闽越是汉初东越人建立的小国，都城旧说在今福州，今多认为在福建武夷山。

③萧然：骚动不安的样子。烦费：耗费。

④唐蒙：先曾为番禺（今广州）令，前 135 年上书皇帝，要开通夜郎（在今贵州西北部及云南、四川二省部分地区）的道路，因之受封为中郎将，带领千余人赴夜郎。司马相如：西汉蜀郡成都人，字长卿，西汉著名的大辞赋家，又曾以中郎将身份为通西南夷事宣慰巴蜀。西南夷：指汉时对分布在今甘肃南部、四川西部、南部和云南、贵州一带的少数民族的总称。

⑤巴、蜀：皆郡名。巴郡治所在江州（今重庆嘉陵江北岸），蜀郡治所在今成都。

⑥彭吴：汉武帝官吏，奉命开通秽貊（huò mò）到朝鲜道路。贾：当依《汉书·食货志》作"穿"。凿通。

⑦置沧海之郡：沧海郡，即古秽貊国，在今朝鲜中部。梁玉绳曰："沧海郡，武帝元朔元年（前 128）置，三年罢，因秽貊内属置为郡，非以兵灭之。而灭朝鲜在元封三年（前 108），置真番、临屯、乐浪、玄菟四郡。……则'灭朝鲜''置沧海'判然两事。"

⑧靡然：犹言"纷然"，劳扰的样子。

⑨王恢设谋马邑：武帝元光二年（前133），王恢设谋伏兵马邑欲袭
　　匈奴，未成。王恢，武帝时将领，武帝时多次上书反对与匈奴和
　　亲，力主击之。因马邑之谋无功而返，武帝下令诛之，因而自杀。
　　马邑，在今山西朔州一带。

⑩赍（jī）：携带。

⑪抏（wán）弊：穷困。抏，消耗。

⑫选举陵迟：用人制度愈来愈坏。选举，地方选而举之，朝廷选择
　　任用。陵迟，衰退。

⑬冒：蒙混。

⑭兴利之臣：指以东郭咸阳、桑弘羊为首的大商人式的谋臣。

【译文】

　　从此以后，严助、朱买臣等人招徕东瓯，平定两越，江淮之间骚动不宁而资财耗费。唐蒙、司马相如开辟了通向西南夷的道路，凿山开通道路有千余里，用以开拓巴、蜀之地，巴蜀的百姓于是疲惫不堪。彭吴开通了从秽貉到朝鲜的道路，设置了沧海郡，燕、齐地区的百姓就劳扰不堪了。到王恢设马邑伏兵之计，匈奴与汉断绝和亲之好，侵扰北部边境，战争相连不断，百姓承受了繁重劳役之苦，战争日渐增多。出征者随身带着衣食，后方的人向前线运送军需，中央与地方都受到骚扰，共同供应战争需要，百姓穷困而使用巧诈方法逃避朝廷政令，政府财货耗尽而无以自足。向官府交纳财物就能做官和免罪，官吏的选拔制度到此时受到破坏，人们都顾不得廉耻之心，勇武有力者得到任用，法令也越来越严酷，越来越细致。这时候，以开发财源为能事的大臣开始出现了。以上总叙任用兴利之臣的原因。

　　　其后汉将岁以数万骑出击胡①，及车骑将军卫青取匈奴河南地②，筑朔方③。当是时，汉通西南夷道，作者数万人，千里负担馈粮，率十余钟致一石④，散币于邛、筰以集之⑤。数

岁道不通,蛮夷因以数攻,吏发兵诛之。悉巴、蜀租赋不足
以更之⑥,乃募豪民田南夷⑦,入粟县官,而内受钱于都内⑧。
以上募民田南夷入粟。兴利之事一。

【注释】

①胡:指匈奴。

②车骑(jì)将军卫青:武帝时名将,字仲卿,武帝皇后卫子夫之弟。
　数败匈奴,后官至大将军,封长平侯。车骑将军,西汉武官名。
　地位仅次于大将军、骠骑将军。河南地:今内蒙古河套地区。

③朔方:指朔方郡。郡治朔方,在今内蒙古杭锦旗北。

④钟:计量单位,六石四斗为一钟。

⑤币:财物。邛(qióng):古民族名。在今四川西昌地区。僰(bó):
　古民族名。散居于四川宜宾地区。集:安定,抚慰。

⑥更:抵偿。

⑦田南夷:在南夷地区种植庄稼。南夷在今贵州境内,即所谓夜
　郎,其地先已归汉。

⑧都内:指都内令丞,大司农的属官。

【译文】

　　此后汉将每年带数万骑兵出击匈奴,直到车骑将军卫青夺取了匈
奴的河南地区建筑了朔方城,设立朔方郡。正当这时候,汉朝修筑通往
西南夷的道路,修路的有好几万人,往千里之外运送粮食,大概十多钟
才能送到一石,又给邛人、僰人发放钱财使他们安定。道路多年未开
通,西南夷于是多次攻击筑路的汉人,汉朝官吏派兵讨伐。全部巴、蜀
地区的租赋不能满足军需,于是招募富豪之民到南夷耕种,向地方官府
交纳粮食,在京城大司农下属都内令丞那里领取款额。以上记招募豪民到
南夷耕种交纳粮食。这是第一种兴利之事。

东置沧海之郡，人徒之费拟于南夷①。又兴十万余人筑卫朔方，转漕甚辽远，自山东咸被其劳②，费数十百巨万，府库益虚。乃募民能入奴婢得以终身复③，为郎增秩④，及入羊为郎⑤，始于此。以上募民入奴婢、入羊。兴利之事二。

【注释】

①拟：等于。

②被：遭受。

③复：免除徭役。

④郎：皇帝的侍从官员。增秩：提升官职。

⑤入羊为郎：指当时大畜牧主卜式屡屡向朝廷捐献财物，被武帝任命为中郎之事。

【译文】

东面设置沧海郡，役使民众的费用与在南夷地区的花费相等。又动用十多万人建筑、守卫朔方城，转运粮食路途遥远，从崤山往东都受到了这种牵累之苦，费用达到数十、数百亿，国家府库更加空虚了。于是招募百姓，那些能向官府献奴婢的可以终身免除徭役，做郎官者得到提升，献纳羊而做郎官的事情也从此时开始。以上记招募百姓献奴婢、献羊。这是第二种兴利之事。

其后四年，而汉遣大将将六将军①，军十余万，击右贤王②，获首虏万五千级③。明年，大将军将六将军仍再出击胡，得首虏万九千级。捕斩首虏之士受赐黄金二十余万斤，虏数万人皆得厚赏，衣食仰给县官④；而汉军之士马死者十余万，兵甲之财转漕之费不与焉⑤。于是大农陈藏钱经耗⑥，赋税既竭，犹不足以奉战士。有司言："天子曰：'朕闻五帝之教不相复而治，禹、汤之法不同道而王，所由殊路，而建德一也⑦。北边未安，朕甚悼之。日者，大将军攻匈奴，斩首虏万九千级，留蹛无所食⑧。议令民得买爵及赎禁锢免减罪⑨。'请置赏官，命曰武功爵⑩。级十七万，凡直三十余万金。诸买武功爵官首者试补吏⑪，先除⑫；千夫如五大夫⑬，其有罪又减二等；爵得至乐卿，以显军功⑭。"军功多用越等⑮，大者封侯卿大夫，小者郎吏。吏道杂而多端，则官职耗废⑯。以上卖爵。兴利之事三。

【注释】

①大将将六将军：当作"大将军将六将军"。大将军指卫青。

②右贤王：匈奴西部地区的最高君长，地位仅次于单于。

③首虏：被斩的敌人首级与生获的俘虏。

④县官：指朝廷。

⑤不与焉：不计算在内。

⑥大农：官名。即大司农，九卿之一，掌管财政。陈藏：犹言旧有。经耗：疑意为尽耗，全部用尽。

⑦建德：创建了辉煌的道德、功业。

⑧留蹛(zhì)：延搁。

⑨赎禁锢：因犯罪而被禁锢者，今可交钱赎免。禁锢，因犯罪而禁止做官或参与政治活动。免减罪：即交钱可以减刑或全部免罪。

⑩武功爵：西汉设立的因武功而封的爵位，共十一级。

⑪官首：武功爵第五级。

⑫先除：优先任命。除，任命官职。

⑬千夫：武功爵第七级。

⑭爵得至乐卿，以显军功：花钱买的武功爵最高到乐卿，更高的爵

位必须靠实际军功获得。乐卿，武功爵第八级。

⑮军功多用越等：意谓真正立有军功的人受爵往往超越等级。
用，因。

⑯耗废：荒废。

【译文】

之后四年，汉朝派了大将军卫青率领六位将军，十多万军队，攻击匈奴的右贤王，共杀死和俘虏匈奴一万五千人。第二年，卫青率六位将军再次出击匈奴，共斩杀和俘获匈奴一万九千余人。那些杀死、俘虏匈奴士兵的人得到的赏赐总共有二十余万斤黄金，上万的匈奴人也得到丰厚的奖赏，吃饭穿衣都依靠汉朝官府。但汉军的士兵及战马死在战场上的也达十余万，兵器铠甲、水陆运输所需物品钱财还没有包括在内。那时候大司农原来积累的钱财耗费殆尽，赋税也已枯竭，还不够战士的供给。有关官员说："天子说：'我听说五帝虽采用互不相同的教化，却都能使国家安定太平；禹和汤的法令不相同，但都当了王。他们采用了不同的途径，而建立的功业是一样的。现在北部边塞没有得到安宁，我很忧虑。前些日子大将军北击匈奴，斩杀、俘虏了一万九千余人，到现在还未加以赏赐。可以商订一个办法，让百姓可以买爵，交钱解除禁锢或赎免减罪，从而筹到所需款项。'根据这一指示，请设置奖赏官职，名叫武功爵，十七万一级，一共可以得到三十多万金。所有捐钱买武功爵'官首'一级的试用为吏员，优先任用；'千夫'一级的和五大夫待遇相同，有罪者可以减少二等罪过；买爵的级别最高到乐卿为止，更高的则留给有实际军功的人来彰显他们的功绩。"有军功的人大多是越级提拔，功劳大的封侯做卿大夫，功劳小的可做郎、吏。官吏来源复杂又多端管理，以致有些官职接近于无用。以上记卖爵。这是第三种兴利之事。

自公孙弘以《春秋》之义绳臣下取汉相①，张汤用峻文决理为廷尉②,于是见知之法生③,而废格沮诽穷治之狱用矣④。其明年,淮南、衡山、江都王谋反迹见⑤,而公卿寻端治之⑥,竟其党与⑦,而坐死者数万人,长吏益惨急而法令明察。

【注释】

①公孙弘:西汉淄川(今山东寿光一带)人,治《春秋公羊传》,后为武帝丞相,封平津侯,尤其擅长附会《春秋》"义理"达到自己的目的。以《春秋》之义绳臣下:公孙弘为相后,曾规定各级官府都必须选配儒生为属吏;官吏的升迁,要看他们对儒家典章礼法的掌握程度;做事要以儒家经典为根据。绳,约束,以为准则。

②张汤:西汉杜陵(今陕西西安东)人,武帝时任廷尉、御史大夫,严刑峻法,打击豪强,是当时著名的"酷吏"。峻文:意同"酷法"。文,法律条文。廷尉:西汉官名,九卿之一,掌刑狱。

③见知之法:官吏见到违法之事不加纠劾即为有罪。

④废格:废除不行。沮诽:对抗皇帝的诏令。穷治之狱:追根究底地办理案件。

⑤淮南:指淮南王刘安。衡山:指衡山王刘赐。江都:指江都王刘建。

⑥寻端:寻根究底,找碴子。

⑦竟其党与:指将其党羽查得净尽。

【译文】

从公孙弘用《春秋》义理约束臣下做了汉相,张汤用严酷法令做了廷尉,于是产生了"见知之法",追根究底地查办以废除天子的命令不加执行、诽谤天子一类为罪名的案子也出现了。这之后的第二年,淮南王、衡山王、江都王阴谋造反的事露出了迹象,公卿们寻根究底地来审理,追查他们的党羽,被牵连到此案内而被判死罪的人数达到数万,官吏们的执法更加严峻，且法令条文愈来愈苛细。

当是之时，招尊方正贤良文学之士①，或至公卿大夫。公孙弘以汉相，布被，食不重味②，为天下先。然无益于俗，稍骛于功利矣③。以上严刑法骛功利之由。

【注释】

①方正贤良文学：贤良方正，或贤良文学，或贤良与文学并立，均为汉代选拔官吏的科目，凡选中者，皆授官职。

②食不重（chóng）味：吃饭时只吃一个菜。

③骛：追求。

【译文】

这时候，朝廷招徕、尊敬方正贤良文学这类读书人，有人做到了公卿大夫。公孙弘做汉丞相，盖布被子，吃得很俭朴，为的是给天下的人树立一个榜样。但是对于改变当时的社会风气并没有太多益处，因为人们已经逐渐地全部去追求功利了。以上记刑法严苛、追求功利的原因。

其明年，骠骑仍再出击胡①，获首四万。其秋，浑邪王率数万之众来降②，于是汉发车二万乘迎之。既至，受赏，赐及有功之士。是岁费凡百余巨万。以上伐胡耗财。

【注释】

①骠骑：指骠骑将军霍去病。骠骑将军，高级武官名，仅次于大将军。

②浑邪王：浑邪是匈奴的一个部落，浑邪王指浑邪部落的首领。

【译文】

又过了一年，汉朝骠骑将军两次北击匈奴，杀死匈奴兵达四万人。那年秋天，匈奴的浑邪王率领部众数万前来归降，因此汉朝发动两万辆车前往迎接。等他们到达长安，都受到汉朝赏赐，霍去病及手下立下军功者也都受到朝廷赏赐。这一年总共花费达到了一百多亿。以上记讨伐匈奴耗费钱财。

初，先是往十余岁河决观①，梁、楚之地固已数困②，而缘河之郡堤塞河，辄决坏，费不可胜计。其后番系欲省底柱之漕③，穿汾、河渠以为溉田④，作者数万人；郑当时为渭漕渠回远⑤，凿直渠自长安至华阴，作者数万人；朔方亦穿渠，作者数万人：各历二三期，功未就，费亦各巨万十数。以上塞河穿渠耗财。

【注释】

①观：观县，在今河南清丰西南。

②梁、楚：都是西汉时分封的诸侯国。梁国治所在睢阳（今河南商丘南），楚国治所在彭城（今江苏徐州）。

③番(pó)系：人名。武帝时任河东太守，建议以汾水灌田以节漕运。底柱：即底柱山，位于今河南三门峡市。

④穿汾、河渠：番系为避免底柱漕运的艰难，故倡议在河东地区开渠引黄河水、汾水，经黄河、渭水，直接向长安供应粮食。汾、河，汾水、黄河。

⑤郑当时：人名。武帝时任大司农。渭漕渠：通过渭水向长安运送粮食的渠道。回远：曲折绕远。

【译文】

最初，十多年前黄河在观县决口，梁、楚一带本来遭受数年灾荒，沿河的郡筑堤以堵塞黄河决口，又经常被黄河冲坏，损失无法算清。之后番系为了避开底柱山一段艰难的水运，开渠引汾水和黄河用以灌溉农田，修挖渠道的人达到数万；郑当时因为渭水运输曲折路远，开凿了从长安到华阴的直渠，修渠者也达数万；朔方郡也在开渠，劳力也达数万人：这些工程都经历了两三年，却没有完成，各处费用也都各以十亿计了。以上记堵塞黄河决口与开挖河渠耗费钱财。

　　天子为伐胡，盛养马，马之来食长安者数万匹，卒牵掌者关中不足，乃调旁近郡。而胡降者皆衣食县官，县官不给，天子乃损膳①，解乘舆驷②，出御府禁藏以赡之③。以上养马耗财。

【注释】

　　①损膳：降低伙食标准。

　　②乘舆：皇帝的车驾。驷：原指一车四马，这里即指拉车的马。

　　③出御府禁藏(zàng)：拿出皇帝私人府库中贮存的东西。御府、禁藏，皆皇家府库，上属少府。

【译文】

　　天子为了讨伐匈奴，大量喂养马匹，长安城内饲养了数万匹马，征调马夫时，关中地区不能满足，就征调附近郡的。而匈奴归降的人衣食都是官府供给，官府供给匮乏了，天子就降低伙食标准，减少自己御用的车马，拿出内廷府库所藏钱财供养这些人。以上记养马耗费钱财。

　　其明年，山东被水灾，民多饥乏，于是天子遣使者虚郡国仓廪以振贫民①。犹不足，又募豪富人相贷假②。尚不能相救，乃徙贫民于关以西③，及充朔方以南新秦中④，七十余万口，衣食皆仰给县官。数岁，假予产业，使者分部护之⑤，冠盖相望。其费以亿计，不可胜数。以上赈灾耗财。

【注释】

①仓庾（kuài）：粮库。

②贷假：借贷。

③关：指函谷关。

④新秦中：古地区名。在今内蒙古河套一带。前214年，秦始皇派蒙恬打退匈奴，取得其他。因其地近秦中（今陕西中部地区），故称之曰新秦中，属朔方郡。

⑤分部：按区，按片。护：监护，管理。

【译文】

第二年，山东地区遭受水灾，百姓大多饥寒交迫，于是天子派使者把郡国粮仓的粮食都拿出来以赈济灾民。这样还是不够用，又招募富豪之家把粮食借给灾区贫民。还是不能救济所有贫民，于是将贫民迁徙到函谷关以西地区，充实朔方以南新秦中地区，迁徙的达七十多万口，吃穿都依靠官府供给。几年之中，政府借给他们住宿、生产所需，派使者把这些迁徙之民分部管理，使者的车辆在长安到新秦中的路上络绎不绝，花费以亿计算，没法数清。以上记赈灾耗费钱财。

于是县官大空，而富商大贾或蹛财役贫①，转毂百数②，废居居邑③，封君皆低首仰给。冶铸煮盐，财或累万金，而不佐国家之急，黎民重困。于是天子与公卿议，更钱造币以赡用，而摧浮淫并兼之徒④。是时禁苑有白鹿而少府多银锡⑤。自孝文更造四铢钱⑥，至是岁四十余年，从建元以来⑦，用少，县官往往即多铜山而铸钱，民亦间盗铸钱，不可胜数。钱益多而轻,物益少而贵。有司言曰:"古者皮币⑧,诸侯以聘享⑨。金有三等,黄金为上,白金为中⑩,赤金为下⑪。今半两钱法重四铢,而奸或盗摩钱里取镕⑫,钱益轻薄而物贵,则远方用币烦费不省。"乃以白鹿皮方尺,缘以藻缋⑬,为皮币,直四十万。王侯宗室朝觐聘享⑭,必以皮币荐璧⑮,然后得行。

【注释】

①蹛财役贫:积聚财货,役使百姓。蹛,通"滞"。贮藏意。

②转毂:转运财货的车子。

③废居居邑:舍弃乡村旧居而居住在城市中。

④摧:打击。浮淫并兼之徒:骄横不法的豪强和兼并土地的富商大贾。

⑤禁苑:皇家苑囿。少府:官名,九卿之一,负责为皇帝私家理财,掌管山川池泽的收入和供皇室使用的手工制造等。

⑥四铢钱:前175年,孝文帝下令改铸四铢重的"半两"钱为法定货币。

⑦建元:汉武帝的第一个年号,前140—前135。

⑧皮币:以毛皮作货币。

⑨聘享:聘问献纳。指诸侯间的礼节性往来。

⑩白金:白银。

⑪赤金:黄铜。

⑫摩:通"磨"。磨错。钱里:没有文字的钱面。

⑬藻缋(huì):彩绣。

⑭朝觐:王侯见天子称朝觐。

⑮荐:衬垫。

【译文】

这时国库空虚了,而富商大贾却有人囤积财物奴役贫民,运货车辆数以百计,舍弃乡村旧居而居住在城市中贱买贵卖,即使有封邑的列侯都要俯首依靠他们供给。这些人冶铁煮盐,有的积累钱财达万金,却不愿帮助国家度过危难,普通百姓变得更加贫困。天子于是同公卿们商议:通过改铸新钱、制造新币来充盈财政之用,并打击那些不法的兼并土地的富商大贾。这时天子苑囿中有白鹿,少府也存有很多银锡。自从孝文帝改铸四铢钱,到此时已是四十多年了,从建元以来,钱财少,官府于是在铜矿的山边铸钱,豪强之家也偷偷铸钱,多不可数。钱增加越来越多,却越来越不值钱,货物越来越少,价格变得更昂贵。有关官员就说:"古时候的皮币,诸侯用它聘问献纳。金分上中下三等,依次为黄金、白金、赤金。现在用的半两钱标准重量为四铢,奸邪之人偷偷地磨损钱币的里面从而获得铜屑熔铸成钱,钱币越来越轻而物价愈加昂贵,因而边塞之地用钱烦费不省。"于是用白鹿皮,一尺见方,边缘用彩线刺绣,制成皮币,一张值四十万,王侯宗室朝觐聘享必须要以皮币垫璧,这以后才能行礼。

又造银锡为白金。以为天用莫如龙①,地用莫如马,人用莫如龟,故白金三品:其一曰重八两,圜之,其文龙,名曰"白选",直三千;二曰以重差小,方之,其文马,直五百;三曰复小,撱之,其文龟,直三百。令县官销半两钱,更铸三铢钱②,文如其重。盗铸诸金钱罪皆死,而吏民之盗铸白金者不可胜数。以上鹿皮币、白金三品。兴利之事四。

【注释】

①用:行事,行动。

②更铸三铢钱：这是武帝之第二次铸"三铢钱"，第一次在建元元年（前140）。

【译文】

又把银锡制造成白金。官员认为在天空飞行的东西中没有什么能比得上龙，陆地上跑的东西没有什么能比得上马，人们使用的物件中，没有什么能比得上龟，所以白金又分三类：一为重八两，圆形，上面花纹呈龙状，名为"白选"，每个价值三千；第二种重量稍轻些，方形，马形花纹，每个价值五百；第三种更轻，椭圆形状，花纹为龟，每个价值三百。命令地方官府把半两钱加以销毁，改铸三铢钱，钱上的标志文字与实际重量一致。偷铸各种白金钱和三铢钱的人都要处死，但官吏与百姓私自铸造白金钱的仍不可胜数。以上记鹿皮币、三种白金。这是第四种兴利之事。

于是以东郭咸阳、孔仅为大农丞①，领盐铁事；桑弘羊以计算用事②，侍中③。咸阳，齐之大煮盐④，孔仅，南阳大冶，皆致生累千金，故郑当时进言之。弘羊，雒阳贾人子，以心计，年十三侍中。故三人言利事析秋毫矣⑤。

【注释】

①大农丞：大农令（后称大司农）的副职。

②桑弘羊：武帝时任治粟都尉，领大司农。昭帝时为御史大夫。计算：核算数目，会计。用事：主事，掌权。

③侍中：在宫中侍奉皇帝。后成为官名。

④大煮盐：大盐商。

⑤利事：赢利之事。析秋毫：极言其计算之精，毫厘不差。秋毫，秋天新长出的兽毛，以喻事物之细小。

【译文】

当时任用东郭咸阳、孔仅做大农丞,掌管盐铁事宜;桑弘羊凭借计算才能而主事,在皇帝身边侍奉。东郭咸阳是齐地大盐商,孔仅是南阳大铁商,都置有产业积累千金财富,所以郑当时推荐他们。桑弘羊,是洛阳一个商人的儿子,因工于心算,十三岁就到宫中侍奉皇帝。因此这三人谈赢利之事可以说是算计到了最细微的程度。

法既益严,吏多废免。兵革数动,民多买复及五大夫①,征发之士益鲜。于是除千夫、五大夫为吏②,不欲者出马;故吏皆通適令伐棘上林③,作昆明池④。

【注释】

①买复:百姓缴纳一定的财物以免徭役。五大夫:汉之爵位第九级。文帝时规定百姓可以捐粮买爵,到五大夫一级就可以免徭役。

②除千夫、五大夫为吏:按,当时法令严酷,为吏者极易得罪,有爵者常不想为吏,这是强制他们为吏。

③故吏:指因罪被免的官吏。適:通"谪"。责罚。上林:上林苑,汉代皇家猎场。故址在今西安西。

④昆明池:武帝为练水军而修造。故址在今西安西南一带。

【译文】

法令更加严峻,官吏多被罢黜。多次的战争,百姓很多为免除徭役买爵至五大夫级别,能够征调来的士兵日益减少。所以任命有武功爵千夫和民爵五大夫的人为吏,不愿为吏者要交纳一匹马。原来因罪被免的官吏都罚到上林苑打柴,或去修昆明池。

其明年,大将军、骠骑大出击胡①,得首虏八九万级,赏赐五十万金,汉军马死者十余万匹,转漕车甲之费不与焉。是时财匮,战士颇不得禄矣。

【注释】

①大将军:指卫青。骠骑:指霍去病。

【译文】

第二年,卫青、霍去病率兵大举北击匈奴,共斩首及俘虏达八九万人之多,赏赐他们五十万金。汉朝军队战马死亡达十万多匹,这还不包括水陆运输、车甲费用。这时候财用匮乏,战士有时连每月的薪水都不能按时拿到。

有司言三铢钱轻,易奸诈,乃更请诸郡国铸五铢钱,周郭其下①,令不可磨取镕焉。

【注释】

①周郭:铜钱的周围轮廓。郭,同"廓"。边缘。

【译文】

有关官员说三铢钱轻,容易为奸诈之徒造假,于是建议各郡国改铸五铢钱,钱币外沿铸成厚边,使私人无法从中磨得铜屑盗铸成钱。

大农上盐铁丞孔仅、咸阳言①:"山海,天地之藏也,皆宜属少府②,陛下不私,以属大农佐赋③。愿募民自给费④,因官器作煮盐,官与牢盆⑤。浮食奇民欲擅管山海之货⑥,以致富羡,役利细民⑦。其沮事之议⑧,不可胜听。敢私铸铁器煮盐者，钛左趾⑨，没入其器物。郡不出铁者，置小铁官⑩，便属在所县。"使孔仅、东郭咸阳乘传举行天下盐铁⑪，作官府，除故盐铁家富者为吏。吏道益杂，不选⑫，而多贾人矣。以上行盐铁。兴利之事五。

【注释】

①盐铁丞：大司农的属官，分管盐铁事务。

②少府：西汉官名。九卿之一。掌山海池泽的收入及皇室用品制作。

③属大农佐赋：意即将其归为国用，令其补充赋税之不足。按，少府为皇帝私人理财，大农令管理全国的财政收支。山海之利原属少府，后因对外用兵，财力不足，而转归大农，故二人有所谓"不私""佐赋"之说。

④自给费：自己准备费用。

⑤牢盆：煮盐用的铁盆。

⑥浮食奇民：指从事商业的商人和豪强。擅管：独占，垄断。

⑦细民：贫民。

⑧沮事：破坏确定的事，这里指反对盐铁官营。

⑨钛(dài)：在足上套上钳形铁块。

⑩小铁官：《史记集解》引邓展曰："铸故铁。"意即主管熔化废铁以铸造日常用具。因为当时禁民私铸，故这等事也须设官主之。

⑪举行：全面地巡行视察。举，全部。

⑫不选：不再经过各郡、国的荐举与朝廷的选拔。

【译文】

大农奏上盐铁丞孔仅、东郭咸阳的意见说："山海，是天地间物产的储藏之所，都应归少府，但陛下不私占，把它们划归大农以补充国家赋税的不足。希望朝廷招募百姓自己拿经费，用公家的器具来煮盐，官府给他们牢盆。从事商业的商人和豪强想独占山海间的财货，大发其财，役使贫民以牟暴利。他们发出对盐铁官营的抗议，多得听不过来。请求今后胆敢私自铸造铁器和煮盐的人，以钛左脚的刑罚制裁他们，并没收他们的器物。不产铁的郡，设小铁官，就便管辖所在郡各县熔废铁铸铁器的事。"皇帝指派孔仅、东郭咸阳乘传车巡行视察全国各地盐铁官营事务，设立主管此事的官府，任用以前那些富有的盐铁商人为吏。为官之途更加杂乱，不通过正常选拔，当官的商人就多起来了。以上记实行盐铁官营。这是第五种兴利之事。

商贾以币之变，多积货逐利。于是公卿言："郡国颇被灾害，贫民无产业者，募徙广饶之地。陛下损膳省用，出禁钱以振元元，宽贷赋，而民不齐出于南亩，商贾滋众。贫者畜积无有，皆仰县官。异时算轺车①，贾人缗钱皆有差②，请算如故。诸贾人末作贳贷卖买③，居邑稽诸物，及商以取利者，虽无市籍，各以其物自占④，率缗钱二千而一算⑤。诸作有租及铸⑥，率缗钱四千一算。非吏比者三老、北边骑士⑦，轺车以一算；商贾人轺车二算；船五丈以上一算。匿不自占，占不悉⑧，戍边一岁，没入缗钱。有能告者，以其半畀之⑨。以上算缗钱。兴利之事六。贾人有市籍者，及其家属，皆无得籍名田⑩，以便农。敢犯令，没入田僮。"

【注释】

①异时：昔日，前些时候。王先谦引沈钦韩曰："'异时'谓元光六年（前129），初算商车也。"算轺车：让有轺车的人纳税。算，汉代一种赋税的名称。轺车，轻型马车。

②贾人缗(mǐn)钱：让商人按资金的数目纳税。缗钱，此指商人的资本。实际要将家中的牛马、奴婢等全部折价估算在内。缗，穿铜钱的丝绳。差：等级，规定。按，当时铜钱一千文为一贯，每贯纳税二十文。

③贳(shì)贷卖买：即指交易活动。贳贷，借贷。

④占：估算。

⑤率(lù)缗线二千而一算：大体规定为有二千文的资金就要纳"一算"的税。率，一律，一概规定。算，税款单位，合一百二十文。

⑥诸作：各种手工业。有租及铸：租用官府器具煮盐、冶铁者。

⑦吏比者：和官吏相等的人。特指有勋爵的人。三老：掌乡村教化的人。

⑧占不悉：自报的资本不实，不够数。悉，全，全数上报。

⑨畁(bì)：给予。

⑩籍名田：使土地归其名下，即购买、占有土地。籍，登记，上簿。

【译文】

商人因为币制的多变，大量存贮货物以牟取利润。于是公卿建议说："郡国受灾很严重，那些没有产业的贫困之人，可以招募他们迁徙到宽广富饶的地方。陛下省吃俭用，用宫廷的钱赈济灾民，并减缓赋税，但百姓却未完全走回田地从事农耕，商人反而日益增多了。贫困者没有任何积蓄，全靠官府供养。从前征收车马税，及向商人征收的税金都各有规定，最好还征收如旧。所有的商人和从事末业者，放高利贷的，贱买贵卖投机的，城里囤积居奇的，及其余的以商业牟取利益的，即使没有商人户籍，也需让他们自己估算财产数量，全部按每二千钱交一百二十钱纳税。手工业者、租用官府器具煮盐冶铁的，都按每四千钱交一百二十钱纳税。除了与吏同等的人及三老、北部边塞骑士以外，其余轺车每辆征收一百二十钱；商人拥有轺车每辆二百四十钱；船五丈以上的征收一百二十钱。隐瞒不报或所报不全的，要戍边一年，没收家产。若有举报之人，没收的财产奖励一半给他。以上为算缗钱。这是第六种兴利之事。有市籍的商人，同他们的家属都无权占有土地，以使农民受益。胆敢触犯诏令的人，将其田产及仆人没收。"

天子乃思卜式之言，召拜式为中郎，爵左庶长，赐田十顷，布告天下，使明知之。

【译文】

天子于是想起了卜式的话，就把他召来，拜他为中郎，授爵为左庶长，并赏赐给他十顷田产，还把此事公告天下黎民，使人们清楚地知道。

初，卜式者，河南人也①，以田畜为事。亲死②，式有少弟，弟壮，式脱身出分③，独取畜羊百余，田宅财物尽予弟。式入山牧十余岁，羊致千余头，买田宅。而其弟尽破其业，式辄复分予弟者数矣。是时汉方数使将击匈奴，卜式上书，原输家之半县官助边。天子使使问式："欲官乎？"式曰："臣少牧，不习仕宦，不愿也。"使问曰："家岂有冤，欲言事乎？"式曰："臣生与人无分争。式邑人贫者贷之④，不善者教顺之，所居人皆从式，式何故见冤于人！无所欲言也。"使者曰："苟如此，子何欲而然⑤？"式曰："天子诛匈奴，愚以为贤者宜死节于边⑥，有财者宜输委⑦，如此而匈奴可灭也。"使者具其言入以闻。天子以语丞相弘。弘曰："此非人情。不轨之臣⑧，不可以为化而乱法⑨，愿陛下勿许。"于是上久不报式，数岁，乃罢式。式归，复田牧。岁余，会军数出，浑邪王等降，县官费众，仓府空。其明年，贫民大徙，皆仰给县官，．

无以尽赡。卜式持钱二十万予河南守,以给徙民⑩。河南上富人助贫人者籍,天子见卜式名,识之,曰"是固前而欲输其家半助边",乃赐式外繇四百人⑪。式又尽复予县官。是时富豪皆争匿财,唯式尤欲输之助费。天子于是以式终长者,故尊显以风百姓⑫。

【注释】

①河南:指河南郡,治所在今洛阳东北。

②亲:父母。

③出分:分家。

④邑人:乡里人。

⑤何欲而然:有什么要求而这样做。

⑥死节:为表现忠于国家的气节而战死。

⑦输委:委输,献出财物给国家。

⑧不轨:这里指不合常情。

⑨不可以为化:意谓不能树之为榜样以教化世人。

⑩以给徙民:赞助给国家充当安置移民之用。徙民,安置移民。

⑪外繇四百人:四百人的欲免除戍边之役所纳的钱数。外繇,免除徭役。繇,通"徭"。

⑫风:诱导,教化。

【译文】

起初,有河南人卜式,以种田放牧为生。父母亲死后,卜式有个幼弟,他的弟弟长大后,卜式和他分了家,只是要了家中养的羊中的一百余只,田宅财物都给了他的弟弟。卜式到山里去牧羊,十多年后,他的羊繁殖到了一千多只,置买了自己的田宅。但他的弟弟完全破产,卜式就又多次将田产分给他的弟弟。当时,汉朝屡次派将军攻打匈奴,卜式上书，表示愿意将一半家产捐献给国家以帮助边关战事。天子派使臣问卜式："你想做官吗？"卜式说："我从小放牧，不熟悉做官为宦的事，不愿意。"使臣又问道："难道是家中有冤屈，想要上诉吗？"卜式说："我生来与别人没有争斗。我对于同邑乡亲，贫穷的救济，不务正业的教化他们走正道，乡亲们都听我的。我有什么理由会被别人冤枉呢？没有什么要上诉的。"使者说："如果是这样，你为什么要这么做呢？"卜式说："天子攻伐匈奴，我认为有能力的人应该到边关效命，有财物的人应该捐献财物，这样的话，匈奴就可以被消灭了。"使者把卜式的话原原本本传入宫中报与天子得知。天子把这些话都告诉了丞相公孙弘，公孙弘说："这不是人之常情！不守本分的人，不能够作为教化人的榜样而扰乱法度，请陛下不要答应他！"于是天子很久没有答复卜式。几年后，才让他回归故里。卜式回去后，仍然从事耕种与放牧。又经过一年多，赶上朝廷又几次发兵，浑邪王所部前来归降，官府的开支极大，仓库空虚。第二年，贫民大量迁徙，又全依靠官府，而官府无法完全满足他们的需要。卜式又带了二十万钱给了河南太守，用以供迁徙贫民之用。河南地方政府将救助贫民的富人名单上报，天子看见了卜式的名字，对他还有印象，说："这个人就是以前想捐一半家业帮助边关战事那位。"于是赏赐卜式相当于四百人免除徭役应纳钱数的钱财，卜式又把这些钱全部捐给了官府。这时候富豪人家无不争相隐瞒财产，只有卜式还想捐献财物以助国家。到了此时天子认为卜式到底是德行高尚的人，所以给了他尊贵的地位来教育百姓。

　　初，式不愿为郎。上曰："吾有羊上林中，欲令子牧之。"式乃拜为郎，布衣屩而牧羊①。岁余，羊肥息②。上过见其羊，善之。式曰："非独羊也，治民亦犹是也。以时起居；恶者辄斥去，毋令败群。"上以式为奇，拜为缑氏令试之③，缑氏便之。迁为成皋令④,将漕最⑤。上以为式朴忠,拜为齐王太傅⑥。以上贵卜式。

【注释】

①屫(jué):草鞋。

②息:繁殖。

③缑氏:县名。县治在今河南偃师南。

④成皋:县名。县治即今河南荥阳之汜水镇。

⑤将漕最:管理漕运工作做得最好。将,统领,管理。

⑥齐王太傅:西汉时,为诸侯王设太傅,职在辅王,薪二千石。齐王,此指汉武帝的儿子刘闳。

【译文】

卜式最初不愿做郎官。皇上说:"我的上林苑中养着羊,想让你为我放牧。"卜式于是做了郎官,披布衣穿草鞋从事放牧职业。一年多后,羊长肥了,也繁殖了很多。皇上过来看他的羊,称赞卜式。卜式说:"不光对羊,治理百姓也是如此。按时让他们劳动、休息;作恶的就马上别除出去,不能让他们害了群体。"皇上认为卜式是奇才,于是任命他做缑氏县令来试试他的才干,缑氏人很满意他的治理。他又出任成皋县令,结果成皋的漕运做得最好。皇上认为卜式朴实忠厚,让他做了齐王太傅。以上记尊崇卜式。

而孔仅之使天下铸作器,三年中拜为大农,列于九卿①。而桑弘羊为大农丞,筦诸会计事②,稍稍置均输以通货物矣③。

【注释】

①九卿：汉时九种官职，指太常、光禄勋、卫尉、太仆、廷尉、大鸿胪、宗正、大司农、少府。

②筦：同"管"。会计：为朝廷掌管财物赋税，进行汇统的工作。

③均输：汉武帝实行的一项经济措施。在大司农属下置均输令、丞，统一征收、买卖和运输货物。目的是稳定物价，不使商人操纵市场。

【译文】

孔仅办理全国的冶铸铁器工作，三年之间被拜为大农，位列九卿。而桑弘羊做大农丞，管理所有的会计事项，逐渐设置均输官使天下货物畅通。

始令吏得入谷补官，郎至六百石官员。以上入谷补官。兴利之事六。

【译文】

开始让小吏交粮食补为官员，郎官交粮可以升至六百石官员。以上记交粮食可以补官。这是第六种兴利之事。

自造白金、五铢钱后五岁，赦吏民之坐盗铸金钱死者数十万人。其不发觉相杀者，不可胜计。赦自出者百余万人①，然不能半自出。天下大抵无虑皆铸金钱矣②。犯者众，吏不能尽诛取，于是遣博士褚大、徐偃等分曹循行郡国③，举兼并之徒守相为利者④。而御史大夫张汤方隆贵用事⑤，减宣、杜周等为中丞⑥，义纵、尹齐、王温舒等用惨急刻深为九卿⑦，而直指夏兰之属始出矣⑧。

【注释】

①自出：自首。

②无虑：大约。

③博士：有二义，一为帝王的侍从官名，在帝王身边以备顾问；一为太学里的教官，讲授儒家经典，其学员则称"博士弟子"。下面所说的褚大、徐偃，应属前一类。褚大：人名。兰陵（今山东枣庄东南）人，董仲舒弟子。分曹：分批。循：通"巡"。视察。

④为利者：贪污受贿的。底本"利"作"吏"，据《史记·平准书》改。

⑤御史大夫：西汉时仅次于丞相的最高长官，司掌监察、执法等。张汤：杜陵（今西安东南）人，时任御史大夫，建议铸白金、五铢钱，支持盐铁官营，打击富商豪杰。也是当时著名酷吏。

⑥减宣：杨县（今山西洪洞东南）人，西汉酷吏。以主办主父偃、淮南王案而显名。杜周：南阳杜衍（今河南南阳西南）人，西汉酷吏。善于揣摩武帝的旨意。其为廷尉期间执法严酷，诏狱大增，京师狱中人数达六七万。中丞：官名。即御史中丞，御史大夫副职。

⑦义纵：河东（今山西夏县北）人，西汉酷吏。以捕案王太后外孙，武帝以为能。在定襄太守任上，以"为死罪解脱"的罪名，一日杀重罪犯及其亲属宾客四百余人。尹齐：东郡茌平（今山东茌平）人，西汉酷吏。为中尉时"吏民益凋敝"。王温舒：阳陵（今陕西咸阳）人，西汉酷吏。曾任河内太守，捕杀河内豪强，流血十余里。

⑧直指：官名。汉武帝时朝廷设置的专管巡视、处理各地政事的官员，也称直指使者，因出巡时穿着绣衣，故又称绣衣直指，或称直指绣衣使者。秩六百石，但权力甚大。夏兰：人名。西汉官吏，武帝时任直指绣衣御史。

【译文】

开始铸造白金、五铢钱以后五年,赦免的官吏及百姓私铸金钱者有几十万人。那些应判死罪而没有明确罪证的,无法计算。赦免了自首的一百多万人,然而自首的人仍不到一半。天下的人大都私铸金钱。触犯国法的很多,官吏也不能将这些人全都抓出来,于是汉朝派遣博士褚大、徐偃等分批下到各郡国巡察,检举那些兼并土地的人和在下面营私舞弊的郡守、国相。御史大夫张汤正值权势尊贵,减宣、杜周等人正做中丞,义纵、尹齐、王温舒等人以执行严刑峻法位列九卿,而直指使者夏兰这些人也开始出现了。

而大农颜异诛。初,异为济南亭长,以廉直稍迁至九卿。上与张汤既造白鹿皮币,问异。异曰:"今王侯朝贺以苍璧,直数千,而其皮荐反四十万[①],本末不相称。"天子不说。张汤又与异有隙,及人有告异以它议,事下张汤治异。异与客语,客语初令下有不便者[②],异不应,微反唇[③]。汤奏异当九卿见令不便,不入言而腹诽[④],论死。自是之后,有腹诽之法以此,而公卿大夫多谄谀取容矣[⑤]。以上刑法日峻而颜异诛。

【注释】

①皮荐:指白鹿皮币。诸侯朝觐需以之为珪璧的垫子。

②初令:新令。指颁行白鹿皮币事。

③微反唇:稍稍撇了下嘴。

④腹诽:内心里诽谤朝政。

⑤取容:讨好别人以求自己安身。

【译文】

而大农令颜异被诛杀了。起初,颜异为济南亭长,因为廉洁清正而渐渐升职做了九卿。皇上与张汤已制造了白鹿皮币,问颜异的看法,颜异说:"现在王侯朝贺都用苍璧,价值数千,而它的皮垫反而值四十万,本末不相称。"天子听后很不高兴。张汤又与颜异私下有些过节,这时有人因其他问题告发颜异,案件交由张汤审理。颜异同客人谈话,客人提到造白鹿皮币的诏令引起很多不便,颜异没有做出明确反应,只是稍稍撇了一下嘴唇。张汤上奏颜异身为九卿要职,听到新令颁行有所不便,没有上书直言却在心里藏有诽谤之意,判为死刑。从此以后,因为有了这类"腹诽"之法,于是公卿大夫就极尽谄媚阿谀之能事而但求保命了。以上记刑法日益严峻,颜异因腹诽罪被杀。

天子既下缗钱令而尊卜式①,百姓终莫分财佐县官,于是杨可告缗钱纵矣②。

【注释】

①缗钱令:汉武帝元狩四年(前119)颁布算缗钱的法令。

②杨可告缗:算缗令颁布后,为了防杜隐匿或虚报,元鼎三年(前114)又发布"告缗令"并任命杨可主持告缗工作。告缗,奖励告发隐匿缗钱逃避税款。纵:放开,放手实行。

【译文】

天子已经颁布了缗钱令并且推尊卜式,而百姓却终究没有分出私家财产来帮助官府的,于是杨可主持的让百姓举报隐匿缗钱的"告缗"就放开实行了。

郡国多奸铸钱,钱多轻,而公卿请令京师铸钟官赤侧①,

一当五,赋官用非赤侧不得行②。白金稍贱,民不宝用③,县官以令禁之,无益。岁余,白金终废不行。

【注释】

①钟官:西汉官名。水衡都尉属官,司掌铸钱。赤侧:货币名。其钱外廓用赤铜铸造,故曰赤侧。

②赋官用:交赋税和上官府缴钱。

③宝:爱,喜欢。

【译文】

郡国里很多人违法私自铸钱,很多钱重量轻,公卿奏请命令京师钟官铸造赤侧钱,一钱当作五钱,交赋税和上官府缴钱一律使用赤侧钱。白金逐渐地也变贱了,人民不愿用,官府用法令禁止这种情况发生,然而无济于事。一年多后,白金终究还是被废除而不能再通用了。

是岁也,张汤死而民不思。

【译文】

这一年张汤死了,而百姓并不怀念他。

其后二岁,赤侧钱贱,民巧法用之①,不便,又废。于是悉禁郡国无铸钱,专令上林三官铸②。钱既多,而令天下非三官钱不得行,诸郡国所前铸钱皆废销之,输其铜三官。而民之铸钱益少,计其费不能相当,唯真工大奸乃盗为之③。

以上赤侧钱及输铜三官。兴利之事八。

【注释】

①巧法用之：以巧诈办法不按政府规定使用它。

②上林三官：水衡都尉的三个属官，指钟官、辨铜、技巧三令丞。因
　　水衡都尉设在上林苑，所以称上林三官。

③真工大奸：具有高超技术的豪民巨富。

【译文】

　　之后两年，赤侧钱贬值，百姓以巧诈办法不按政府规定使用它，对
国家不利，又废止了。到这时完全禁止郡国自行铸钱，专门命令上林三
官负责铸钱。等到这种钱多起来后，于是命令天下非三官钱不得流通
使用，所有郡国从前铸的钱都禁止流通并加以销毁，把铜上交三官。于
是百姓私铸钱的也就渐渐少了，因为计算后发现盗铸成本高过了所得，
这时只有一些有盗铸绝技的人还在做这种事。以上记铸赤侧钱以及把销毁
旧币所得的铜都上交上林三官铸造三官钱。这是第八种兴利之事。

　　卜式相齐，而杨可告缗遍天下，中家以上大抵皆遇告①。
杜周治之，狱少反者。乃分遣御史廷尉正监分曹往②，即治
郡国缗钱，得民财物以亿计，奴婢以千万数，田大县数百顷，
小县百余顷，宅亦如之。于是商贾中家以上大率破，民偷甘
食好衣③，不事畜藏之产业，而县官有盐铁缗钱之故，用益
饶矣。

【注释】

①中家：中等产业的人家。西汉时以十万资产为中家。

②御史：御史大夫的属官，主管检举、纠弹。廷尉正监：廷尉正和廷
　　尉监，都是廷尉的属官，主管司法刑狱。

③偷：苟且。甘食好衣：吃好的，穿好的。意即有多少花多少，过一

天算一天。

【译文】

卜式做了齐相，杨可主持告缗之事，于是举报隐匿缗钱的案件遍布天下，中产以上的人家大都受到告发。杜周负责审理，案子很少有能翻案的。于是分派御史、廷尉正、廷尉监前往审理郡国内告缗案件，没收百姓的钱财多得以亿计算，奴婢以千万计算，田地大县有数百顷，小县百余顷，住宅也如此。因此中产以上的商贾大多破产，人们只贪图目前的衣食舒适，而不愿再积蓄财产，而官府由于有了盐铁官营及告缗所得，费用更加充足了。

益广关①，置左右辅②。以上杨可告缗即郡国治缗。兴利之事九。

【注释】

①益广关：把原在今河南灵宝东北的函谷关向东移，迁到今新安东，离旧关三百里。

②置左右辅：设左辅都尉，治高陵（今陕西高陵）。设右辅都尉，治郿鄠（今陕西眉县）。

【译文】

又向东移置了函谷关，并设置了左、右辅。以上记杨可主持告缗，各郡国治理告缗案。这是第九种兴利之事。

初，大农筦盐铁官布多，置水衡①，欲以主盐铁；及杨可告缗钱，上林财物众，乃令水衡主上林。上林既充满，益广。是时越欲与汉用船战逐②，乃大修昆明池③，列观环之。治楼船，高十余丈，旗帜加其上，甚壮。于是天子感之，乃作柏梁台④，高数十丈。宫室之修，由此日丽。

【注释】

①水衡：水衡都尉，掌上林苑，并兼管税收、铸钱。

②越：此指南越。欲与汉用船战逐：汉朝建立后，曾派陆贾两次出
使，说服了南越王臣附于汉。武帝即位后，欲使南越进一步臣服
如内诸侯，故引发了南越与汉的战争。

③大修昆明池：指汉武帝元狩三年（前120）、元鼎二年（前115）两次
修昆明池，前一次是准备与滇作战，后一次准备与南越作战。

④柏梁台：台名。汉武帝元鼎二年（前115）用香柏板建造。

【译文】

起初，大农令主管的盐铁和官铸钱太多，于是设置了水衡都尉，想
用他来主持盐铁；到了杨可主持告缗，上林苑存的财物很多了，于是命
令水衡都尉主管上林苑。上林苑已经充满了财物，只好再扩展。这时，
南越打算靠着战船与汉朝一争高低，于是武帝两次大修昆明池，修建楼
观环绕在池的周围。又修造楼船，有十多丈高，上面插有旗帜，很是壮
观。当时天子对此颇有感触，于是命令修筑柏梁台，高有几十丈。宫室
的修建，从此日益宏伟壮丽。

乃分缗钱诸官，而水衡、少府、大农、太仆各置农官①，往
往即郡县比没入田田之②。其没入奴婢，分诸苑养狗马禽
兽③，及与诸官④。诸官益杂置多⑤，徒奴婢众，而下河漕度
四百万石⑥，及官自籴乃足⑦。以上官多奴婢众耗财。

【注释】

①太仆：官名。汉代九卿之一，掌管皇帝的舆马和马政。

②往往：到处。比没入田：不久前没收来的土地。比，刚刚，不久前。田之：在其中耕种。田，通"佃"。耕种。

③诸苑：指汉武帝时的上林苑、博望苑、六牧师苑（设于边郡，负责养马）。

④与诸官：将一部分没入的奴婢分配到各官府充当劳役。

⑤诸官益杂置多：各官府下设的部门越来越杂，越来越多。

⑥下河：潼关以东的黄河。度：运送，运。

⑦籴（dí）：买米。

【译文】

于是向各官府分了缗钱，水衡、少府、大农、太仆都各自设置农官，让他们组织人去郡县近来没收的土地上耕种。没收来的奴婢分别派到各苑去养狗、养马、养禽、养兽，也有一部分分给各官府以供役使。官员设置更加繁多，被役使的奴婢很多，从下河水运到京师的粮食有四百万石，再加上官府自己买入的，才能满足需要。以上记官多奴婢多耗费钱财。

　　所忠言①："世家子弟富人或斗鸡走狗马②，弋猎博戏③，乱齐民④。"乃征诸犯令⑤，相引数千人，命曰"株送徒"⑥。入财者得补郎，郎选衰矣。以上株送徒入财。兴利之事十。

【注释】

①所忠：汉武帝的近臣。

②世家：指世代为官的人家。斗鸡走狗马：指游手好闲的嬉戏。

③弋（yì）：泛指射猎。博戏：棋弈之类游戏。此指以这类游戏聚赌。

④乱：这里指诱使别人做坏事。

⑤征：同"惩"。

⑥株送徒：犹言"株连犯"。

【译文】

所忠说:"世家子弟及富家大户之人,有的斗鸡走马,有的弋猎博戏,败坏民风。"于是抓捕那些触犯法令的人,受牵连共达几千人,这些人称为"株送徒"。交纳财物的可以补做郎官,于是选郎官制度衰败了。以上记因"株送徒"敛财。这是第十种兴利之事。

是时山东被河灾,及岁不登数年①,人或相食,方一二千里。天子怜之,诏曰:"江南火耕水耨②,令饥民得流就食江、淮间③。"欲留之处,遣使冠盖相属于道,护之④,下巴、蜀粟以振之⑤。以上振山东之灾耗财。

【注释】

①岁:年成,年景,收成。登:庄稼成熟。

②江南:当时指湖北的长江以南部分和湖南、江西一带。火耕水耨:古代的一种粗放耕作方法。这里指江南地区的生产落后。

③就食:出外谋生。

④护:统辖。

⑤下:当时从巴蜀运粮食到江南赈济灾民,是沿长江顺流而"下"。

【译文】

这时崤山以东地区遭受黄河水灾,连着几年没有收成,人吃人现象发生了,蔓延了方圆一两千里。天子很怜悯他们,便下诏说:"江南利用水耕火耨之法从事农业生产,让饥馑百姓可以迁徙到江淮之间谋生。"饥民想留住的地方,派去的使臣在路上络绎不绝,以便统辖管理这些饥民;并调拨巴、蜀之地的粮食对他们加以赈济。以上记赈济山东灾民耗费钱财。

　　其明年,天子始巡郡国①。东渡河,河东守不意行至②,不办③,自杀。行西逾陇④,陇西守以行往卒⑤,天子从官不得食,陇西守自杀。于是上北出萧关⑥,从数万骑,猎新秦中⑦,以勒边兵而归⑧。新秦中或千里无亭徼⑨,于是诛北地太守以下⑩。而令民得畜牧边县,官假马母,三岁而归,及息什一⑪;以除告缗,用充仞新秦中⑫。

【注释】

①巡:巡察,视察。

②河东守:指河东郡太守。河东郡,治安邑,在今山西夏县东北。
　不意行至:没有想到皇帝能来。

③不办:指为皇帝一行准备食宿的事情没有办理妥善。

④逾陇:越过陇山西下。陇山在今陕西、甘肃交界处。

⑤陇西:汉郡名。郡治狄道,今甘肃临洮。卒(cù):同"猝"。突然。

⑥萧关:在今宁夏固原东南。

⑦猎新秦中:指在新秦中地区进行军事训练。

⑧勒:训练,检阅。

⑨亭徼(jiào):边境上的防御工事。亭,古代边境岗亭。徼,边境亭障。

⑩北地:郡名。郡治马岭,在今甘肃庆阳西北。

⑪及息什一:收十分之一的利息。息,利息。

⑫以除告缗,用充仞新秦中:用废除"告缗令"为条件,来招募充实新秦中的居民。仞,通"牣"。满。

【译文】

　　第二年,天子开始巡视郡国。向东渡过黄河,河东太守没想到天子驾临,没有准备好衣食住行所需,自杀了。天子向西越过陇山,陇西太守因为天子来得太突然，没法供应天子随从人员的饮食，也自杀了。天子向北行进出了萧关，带领数万骑兵，在新秦中地区围猎，为的是检阅边地军兵，之后回归京师。在新秦中地区，有些地方隔千里不设哨所，于是就诛杀了北地太守以下的官员。让百姓到边地畜牧，官府先借给他们母马，三年后送还，收十分之一的利息；用废除奖励告发隐藏缗钱以逃税的法令，招徕民众以充实新秦中地区。

　　既得宝鼎，立后土、太一祠①，公卿议封禅事，而天下郡国皆豫治道桥②，缮故宫，及当驰道县③，县治官储④，设供具⑤，而望以待幸⑥。以上巡幸天下耗财。

【注释】

①后土：土地神。太一：天神，又作泰一。

②豫治：提前修筑。豫，通"预"。

③驰道：专供皇帝行驶马车的道路。

④官储：指官府准备的迎接天子用的各种物资。

⑤设：储备。供具：天子及其从官用的酒食、器皿等物。

⑥幸：指古代帝王驾临。

【译文】

　　获得了宝鼎后，就建立了后土祠与太一祠，公卿建议举行封禅大典。天下所有郡国都提前修治了道路桥梁，修缮旧有宫殿，有驰道经过的各县，每个县都准备好了各种物资，储备天子一行所需的酒食、器物，盼望并等待天子到此巡视。以上记巡行天下耗费钱财。

　　其明年，南越反①，西羌侵边为桀②。于是天子为山东不赡，赦天下，因南方楼船卒二十余万人击南越，数万人发三河以西骑击西羌③，又数万人渡河筑令居④。以上击南越、西羌，筑令居耗财。

【注释】

①南越反：《汉书·武帝纪》载，元鼎五年（前112），南越相吕嘉反，杀其王、太后及汉使者。

②西羌侵边：《汉书·武帝纪》载，元鼎五年（前112），西羌与匈奴勾结，十余万人攻故安（今甘肃兰州南）、抱罕（今甘肃临夏东北）。桀：凶暴。

③发三河以西骑：征发河东、河内、河南三郡以西的骑兵。河东郡，治安邑，在今山西夏县西北。河内郡，治怀县，在今河南武陟西南。河南郡，治洛阳，在今河南洛阳东北。按，三河都在被灾的山东范围内，所以不在征发之列。

④令（líng）居：地名。在今甘肃永登西北。是关中通往河西走廊的要冲。

【译文】

第二年，南越造反了，西羌也侵扰边关作恶。此时因为崤山以东地区收成不好而食物不足，天子大赦天下，让被赦的罪犯跟着南方楼船兵士，共二十多万人进击南越，征召了三河地区以西几万骑兵攻打西羌，又派数万人渡黄河修筑令居城。以上记进击南越、西羌，修筑令居城耗费钱财。

初置张掖、酒泉郡①，而上郡、朔方、西河、河西开田官②，斥塞卒六十万人戍田之③。中国繕道馈粮，远者三千，近者千余里，皆仰给大农。边兵不足④，乃发武库工官兵器以赡之⑤。车骑马乏绝⑥，县官钱少，买马难得，乃著令，令封君以下至三百石以上吏，以差出牝马天下亭⑦，亭有畜牸马，岁课息。以上出牝马课息。兴利之事十一。

【注释】

①张掖、酒泉：皆汉郡名。前者治觻得，在今甘肃张掖西北；后者治
　敦煌，在今甘肃敦煌西。

②上郡：汉郡名。郡治肤施，在今陕西榆林东南。朔方：汉郡名。
　治朔方，在今内蒙古杭锦旗北。西河：汉郡名。治平定，在今内
　蒙古伊金霍洛旗东南。河西：古地区名。指今甘肃、青海两省的
　黄河以西地区，即河西走廊与湟水流域。开田官：指当时上述四
　地区普遍设立的主持屯田的田官。

③斥塞卒：开拓边塞的士卒。

④边兵：边塞上需用的兵器。

⑤武库工官：指当时各郡国设置的储存武器的武库与制造武器的
　工官。赡：供养，供给。

⑥车骑马：供战车和骑兵使用的军马。

⑦差：等级。牝（pìn）马：和下句的牸（zì）马，同为母马。

【译文】

　　第一次设置了张掖、酒泉二郡。上郡、朔方、西河、河西有开田官，
斥塞卒六十万人边戍守这些地方边屯田。国内修缮道路运送粮食，路
途远的达三千里，近的也有一千多里，都依靠大农供给。边境地区兵器
不足，于是把京城武库中和工官的武器拿来作为补充。军马缺少，官府
缺钱，很难买到马匹，于是制定了法令，命令封君以下到俸禄三百石以
上的官吏，按官阶高低交纳母马，全国各亭都养母马，国家每年征收小
马作为利息。以上令交纳母马收取利息。这是第十一种兴利之事。

齐相卜式上书曰："臣闻主忧臣辱。南越反，臣愿父子

与齐习船者往死之^①。"天子下诏曰:"卜式虽躬耕牧,不以为利,有余辄助县官之用。今天下不幸有急,而式奋愿父子死之,虽未战,可谓义形于内^②。赐爵关内侯^③,金六十斤,田十顷。"布告天下,天下莫应。列侯以百数^④,皆莫求从军击羌、越。至酎^⑤,少府省金^⑥,而列侯坐酎金失侯者百余人。乃拜式为御史大夫。

【注释】

①习:擅于,擅长。

②形:表现。

③关内侯:二十等爵的第十九级,一般没有封邑。

④列侯:本为彻侯。因避汉武帝刘彻之讳而改为通侯,又改列侯,是二十等爵的最高级,均有封邑。

⑤至酎(zhòu):到祭宗庙交纳酎金的时候。酎,反复多次酿成的醇酒。汉帝以酎酒祭宗庙,诸侯王、列侯都按规定献金助祭,称为酎金。

⑥省(xǐng)金:检查诸侯们所交酎金的分量和成色。

【译文】

齐相卜式上书说:"我听说君主有忧愁是大臣的耻辱。南越造反,我们父子情愿和齐国善划船的人一同去与南越作战直至效死疆场。"天子发诏书说:"卜式虽然亲自从事农耕和畜牧,但不是以此获利,只要有富余就贡献给国家用。现在天下不幸有紧急战事,卜式激于义愤愿意父子一同效死前线,即使没有加入战斗,也可以说是忠义存于内心了。现在赐卜式关内侯爵位,金六十斤,田十顷。"把此事诏告全国,但没人响应。列侯很多,数以百计,但没有要求参军攻打西羌、南越的。到天子祭祀宗庙交纳酎金时,少府检查酎金的分量和成色,因为酎金不合格而被罢黜的列侯有百余人。于是天子任卜式为御史大夫。

　　式既在位，见郡国多不便县官作盐铁^①，铁器苦恶^②，贾贵，或强令民卖买之。而船有算，商者少，物贵，乃因孔仅言船算事^③。上由是不悦卜式。

【注释】

①县官作盐铁：指盐铁官营。

②苦恶：粗劣。

③乃因孔仅言算船事：请孔仅上言，请免除算船。算船，指前文所言船五丈以上的征收一百二十钱。

【译文】

　　卜式上任后，见各郡国大都感到盐铁官营有不便之处，铁器质量很差，价格很高，有的还强令百姓买这种铁器。船收算缗，故而经商的人少，物价昂贵，于是请孔仅上言，请求免除算船事。从此天子不再喜欢卜式。

　　汉连兵三岁，诛羌，灭南越，番禺以西至蜀南者置初郡十七^①，且以其故俗治，毋赋税。南阳、汉中以往郡^②，各以地比给初郡吏卒奉食币物^③，传车马被具^④。而初郡时时小反，杀吏，汉发南方吏卒往诛之，间岁万余人^⑤，费皆仰给大农。大农以均输调盐铁助赋，故能赡之。然兵所过县，为以訾给毋乏而已^⑥，不敢言擅赋法矣^⑦。以上开置初郡耗财。

【注释】

①番（pān）禺：秦代所置县，在今广州南。

②南阳、汉中：均为郡名。南阳治宛县，在今河南南阳。汉中治南
郑，在今陕西汉中东。以往：指南阳、汉中两郡以南。

③各以地比：各就邻近的地方。比，近。奉：俸禄，薪俸。

④传（zhuàn）车马：古代驿站上的车称为传车，马称传马。

⑤间岁：隔岁，隔一年。

⑥赍（zī）给：供应。赍，通"资"。资财，钱财。

⑦擅赋法：正常赋税外，擅取于民供给来往军队的赋税。

【译文】

汉朝连续三年用兵，讨伐西羌，攻灭南越，番禺以西直至蜀南地区新设置了十七个郡，暂且以该地区的旧习俗加以治理，不征收赋税。南阳、汉中以南的郡，因为他们与新设置的各郡相邻，就让它们供给新置郡的官吏及士兵所需的俸食财物、传车马及其用具。新郡经常发生小规模反叛事件，汉朝官吏遭到杀害，汉朝发动南方官吏与士卒前往诛杀反叛者，动用人数隔一年就达万余人，经费都依赖大农供给。大农采用统一运销调剂盐铁来增加收入，所以才能满足费用所需。然而军兵经过的地区，只能勉强提供军需而使部队不缺所用，而不敢巧立名目滥征赋税供给来往军队。

其明年，元封元年，卜式贬秩为太子太傅。而桑弘羊为治粟都尉①，领大农②，尽代仅筦天下盐铁③。弘羊以诸官各自市④，相与争，物故腾跃，而天下赋输或不偿其僦费⑤，乃请置大农部丞数十人⑥，分部主郡国，各往往县置均输盐铁官，令远方各以其物贵时商贾所转贩者为赋，而相灌输⑦。置平准于京师⑧，都受天下委输⑨。召工官治车诸器，皆仰给大农。大农之诸官尽笼天下之货物，贵即卖之，贱则买之。如此，富商大贾无所牟大利，则反本⑩，而万物不得腾踊，故抑

天下物,名曰"平准"。天子以为然,许之。以上平准。兴利之
事十二。

【注释】

①治粟都尉:汉初官名。武帝时已无此官,而设搜粟都尉,掌太常
　三辅司马之粟。

②领:兼管。

③仅:人名。指孔仅。

④市:经商。

⑤赋输:指各地作为赋税缴纳的各种物品。僦(jiù)费:指雇人运输
　的费用。僦,租赁,雇佣。

⑥大农部丞:大农令的属官。因为它是分部主管各郡国均输、盐
　铁,故名部丞。

⑦相灌输:均输官用征收到的赋税购得各地物产,运销外地;又把
　外地物产运销本地;即互相灌输。

⑧平准:平准令。为大农的属官,掌管调节物价。

⑨都:总,总汇。委输:运送,运输。

⑩本:农业。

【译文】

第二年,即元封元年,卜式被贬官做了太子太傅。而桑弘羊做了治
粟都尉,兼领大农,完全取代了孔仅主管天下盐铁。桑弘羊因为各官府
均经营商业,互相竞争,所以物价飞涨,各地作为赋税的物品有一些运
抵京师还不能抵偿运输的费用,于是请求设置大农部丞几十人,分管各
郡国盐铁;郡县到处设置运输官、盐官、铁官,令远方地区都按应缴货物
最贵时候商人所卖价格来收缴赋税,均输官统一收购销售,使货尽其
流。在京师设置平准官,总管各地运来的物品。命令工官制造车辆及
车上器具,又都是仰赖大农供给所需。大农属下的各部官员收拢了天

下所有的货物,物价昂贵时卖出,物价低廉时买回。像这样,富商大贾不能够再牟取暴利,就返回本业务农去了,各种商品不再涨价,因而能使物价平稳,称之为平准。天子以为这很正确,允许了。以上为平准。这是第十二种兴利之事。

于是天子北至朔方,东到太山,巡海上,并北边以归。所过赏赐,用帛百余万匹,钱金以巨万计,皆取足大农。

【译文】

这时,天子向北到了朔方,向东到了泰山,又巡游海上,沿北部地区返回。所经过的地方都得了天子的赏赐,用了百余万匹帛,用的钱可以以亿计算,都是从大农那里得到的。

弘羊又请令吏得入粟补官,及罪人赎罪。令民能入粟甘泉各有差①,以复终身,不告缗。他郡国各输急处,而诸农各致粟山东②。以上入粟补官赎罪。兴利之事十三。漕益岁六百万石③。一岁之中,太仓、甘泉仓满。边余谷诸物均输帛五百万匹④。民不益赋而天下用饶。于是弘羊赐爵左庶长,黄金再百斤焉⑤。

【注释】

①甘泉:粮仓名。有差:有差别之意。这里粟是粮食的通称,因为品种有别,所以规定应交的粮食数量"有差"。

②诸农:指前文所述各农官。

③益:增加。

④均输帛:各地均输官所贮存的布帛。

⑤再百斤：二百斤。

【译文】

于是桑弘羊又奏请允许吏役可以通过交纳粮食来获得官职，罪犯可以用同样的方法得以赎罪。让百姓凡是能按照规定的数量运送粮食到甘泉仓的，免除终身徭役，不对他们实行告缗制度。其他郡国的粮食要运到急需之处，大司农所属的各官府也要从崤山以东地区向京城运粮。以上记交纳粮食可以补官赎罪。这是第十三种兴利之事。漕运粮食每年增加六百万石。一年之中，京城的太仓、甘泉仓装满了粮食。边境地区有了余粮，各均输官储存的绢帛有五百万匹。百姓赋税没有增加而天下物资丰饶。于是赐予了桑弘羊左庶长爵位，黄金二百斤。

　　是岁小旱，上令官求雨，卜式言曰："县官当食租衣税而已，今弘羊令吏坐市列肆，贩物求利。亨弘羊①，天乃雨。"是时弘羊固未死也，借卜式恶詈之言作结，若弘羊业已烹杀者。然此太史公之褊衷耳。

【注释】

①亨：同"烹"。古代一种酷刑，用鼎来煮杀人。

【译文】

这一年天气稍旱，皇上命令官员们求雨，卜式进言说："官府费用只应靠正常租赋而已，现在桑弘羊却命令所有官吏都坐到了店铺之内，以贩卖货物获得利润。只有烹杀桑弘羊，老天才会下雨。"这时桑弘羊本来没有死，借卜式的咒骂作结尾，仿佛桑弘羊已经被烹杀了。但这只是太史公司马迁的偏心罢了。

　　太史公曰：农工商交易之路通，而龟贝金钱刀布之币兴焉^①。所从来久远，自高辛氏之前尚矣，靡得而记云^②。故《书》道唐、虞之际，《诗》述殷、周之世，安宁则长庠序^③，先本绌末^④，以礼义防于利；事变多故而亦反是。是以物盛则衰，时极而转，一质一文^⑤，终始之变也。以上言安宁则尚礼义，多故则尚财利，自古已然。

【注释】

①龟贝：龟甲贝壳，用作货币。刀：似刀形的货币。布：布币，又名铲币，因形似铲，故名。

②靡：无，没有，不。

③长（zhǎng）：崇尚。庠（xiáng）序：古代地方学校。《汉书·儒林传》："殷曰庠，周曰序。"《孟子·梁惠王上》有"谨庠序之教"句。

④先本绌末：优先发展农业，对工商业加以控制。绌，通"黜"。抑制，排斥。

⑤质：质朴。文：文采。二者均指一个时代的风尚。

【译文】

太史公说：农工商交易的道路畅通，就产生了龟币、贝币、金币、钱、刀币、布币等货币形式。这事由来已久，高辛氏以前的事过于遥遥往古，已经无法描述了。所以《尚书》说唐尧、虞舜的时代，《诗经》说殷、周时代，天下太平了就重视学校教育事业，重农抑商，用礼义教化人们防止专图利益；世道动乱不安的时候则与此相反。这就是说，事物发展到鼎盛时就会转而衰败，时代发展到极限也将发生转变，一度质朴，一度灿然，是事物周而复始的变化啊。以上说天下安宁就崇尚礼义，世道多变就崇尚财利，自古就是这样。

　　《禹贡》九州^①，各因其土地所宜，人民所多少而纳职焉②。汤、武承弊易变，使民不倦，各兢兢所以为治，而稍陵迟衰微③。齐桓公用管仲之谋，通轻重之权④，徼山海之业⑤，以朝诸侯，用区区之齐显成霸名。魏用李克⑥，尽地力⑦，为强君。自是之后，天下争于战国，贵诈力而贱仁义，先富有而后推让⑧。故庶人之富者或累巨万，而贫者或不厌糟糠；有国强者或并群小以臣诸侯，而弱国或绝祀而灭世⑨。以至于秦，卒并海内。以上言战国及秦专尚富强。

【注释】

①《禹贡》九州：《尚书》中有《禹贡》篇，篇中分全国为九州，即冀州、兖州、青州、徐州、扬州、荆州、豫州、梁州、雍州。

②纳职：交纳贡赋。

③稍陵夷衰微：意谓后来就渐渐地衰落了。稍，渐渐。陵迟，衰颓，衰微。

④通轻重之权：掌握住物价高低的变化法则，官办平准、均输之事，不让商人操纵市场。轻重，指物价的低高。《管子》有《轻重篇》《国蓄篇》言及此类事。

⑤徼（yāo）：求取。山海之业：指盐铁业。

⑥李克：战国初年政治家，子夏弟子。魏文侯攻灭中山，封太子击（魏武侯）为中山君，李克为中山相，建议魏文侯"食有劳，禄有功，使有能，赏必行，罚必当"，"夺淫民之禄，以来四方之士"，并提出选拔相国的标准。一说李克与李悝为一人。李悝，战国初任魏文侯相。主张教民尽地力，创平粜法，视收成丰歉增减赋税，不伤民害农。

⑦尽地力：大意为发展农业生产，国家平抑粮价，从而使民不困。

⑧先富有而后推让：意即尊敬富人，瞧不起穷儒。

⑨绝祀：断绝祭祀，指国家灭亡。

【译文】

《禹贡》里记载天下九州，各按它们的土地适宜种植的作物、人民的多少而向国家交纳贡物。商汤、周武王承接前世社会重重弊端而加以变革，百姓安居乐业而不觉疲倦，各自就业业，但是他们即使如此治理国家，后来也还是渐渐走向了衰败。齐桓公采用了管仲的方案，掌握着物价变化的法则，不让商人操纵市场，国家经营盐铁之业，凭借这些做法使诸侯来朝，凭他小小的齐国却成就了一时之霸业。魏文侯任用了李克，发挥了土地之力发展农业，成为强国之君。从此以后，天下争斗交战不止，把欺诈与武力看得很重却轻视仁义，重视财产富有而轻视谦让品德。所以平民百姓中富有者积累亿万资产，但贫困者连糟糠还吃不饱；有的国家强大了，就兼并小国并让诸侯向自己称臣，但弱小国家却有的断了祖庙香火而走向灭亡。一直发展到秦朝，终于以武力统一了天下。以上说战国与秦专一崇尚国富兵强。

虞、夏之币，金为三品①，或黄，或白，或赤②；或钱，或布，或刀，或龟贝。及至秦，中一国之币为二等③，黄金以溢名④，为上币；铜钱识曰半两⑤，重如其文，为下币。而珠玉、龟贝、银锡之属为器饰宝藏，不为币。然各随时而轻重无常⑥。于是外攘夷狄，内兴功业，海内之士力耕不足粮饷，女子纺绩不足衣服。古者尝竭天下之资财以奉其上，犹自以为不足也。无异故云，事势之流⑦，相激使然⑧，曷足怪焉。以上借秦皇以刺汉武。

【注释】

①品：等级。

②或黄，或白，或赤：即黄金、白银、红铜。

③中：均分。二等：底本作"三等"，据上下文及《史记·平准书》改。

④溢：通"镒"。古代的重量单位，二十两为一镒，一说二十四两为一镒。名：计量单位之名。

⑤识（zhì）：标志，指铜钱上的文字。

⑥轻重：贱贵。

⑦事势：事物发展的趋势。

⑧激：阻遏水势。

【译文】

虞夏时代货币，钱币分为三个等级：即黄金、白银、红铜；还有圆钱、布币、刀币、龟、贝等形式。到秦朝时候，统一国家货币分成两等：黄金用"溢"命名，是上币；铜钱上的文字标志为"半两"，重量和它上面文字所标相同，是下币。珠玉、龟贝、银锡之类，可以作为饰物和收藏品，不能作为货币流通。然而各种货币都随时代不同而贵贱有别。当时外攘夷狄，内兴功业，全国男人尽力从事农耕，但不能满足朝廷需要的粮饷，女子都纺线织布，还不能满足衣物所需。古代曾有竭尽全国资产财物都奉送给君主，但君主仍感觉不满足的事情。这其实也没有别的原因，事物发展的趋势，就像水流受到阻碍必然会激荡一样，有什么奇怪的呢！以上借秦始皇讽刺汉武帝。

汉书

《汉书》简介参见卷六。

地理志 节钞

【题解】

　　《汉书·地理志》以论述西汉一代的疆域、政区、户口和山川为主，也述及物产、风俗民情、经济发展等情况。材料丰富、翔实，所谓"先王之迹既远，地名又数改易，是以采获旧闻，考迹《诗》《书》，推表山川，以缀《禹贡》《周官》《春秋》，下及战国、秦、汉焉"。该志记现状，溯沿革，主记当代，按照秦、魏、周等十三大国的顺序，依次介绍各地的建置沿革、有关历史人物等，是后世编纂全国地理志的样本。自此，凡正史，多有《地理志》，述疆域和政区情况。该志体例严谨，文字简明扼要，夹叙夹议，对研究历史学、地理学、民俗学均具有很高的史料价值。

　　本秦京师为内史①，分天下作三十六郡。汉兴，以其郡太大，稍复开置，又立诸侯王国②。武帝开广三边③。故自高祖增二十六，文、景各六，武帝二十八，昭帝一，讫于孝平，凡郡国一百三,县邑千三百一十四,道三十二,侯国二百四十一。地东西九千三百二里,南北万三千三百六十八里。提封田一万万四千五百一十三万六千四百五顷^④,其一万万二百五十二万八千八百八十九顷,邑居道路,山川林泽,群不可垦,其三千二百二十九万九百四十七顷,可垦不可垦,定垦田八百二十七万五百三十六顷。民户千二百二十三万三千六十二,口五千九百五十九万四千九百七十八。汉极盛矣。

【注释】

①本:意为始。内史:秦政区名,即京畿附近,因由内史治理,即以
官名为名,不称郡,治所在今陕西咸阳,辖境约今陕西关中平原。

②诸侯王国:汉初,郡和王国均为地方政区。郡,隶属中央。王国,
由分封的诸侯王治理。

③三边:指西、南、北边境。

④提封:指诸侯之封地。意为举四封之内计之。

【译文】

起初秦朝把京师称为内史,又分天下为三十六郡。汉朝建立后,认为秦朝的郡太大,把秦郡略加析置,并新设了一些郡,又建立诸侯王国。汉武帝时又开拓了北、西、南三边疆域。所以,从汉高祖开始新增二十六郡,文帝、景帝各新设六郡,武帝时增二十八郡,昭帝时增一郡,到平帝时,全国共有郡国一百零三个,县邑一千三百一十四个,道三十二个,侯国二百四十一个。幅员东西宽九千三百零二里,南北长一万三千三百六十八里。共有田地一亿四千五百一十三万六千四百零五顷,其中一亿零二百五十二万八千八百八十九顷是居民住宅、交通道路、山林川

泽，这类土地不能开垦，另外，三千二百二十九万零九百四十七顷是可开垦也可不开垦的荒地，固定的垦田面积为八百二十七万零五百三十六顷。民户数目为一千二百二十三万三千零六十二户，人口五千九百五十九万四千九百七十八人。此时汉朝最为兴盛。

　　凡民函五常之性①，而其刚柔缓急，音声不同，系水土之风气，故谓之风；好恶取舍，动静亡常，随君上之情欲，故谓之俗。孔子曰："移风易俗，莫善于乐②。"言圣王在上，统理人伦③，必移其本，而易其末，此混同天下一之虖中和④，然后王教成也。汉承百王之末，国土变改，人民迁徙，成帝时刘向略言其域分，丞相张禹使属颍川朱赣条其风俗，犹未宣究，故辑而论之，终其本末著于篇。

【注释】

①五常：五种社会伦理，即仁、义、礼、智、信。

②移风易俗，莫善于乐：语出《孝经》。

③人伦：指人际关系及其行为准则、道德标准。

④虖(hū)：通"乎"。

【译文】

　　一般来说，人都有仁、义、礼、智、信五种天性，但人们性格的刚柔缓急、声音不同，是水土、环境造成的，故称为风；对事物的好恶取舍，行为的动静变化，取决于君主的性情和欲望，故称为俗。孔子说："移风易俗，没有比音乐更好的手段了。"这就是说，圣王在上，治理人际关系，必定能使人改变不良本性，纠正不正当的行为，用中庸平和的品德统一天下人的行为，然后就可以实现以礼治国的王道。汉朝继承历代君王的事业，国土屡更，人民迁徙，汉成帝时刘向简略地谈到了地域之划分，丞相张禹让属官颍川人朱赣整理上报各地风俗,但尚未传播详审,所以搜集起来加以记述,原原本本载入此篇。

    秦地,于天官东井、舆鬼之分野也①。其界自弘农故关以西②,京兆、扶风、冯翊、北地、上郡、西河、安定、天水、陇西③,南有巴、蜀、广汉、犍为、武都④,西有金城、武威、张掖、酒泉、敦煌⑤,又西南有牂柯、越嶲、益州⑥,皆宜属焉。

【注释】

①天官:天文,天体。东井、舆鬼:均为二十八星宿名称。古人以恒星为背景观测日月五星的运行,选择黄道附近的二十八个星宿作为坐标,称为二十八宿。黄道是古人想象中的太阳周年运行的轨道。分野:与星宿相对应的地上的州国。古人常说某星是某国的分星,某星宿是某国的分野。

②弘农:郡名,治所在今河南灵宝。弘,原作"宏",原避清乾隆帝弘历讳而改。下文中遇此避讳字径改。

③京兆、扶风、冯翊:均为政区名,因所统为京畿,故不称郡,以别之,治所在今陕西西安。北地:郡名,治所在今甘肃庆阳。上郡:郡名,治所在今陕西榆林。西河:郡名,治所在今内蒙古东胜。安定:郡名,治所在今宁夏固原。天水:郡名,治所在今甘肃通渭。陇西:郡名,治所在今甘肃临洮。

④巴:郡名,治所在今重庆。蜀:郡名,治所在今四川成都。广汉:郡名,治所在今四川金堂。犍为:郡名,初治所在今贵州遵义,后屡移治。武都:郡名,治所在今甘肃西和。

⑤金城:郡名,治所在今甘肃兰州西。武威:郡名,治所在今甘肃民勤。张掖:郡名,治所在今甘肃张掖。酒泉:郡名,治所在今甘肃

酒泉。敦煌：郡名，治所在今甘肃敦煌。

⑥牂（zāng）柯：郡名，治所在今贵州凯里附近。越巂（xī）：郡名，治所在今四川西昌。益州：郡名，治所在今云南昆明晋宁区。

【译文】

秦地，在天文上属于东井、舆鬼的分野。国界从弘农郡旧关以西，有京兆、扶风、冯翊三辅，北地郡、上郡、西河郡、安定郡、天水郡、陇西郡，以南是巴郡、蜀郡、广汉郡、犍为郡、武都郡，西有金城郡、武威郡、张掖郡、酒泉郡、敦煌郡，西南有牂柯、越巂、益州三郡，都属于旧秦地。

秦之先曰柏益①，出自帝颛顼②，尧时助禹治水③，为舜朕虞④，养育草木鸟兽，赐姓嬴氏，历夏、殷为诸侯。至周有造父，善驭习马，得华骝、绿耳之乘⑤，幸于穆王，封于赵城⑥，故更为赵氏。后有非子，为周孝王养马汧、渭之间⑦。孝王曰："昔伯益知禽兽，子孙不绝。"乃封为附庸⑧，邑之于秦，今陇西秦亭秦谷是也。至玄孙，氏为庄公⑨，破西戎⑩，有其地。子襄公时，幽王为犬戎所败⑪，平王东迁雒邑⑫。襄公将兵救周有功，赐受郊、酆之地⑬，列为诸侯。后八世，穆公称伯⑭，以河为竟⑮。十余世，孝公用商君，制辕田⑯，开阡陌⑰，东雄诸侯。子惠公初称王，得上郡、西河。孙昭王开巴、蜀，灭周，取九鼎⑱。昭王曾孙政并六国，称皇帝，负力怙威⑲，燔书坑儒，自任私智。至子胡亥，天下畔之⑳。以上秦国始末。

【注释】

①柏益：即伯益，系虞舜之臣，古代嬴氏各族先人。

②颛顼（zhuān xū）：传说中的上古部族首领，号高阳氏。

③尧、禹：均为传说中的上古部落联盟首领。

④舜：传说中的上古部落联盟首领。虞：又称虞人、虞官。是禹、舜时掌管山泽草木鸟兽之官。

⑤华骝、绿耳：均为良马名。乘：马匹。

⑥赵城：地名，在今山西洪洞。

⑦汧(qiān)：水名，在今陕西陇县西南注入渭河。渭：水名，即今渭河。

⑧附庸：即附属于诸侯的小国。

⑨氏：通"是"。助词，犹"夫"。

⑩西戎：古代西北少数民族的通称。

⑪犬戎：古代戎族的一支，商周时居我国西部。

⑫雒邑：地名，即今河南洛阳。

⑬邽：即"岐"，邑名，在今陕宝鸡西岐山县。酆：邑名，在今陕西西安长安区，与镐同为西周都城。

⑭伯：通"霸"。

⑮竟：通"境"。

⑯辕田：即易田。更易分配田地之法。凡中下等田地，一分再分，以均良劣。辕，同"爰"。更易。

⑰阡陌：指田间小道。南北曰阡，东西曰陌。

⑱九鼎：传说中大禹铸九鼎，象征九州。后成为象征国家政权的传国之宝。

⑲怙(hù)：依靠。

⑳畔：通"叛"。反叛。

【译文】

秦人的先祖是柏益，为颛顼帝的后人，尧时曾帮助禹治水，舜时担任虞官，掌管培育草木、饲养禽兽，被赐姓嬴氏，历经夏、商二代，均为诸侯。到周朝时有造父，善于驾驭、训练马匹，得华骝、绿耳良种乘骑，深得周穆王宠幸，封于赵城，所以改姓为赵氏。以后，又有非子，为周孝王在汧水、渭水间养马。周孝王说："当初伯益善养飞禽走兽，后继有人。"于是封其领地为周的附属国，采邑在秦地，即今陇西的秦亭秦谷。至玄孙，秦庄公承宗庙，击败西戎部落，占领其地。其子秦襄公时，周幽王为犬戎族所败，幽王子平王被迫迁往雒邑。秦襄公因派兵护驾周王有功，赐受郊、酆之地，并列位于诸侯。又经八世，秦穆公称霸，东以黄河为界。又历十余世，秦孝公任用商鞅，制定分配土地的新办法，开垦耕地，修起纵横交错的小路，称雄于东方各诸侯国之上。其子惠公开始称王，又得上郡、西河郡。其孙昭王开拓巴、蜀地区，最终灭了周朝，夺取了周朝的传国之宝九鼎。昭王曾孙嬴政兼并六国，自称皇帝，凭借强权，施行暴政，焚烧百家书籍，活埋儒生，刚愎自用，自以为是。到其子胡亥，天下反秦。以上讲秦国始末。

　　故秦地于《禹贡》时跨雍、梁二州①，《诗·风》兼秦、豳两国②。昔后稷封斄③，公刘处豳④，大王徙邠⑤，文王作酆，武王治镐⑥，其民有先王遗风，好稼穑，务本业，故《豳诗》言农桑衣食之本甚备。有鄠、杜竹林⑦，南山檀柘⑧，号称陆海，为九州膏腴。始皇之初，郑国穿渠⑨，引泾水溉田，沃野千里，民以富饶。汉兴，立都长安，徙齐诸田，楚昭、屈、景及诸功臣家于长陵⑩。后世世徙吏二千石、高訾富人及豪桀并兼之家于诸陵⑪。盖亦以强干弱支，非独为奉山园也⑫。是故五方杂厝，风俗不纯，其世家则好礼文，富人则商贾为利，豪桀则游侠通奸。濒南山，近夏阳⑬，多阻险轻薄，易为盗贼，常为天下剧⑭。又郡国辐凑⑮，浮食者多，民去本就末，列侯贵人车服僭上⑯，众庶放效⑰，羞不相及，嫁娶尤崇侈靡，送死过度。以上三辅、弘农等郡之俗。

【注释】

①《禹贡》：我国最早的一部地理学著作。雍：即雍州，古九州之一。梁：即梁州，古九州之一。

②豳(bīn)：国名，属周，在今陕西咸阳旬邑、彬州。

③后稷：古代周族的首领，善耕作。邰，同"邰"。地名，在今陕西武功。

④公刘：古代周族首领，传说为后稷曾孙。

⑤大王：即古公亶父，古代周族首领。

⑥镐：即镐京，与酆同为西周国都，故址在今陕西西安长安区。

⑦鄠(hù)：邑名，在今陕西西安鄠邑区。杜：古国名，在今陕西西安长安区。

⑧南山：即秦岭终南山。

⑨郑国：人名，战国末年的水利家，韩国新郑(今属河南)人。

⑩昭、屈、景：为楚国的三大贵族世家。长陵：县名，治所在今陕西咸阳。

⑪二千石：汉代对郡守的代称，郡守秩二千石，故以此称。訾(zī)：通"赀"。财产。

⑫山园：指帝王陵寝。

⑬夏阳：县名，治所在今陕西韩城。

⑭剧：严重，厉害。

⑮辐凑：喻人或物聚集一处，如车辐之聚于毂。

⑯列侯：爵位名，秦二十等爵的最高一等，汉袭，初称彻侯，因避汉武帝刘彻讳，改通侯，又改列侯。僭(jiàn)：超越，越制。

⑰放：同"仿"。仿效，模拟。

【译文】

旧秦地在《禹贡》篇中的地理区域横跨雍、梁二州，《诗经·国风》中叙述到了秦、豳两国。当初后稷被封于邰，公刘时迁居于豳，大王时迁到岐山一带,周文王又建酆为国都,周武王时都于镐京,这些地区的人们有先王遗风,善于耕种,致力于农业,所以《豳风》对农业和养蚕织绩业这两种衣食之本,讲得很详细。这里又有鄠、杜两地的竹林,终南山的檀香树、柘树,号称陆中之海,是九州中最为肥沃的土地。秦始皇初年,郑国开凿沟渠,引泾水灌溉田地,千里之地皆得灌溉,百姓因此富裕起来。汉朝兴起,建都长安,把原齐国的田氏、楚国的昭、屈、景三姓及其功臣迁徙到长陵居住。后世又不断把郡守一级官吏、大富翁及地方豪强之家也迁徙到长安附近的各皇帝陵园居住。这也是为了加强中央集权,削弱地方势力,并不仅仅是为了守护皇帝陵园。所以,这里东西南北中五方之民杂居,风俗不纯,那些世家大族有的讲究礼仪,富商大贾则经商谋利,地方豪绅便交结侠客,仗势横行乡里。该地濒临终南山,靠近夏阳县,地势险阻,风俗轻薄,宜于盗贼出没,常常是天下为害最严重的地区。也是郡国密集的地区,游手好闲者众多,百姓弃农耕,去经营工商末业,列侯贵人的车马、衣饰超越等级,庶民纷纷仿效,以赶不上豪华为耻,嫁娶尤其追求奢侈浪费,丧葬之费用也过度。以上讲三辅、弘农等郡的习俗。

天水、陇西,山多林木,民以板为室屋。及安定、北地、上郡、西河,皆迫近戎狄,修习战备,高上气力,以射猎为先。故《秦诗》曰“在其板屋”[①];又曰“王于兴师,修我甲兵,与子偕行”[②]。及《车辚》《四载》《小戎》之篇[③],皆言车马田狩之事。汉兴,六郡良家子选给羽林、期门[④],以材力为官,名将多出焉。孔子曰:“君子有勇而亡谊则为乱,小人有勇而亡谊则为盗[⑤]。”故此数郡,民俗质木[⑥],不耻寇盗。以上天水、陇西六郡之俗。

【注释】

①在其板屋：语出《诗经·秦风·小戎》。是思妇想象出征在外的丈夫居住在板屋之中。板屋，天水郡、陇西郡民俗以木板建房屋。

②"王于兴师"几句：语出《诗经·秦风·无衣》。王，指周天子。一说指秦国国君。于，语助词。

③《车辚》《四载》《小戎》：或指《诗经·秦风》中的《车邻》《驷驖》《小戎》。

④六郡：汉代指陇西、天水、安定、北地、上郡、西河六郡。良家子：即清白人家子弟。羽林：西汉皇帝护卫军。期门：汉武帝选六郡良家子弟组成的卫队，武帝微行，护兵护卫，"期诸殿门"，故名。

⑤君子有勇而亡谊则为乱，小人有勇而亡谊则为盗：出自《论语·阳货下》："君子有勇而无义为乱，小人有勇而无义为盗。"亡，无。谊，同"义"。《汉书》中"义"字多写作"谊"。

⑥质木：质朴。

【译文】

天水郡、陇西郡，山多林木，当地人用木板造屋。此二郡与安定郡、北地郡、上郡、西河郡，都靠近戎、狄等族，演习武艺以备作战，崇尚气力，以射箭打猎为第一要务，所以《诗经·秦风》中有妇人"想象出征丈夫住在板屋"的句子；又有"君王兴师出兵，准备盔甲兵器，与你一起去征伐。"其他如《车辚》《四载》《小戎》等篇都是讲车马、田猎之事的。汉朝建立后，选六郡良家子弟当羽林军、期门军，有材力者任军官，名将多出于其中。孔子说："君子有勇而无义则为乱，小人有勇而无义则为盗。"所以，上述数郡民俗质朴，不奢华，不以做盗寇为耻。以上讲天水、陇西六郡的习俗。

自武威以西，本匈奴昆邪王、休屠王地，武帝时攘之①，初置四郡②，以通西域，鬲绝南羌、匈奴③。其民或以关东下贫④，或以报怨过当，或以悖逆亡道⑤，家属徙焉。习俗颇殊，地广民稀，水草宜畜牧，故凉州之畜为天下饶⑥。保边塞，二千石治之，咸以兵马为务；酒礼之会，上下通焉⑦，吏民相亲。是以其俗风雨时节，谷籴常贱⑧，少盗贼，有和气之应，贤于内郡。此政宽厚，吏不苛刻之所致也。以上武威等四郡之俗。

【注释】

①攘：却。

②四郡：汉河西四郡指酒泉、武威、张掖、敦煌。

③鬲：通"隔"。阻隔。

④关东：指函谷关或潼关以东地区。

⑤悖：违反，逆乱。

⑥凉州：汉十三刺史部之一。

⑦通：往来友好。

⑧籴（dí）：买谷米。

【译文】

自武威郡以西，原本为匈奴昆邪王、休屠王之辖地，汉武帝时击退他们，始设置酒泉、武威、张掖、敦煌四郡，以交通西域，隔绝南羌、匈奴与西域各国的往来。这里的居民有的是关东一带的贫穷人，有的是为报仇过当而违法的人，有的是施行悖逆的不法之徒，与家属一起迁徙而来。人们的习俗相差悬殊，因地广人稀，水草宜于畜牧，所以凉州的牲畜是天下最多的。为保卫边塞，郡守治理时，都以强兵养马为要务；餐桌酒席上，上下级彼此沟通感情，官吏与百姓互相亲近。所以，这里常是风调雨顺的年景，谷价很贱，盗贼很少，一派和气景象，比内地各郡都要好。这是因为治理宽厚，官吏不苛刻的缘故。以上讲武威等四郡的习俗。

巴、蜀、广汉本南夷①，秦并以为郡，土地肥美，有江水沃野，山林竹木疏食果实之饶②。南贾滇、僰僮③，西近邛、莋马旄牛④。民食稻鱼，亡凶年忧，俗不愁苦，而轻易淫泆⑤，柔弱褊阨⑥。景、武间，文翁为蜀守，教民读书法令，未能笃信道德，反以好文刺讥，贵慕权势。及司马相如游宦京师诸侯，以文辞显于世，乡党慕循其迹。后有王褒、严遵、扬雄之徒，文章冠天下。繇文翁倡其教⑦，相如为之师，故孔子曰："有教无类⑧。"以上巴、蜀、广汉之俗。

【注释】

①南夷：古代西南少数民族。

②疏：通"蔬"。蔬菜。饶：多，丰富。

③滇：古国名，今云南晋宁一带。僰（bó）：地名，今四川宜宾西南一带。僮：即僮隶。

④邛：地名，在今四川西昌。莋（zuó）：地名，在今四川汉源。两地多产马及牦牛。

⑤淫泆：纵行放荡。

⑥褊阨：狭小，狭窄。阨，同"隘"。

⑦倡：发起，倡导。

⑧有教无类：语出《论语·卫灵公》。

【译文】

巴、蜀和广汉三郡本为南夷之地，秦朝兼并其地划区置郡，土地肥美，有江水沃野之利，并有山林、竹林、蔬菜、水果之饶。向南边可与滇、僰僮贸易，西边靠邛、莋等产马和牦牛之地。人们以稻米和鱼类为食，不担心出现灾荒年景，民俗不知愁苦，易于轻浮放荡，性格软弱狭隘。景帝、武帝年间，文翁任郡太守，教习百姓读书、知悉法令，但没能信尚道德，却好文墨讥刺，敬慕权贵。等到司马相如做官京师，交游诸侯，以文辞扬名天下时，同乡们羡慕而纷纷效仿之。以后，王褒、严遵、扬雄之流文章冠于天下。由文翁开始施行教化，司马相如为人表率，所以孔子说："人不分类别，全都予以教育。"以上讲巴、蜀、广汉郡的习俗。

武都地杂氐、羌^①，及犍为、牂柯、越巂，皆西南外夷，武帝初开置。民俗略与巴、蜀同，而武都近天水，俗颇似焉。以上武都、犍为、牂柯、越巂之俗。

【注释】

①氐：古代少数民族，分布于陕、甘等地。

【译文】

武都郡有氐、羌等族杂居，而犍为，牂柯、越巂等郡，均为西南夷聚居区，武帝时始开拓疆土，设置诸郡。其民俗与巴郡、蜀郡略同，而武都郡地近天水郡，民俗又与之类似。以上说武都、犍为、牂柯、越巂的习俗。

故秦地天下三分之一，而人众不过什三，然量其富居什六。秦幽，吴札观乐，为之歌《秦》，曰："此之谓夏声。夫能夏则大，大之至也，其周旧乎^①？"自井十度至柳三度^②，谓之鹑首之次^③，秦之分也^④。

【注释】

①"此之谓夏声"几句：出自《左传·襄公二十九年》。夏，即华夏。
　　指西周王畿。秦地在今陕、甘一带，本为西周旧都。

②井、柳：均为星宿名。

③鹑首之次：十二次之名。古代为表日月五星的运转和节气的交

换,把黄道附近一周天,按由西向东的方向分为星纪、玄枵等十
二等分,叫十二次,每次均有二十八宿中的某些星宿做标志。

④分:分野。即天体区划。

【译文】

所以,秦地的疆土为天下的三分之一,人口不过全国的十分之三,
财富的数量却占到了全国的十分之六。秦齫,当年吴公子季札在鲁国
欣赏周乐,为其演奏《秦乐》,说:"这是华夏之声啊。行夏政则强大,强
大至极,大概会恢复昔日周朝的规模吧?"自井宿十度到柳宿三度,是周
天黄道十二次中的鹑首次,是秦国在天空的分野。

魏地,觜觿、参之分野也①。其界自高陵以东②,尽河东、
河内③,南有陈留及汝南之召陵、灊疆、新汲、西华、长平④,颍
川之舞阳、郾、许、傿陵、河南之开封、中牟、阳武、酸枣、卷⑤,
皆魏分也。

【注释】

①觜觿(zī xī):星宿名。

②高陵:或指魏武帝陵。在今河北临漳。

③河东:郡名,治所在今山西夏县。河内:郡名,治所在今河南
　武陟。

④陈留:郡名,治所在今河南开封。汝南:郡名,治所在今河南上
　蔡。召陵:县名,治所在今河南漯河郾城区。灊疆:即"灊强"。
　县名,治所在今河南临颍。新汲:县名,治所在今河南扶沟。西
　华:县名,治所在今河南西华。长平:县名,治所在今河南西华。

⑤颍川:郡名,治所在今河南禹州。舞阳:县名,治所在今河南舞
　阳。郾:县名,治所在今河南郾城。许:县名,治所在今河南许

昌。偶陵：县名，治所在今河南鄢陵。河南：郡名，治所在今河南洛阳。开封：县名，治所在今河南开封。中牟：县名，治所在今河南中牟。阳武：县名，治所在今河南原阳。酸枣：县名，治所在今河南延津。卷：县名，治所在今河南原阳。

【译文】

魏地，在天文上属于觜觿宿和参宿的分野。其地界自高陵以东，包括河东郡、河内郡全部，南边包括陈留郡和汝南郡的召陵、隐疆、新汲、西华、长平，颍川郡的舞阳、郾、许、偶陵，河南郡的开封、中牟、阳武、酸枣、卷，都是魏地的范围。

河内本殷之旧都，周既灭殷，分其畿内为三国①，《诗·风》邶、庸、卫国是也②。邶，以封纣子武庚；庸，管叔尹之；卫，蔡叔尹之③：以监殷民，谓之三监④。故《书·序》曰"武王崩，三监畔"⑤，周公诛之，尽以其地封弟康叔，号曰孟侯，以夹辅周室；迁邶、庸之民于雒邑，故邶、庸、卫三国之诗相与同风。《邶诗》曰"在浚之下"⑥，《庸》曰"在浚之郊"⑦；《邶》又曰"亦流于淇"⑧，"河水洋洋"⑨，《庸》曰："送我淇上"⑩，"在彼中河"⑪，《卫》曰："瞻彼淇奥"⑫，"河水洋洋"。故吴公子札聘鲁观周乐⑬，闻《邶》《庸》《卫》之歌，曰："美哉！渊乎！吾闻康叔之德如是，是其《卫风》乎⑭？"至十六世，懿公亡道，为狄所灭。齐桓公师诸侯伐狄，而更封卫于河南曹、楚邱⑮，是为文公。而河内殷虚，更属于晋。康叔之风既歇，而纣之化犹存，故俗刚强，多豪桀侵夺，薄恩礼，好生分⑯。以上河内之俗。

【注释】

①畿内：国都及其附近的地方。三国：此指邶、庸、卫。

②邶：古国名，亦作"郁"。都今河南汤阴。庸：古国名，都今河南新
　　乡。卫：古国名，都今河南淇县，后屡迁。

③尹：治理。

④三监：此指武庚、管叔、蔡叔。

⑤武王崩，三监畔：《尚书》佚文。

⑥在浚(xùn)之下：出自《诗经·邶风·凯风》。浚，春秋卫地，在今
　　河南濮阳。

⑦在浚之郊：出自《诗经·鄘风·干旄》。

⑧亦流于淇：出自《诗经·邶风·泉水》。

⑨河水洋洋：出自《诗经·卫风·硕人》。今《诗经·邶风》中无此
　　句。洋洋，水盛大的样子。

⑩送我淇上：出自《诗经·鄘风·桑中》："送我乎淇之上矣。"

⑪在彼中河：出自《诗经·鄘风·柏舟》。

⑫瞻彼淇奥：出自《诗经·卫风·淇奥》。淇奥，淇水，即今淇河。

⑬聘：古代诸侯间修礼问好。

⑭"美哉"几句：出自《左传·襄公二十九年》。

⑮曹：地名，在今河南滑县旧城。楚邱：地名，在今河南滑县东北。

⑯生分：指父母在而兄弟分财产。

【译文】

河内郡本为殷商的旧都所在，周剪灭殷商后，将其畿内地区分为三
个诸侯国，即《诗经·国风》中的邶、庸、卫国。邶地，是分封给商纣王的
儿子武庚的；庸地，管叔治理；卫地，蔡叔治理；以监视管理殷商遗民，称
为三监。所以，《尚书·大诰》序中说："周武王驾崩后，三监反叛。"周公
旦诛灭了他们，将其全都分封给弟弟康叔，号称孟侯，以保卫、辅佐周王
室；又把邶、庸的百姓迁到雒邑，所以，邶、庸、卫三国的诗歌彼此相同。

如《邶诗》中说"在浚之下"，《庸风》则为"在浚之郊"；《邶风》又说"亦流于淇"，"河水洋洋"，《庸风》说"送我淇上"，"在彼中河"，《卫风》则说"瞻彼淇奥"，"河水洋洋"。所以，当年吴公子季札出使鲁国欣赏周乐，听了《邶风》《庸风》《卫风》之歌后说："优美、深远啊！我听说康叔的德行亦如此美好，这大概是《卫风》吧！"康叔之后十六世，传至卫懿公，他荒淫无道，被狄人所灭。齐桓公率诸侯征伐狄族，又重新分封卫于今河南郡的曹县、楚邱县，是为卫文公。而河内郡的殷墟，则改属于晋国。康叔遗风是衰灭了，而商纣王的习俗犹存，所以这里的习俗刚强，豪强多仗势多行侵夺，不重恩情礼义，习惯于父母健在时兄弟就析分家产。以上讲黄河以内的习俗。

　　河东土地平易，有盐铁之饶，本唐尧所居，《诗·风》唐、魏之国也①。周武王子唐叔在母未生，武王梦帝谓己曰②："余名而子曰虞，将与之唐，属之参。"及生，名之曰虞。至成王灭唐，而封叔虞。唐有晋水，及叔虞子燮为晋侯云，故参为晋星。其民有先王遗教，君子深思，小人俭陋。故《唐》诗《蟋蟀》《山枢》《葛生》之篇曰："今我不乐，日月其迈"③；"宛其死矣，它人是媮"④；"百岁之后，归于其居"⑤。皆思奢俭之中，念死生之虑。吴札闻《唐》之歌，曰："思深哉！其有陶唐氏之遗民乎？"

【注释】

①唐：古国名，都今山西翼城。

②帝：指天帝。

③今我不乐，日月其迈：出自《诗经·唐风·蟋蟀》。迈，行。

④宛其死矣，它人是媮：出自《诗经·唐风·山有枢》。媮，同"愉"。

享乐。

⑤百岁之后，归于其居：出自《诗经·唐风·葛生》。居，喻指坟墓。

【译文】

河东郡土地平坦，有丰富的盐铁资源，原为唐尧的住地，即《诗经·国风》中的唐、魏之国。周武王的儿子唐叔还未出生时，周武王梦见天帝对他说："我给你的儿子取名为虞，将唐地赐予他，属于参星座。"孩子生了以后，就给他取名为虞。到周成王时灭了唐国，于是将其封为叔虞。唐国境内有晋水，到叔虞的儿子燮时改称晋侯，所以参星为晋国的星座。该地居民有先王遗风，君子深思，小人俭陋。故《诗经·唐风》中的《蟋蟀》《山枢》《葛生》等篇中说"如今我不及时行乐，日月如梭飞逝"；"枯萎倒下离人世，他人享乐多欢愉"；"等我百年之后，与你墓中相见"。都是思索奢侈、节俭的尺度，考虑死生之忧。吴公子季札听了《诗经·唐风》之歌后，说："思想很深刻啊！大概是唐陶氏的遗民吧！"

魏国，亦姬姓也，在晋之南河曲，故其诗曰"彼汾一曲"①；"寘诸河之侧"②。以上河东之俗。

【注释】

①彼汾一曲：出自《诗经·魏风·汾沮洳》。曲，指汾水弯曲处。

②寘（zhì）诸河之侧：或出《诗经·魏风·伐檀》："寘之河之侧兮。"寘，同"置"。放置。

【译文】

魏国，亦为姬氏之国，在晋国南边黄河拐弯处，所以魏诗说"在汾水拐弯之处"；"建立于黄河的旁边"。以上讲黄河以东的习俗。

自唐叔十六世至献公，灭魏以封大夫毕万①，灭耿以封大夫赵夙②。及大夫韩武子食采于韩原③，晋于是始大。至于文公，伯诸侯，尊周室，始有河内之土④。吴札闻《魏》之歌，曰："美哉沨沨乎！以德辅此，则明主也⑤。"文公后十六世为韩、魏、赵所灭，三家皆自立为诸侯，是为三晋。赵与秦同祖，韩、魏皆姬姓也。自毕万后十世称侯，至孙称王，徙都大梁⑥，故魏一号为梁，七世为秦所灭。以上魏与晋分合之略。

【注释】

①大夫：职官等级名。三代官分卿、大夫、士三等。大夫又分上、中、下三级。

②耿：国名，在今山西河津。

③韩原：地名，在今陕西韩城。

④河内：即今河南黄河以北地区。

⑤"美哉沨沨（fán）乎"几句：出自《左传·襄公二十九年》。沨沨，指音乐的宛转悠扬。

⑥大梁：地名，为魏国都城，在今河南开封。

【译文】

晋国自唐叔始十六世至晋献公，消灭魏国，以其地封大夫毕万；消灭耿国，以其地封大夫赵夙。等到大夫韩武子食采邑于韩原时，晋才开始强大起来。到晋文公时，称霸于各诸侯，尊奉周王室，始占领河内之地。吴公子季札听了《诗经·魏风》之歌后，说："美妙而悠扬！在此实行德政，乃英明之主。"晋文公后十六世，为韩、魏、赵三国所灭，三家皆自立为诸侯，此为三晋。赵国国君与秦国国君同祖，韩国、魏国皆为姬姓之国。自毕万后十世称侯，又至孙时称王，迁都于大梁，所以，魏国也叫梁，又七世后为秦所灭。以上讲魏国与晋国分合的大略情况。

周地，柳、七星、张之分野也①。今之河南雒阳、穀成、平阴、偃师、巩、缑氏②，是其分也。

【注释】

①柳、七星、张：均为星宿名。

②穀成：县名，治所在今河南洛阳西北。平阴：县名，治所在今河南孟津。偃师：县名，治所在今河南偃师东。巩：县名，治所在今河南郑州巩义。缑（gōu）氏：县名，治所在今河南偃师。

【译文】

周地，在天文上属于柳宿、七宿和张宿的分野。现在的河南郡雒阳、穀成、平阴、偃师、巩、缑氏，都在周的辖域内。

昔周公营雒邑，以为在于土中，诸侯蕃屏四方，故立京师。至幽王淫褒姒，以灭宗周①，子平王东居雒邑。其后五伯更帅诸侯以尊周室②，故周于三代最为长久。八百余年至于王赧，乃为秦所兼。初，雒邑与宗周通封畿③，东西长而南北短，短长相覆为千里。至襄王以河内赐晋文公，又为诸侯所侵，故其分墬小④。

【注释】

①宗周：即镐京。代指周。

②五伯：即"五霸"。春秋诸侯中称霸一方、势力最强大的五国国君，具体所指说法不一。

③通封畿：指东西两京畿辅之内，延绵千里。

④墬（dì）：古"地"字。

【译文】

当年周公营建雒邑，认为它位于国土中央，四方都有诸侯作为蕃屏，所以立为都城。至周幽王宠幸褒姒，淫乱放荡，丧失了周朝的基业，丢失了镐京，其子周平王东迁雒邑。之后，五霸先后率诸侯尊奉周王室，所以在夏、商、周三代中，周朝存续的时间最为长久。传位八百多年后至赧王，被秦国所兼并。开始的时候，雒邑与宗周两京畿之内，延绵千里，东西长，而南北窄，长短相加共约千里。周襄王时以河内之地赐晋文公，加上被其他诸侯所侵占，故周的分地变小了。

周人之失，巧伪趋利①，贵财贱义，高富下贫，憙为商贾，不好仕宦。

【注释】

①巧伪：奸诈虚伪。

【译文】

周地人的缺点是虚伪、逐利，巴结富贵，鄙视贫穷，十分愿意经商，不愿出仕做官。

自柳三度至张十二度，谓之鹑火之次，周之分也。

【译文】

自柳宿三度至张宿十二度，是黄道十二次中的鹑火次，为周地在天空的分野。

韩地，角、亢、氐之分野也①。韩分晋得南阳郡及颍川之父城、定陵、襄城、颍阳、颍阴、长社、阳翟、郏②，东接汝南③，

西接弘农得新安、宜阳，皆韩分也④。及《诗·风》陈、郑之
国⑤，与韩同星分焉。

【注释】

①角、亢、氐：皆为星宿名。

②南阳：郡名，治所在今河南南阳。父城：县名，治所在今河南宝丰
　　东。定陵：县名，治所在今河南郾城。襄城：县名，治所在今河南
　　襄城。颍阳：县名，治所在今河南许昌。颍阴：县名，治所在今河
　　南许昌。长社：县名，治所在今河南长葛。阳翟：县名，治所在今
　　河南禹州。郏：县名，治所在今河南郏县。

③汝南：郡名，治所在今河南上蔡。

④新安：县名，治所在今河南渑池。宜阳：县名，治所在今河南
　　宜阳。

⑤陈：周初分封的诸侯国，都今河南淮阳。郑：周初分封的诸侯国，
　　都今河南新郑。

【译文】

　　韩地，在天文上属于角、亢、氐三宿的分野。韩国瓜分晋国获得今
南阳郡及颍川郡的父城县、定陵县、襄城县、颍阳县、颍阴县、长社县、阳
翟县、郏县，东接汝南郡，西接弘农郡的新安县、宜阳县，都是韩地的范
围。《诗经·国风》中的陈国、卫国和韩国属相同的星座和地理范围。

　　郑国，今河南之新郑，本高辛氏火正祝融之虚也①。及
成皋、荥阳②，颍川之崇高、阳城③，皆郑分也。本周宣王弟友
为周司徒④，食采于宗周畿内，是为郑。郑桓公问于史伯曰：
"王室多故，何所可以逃死?"史伯曰："四方之国，非王母弟
甥舅则夷狄，不可入也。其济、洛、河、颍之间乎! 子男之

国⑤,虢、会为大⑥,恃势与险,崇侈贪冒⑦,君若寄帑与贿⑧,周乱而敝,必将背君;君以成周之众⑨,奉辞伐罪,亡不克矣。"公曰:"南方不可乎?"对曰:"夫楚,重黎之后也⑩,黎为高辛氏火正,昭显天地,以生柔嘉之材。姜、嬴、荆、芈,实与诸姬代相干也⑪。姜,伯夷之后也;嬴,伯益之后也。伯夷能礼于神以佐尧,伯益能仪百物以佐舜⑫,其后皆不失祠,而未有兴者,周衰将起,不可逼也。"桓公从其言,乃东寄帑与贿,虢、会受之。后三年,幽王败,桓公死,其子武公与平王东迁,卒定虢、会之地,右雒左泲⑬,食溱、洧焉⑭。土狭而险,山居谷汲,男女亟聚会,故其俗淫。《郑》诗曰:"出其东门,有女如云⑮。"又曰:"溱与洧,方灌灌兮,士与女,方秉菅兮⑯。""恂盱且乐,惟士与女,伊其相谑⑰。"此其风也。吴札闻《郑》之歌,曰:"美哉! 其细已甚,民弗堪也。是其先亡乎?"自武公后二十三世,为韩所灭。以上郑国之俗。

【注释】

①火正:古掌火官,司祭火星,行有关火的政事。虚:处所,分野。

②成皋:县名,治所在今河南荥阳。荥阳:县名,治所在今河南荥阳。

③崇高:县名,治所在今河南登封。阳城:县名,治所在今河南登封。

④司徒:官名,掌国家土地与人民,负责征发徒役。

⑤子、男:爵位名。

⑥虢:指东虢,周代诸侯国,今河南荥阳。会:西周的诸侯国,今河南郑州。

⑦崇:饰。冒:蒙。指蔽于义理。

⑧帑:通"孥"。妻子儿女。

⑨成周:东周都城,在今河南洛阳。

⑩重黎:古司天地之官。

⑪代:递。干:犯。

⑫仪百物:指能安百物。

⑬沛(jǐ):同"济"。古河流名。古代四渎之一。

⑭溱(zhēn)、洧(wěi):皆河流名称。

⑮出其东门,有女如云:出自《诗经·郑风·出其东门》。东门,指郑都城东门。如云,指其众多而往来不定。

⑯"溱与洧"几句:出自《诗经·郑风·溱洧》。灌灌,水盛流的样子。菅(jiān),兰草。

⑰"恂盱(xún xū)且乐"几句:出自《诗经·郑风·溱洧》。恂,信,真的。盱,大。伊,惟。谑,戏言。

【译文】

郑国,相当于今河南郡新郑县,本是帝喾的掌火官祝融的住处。另外,成皋郡、荥阳郡、颍川郡的崇高县、阳城县,都是郑国的范围。当初周王室的弟弟友任周的司徒,采邑在都城镐京地区内,这就是郑国。郑桓公问史官史伯说:"周王室事变频繁,如何才能幸免于死难?"史伯答道:"四周的国家,不是周王室的外甥、舅舅,就是夷狄等少数民族,不能到这些国家去避难。可以去避难的地方,大概是济水、洛水、颍水之间吧! 诸侯之国,较大的是虢国、会国,两国凭借权势和险峻的地势矫饰奢侈,您若把家属与财产寄托于此,当周王室发生内乱而衰败时,两国定会背弃您,那时您凭京城洛邑民众,奉国王令讨伐他们,定会成功。"郑桓公又问:"南方不行吗?"史伯回答说:"楚国,是重黎氏的后人,重黎是帝喾的掌火官,美德昭显天地,所以后代出现了许多优秀之才。至于姜、嬴、荆、芈姓诸国,确实和我姬姓国不断发生对抗。姜姓,伯夷的后人;嬴姓,伯益的后人。伯夷因能敬神而辅佐尧帝,伯益能治理各项事物来佐助虞舜,他们的后代都是没有丧失宗祠,但也没兴盛起来,到周朝衰落时,也不能用强力挽回败局。"郑桓公采纳了史伯的建议,把家属、财产寄托在虢国、会国,两国都接纳了。后三年,周幽王败于犬戎,郑桓公死,其子郑武公跟随周王东迁,最终建国于虢、会两国领地上。该地右边为洛水,左边为沸水,采食溱水、洧水流域。其地贫瘠而险阻,住在山上在山谷里汲水,男女常聚会,故风俗淫乱。《诗经·郑风》说:"从东门出去,女子众多,熙熙攘攘,如同云彩。"又说:"溱水洧水宽广盛大,男男女女城外游玩,手拿兰草求吉祥。""地方宽广又热闹,男女结伴一起逛,快乐无比的少男少女互相戏谑。"当地风俗大抵类此。吴公子季札听了《诗经·郑风》之歌,评曰:"美妙啊,但是音质太柔弱纤细了,人民大概难以忍受。这个国家恐怕会先灭亡吧?"自郑武公后二十三世,被韩国所灭。以上讲郑国的习俗。

　　陈国,今淮阳之地^①。陈本太昊之虚,周武王封舜后妫满于陈,是为胡公,妻以元女太姬^②。妇人尊贵,好祭祀,用史巫,故其俗巫鬼。《陈》诗曰:"坎其击鼓,宛丘之下,亡冬亡夏,值其鹭羽^③。"又曰:"东门之枌,宛丘之栩,子仲之子,婆娑其下^④。"此其风也。吴札闻《陈》之歌,曰:"国亡主,其能久乎!"自胡公后二十三世为楚所灭。陈虽属楚,于天文自若其故。以上陈国之俗。

【注释】

①淮阳:汉王国名,治所在今河南淮阳。

②元女:长女。

③"坎其击鼓"几句:出自《诗经·陈风·宛丘》。坎,击鼓声。宛

　　丘,指四周高而中间低的地形。值,立,直立。鹭羽,指用鹭鸟的
　　羽毛做成的舞具,立之而舞,以事神灵。
④"东门之枌"几句:出自《诗经·陈风·宛丘》。枌,白榆树。栩,
　　柞树。婆娑,歌舞的样子。

【译文】

　　陈国在今淮阳国一带。陈地本是东夷族首领太昊的居地,周武王
分封舜的后代妫满于陈,这是胡公,并把长女太姬嫁给妫满。这个地方
妇女的地位很尊贵,喜欢祭祀,使用占卜巫术,所以其风俗迷信巫鬼。
《诗经·陈风》中记载:"鼓声咚咚地响起,在那宛丘下的低平之地,舞蹈
的人群手执鹭羽,不分冬夏,起舞祭祀。"又说:"在东门有榆树,在宛丘
有柞树,陈大夫子仲的后代,在这些树下轻歌曼舞。"这就是该地的风
俗。吴公子季札听了《诗经·陈风》之歌后,评论道:"国家政事决于妇
人,而不是决于君主,国家没有主心骨,这样的国家难道能长久吗!"陈
国自胡公后二十三世为楚国所灭。陈国虽亡于楚,成为楚国的附庸,但
在星宿分野上仍如以前。以上讲陈国的习俗。

　　颍川、南阳,本夏禹之国。夏人上忠,其敝鄙朴。韩自
武子后七世称侯,六世称王,五世而为秦所灭。秦既灭韩,
徙天下不轨之民于南阳①,故其俗夸奢,上气力,好商贾渔
猎,藏匿难制御也。宛②,西通武关③,东受江、淮,一都之会
也。宣帝时,郑弘、召信臣为南阳太守,治皆见纪。信臣劝
民农桑,去末归本,郡以殷富。颍川,韩都。士有申子、韩
非,刻害余烈④,高仕宦,好文法⑤,民以贪遴争讼生分为
失⑥。韩延寿为太守,先之以敬让;黄霸继之,教化大行,狱
或八年亡重罪囚。南阳好商贾,召父富以本业;颍川好争讼
分异,黄、韩化以笃厚。"君子之德风也,小人之德草也"⑦,

信矣！ 以上颖川、南阳、韩国本俗。

【注释】

①不轨：不循法度。

②宛：地名，在今河南南阳。

③武关：地名，在今陕西商洛。

④刻害：苛责，刻薄。烈：即"业"。

⑤文法：条文。

⑥邅：通"吝"。吝啬。

⑦君子之德风也，小人之德草也：出自《论语·颜渊》。

【译文】

颖川郡、南阳郡一带，本为夏禹的国土。夏国人崇尚忠厚，弊病是粗鄙、陋朴。韩国自武子以后七代称侯，又六代称王，又五代被秦国所灭。秦国消灭韩国后，把天下的不法之徒迁移到南阳郡境内，所以其风俗浮夸、奢侈，崇尚气力，喜欢做点买卖，以及打猎、捕鱼，藏奸匿罪，很难治理。宛地，西面直达武关，东接长江、淮河，是一大都市。汉宣帝时，郑弘、召信臣任南阳郡太守，他们的政绩卓著而多有记载。召信臣劝勉百姓勤于农桑，放弃工商等不重要的事情，去进行农耕这一最重要的工作，全郡因此而富裕起来。颖川，本是韩国的都城，名士出了申不害、韩非子等，其狠毒刻薄的遗风影响很深，文士们向往仕途高官，喜欢搬弄法律条文，老百姓还有贪婪、吝啬、争吵、诉讼、父母健在而兄弟分家等陋习。韩延寿任太守时，首先教化他们为人敬重礼让；黄霸继任后，更是大力推行教化，监狱里曾经八年没有重罪囚犯。南阳人喜欢做买卖，召信臣鼓励百姓务农以致富；颖川郡的人本好争吵诉讼，产生对立，黄霸、韩延寿教导他们忠诚老实，孔子说："君子的品德像风，小人的德性像草，风一吹过，草会随风而倒。"真是这样啊！以上讲颖川、南阳、韩国习俗的源流。

自东井六度至亢六度①,谓之寿星之次,郑之分野,与韩同分。

【注释】

①东井:星宿名。

【译文】

自东井六度到亢宿六度,是寿星所在分次,是郑国在天文上的分野,与韩国相同。

赵地,昴、毕之分野①。赵分晋,得赵国。北有信都、真定、常山、中山②,又得涿郡之高阳、鄚、州乡③;东有广平、钜鹿、清河、河间④,又得渤海郡之东平舒、中邑、文安、束州、成平、章武⑤,河以北也;南至浮水、繁阳、内黄、斥邱⑥;西有太原、定襄、云中、五原、上党⑦。上党,本韩之别郡也,远韩近赵,后卒降赵,皆赵分也。

【注释】

①昴、毕:皆星宿名。

②信都:汉王国名,治所在今河北衡水冀州区。真定:汉王国名,治所在今河北正定。常山:郡名,治所在今河北石家庄元氏。中山:汉王国名,治所在今河北定州。

③涿郡:郡名,治所在今河北涿州。高阳:县名,治所在今河北高阳。鄚:县名,治所在今河北任丘。州乡:侯国名,治所在今河北河间。

④广平:汉王国名,治所在今河北鸡泽。钜鹿:郡名,治所在今河北平乡。清河:郡名,治所在今河北清河。河间:汉王国名,治所在

今河北献县。

⑤渤海：郡名，治所在今河北沧州。东平舒：县名，治所在今河北大城。中邑：县名，治所在今河北沧州。文安：县名，治所在今河北文安。束州：县名，治所在今河北大城。成平：县名，治所在今河北沧州泊头。章武：县名，治所在今河北黄骅。

⑥浮水：县名，治所在今河北沧州。繁阳：县名，治所在今河南内黄东北。内黄：县名，治所在今河南内黄县城。斥邱，县名，治所在今河北成安。

⑦太原：郡名，治所在今山西太原。定襄：郡名，治所在今内蒙古和林格尔。云中：郡名，治所在今内蒙古托克托。五原：郡名，治所在今内蒙古包头。上党：郡名，治所在今山西长治。

【译文】

赵国故地，在天文上属于昴宿、毕宿的分野。赵瓜分了晋国的一部分领土，建立赵国。其北部原有信都国、真定国、常山国、中山国；又得到今涿郡的高阳县、鄚县、州乡侯国；东部原有广平国、钜鹿郡、清河郡、河间国，又分得渤海郡的东平舒县、中邑县、文安县、束州县、成平县、章武县，均在黄河以北；南部至浮水县、繁阳县、内黄县、斥邱县；西部有太原郡、定襄郡、云中郡、五原郡、上党郡。上党，原为韩国的陪都，因远离韩国而靠近赵国，后来就归附了赵国，以上地区都是赵国的疆域。

自赵夙后九世称侯，四世敬侯徙都邯郸①，至曾孙武灵王称王，五世为秦所灭。

【注释】

①邯郸：战国时赵国都城，在今河北邯郸。

【译文】

赵国自赵夙后九世称侯，又四世敬侯迁都邯郸，至敬侯曾孙武灵王时称王，又五世被秦国所灭。

　　赵、中山地薄人众①，犹有沙邱纣淫乱余民②。丈夫相聚游戏③，悲歌慷慨④，起则椎剽掘冢⑤，作奸巧，多弄物⑥，为倡优⑦。女子弹弦跕躔⑧，游媚富贵，遍诸侯之后宫。邯郸北通燕、涿，南有郑、卫，漳、河之间一都会也。其土广俗杂，大率精急，高气势，轻为奸。以上赵、中山之俗。

【注释】

①中山：即中山国。

②沙邱：地名，在今河北邢台广宗西北大平台，传说商纣于此筑台，畜养禽兽。

③丈夫：即男子。

④慷慨：意气风发。

⑤椎剽：指以椎杀并剽掠之。

⑥弄：表演或演出。

⑦倡优：指歌舞杂伎之人。倡，乐人。优，伎人。

⑧跕躔(tiē xǐ)：指舞步。跕，足尖轻着地而行。躔，无跟之小履。

【译文】

　　赵国、中山国，土地贫瘠而人口众多，沙邱地区又兼有商纣王淫乱的遗风。男子聚集游戏，悲歌慷慨，动辄抢劫杀人，掘墓偷盗，行为奸伪，喜欢扮装表演，做歌舞杂伎艺人。女子则喜欢弹弦弄琴，轻歌曼舞，游妍取媚富贵，充斥了诸侯的后宫。邯郸北通燕郡、涿郡，南通郑国、卫国，是漳河和黄河之间的一大都市。土地辽阔，风俗杂乱，人们大多精明、急躁，崇尚气力和势力，很容易做出奸邪之事。以上说赵国、中山国的习俗。

太原、上党又多晋公族子孙^①，以诈力相倾，矜夸功名，报仇过直^②，嫁取送死奢靡。汉兴，号为难治，常择严猛之将，或任杀伐为威。父兄被诛，子弟怨愤，至告讦刺史二千石^③，或报杀其亲属。以上太原、上党之俗。

【注释】

①公族：指统治家族。

②过直：意为过当。直，宜，当。

③讦(jié)：当面斥罪。

【译文】

太原郡、上党郡一带，晋国贵族的子孙后代很多，以欺诈、权势互相倾轧，夸耀功名，报复怨仇往往过当，嫁娶、丧葬十分挥霍浪费。汉朝建立后，号称为难治之地，常常选派严酷、勇猛的将领去治理，有的将领大肆杀戮以树立威望。父亲兄长被杀，儿子弟弟愤愤不平，怨恨在心，甚至当面责骂刺史、郡守，有的为报仇雪恨便刺杀刺史、郡守的亲属。以上讲太原、上党的习俗。

锺、代、石、北^①，迫近胡寇，民俗懁忮^②，好气为奸，不事农商。自全晋时，已患其剽悍^③，而武灵王又益厉之。故冀州之部^④，盗贼常为它州剧。定襄、云中、五原，本戎狄地，颇有赵、齐、卫、楚之徙^⑤。其民鄙朴，少礼文，好射猎。雁门亦同俗^⑥，于天文别属燕。以上锺、代及定襄、云中、五原之俗。

【注释】

①锺：地址无从查考。代：郡名，治所在今河北蔚县。石：石邑，治

　　所在今河北石家庄鹿泉区。北：即北山。

②懻忮(jì zhì)：强直刚愎。懻，强直。忮，固执。

③剽悍：意为轻捷勇猛。

④冀州：汉十三刺史部之一，监察区域约今河北中南部、山西及河南北部和山东西端一部分地区。

⑤徙：意指赵、齐、卫、楚四国之人被迁徙来居之。

⑥雁门：郡名，治所在今山西右玉。

【译文】

　　锺地、代郡、石邑、北山一带，靠近胡地，民风强直、刚毅、固执，好凭勇气干一些不法勾当，人们既不务农，也不经商。三家分晋以前，晋国就因为人们的轻捷勇猛而难于管理，成为国家忧患，而赵武灵王实行胡服骑射的改革后，更加鼓励了这种风气的蔓延。所以冀州刺史部的盗贼往往比其他各州要严重。定襄、云中、五原三郡，原为戎、狄的地域，迁徙而来的赵、齐、卫、楚等国的人也不在少数。该地的人粗鄙质朴，缺乏礼仪修养，喜爱射箭打猎。雁门郡的风俗与此大致相同，但在天文分野上则另属于燕国的星宿分次。以上讲锺、代和定襄、云中、五原的习俗。

　　燕地，尾、箕分野也①。武王定殷，封召公于燕，其后三十六世与六国俱称王②。东有渔阳、右北平、辽西、辽东③，西有上谷、代郡、雁门④，南得涿郡之易、容城、范阳、北新城、故安、涿县、良乡、新昌⑤，及勃海之安次⑥，皆燕分也。乐浪、玄菟⑦，亦宜属焉。

【注释】

①尾、箕：皆为星宿名。

②六国：指战国时期的齐、楚、韩、赵、魏、秦六国。

③渔阳：郡名，治所在今北京密云区。右北平：郡名，治所在今内蒙古赤峰宁城。辽西：郡名，治所在今辽宁锦州义县。辽东：郡名，治所在今辽宁辽阳。

④上谷：郡名，治所在今河北怀来。

⑤易：县名，治所在今河北雄安。容城：县名，治所在今河北容城。范阳：县名，治所在今河北定兴。北新城：县名，治所在今河北保定徐水区。故安：县名，治所在今河北易县。涿县：县名，治所在今河北涿州。良乡：县名，治所在今北京房山区。新昌：县名，治所在今辽宁海城。

⑥安次：县名，治所在今河北廊坊安次区。

⑦乐浪：郡名，治所在今朝鲜平壤。玄菟：郡名，一说治所在今辽宁新宾，但屡有迁移。

【译文】

燕国故地，在天文上属于尾星和箕星的分野。周武王剪灭殷商以后，分封召公于燕地，召公后三十六世与其他六国一起称王。属燕地的东面有渔阳、右北平、辽西、辽东四郡，西面有上谷郡、代郡、雁门郡，南面有涿郡的易、容城、范阳、北新城、故安、涿县、良乡、新昌等县，另有渤海郡的安次县，以上都是燕国的范围。乐浪、玄菟二郡，也应属于燕的范围。

　　燕称王十世，秦欲灭六国，燕王太子丹遣勇士荆轲西刺秦王，不成而诛，秦遂举兵灭燕。

【译文】

燕国称王十世时，秦国准备消灭六国，燕王的太子丹派遣勇士荆轲入秦刺杀秦王，事败被杀，秦国于是发兵灭了燕国。

蓟，南通齐、赵，勃、碣之间一都会也①。初，太子丹宾养勇士，不爱后宫美女，民化以为俗②，至今犹然。宾客相过，以妇侍宿，嫁取之夕，男女无别，反以为荣。后稍颇止，然终未改。其俗愚悍少虑，轻薄无威，亦有所长，敢于急人③，燕丹遗风也。以上燕、蓟之俗。

【注释】

①勃：即渤海。碣：即石碣山。

②化：习俗，风气。

③急人：意为赴人之急。

【译文】

燕国的都城蓟，南通齐国、赵国，是渤海和碣石山之间的一个大城市。当年燕太子丹把勇士们当成宾客养在府中，不吝惜后宫的美女，老百姓受到此风气的影响演变成为习俗，至今仍然这样。宾客路经此地，百姓以妇人侍奉就寝，在嫁女娶亲的晚上，男女无别，反而认为是很荣幸的。后来此俗收敛了很多，但始终没有彻底改变。该地的风俗愚昧、强悍，不善思考，轻薄没有威仪，但也有些长处，那就是急人之所急，果敢赴难，有燕太子丹的遗风。以上说燕国及其都城蓟地的习俗。

上谷至辽东，地广民希，数被胡寇，俗与赵、代相类，有渔、盐、枣、栗之饶。北隙乌丸、夫馀①，东贾真番之利②。以上上谷、辽东之俗。

【注释】

①隙：际，接壤。乌丸：即乌桓，古代民族名，东胡部落的一支。夫馀：古代东北少数民族名。

②真番：郡名，一说治所在今朝鲜黄海南道信川郡。

【译文】

上谷郡至辽东郡，土地辽阔，民众稀少，屡次遭到匈奴的入侵，民俗与赵地、代地相似，境内有丰富的鱼、盐、枣、栗等物产。北部边境与乌丸、夫馀等族接壤，向东可以到真番郡做买卖以获利。以上讲上谷、辽东的习俗。

玄菟、乐浪，武帝时置，皆朝鲜、涉貉、句骊蛮夷①。殷道衰，箕子去之朝鲜，教其民以礼义，田蚕织作。乐浪朝鲜民犯禁八条：相杀以当时偿杀；相伤以谷偿；相盗者男没入为其家奴②，女子为婢，欲自赎者，人五十万。虽免为民，俗犹羞之，嫁取无所雠③，是以其民终不相盗，无门户之闭，妇人贞信不淫辟④。其田民饮食以笾豆⑤，都邑颇放效吏及内郡贾人，往往以杯器食。郡初取吏于辽东，吏见民无闭臧，及贾人往者，夜则为盗，俗稍益薄。今于犯禁浸多，至六十余条。可贵哉，仁贤之化也！然东夷天性柔顺，异于三方之外，故孔子悼道不行，设浮于海，欲居九夷，有以也夫！ 以上乐浪、玄菟之俗。

乐浪海中有倭人⑥，分为百余国，以岁时来献见云。

【注释】

①朝鲜：古国名，汉初为武帝所并。涉貉：古代东北少数民族，依涉水而居，故名。句骊：即高句丽。

②没入：指没收罪犯家属、财产。

③雠（chóu）：匹配。

④辟：不诚实。

⑤笾(biān)：古代祭祀或宴会时盛食物用的一种竹器。豆：一种木
　制的器皿。

⑥倭(wō)人：古代华夏对日本人的称谓。

【译文】

　　玄菟郡、乐浪郡，是汉武帝时开置的，是朝鲜、涉貉、高句丽等蛮夷
居住的地方。殷商王道衰落时，箕子离开商国而来到朝鲜，教给当地人
以礼义、种田、养蚕和纺织。乐浪居民有禁令八条：杀人者立时偿命；伤
害人的以谷物来赔偿；偷盗的，男子沦为被偷家的家奴，女子沦为女婢，
如果想赎身出去，每人必须交五十万钱。即使赎免为庶民，习俗仍以此
为耻，没有人愿意与之通婚，所以该地的人们不屑于偷盗，门户不用关
闭，妇女都贞洁、诚信、不放荡为邪。农家人用竹、木制成的器具饮食，
而市井之民往往仿效官吏及内地郡县的商人，用杯器饮食的很多。起
初，两郡的官吏都出自辽东郡，官吏发现百姓夜不闭户，有商人过往，晚
上就进行偷盗，风气慢慢地变坏起来。到现在违反禁令的越来越多，禁
令也增加到六十多条。仁人贤士的教化是多么可贵啊！然而东夷人天
性柔软顺从，不同于南、西、北三方之外的人，所以，孔子痛心于仁义之
道不行后，准备乘筏浮于海上，想到东夷去居住，看来真有其事啊！以上
讲乐浪郡、玄菟郡的习俗。

　　乐浪郡的邻海上有倭人，分为一百多个国家，每年时不时地见到他
们来进献贡品。

　　　自危四度至斗六度①，谓之析木之次②，燕之分也。

【注释】

①危、斗：皆星宿名。

②析木：黄道十二次名。

【译文】

从危宿四度到斗宿六度,为黄道十二次中的析木次,是燕国在天空中的分野。

齐地,虚、危之分野也。东有甾川、东莱、琅邪、高密、胶东①,南有泰山、城阳②,北有千乘③,清河以南④,勃海之高乐、高城、重合、阳信⑤,西有济南、平原⑥,皆齐分也。

【注释】

①甾（zī）川：汉王国名,治所在今山东寿光。东莱：郡名,治所在今山东莱州。琅邪：郡名,治所在今山东诸城,后屡迁。高密：郡名,治所在今山东高密。胶东：汉王国名,治所在今山东平度。

②泰山：郡名,治所在今山东泰安。城阳：汉王国名,治所在今山东莒县。

③千乘：郡名,治所在今山东高青。

④清河：郡名,治所在今河北清河。

⑤勃海：郡名,治所在今河北沧州。高乐：县名,治所在今河北南皮。高城：县名,治所在今河北盐山。重合：县名,治所在今山东乐陵。阳信：县名,治所在今山东无棣。

⑥济南：郡名,治所在今山东济南章丘区。平原：郡名,治所在今山东平原。

【译文】

齐国故地,在天文上是虚宿和危宿的分野。其辖地东部有甾川国、东莱郡、琅邪郡、高密郡、胶东国,南部有泰山郡、城阳国,北部有千乘郡、清河郡以南,渤海郡的高乐、高城、重合、阳信等县,以及西面的济南郡、平原郡等,均为齐地的疆域。

少昊之世有爽鸠氏，虞、夏时有季崱，汤时有逢公柏陵，殷末有薄姑氏，皆为诸侯，国此地。至周成王时，薄姑氏与四国共作乱，成王灭之，以封师尚父，是为太公。《诗·风》齐国是也。临菑名营邱①，故《齐》诗曰："子之营兮，遭我虖峱之间兮②。"又曰："俟我于著乎而③。"此亦其舒缓之体也。吴札闻《齐》之歌，曰："泱泱乎④，大风也哉！其太公乎？国未可量也。"

【注释】

①临菑：齐国都城，今山东淄博东北。

②子之营兮，遭我虖峱之间兮：语出《诗经·齐风·还》。子，你。之，去，到。虖，同"乎"。于。峱，山名。在齐地。

③俟（sì）我于著乎而：语出《诗经·齐风·著》。俟，等候。著，地名，今山东济阳。乎而，语气词，无意义。

④泱泱：意为宏大。

【译文】

少昊时期的爽鸠氏，虞、夏时代的季崱，商汤时的逢公柏陵，殷商末年的薄姑氏，都是诸侯，在此建立诸侯国。到周成王时薄姑氏伙同管叔、蔡叔、霍叔和武庚叛乱，周成王平定叛乱后，将该地封给师尚父，这就是姜太公。《诗经·齐风》就是吟诵齐地的诗篇。临菑又称营邱，所以，《齐风》中说："你到营邱去啊，在峱山之间遇到了我啊。"又说："在这个地方等候我啊。"这也大概有一种舒缓从容的感觉。吴公子季札听了《诗经·齐风》之歌后，评论说："宏大壮伟，是大国的歌乐啊！大概是姜太公之国的歌乐吧？此国的前途不可限量。"

古有分土①，亡分民②。太公以齐地负海舄卤③，少五谷而人民寡，乃劝以女工之业，通鱼盐之利，而人物辐凑。后十四世，桓公用管仲，设轻重以富国，合诸侯成伯功，身在陪臣而取三归④。故其俗弥侈，织作冰纨绮绣纯丽之物⑤，号为冠带衣履天下。

【注释】

①分土：指分封疆土。

②亡分民：指通往来不常分居。

③负：背靠。舄卤（xì lǔ）：贫瘠的盐碱地。

④陪臣：古诸侯之大夫对天子称陪臣。取三归：指娶三姓之女。

⑤冰纨绮绣：指丝绸精美。纯丽：精美华丽。

【译文】

古时候，国家分封土地，设立疆界，但人们可以自由往来，不一定要长久地居住在一个地方。姜太公认为齐地临海，土地盐碱贫瘠，五谷很少，人口也少，于是鼓励兴办适于妇女操作的纺织业、小手工业，并利用渔盐流通获取利润，从而外地的人们和物产纷纷聚积到这里。其后十四代，齐桓公重用管仲进行改革，设立轻重之法以富足国家，联合诸侯，建立霸业，身为诸侯之大夫却得以娶三姓之女为妻。所以其地习俗非常奢侈浮华，能编织精美华丽的丝织品，号称天下使用的衣服、鞋帽都出自齐地。

初，太公治齐，修道术，尊贤智，赏有功，故至今其土多好经术，矜功名①，舒缓阔达而足智。其失夸奢朋党，言与行缪②，虚诈不情，急之则离散，缓之则放纵。始桓公兄襄公淫乱，姑姊妹不嫁，于是令国中民家长女不得嫁，名曰"巫儿"，为家主祠，嫁者不利其家，民至今以为俗。痛乎，道民之道③,可不慎哉!

【注释】

①矜:自夸。

②缪:乖错。

③道民:道,同"导"。引导。

【译文】

当初姜太公治理齐国,讲求王道之术和治国方法,尊重贤能和智者,赏赐有功之臣,所以现该地的士人仍然饱学典籍、学术,崇尚功名,思想活跃,心胸开阔,足智多谋。士人的缺点是浮夸自大,奢侈虚华,喜结朋党,言行不一,虚伪狡诈难以得到真情,法律严急则离散,法律平和则放纵不检。起初齐桓公的兄长襄公淫乱,让姑姊妹一直不嫁,于是便下令全国百姓家的长女不得出嫁,称为"巫儿",留在家里主持祭祀,如果出嫁将给他家带来灾难,百姓至今仍保留这种陋习。非常让人痛心,引导老百姓的政策,怎能不慎重啊!

昔太公始封,周公问:"何以治齐?"太公曰:"举贤而上功。"周公曰:"后世必有篡杀之臣。"其后二十九世为强臣田和所灭,而和自立为齐侯。初,和之先陈公子完有罪来奔齐,齐桓公以为大夫,更称田氏。九世至和而篡齐,至孙威王称王,五世为秦所灭。

【译文】

当年姜太公刚刚被分封时,周公问他:"用什么方法治理齐国"? 太公答道:"举荐贤能之人,提拔有功者。"周公说:"后世一定会有篡权弑君之臣。"他以后二十九世,齐国被势力强大的臣子田和所灭,而田和自立为齐侯。开始时，田和的先人陈国公子陈完因为犯了罪，来投奔齐国，齐桓公任用他为大夫，改姓田氏。传九世到田和而篡夺了齐国，到田和的孙子威王时自称为王，又传五世被秦国所灭。

临菑，海、岱之间一都会也①。其中具五民云②。

【注释】

①海：即渤海。岱：即泰山。

②五民：士、农、商、工、贾。一说为五方之民，游历于此，乐其俗而居，故称。

【译文】

齐国都城临菑，是渤海、泰山之间的一大都市，城中居住着五方之民。

鲁地，奎、娄之分野也①。东至东海，南有泗水②，至淮，得临淮之下相、睢陵、僮、取虑③，皆鲁分也。

【注释】

①奎、娄：皆星宿名。

②泗水：河名，在今山东中部。

③临淮：郡名，治所在今江苏泗洪。下相：县名，治所在今江苏宿迁。睢陵：县名，治所在今江苏泗洪。僮：县名，治所在今安徽泗县。取虑：县名，治所在今安徽灵璧。

【译文】

鲁国故地，在天文上属于奎宿和娄宿的分野。东达东海，南临泗水，至淮河，有临淮郡，其下属的下相、睢陵、僮、取虑等县，都是在鲁地的范围内。

周兴,以少昊之虚曲阜封周公子伯禽为鲁侯①,以为周公主。其民有圣人之教化,故孔子曰:"齐一变,至于鲁;鲁一变,至于道②"。言近正也。濒洙、泗之水③,其民涉度,幼者扶老而代其任。俗既益薄,长老不自安,与幼少相让,故曰:"鲁道衰,洙、泗之间断断如也④。"孔子闵王道将废⑤,乃修六经⑥,以述唐、虞、三代之道,弟子受业而通者七十有七人。是以其民好学,上礼义,重廉耻。周公始封,太公问:"何以治鲁?"周公曰:"尊尊而亲亲。"太公曰:"后世浸弱矣。"故鲁自文公以后,禄去公室⑦,政在大夫,季氏逐昭公,陵夷微弱,三十四世而为楚所灭。然本大国故自为分野。

【注释】

①曲阜:鲁国都城,在今山东曲阜。

②"齐一变"几句:出自《论语·雍也》。

③洙、泗:二水名,古时二水在今山东泗水北合流而西下,至曲阜北分为二水,洙水在北,泗水在南。

④断断(yín):形容争辩不休的样子。

⑤王道:即圣王之道,指先王所行之礼制。

⑥六经:六种经书,汉时指《诗经》《书经》《礼经》《易经》《春秋》《乐经》。

⑦公室:春秋战国时,指诸侯家族或诸侯国政权。

【译文】

周朝建立后,把原来少昊所居住之地曲阜分封给周公的儿子伯禽,这就是鲁侯,并让他主持周公之祭祀。该地百姓受圣人之教化,所以孔子说:"齐国一变能达到鲁国的水平,鲁国一变能达到王道。"说的是向正确的方向靠拢。鲁国濒临洙水、泗水,老百姓涉水过河时,年轻人扶着年长的,并帮他拿着东西。随着风气的日益衰败,老年人心中十分不安,与年轻人相互责备,所以说:"鲁国的王道、风气衰落了,从洙水、泗水之间发生的口角和争辩中可以看出来。"孔子哀怜王道的废弛,于是修订《诗经》《书经》《礼经》《易经》《春秋》《乐经》六经,以阐述唐、虞、三代先王治国之道,向弟子传授学业,而能精通的有七十七人。因此,鲁地百姓喜欢学习,崇尚礼义,把廉耻看得很重。周公当初分封伯禽时,姜太公问:"用什么治理鲁国?"周公说:"尊重尊贵的人,接近亲近的人。"太公说:"用这种方法治国,后世将逐渐衰落。"鲁国自文公以后,财富收入不归国家,权力掌握在大夫手中,贵族季氏驱逐鲁昭公,国势衰弱,传至三十四世后为楚国所灭。但鲁原为大国,在天文星宿上仍单独分野。

今去圣久远,周公遗化销微①,孔子庠序衰坏②。地狭民众,颇有桑麻之业,亡林泽之饶。俗俭啬爱财,趋商贾,好訾毁,多巧伪,丧祭之礼文备实寡,然其好学犹愈于它俗。

【注释】

①销:减损。

②庠(xiáng)序:古代学校的泛称。

【译文】

现在距离圣人很久远了,周公遗留下来的教化风气已经很微弱,孔子的办学传统也渐衰败。该地土少民多,桑蚕、织麻之业很发达,而没有山林、湖泊之出产。习俗节俭、吝啬、贪财,热衷于经商,喜欢背地里诋毁他人,奸诈虚伪,丧葬、祭祀礼,规矩很多,实际很少按规矩去办的,但是人们好学的传统胜过其他习俗。

　　汉兴以来,鲁东海多至卿相①。东平、须昌、寿张②,皆在济东③,属鲁,非宋地也,当考。

【注释】

①东海:郡名,治所在今山东郯城。

②东平:汉王国名,治所在今山东东平东。须昌:县名,治所在今山东东平西北。寿良:县名,治所在山东东平西南。

③济:即济水。

【译文】

　　汉朝建立以后,鲁国的东海郡有不少人官至卿相。东平、须昌、寿良等县,都在济水以东,亦属于鲁国故地,不是宋国的领地,这还需加以考究。

　　宋地,房、心之分野也①。今之沛、梁、楚、山阳、济阴、东平及东郡之须昌、寿张②,皆宋分也。

【注释】

①房、心:皆星宿名。

②沛:郡名,治所在今安徽淮北。梁:汉王国名,治所在今河南商丘睢阳区。楚:汉王国名,治所在今江苏徐州铜山区。山阳:郡名,治所在今山东巨野。济阴:郡名,治所在今山东菏泽定陶区。东郡:郡名,治所在今河南濮阳。寿张:县名,即寿良。

【译文】

　　宋国故地,在天文上属于房星、心星的分野,现在的沛郡、梁国、楚国、山阴郡、济阴郡、东平国以及东郡的须昌县、寿张县,都在宋地的范围内。

周封微子于宋，今之睢阳是也①，本陶唐氏火正阏伯之虚也②。济阴定陶③，《诗·风》曹国也④。武王封弟叔振铎于曹，其后稍大，得山阳、陈留⑤，二十余世为宋所灭。

【注释】

①睢阳：县名，治所在今河南商丘睢阳区。

②火正：古代的掌火官。

③定陶：县名，治所在今山东菏泽定陶区。

④曹国：周初分封国，都今山东菏泽定陶区。

⑤陈留：郡名，治所在今河南开封。

【译文】

周朝把宋地分封给微子，也就是今天的睢阳县，原本是陶唐氏掌火官阏伯的封地。济阴郡定陶县，就是《诗经·国风》中所说的曹国。周武王把曹地分封给他的弟弟叔振铎，以后其地盘不断扩大，得今山阳郡、陈留郡，传二十多代后被宋国所灭。

昔尧作游成阳①，舜渔雷泽②，汤止于亳③，故其民犹有先王遗风，重厚多君子，好稼穑，恶衣食，以致畜藏。

【注释】

①成阳：地名，今山东菏泽。

②雷泽：古泽名，又名雷夏泽，在今山东菏泽。

③亳：地名，今河南商丘。

【译文】

古时，尧曾在成阳作宫室游宿，舜曾在雷泽上捕鱼，商汤居住于亳，所以该地的人有先王遗风，稳重厚道，多君子，勤于稼穑，不讲究衣饰、饮食，以积蓄财富。

宋自微子二十余世，至景公灭曹，灭曹后五世亦为齐、楚、魏所灭，参分其地。魏得其梁、陈留，齐得其济阴、东平，楚得其沛。故今之楚彭城①，本宋也，《春秋经》曰"围宋彭城"。宋虽灭，本大国，故自为分野。

【注释】

①彭城：县名，治所在今江苏徐州。

【译文】

宋国从微子开始传国二十多代，至宋景公时消灭曹国。灭曹后又传五代，自己也被齐、楚、魏国所灭，其地被瓜分为三。魏国得到今天的梁国、陈留郡，齐国得到济阳郡、东平国，楚国得到沛郡。所以，今天的楚国彭城，原本也是宋地，因此《春秋》上说"包围宋国的彭城"。宋国虽然灭亡了，因原为大国，所在天文上独自分野。

沛、楚之失，急疾颛己①，地薄民贫，而山阳好为奸盗。

【注释】

①急疾颛己：指生性偏狭而刚愎自用。颛，通"专"。己，固执己见。

【译文】

沛、楚之地人们的缺陷是，性格偏狭刚愎，专执己见，土地贫瘠，人们贫穷，山阳郡一带的人又常常做一些奸邪盗偷等违法之事。

卫地①，营室、东壁之分野也②。今之东郡及魏郡黎阳③,河内之野王、朝歌④,皆卫分也。

【注释】

①卫:周初分封国。初都今河南淇县,后屡迁。

②营室、东壁:皆星宿名。

③魏郡:郡名,治所在今河北临漳。黎阳:县名,治所在今河南浚县。

④野王:县名,治所在今河南沁阳。朝歌:县名,治所在今河南淇县。

【译文】

卫国故地,在天文上属于营室宿、东壁宿的分野。如今的东郡以及魏郡的黎阳县,河内郡的野王县、朝歌县,都属于卫国的管辖范围。

卫本国既为狄所灭,文公徙封楚邱①,三十余年,子成公徙于帝邱②。故《春秋经》曰"卫迁于帝邱",今之濮阳是也③。本颛顼之虚,故谓之帝邱。夏后之世,昆吾氏居之。成公后十余世,为韩、魏所侵,尽亡其旁邑,独有濮阳。后秦灭濮阳,置东郡,徙之于野王。始皇既并天下,犹独置卫君,二世时乃废为庶人。凡四十世,九百年,最后绝,故独为分野。

【注释】

①楚邱:地名,卫国国都,在今河南滑县。

②帝邱:地名,在今河南濮阳。

③濮阳:县名,治所在今河南濮阳。

【译文】

卫国本土被狄人所攻占后,卫文王被移封于楚邱。三十多年后,卫文王的儿子卫成公又迁往帝邱。所以《春秋》上说:"卫迁于帝邱。"也就是现在的濮阳县。这里原本为颛顼的封地,因此称为帝邱。夏朝以后各代,昆吾氏居住于此。自成公以后十多世,卫国被韩、魏两国所灭,帝邱周围各邑县全为二国所并吞,只剩下濮阳。后来秦国又吞并了濮阳,设置东郡,把卫国君主迁到野王县。秦始皇统一天下后,唯独保留卫君,秦二世时才废为庶人。卫国一共传了四十世,历九百年,在各诸侯国中最后灭亡,所以在天文上独自分野。

卫地有桑间濮上之阻①,男女亦亟聚会②,声色生焉,故俗称郑、卫之音。周末有子路、夏育,民人慕之,故其俗刚武,上气力。汉兴,二千石治者亦以杀戮为威。宣帝时韩延寿为东郡太守,承圣恩,崇礼义,尊谏争③,至今东郡号善为吏,延寿之化也。其失颇奢靡,嫁取送死过度,而野王好气任侠④,有濮上风。

【注释】

①濮:即濮水,在今河南濮阳西南。阻:指能遮蔽。

②亟:屡,频繁。

③谏争:指直言规劝。

④任侠:指崇尚侠义。

【译文】

卫国故地有桑林、濮水之天然屏障,男男女女频频聚会,唱歌调情,所以习惯称郑、卫之乐。周朝末年,卫国出了子路、夏育等勇士,深受人们的仰慕,所以该地的人们生性刚强勇武,崇尚气力。汉朝建立后,治理该地的郡守也大行杀戮来树立威严。汉宣帝时,韩延寿任东郡太守,仰承圣恩,崇尚礼义,尊敬直言规劝,至今东郡号称为输送官吏的地方,这是韩延寿教化的结果。该地风俗的弊端是十分奢侈浪费,嫁娶、丧葬用费过度,而野王县的人争胜好强,崇尚侠义,有濮上遗风。

楚地,翼、轸之分野也①。今之南郡、江夏、零陵、桂阳、武陵、长沙及汉中、汝南郡②,尽楚分也。

【注释】

①翼、轸:皆星宿名。

②南郡:郡名,治所在今湖北荆州。江夏:郡名,治所在今湖北武汉新洲区。零陵:郡名,治所在今广西全州。桂阳:郡名,治所在今湖南郴州。武陵:郡名,一说治所在今湖南溆浦南。长沙:汉王国名,治所在今湖南长沙。汉中:郡名,治所在今陕西汉中。汝南:郡名,治所在今河南上蔡。

【译文】

楚国故地,在天文上属于翼宿、轸宿的分野。当今的南郡、江夏郡、零陵郡、桂阳郡、武陵郡、长沙郡以及汉中郡、汝南郡,都是楚国的封地。

周成王时,封文、武先师鬻熊之曾孙熊绎于荆蛮①,为楚子,居丹阳②。后十余世至熊达,是为武王,浸以强大。后五世至严王,总帅诸侯,观兵周室③,并吞江、汉之间,内灭陈、鲁之国。后十余世,顷襄王东徙于陈。

【注释】

①荆蛮:荆山蛮族,指楚,为周人对楚地的蔑称。

②丹阳:地名,楚国都邑,一说在今湖北秭归东南。

③观兵:指检阅军队示人以兵威。

【译文】

　　周成王时,把荆蛮之地分封给周文王、武王的先师鬻熊的曾孙熊绎,称为楚子,居于丹阳。其后十多代传至熊达,他就是楚武王,这时楚国才逐渐强大起来。又传五代到楚严王,统帅诸侯,检阅军队,向周室展示兵威,并且占领了长江、汉水之间的大片土地,接纳灭亡了陈、鲁等国。后传十多代,至顷襄王迁都于陈。

　　楚有江、汉川泽山林之饶;江南地广①,或火耕水耨②。民食鱼稻,以渔猎山伐为业,果蓏蠃蛤③,食物常足。故呰窳媮生④,而亡积聚,饮食还给,不忧冻饿,亦亡千金之家。信巫鬼,重淫祀⑤。而汉中淫失枝柱⑥,与巴、蜀同俗。汝南之别,皆急疾有气势。江陵,故郢都⑦,西通巫、巴⑧,东有云梦之饶⑨,亦一都会也。

【注释】

　　①江南:汉时指湖北的长江以南部分,湖南、江西一带。

　　②火耕水耨:一种原始耕作方法,先烧草,下水种稻,草与稻同时长到七八寸,把草拔去,再下水浇灌。耕,犁地。耨,除草。

　　③蓏(luǒ):古代指瓜类植物的果实。蠃:通"螺"。蚌类水产动物。蛤(gé):一种水产动物。

　　④呰窳(zǐ yǔ):苟且懒惰。呰,弱病。窳,懒惰。

　　⑤淫祀:不合礼制的祭祀。

　　⑥淫失:纵欲放荡。失,通"佚"。枝柱:不顺从,抵触。

　　⑦郢都:楚国都城,在今湖北荆州。

　　⑧巫:指巫山,在今重庆巫山县。巴:即巴山。

　　⑨云梦:泽薮名,即云泽和梦泽。此处泛指春秋战国时楚王的游猎区。

【译文】

楚国有长江、汉水流域川泽山林丰富的资源;江南一带地域辽阔,有的地方实行火耕水耨的耕作方法。人们以鱼米为食,以捕鱼、打猎、伐山取竹木为业,盛产瓜果蚌螺,食物往往很丰足。所以,人们羸弱而又懒惰,讲究享乐,没有什么积累,饮食能自给自足,不担心受冻挨饿,也没有家藏千金的富豪之家。俗信巫术鬼神,很注重一些在外人看来不合礼制的祭祀。而汉中地区的人纵欲放荡,桀骜不驯,风俗习惯与巴郡、蜀郡差不多。汝南郡的人略有差异,人们性急、暴躁,很有几分争胜的意气。江陵,即楚国故都郢都,西通巫山、巴郡,东边有富饶的云梦泽,也是一大都市。

吴地,斗分野也[1]。今之会稽、九江、丹阳、豫章、庐江、广陵、六安、临淮郡[2],尽吴分也。

【注释】

[1]斗:即斗宿。

[2]会稽:郡名,治所在今江苏苏州。九江:郡名,治所在今安徽寿县。丹阳:郡名,治所在今安徽宣城。豫章:郡名,治所在今江西南昌。庐江:郡名,治所在今安徽庐江,后屡迁移。广陵:汉王国名,治所在今江苏扬州。六安:汉王国名,治所在今安徽六安。临淮:郡名,治所在今江苏泗洪。

【译文】

吴国故地,在天文上属于斗宿的分野。现在的会稽、九江、丹阳、豫章、庐江、广陵、六安、临淮等郡,都是吴国的封地。

殷道既衰,周太王亶父兴邠、梁之地,长子太伯,次曰仲雍,少曰公季。公季有圣子昌,太王欲传国焉。太伯、仲雍辞行采药,遂奔荆蛮。公季嗣位,至昌为西伯,受命而王。故孔子美而称曰:"太伯,可谓至德也已矣! 三以天下让,民无得而称焉。"谓:"虞仲夷逸,隐居放言①,身中清②,废中权③。"太伯初奔荆蛮,荆蛮归之,号曰句吴。太伯卒,仲雍立,至曾孙周章,而武王克殷,因而封之。又封周章弟中于河北,是为北吴,后世谓之虞,十二世为晋所灭。后二世而荆蛮之吴子寿梦盛大称王。其少子则季札,有贤材。兄弟欲传国,札让而不受。自太伯、寿梦称王六世,阖庐举伍子胥、孙武为将,战胜攻取,兴伯名于诸侯。至子夫差,诛子胥,用宰嚭,为粤王句践所灭。

【注释】

①放言:放弃言谈,指不谈世事。

②中清:指合乎清洁。

③中权:合乎避世的权谏之道。

【译文】

殷商国道衰落后,周太王亶父崛起于邠山、梁山一带。他的长子为太伯,次子为仲雍,少子为公季。公季有一位圣明的儿子叫昌,太王想把王位传给他。太伯、仲雍便辞别父亲,以外出采药为名,逃奔到荆山蛮族居住之地。公季继承了王位,到昌时,成为西方霸主,受天命而称王。所以孔子说:"太伯真可以说是道德高尚的人! 三次推让君位,人们不知道,以至于没有称赞他。"又说:"仲雍隐逸于荆夷之国,隐居不议国家政事,立身高洁,所废合乎避世的权谏之道。"当初太伯逃避到荆蛮之地,荆蛮之地的人们纷纷归附他,他则建立国家,号称句吴。太伯死后,仲雍继位,至其曾孙周章时,周武王攻克殷都,灭了商朝,于是才正式分封他。又把周章的弟弟中封于河北，这就是北吴，后代称他为虞国，传到十二世被晋所灭。二代之后，荆蛮地区的吴公子寿梦强大而称王。他的幼子就是季札，贤能有才干。其兄想把王位传给他，季札推让而不接受。自太伯、寿梦称王后传六世，到吴王阖庐任用伍子胥、孙武为将，无往而不胜，攻城略地，称霸于各诸侯国。到他的儿子夫差，诛杀了伍子胥，任用奸臣宰嚭，后被粤王句践所灭。

吴、粤之君皆好勇，故其民至今好用剑，轻死易发。

【译文】

吴、粤的国君都好于勇武，所以该地的人们喜欢用剑，看轻死亡，动不动就用武。

粤既并吴，后六世为楚所灭。后秦又击楚，徙寿春①，至子为秦所灭。以上吴始末。

【注释】

①寿春：战国末年楚都城，今安徽寿县。

【译文】

粤国吞并吴国，传六世后被楚国所灭。后来秦国又攻打楚国，楚国被迫迁都寿春，再传一世为秦所灭。以上勾勒吴国的始末。

寿春、合肥受南北湖皮革、鲍、木之输①，亦一都会也。始楚贤臣屈原被谗放流，作《离骚》诸赋以自伤悼。后有宋玉、唐勒之属慕而述之，皆以显名。汉兴，高祖王兄子濞于吴，招致天下之娱游子弟，枚乘、邹阳、严夫子之徒兴于文、景之际。而淮南王安亦都寿春，招宾客著书。而吴有严助、朱买臣，贵显汉朝，文辞并发，故世传《楚辞》。其失巧而少信。初淮南王异国中民家有女者②，以待游士而妻之，故至今多女而少男。本吴、粤与楚接比③，数相并兼，故民俗略同。

【注释】

①合肥：县名，治所在今安徽合肥。皮革：指犀牛之皮。鲍：即鲍鱼。木：指枫、楠、豫章之树。

②异：此指有女之家受到优异待遇。

③比：相邻。

【译文】

寿春、合肥，聚集南北各地运来的皮革、鲍鱼、木材，也是一大都市。当初，楚国的贤臣屈原因受谗言诽谤而被流放，作《离骚》诸赋以抒发自己的悲愤、哀伤之情。以后宋玉、唐勒等人仰慕屈原，也进行创作，都得以成名。汉朝建立后，高祖封其兄长的儿子刘濞为吴王，招揽天下闲游子弟，枚乘、邹阳、严夫子等人在文、景之际又以辞赋兴起。淮南王刘安也以寿春为都，招揽宾客著书立说。吴地的严助、朱买臣都是汉朝的显贵，文赋很好，所以《楚辞》能流传于世。该地人的缺点是虚伪，不讲信用。当初淮南王刘安优待国中有女儿的人家，以民家之女服侍游士，并把民家女嫁给他们，所以至今当地女子多而男子少。吴、粤原来就与楚国接壤，又屡次相互兼并，所以其民俗大致相同。

吴东有海盐章山之铜①，三江、五湖之利②，亦江东之一都会也。豫章出黄金，然堇堇物之所有③，取之不足以更费④。江南卑湿⑤,丈夫多夭⑥。

【注释】

①章山:山名,今浙江天目山。

②三江:此指今吴淞江和芜湖、宜兴间由长江通太湖一带、并长江
下游为南、中、北三江。五湖:指太湖流域一带所有的湖泊。

③堇堇(jǐn):形容少,不多。

④更(gēng):偿。费:功费,功值。

⑤卑湿:指低下潮湿。

⑥丈夫:男子。夭:不尽其天年谓夭,即年少而亡。

【译文】

　　吴国东部有海盐以及章山的铜矿,并兼有三江五湖的便利,也是江东的一大都会。豫章出产黄金,但产量很少,所得利润不能抵偿所花其他费用。江南地势低下,气候湿润,男子多早早夭亡。

　　会稽海外有东鳀人①,分为二十余国,以岁时来献见云。

【注释】

①东鳀(tí):古国名,在会稽郡(治所在今浙江绍兴)外海。

【译文】

　　会稽海外有东鳀人,他们分为许二十多个国家,每年时不时地见到来朝进献贡品。

　　粤地,牵牛、婺女之分野也①。今之苍梧、郁林、合浦、交阯、九真、南海、日南②,皆粤分也。

【注释】

①牵牛、婺女:皆星宿名。

②苍梧:郡名,治所在今广西梧州。郁林:郡名,治所在今广西桂
　　平,后屡迁移。合浦:郡名,治所在今广西合浦,后屡迁移。交
　　阯:郡名,治所在今越南河内。九真:郡名,治所在今越南清化。
　　南海:郡名,治所在今广东广州。日南:郡名,治所在今越南广治
　　境内。

【译文】

粤国故地,在天文上属于牵牛宿、婺女宿的分野。现在的苍梧、郁
林、合浦、交阯、九真、南海、日南等郡,都属于粤国的管辖范围。

其君禹后,帝少康之庶子云,封于会稽,文身断发,以避
蛟龙之害。后二十世,至句践称王,与吴王阖庐战,败之隽
李①。夫差立,句践乘胜复伐吴,吴大破之,栖会稽②,臣服请
平③。后用范蠡、大夫种计④,遂伐灭吴,兼并其地。度淮与
齐、晋诸侯会,致贡于周。周元王使使赐命为伯,诸侯毕贺。
后五世为楚所灭,子孙分散,君服于楚⑤。后十世,至闽君
摇,佐诸侯平秦。汉兴,复立摇为粤王。是时,秦南海尉赵
佗亦自王,传国至武帝时,尽灭以为郡云。以上粤始末。

【注释】

①隽李:地名,今浙江嘉兴。

②栖:本指鸟类歇息。此喻停留、居住。会稽:山名,在今浙江中部
　　绍兴、嵊州、诸暨等地。

③平:讲和。

④大夫种:即文种,春秋末越国大夫。

⑤君服于楚：言事楚为君而服从之。

【译文】

粤国国君是禹的后代，是少康帝的庶子，被封于会稽，为避免蛟龙的伤害而文身断发。后传二十世，至句践称王，与吴王阖庐作战，曾将他打败于隽李。吴王夫差继位后，句践乘胜再次征战吴国，结果被吴军大败，围困在会稽山上，于是请求称臣讲和。后来采用范蠡和大夫文种的计谋，终于讨伐消灭了吴国，并兼并了其土地。渡过淮河与齐、晋等诸侯相会盟，向周王室进贡。周元王特派使者赐命句践为霸主，各路诸侯都来祝贺。后传五世为楚国所灭，子孙分崩离析，事奉楚国为君。又传十世，至闽君摇，协助诸侯消灭秦国。汉朝建立后，又立摇为粤王。当时，故秦南海郡尉赵佗也自称为王，传国至武帝时，被全部消灭，而设立郡县。以上勾勒粤国的始末。

处近海，多犀、象、毒冒、珠玑、银、铜、果、布之凑①，中国往商贾者多取富焉②。番禺③，其一都会也①。

【注释】

①毒（dài）冒：即"玳瑁"。动物名，类龟，甲片用作饰品。珠玑：不圆之珠。果：指龙眼、荔枝等水果。布：葛布。凑：聚集。

②中国：即中原。

③番禺：地名，今广东广州番禺区。

【译文】

该地位近南海，盛产犀牛、象、玳瑁、珠宝、银、铜、龙眼、荔枝、各种布料等，从中原来这里做买卖的商人许多都发了财。番禺，是该地区的一大都市。

自合浦徐闻南入海①，得大州②，东西南北方千里，武帝元封元年略以为儋耳、珠崖郡③。民皆服布如单被，穿中央为贯头。男子耕农，种禾稻、纻麻，女子桑蚕织绩。亡马与虎，民有五畜④，山多麈麖⑤。兵则矛、盾、刀，木弓弩、竹矢，或骨为镞⑥。自初为郡县，吏卒中国人多侵陵之，故率数岁壹反。元帝时，遂罢弃之。

【注释】

①徐闻：县名，治所在今广东徐闻。

②大州：即今海南岛。

③元封：汉武帝年号，前110年—前104年。儋耳：郡名，治所在今海南儋州。珠崖：郡名，治所在今海南海口琼山区。

④五畜：指牛、羊、豕、鸡、犬。

⑤麈麖(zhǔ jīng)：鹿类动物，似鹿，俗称四不像。

⑥镞(zú)：箭头。

【译文】

从合浦郡的徐闻县南边入海，可到达一大岛，东西南北四方方圆千里，武帝元封元年攻占后设置了儋耳郡和珠崖郡。那里的百姓都穿像被单一样的衣服，穿时将头从中央套入。男子耕田务农，种植水稻、纻麻，女子从事桑蚕和纺织。没有马，也没有虎，百姓饲养有牛、羊、豕、鸡、犬五畜，山中的四不像很多。兵器有矛、盾、刀，木制弓弩、竹箭头，或骨制的箭头。从刚刚设置郡县开始，中原来的官吏兵卒就常常侵犯欺凌当地百姓，所以大概过不了几年就会发生一次反抗。元帝时，终于废置郡县。

自日南障塞、徐闻、合浦船行可五月，有都元国①，又船行可四月,有邑卢没国^②;又船行可二十余日,有谌离国^③;步行可十余日,有夫甘都卢国^④。自夫甘都卢国船行可二月余,有黄支国^⑤,民俗略与珠崖相类。其州广大,户口多,多异物,自武帝以来皆献见。有译长^⑥,属黄门^⑦,与应募者俱入海市明珠、璧、流离、奇石异物^⑧,赍黄金,杂缯而往。所至国皆禀食为耦^⑨,蛮夷贾船,转送致之。亦利交易,剽杀人。又苦逢风波溺死,不者数年来还。大珠至围二寸以下。平帝元始中^⑩,王莽辅政,欲耀威德,厚遗黄支王,令遣使献生犀牛。自黄支船行可八月,到皮宗^⑪;船行可八月,到日南、象林界云^⑫。黄支之南,有已程不国^⑬,汉之译使自此还矣。

【注释】

①都元国:古国名,故地或以为在今印度尼西亚苏门答腊岛东北部,或以为在今马来西亚西部。

②邑卢没国:古国名,故地或以为在今缅甸勃固附近。

③谌离国:古国名,故地或以为在今缅甸伊洛瓦底江沿岸。

④夫甘都卢国:古国名,故地或以为在今缅甸伊洛瓦底江中游卑谬附近。

⑤黄支国:古国名,故地或以为在今印度马德拉斯西南的康契普腊姆附近,或以为在今印度尼西亚苏门答腊岛西北部亚齐附近。

⑥译长:官名,汉时黄门所属主持传译与奉使的职官。

⑦黄门:官名,即黄门侍郎,职为侍从皇帝、传达诏命,因给事于黄闼(宫门)之内,故名。

⑧流离:宝石名,即"琉璃"。

⑨禀:给。耦:匹配,配偶。

⑩元始:汉平帝年号,公元1—5年。

⑪皮宗：古地名，故址或以为在今新加坡西面的皮散岛，或以为在今印度尼西亚苏门答腊岛东部宽坦河口的皮散岛，或以为在今苏门答腊岛北部，或以为在今马来半岛克拉地峡的帕克强河口。

⑫象林：县名，在今越南广南维川。

⑬已程不国：古国名，故地或以为在今印度半岛南部，或以为在今斯里兰卡。

【译文】

从日南郡的边防要塞以及徐闻或合浦出发，行船大约五个月，可到都元国；再行船大约四个月，到达邑卢没国；又行船二十多天，可到达谌离国；又步行大约十多天，可抵夫甘都卢国。从夫甘都卢国乘船行两个多月，可到黄支国，其民俗与珠崖郡相似。这些岛国地域辽阔，人口众多，盛产一些珍奇异物，自武帝以来都来进献过。汉使行船时一般有译长随从，隶属黄门侍郎，与应募者一起登船入海，买卖明珠、玉璧、琉璃，以及奇石异物，一般携带黄金、各色丝绸前往。所到各国都负责船员的饮食，派人陪同转送他们，外国的商船也随之而来。也有进行交易的，以及抢劫杀人的。最艰难的是中途遇到风暴，船员因此而溺死的不少，幸免于难的几年后才能返回家乡。大的宝珠直径大约二寸以下。平帝元始年间，王莽辅佐政务，为了炫耀威德，厚礼赠送黄支王，并要他派遣使者贡献活犀牛。从黄支国行船大约八个月，可达皮宗地方；又行船大约两个月，能到达日南郡、象林郡地界。黄支国南面，有已程不国，汉朝的译员和使者到达那里就返回了。

唐书

　　《唐书》指宋欧阳修（1007—1072）、宋祁（998—1061）等撰的《新唐书》，为与此区别，五代后晋刘昫等撰的《唐书》称为《旧唐书》。《新唐书》的修撰自庆历四年（1044）开局，至嘉祐五年（1060）成书，共历十七年。全书共二百二十五卷，欧阳修撰本纪、志、表，宋祁撰列传。曾公亮评其较《旧唐书》事增文省，如黄巢、高骈等传，较旧传翔实。但因修、祁反对骈文，文字有意求简，往往不免晦涩。

兵志

【题解】

　　记录兵制沿革是《新唐书》的首创，为前代同类史书所无。《新唐书·兵志》全面、系统地记叙了盛唐时期的府兵制、府兵制废弛后的𬳵骑兵制、天宝以后的方镇兵制及中央禁兵制的"废置、得失、终始、治乱、兴亡之迹"。另外还简要地记叙了唐代的马政。全文结构严谨，文字简约，反映了欧氏修史的一贯风格。

　　古之有天下国家者，其兴亡治乱，未始不以德。而自战国、秦、汉以来，鲜不以兵。夫兵岂非重事哉！然其因时制变,以苟利趋便,至于无所不为。而考其法制,虽可用于一时,而不足施于后世者多矣。惟唐立府兵之制^①,颇有足称焉。

【注释】

①府兵之制:即府兵制,古代军制名称。始建于西魏大统年间(535—551),隋唐因之,并逐渐完备。凡被挑选充当府兵的,均分属各军府,平时务农,农隙训练,征发时自备兵器资粮,分番轮流宿卫京师,防守边境。唐代军府名折冲府,贞观十年(636)共有六百三十四府(或说六百三十三府),每府兵额八百人至一千二百人不等。玄宗后,府兵制废弛。

【译文】

古时候得到天下国家的,其兴亡治乱,没有不是由德决定的。可是自从战国秦汉以来,很少不是由战争来决定的。用兵难道不是一项很重要的事情吗!但是它由于时代的变迁而产生体制的变更,为一些暂时的好处而使其便利于自己,以至于达到无所不为的地步。考察这些制度,即使可用于某一时期,但不值得实行于后代的可太多了。只有唐朝建立的府兵制,很有些值得称道的地方。

盖古者兵法起于井田,自周衰,王制坏而不复。至于府兵,始一寓之于农,其居处、教养、畜材、待事、动作、休息,皆有节目,虽不能尽合古法,盖得其大意焉,此高祖、太宗之所以盛也。至其后世,子孙骄弱,不能谨守,屡变其制。夫置兵所以止乱,及其弊也,适足为乱;又其甚也,至困天下以养乱,而遂至于亡焉。

【译文】

大概古代兵制是起源于井田,自从周朝衰微,先王的法制败坏,古代兵制也不复存在。到实行府兵制,开始将军队寓于农户之中,起居生活,教化养息,人才蓄养,举止行动,都有一定的规章制度,虽然不完全符合古时候的制度,但与古时候制度大体上是吻合的,这是唐高祖、太宗时期之所以兴盛的原因。等到了他们的后代,子孙们骄纵而又孱弱,不能严格遵循,多次变更制度。设置军队的目的本是为了防止动乱,待到它弊端百出时,又恰恰足以制造动乱;更为严重的是,困扰国家,滋生动乱,以至于到了亡国的地步。

盖唐有天下二百余年,而兵之大势三变:其始盛时有府兵,府兵后废而为彍骑①,彍骑又废,而方镇之兵盛矣②。及其末也,强臣悍将兵布天下,而天子亦自置兵于京师,曰禁军③。其后天子弱,方镇强,而唐遂以亡灭者,措置之势使然也。若乃将卒、营阵、车旗、器械、征防、守卫,凡兵之事不可以悉记,记其废置、得失、终始、治乱、兴灭之迹,以为后世戒云。

【注释】

①彍(guō)骑:唐玄宗时因宿卫京师的府兵大量逃亡,开元十一年(723)以招募的方式选京兆、蒲、同、岐、华等州府兵和白丁,每年宿卫两番(两个月),免除出征、镇守负担,称为"长从宿卫"。十三年(725)改称彍骑。天宝以后,仅存虚名。

②方镇:掌握一方兵权的军事长官,又称"藩镇"。唐时为节度使。

③禁军:原指皇帝的亲兵,即侍卫官中及扈从的军队。历代有直称禁军、禁兵的,也有另立名目的。唐代禁军初有元从禁军,以后

陆续出现飞骑、百骑、千骑、万骑等名目,演变为左右羽林、龙武、神武、神策、神威等十军。其中左右神策军为戍守各地,任务不限于宿卫。

【译文】

唐朝据有天下二百多年,兵制有三次大的变更:开始最兴盛的时期,实行府兵制;府兵制废除后,又实行𬨎骑兵制;𬨎骑制废弛,地方军队强盛起来。等到它的后期,权臣强将的军队遍布全国各地,皇帝便在京城设置军队,取名叫禁军。之后,皇帝的势力逐渐衰弱,地方藩镇的势力逐渐强盛,以致唐朝逐渐发展到了灭亡的地步,其实就是制度变更使它这样的。至于将士兵卒,军营布阵,车马旌旗,一应器械,以及出征、御防、巡守、保卫等所有军制的事情,不可能全部记述下来。记述的是它们兴设废弛、成败得失、发展沿革、治乱兴灭的轨迹,以供后世人借鉴。

府兵之制,起自西魏、后周,而备于隋,唐兴因之。隋制十二卫,曰翊卫,曰骁骑卫,曰武卫,曰屯卫,曰御卫,曰候卫,为左右,皆有将军以分统诸府之兵。府有郎将、副郎将、坊主、团主,以相统治。又有骠骑、车骑二府,皆有将军。后更骠骑曰鹰扬郎将,车骑曰副郎将。别置折冲、果毅。

【译文】

府兵制度,起源于西魏、后周即北周,到了隋朝便已完备,唐建立以后沿袭了它。隋朝的府兵设立十二卫:叫翊卫、骁骑卫、武卫、屯卫、御卫、候卫,各个卫都分左右卫,都有将军,以便分别统领府内之兵。府内设有郎将、副郎将、坊主、团主来统治管理。又设置骠骑和车骑两府,都有将军。后来,改骠骑叫鹰扬郎将,车骑叫副郎将。又另设置折冲将军和果毅将军。

　　自高祖初起,开大将军府,以建成为左领大都督①,领左三军,敦煌公为右领大都督②,领右三军,元吉统中军③。发自太原④,有兵三万人,及诸起义以相属与降群盗,得兵二十万。武德初⑤,始置军府,以骠骑、车骑两将军府领之。析关中为十二道⑥,曰万年道、长安道、富平道、醴泉道、同州道、华州道、宁州道、岐州道、豳州道、西麟州道、泾州道、宜州道,皆置府。三年,更以万年道为参旗军,长安道为鼓旗军,富平道为玄戈军,醴泉道为井钺军,同州道为羽林军,华州道为骑官军,宁州道为折威军,岐州道为平道军,豳州道为招摇军,西麟州道为苑游军,泾州道为天纪军,宜州道为天节军;军置将、副各一人,以督耕战,以车骑府统之。六年,以天下既定,遂废十二军,改骠骑曰统军,车骑曰别将。居岁余,十二军复,而军置将军一人,军有坊,置主一人,以检察户口,劝课农桑。

【注释】

①建成:即李建成。唐高祖李渊的长子,玄武门之变时被杀。

②敦煌公:即李世民。唐高祖李渊的次子。李世民唐初时封敦煌公。

③元吉:即李元吉。唐高祖李渊的四子,玄武门之变时被杀。

④太原:地名,今山西太原阳曲。隋末,李渊起兵于太原。

⑤武德:唐高祖年号(618—626)。

⑥关中:一般指东起函谷关,西至陇关的地区。大体为今河南灵宝及其以西陕西关中盆地。

【译文】

从唐高祖开始,开设大将军府,命李建成为左领大都督,统领左三军;敦煌公李世民为右领大都督统领右三军;李元吉统领中军。李渊由太原出发时,有军队三万人,以及各起义部队相随,连同投降和草寇等合计兵员有二十万人。高祖武德初年,开始设置军府,命骠骑和车骑两位将军来领导管理。将关内分为十二道,分别叫:万年道、长安道、富平道、醴泉道、同州道、华州道、宁州道、岐州道、豳州道、西麟州道、泾州道、宜州道,都设置军府。武德三年,改万年道为参旗军,长安道为鼓旗军,富平道为玄戈军,醴泉道为井钺军,同州道为羽林军,华州道为骑官军,宁州道为折威军,岐州道为平道军,豳州道为招摇军,西麟州道为苑游军,泾州道为天纪军,宜州道为天节军,军内设置将军和副将军各一名,用以督促耕种和作战,用车骑府来统领管理他们。武德六年,由于国家已经安定下来了,于是就废除了十二军的编制,改骠骑叫统军,车骑叫别将。过了一年多,又恢复了十二军的建制,军内设置将军一名,建立坊的编制,设立坊主一名,用以检察户口人数,劝勉督促农业生产。

太宗贞观十年①,更号统军为折冲都尉,别将为果毅都尉,诸府总曰折冲府。凡天下十道②,置府六百三十四,皆有名号,而关内二百六十有一,皆以隶诸卫。凡府三等:兵千二百人为上,千人为中,八百人为下。府置折冲都尉一人,左右果毅都尉各一人,长史、兵曹、别将各一人,校尉六人。士以三百人为团,团有校尉;五十人为队,队有正;十人为火,火有长。火备六驮马。凡火具乌布幕、铁马盂、布槽、锸、镢、凿、碓、筐、斧、钳、锯皆一,甲床二,镰二;队具火钻一,胸马绳一,首羁、足绊皆三;人具弓一,矢三十,胡禄、横刀、砺石、大觿、毡帽、毡装、行縢皆一,麦饭九斗,米二斗,皆自备,并其介胄、戎具藏于库。有所征行,则视其入而出给之。其番上宿卫者,惟给弓矢、横刀而已。

【注释】

①贞观：唐太宗年号（627—649）。

②十道：即关内道、河南道、河东道、河北道、山南道、陇右道、淮南道、江南道、剑南道、岭南道。

【译文】

太宗贞观十年，改统军的名称为折冲都尉，别将为果毅都尉，各军府总称为折冲府。分天下为十道，道下设府，共计六百三十四个，各自都有名称，关内设二百六十一个，都附属于各个卫。府的编制分为三等：兵员一千二百人的为上等；兵员一千人的为中等；兵员八百人的为下等。各府设置折冲都尉一名，左右果毅都尉各一名，长史、兵曹、别将各一名，校尉六名。士兵以三百人组成团，团设校尉；五十人组成一队，队设队正；十人组成为一火，火设火长。火内备有六匹驮马。但凡一火都要具备黑布帐篷、铁马盂、布槽、锸、镢、凿、碓、筐、斧、钳、锯等都是一件，甲床二张，镰二把；队内拥有火钻一把，胸马绳一根，首羁、足绊都是三件；士兵每人有弓一张，箭三十支；胡禄、横刀、砺石、大觽、毡帽、毡装、行滕都是一件；麦饭九斗，米二斗都须自行准备，同时他们的盔甲武器都要收藏到军需库内。如果有出征或是特别的出行，就看当时入收的情况而定出发放的数量。那些轮流到京师宿卫的只供给弓箭和横刀而已。

凡民年二十为兵，六十而免。其能骑而射者为越骑，其余为步兵、武骑、排𣎴手、步射①。

【注释】

①𣎴（zuàn）：小矛。

【译文】

但凡百姓，年满二十岁的都要当兵，年到六十岁的就可免去兵役。

那些能骑马善射箭的,可以做越骑,其余的,做步兵、武骑、排𧮂手、步射。

　　每岁季冬,折冲都尉率五校兵马之在府者,置左右二校尉,位相距百步。每校为步队十,骑队一,皆卷稍幡①,展刃旗,散立以俟。角手吹大角一通,诸校皆敛人骑为队;二通,偃旗稍,解幡;三通,旗稍举。左右校击鼓,二校之人合噪而进。右校击钲,队少却,左校进逐至右校立所;左校击钲②,少却,右校进逐至左校立所;右校复击钲,队还,左校复薄战;皆击钲,队各还。大角复鸣一通,皆卷幡、摄矢、弛弓、匣刃;二通,旗稍举,队皆进;三通,左右校皆引还。是日也,因纵猎,获各入其人。其隶于卫也,左、右卫皆领六十府,诸卫领五十至四十,其余以隶东宫六率③。

【注释】

①稍(shuò):矛一类的兵器。

②钲(zhēng):古代行军时用的一种乐器。钲奏为静,鼓奏为动。

③六率:唐皇太子东宫官署,为左右卫率、司御率、清道率、监门率、内率的合称。

【译文】

　　每年冬末,折冲都尉率领在府内的五校兵马,设置左右两个校尉,拉开相互间的距离大约一百步远的样子。每校所辖分步兵为十队,骑兵为一队,都卷起矛枪展开刃旗分散站立着等候命令。号角手吹大号角一遍,各个校官都召集自己的人马组成一队;吹第二遍号角的时候,士兵们放倒旗子,刀枪去掉套子;吹第三遍号角的时候,士兵们都举起了旗子和刀枪。左右的校官们都击起了战鼓,两校的士兵们一起高喊着前进。右校如果击打了钲,兵士们的队伍就略微倒退一些,左校的兵士们于是进发到了右校所站立的位置上;左校如果也击打了钲,那么左校这方面的兵士们也略微退却一些,右校一面的兵士于是进发到了左校所处立的位置上;右校一面再一次击钲,右校一边的士兵就回到了自己的队伍中去了,左校一边的士兵就逼近作战;如果左右两校都击打钲,那么两校各自的士兵就都各回自己的队伍里去。如果大号角又吹响了一遍,士兵们卷起旗,拿起箭,张开弓,刀出鞘;吹响二遍号角,旗幡高举,刀枪上指,士兵成队前进;吹响三遍号角,左右校官都带领着自己的队伍归队。这一天,还要顺便打猎,所猎获的都归入本人。他们都归属于京城附近的卫,京城两边的左右卫都统领六十府,其他各卫统领五十至四十府,其他剩下的都属于东宫太子中的六卫率所管辖。

凡发府兵,皆下符契,州刺史与折冲勘契乃发。若全府发,则折冲都尉以下皆行;不尽,则果毅行;少则别将行。当给马者,官予其直市之①,每匹予钱二万五千。刺史、折冲、果毅岁阅不任战事者鬻之,以其钱更市,不足则一府共足之。

【注释】

①直:同"值"。价钱。市:买。

【译文】

但凡调动府兵都要发放兵符和契文,州的刺史和折冲卫要勘查了契文之后才能调拨军队。如果调拨全府的军队,那么折冲都尉以下的将官都要行动起来;如果还不够,那么果毅将军要行动;如果还觉得少,别将要补充上去。该供给马匹了,官府给他们钱去买,每匹马拨钱二万五千钱。刺史和折冲、果毅将军每年要进行查看,如果不能胜任作战的马匹要卖掉它，用这钱再购买新的马匹，如果钱不够，那么由官府给以补足。

凡当宿卫者番上，兵部以远近给番。五百里为五番，千里七番，一千五百里八番，二千里十番，外为十二番，皆一月上。若简留直卫者，五百里为七番，千里八番，二千里十番，外为十二番，亦月上。

【译文】

凡当宫中值宿的轮流值班，兵部按照驻地的远近来安排。五百里的，五次轮值；一千里的，七次轮值；一千五百里的，八次轮值；两千里的，十次轮值，此外为十二次轮值，都在一个月之上。如果选拔出来在宫中宿卫，那么五百里的，七次轮值；一千里的，八次轮值；二千里的，十次轮值；外部的，是十二次轮值，也在一个月以上。

先天二年诏曰①："往者分建府卫，计户充兵，裁足周事。二十一入募，六十一出军，多惮劳以规避匿。今宜取年二十五以上，五十而免。屡征镇者，十年免之。"虽有其言，而事不克行。玄宗开元六年②，始诏折冲府兵每六岁一简。自高宗、武后时，天下久不用兵，府兵之法浸坏，番役更代多不以时，卫士稍稍亡匿，至是益耗散，宿卫不能给。宰相张说乃请一切募士宿卫③。十一年，取京兆、蒲、同、岐、华府兵及白丁，而益以潞州长从兵，共十二万，号长从宿卫，岁二番，命尚书左丞萧嵩与州吏共选之。明年，更号曰彍骑。又诏："诸州府马阙，官私共补之。今兵贫难致，乃给以监牧马。"

然自是诸府士益多不补，折冲将又积岁不得迁，士人皆耻为之。

【注释】

①先天二年：713 年。先天，唐玄宗年号（712—713）。先天二年十二月改元开元，以此年为开元元年，故开元元年与先天二年实为一年。

②开元六年：718 年。开元，唐玄宗年号（713—741）。

③张说（yuè）：唐大臣。字道济，一字说之。历仕武则天、中宗、睿宗、玄宗朝。玄宗时为中书令，封燕国公。

【译文】

唐玄宗先天二年下诏说："以前分派建府卫按照户口统计征兵，仅仅够将安排使用的人数。二十一岁入伍，六十一岁退役，很多人怕劳累而躲避藏匿不愿参军。现在应该规定年龄在二十五岁以上的应征，五十岁就要免于兵役。参加多次征战或镇守时间长的可以减免十年的兵役。"虽然以前曾有言在先，但事情没有按照规定的去履行。唐玄宗开元六年，下诏命折冲府征兵每六年选拔征召一次。自唐高宗和武后开始，国家有很长时间没有战争了，府兵制度败坏，轮值、兵役的更替大都不按时间来进行了，守卫的军士慢慢地都逃跑了，最后发展到卫队都走散，到了连宫中的值宿的人数都接济不上了。宰相张说于是奏请要求对到宫中值班宿卫的兵士实行招募的办法。开元十一年，征发京兆、蒲、同、岐、华府的府兵以及未服过兵役的人，又加上潞州的长从兵，共计十二万人，号称长从宿卫，每年更换两次，任命尚书左丞萧嵩和州官一起进行选拔。第二年改换名号称彍骑。又下诏："各个州府马匹短缺，由官府同百姓合力来补充上。现在兵员困乏很难招募，于是用官家的马匹来补充。"然而从此以后各府的兵员就越发补给不上了，折冲将军又多年得不到升迁，将士们多以充任现职为耻。

十三年，始以矿骑分隶十二卫，总十二万，为六番，每卫万人。京兆矿骑六万六千，华州六千，同州九千，蒲州万二千三百，绛州三千六百，晋州千五百，岐州六千，河南府三千，陕、虢、汝、郑、怀、汴六州各六百，内弩手六千。其制：皆择下户白丁、宗丁、品子强壮五尺七寸以上，不足则兼以户八等五尺以上，皆免征镇、赋役，为四籍，兵部及州、县、卫分掌之。十人为火，五火为团，皆有首长。又择材勇者为番头，颇习弩射。又有羽林军飞骑，亦习弩。凡伏远弩自能施张，纵矢三百步，四发而二中；擘张弩二百三十步，四发而二中；角弓弩二百步，四发而三中；单弓弩百六十步，四发而二中：皆为及第。诸军皆近营为堋①，士有便习者，教试之，及第者有赏。

【注释】

①堋(péng)：古时学习射箭地方的矮墙。

【译文】

自开元十三年开始，将矿骑府分属十二个卫，总计十二万人，分为六期，每一卫为一万人。京兆的矿骑府六万六千人，华州府为六千人，同州府为九千人，蒲州府为一万二千三百人，绛州府为三千六百人，晋州府为一千五百人，岐州府为六千人，河南府为三千人，陕、虢、汝、郑、怀、汴这六个州都各为六百人，宫廷内弩弓手六千人。按制度所选人员都要是贫民、未充过兵役的、宗族中的亲属和有品级职官之子来充任，体格要强壮，身高要在五尺七寸以上，不足的，就以家人中五尺以上的来承担，但凡是服役的人家都免除应征、镇守、赋税、徭役等差使，称为四籍，兵部以及州、县卫分别掌管。编制按十人为一火，五火为一团，火和团都各有头领。再选拔那些勇敢善战的当番头,经常训练弓弩骑射。还有羽林军飞骑军也训练弓弩骑射。凡伏远弩手,开弓射出的箭有三百步远,四支箭有两支射中目标;擘张弩手射出的箭有二百三十步远,四支箭有两支射中目标;角弓弩手射出的箭,有二百步远,四支箭有三支中目标;单弓弩手,射出的箭有一百六十步远,四支箭有两支射中目标,均为合格者。各个军营都要在营房附近筑起练习射击的堋。这样可以便于将士们训练和教习,射击合格的人都要予以奖赏。

　　自天宝以后,彍骑之法又稍变废,士皆失拊循①。八载,折冲诸府至无兵可交,李林甫遂请停上下鱼书②。其后徒有兵额、官吏,而戎器、驮马、锅幕、糗粮并废矣③,故时府人目番上宿卫者曰侍官,言侍卫天子;至是,卫佐悉以假人为童奴,京师人耻之,至相骂辱必曰侍官。而六军宿卫皆市人,富者贩缯彩、食粱肉,壮者为角觝、拔河、翘木、扛铁之戏。及禄山反,皆不能受甲矣。

【注释】

　　①拊循:即抚慰。

　　②李林甫:唐大臣,宗室。小字哥奴。开元二十三年(735)任礼部尚书、同中书门下三品,旋封晋国公。在职十九年,权势甚盛,政事败坏。鱼书:唐代起军旅、易官长,发以铜鱼符,附以敕牒,故名鱼书。

　　③糗(qiǔ)粮:干粮。

【译文】

　　玄宗天宝年之后,彍骑兵制,又有所变更和废弛,将士们大都未能得到慰问和安抚。八年后折冲等府甚至发展到无兵可用来交替,李林甫见到这种状况于是请求皇上停止用鱼书来调动军队。这之后，在一些军府中只是空有将士官吏的职衔，军装、器械、驮马、灶具、帐幕，粮草等一切全都没有了，所以，当时军府里的人，将去宫中轮值的人称为侍官，说他们是侍卫天子。这时，那些军卫官佐又都借用他们为奴仆，京师里的人都看不起他们，以至于相互间打骂起来时，侮辱对方的时候就说："你这侍官！"而且六军之内轮值的宿卫都成了买卖人，有钱的就贩卖绸缎，吃精米白肉；体格健壮的，就用角斗、拔河、翘木、扛铁等游戏赚钱。等到安禄山造反了，这些人都不能披甲上阵迎敌。

初，府兵之置，居无事时耕于野，其番上者，宿卫京师而已。若四方有事，则命将以出，事解辄罢，兵散于府，将归于朝。故士不失业，而将帅无握兵之重，所以防微渐、绝祸乱之萌也。及府兵法坏而方镇盛，武夫悍将虽无事时，据要险，专方面，既有其土地，又有其人民，又有其甲兵，又有其财赋，以布列天下。然则方镇不得不强，京师不得不弱，故曰措置之势使然者，以此也。

【译文】

当初建立府兵制度在无战事的时候，军士就是农民，从事耕作，只是轮番宿卫，保卫京师罢了。如果有了战事，就命将带兵出征，战事结束就罢兵，兵士们散归各府，将军回朝复命。因此使士兵们不至于失去农业这一本业，将军们也不能重兵在手，威胁朝廷，这是防微杜渐、避免祸乱的举措。等到府兵制度破坏以后，藩镇的势力强盛起来了，那些勇武剽悍的将领，即使在没有战事的时候，也要占据险要的军事重地，自己独专一方，不仅拥有土地，而且掌握那里的百姓，有自己的军队，有自己征收来的财税，他凭借这些，分列在全国各地。像这样，藩镇势力怎么能不强盛,京都朝廷怎么能不赢弱呢! 所以说,是制度变迁的大势使它形成这样的啊!

　　夫所谓方镇者,节度使之兵也。原其始,起于边将之屯防者。唐初,兵之戍边者,大曰军,小曰守捉,曰城,曰镇,而总之者曰道:若卢龙军一,东军等守捉十一,曰平卢道;横海、北平、高阳、经略、安塞、纳降、唐兴、渤海、怀柔、威武、镇远、静塞、雄武、镇安、怀远、保定军十六,曰范阳道;天兵、大同、天安、横野军四,岢岚等守捉五,曰河东道;朔方经略、丰安、定远、新昌、天柱、宥州经略、横塞、天德、天安军九,三受降、丰宁、保宁、乌延等六城,新泉守捉一,曰关内道;赤水、大斗、白亭、豆卢、墨离、建康、宁寇、玉门、伊吾、天山军十,乌城等守捉十四,曰河西道;瀚海、清海、静塞军三,沙钵等守捉十,曰北庭道;保大军一,鹰娑都督一,兰城等守捉八,曰安西道;镇西、天成、振威、安人、绥戎、河源、白水、天威、榆林、临洮、莫门、神策、宁边、威胜、金天、武宁、曜武、积石军十八,平夷、绥和、合川守捉三,曰陇右道;威戎、安夷、昆明、宁远、洪源、通化、松当、平戎、天保、威远军十,羊灌田等守捉十五,新安等城三十二,犍为等镇三十八,曰剑南道;岭南、安南、桂管、邕管、容管经略、清海军六,曰岭南道;福州经略军一,曰江南道;平海军一,东牟、东莱守捉二,蓬莱镇一,曰河南道。此自武德至天宝以前边防之制。其军、城、镇、守捉皆有使,而道有大将一人,曰大总管,已而更曰大都督。至太宗时,行军征讨曰大总管,在其本道曰大都督。自高宗永徽以后[①],都督带使持节者,始谓之节度使,然犹未以名官。景云二年②，以贺拔延嗣为凉州都督、河西节度使。自此而后，接乎开元，朔方、陇右、河东、河西诸镇，皆置节度使。

【注释】

①永徽：唐高宗年号（650—655）。

②景云二年：711 年。景云，唐睿宗年号（710—711）。

【译文】

所谓的方镇，就是节度使拥兵自重。它源于边境将领的驻防屯守制度。唐朝初年，守卫边疆的军队编制：大的称军，小的叫守捉，叫城，叫镇，总管它们的称为道：如一个卢龙军，十一个东军等守捉，合为平卢道；横海、北平、高阳、经略，安塞、纳降、唐兴、渤海、怀柔、威武、镇远、静塞、雄武、镇安、怀远、保定等十六个军，为范阳道；天兵、大同、天安、横野等四军，岢岚等五守捉，为河东道；朔方经略、丰安、定远、新昌、天柱、宥州经略、横塞、天德、天安等九军，三受降、丰宁、保宁、乌延等六城，新泉一守捉，称关内道；赤水、大斗、白亭、豆庐、墨离、建康、宁寇、玉门、伊吾、天山等十军，乌城等十四守捉，称河西道；瀚海、清海、静塞三军，沙钵等十守捉，称北庭道；保大军，鹰娑都督，兰城等八守捉，称安西道；镇西、天成、振威、安人、绥戎、河源、白水、天威、榆林、临洮、莫门、神策、宁边、威胜、金天、武宁、曜武、积石十八军，平夷、绥和、合川三守捉，称陇右道。威戎、安夷、昆明、宁远、洪源、通化、松当、平戎、天保、威远十军，羊灌田等十五守捉，新安等三十二城，犍为等三十八镇，为剑南道；岭南、安南、桂管、邕管、容管经略、清海六军，为岭南道；福州经略军，为江南道；平海军，东牟、东莱二守捉，蓬莱镇，为河南道。这是从唐武德年间至天宝年间以前的边防编制。其中的军、城、镇、守捉都设有使，而道设大将一人称为总管，不久改称为大都督。到了唐太宗时期，统兵作战称为大总管,在自己的本道内,称为大都督。自从唐高宗永徽年间以后,都督若带着使,拿着符节的,才开始称节度使,但仍然没有用作官称。自从唐睿宗景云二年,因贺拔延嗣任凉州都督,河西节度使。从此以后,到开元年间,朔方、陇右、河东、河西等镇都设置了节度使。

及范阳节度使安禄山反,犯京师,天子之兵弱,不能抗,遂陷两京①。肃宗起灵武②,而诸镇之兵共起诛贼。其后禄山子庆绪及史思明父子继起,中国大乱,肃宗命李光弼等讨之,号九节度之师。久之,大盗既灭,而武夫战卒以功起行阵,列为侯王者,皆除节度使。由是方镇相望于内地,大者连州十余,小者犹兼三四。故兵骄则逐帅,帅强则叛上。或父死子握其兵而不肯代;或取舍由于士卒,往往自择将吏,号为"留后",以邀命于朝。天子顾力不能制,则忍耻含垢,因而抚之,谓之姑息之政。盖姑息起于兵骄,兵骄由于方镇,姑息愈甚,而兵将愈俱骄。由是号令自出,以相侵击,虏其将帅,并其土地,天子熟视不知所为,反为和解之,莫肯听命。

【注释】

①两京:指唐代京师长安(今陕西西安)和东都洛阳(今河南洛阳)。

②肃宗起灵武:755年安史之乱爆发,唐玄宗逃往四川,其子李亨(肃宗)756年即位于灵武(今宁夏灵武),动员各方镇军队并借用回纥兵力平叛,757年收复长安、洛阳。

【译文】

等到范阳节度使安禄山造反,进犯京师,唐天子的兵力羸弱,不能抵抗,于是长安、洛阳两京陷于贼寇之手。唐肃宗在灵武即位,动员各方镇的军队,一起剿灭叛贼。之后安禄山的儿子安庆绪和史思明父子相继而起,中原之地大乱,唐肃宗任命李光弼等人讨伐他们,号称九节度之师。过了很长时间,安史之乱得以剿灭,可那些武将们因为武功,封了王侯,被任命为节度使。从这以后中原地方的藩镇一个连着一个,大的藩镇能统辖十几个州,小一点的也能兼并三四个州。于是士卒骄横的驱逐将帅,将帅强悍就反叛朝廷。藩镇中父亲死了,由他的儿子掌握他的兵权,却不肯听凭朝廷的更代;有的藩镇的将帅的去留,要由兵士们来决定,往往出现自行选取将帅、官吏的现象,称为"留后",以此来要挟朝廷。天子想到自己的力量不能对其制止,于是就忍辱含恨来安抚他们,这就是姑息之政。这种姑息迁就,归根在于军队骄横,军队骄横源于藩镇的割据,姑息迁就越甚,军队骄横越剧。由此一切号令都由自己发出,以至藩镇之间相互侵犯攻击,俘虏对方的将帅,兼并对方的土地,天子对此,只好眼看着不知怎么处理,还反过来为双方进行调解,但没有一方能听从君命的。

始时为朝廷患者,号河朔三镇①。及其末,朱全忠以梁兵、李克用以晋兵更犯京师②,而李茂贞、韩建近据岐、华③,妄一喜怒,兵已至于国门。天子为杀大臣,罪己悔过,然后去。及昭宗用崔胤召梁兵以诛宦官④,而劫天子奔岐⑤,梁兵围之逾年。当此之时,天下之兵无复勤王者。向之所谓三镇者,徒能始祸而已。其他大镇,南则吴、浙、荆、湖、闽、广,西则岐、蜀,北则燕、晋,而梁盗据其中,自国门以外,皆分裂于方镇矣。

【注释】

① 河朔三镇：指卢龙（又称范阳或幽州）、成德、天雄（原称魏博）
　三镇。

② 朱全忠：即五代后梁太祖，原名朱温，曾参加黄巢起义，后降唐，
　赐名全忠，为宣武节度使，进封梁王。907 年，代唐称帝，国号梁。
　李克用：唐突厥沙陀部人。率沙陀兵镇压黄巢，割据跋扈，被唐
　封为晋王，其子李存勖建立后唐，他被尊为太祖。

③ 李茂贞：本姓宋，名文通。唐僖宗时任武定、凤翔陇右节度使。
　后梁建立后，他自称岐王，与之对抗。923 年对后唐上表称臣，被
　封秦王。韩建：字佐时，唐僖宗时为华州刺史。

④ 崔胤：字垂休，又说字昌遐。唐昭宗时任御史中丞。

⑤ 而劫天子奔岐：原作"而劫天子，天子奔岐"。今据《新唐书·兵
　志》校改。

【译文】

开始成为朝廷忧患的是那号称河朔三镇的卢龙、成德、天雄。到最
后朱全忠用梁军、李克用以晋军轮番进犯京师。李茂贞，韩建二人逼近
岐山、华山屯据，只要他们随欲妄想，一喜一怒之间，就可使他们的军队
逼近首都的大门。唐天子只得为此杀害大臣，并下罪己诏，称说是自己
的过错，方镇的军队才肯撤离。到后来唐昭宗又任用崔胤，招来梁兵诛
杀宦官，而宦官挟持天子逃到岐山，被梁兵围困一年有余。在那时候，
国家的军队再没有保护君主的了。以前说的那三镇只是国家祸乱的开
端罢了。其他大的藩镇，如南面有吴、浙、荆、湖、闽、广等镇，西面有岐、
蜀等镇，北面有燕、晋等镇，而梁兵占据中原，除京城之外全成了方镇们
瓜分的土地了。

　　故兵之始重于外也，土地、民赋非天子有；既其盛也，号
令、征伐非其有；又其甚也，至无尺土，而不能庇其妻子宗

族,遂以亡灭。语曰:"兵犹火也,弗戢,将自焚①。"夫恶危乱而欲安全者,庸君常主之能知,至于措置之失,则所谓困天下以养乱也。唐之置兵,既外柄以授人,而末大本小,方区区自为捍卫之计,可不哀哉!

【注释】

①"兵犹火也"几句:出自《左传·隐公四年》。

【译文】

所以方镇拥兵自重在外,是从这个时期开始的,国家土地,所征赋税都不能成为天子所有;已经发展到很严重的地步了,发号施令,或出征讨伐,已经不是君王所据有的权力了;乃至发展到了连一尺土地都没有,连自己的妻子儿女宗族都不能得以保护,最终被人歼灭。《论语》上讲:"兵如同火一样,不熄灭它将会烧毁自己。"不喜欢危乱而希望安全太平,这是平庸之君、一般帝王都懂得的,至于制度措施的失误,就是如人们说的困扰国家容养祸乱啊!唐朝兵制的设置,已经将大权交给了他人,形成了枝叶大而根本小的局面,还在那儿得意地认为是保护自己的策略,难道不可悲吗!

夫所谓天子禁军者,南、北衙兵也。南衙,诸卫兵是也;北衙者,禁军也。

【译文】

所谓天子禁卫军,就是南、北衙兵。所说的南衙,就是各卫队;北衙,就是禁军。

初,高祖以义兵起太原,已定天下,悉罢遣归,其愿留宿卫者三万人。高祖以渭北白渠旁子弃腴田分给之，号元从禁军。后老不任事，以其子弟代，谓之父子军。及贞观初，太宗择善射者百人，为二番于北门长上，曰百骑。以从田猎。又置北衙七营，选材力骁壮，月以一营番上。十二年，始置左右屯营于玄武门，领以诸卫将军，号飞骑，其法：取户二等以上、长六尺阔壮者，试弓马四次上、翘关举五、负米五斛行三十步者①。复择马射为百骑，衣五色袍，乘六闲驳马，虎皮鞯②，为游幸翊卫。

【注释】

①翘关：扛鼎。斛(hú)：古容量单位，十斗为一斛，南宋末年改为五斗为一斛。

②鞯(jiān)：垫马鞍的东西。

【译文】

当初的时候，唐高祖李渊，由太原发起义军，天下平定后，把军队全都遣返归农，其中愿意留下来轮值护卫的有三万人。唐高祖将渭水以北白渠旁老百姓抛荒了的肥沃田地分赐给他们，起名叫元从禁军。之后这些人年纪大了，不能干事情了，将他们的儿子来代替，称作父子军。唐太宗贞观初年，唐太宗选拔了善于骑射的百人，分为二拨到北门值班宿卫，称为百骑，用以随从君王外出打猎。又建制了北衙七营，选拔那些体格强壮，勇力过人的人充任，每月以一营为皇上轮值服务。贞观十二年，才在玄武门设置左右屯营，以各个卫的将军作统领，号称飞骑，他的方法是：选取二等户以上身高六尺体格强壮的人，考试弓箭骑射四次，举翘关五次，背着五斛米行走三十步。再选取能骑马射箭的为百骑，这些人身穿五色袍服，乘坐六闲驳马，使用虎皮鞍鞯，组成游幸翊卫。

高宗龙朔二年①，始取府兵越骑、步射置左右羽林军，大朝会则执仗以卫阶陛，行幸则夹驰道为内仗。武后改百骑曰千骑。睿宗又改千骑曰万骑，分左、右营。及玄宗以万骑平韦氏②，改为左右龙武军，皆用唐元功臣子弟，制若宿卫兵。是时，良家子避征戍者，亦皆纳资隶军，分日更上如羽林。开元十二年，诏左右羽林军、飞骑阙，取京旁州府士，以户部印印其臂，为二籍，羽林、兵部分掌之。末年，禁兵浸耗③，及禄山反，天子西驾，禁军从者裁千人④。肃宗赴灵武，士不满百，及即位，稍复旧补北军。至德二载⑤，置左右神武军，补元从、扈从官子弟，不足则取它色，带品者同四军，亦曰神武天骑，制如羽林，总曰北衙六军。又择便骑射者置衙前射生手千人，亦曰供奉射生官，又曰殿前射生，分左、右厢，总号曰左右英武军。乾元元年⑥，李辅国用事⑦，请选羽林骑士五百人邀巡。李揆曰⑧："汉以南、北军相制，故周勃以北军安刘氏。朝廷置南、北衙，文武区列，以相察伺。今用羽林代金吾警，忽有非常，何以制之?"遂罢。

【注释】

①龙朔二年：662年。龙朔，唐高宗年号(661—663)。

②韦氏：指唐中宗的皇后韦氏。韦氏图谋夺取政权，广结党羽，与其女安乐公主于景龙四年(710)毒死中宗。当年李隆基(玄宗)率禁军杀死韦后。

③浸：逐渐。

④裁：同"才"。

⑤至德二载：757年。至德，唐肃宗年号(756—758)。

⑥乾元元年：758 年。乾元，唐肃宗年号（758—760）。

⑦李辅国：唐宦官。本名静忠。肃宗时专权，并拥立代宗，旋被代
宗派人刺死。

⑧李揆：字端卿，开元进士。乾元中任中书侍郎、同中书门下平章
事、集贤殿崇文馆大学士，修国史。

【译文】

唐高宗龙朔二年，开始选取府兵中善骑善射的人建制左右羽林军，
每当隆重朝会的时候，左右的羽林军就执着仪仗站立在阶陛两旁以护
卫，如果天子外出巡幸，羽林军就手执仪仗站立于天子将行的驰道旁以
护卫。武后时期，改百骑羽林军为千骑羽林军。唐睿宗时期，又改千骑
为万骑，分为羽林军左右两营。等到了唐玄宗的时候，用万骑羽林军平
定了韦氏的谋反，又改羽林军为左右龙武军，组成人员都用唐开国功臣
的子弟充任，它的编制像宿卫兵的编制一样。那时候，有些好人家的子
弟为了躲避征兵戍边的，就出钱希望隶属在龙武军编制之内，分日轮流
入值宿卫如羽林军一样。唐玄宗开元十二年，左右羽林军、飞骑人员缺
额，诏令选取京城附近州府的人员，用户部的印章印在这些入选人的膀
臂上，分为两部分，由羽林军、兵部分别管理他们。到了开元末年，禁军
已经消耗殆尽，又加上安禄山的谋反，唐玄宗为避安禄山的谋反驾幸西
蜀，禁军随驾的人数才一千多人。当唐肃宗赶赴灵武的时候，禁军人数
不足百人，等到登基之后，才略微得到恢复，补充北军。到了唐肃宗至
德二年，建左右神武军。以元从和扈从官员的子弟来补充，人员不够的
就再从其他服色品级的人员中补足，形同六军中的四军，又称为神武天
骑，编制和羽林军一样，总称为北衙六军。又选取便骑射手，编制了衙
前射生手，有一千多人，又叫作供奉射生官，又称殿前射生手，分为左、
右厢，总称为左右英武军。肃宗乾元元年，李辅国当权，请求选拔羽林
军骑士五百人做为巡察之用。李揆进言道："汉室时期用南、北军相互
制约，所以周勃用北军保住了刘氏天下。现在朝廷设置南、北衙，文武

分开以相互监督。现在用羽林军代替金吾警，如果有突发性事件，用什么来制止呢？"于是就罢而不行。

上元中^①，以北衙军使卫伯玉为神策军节度使，镇陕州，中使鱼朝恩为观军容使^②，监其军。初，哥舒翰破吐蕃临洮西之磨环川，即其地置神策军，以成如璆为军使。及安禄山反，如璆以伯玉将兵千人赴难，伯玉与朝恩皆屯于陕。时边土陷蹙，神策故地沦没，即诏伯玉所部兵，号神策军，以伯玉为节度使，与陕州节度使郭英乂皆镇陕。其后伯玉罢，以英乂兼神策军节度。英乂入为仆射，军遂统于观军容使。

【注释】

①上元：唐肃宗年号（760—761）。

②中使：即宦官。鱼朝恩：唐宦官。代宗时任天下观军容宣慰处置使等职，权力显赫，后被缢死。

【译文】

肃宗上元年间，将北衙军使卫伯玉封为神策军节度使，镇守陕州。其间让鱼朝恩作观军容使，让他监察其军。当初哥舒翰在临洮西面的磨环川打败吐蕃，就在那里设置了神策军，封成如璆为神策军使。等到安禄山谋反，成如璆和卫伯玉带兵千余人赶赴解救，卫伯玉和鱼朝恩都驻扎在陕州。那时边境陷落，神策军的故地也沦陷了，于是诏令卫伯玉所率部队称为神策军，将卫伯玉封为节度使，和陕州节度使郭英乂共同镇守陕州。之后卫伯玉免职，郭英乂兼任神策军节度使。郭英乂晋升为仆射之后，军队于是由观军容使所统领。

代宗即位，以射生军入禁中靖难，皆赐名宝应功臣，故射生军又号宝应军。广德元年[①]，代宗避吐蕃幸陕，朝恩举在陕兵与神策军迎扈，悉号神策军，天子幸其营。及京师平，朝恩遂以军归禁中，自将之，然尚未与北军齿也。永泰元年[②]，吐蕃复入寇，朝恩又以神策军屯苑中，自是浸盛，分为左、右厢，势居北军右，遂为天子禁军，非它军比。朝恩乃以观军容宣慰处置使知神策军兵马使。大历四年[③]，请以京兆之好畤，凤翔之麟游、普润，皆隶神策军。明年，复以兴平、武功、扶风、天兴隶之，朝廷不能遏。又用爱将刘希暹为神策虞候，主不法，遂置北军狱，募坊市不逞，诬捕大姓，没产为赏，至有选举旅寓而挟厚赀多横死者。朝恩得罪死，以希暹代为神策军使。是岁，希暹复得罪，以朝恩旧校王驾鹤代将。十数岁，德宗即位，以白志贞代之。是时，神策兵虽处内，而多以裨将将兵征伐，往往有功。

【注释】

①广德元年：763 年。广德，唐代宗年号（763—764）。

②永泰元年：765 年。永泰，唐代宗年号（765—766）。

③大历四年：769 年。大历，唐代宗年号（766—779）。

【译文】

唐代宗李豫即位，让射生军进入内禁平难，这些人都被封赠为宝应功臣，所以射生军又称为宝应军。代宗广德元年，代宗为躲避吐蕃进犯陕州，鱼朝恩率领在陕州的军队和神策军扈从，全都号称神策军，天子曾到过他们的驻地。等到京都安定之后，鱼朝恩于是将军队归划为内禁之中，由自己统领，但还没有同北军并列。代宗永泰元年，吐蕃再次入侵，鱼朝恩又将神策军驻扎在大内里面，从这以后，渐渐强盛起来了，分为左、右两厢，它的势力在北军之上，于是成为天子的禁军，不是其他军可以与之相比的了。鱼朝恩于是以观军容宣慰处置使的身份任神策军兵马使。唐代宗大历四年，奏请以京兆府的好畤县、凤翔府的麟游县、普润县划归神策军所属。第二年，又将兴平、武功、扶风、天兴等县归属于神策军，朝廷对此也不能阻止。又任用爱将刘希暹为神策军虞候，掌管军事司法，设置北军狱，征募市井无赖，诬捕有名望的大户人家，没收他们的家产作为对军队的奖赏，以至有很多携带钱财旅居京师参加朝廷科考的人惨遭横死。鱼朝恩获罪而死后，刘希暹代为神策军使。这一年刘希暹又获罪，用鱼朝恩原来的旧将校王驾鹤代为统领。十几年之后，唐德宗李适登基，将白志贞代替了王驾鹤。这个时候，神策军虽然处在大内之中，但经常用些裨将带兵去进行征战，经常建立功勋。

　　及李希烈反，河北盗且起，数出禁军征伐，神策之士多斗死者。建中四年下诏募兵[①]，以志贞为使，搜补峻切。郭子仪之婿端王傅吴仲孺殖赀累巨万，以国家有急不自安，请以子率奴马从军。德宗喜甚，为官其子五品。志贞乃请节度、都团练、观察使与世尝任者家[②]，皆出子弟马奴装铠助征，授官如仲孺子。于是豪富者缘为幸，而贫者苦之。神策兵既发殆尽，志贞阴以市人补之，名隶籍而身居市肆。及泾卒溃变[③]，皆戢伏不出，帝遂出奔。初，段秀实见禁兵寡弱，不足备非常，上疏曰："天子万乘，诸侯千，大夫百，盖以大制小，十制一也，尊君卑臣强干弱枝之道。今外有不廷之虏，内有梗命之臣，而禁兵不精，其数削少，后有猝故，何以待之？猛虎所以百兽畏者，爪牙也，爪牙废，则孤豚特犬悉能为敌。愿少留意。"至是方以秀实言为然。

【注释】

①建中四年：783年。建中，唐德宗年号（780—783）。

②尝任者家：尝有门荫之家。

③泾卒溃变：即泾原兵变。建中四年，泾原被命东征，过长安，以食劣无赏哗变，奉朱泚为主，德宗出奔奉天（今陕西咸阳乾县）。次年，被击败。

【译文】

等到李希烈谋反，河北的盗贼也出现了，多次派遣禁军去讨伐，神策军的将士多有战死的。德宗建中四年，皇上下诏书招募军士，让白志贞为使，搜捕得很厉害。郭子仪的女婿、端王傅吴仲孺，资产数万，因为国家出现危急，不敢自安，请求让他的儿子率领家中奴仆及马匹参军。唐德宗见此十分高兴，于是封他儿子为五品官。白志贞于是请求节度使、都团练使、观察使和世代曾任职的家庭，都要出人、马、奴仆、军需来助战，授职与吴仲孺的儿子一样。于是豪门富家弟子由此得幸，可贫寒之家的人就苦了。神策军的人马调拨得快要没有了，白志贞暗地里将社会上的人填补上去，人的姓名登记在神策军的名册上，可其本人仍然留在社会上。等到泾原兵变，乱及京师的时候，这些人都藏伏不出来，德宗于是出逃。当初，段秀实见到禁兵单薄羸弱，不能够担当警备、应付突发事件的任务，于是上书说："天子是万乘之尊，诸侯是千乘，大夫是百乘，这是用大的来制约小的，用十来管一啊！尊者为君，卑者为臣，这是强干弱枝的道理。可现在外有不受朝廷约束的人，内有硬抗君命的大臣，而且禁兵也不精良，它的数量在逐渐减少，以后如果有突发性事件，用什么来应对呢？猛虎之所以能成为百兽之王，使百兽都怕它，是它的爪牙啊！如果它的爪牙都没有了，那么一头猪，一只狗，都能成为它的劲敌。希望君王能引起注意。"到了这个时候，才觉得段秀实的话是正确的。

及志贞等流贬，神策都虞候李晟与其军之他将，皆自飞狐道西兵赴难①，遂为神策行营节度，屯渭北，军遂振。贞元二年②，改神策左右厢为左右神策军，特置监句当左右神策军，以宠中官，而益置大将军以下。又改殿前射生左右厢曰殿前左右射生军，亦置大将军以下。三年，诏射生、神策、六军将士，府县以事办治，先奏乃移军，勿辄逮捕。京兆尹郑叔则建言："京剧轻猾所聚，慝作不常，俟奏报，将失罪人，请非昏田③，皆以时捕。"乃可之。俄改殿前左右射生军曰左右神威军，置监左右神威军使。左右神策军皆加将军二员，左右龙武军加将军一员，以待诸道大将有功者。

【注释】

①飞狐道：地名，在今河北涞源。

②贞元二年：786 年。贞元，唐德宗年号（785—805）。

③昏：同"婚"。

【译文】

等到白志贞等人被流放、贬谪，神策军都虞候李晟和他军中的其他将领，都带兵从飞狐道往西赴难救驾，于是建神策行营节度使，驻扎在渭水以北，军队开始振作起来。德宗贞元二年，改神策左右厢为左右神策军，特意设置监句当左右神策军，以此宠待宫中的宦官，而且还增置了在大将军以下的官职。又改殿前射生左右厢，称为殿前左右射生军，也设置在大将军之下。贞元三年，诏令射生、神策、六军的将士，各州府县，若出事，可以查办，要提前上报，才能转换部队，不能随意逮捕。京兆尹郑叔则建议说："京城是奸猾无赖聚集的地方，违法乱纪的事是常有的，若等到奏报后才办，那么这些犯罪分子将会漏掉，所以请求除非是婚姻、田产纠纷，都应不待奏报，及时逮捕罪犯。"于是同意了这一建议。不久改殿前左右射生军叫左右神武军，并设置监左右神威军使这一职位。左右神策军增设两位将军，左右龙武军增设将军一员，以此名额来宠待各道中有功的将军。

自肃宗以后，北军增置威武、长兴等军，名类颇多，而废置不一。惟羽林、龙武、神武、神策、神威最盛，总曰左右十军矣。其后京畿之西，多以神策军镇之，皆有屯营。军司之人，散处甸内，皆恃势凌暴，民间苦之。自德宗幸梁还，以神策兵有劳，皆号兴元元从奉天定难功臣，恕死罪。中书、御史府、兵部乃不能岁比其籍，京兆又不敢总举名实。三辅人假比于军①，一牒至十数。长安奸人多寓占两军，身不宿卫，以钱代行，谓之纳课户，益肆为暴，吏稍禁之，辄先得罪，故当时京尹、赤令皆为之敛屈②。十年，京兆尹杨於陵请置挟名敕，五丁许二丁居军，余差以条限，繇是豪强少畏③。

【注释】

①三辅：长安周围的畿辅地方。西汉时为京兆尹、左冯翊、右扶风的合称，相当于今陕西关中地区。后世政区划分虽有更改，但习惯上仍称其地为三辅。

②赤令：为赤县令。唐代的县按照地理位置、户口数等因素划分为赤、畿、上、中、下等数等次。不同等次县官吏的品级、编制均不相同。赤县为最上等。

③繇：同"由"。

【译文】

自从唐肃宗以后，北军增置了威武、长兴军，名类繁多，废止与设置没有一定之规。只有羽林、龙武、神武、神策、神威最为兴旺，总称之为左右十军。之后,京郊的西面,往往是由神策军来镇守,都有驻扎的营地。军中管事的人散居在甸内,他们都依仗着权势横行霸道,民间百姓深受其害。自从唐德宗由梁还驾之后,神策军因有劳苦,都封为兴元元从奉天定难功臣,可免除死罪。中书、御史府和兵部不能每一年限登记注册,京兆府也不敢揭发其实际情况。因此三辅地方的人借着排列注册的机会,在一个部队中,都登记一次,乃至登记在十几个簿册上。长安城中的一些坏人,一个人在两处部队内有名号。可是他本人却不干轮值宿卫的差使,用钱来顶替轮值,这叫作纳课户,越加狂肆暴逆,官吏们对其稍加禁止,自己就会先获罪,所以当时的地方官京兆尹和赤县令都不敢有所作为。德宗贞元十年,京兆尹杨於陵请求设置挟名敕,有五个男丁以上的人户可以有两个列军籍,其他的按条例各有所限制,于是那些豪强才有些害怕。

十二年,以监句当左神策军、左监门卫大将军、知内侍省事窦文场为左神策军护军中尉,监句当右神策军、右监门卫将军、知内侍省事霍仙鸣为右神策军护军中尉,监右神威军使、内侍兼内谒者监张尚进为右神威军中护军,监左神威军使、内侍兼内谒者监焦希望为左神威军中护军。护军中尉、中护军皆古官,帝既以禁卫假宦官,又以此宠之。十四年,又诏左右神策置统军,以崇亲卫,如六军。时边兵衣饷多不赡,而戍卒屯防,药茗蔬酱之给最厚。诸将务为诡辞,请遥隶神策军,禀赐遂赢旧三倍,繇是塞上往往称神策行营①,皆内统于中人矣②,其军乃至十五万。

【注释】

①塞上:边境。

②中人：宦官。

【译文】

　　贞元十二年，以监句当左神策军、左监门卫大将军、知内侍省事窦文场为左神策军护军中尉，以监句当右神策军、右监门卫将军、知内侍省事霍仙鸣为右神策军护军中尉，以监右神威军使、内侍兼内谒者监张尚进为右神威军中护军，以监左神威军使、内侍兼内谒者监焦希望为左神威军中护军。护军中尉、中护军都是古旧的官称，君王将禁军交由宦官管理，又以这些官职来宠待他们。贞元十四年，又下诏给左右神策军，设置统军，提高亲卫的地位，如六军一般。当时边境上的军士的衣物军饷经常供给不上，可卫戍屯防所需的药材、茶叶、蔬菜、调味品供应得最充足。于是戍边的将领们就巧为辞令申请虽远也要隶属于神策军，上报应允后所得到的军饷就是过去的三倍。这样，边境上的军队往往称为神策行营，都是朝中的宦官统领，神策军乃至于有十五万之众。

　　故事，京城诸司、诸使、府、县，皆季以御史巡囚。后以北军地密，未尝至。十九年，监察御史崔薳不知近事，遂入右神策，中尉奏之，帝怒，杖薳四十，流崖州①。

【注释】

　　①崖州：治或在今海南海口琼山区。关于崖州治今人有多种说法。

【译文】

【译文】

　　按惯例：对于京城中的各个司、各使、各府、各县，每个季度都有御史去巡视囚徒。以后因为北军是军机重地，御史就不去了。贞元十九年，监察御史崔薳不了解近来的情况，进到了右神策军内，神策军的中尉奏知皇上，天子非常恼怒，于是将崔薳杖刑四十流放到了崖州。

顺宗即位,王叔文用事[1],欲取神策兵柄,乃用故将范希朝为左右神策、京西诸城镇行营兵马节度使,以夺宦者权而不克。元和二年[2],省神武军。明年,又废左右神威军,合为一,曰天威军。八年,废天威军,以其兵骑分隶左右神策军。及僖宗幸蜀,田令孜募神策新军为五十四都,离为十军,令孜自为左右神策十军兼十二卫观军容使,以左右神策大将军为左右神策诸都指挥使,诸都又领以都将,亦曰都头。

【注释】

①王叔文:唐顺宗时,任翰林学士,联合王伾、柳宗元等进行政治改革,当政一百四十六天,史称"永贞革新"。后被贬,旋被杀。

②元和二年:807年。元和,唐宪宗年号(806—820)。

【译文】

唐顺宗李诵即位,王叔文当政,想夺回神策军的兵权,于是任用自己原来手下将领范希朝任左右神策、京西诸城镇行营兵马节度使,以此来夺取宦官们的权力,但没能成功。唐宪宗元和二年,撤销神武军。第二年又废除了左右神威军,合成为一体称天威军。唐宪宗元和八年,废除了天威军,将它原有军马分属给左右神策军来管理。等到唐僖宗李儇驾临四川时,田令孜招募神策新军达五十四个都,混杂为十军。田令孜自己做了左右神策十军兼十二卫的观军容使,将左右神策大将军作为左右神策各都指挥使,各都又用都将来统领,又称为都头。

景福二年[1],昭宗以藩臣跋扈、天子孤弱,议以宗室典禁兵。及伐李茂贞,乃用嗣覃王允为京西招讨使,神策诸都指挥使李鐬副之,悉发五十四军屯兴平,已而兵自溃。茂贞逼京师,昭宗为斩神策中尉西门重遂、李周谆,乃引去。乾宁元年^②,王行瑜、韩建及茂贞连兵犯阙,天子又杀宰相韦昭度、李磎,乃去。太原李克用以其兵伐行瑜等,同州节度使王行实入迫神策中尉骆全瓘、刘景宣请天子幸邠州,全瓘、景宣及子继晟与行实纵火东市,帝御承天门,敕诸王率禁军扞之^③。捧日都头李筠以其军卫楼下,茂贞将阎圭攻筠,矢及楼扉,帝乃与亲王、公主幸筠军,扈跸都头李君实亦以兵至,侍帝出幸莎城、石门。诏嗣薛王知柔入长安收禁军、清宫室,月余乃还。又诏诸王阅亲军,收拾神策亡散,得数万。益置安圣、捧宸、保宁、安化军,曰殿后四军,嗣覃王允与嗣延王戒丕将之。三年,茂贞再犯阙,嗣覃王战败,昭宗幸华州。明年,韩建畏诸王有兵,请皆归十六宅,留殿后兵三十人,为控鹤排马官,隶飞龙坊,余悉散之,且列甲围行宫,于是四军二万余人皆罢。又请诛都头李筠,帝恐,为斩于大云桥。俄遂杀十一王。

【注释】

①景福二年:893 年。景福,唐昭宗年号(892—893)。

②乾宁元年:894 年。乾宁,唐昭宗年号(894—898)。

③扞:通"捍"。抵御。

【译文】

唐昭宗景福二年,昭宗因为藩镇将领专横跋扈,而天子的力量显得孤单赢弱,于是打算由皇室宗亲来主管禁军。等到讨伐李茂贞的时候,就用嗣覃王李允做京西招讨使,以神策军各都指挥使李铖做副手,全部调拨五十四军驻扎在兴平,不久这些军队自行溃散。李茂贞统兵逼近京城，昭宗斩杀神策中尉西门重遂、李周谭，才使李茂贞退兵。昭宗乾宁元年，王行瑜、韩建和李茂贞联合带兵攻打朝廷，昭宗于是又杀掉了丞相韦昭度、李磎，才退兵。太原的李克用，带领军队攻打王行瑜等人，同州节度使王行实入逼京城，神策中尉骆全瓘、刘景宣等人请求天子驾幸邠州。骆全瓘、刘景宣和他的儿子继晟和王行实一起在东市放火，皇上御幸承天门，下令诸王带领禁军防卫。捧日都头李筠用自己的军队保卫在城楼下，李茂贞的手下将领阎圭攻打李筠的部队，箭都射到了楼的大门上了，皇上和亲王公主们才一起转移到了李筠的军营里面，扈跸都头李君实也带兵到来了，侍候着皇上出得城驾转莎城、石门。下诏让嗣薛王知柔进驻长安，收编禁军，清理皇宫内苑，历经一个多月才得以回去。又下诏让诸王检阅亲军，收编神策军逃亡流失的人员，收集了几万人。又设置了安圣、捧宸、保宁、安化四军，称殿后四军，嗣覃王允和嗣延王戒丕统领他们。昭宗乾宁三年，李茂贞再次带兵进犯朝廷，嗣覃王作战失利，昭宗驾转华州。第二年，韩建害怕各亲王拥兵，请求允让他们都回归自己的宅地，只留殿后兵三十人作为宿卫近侍之用，归飞龙坊管治，其余的全部解散，并且排列甲士护卫行宫，于是四军的二万多人全都罢免解散了。又请求杀掉都头李筠，皇上害怕了，于是在大云桥上杀了他。不久又杀了十一个王。

及还长安，左右神策军复稍置之，以六千人为定。是岁，左右神策中尉刘季述、王仲先以其兵千人废帝，幽之，季述等诛。已而昭宗召朱全忠兵入诛宦官，宦官觉，劫天子幸凤翔。全忠围之岁余，天子乃诛中尉韩全海、张弘彦等二十余人，以解梁兵，乃还长安。于是悉诛宦官，而神策左右军繇此废矣。诸司悉归尚书省郎官，两军兵皆隶六军，而以崔胤判六军十二卫事。六军者，左右龙武、神武、羽林，其名存而已。自是军司以宰相领。

【译文】

　　等回到长安，左右神策军又逐渐恢复，以六千人为限。这一年，左右神策军中尉刘季述、王仲先带着自己的队伍一千多人将皇上废除，将皇上幽禁起来，刘季述等被杀。不久，昭宗皇帝召朱全忠的部队进驻京城，来杀掉这些宦官，宦官们察觉到后，劫持皇上来到凤翔县，朱全忠包围了凤翔县，围困了一年多的时间，唐天子于是杀了中尉韩全诲、张弘彦等二十多人，以此解脱梁军的围困，才得以回到长安。于是将宦官全都杀掉，神策左右军就此废除了。原神策左右军中的各个司都由尚书省郎官管理，两军的士兵都归六军管辖，并用崔胤来裁决六军十二卫的事宜。六军包括有左右龙武军、左右神武军和左右羽林军，不过是空有其名罢了。从此以后军政都由宰相来统领。

　　及全忠归，留步骑万人屯故两军，以子友伦为左右军宿卫都指挥使，禁卫皆汴卒。崔胤乃奏："六军名存而兵亡，非所以壮京师。军皆置步军四将，骑军一将。步将皆兵二百五十人，骑将皆百人，总六千六百人。番上如故事。"乃令六军诸卫副使、京兆尹郑元规立格募兵于市，而全忠阴以汴人应之。胤死，以宰相裴枢判左三军，独孤损判右三军，向所募士悉散去。全忠亦兼判左右六军十二卫。及东迁[1]，唯小黄门、打球供奉十数人、内园小儿五百人从。至穀水，又尽屠之，易以汴人，于是天子无一人之卫。昭宗遇弑，唐乃亡。

【注释】

　　①东迁：指天祐元年(904)，唐昭宗被朱温所迫，徙都洛阳(今属河南)。

【译文】

　　等到朱全忠归来，留下了步兵骑兵一万人驻扎在原两军的营地，朱全忠的儿子朱友伦做左右军宿卫都指挥使，禁卫人员都是河北的兵卒。崔胤于是上书说："六军实质上是名存而实亡，军士们都没有了，达不到给京师壮威的目的了。军内都要设置四位步兵将领，一位骑兵将领。步兵将领可带兵二百五十人，骑兵将领可带兵一百人，总计为六千六百人。轮值宿卫的情况和以前一样。"于是命令六军诸卫副使、京兆尹郑元规，列出赏格在社会上招募兵士，朱全忠暗中用河北人来顶替。崔胤死后，以宰相裴枢兼任左三军，由独孤损兼任右三军，以前招募的士兵全都解散。朱全忠也兼任左右六军十二卫。等到昭宗东迁时，只有小黄门、打球供奉的十几个人，和内园中的小童五百人跟着。等行到榖水的时候，又都全部杀掉了，改用河北人，这样天子身边没有一个护卫的人了。唐昭宗李晔被杀，唐朝就这样灭亡了。

　　马者，兵之用也；监牧，所以蕃马也①，其制起于近世。唐之初起，得突厥马二千匹，又得隋马三千于赤岸泽，徙之陇右，监牧之制始于此。其官领以太仆，其属有牧监、副监。监有丞，有主簿、直司、团官、牧尉、排马、牧长、群头，有正，有副。凡群置长一人，十五长置尉一人，岁课功，进排马。又有掌闲，调马习上。又以尚乘掌天子之御，左右六闲：一曰飞黄，二曰吉良，三曰龙媒，四曰騊駼①，五曰駃騠②，六曰天苑。总十有二闲为二厩，一曰祥麟，二曰凤苑，以系饲之。其后禁中又增置飞龙厩。

【注释】

　　①蕃（fán）：繁殖，生息。

②騊駼(táo tú)：良马名。

③駃騠(jué tí)：良马名。

【译文】

　　马是军队中必用的,所以设置监牧是为了畜养马匹,这种制度源于近代。唐朝初期,得到突厥马匹二千匹,又得到隋朝留下的马匹三千匹于赤岸泽,后又迁移到了陇右,监牧的制度由此而开始的。它的官职以太仆充任,监牧下属有牧监、副监。监设丞和主簿、直司、团官、牧尉、排马、牧长、群头,各职有正职有副职。一群设置长一人,十五位长就设置尉一人,每年进行考核成绩得失,有功的就晋升为排马。还有掌闲一职,负责训练马匹供皇上使用。又有尚乘一职掌管天子使用的马匹,有左右六个养马的圈：第一叫飞黄、第二叫吉良,第三叫龙媒,第四叫騊駼,第五叫駃騠,第六叫天苑,总共有十二个养马圈分为二厩,一个叫祥麟,第二个叫凤苑,都采用拴养的方式来饲养。之后在宫廷内又增设了飞龙厩。

　　初,用太仆少卿张万岁领群牧。自贞观至麟德四十年间①,马七十万六千,置八坊岐、豳、泾、宁间,地广千里：一曰保乐,二曰甘露,三曰南普闰,四曰北普闰,五曰岐阳,六曰太平,七曰宜禄,八曰安定。八坊之田,千二百三十顷,募民耕之,以给刍秣。八坊之马为四十八监,而马多地狭不能容,又析八监列布河西丰旷之野。凡马五千为上监,三千为中监,余为下监。监皆有左、右,因地为之名。方其时,天下以一缣易一马②。万岁掌马久,恩信行于陇右。

【注释】

①贞观：唐太宗年号(627—649)。麟德：唐高宗年号(664—665)。

②缣(jiān)：双丝织的微黄色的细绢。汉以后，多用作赏赠酬谢之
　物，或以作货币。

【译文】

　　开始的时候，用太仆少卿张万岁任群牧判官。从贞观年间到麟德
年间，四十年内，养马匹七十万六千匹，设置了八坊于岐、豳、泾、宁等
地，方圆上千里：第一个叫保乐，第二个叫甘露，第三个叫南普闰，第四
个叫北普闰，第五个叫岐阳，第六个叫太平，第七个叫宜禄，第八个叫安
定。八坊的田地有一千二百三十顷，招募百姓来耕种，用以供给马匹的
饲料。八坊的马匹是四十八监，可是马匹多地方狭窄，不能容纳，又分
八监分布在黄河西岸水草丰美地域空旷的地方。但凡马匹在五千匹
的，称为上监；三千匹的，称为中监；余下的称为下监。监又分为左右，
按地理情况命名。当时，可以用一匹细绢换一匹马。张万岁掌管马匹
时间很长，恩威信义遍于陇右地区。

　　后以太仆少卿鲜于匡俗检校陇右牧监。仪凤中①，以太
仆少卿李思文检校陇右诸牧监使，监牧有使自是始。后又
有群牧都使，有闲厩使，使皆置副，有判官。又立四使：南使
十五，西使十六，北使七，东使九。诸坊若泾川、亭川、阙水、
洛、赤城，南使统之；清泉、温泉，西使统之；乌氏，北使统之；
木硖、万福，东使统之。它皆失传。其后益置八监于盐州、
三监于岚州。盐州使八，统白马等坊；岚州使三，统楼烦、玄
池、天池之监。

【注释】

①仪凤：唐高宗年号(676—679)。

【译文】

　　后来，以太仆少卿鲜于匡俗为检校陇右牧监。唐高宗仪凤年间，以太仆少卿李思文为检校陇右诸牧监使，监牧有使自这时开始的。后又有群牧都使，有闲厩使，使都有副职，有判官。又设立了四使：南使有十五，西使有十六，北使有七、东使有九。各坊中像泾川、亭川、阙水、洛、赤城为南使统领，清泉、温泉为西使统领，乌氏为北使统领；木硖、万福为东使统领。其余的都已经没有明确记载了。之后又在盐州设置了八监，在岚州设置了三监。盐州设使八位，统领白马等坊；岚州设使三位，统领楼烦、玄池、天池等地的监。

　　凡征伐而发牧马，先尽强壮，不足则取其次。录色、岁、肤第印记、主名送军，以帐驮之，数上于省。

【译文】

　　凡是出征作战而用的马匹都先挑选强壮的使用，如果不够，则以第二等的来补充。拨送时要记录马匹的毛发肤色、年龄和印记上所送单位的名称，按照帐篷和驮子的数量上报所属单位。

　　自万岁失职，马政颇废。永隆中[①]，夏州牧马之死失者十八万四千九百九十。景云二年[②]，诏群牧岁出高品，御史按察之。开元初，国马益耗，太常少卿姜晦乃请以空名告身市马于六胡州[③]，率三十匹雠一游击将军[④]。命王毛仲领内外闲厩。九年又诏："天下之有马者，州县皆先以邮递军旅之役，定户复缘以升之。百姓畏苦，乃多不畜马，故骑射之士减曩时[⑤]。自今诸州民勿限有无荫，能家畜十马以上[⑥]，免帖驿邮递征行,定户无以马为赍。"毛仲既领闲厩,马稍稍复,始二十四万,至十三年乃四十三万。其后突厥款塞,玄宗厚抚之,岁许朔方军西受降城为互市,以金帛市马,于河东、朔方、陇右牧之。既杂胡种,马乃益壮。

【注释】

①永隆:唐高宗年号(680—681)。

②景云二年:711年。景云,唐睿宗年号(710—711)。

③告身:授官之符。《新唐书·选举志》:唐朝授官"皆给以符,谓之'告身'"。

④雠(chóu):通"酬"。

⑤曩(nǎng)时:昔时。

⑥上:原作"下"。据《新唐书·兵志》校改。

【译文】

自从张万岁被免职之后,马匹的管理制度很多都已经废除了。高宗永隆年间,夏州牧马死的和丢失的有十八万四千九百九十四。睿宗景云二年天子下诏,群牧判官每年都要培养出高等的马匹,而且由御史对此进行督促检察。玄宗开元初年,国属马匹消耗量很大,太常少卿姜晦请求带着空白的委任状到六胡州买马匹,献上三十匹马的可委任他一个游击将军的官职。让王毛仲担任内外马圈马厩的管理工作。开元九年,又下诏:"天下所有有马匹的人家,都要承担州县驿站邮递的任务,按照规定,各户马匹逐一上报使用。百姓们惧怕养马之苦,于是有很多人家都不养马了,所以骑兵射手比以前少了许多。至此各州各府,百姓不再限制,如果饲养家畜十匹马以上,免除驿站邮递的差役,不再用马作为纳赍的办法。"王毛仲担任闲厩以后,马匹的数量渐渐得到恢复,开始时为二十四万匹,到了唐玄宗开元十三年的时候发展到了四十三万匹。之后突厥归附唐朝，唐玄宗也优厚安抚他们，答应每年可在朔方军西的受降城作为相互贸易的地方，用金钱丝绸买马，在河东、朔方、陇右地区放牧。和胡马的杂交，使马的体格越发健壮起来了。

天宝后，诸军战马动以万计。王侯、将相、外戚牛、驼、羊、马之牧布诸道，百倍于县官①，皆以封邑号名为印自别；将校亦备私马。议谓秦、汉以来，唐马最盛，天子又锐志武事，遂弱西北蕃。十一载，诏二京旁五百里勿置私牧。十三载，陇右群牧都使奏：马、牛、驼、羊总六十万五千六百，而马三十二万五千七百。

【注释】

①县官：指朝廷。

【译文】

唐玄宗天宝年后，各军所拥有的战马动辄以万来计算。王侯、将相和皇室外戚所拥有的牛、驼、羊、马，分布在各州各道，多于朝廷百倍，都用自己的封地名称制成印，印在马身上以示区别；将校人等都有自己的私人马匹。可以说自秦、汉以来，唐朝的马匹数量最大。唐天子又专心致力于武功军事，于是削弱了西部和北部地区外族的势力。开元十一年，天子下诏书：在长安、洛阳两京附近五百里之内不得设置私人牧场。开元十三年，陇右群牧都使上书报告，牛、马、驼、羊的总数为六十万五千六百头，马匹三十二万五千七百匹。

安禄山以内外闲厩都使兼知楼烦监，阴选胜甲马归范阳，故其兵力倾天下而卒反。肃宗收兵至彭原，率官吏马抵平凉，蒐监牧及私群，得马数万，军遂振。至凤翔，又诏公卿百寮以后乘助军。其后边无重兵，吐蕃乘隙陷陇右，苑牧畜马皆没矣。乾元后，回纥恃功，岁入马取缯，马皆病弱不可用。永泰元年^①，代宗欲亲击虏，鱼朝恩乃请大搜城中百官、士庶马输官，曰团练马。下制禁马出城者，已而复罢。德宗建中元年^②，市关辅马三万实内厩。贞元三年^③，吐蕃、羌、浑犯塞^④，诏禁大马出潼、蒲、武关者。元和十一年伐蔡^⑤，命中使以绢二万市马河曲。其始置四十八监地，据陇西、金城、平凉、天水，员广千里。繇京度陇，置八坊为会计都领，其间善水草、腴田皆隶之。后监牧使与坊皆废，故地存者一归闲厩，旋以给贫民及军吏，间又赐佛寺、道馆几千顷。十二年，闲厩使张茂宗举故事，尽收岐阳坊地，民失业者甚众。十三年，以蔡州牧地为龙陂监。十四年，置临汉监于襄州，牧马三千二百，费田四百顷。穆宗即位，岐人叩阙讼茂宗所夺田，事下御史按治，悉予民。太和七年^⑥，度支盐铁使言："银州水甘草丰，请诏刺史刘源市马三千，河西置银川监，以源为使。"襄阳节度使裴度奏停临汉监。开成二年^⑦，刘源奏："银川马已七千，若水草乏，则徙牧绥州境。今绥南二百里，四隅险绝，寇路不能通，以数十人守要，畜牧无它患。"乃以隶银川监。

【注释】

①永泰元年：765年。永泰，唐代宗年号（765—783）。

②建中元年：780年。建中，唐德宗年号（780—783）

③贞元三年：787年。贞元，唐德宗年号（785—805）。

④浑：即吐谷（yù）浑。本为居于辽东的鲜卑族人中的一支。魏晋

南北朝时西迁,居今青海省北部和新疆东南部地区。唐时曾与唐朝作战,后被吐蕃吞并。

⑤元和十一年:816 年。元和,唐宪宗年号(806—820)。

⑥太和七年:833 年。太和,唐文宗年号(827—835)。亦作"大和"。

⑦开成二年:837 年。开成,唐文宗年号(836—840)。

【译文】

安禄山以内外闲厩都使兼知楼烦监之职,暗中挑选良马押送到范阳,所以他的兵力压倒天下,最终造反。唐肃宗汇集军队到了彭原,又率领官员马匹抵达平凉,搜集监牧的和个人放养的马,数量有几万匹,于是军威大振。到了凤翔之后又下诏公卿百官人等用后面的马匹来助战。后来,由于边境没有重兵把守,吐蕃乘机攻陷了陇右地区,苑宥养的马匹全都没有了。到了唐肃宗乾元年间,回纥人仰仗自己有功勋,每年用他们的马匹来换取丝绸,可那些马都体弱多病,根本不能使用。代宗永泰元年,代宗想亲自率兵征讨,鱼朝恩于是奏请大肆搜集京城里官员和百姓的马匹,以充官用,称之为团练马。又下令任何马匹不得出城,不久,又废除了这一命令。唐德宗建中元年购买关辅马匹三万匹用以充实内厩之用。德宗贞元三年,吐蕃、羌、吐谷浑进犯边界,皇上下诏禁止好马运出潼、蒲、武关。宪宗元和十一年讨伐蔡,下命令让宦官用绢二万匹到河曲地区买马。开始设置四十八监时,地处陇西、金城、平凉、天水一带,方圆有上千里。由京城至陇西设置了八坊,以考核管理这一地方,水草好,肥沃的田地都隶属于它。之后,监牧使和坊全都废除掉了,原来的地方还有的全归闲厩,不久又将这些地方赐给了贫民和军吏们,其间又赐给了佛寺、道馆几千顷。贞元十二年,闲厩使张茂宗拿原来的章程,又全收回岐阳的坊地,百姓失去田产的人很多。到了贞元十三年,将蔡州牧地作为龙陂监。贞元十四年,设置了临汉监在襄州,放牧马匹三千二百匹,耗费田产四百顷。唐穆宗登基后,岐山地带的人入关状告张茂宗侵夺田产的事,案情下转至御史按察处理,将田产全部退回给那里的百姓。文宗太和七年，度支盐铁使上书说："银州地方水甜草丰，请求下诏刺史刘源买马三千匹，在河西设置银川监。以刘源为使。"襄阳节度使裴度，上书表奏要停用临汉监。文宗开成二年，刘源上奏说："银川监已有马七千匹，如果水草出现匮乏就迁移到绥州境内。现在绥南二百里处四面极为险峻，贼寇如来，没有道路，如果用几十个人驻守关键路口，畜牧不会有什么可担忧的。"于是将其隶属于银川监。

其后阙，不复可纪。

【译文】

以后的事没有材料，不能再行记叙了。

欧阳修

欧阳修简介参见卷二。

五代史职方考

【题解】

本文选自《新五代史》。职方，本为官名。《周礼·夏官》："职方氏，掌天下地图，主四方职责。"唐宋时兵部下有职方郎中，其职责为掌舆图、军制、城隍、镇戍、简练、征讨事。这里引申指地理、行政区划。"职方考"相当于同类史书中的"地理志"。

本文考察五代时期行政区划的继承、发展和变化情况，在行文上采用了叙述加表格的形式，简洁清楚，使人一目了然。

　　呜呼！自三代以上，莫不分土而治也。后世鉴古矫失，始郡县天下①。而自秦、汉以来，为国孰与三代长短？及其亡也，未始不分，至或无地以自存焉。盖得其要，则虽万国而治，失其所守，则虽一天下不能以容，岂非一本于道德哉！唐之盛时，虽名天下为十道②，而其势未分。既其衰也，置军节度③，号为方镇④。镇之大者连州十余，小者犹兼三四，故其兵骄则逐帅，帅强则叛上。土地为其世有，干戈起而相侵，天下之势，自兹而分。然唐自中世多故矣，其兴衰救难，常倚镇兵扶持，而侵凌乱亡，亦终以此。岂其利害之理然欤？

【注释】

①郡县天下：秦废除封建制，将天下分为三十六郡，郡以下为县。称郡县制。

②十道：唐太宗时国内划分的十个行政区域。

③军节度：唐时编制，武官驻守边境要害并带有使持节的称为节度使。

④方镇：指掌握一方兵权的军事长官。

【译文】

唉！夏、商、周三代以上没有哪一个朝代不是通过分封来进行统治的。后代的人借鉴前朝的事例，矫正以往的失误，才开始实行郡县制。可自从秦、汉以来，有哪一个朝代能像夏、商、周一样延续的时间长呢？到了亡国的时候，没有不分崩离析的，甚至于到连自己生存的地方都没有了的地步。大凡能掌握治国的要领，即使上万的国家都能治理好，但如果丢失掉应有的治理准则，那么即使是整个国家也容不下他，其根本原因难道不是在于道德吗？

在唐朝鼎盛时期，虽然在名义上国家分为十道来管理，但它的真正实力并没有分散。等到唐王朝衰败之后，设置了节度使，称为方镇。方镇中大的，辖管十几个州，小一点的辖治三四个州，因此兵士骄横就驱逐主帅，主帅强悍就叛上作乱。土地被方镇所占有，互相发起战争，天下的形势从此就发生变化了。唐朝自中叶以后进入多事之秋，它的兴盛、衰败、救亡等等，又常常依靠方镇的军事力量来扶持解决，从而使得以下逼上，直至灭亡，也是因为依靠方镇。莫非事物的利害相传的道理就是这样的吗？

自僖、昭以来①，日益割裂。梁初②，天下别为十一，南有吴、浙、荆、湖、闽、汉③，西有岐、蜀④，北有燕、晋⑤，而朱氏所有七十八州以为梁。庄宗初起并、代⑥，取幽、沧⑦，有州三十五，其后又取梁、魏、博等十有六州⑧，合五十一州以灭梁。岐王称臣，又得其州七。同光破蜀⑨，已而复失，惟得秦、凤、阶、成四州⑩，而营、平二州陷于契丹，其增置之州一，合一百二十三州以为唐。石氏入立⑪，献十有六州于契丹⑫，而得蜀金州，又增置之州一，合一百九州以为晋。刘氏之初⑬，秦、凤、阶、成复入于蜀，隐帝时增置之州一⑭，合一百六州以为汉。郭氏代汉⑮，十州入于刘旻⑯，世宗取秦、凤、阶、成、瀛、漠及淮南十四州⑰，又增置之州五而废者三，合一百一十八州以为周。宋兴因之。此中国之大略也。其余外属者，强弱相并，不常其得失。至于周末，闽已先亡，而在者七国。自江以下二十一州为南唐，自剑以南及山南西道四十六州为蜀⑱，自湖南北十州为楚，自浙东西十三州为吴、越，自岭南北四十七州为南汉⑲，自太原以北十州为东汉⑳，而荆、归、峡三州为南平㉑。合中国所有，二百六十八州，而军不在焉㉒。

唐之封疆远矣，前史备载，而羁縻、寄治虚名之州在其间。五代乱世，文字不完，而时有废省，又或陷于夷狄，不可考究其详。其可见者，具之如谱：

【注释】

①僖：即唐僖宗李儇，873—888 年在位。昭：即唐昭宗李晔，889—
　904 年在位。

②梁：原唐将朱全忠篡唐，建国号梁，史称后梁。

③南有吴、浙、荆、湖、闽、汉：指杨行密据淮南为吴王；钱镠据浙东
　为吴越王；高季兴据归、荆、峡为荆南节度使；马殷据湖南、湖北
　为楚王；王审知据福建为闽王；刘隐据岭南为汉王。

④西有岐、蜀：指李茂贞据凤翔为岐王，王建据两川为蜀王。

⑤北有燕、晋：指刘仁恭据幽州为燕王，李克用据河东为晋王。

⑥庄宗：指后唐庄宗李存勖。并、代：今山西太原、代县一带。

⑦幽、沧：指幽州（治在今天津蓟州区）、沧州（治在今河北沧州）。

⑧梁：治在今河南开封。魏：治在今河北大名。博：治在今山东
　聊城。

⑨同光：后唐庄宗李存勖年号（923—926）。

⑩得秦、凤、阶、成：指占领了秦州（治在今甘肃天水）、凤州（治在今
　陕西凤县）、阶州（治在今甘肃陇南武都区）、成州（治在今甘肃成
　县）。

⑪石氏：指石敬瑭，即后晋高祖。

⑫十有六州：指幽、蓟、瀛、莫、涿、檀、顺、新、妫、儒、武、云、寰、应、
　朔、蔚十六州。在今辽宁、河北、山西等地。

⑬刘氏：指刘知远，即后汉高祖。

⑭隐帝：指后汉隐帝刘承祐，948—950 年在位。

⑮郭氏：指后周太祖郭威，951—953 年在位。

⑯刘旻：即刘崇，刘知远之弟。

⑰世宗：指后周世宗柴荣，954—959 年在位。十四州：指今江苏、安
　徽长江以北及河南潢川、湖北黄冈等地。

⑱剑：指四川剑阁。蜀：指前蜀王建和后蜀孟知祥。

⑲南汉：指刘隐，被封南汉王。

⑳十州：指并、汾、岚、石、辽、沁、忻、代、隆、宪十州。

㉑南平：指高季兴，被封南平王。

㉒军：本为军队编制单位。唐后期、五代时期，逐渐演变为军队驻防区域名称，有一定的辖区。宋时又演变为地方行政单位，下辖县的军与府、州同级，无属县则隶于州，与县同级。

【译文】

自从唐僖宗、昭宗以来，一天天地分崩离析。后梁初期，全国有十一处分裂割据的政权，南方有杨行密据淮南称吴王，钱镠据浙东称吴越王，高季兴据荆、归、峡三州为荆南节度使，马殷据湖南、湖北称楚王，王审知据福建称闽王，刘隐据岭南称汉帝；西面的有李茂贞据凤翔称岐王，王建据东、西两川称蜀王；北面的有刘仁恭据幽州称燕王，李克用据河东称晋王；而朱全忠所占有七十八州，这是后梁。后唐庄宗李存勖开始起兵于并、代二州，之后夺取了幽、沧等州，拥有了三十五州，之后又夺取了梁、魏、博等十六个州，合计为五十一个州，以之攻打后梁，取而代之。使得西部岐王李茂贞投降称臣，又占了他的七个州。庄宗同光年间，又攻破了王建占有的两川，过了不久又丢失掉了，只占据了秦、凤、阶、成四个州的地方。可营州、平州两个地方落在了契丹人的手里，它增设的只是一个州，合计为一百二十三个州，这是后唐。石敬瑭入主后，献给契丹十六个州，又夺得蜀地金州，并增设了一个州，合计为一百零九个州，这是后晋。后汉刘知远开始的时候，秦、凤、阶、成等州又回到了蜀王手中，到了后汉隐帝刘承祐时期，又增设了一个州，合计为一百零六个州，这是后汉。郭威取代了后汉，将十个州给了刘旻，到了后周世宗柴荣时期，又夺回了秦、凤、阶、成、瀛、漠等州以及淮南的十四个州，又增设了五个州，废除了三个州的建制，合计为一百一十八州，这是后周。大宋建立之后，延续了它。这就是国家行政区划的大致演变情况。其他不属于这个范围之内的，强的和弱的相互侵吞，地方的得失归属,不固定。等到了后周晚期,闽王先死,仅存的只有七国了。自长江以下二十一个州是南唐;自四川剑阁以南连同山南西道四十六个州是蜀国;自湖南以北十个州是楚国;自浙东以西十三个州是吴、越国;自岭南以北四十七个州是南汉;自太原以北十个州是东汉;而荆、归、峡三个州为南平王高季兴所有。合计中国共有二百六十八个州,但作为军队驻防区的军不在其内。

唐朝的疆域建制,距离现在已经很久远了,以前史书记载的也很完备,而且实际由少数民族头人统治的羁縻州、徒有虚名的寄治州也在记载之中。五代时期,社会混乱,史实的记述不完备,而且经常有废撤和省并的地方,又有的落入外邦外族手中,无法考证它的详细情况。其可以知道的编成表格记录如下:

州	梁	唐	晋	汉	周
汴	都	有宣武	都	都	都
洛	都	都	都	都	都
雍	有永平	都	有晋昌	有永兴	有
兖	有泰宁	有	有	有	有罢
沂	有	有	有	有	有
密	有	有	有	有	有
青	有平卢	有	有	有	有
淄	有	有	有	有	有
齐	有	有	有	有	有
棣	有	有	有	有	有
登	有	有	有	有	有
莱	有	有	有	有	有
徐	有武宁	有	有	有	有

续表

宿	有	有	有	有	有
郓	有天平	有	有	有	有
曹	有	有	有威信	有罢	有彰信
濮	有	有	有	有	有
济					有太祖置
宋	有宣武	有归德	有	有	有
亳	有	有	有	有	有
单	有辉州	有改曰单州	有	有	有
颍	有	有	有	有	有
陈	有	有	有镇安	有军废	有复
蔡	有	有	有	有	有
许	有匡国	有忠武	有	有	有
汝	有	有	有	有	有
郑	有	有	有	有	有
滑	有宣义	有义成	有	有	有
襄	有初曰忠义、后复为山南东道	有	有	有	有
均	有	有	有	有	有
房	有	有	有	有	有
金	有　蜀武雄	有　蜀	有怀德,寻罢	有	有
邓	有宣化	有威胜	有	有	有武胜
随	有	有	有	有	有
郢	有	有	有	有	有
唐	有	有	有	有	有

续表

复	有	有	有	有	有
安	有宣威	有安远	有罢军	有复	有罢
申	有	有	有	有	有
蒲	有护国	有	有	有	有
孟	有河阳三城	有	有	有	有
怀	有	有	有	有	有
晋	有初曰定昌，后曰建宁	有建雄	有	有	有
绛	有	有	有	有	有
陕	有镇国	有保义	有	有	有
虢	有	有	有	有	有
华	有感化	有镇国	有	有	有罢军
商	有	有	有	有	有
同	有忠武	有匡国	有	有	有
耀	岐义胜 有崇州、静胜	有复曰耀州、改顺义	有	有	有罢军
解				有隐帝置	有
邠	岐静难 有	有	有	有	有
宁	岐 有	有	有	有	有
庆	岐 有	有	有	有	有
衍	岐 有	有	有	有	有
威			有高祖置	有	有改曰环州
鄜	岐保大 有	有	有	有	有
坊	岐 有	有	有	有	有

续表

丹	岐　有	有	有	有	有
延	岐忠义　有	有彰武	有	有	有
夏	有定难	有	有	有	有
银	有	有	有	有	有
绥	有	有	有	有	有
宥	有	有	有	有	有
灵	有朔方	有	有	有	有
盐	有	有	有	有	有
岐	岐凤翔	有	有	有	有
陇	岐	有	有	有	有
泾	岐彰义	有	有	有	有
原	岐	有	有	有	有
渭	岐	有	有	有	有
武	岐	有	有	有	有
秦	岐雄武 蜀天雄	有	有	有	有
成	岐　蜀	有	有	有	有
阶	岐　蜀	有	有	有	有
凤	岐　蜀武兴	有	有	有	有
乾	岐李茂贞置	有	有	有	有
魏	有天雄	有邺都	唐　有邺都	有邺都	有罢都
博	有	唐　有	有	有	有
贝	有	唐　有	有永清	有	有
卫	有	唐　有	有	有	有

续表

澶	有	唐　有	有镇宁	有	有
相	有昭德	唐　有	有彰德	有	有
邢	有保义	唐　有安国	有	有	有
洺	有	有	有	有	有
磁	有改曰惠州	唐有复曰磁州	有	有	有
镇	有武顺	唐　有成德	有顺德	有成德	有
冀	有	唐　有	有	有	有
深	有	唐　有	有	有	有
赵	有	唐　有	有	有	有
易	有	唐　有	有	有	有
祁	有	唐　有	有	有	有
定	有义成	唐　有	有	有	有
沧	唐横海	有	有	有	有
景	唐	有	有	有	有废
德	唐	有	有	有	有
滨					有世宗置
瀛	唐	有	契丹	契丹	有
漠	唐	有	契丹	契丹	有
雄					有世宗置
霸					有世宗置
幽	唐卢龙	有	契丹	契丹	契丹
涿	唐	有	契丹	契丹	契丹
檀	唐	有	契丹	契丹	契丹

续表

蓟	唐	有	契丹	契丹	契丹
顺	唐	有	契丹	契丹	契丹
营	唐	有契丹	契丹	契丹	契丹
平	唐	有契丹	契丹	契丹	契丹
蔚	唐	有	契丹	契丹	契丹
朔	唐振武	有	契丹	契丹	契丹
云	唐大同	有	契丹	契丹	契丹
应	唐	有彰国	契丹	契丹	契丹
新	唐	有威塞	契丹	契丹	契丹
妫	唐	有	契丹	契丹	契丹
儒	唐	有	契丹	契丹	契丹
武	唐	有	契丹	契丹	契丹
寰		有明宗置	契丹	契丹	契丹
忻	唐	有	有	有	东汉
代	唐雁门	有	有	有	东汉
岚	唐	有	有	有	东汉
石	唐	有	有	有	东汉
宪	唐	有	有	有	东汉
麟	唐	有	有	有	东汉
府	唐	有	有永安	有罢军	有永安
并	唐河东	有北都	有	有	东汉
汾	唐	有	有	有	东汉
慈	唐	有	有	有	有
隰	唐	有	有	有	有

续表

泽	唐	有	有	有	有
潞	唐昭义	有安义	有昭义	有	有
沁	唐	有	有	有	东汉
辽	唐	有	有	有	东汉
扬	吴淮南	吴	南唐	南唐	有
楚	吴	吴	南唐	南唐	有
泗	吴	吴	南唐	南唐	有
滁	吴	吴	南唐	南唐	有
和	吴	吴	南唐	南唐	有
光	吴	吴	南唐	南唐	有
黄	吴	吴	南唐	南唐	有
舒	吴	吴	南唐	南唐	有
蕲	吴	吴	南唐	南唐	有
庐	吴	吴	南唐	南唐	有保信
寿	吴忠正	吴	南唐清淮	南唐	有忠正
海	吴	吴	南唐	南唐	有
泰	吴	吴	南唐	南唐	有
濠	吴	吴	南唐	南唐	有
通					有世宗置
润	吴	吴	南唐	南唐	南唐
常	吴	吴	南唐	南唐	南唐
宣	吴宁国	吴	南唐	南唐	南唐
歙	吴	吴	南唐	南唐	南唐
鄂	吴武昌	吴	南唐	南唐	南唐

续表

昇	吴	吴	南唐	南唐	南唐
池	吴	吴	南唐	南唐	南唐
饶	吴	吴	南唐	南唐	南唐
信	吴	吴	南唐	南唐	南唐
江	吴	吴	南唐	南唐	南唐
洪	吴镇南	吴	南唐	南唐	南唐
抚	吴	吴	南唐	南唐	南唐
袁	吴	吴	南唐	南唐	南唐
吉	吴	吴	南唐	南唐	南唐
虔	吴	吴	南唐	南唐	南唐
筠			南唐李景置	南唐	南唐
建	闽	闽	南唐	南唐	南唐
汀	闽	闽	南唐	南唐	南唐
剑			南唐李景置	南唐	南唐
漳	闽	闽	南唐留从效	南唐留从效	南唐留从效
泉	闽	闽	南唐留从效	南唐留从效	南唐留从效
福	闽武威	闽	吴越	吴越	吴越
杭	吴越镇海	吴越	吴越	吴越	吴越
越	吴越镇东	吴越	吴越	吴越	吴越
苏	吴越	吴越	吴越	吴越	吴越
湖	吴越	吴越	吴越	吴越	吴越宣德
温	吴越	吴越	吴越静海	吴越	吴越
台	吴越	吴越	吴越	吴越	吴越
明	吴越	吴越	吴越	吴越	吴越

续表

处	吴越	吴越	吴越	吴越	吴越
衢	吴越	吴越	吴越	吴越	吴越
婺	吴越	吴越	吴越	吴越	吴越
睦	吴越	吴越	吴越	吴越	吴越
秀			吴越元瓘置	吴越	吴越
荆	南平荆南	南平	南平	南平	南平
归	蜀	南平	南平	南平	南平
峡	蜀	南平	南平	南平	南平
益	蜀成都	有　后蜀	蜀	蜀	蜀
汉	蜀	有　后蜀	蜀	蜀	蜀
彭	蜀	有　后蜀	蜀	蜀	蜀
蜀	蜀	有　后蜀	蜀	蜀	蜀
绵	蜀	有　后蜀	蜀	蜀	蜀
眉	蜀	有　后蜀	蜀	蜀	蜀
嘉	蜀	有　后蜀	蜀	蜀	蜀
剑	蜀	有　后蜀	蜀	蜀	蜀
梓	蜀剑南、东川	有　后蜀	蜀	蜀	蜀
遂	蜀武信	有　后蜀	蜀	蜀	蜀
果	蜀	有　后蜀	蜀	蜀	蜀
阆	蜀	有保宁后蜀	蜀	蜀	蜀
普	蜀	有　后蜀	蜀	蜀	蜀
陵	蜀	有　后蜀	蜀	蜀	蜀
资	蜀	有　后蜀	蜀	蜀	蜀
荣	蜀	有　后蜀	蜀	蜀	蜀

续表

简	蜀	有	后蜀	蜀	蜀	蜀
邛	蜀	有	后蜀	蜀	蜀	蜀
黎	蜀	有	后蜀	蜀	蜀	蜀
雅	蜀永平	有	后蜀	蜀	蜀	蜀
维	蜀	有	后蜀	蜀	蜀	蜀
茂	蜀	有	后蜀	蜀	蜀	蜀
文	蜀	有	后蜀	蜀	蜀	蜀
龙	蜀	有	后蜀	蜀	蜀	蜀
黔	蜀武泰	有	后蜀	蜀	蜀	蜀
施	蜀	有	后蜀	蜀	蜀	蜀
夔	蜀镇江	有	后蜀	蜀	蜀	蜀
忠	蜀	有	后蜀	蜀	蜀	蜀
万	蜀	有	后蜀	蜀	蜀	蜀
兴	蜀	有	后蜀	蜀	蜀	蜀
利	蜀昭武	有	后蜀	蜀	蜀	蜀
开	蜀	有	后蜀	蜀	蜀	蜀
通	蜀	有	后蜀	蜀	蜀	蜀
涪	蜀	有	后蜀	蜀	蜀	蜀
渝	蜀	有	后蜀	蜀	蜀	蜀
泸	蜀	有	后蜀	蜀	蜀	蜀
合	蜀	有	后蜀	蜀	蜀	蜀
昌	蜀	有	后蜀	蜀	蜀	蜀
巴	蜀	有	后蜀	蜀	蜀	蜀
蓬	蜀	有	后蜀	蜀	蜀	蜀

续表

集	蜀	有　后蜀	蜀	蜀	蜀
壁	蜀	有　后蜀	蜀	蜀	蜀
渠	蜀	有　后蜀	蜀	蜀	蜀
戎	蜀	有　后蜀	蜀	蜀	蜀
梁	蜀山南西道	有　后蜀	蜀	蜀	蜀
洋	蜀武定	有　后蜀	蜀	蜀	蜀
潭	楚武安	楚	楚	楚	周行逢
衡	楚	楚	楚	楚	周行逢
澧	楚	楚	楚	楚	周行逢
朗	楚武平	楚	楚	楚	周行逢
岳	楚	楚	楚	楚	周行逢
道	楚	楚	楚	楚	周行逢
永	楚	楚	楚	楚	周行逢
邵	楚	楚	楚	楚	周行逢
全			楚马希范置	楚	周行逢
辰	楚	楚	楚	楚	周行逢
融	楚	楚	楚	南汉	南汉
郴	楚	楚	楚	南汉	南汉
连	楚	楚	楚	南汉	南汉
昭	楚	楚	楚	南汉	南汉
宜	楚	楚	楚	南汉	南汉
桂	楚静江	楚	楚	南汉	南汉
贺	楚	楚	楚	南汉	南汉
梧	楚	楚	楚	南汉	南汉

续表

蒙	楚	楚	楚	南汉	南汉
严	楚	楚	楚	南汉	南汉
富	楚	楚	楚	南汉	南汉
柳	楚	楚	楚	南汉	南汉
象	楚	楚	楚	南汉	南汉
容	南汉宁远	南汉	南汉	南汉	南汉
邕	南汉建武	南汉	南汉	南汉	南汉
端	南汉	南汉	南汉	南汉	南汉
康	南汉	南汉	南汉	南汉	南汉
封	南汉	南汉	南汉	南汉	南汉
恩	南汉	南汉	南汉	南汉	南汉
春	南汉	南汉	南汉	南汉	南汉
新	南汉	南汉	南汉	南汉	南汉
高	南汉	南汉	南汉	南汉	南汉
窦	南汉	南汉	南汉	南汉	南汉
雷	南汉	南汉	南汉	南汉	南汉
化	南汉	南汉	南汉	南汉	南汉
韶	南汉	南汉	南汉	南汉	南汉
藤	南汉	南汉	南汉	南汉	南汉
白	南汉	南汉	南汉	南汉	南汉
廉	南汉	南汉	南汉	南汉	南汉
钦	南汉	南汉	南汉	南汉	南汉
广	南汉清海	南汉	南汉	南汉	南汉
横	南汉	南汉	南汉	南汉	南汉

续表

宾	南汉	南汉	南汉	南汉	南汉
浔	南汉	南汉	南汉	南汉	南汉
惠	南汉	南汉	南汉	南汉	南汉
郁林	南汉	南汉	南汉	南汉	南汉
英		南汉刘龑置	南汉	南汉	南汉
雄		南汉刘龑置	南汉	南汉	南汉
琼	南汉	南汉	南汉	南汉	南汉
崖	南汉	南汉	南汉	南汉	南汉
儋	南汉	南汉	南汉	南汉	南汉
万安	南汉	南汉	南汉	南汉	南汉
罗	南汉	南汉	南汉	南汉	南汉
潘	南汉	南汉	南汉	南汉	南汉
勤	南汉	南汉	南汉	南汉	南汉
泷	南汉	南汉	南汉	南汉	南汉
辨	南汉	南汉	南汉	南汉	南汉

汴州，唐故曰宣武军。梁以汴州为开封府，建为东都。后唐灭梁，复为宣武军。晋天福三年升为东京①。汉、周因之。

【注释】

①天福三年：938 年。天福，后晋高祖石敬瑭年号（936—941）。出帝石重贵即位后未改元，仍沿用天福。

【译文】

汴州，唐时原称宣武军。梁朝时将汴州改为开封府，定为东都。后唐灭梁后又恢复为宣武军。晋朝高祖天福三年,将它提升作为东京,后汉和后周都这样延续下来了。

洛阳,梁、唐、晋、汉、周常以为都。唐故为东都。梁为西都。后唐为洛京。晋为西京,汉、周因之。

【译文】

洛阳,后梁、后唐、后晋、后汉、后周,常常将它作为都城,唐朝时原是东都。后梁时为西都。后唐时称洛京。后晋时为西京,后汉和后周都这样延续下来了。

雍州,唐故上都,昭宗迁洛,废为佑国军。梁初改京兆府曰大安,佑国军曰永平。唐灭梁,复为西京。晋废为晋昌军。汉改曰永兴,周因之。

【译文】

雍州,唐朝时原称上都,唐昭宗李晔迁都洛阳,将它废除为佑国军。后梁初年改为京兆府,称大安,佑国军称永平。后唐灭梁之后又定为西京。后晋将它废除为晋昌军。后汉改称永兴,后周延用了。

曹州,故属宣武军节度。晋开运二年置威信军[①]。汉初,军废。周广顺二年复置彰信军[②]。

【注释】

①开运二年:945 年。开运,后晋出帝石重贵年号(944—947)。

②广顺二年:952 年。广顺,后周太祖郭威年号(951—953)。

【译文】

曹州,原属宣武军节度管辖。后晋出帝开运二年设置威信军。后汉初年,废除军制。后周太祖广顺二年,又设置为彰信军。

宋州,故属宣武军节度。梁初徙置宣武军。唐灭梁,改曰归德。

【译文】

宋州,原属宣武军管辖。后梁初年迁设宣武军。后唐灭梁,改称归德。

陈州,故属忠武军节度。晋开运二年置镇安军。汉初,军废。周广顺二年复之。

【译文】

陈州,原属忠武军管辖。后晋出帝开运二年,设置镇安军。后汉初年,废除军制。后周太祖广顺二年,又恢复了编制。

许州,唐故曰忠武。梁改曰匡国。唐灭梁,复曰忠武。

【译文】

许州,唐朝时期,原称忠武。后梁改称匡国。后唐灭梁之后又称忠武。

滑州，唐故曰义成。以避梁王父讳改曰宣义。唐灭梁，复其故。

【译文】

滑州，唐朝时期，原称义成。因为避梁王父亲的名讳，改称宣义。后唐灭梁之后又恢复了它原来的名称。

襄州，唐故曰山南东道。唐、梁之际改曰忠义军。后以延州为忠义，襄州复曰山南东道。

【译文】

襄州，唐时原称山南东道。唐和后梁交替其间，改称忠义军。后来将延州称忠义，襄州又恢复称山南东道。

邓州，故属山南东道节度。梁破赵匡凝，分邓州置宣化军。唐改曰威胜。周改曰武胜。

【译文】

邓州，原属山南东道节度管辖。后梁打败赵匡凝之后，分割邓州设置了宣化军。后唐改称威胜。后周改称武胜。

安州，梁置宣威军。唐改曰安远，晋罢，汉复曰安远，周又罢。

【译文】

安州，后梁设置宣威军。后唐改称安远，后晋撤罢，到了后汉时又称它安远，后周又撤其建制。

晋州，故属护国军节度。梁开平四年置定昌军^①，贞明三年改曰建宁^②。唐改曰建雄。

【注释】

①开平四年：910 年。开平，后梁太祖朱温年号（907—911）。

②贞明三年：917 年。贞明，后梁末帝朱瑱年号（915—921）。

【译文】

晋州，原属护国军管辖。后梁太祖开平四年，设置为定昌军，后梁末帝贞明三年，改称建宁。后唐改称建雄。

金州，故属山南东道节度。唐末置戎昭军，已而废之，遂入于蜀。至晋高祖时，又置怀德军，寻罢。

【译文】

金州，原属山南东道节度管辖。后唐晚期设置为戎昭军，不久又废除了，并入到了蜀地。到了晋高祖石敬瑭时期，又设置为怀德军，不久又撤罢。

陕州，唐故曰保义。梁改曰镇国。后唐复曰保义。

【译文】

陕州，唐时原称保义。后梁改称为镇国。后唐时又恢复称保义。

华州，唐故曰镇国。梁改曰感化。后唐复曰镇国。

【译文】

华州，唐时原称镇国。后梁改称为感化。后唐时又恢复称镇国。

同州，唐故曰匡国。梁改曰忠武。后唐复曰匡国。

【译文】

同州，唐时原称匡国。后梁改称为忠武。后唐时又恢复称匡国。

耀州，本华原县，唐末属李茂贞，建为耀州，置义胜军。梁末帝时，茂贞养子温韬以州降梁，梁改耀州为崇州，义胜曰静胜。后唐复曰耀州，改曰顺义。

【译文】

耀州，原本是华原县，唐朝末年归属李茂贞管辖，建制为耀州，设置为义胜军。后梁末帝时期李茂贞的养子温韬将耀州投降后梁，后梁将耀州改为崇州，将义胜改为静胜。后唐时期又恢复为耀州，改称顺义。

延州，故属保大军节度。梁置忠义军。唐改曰彰武。

【译文】

延州，原属保大军管辖。后梁设置为忠义军。后唐改称彰武。

魏州，唐故曰大名府，置天雄军，五代皆因之。后唐建

邺都,晋、汉因之,至周罢。大名府,后唐曰兴唐,晋曰广晋,
汉、周复曰大名。

【译文】

　　魏州,唐时原称大名府,设置为天雄军,五代时期都延用它。后唐
建邺都,后晋、后汉延用它,到了后周才废除。大名府,后唐称兴唐,后
晋称广晋,后汉和后周又恢复称大名府。

　　澶州,故属天雄军节度①。晋天福九年置镇宁军②。

【注释】

　　①故属天雄军节度:"军"字据《新五代史》校补。
　　②天福九年:944 年。天福,后晋高祖石敬瑭年号(936—942),出帝
　　　石重贵继位(942)后仍沿用至 944 年。

【译文】

　　澶州,原属天雄军管辖。后晋出帝天福九年,设置为镇宁军。

　　相州,故属天雄军节度。梁末帝分置昭德军,而天雄军
乱,遂入于晋。庄宗灭梁,复属天雄。晋高祖置彰德军。

【译文】

　　相州,原属天雄军管辖。后梁末帝分割设置为昭德军,天雄军作
乱,于是并归入后晋。后唐庄宗李存勖灭梁后将其归属于天雄军。后
晋高祖石敬瑭又设置为彰德军。

邢州,故属昭义军节度。昭义所统泽、潞、邢、洺、磁五州。唐末孟方立为昭义军节度使,徙其军额于邢州,而泽、潞二州入于晋。方立但有邢、洺、磁三州。故当唐末有两昭义军。梁、晋之争,或入于梁,或入于晋。梁以邢、洺、磁三州为保义军。庄宗灭梁,改曰安国。

【译文】

邢州,原属昭义军管辖。昭义军所管辖的有泽、潞、邢、洺、磁五州。唐朝末年孟方立任昭义军节度使时,将其军的名额迁到了邢州,而泽、潞两州归于晋。孟方立只有邢、洺、磁三个州。所以后唐末年时有两个昭义军。后梁和后晋的争夺,使它们有的归了后梁,有的归了后晋。后梁以邢、洺、磁三州为保义军。后唐庄宗李存勖灭了后梁之后改为安国。

镇州,故曰成德军。梁初以成音犯庙讳,改曰武顺。唐复曰成德,晋又改曰顺德,汉复曰成德。

【译文】

镇州,原称成德军。后梁初年,由于成的读音冒犯庙讳,改称武顺。后唐又恢复称成德,后晋又改称顺德,后汉时又恢复称成德。

应州,故属大同军节度。唐明宗即位①,以其应州人也,乃置彰国军。

【注释】

①明宗:后唐明宗李嗣源,即帝位后改名李亶。926—933 年在位。

【译文】

应州,原属大同军管辖。后唐明宗即位后,因他是应州人,于是就设置彰国军。

新州,唐同光元年置威塞军①。

【注释】

①同光元年:923 年。同光,后唐庄宗李存勖年号(923—926)

【译文】

新州,后唐庄宗同光元年设置为威塞军。

府州,晋置永安军,汉罢之,周复。

【译文】

府州,后晋设置为永安军,到了后汉,免去,到了后周又恢复了它。

并州,后唐建北都,其军仍曰河东。

【译文】

并州,后唐创建为北都,仍称河东军。

潞州,唐故曰昭义。梁末帝时属梁,改曰匡义,岁余,唐灭梁,改曰安义。晋复曰昭义。

【译文】

潞州,唐朝时原称昭义。到了后梁末帝朱瑱时期,归属后梁,改称匡义，一年多后，后唐灭了后梁，改称为安义。后晋时期又恢复称昭义。

庐州，周世宗克淮南，置保信军。

【译文】

庐州，后周世宗柴荣打下了淮南之后，设置保信军。

寿州，唐故曰忠正，南唐改曰清淮。周世宗平淮南，复曰忠正。

【译文】

寿州，唐朝时原称忠正，南唐时期改称清淮。后周世宗柴荣平定淮南后，又恢复称为忠正。

五代之际，外属之州，扬州曰淮南，宣州曰宁国，鄂州曰武昌，洪州曰镇南，福州曰武威，杭州曰镇海，越州曰镇东，江陵府曰荆南，益州、梓州曰剑南东、西川，遂州曰武信，兴元府曰山南西道，洋州曰武定，黔州曰黔南，潭州曰武安，桂州曰静江，容州曰宁远，邕州曰建武，广州曰清海，皆唐故号，更五代无所易，而今因之者也。其余僭伪改置之名，不可悉考，而不足道，其因著于今者，略注于谱。

【译文】

五代时，外属的州，扬州称为淮南，宣州称为宁国，鄂州称为武昌，洪州称为镇南，福州称为武威，杭州称为镇海，越州称为镇东，江陵府称为荆南,益州、梓州称为剑南东、西川,遂州称为武信,兴元府称山南西道,洋州称为武定,黔州称为黔南,潭州称为武安,桂州称为静江,容州称为宁远,邕州称为建武,广州称为清海,这都是唐朝时原来的名称,到了五代时期,也没有更改,一直延用到现在。其他伪制设置的名称,无法全部考证,所以不能全部加以记述,现将那些至今还比较清楚的大致地记述在谱上。

济州,周广顺二年置①,割郓州之钜野、郓城,兖州之任城,单州之金乡为属县而治钜野。

【注释】

①广顺二年:952 年。后周太祖郭威年号(951—953)。

【译文】

济州,后周太祖广顺二年设置。将郓州的钜野、郓城,兖州的任城,单州的金乡,为其隶属之县,以钜野为治所。

单州,唐末以宋州之砀山,梁太祖乡里也,为置辉州,已而徙治单父。后唐灭梁,改辉州为单州,其属县置徙,传记不同,今领单父、砀山、成武、鱼台四县。

【译文】

单州,唐朝末年,因为宋州的砀山为梁太祖朱全忠的故居,所以被设置为辉州,不久又改迁治所为单父。后唐灭后梁之后改辉州为单州,它所隶属县的设置与迁徙,史传所记多有不同,现在它统辖单父、砀山、成武、鱼台四县。

耀州，李茂贞置，治华原县。梁初改曰崇州。唐同光元年复为耀州①。

①同光元年：923年。同光，后唐庄宗李存勖年号（923—926）。

【译文】

耀州，为李茂贞所设置，治所在华原县。后梁初年，改称为崇州。后唐庄宗同光元年，又恢复称耀州。

解州，汉乾祐元年九月置①，割河中之闻喜、安邑、解三县为属而治解。

【注释】

①乾祐元年：948年。乾祐，后汉高祖刘知远年号（948—950）。

【译文】

解州，后汉高祖乾祐元年九月设置，将河中的闻喜、安邑、解县三县划归其所属，以解县为治所。

威州，晋天福四年置①，割灵州之方渠，宁州之末波、乌岭三镇为属而治方渠。周广顺二年改曰环州，显德四年废为通远军。

【注释】

①天福四年：939年。天福，后晋高祖石敬瑭年号（936—941）。

【译文】

威州，后晋出帝天福四年设置，将灵州的方渠，宁州的末波、乌岭三镇划归所属,以方渠为治所。后周太祖广顺二年改称环州,后周世宗显德四年废除,改为通远军。

乾州,李茂贞置,治奉天县。

【译文】

乾州,为李茂贞设置,治所在奉先县。

磁州,梁改曰惠州,唐复曰磁州。

【译文】

磁州,后梁改称为惠州,后唐又恢复称磁州。

景州,唐故置弓高。周显德二年废为定远军①,割其属安陵县属德州,废弓高县入东光县,为定远军治所。

【注释】

①显德二年:955 年。显德,后周世宗柴荣年号(954—959)。

【译文】

景州,唐朝时原设置为弓高。后周世宗显德二年,废除,制为定远军,将原所属安陵县划归德州所属,废除弓高县并入东光县,作为定远军的治所。

滨州,周显德三年置①,以其滨海为名。初,五代之际,置榷盐务于海傍②,后为赡国军。周因置州,割棣州之渤海、蒲台为属县而治渤海。

【注释】

①显德三年:957年。显德,后周世宗柴荣年号(954—959)。

②榷盐务:官署名,掌盐池榷税事务。

【译文】

滨州,后周世宗显德三年设置,因其濒临大海而得名。五代开始的时候,在海边设置榷盐务,后来设为赡国军。后周延续设置了州治,析分棣州的渤海、蒲台二县为其所属,治所在渤海县。

雄州,周显德六年克瓦桥关置①,治归义;割易州之容城为属,寻废。

【注释】

①显德六年:959年。

【译文】

雄州,后周显德六年,攻占瓦桥关而设置,治所在归义县;将易州的容城划归所属,不久撤废。

霸州,周显德六年克益津关置,治永清,割漠州之文安,瀛州之大城为属。

【译文】

霸州,后周显德六年,攻克益津关后设置的,治所在永清县。将漠州的文安,瀛州的大城县划归其所属。

通州，本海陵之东境，南唐置静海制置院。周世宗克淮南，升为静海军。后置通州，分其地置静海、海门二县为属而治静海。

【译文】

通州，原为海陵的东部，南唐时设置为静海制置院。后周世宗柴荣攻克淮南，将其升为静海军。后来设置通州，析分其地设置静海、海门二县，治所在静海。

筠州，南唐李景置，割洪州之高安、上高、万载、清江四县为属而治高安。

【译文】

筠州，为南唐时李景设置，划分洪州的高安、上高、万载、清江四县为所属，治所在高安。

剑州，南唐李景置，割建州之延平、剑浦、富沙三县为属而治延平。

【译文】

剑州，为南唐时李景设置，将建州的延平、剑浦、富沙三县划归其所属，治所在延平。

全州，楚王马希范置，以潭州之湘川县为清湘县，又割灌阳县为属而治清湘。

【译文】

全州,为楚王马希范设置,将潭州的湘川县改为清湘县,又划灌阳县归其所属,治所在清湘县。

秀州,吴越王钱元瓘置,割杭州之嘉兴县为属而治之。

【译文】

秀州,为吴越王钱元瓘设置,将杭州的嘉兴县划归所属,并以嘉兴为治所。

雄州,南汉刘龑割韶州之保昌置,治保昌。

【译文】

雄州,为南汉时刘龑划韶州的保昌县设置,治所在保昌。

英州,南汉刘龑割广州之浈阳置,治浈阳。

【译文】

英州,为南汉时刘龑划广州的浈阳县设置,治所在浈阳县。

开封府,故统六县。梁开平元年①,割滑州之酸枣、长垣,郑州之中牟、阳武,宋州之襄邑,曹州之考城更曰戴邑,许州之扶沟、鄢陵,陈州之太康隶焉。唐分酸枣、中牟、襄邑、鄢陵、太康五县还其故。晋升汴州为东京,复割五县隶焉。

【注释】

①开平元年:907年。开平,后梁太祖朱温年号(907—911)。

【译文】

开封府,原统辖六个县。后梁太祖开平元年,将滑州的酸枣、长垣,郑州的中牟、阳武,宋州的襄邑,曹州的考城改称戴邑,许州的扶沟、鄢陵,陈州的太康都归属它。后唐划酸枣、中牟、襄邑、鄢陵、太康五县还归原所属。后晋提升汴州做东京,又割出五个县归其所属。

雍邱,晋改曰杞,汉复其故。

【译文】

雍邱,后晋时改称杞,后汉又恢复成原来的名称。

长垣,唐改曰匡城。

【译文】

长垣,后唐时改称匡城。

黎阳,故属滑州,晋割隶卫州。

【译文】

黎阳,原属滑州管辖,后晋时期划归卫州管辖。

叶、襄城,故属许州,唐割隶汝州。

【译文】

叶、襄城，原属于许州管辖，后唐时期划归汝州管辖。

楚邱，故属单州，梁割隶宋州。

【译文】

楚邱，原属单州管辖，后梁时期划归宋州管辖。

密州胶西，故曰辅唐，梁改曰安邱，唐复其故，晋改曰胶西。

【译文】

密州胶西，原称辅唐，后梁时改称安邱，后唐时又恢复原来名称，到了后晋改称胶西。

渭南，故属京兆，周改隶华州。

【译文】

渭南，原属于京兆，后周时改隶华州。

同官，故属京兆府，梁割隶同州，唐割隶耀州。

【译文】

同官，原属于京兆府，后梁时划归同州，后唐时又划归为耀州管辖。

美原，故属同州，李茂贞置鼎州而治之。梁改为裕州，属顺义军节度。后不见其废时，唐同光三年①，割隶耀州。

【注释】

①同光三年：925 年。同光，后唐庄宗李存勖年号（923—926）。

【译文】

美原，原属同州，李茂贞设置鼎州，并以此为治所。后梁时改为裕州，属顺义军管辖。这之后没见被废除，后唐庄宗同光三年将它划归耀州管辖。

平凉，故属泾州。唐末渭州陷吐蕃，权于平凉置渭州而县废。后唐清泰三年①，以故平凉之安国、耀武两镇置平凉县，属泾州。

【注释】

①清泰三年：936 年。清泰，后唐末帝石从珂年号（934—936）。

【译文】

平凉，原属泾州。唐朝末年，渭州落入吐蕃手中，唐朝将渭州衙署暂设于平凉，并撤销了原平凉县的建制。后唐末帝清泰三年，将原来平凉县的安国、耀武两个镇合成建立了平凉县，归属于泾州管辖。

临泾，故属泾州。唐末原州陷吐蕃，权于临泾置原州而泾州兼治其民。后唐清泰三年割隶原州。

【译文】

临泾，原属泾州。唐朝末年，原州落于吐蕃之手，唐朝便将原州衙署暂设于泾州的临泾,由原州逃来的百姓也同时归由泾州管辖。后唐末帝清泰三年划归原州管辖。

　　郦州咸宁,周废。

【译文】

郦州咸宁,后周时撤。

　　稷山,故属河中,唐割隶绛州。

【译文】

稷山,原属河中军管辖,后唐时划归绛州管辖。

　　慈州仵城、吕香,周废。

【译文】

慈州仵城、吕香,后周时撤。

　　大名府大名,故曰贵乡。后唐改曰广晋,汉改曰大名。

【译文】

大名府大名,唐朝时原称贵乡。后唐改称广晋,后汉改称为大名。

　　沧州长芦、乾符,周废入清池、无棣,周置保顺军。

【译文】

沧州长芦、乾符,后周时被撤销,划归清池县、无棣县,后周时设置为保顺军。

安陵,故属景州,周割隶德州。

【译文】

安陵,原属景州管辖,后周时被划归德州管辖。

澶州顿邱,晋置德清军。

【译文】

澶州顿邱,后晋时设置为德清军。

博州武水,周废入聊城。

【译文】

博州武水,后周时被撤销,一并入聊城。

博野,故属深州,周割隶定州。

【译文】

博野原属深州管辖,后周时被划归定州。

武康,故属湖州,梁割隶杭州。

【译文】

武康,原属湖州管辖,后梁时划归杭州。

福州闽清,梁乾化元年[①],王审知于梅溪场置。

【注释】

①乾化元年:911 年。后梁太祖朱温年号(911—912)。

【译文】

福州闽清,后梁太祖乾化元年,王审知于梅溪场设置。

苏州吴江,梁开平三年[①],钱镠置。

【注释】

①开平三年:909 年。开平,后梁太祖朱温年号(907—911)。

【译文】

苏州吴江,后梁太祖开平三年,为钱镠所设。

明州望海,梁开平三年,钱镠置。

【译文】

明州望海,后梁太祖开平三年,钱镠所设。

处州长松,故曰松阳,梁改曰长松。

【译文】

处州长松,原称松阳,后梁改为长松。

潭州龙喜,汉乾祐三年①,马希范置。

【注释】

①乾祐三年:950 年。乾祐,后汉隐帝刘承祐年号(948—950)。

【译文】

潭州龙喜,后汉隐帝乾祐三年,为马希范所设。

天长、六合,故属扬州。南唐以天长为军,六合为雄州,周复故。

【译文】

天长、六合,原属扬州管辖。南唐时将天长建为军,六合建为雄州,后周时,又恢复成原来的样子。

汉阳,故属鄂州,周置汉阳军。

【译文】

汉阳,原属鄂州管辖,后周时设置为汉阳军。

汉川,故属沔州,周割隶安州。

【译文】

汉川,原属沔州管辖,后周时被划归为安州管辖。

襄州乐乡,周废入宜城。

【译文】

襄州乐乡,后周时撤销,并入了宜城。

邓州临湍,汉改曰临濑;菊潭、向城,周废。

【译文】

邓州临湍,后汉时改称临濑;菊潭、向城,后周时被撤销。

复州竟陵,晋改曰景陵。

【译文】

复州竟陵,后晋时改称景陵。

监利,故属复州,梁割隶江陵。

【译文】

监利,原属复州管辖,后梁时划归江陵。

唐州慈邱,周废。

【译文】

唐州慈邱,后周时被撤销。

商州乾元，汉改曰乾祐，割隶京兆。

【译文】

商州乾元，后汉时改称为乾祐，划归京兆管辖。

洛南，故属华州，周割隶商州。

【译文】

洛南，原属华州管辖，后周时划归商州管辖。

随州唐城，梁改曰汉东，后唐复旧，晋又改汉东，汉复旧。

【译文】

随州唐城，后梁改称汉东，后唐又恢复旧称，后晋时又改称汉东，后汉时又恢复旧称。

雄胜军，本凤州固镇，周置军。

【译文】

雄胜军，原为凤州的固镇，后周时设置了军的建制。

秦州天水、陇城，唐末废，后唐复置。

【译文】

秦州天水、陇城，唐朝末年撤销，后唐时又重新设置。

成州栗亭，后唐置。

【译文】

成州栗亭，为后唐时设置。

自唐有方镇，而史官不录于地理之书，以谓方镇兵戎之事，非职方所掌故也。然而后世因习，以军目地，而没其州名。又今置军者，徒以虚名升建为州府之重，此不可以不书也。州、县，凡唐故而废于五代，若五代所置而见于今者，及县之割隶今因之者，皆宜列以备职方之考。其余尝置而复废，尝改割而复旧者，皆不足书。山川物俗，职方之掌也。五代短世，无所迁变，故亦不复录。而录其方镇军名，以与前史互见之云。

【译文】

自从唐朝建有方镇以来，史官不把它写在地理书上，因为他们说方镇是军旅战争的事，不是职方范围内的事。但是后代人沿习用军来为地区命名，那些州的名称就湮灭了。另外现在设置军的，只是用空有的名称晋升设置成州府，这是不可不予以记录的。但凡州、县是唐朝时有，到了五代时撤销的，或是五代时期所设置的并流传到现在的，以及县的划分归属，现在还沿用的，都应书列出来以备查证。其他的，曾经设置，而后被撤销的，曾经被划过去，又改回来的县，都不值得记录。山川地理，物产民俗，这是职方官所应该掌握的。但五代是一个很短的历史时期，这些都没有什么改动，因此也不再记录。记录下来这些方镇军的名称，只是为了与前朝史书相互参校罢了。

曾巩

曾巩简介参见卷九。

越州赵公救灾记

【题解】

越州，治所在山阴（今浙江绍兴）。赵公，即赵抃（biàn，1008—1084），字阅道，衢州西安（今浙江衢州）人。熙宁七年（1074）始任越州知州。对赵抃在越州的救灾政绩，苏轼在《赵清献公神道碑》中曾有记载，重在对民生疾苦发抒感慨。曾巩此文则主要记述赵抃救灾的详细办法，目的在为有志于造福百姓的官吏提供借鉴。文章对救灾这一复杂琐细的事情记叙得细密周详而条理分明，表现了曾巩散文平易自然的特点及"平中见奇""易处见工"的创作功底。

熙宁八年夏①，吴、越大旱②。九月，资政殿大学士、右谏议大夫、知越州赵公，前民之未饥，为书问属县：灾所被者几乡，民能自食者有几，当廪于官者几人③，沟防构筑可僦民使治之者几所④，库钱仓粟可发者几何，富人可募出粟者几家，僧道士食之羡粟书于籍者其几具存⑤,使各书以对,而谨其备。以上豫事。

【注释】

①熙宁八年:1075 年。熙宁,宋神宗赵顼年号(1068—1077)。

②吴、越:春秋时两个国名。吴在今江苏南部,越在今浙江北部。后泛指这一带地区为吴越。

③廪:受国家米粮的供给。

④僦(jiù):原指赁屋而居。文中是雇佣的意思。

⑤羡:余。

【译文】

　　熙宁八年的夏季,吴、越一带发生了大旱。九月,担任资政殿大学士、右谏议大夫、越州知州的赵公,在百姓还没有为饥荒所苦的时候,就发公文询问各县:有多少个乡受了灾荒,百姓自己有粮食活命的有多少,应当由官家供给粮食的有多少,沟渠、堤防、建筑工程可以雇老百姓来修建的有几处,公库的存款、官仓的粮食能够发放的有多少,富人可以劝募捐出粮食来的有几家,和尚道士的富裕粮食记在账本上存在那里的还有多少,使属县分别写出来上报知州,并且认真地做准备。以上讲对事情预先有谋划。

　　州县吏录民之孤老疾弱、不能自食者二万一千九百余人以告。故事,岁廪穷人,当给粟三千石而止。公敛富人所输及僧道士食之羡者,得粟四万八千余石,佐其费。使自十月朔①,人受粟日一升,幼小半之。忧其众相蹂也,使受粟者男女异日,而人受二日之食。忧其且流亡也,于城市郊野为给粟之所,凡五十有七,使各以便受之,而告以去其家者勿给。计官为不足用也，取吏之不在职而寓于境者，给其食而任以事。以上给粟不能自食者。

【注释】

①朔：阴历每月初一日。

【译文】

州县官吏将百姓中孤老病弱不能养活自己的二万一千九百多人的情况呈报上来。按照旧例，每年给穷人发放粮米，规定最多以发米三千石为限。赵公收集富人缴纳及和尚道士多余的粮食，共四万八千余石，以补助赈济穷人的需用。使从十月初一日开始每人每天领米一升，小孩半升。赵公恐怕领米的人互相拥挤践踏，于是按男女区别分日领取，每人一次领取两天的粮米。又担心领米的人流亡外地，就在城郊设立发给粮食的处所，共五十七个，使人们各就近便利地领取，并规定凡离开家的就不发给食粮。他估计官府的人力不够用，就临时征用那些没有实职而又寓居在越州境内的公务人员，发给他们口粮，让他们分别担任有关救灾的事务。以上讲发放粮食给不能养活自己的人。

不能自食者，有是具也①。能自食者，为之告富人，无得闭粜②。又为之出官粟，得五万二千余石，平其价予民。为粜粟之所，凡十有八，使籴者自便③，如受粟。以上平粜。

【注释】

①具：供应的食物。

②闭粜（tiào）：有粮食不卖。粜，卖出粮食。

③籴（dí）：买进粮食。

【译文】

自己无粮不能维持生活的人,为此有了保障。为了那些能自食其力的人,官府又通告富人,不得囤积米粮不卖。又给他们开放官仓公粮,有五万二千余石,低价卖给老百姓。并设立卖米的处所十八处,使买粮的人就近去买,就像领粮那样便利。以上讲官府按平常低价卖粮给百姓。

又僦民完城四千一百丈,为工三万八千,计其佣与钱,又与粟再倍之。民取息钱者,告富人纵予之①,而待熟②,官为责其偿。弃男女者,使人得收养之。以上以工代赈。

【注释】

①纵予之:放手借给他们。

②熟:田中谷熟。

【译文】

赵公又雇百姓修治城墙四千一百丈,雇工三万八千人,按工作量发给工钱,还给他们加倍的食粮。百姓借用有利息的钱,就通告富人放心地借给他们,等到田中谷熟的时候,官府将责令借款人偿还。被遗弃的小男孩小女孩,就让别人收养。以上讲以工作替代赈灾。

明年春,大疫,为病坊,处疾病之无归者。募僧二人,属以视医药饮食①,令无失所时。凡死者,使在处随收瘗之②。以上医病瘗死。

【注释】

①属(zhǔ):委托。

②瘗（yì）：埋葬。

【译文】

第二年春天，越州流行疫病，赵公设置临时病院，收留无处投奔的病人。还招募了两个和尚，委托他们照料病人的医药饮食，使病人不至于没有依靠。凡病死的，就在当地收埋。以上说病人的医药饮食和病死者的收埋情况。

法①，廪穷人，尽三月当止，是岁尽五月而止。事有非便文者②，公一以自任，不以累其属③。有上请者，或便宜，多辄行。公于此时，蚤夜惫心④，力不少懈，事细巨必躬亲，给病者药食，多出私钱。民不幸罹旱疫，得免于转死⑤，虽死，得无失敛埋，皆公力也。

【注释】

①法：法令。文中指以往的规定。

②事有非便文者：有不便于见诸文字的事情。此处指不便公开让上级知道的事。

③属：属下官吏。

④蚤：通"早"。

⑤转死：辗转流离而死。

【译文】

法令规定：官家发给米粮救济穷人，满三个月就要停止发放，这一年却持续了五个月才停止。诸如这些不便于让上级知道的事情，赵公一概自己担当起来，不因为这些事而牵累他的属下。下面有往上请示他的，只要对救灾有好处，就立即批准。在这段时期，赵公不分早晚，费尽心力，不肯有一点懈怠，无论大事小事，赵公必定要亲自处理，给病人的医药及食物，也多是赵公自己出钱买。百姓不幸得了旱疫，都能够免于流离死亡；即使死亡，也不至于无人收葬，这一切都仰仗赵公的力量。

是时，旱疫被吴、越，民饥馑疾疬①，死者殆半，灾未有巨于此也。天子东向忧劳②，州县推布上恩③，人人尽其力。公所拊循，民尤以为得其依归。所以经营绥辑④，先后终始之际，委曲纤悉，无不备者。其施虽在越，其仁足以示天下；其事虽行于一时，其法足以传后。盖灾沴之行⑤，治世不能使之无，而能为之备。民病而后图之，与夫先事而为计者，则有间矣⑥；不习而有为，与夫素得之者，则有间矣。予故采于越⑦，得公所推行，乐为之识其详，岂独以慰越人之思，将使吏之有志于民者，不幸而遇岁之灾，推公之所已试，其科条可不待顷而具⑧，则公之泽岂小且近乎！

【注释】

①疬(lì)：疫病。

②东向：北宋定都汴京(今河南开封)，吴越在汴京的东南，所以说"东向"。

③推布：推行布达。

④经营绥辑：谋划，安顿。绥，安。辑，聚集。

⑤灾沴(lì)：灾荒，天灾。

⑥间(jiàn)：距离。

⑦采：取得，获得。

⑧科条：章程条例。

【译文】

这时，吴、越一带遭逢旱疫，百姓因饥饿疾病，差不多有半数的人死去,还不曾发生过比这次更严重的疫害了! 天子望着东方的吴、越,忧虑劳心,州县官吏推广布达天子的恩泽,人人倾尽全力救灾。在赵公的慰安下,百姓更觉有了依靠。对于谋划救灾事宜、安顿受灾百姓、确定救灾先后、各个方面保证有始有终,赵公都做得周详圆满。他所做的事情虽然只是在越州一个地方,但其仁善却足以昭示天下人;虽然只是在一段时间内,但其方法却足以流传后世。对于灾荒,治平之世也不能避免,但应该能预先做好准备。如果等到百姓已经遭了灾,才去设法挽救,那么这和事前早有准备可就差别很大了;没有经验而办事,和平素积累经验,也有很大差别。为此,我了解了越州的情况,得知赵公当年所推行的办法,很愿意把它们详细地记录下来,这不但是为了抚慰越州百姓对赵公的思念之情,更要使那些有志于为百姓做好事的官吏,一旦遇到灾年,也可以借鉴赵公已经试行过的,尽快制定救灾的办法来。赵公的恩泽,难道只限于一时一地吗?

公元丰二年以大学士加太子少保致仕①,家于衢。其直道正行在于朝廷、岂弟之实在于身者②,此不著。著其荒政可师者③,以为《越州赵公救灾记》云。

【注释】

①元丰二年:1079 年。元丰,宋神宗赵顼年号(1078—1085)。致仕:辞官退休。
②岂弟:即"恺悌(kǎi tì)"。平易和乐。
③荒政:指救济灾荒的施政措施。

【译文】

赵公在元丰二年以大学士加太子少保的职衔退休,住在衢州。他在朝廷中的正直品格和业绩,以及个人修养中平易和乐的美德,本文都不再叙述。只记述他那些可以效法的救灾措施，写成了这篇《越州赵公救灾记》。

序越州鉴湖图

【题解】

　　曾巩在做越州（治今浙江绍兴）通判时，多方收集整理了大量有关鉴湖的资料，绘制完成了《越州鉴湖图》。这篇文章便是他为鉴湖图作的序。在序中，他全面细致地介绍了鉴湖由最初开凿时溉田万顷，到废湖为田使鉴湖终遭废弃的变化过程，分析了人们为恢复鉴湖所做的种种计议，斥责了在鉴湖管理上的苟且敷衍之风。资料翔实，引据充分，于叙事中夹杂议论，寄寓了作者对鉴湖一事的深刻省思。

　　鉴湖[①]，一曰南湖，南并山，北属州城漕渠，东、西距江，东江即曹娥江也，西江为西小江，当即钱清江耳。汉顺帝永和五年[②]，会稽太守马臻之所为也[③]，至今九百七十有五年矣。其周三百五十有八里，凡水之出于东、南者皆委之[④]。州之东，自城至于东江[⑤]，其北堤石楗二[⑥]，阴沟十有九，通民田。田之南属漕渠，北、东、西属江者皆溉之。州之东六十里，自东城至于东江，其南堤阴沟十有四，通民田。田之北抵漕渠，南并山，西并堤，东属江者皆溉之。州之西三十里，曰柯山斗门[⑦]，通民田，田之东并城，南并堤，北滨漕渠，西属江者皆溉之。总之，溉山阴、会稽两县十四乡之田九千顷[⑧]。非湖能溉田九千顷而已，盖田之至江者尽于九千顷也。以上溉田之多。

【注释】

①鉴湖:也叫镜湖。在今浙江绍兴。

②永和五年:140 年。永和,东汉顺帝刘保年号(136—141)。

③马臻:汉茂陵(今陕西兴平)人。汉顺帝永和年间为会稽太守,建
　镜湖,溉田九千余顷。

④委:水所聚集的地方。

⑤东江:即曹娥江。

⑥楗(jiàn):河工所筑的柱桩。

⑦斗门:在堤堰上设的闸,以便随时放水。

⑧山阴、会稽:原为两县县名,现合并为浙江绍兴。

【译文】

　　鉴湖,又称南湖,其南边依山,北边连着州城的漕渠,东、西两面临江,东江就是曹娥江,西江是西小江,应该就是钱清江。此湖是汉顺帝永和五年,会稽太守马臻所开凿的,至今已有九百七十五年历史。湖的周长三百五十八里,凡从东、南两面来的水,都汇流到湖里。州的东面,从城里到东江是北堤,有石楗两个,阴沟十九条,都通百姓田地。田地的南边连着漕渠,北、东、西三面临江的田地,都可得到灌溉。州的东面六十里,从东城到东江是南堤,有阴沟十四个,通百姓田地。田地的北面抵达漕渠,南面靠山,西面靠堤,东西临江的田地都可得到灌溉。州的西面三十里,有柯山泄洪闸门,通百姓田地,田的东边靠城,南面靠堤,北濒漕渠,西边临江的田地,都可得到灌溉。总之,能灌溉山阴、会稽两个县十四个乡的田地九千顷,并不是说湖只能灌溉田地九千顷,而是因为田地通到江边总共就只有九千顷了。以上讲鉴湖灌溉田地之多。

　　其东曰曹娥斗门,曰槁口斗门,水之循南堤而东者,由之以入于东江。其西曰广陵斗门,曰新径斗门,水之循北堤

而西者,由之以入于西江①。其北曰朱储斗门,去湖最远。盖因三江之上、两山之间,疏为二门②,而以时视田中之水,小溢则纵其一,大溢则尽纵之,使入于三江之口③。所谓湖高于田丈余,田又高海丈余,水少则泄湖溉田,水多则泄田中水入海,故无荒废之田、水旱之岁者也。繇汉以来几千载,其利未尝废也。以上斗门畜泄之利。

【注释】

①西江:即钱清江。

②疏:开通。

③三江之口:在浙江绍兴西北,为曹娥、钱清、浙江三江水会合之处。

【译文】

湖的东面有曹娥泄洪闸门和槁口泄洪闸门,水沿南堤向东,并由此一直流入东江。西面有广陵泄洪闸门和新径泄洪闸门,水沿北堤向西,并由此一直流入西江。北面有朱储泄洪闸门,离湖最远。因为在三条江上、两座山中开通建筑了两座闸门,可以按时察看田里的水情,需要放出的水少就打开一个闸门,需要放出的水多就将两个闸门都放开,使水流入三江的入口处。所以湖比田地高出一丈多,田又比海高出一丈多,水少就泄湖水灌溉田,水多就将田里的水泄入海里,所以这里没有田地荒废,也没有水涝干旱。从汉代以来将近千年,湖的功用一直不曾消失过。以上讲泄洪闸门的蓄水和泄洪的功用。

宋兴,民始有盗湖为田者:祥符之间二十七户,庆历之间二户,为田四顷。当是时,三司、转运司犹下书切责州县①,使复田为湖。然自此吏益慢法,而奸民浸起。至于治平之间，盗湖为田者凡八千余户，为田七百余顷，而湖废几尽矣。其仅存者，东为漕渠，自州至于东城六十里，南通若耶溪②，自樵风泾至于桐呜③，十里皆水，广不能十余丈。每岁少雨，田未病而湖盖已先涸矣。以上废湖为田。

【注释】

①三司：官署名，即盐铁、度支、户部三司，主理财。转运司：官署名，也称漕司，负责将财赋转运到京师。

②若耶溪：在今浙江绍兴东南，向北流入镜湖。

③樵风泾：地名，在今浙江绍兴东南。

【译文】

宋朝建立后，百姓中开始有人盗湖为田：祥符年间有二十七户，庆历年间有两户，造田四顷。当时，三司、转运司还下达公文严厉谴责州县官吏，责令他们将田地恢复为湖。但自此以后，官吏更加轻忽法律，致使奸民渐渐出现。到治平年间，盗湖为田的总共有八千多户，造田七百余顷，湖几乎被完全废弃。那些尚存的，东面有漕渠，从州到东城共六十里，南面通若耶溪，从樵风泾到桐呜共十里，水宽都不到十多丈。每年少雨的时候，田还没干，湖就已经先干涸了。以上讲废湖为田地的情况。

自此以来，人争为计说。蒋堂则谓"宜有罚以禁侵耕，有赏以开告者"。杜杞则谓"盗湖为田者，利在纵湖水，一雨则放声以动州县，而斗门辄发。故为之立石则水，一在五云桥，水深八尺有五寸，会稽主之；一在跨湖桥，水深四尺有五寸，山阴主之。而斗门之钥，使皆纳于州，水溢则遣官视则，而谨其闭纵"。又以谓"宜益理堤防斗门，其敢田者拔其苗，责其力以复湖，而重其罚”。犹以为未也，又以谓“宜加两县之长以提举之名①，课其督察而为之殿赏”。吴奎则谓“每岁农隙，当僦人浚湖，积其泥涂以为邱阜，使县主役，而州与转运使、提点刑狱督摄赏罚之”②。张次山谓“湖废，仅有存者难卒复，宜益广漕路及他便利处，使可漕及注民田里，置石柱以识之，柱之内禁敢田者”。刁约则谓“宜斥湖三之一与民为田③，而益堤使高一丈，则湖可不开，而其利自复”。范师道、施元长则谓“重侵耕之禁，犹不能使民无犯，而斥湖与民，则侵者孰御？又以湖水较之，高于城中之水，或三尺有六寸，或二尺有六寸，而益堤壅水使高④，则水之败城郭庐舍可必也”。张伯玉则谓“日役五千人浚湖，使至五尺，当十五岁毕，至三尺，当九岁毕。然恐工起之日，浮议外摇，役夫内溃，则虽有智者，犹不能必其成。若日役五千人，益堤使高八尺，当一岁毕。其竹木费，凡九十二万有三千，计越之户二十万有六千，赋之而复其租⑤，其势易足，如此，则利可坐收，而人不烦弊”。陈宗言、赵诚复以水势高下难之，又以谓“宜从吴奎之议，以岁月复湖”。以上杂陈八种论说。

【注释】

①提举：官名，宋时差遣官员管理某事，往往称“提举某事”。

②督摄赏罚：督察、拘捕、奖赏、惩罚。

③斥：开拓。

④壅（yōng）：堵塞。

⑤复其租：免除他们的劳役。

【译文】

自此以来，人们争相计议此事。蒋堂说："应该对侵耕田地的人予以惩罚，对告发的人予以奖赏。"杜杞则说："盗湖为田的人，为了获得一己私利首先就要放掉湖水，下雨天水多了，要求放水的呼声就惊动州县，泄洪闸门也就打开了。所以应在湖上立石划界：一块立在五云桥，那里水深八尺五寸，由会稽主管；一块立在跨湖桥，水深四尺五寸，由山阴主管。将泄洪闸门的钥匙都交给州管理，水满后派官吏注意观察水界，谨慎地关闭或开闸。"他还认为"应该更加注意管理堤防水闸，若有人胆敢盗湖为田，就拔掉他的庄稼，并责令他再将田恢复为湖，对他加倍惩罚。"他认为这样还不够，又说："应该让两县的长官再担当提举之职，负责监管水利，并考查他对水利的管理情况予以一定的奖赏。"吴奎则说："每年农闲时，应当雇人修治鉴湖，将淤泥堆积起来，让县主管劳役，而州与转运使掌管刑罚，负责督察、拘捕、奖赏和惩罚等具体事宜。"张次山则说："湖已废弃，仅仅还算存在罢了，很难将它最终修复，所以应该增扩漕路及其他便利之处，使漕水能够注入百姓田地，湖里设置石柱作为标志，石柱之内，严禁造田。"习约则说："应该将湖的三分之一开拓为田地给百姓耕种，并将堤坝再加高一丈，那么不用开辟扩展，湖的功用也自当恢复。"范师道、施元长则说："加重对侵耕土地行为的惩罚，尚不能使百姓不再犯禁；将湖开辟为田地给百姓耕种，那么谁来管那些侵耕土地的人呢？此外，以湖水来做一比较，湖水水位要高于州城，有的地方高出三尺六寸，有的地方高出二尺六寸，如果加高堤坝将水截堵从而升高水位的话，湖水必定会冲毁城里的房屋的！"张伯玉说："每天役使五千人，修治湖泊使水位上达五尺，当需要十五年才干得完；上达三尺，需九年时间。但恐怕开工的时候，外面沸沸扬扬的议论就会动摇人心，役夫将心思涣散，无心做工，到那时，再聪明的人也一定干不成这件事。如果每天役使五千人，将堤坝加高到八尺，应花一年的时间完成。其中的竹木费用，共需费用九十二万三千，估算越州的住户有二十万六千人，如果让他们出劳役，而免除他们的租税，那情况就不一样了，这样就可以坐收其利，人们也不会忧烦疲困。"陈宗言、赵诚又再次以水位地势的高低加以责难，认为"应听从吴奎的意见，选择适宜的时间来修复鉴湖"。以上列举八种解决废湖为田弊病的说法。

　　当是时，都水善其言①，又以谓宜增赏罚之令。其为说如此，可谓博矣。朝廷未尝不听用而著之于法，故罚有自钱三百至于千，又至于五万，刑有杖百至于徒三年，其文可谓密矣。然而田者不止而日愈多，湖不加浚而日愈废，其故何哉？法令不行，而苟且之俗胜也。

【注释】

　　①都水：官署名，即都水监，主管陂池灌溉、修治河渠。

【译文】

　　当时，都水监认为这些意见很好，并增加了一条赏罚法令。人们关于修治鉴湖的说法，可以说很多。朝廷也未尝没有听从采用，曾将它们写入国家法典，所以罚款从三百到上千以至于五万，刑罚从杖打一百以至于服三年徒刑，法令条文堪称缜密。但是侵耕田地的人仍日渐增多，湖不但没有被治理好反而一天天更遭毁弃，其原因是什么呢？主要是法令没有被真正执行，苟且的风气占了上风。

　　昔谢灵运从宋文帝求会稽回踵湖为田，太守孟颙不听，又求休崲湖为田，颙又不听，灵运至以语诋之。则利于请湖为田，越之风俗旧矣。然南湖緜汉历吴、晋以来，接于唐，又接于钱镠父子之有此州①，其利未尝废者。彼或以区区之地当天下,或以数州为镇,或以一国自王,内有供养禄廪之须,外有贡输问馈之奉,非得晏然而已也,故强水土之政以力本利农,亦皆有数。而钱镠之法最详,至今尚多传于人者。则其利之不废,有以也。

【注释】

①钱镠:临安(今浙江杭州)人。五代时据两浙,为吴越王。

【译文】

　　过去谢灵运曾请求宋文帝将会稽踵湖开为田地,太守孟顗不同意,又请将嫅湖开为田地,孟顗又没同意,以至于谢灵运用言语诋毁他。如果说为了获得某种利益而将湖开辟为田地,在越州这种风俗是很古老了。但是南湖从汉代开始,历经吴、晋,直到唐代,以至钱镠父子拥有越州,湖的功用一直都没有消失过。他们有的把区区之地当作天下,有的把几个州作为一镇,有的把它当作一个国家而自立为王,对内可供养禄米,对外又可享受进贡馈赠,但他们并不满足于安逸舒适,所以对于加强水土的管理,努力发展农业的技能,也都很精通。钱镠的方法最为详细,至今还有很多流传下来。因此湖的功用不曾消失,真是有它的原因的啊。

　　近世则不然,天下为一,而安于承平之故①,在位者重举事而乐因循。而请湖为田者,其言语气力往往足以动人。至于修水土之利,则又费材动众,从古所难。故郑国之役,以谓足以疲秦,而西门豹之治邺渠②,人亦以为烦苦,其故如此。则吾之吏,孰肯任难当之怨,来易至之责,以待未然之功乎!故说虽博而未尝行,法虽密而未尝举,田者之所以日多,湖之所以日废,繇是而已。故以为法令不行,而苟且之俗胜者,岂非然哉!

【注释】

①承平:太平。

②邺渠:魏文侯时,西门豹为邺令,发民凿十二渠,引河水灌溉民田。邺渠在今河北临漳、河南安阳一带。

【译文】

近代就不这样了,天下一统后,人人安于太平,在位为官的将事情看得很困难,都乐于因循守旧。请求将湖辟为田地的人,其话语气魄很能打动人。至于兴修水利,既花费财力又惊扰百姓,自古以来这种事情做起来都非常困难。所以郑国的战争,足以使秦国疲劳困顿;西门豹修治邺渠,人们也认为又烦又苦,兴修水利的烦难就像这样。因此,现在的官吏谁肯担当那难以承受的怨愤和容易招致的责骂,去等待那未必能够获得的功勋呢!所以那些人的建议虽然很多,却不曾付诸实施,法规虽然周详,却不曾被采用,侵耕田地的人之所以日渐增多,湖之所以日遭毁弃,都是由于这个缘故罢了。所以说法令不被采用实施,苟且的风气占了上风,难道不就是这样吗!

夫千岁之湖,废兴利害,较然易见。然自庆历以来三十余年,遭吏治之因循,至于既废,而世犹莫寤其所以然,况于事之隐微难得,而考者繇苟简之故①,而弛坏于冥冥之中,又何知其所以然乎? 以上习俗苟且难于举事。

【注释】

①苟简:轻率,敷衍。

【译文】

那有千年历史的鉴湖,其兴废利害,是很容易看出来的。但自庆历以来三十多年间,由于官吏的因循守旧,以至于湖遭毁弃,而世人却不明白其原因;更何况对于事情的某些隐微之处是难以查考的,由于轻率敷衍的缘故而糊糊涂涂地将事情弄糟,又怎么能知道是什么原因呢! 以上讲轻率、敷衍的习俗难以成事。

今谓湖不必复者,曰湖田之入既饶矣,此游谈之士为利于侵耕者言之也①。夫湖未尽废,则湖下之田旱,此方今之害而众人所睹也;使湖尽废,则湖之为田亦旱矣,此将来之害而众人所未睹者。故曰此游谈之士为利于侵耕者言之,而非实知利害者也。谓湖不必浚者,曰益堤壅水而已。"湖不必浚",前八说中所无。益堤壅水,即刁约、张伯玉之言也。

【注释】

①游谈:无根之谈。

【译文】

现在主张湖不必修复的人说,将湖改为田地,其收入是非常多的,这是一些毫无根据的人为有利于侵耕田地的人说的话。湖还没有被完全毁弃,湖附近的田地已遭到干旱,这是眼前的祸患,已为众人所共睹;如果将湖完全毁弃,即使把湖变为田地也一样会遭到干旱,这是将来的祸患,但众人还没有看到。所以说那些毫无根据的人,是在为有利于侵耕田地的人说话,其实是不知道真正的利害所在的。主张湖不必治理的人说:加高堤坝将水堵住就行了。"湖不必治理",是前所列举的八种说法中所没有的。加高堤坝将水堵住,就是刁约、张伯玉所主张的。

此好辩之士为乐闻苟简者言之也。夫以地势较之，壅水使高，必败城郭，此议者之所已言也；以地势较之，浚湖使下，然后不失其旧，不失其旧，然后不失其宜，此议者之所未言也。又山阴之石则为四尺有五寸，会稽之石则几倍之，壅水使高，则会稽得尺，山阴得半，地之洼隆不并，则益堤未为有补也。故曰此好辩之士为乐闻苟简者言之，而又非实知利害者也。以上二说必不可用。

【译文】

这是好辩之人说给那些乐于敷衍的人听的。以地势而论，将水堵住，使水位升高，必定会冲毁城郭，这是前面计议时已谈过的；仍以地势而论，如果治理湖泊使之水位下降，才不会失掉它过去的样子，不失掉它过去的样子，然后才不会失掉它应有的样子，这是前面计议时没有谈到的。此外，在山阴立的石柱，高四尺五寸，在会稽立的石柱，则要高出几乎一倍。堵水使水位升高，会稽水位将上涨一尺，山阴水位将上涨一半，地势是高低不一的，加高堤坝也是于事无补的。所以说这是好辩之人为乐于敷衍的人而说的，实际上他们并不明白真正的利害所在。以上两种说法一定不可采用。

二者既不可用，而欲禁侵耕，开告者，则有赏罚之法矣；欲谨水之畜泄，则有闭纵之法矣；欲痛绝敢田者，则拔其苗，责其力以复湖，而重其罚，又有法矣；或欲任其责于州县与运使、提点刑狱，或欲以每岁农隙浚湖，或欲禁田石柱之内者，又皆有法矣。欲知浚湖之浅深，用工若干，为日几何；欲知增堤竹木之费几何，使之安出；欲知浚湖之泥涂积之何所,又已计之矣。欲知工起之日,或浮议外摇,役夫内溃,则不可以必其成,又已论之矣。诚能收众说而考其可否,用其可者,而以在我者润泽之,令言必行,法必举,则何功之不可成,何利之不可复哉！以上兼收众说全在必行。

【译文】

上面两种说法既然都不能采用,那么要想严禁侵耕田地,奖赏告发的人,就要有赏罚的法令;要想审慎地蓄水泄水,就要有蓄水泄水的法令;要想杜绝胆敢侵湖为田的行为,就要拔掉他们的庄稼,责令他们尽力将田恢复为湖,加重对他们的惩罚,同样这也需要有法令;如果想使州县和转运使掌管刑罚,或想每年农闲时修治湖泊,或想在石柱之内禁止开造田地,都需要有相应的法令。想知道修治湖泊的深浅、用多少工、需多长时间,想知道增高堤坝的竹木费用要多少,从哪里弄到;想知道治湖的淤泥堆积到哪里,这些前面都已计议过了。想知道开工的日期,或者外面沸沸扬扬的议论会动摇人心、役夫将心思涣散,从而不能保证这件事一定完成,这些前面也已经谈论过了。如果真能博采众家之说并论证其可行与否,采纳那些可行的建议,并自己加以补充完善,使得建议一定付诸行动,法令一定付诸实施,那么还有什么事情做不成,什么功用恢复不了呢！以上讲博采各家之说的标准全在其可行性。

巩初蒙恩通判此州①,问湖之废兴于人,求有能言利害之实者。及到官,然后问图于两县,问书于州与河渠司。至于参核之而图成,熟究之而书具,然后利害之实明。故为论次②,庶夫计议者有考焉。熙宁二年冬卧龙斋③。

【注释】

①通判：官名，宋时为知州的副职，有副署权，实际形成对知州的监督。

②论次：评议编次。

③熙宁三年：1069 年。

【译文】

我当初承蒙恩赐做越州通判，向人询问有关湖的兴废之事，寻求能议其本质利害的人。上任以后，我又向两县去询问有关的图，向州与河渠司去询问有关的书。经考查核实绘成了图，深入研究而写成此文，这样修治鉴湖的利害得失的实际情况才得以明了。所以将这些内容加以论议编次，希望谋划修复鉴湖的人可以有所参考。熙宁二年冬于卧龙斋。

卷二十六·杂记之属

礼记

《礼记》简介参见卷二十四。

深衣

【题解】

深衣是古代诸侯、大夫、士家居所穿的衣服，又是庶人的常礼服。本篇记述了深衣的形制规格以及有关的象征意义。

古者深衣盖有制度，以应规、矩、绳、权、衡①。

【注释】

①深衣：衣、裳相连，前后深长，故称深衣。

【译文】

古时的深衣是有许多规矩的，以适应圆规、矩尺、绳墨、权、衡。

短毋见肤①，长毋被土②。续衽钩边，要缝半下。袼之高下③，可以运肘；袂之长短④，反诎之及肘。带，下毋厌髀⑤，上毋厌胁⑥，当无骨者。

【注释】

①见（xiàn）：通"现"。

②被（pī）：通"披"。

③袼（gē）：衣袖当腋处。

④袂（mèi）：袖子。

⑤厌（yā）：服，佩带。髀（bì）：大腿。

⑥胁：腋下肋骨所在的部分。

【译文】

衣裳短不要露出体肤，长不要披在地上。连接裳旁的衽，钩束以缝衣边，腰部尺寸为下摆的一半。确定衣袖接腋处的高低，使其宽窄能够让肘部出入自如；整个衣袖的长度，要能对折过来到达肘部。衣带，往下不要系到大腿上去，往上也不要系到两胁，应系在腰上。

制，十有二幅，以应十有二月；袂圜以应规，曲袷如矩以应方①，负绳及踝以应直，下齐如权衡以应平②。故规者，行举手以为容；负绳抱方者，以直其政，方其义也。故《易》曰："坤六二之动，直以方也。"下齐如权衡者，以安志而平心也。五法已施，故圣人服之。故规矩取其无私，绳取其直，权衡取其平，故先王贵之。故可以为文，可以为武，可以摈相③，可以治军旅，完且弗费④，善衣之次也⑤。

【注释】

①袷（jié）：交迭于胸前的衣领。

②齐（zī）：下衣的边。

③摈：通"傧"（bìn），引导宾客的人。相（xiàng）：主持礼节仪式的人。

④弗费：深衣以布为本质，以白色为本色，所以说并不奢费。

⑤善衣之次：善衣为朝祭时所穿的礼服，而深衣可作为朝祭的次服，所以说深衣为善衣之次。

【译文】

按照深衣的制度，裳分十二幅，以对应一年有十二个月；袖口是圆形，以对应圆规；领口是方形，以对应矩尺；上衣与下裳的背缝上下对齐，笔直，直至脚跟，以与绳墨相对应；下衣的边如天平秤，以与水平相对应。所以袖口与圆规相对应，可以举手行揖让之礼以为仪容；背缝直如负绳，领呈方形，是为了象征正直、方正的意义。所以《周易·象传》说："坤卦二位阴爻的变动，趋向正直、端方。"下衣的边像天平秤，是为了安定志趣，平抑心思。五种方法都已施行，所以圣人才穿这深衣。所以袖如规、领如矩，是取法无私的意思；背缝如绳是取法其正直的意思；下衣的边如天平秤是取法其平和之意，所以前代的君王才珍视它。所以深衣可以用于文事，可以用于武事；可以供摈、相穿用，也用于统帅军队的场合。深衣，五法完备而不奢费，且为善衣之次。

具父母、大父母，衣纯以缋①；具父母，衣纯以青。如孤子②，衣纯以素。纯袂、缘、纯边③，广各寸半。

【注释】

①纯（zhǔn）：边缘，镶边。缋（huì）：通"绘"，彩饰。

②孤子：三十岁以下失去父母的称为孤。

③边：衣裳侧旁的边缘。

【译文】

父母及祖父母都还健在的，衣裳的边缘宜加绘画文饰；父母健在的，衣裳边缘宜用青色；如果是三十岁以下已失去父母的，衣裳边缘宜用没有染色的材料。给袖口、裳的下边、衣裳的侧边所加的边饰，宽度都是一寸半。

周礼

周礼简介参见卷二十四。

梓人

【题解】

《梓（zǐ）人》及以下《匠人》至《矢人》等七篇，均出《周礼·冬官·考工记》。《周礼·冬官》久佚，《考工记》别为一书，被人补入《周礼》。

《考工记》是先秦一部重要的科技著作。据考证，成书于春秋末年，应是齐国记录手工业技术的一部官书。主要记录百工之事，是了解古代科技的重要文献。《考工记》文字简洁，专业性很强，可视为早期的说明文。

《梓人》所述为木工当中的一种，梓人专门制作乐器悬架（筍虡）、饮器和箭靶（侯）等。

梓人为筍虡^①。天下之大兽五：脂者、膏者、蠃者、羽者、鳞者^②。宗庙之事，脂者、膏者以为牲，蠃者、羽者、鳞者以为筍虡，外骨、内骨、却行、仄行、连行、纡行、以脰鸣者、以注鸣者、以旁鸣者、以翼鸣者、以股鸣者、以胸鸣者③，谓之小虫之属，以为雕琢。厚唇弇口④，出目短耳，大胸燿后⑤，大体短脰，若是者谓之赢属。恒有力而不能走，其声大而宏。有力而不能走，则于任重宜；大声而宏，则于钟宜。若是者以为钟虡，是故击其所县，而由其虡鸣。锐喙决吻⑥，数目顾脰⑦，小体骞腹⑧，若是者谓之羽属。恒无力而轻，其声清扬而远闻。无力而轻，则于任轻宜；其声清扬而远闻，则于磬宜。若是者以为磬虡，故击其所县而由其虡鸣。小首而长，抟身而鸿⑨，若是者谓之鳞属，以为筍。凡攫閷援簭之类⑩，必深其爪，出其目，作其鳞之而⑪。深其爪，出其目，作其鳞之而，则于视必拨尔而怒。苟拨尔而怒，则于任重宜，且其匪色必似鸣矣。爪不深，目不出，鳞之而不作，则必颓尔如委矣，苟颓尔如委，则加任焉，则必如将废措，其匪色必似不鸣矣。

【注释】

①筍虡(jù)：悬挂编钟编磬的木架。横木曰筍，直木曰虡。

②脂(zhī)者：戴角的为脂，如牛、羊之类。膏者：无角的为膏，如猪等。赢(luǒ)者：短毛的兽，如虎豹。羽者：鸟类。鳞者：龙蛇之类。

③外骨：外有甲壳的，如龟。内骨：内有甲壳的，如甲鱼。甲鱼虽有壳，但其外尚有肉缘，所以以为内骨。却行：倒退而行，如蚯蚓。仄(zè)行：侧行，如蟹类。连行：前后相次连贯而行，如鱼。纡行：曲折而行，如蛇。以脰(dòu)鸣者：蛙类。脰，颈项。以注(zhòu)鸣者：蟋蟀之类。注同咮、喙，鸟嘴。以旁鸣者：蝉类。以翼鸣者：发皇。以股鸣者：如纺织娘。以胸鸣者：如龟。按：原文及旧

　　注,与今人观点多有不同,不复一一辨明。

④弇(yǎn):深。

⑤爓(shào):细长。

⑥噣(huì):鸟嘴。决:开张。吻:吻部,口唇。

⑦数(cù):细。顅(qiān):颈。

⑧骞(qiān):腹部低陷。

⑨抟(tuán):圆。

⑩攫(jué):攫取,指鸟用爪迅速地抓取。援:拉,拽。篓(shì):同"噬",咬。

⑪作:振作。之而:须毛。一说,之,犹与;而,颊毛。

【译文】

　　梓人制作悬挂钟磬的架子。天下的大兽有五类:牛羊等脂类、熊猪等膏类、虎豹等羸类、鸟禽等羽类、龙蛇等鳞类。宗庙祭祀时,用脂和膏类的兽作为牲,而用羸、羽、鳞类的图形作为筍虡的刻饰。外有甲壳的,内有甲壳的,可以倒退行走的,侧身行走的,鱼贯而行的,迂回前进的;用颈项发声的,用口发声的,用两胁发声的,用双翼发声的,用大腿发声的,用胸部发声的;这些被称为小虫一类,其图形供雕琢之用。厚唇深口,两眼突出,双耳短小,胸部发达,后身较小,体大颈短,像这样的称之为羸类。它们总是很有力量而不善快跑,叫声大而洪亮。有力而不善跑,则适宜负担重物;叫声大而洪亮,则适宜钟。以这种动物的图形用作钟虡上的刻饰,敲击虡上所悬挂的钟时,好像声音是钟虡发出的一样。尖锐的嘴巴,开张的口唇,眼睛细细的,脖颈长长的,体格较小,腹部收紧,像这样的称之为羽类。它们总是缺乏力量而行动轻捷,它们的声音清彻激扬,很远也能听到。缺乏力量而行动轻捷,则适宜负载较轻的物品;声音清彻激扬、远处可以听到,则与磬很相宜。以这种动物的图形用作磬虡上的刻饰,当敲击磬虡上所悬挂的磬时,好像声音是磬虡发出的一样。头小身长,身体圆而均匀,这样的称之为鳞类,用作筍上的图形。攫取动物就杀掉,抓过来就噬咬的猛兽,一定是深藏利爪,眼睛瞪出,振起它们的鳞片与颊毛。凡是深藏利爪、瞪出双眼、振起鳞片与颊毛的,如果有谁在看它,它必会十分震怒。如果会十分震怒的,则适宜负担重物;如配以彩色,看上去很像是能发出宏大的声音。如果脚爪并不深藏,双眼也不突出,又不振起鳞片与颊毛的,那一定是委靡不振的。倘若是委靡不振的,却又委以重任,那么一定会崩坏倒塌,从它的色彩看也不像是能发出宏大的声音。

梓人为饮器,勺一升[1],爵一升[2],觚三升[3]。献以爵而酬以觚。一献而三酬,则一豆矣[4];食一豆肉,饮一豆酒,中人之食也。凡试梓饮器,乡衡而实不尽,梓师罪之。

【注释】

①勺:舀东西的器具。

②爵:酒器的一种。

③觚(gū):酒器。一说觚字应作觯(zhì),亦酒具。

④豆:古代容量单位,四升为一豆。

【译文】

梓人制作饮器,勺的容量为一升,爵的容量为一升,觚的容量为三升。爵用来进献,觚用来酬答。进献一升,酬答三升,这就相当一豆了;吃一豆肉,饮一豆酒,这是普通人的食量。要是检试梓人所制的饮器时,饮器横置而器中所盛饮料不能全部流出,梓人的长官就要处罚制器的梓人。

梓人为侯[1],广与崇方。参分其广,而鹄居一焉[2]。上两个[3],与其身三;下两个,半之。上纲与下纲出舌寻[4],缩寸焉⑤。张皮侯而栖鹄⑥，则春以功⑦；张五采之侯⑧，则远国属；张兽侯⑨，则王以息燕。祭侯之礼，以酒脯醢⑩，其辞曰："惟若宁侯，毋或若女不宁侯，不属于王所。故抗而射女，强饮强食，诒女曾孙诸侯百福。"

【注释】

①侯：箭靶。

②鹄（gǔ）：侯中为鹄，鹄中为正，正方二尺；正中为槷（niè，通"臬"），槷方六寸。

③个：同"舌"，即箭靶左右伸出的部分。

④纲：把侯系在植上的绳索。寻：长度单位，八尺为寻。

⑤缜（yún）：结射侯的圈扣，用以穿绳缚住靶的上下两头粗绳，使之固定。

⑥皮侯：用兽皮装饰的侯。天子之侯，用虎熊豹皮饰侯之侧。栖：缀鹄于侯中，好像鸟类栖止其间。

⑦春（chǔn）：作。

⑧五采之侯：五彩画正之侯。

⑨兽侯：画兽之侯。

⑩脯醢（fǔ hǎi）：佐酒的食品。

【译文】

梓人制作箭靶，侯中的宽度与高度相等，鹄的边长为侯中边长的三分之一。上部两个，每个宽度与靶身相同，连在一起为三个靶身的宽度；下部两个的宽度比起上部两个要减半。上下纲绳各自从舌外延伸出八尺长，持纲的环组各一寸。施张皮侯，缀鹄于侯中，以作礼乐之事；施张五采之侯，用于诸侯朝令时行宾射之礼；施张兽侯，用于与群臣宴饮时行射礼。对侯的祭礼，用酒及佐酒食品。祭辞是："你们这些安顺的诸侯啊，不像那些不安顺的诸侯；不朝令于王者，所以张而射之；安顺的诸侯，努力吃喝吧，你们的行为会贻福子孙，世世为诸侯。"

匠人

【题解】

匠人是负责都城建设规划、明堂制度的工匠。本篇中提出的以"左祖（祖庙）右社（社稷），面朝后市"为基本特征的都城规划，成为后世都城建设的基本模式。

匠人建国，水地以县，置槷以县①，视以景②。为规，识日出之景与日入之景，昼参诸日中之景，夜考之极星，以正朝夕。

【注释】

①槷（niè）：木柱。县：同"悬"。

②景：同"影"。

【译文】

匠人营造国都之城，以悬水平确定地平。悬绳正槷，通过观察日照下的槷影来确定四方；以日出、日入时槷影长度为半径，槷所在的点为圆心，用圆规画圆；标志日出、日入时槷影所指的方向，参照日中时日影方向，夜间参考北极星的方位，以校准日出时影与日入时影所指的方向。

匠人营国，方九里，旁三门。国中九经九纬①，经涂九轨②，左祖右社，面朝后市，市朝一夫③。夏后氏世室④，堂修二七,广四修一。五室三四步,四三尺,九阶。四旁两夹窗,白盛,门堂三之二,室三之一。殷人重屋⑤,堂修七寻,堂崇三尺,四阿重屋。周人明堂,度九尺之筵,东西九筵,南北七筵,堂崇一筵。五室,凡室二筵。室中度以几,堂上度以筵,宫中度以寻,野度以步,涂度以轨⑥。庙门容大扃七个⑦,闱门容小扃参个,路门不容乘车之五个,应门二彻参个⑧。内有九室,九嫔居之。外有九室,九卿朝焉。九分其国,以为九分,九卿治之。王宫门阿之制五雉⑨,宫隅之制七雉,城隅之制九雉⑩,经涂九轨,环涂七轨,野涂五轨。门阿之制,以为都城之制;宫隅之制,以为诸侯之城制。环涂以为诸侯经涂,野涂以为都经涂。

【注释】

①经、纬:织布的纵线叫经,横线叫纬,引申称南北向的道路为经,东西向的道路为纬。

②涂:通"途"。轨:车两轮间的距离。

③一夫:方各百步。按周制,宽一步、长百步为一亩(六尺为步)。方各百步则为百亩,依一夫百亩之制,称一夫。

④夏后氏:古籍称禹受舜禅(shàn),建立夏朝,也称夏后世、夏后或夏氏。世室:古代帝王的宗庙。一说即明堂,古代帝王宣明政教的地方。

⑤重(chóng)屋:重檐之屋,王宫正堂。

⑥轨:两轮之内侧距离为六尺;自外侧量为六尺六寸,两旁各加七寸,合为八尺;此处所指当为后者。

⑦扃(jiōng):贯通鼎上两耳的举鼎横木,大扃长三尺,七个二丈一尺;小扃长二尺,三个六尺。

⑧二彻：二彻之内，也就是注⑥所说的轨广八尺。彻，轨。

⑨门阿：指房屋中脊当栋之处。阿，栋。雉（zhì）：古时城墙的计量单位，长三丈高一丈为一雉。本文五雉、七雉、九雉均指高度，分别为五丈、七丈、九丈。

⑩隅（yú）：角落。

【译文】

匠人营造国都之城，城为正方形，边长九里，每面开三个城门。都城中南北向和东西向的大街各有九条，每条大街可容九辆车子并行。王宫南门外左边是祖庙（在东面），右边是社主；南面为朝，北面为市；市、朝均为纵横各百步的正方形。夏人的世室，南北进深为十四步，东西的广度较南北进深增其四分之一，为十七步半。堂上五室，中央室进深四步，广加四尺，四隅各室进深三步，广加三尺。四面共九阶。室四面各有两窗在正门两旁，用白灰粉刷。门堂的进深与广度各相当于正堂的三分之二，室与门各居三分之一。殷人的重屋，堂南北进深为七寻，堂基高三尺，四栋二重屋。周人的明堂，以九尺为一筵，作为量度单位，东西广九筵，南北进深七筵，堂基高一筵；五室，各方二筵。室内量度以三尺之几为单位，堂上量度以九尺之筵为单位，宫中以七尺之寻为单位，野外以六尺之步为单位，道途的宽度则以八尺之轨为单位。宗庙之门可容三尺大扃七个，旁出小门可容二尺小扃三个，天子居住办事的大寝的路门比五辆乘车并行的宽度四丈要窄一些，王宫的正门即应门的宽度为二丈四尺。路门之内有九室，供九嫔居住；其外有九室，供九卿处理政务；将国政按职事分为九类，分别让九卿来治理。王宫门阿之规制高五雉，宫隅规制高七雉，城隅规制高九雉。城中经纬道路宽九轨，环城道路宽七轨，野外道路宽五轨。门阿五雉的规制与王子弟所封都城规制相同，宫隅七雉的规制与诸侯都城的规制相同。环城道路七轨的宽度与诸侯国都经纬道路的宽度相同，野外道路五轨的宽度与王子弟所封都城内经纬道路的宽度相同。

匠人为沟洫①，耜广五寸②，二耜为耦。一耦之伐，广尺深尺，谓之畎③。田首倍之，广二尺，深二尺，谓之遂。九夫为井④，井间广四尺，深四尺，谓之沟。方十里为成，成间广八尺，深八尺，谓之洫。方百里为同，同间广二寻，深二仞，谓之浍⑤。专达于川，各载其名。

【注释】

①沟洫（xù）：沟渠，田中水道。

②耜（sì）：古代农具名，耒耜的主要部件，形似后来的锹。

③畎（quǎn）：田间小沟。

④井：方一里为井，九夫所治之田。

⑤浍（kuài）：此指田间大沟渠。

【译文】

匠人开通沟洫，耜宽五寸，二人并肩耕作为耦。一耦挖土方，广一尺，深一尺，称为畎。田头屋与屋之间的渠则要加倍，广二尺，深二尺，谓之遂。九夫之田合起来为一井，井与井之间的渠广四尺，深四尺，称为沟。纵横各十里的地方为一成，成与成之间的渠广八尺，深八尺，称为洫。纵横各百里的地方为一同，同与同之间的渠广二寻（即十六尺），深二仞（即十六尺），称为浍。浍中的水直流入大川，记识浍中水流所从出的川名。

凡天下之地势，两山之间必有川焉，大川之上必有涂焉。凡沟逆地防①，谓之不行。水属不理孙②，谓之不行。梢沟三十里而广倍③。凡行奠水④，磬折以参伍⑤。欲为渊，则句于矩。凡沟必因水势，防必因地势。善沟者，水漱之⑥；善防者，水淫之⑦。凡为防，广与崇方，其杀参分去一⑧，大防外觞。凡沟防，必一日先深之以为式，里为式⑨，然后可以傅众力。凡任索约，大汲其版⑩，谓之无任。葺屋参分，瓦屋四分，囷、窌、仓、城⑪，逆墙六分。堂涂十有二分。窦，其崇三尺。墙厚三尺，崇三之。

【注释】

①防(lè)：地的脉理。

②属(zhù)：注。孙(xùn)：通“逊”，顺。

③梢：通“消”，为水所冲消，指未加垦殖之地。

④奠：读为 tíng。

⑤参(sān)伍：交互错杂。

⑥漱(shù)：为水所冲刷剥蚀。

⑦淫：谓水淤泥土，助之为厚。

⑧觞(shài)：减削。

⑨里：郑玄以为应作“已”。

⑩汲：引。

⑪囷(qūn)：圆形的谷仓。窌(jiào)：地窖。仓：方形的谷仓。

【译文】

天下的地势，两山之间必有川流，大川的旁边必定有道路。如果修造沟渠违逆地的脉理，水流不畅就会决溢。水流下注而不顺，也会造成决溢。未加垦殖的地方的沟渠，每超过三十里，沟渠的广度都要增加一倍。要道行停潴之水，沟渠不能笔直，要多加些曲折水流才畅。要想积水成渊，水导转弯如直角，则水流回转，其下成渊。修造沟渠一定要顺应水势，建筑堤防一定要借助地势。善于修造沟渠的，会利用水流的冲击使渠道通畅。善于建筑堤防的，则会利用水流的冲击使淤泥附着堤防而更加厚实。凡建筑堤防，下基的广阔与高度相当，上面的阔度两边渐减三分之一。大堤防下大上小,上部从堤外部渐减三分之一。凡是开沟渠、筑堤防,要以规定式样及一日工程进度作为标准,定好标准以后才能够将工程交付众人。筑墙垣建堤防,用绳索束板,用力太过则板伤斜曲,筑土不坚,如同不能胜任。茅屋屋顶高为屋长的三分之一,瓦屋屋顶高为屋长的四分之一。仓廪、地窖以及城墙,均以上端六分之一高处为逯墙。堂下阶前的路,以路中至边宽度的十二分之一为路中央的高度。宫中水道,深三尺。宫墙厚三尺,高为厚度的三倍。

轮人

【题解】

轮人是负责制造车轮和车盖的工匠。本篇详细地介绍了制作车轮及车盖的各项规制与工艺。

轮人为轮,斩三材必以其时①。三材既具,巧者和之。毂也者②,以为利转也;辐也者③,以为直指也;牙也者④,以为固抱也。轮敝,三材不失职,谓之完。望而视其轮,欲其幎尔而下迤也⑤;进而视之,欲其微至也,无所取之,取诸圜也。望其辐,欲其掣尔而纤也⑥;进而视之,欲其肉称也,无所取之,取诸易直也。望其毂,欲其眼也⑦;进而视之,欲其帱之廉也⑧,无所取之,取诸急也。视其绠⑨,欲其蚤之正也。察其菑蚤不龋⑩,则轮虽敝不匡⑪。

【注释】

①三材:指制作毂、辐、牙的材料。
②毂(gǔ):车轮中心的圆木,周围与车辐的一端相接,中有圆孔,可

以插轴。

③辐(fú)：车轮的辐条。

④牙(yà)：车辋两头相衔接处。

⑤幎(mì)：均匀的样子。迆(yǐ)：斜倚的样子。

⑥揱(xiāo)：本指人臂细长的样子，后凡尖细形态都可称揱。

⑦睅(ěn)：突出貌。

⑧帱(chóu)：毂端所覆皮革。

⑨緎(gěng)：轮辐近轴处的突出部分。

⑩菑(zì)：车辐入毂的榫。蚤(zǎo)：车辐入辋的榫。龋(ǒu)：本指牙齿参差，此指参差不齐。

⑪不匡：不待匡正。

【译文】

轮人制作车轮，伐取制造毂、辐、牙的木材一定要适时。三种材料已经具备，要靠能工巧匠把它们组合到一起。毂这个部件，要能够转动灵活；辐这个部件，要使它笔直入孔无偏倚；牙这个部件，要使轮牢固。就是车轮敝坏，毂、辐、牙这三种零件仍然可用，这才算是完美的技艺。从远处观望，审视车轮，两旁略微向下斜，曲度均匀；靠近来看，轮子着地的面积很小，那这轮子就很圆了。从远处观望，审视车辐，是逐渐尖细的；靠近来看，粗细均匀，那这辐条就很直了。从远处观望，审视车毂，就像眼睛瞪出那样；靠近来看，毂上蒙的皮革能现出棱角，那这毂就很坚固了。审视辐緎，使辐蚤插入牙中能够端正。察看菑蚤是否齐正，如果都齐正了，轮子即使用坏也不会变形。

凡斩毂之道，必矩其阴阳。阳也者，积理而坚；阴也者，疏理而柔，是故以火养其阴，而齐诸其阳，则毂虽敝不藃①。毂小而长则柞②，大而短则挚③。是故六分其轮崇，以其一为

之牙围。参分其牙围,而漆其二。椁其漆内而中诎之,以为
之毂长,以其长为之围,以其围之防捎其薮④。五分其毂之
长,去一以为贤⑤,去三以为轵⑥。容毂必直,陈篆必正⑦,施
胶必厚,施筋必数,帱必负干。既摩,革色青白,谓之毂之
善。参分其毂长,二在外,一在内,以置其辐。

【注释】

①蕲(hào 号):通“耗”。变形。

②柞(zé):狭窄。

③挚:通“槷”(niè),危险的样子。

④防(lè):通“仂”。零数,此指三分之一。捎(xiāo):消除。薮:毂中
　空处。

⑤贤:车毂所穿之孔,在辐以内一端略大者。

⑥轵(zhǐ):车毂外端贯穿车轴的小孔。

⑦篆:毂干上所刻花纹。

【译文】

　　伐取制毂的木材,先要在树干上刻上向阳背阴的记号。向阳这边
的材料纹理较密而坚,背阴这边纹理较疏而软,所以要用火来烘烤木材
原来背阴这一面,使之与原来向阳的那一面坚度相等,然后再制毂,这
样虽然毂用到坏了也不会变形。毂小而长,辐间就狭窄;毂大而短,行
车时就会摇动不安,所以用轮子高度的六分之一作为牙的围长。约当
牙围三分之二的部分都要上漆。量度车轮漆内的直径折半,即为车毂
的长度,而且就以毂的长度作为其围长。以毂围长的三分之一作为剜
却木心的薮围,以毂长的五分之三作为贤围,以毂长的五分之二作为轵
围。整治毂的形容时一定要使它直,设篆一定要端正,敷胶要厚,缠筋
要密,帱革必须要紧依毂干。覆好帱革,用石磨平后,能显出青白色的,

这就是毂中上品。三分毂长，二分在辐外，一分在辐内，这就是辐入毂的位置。

　　凡辐，量其凿深以为辐广。辐广而凿浅，则是以大扤①，虽有良工，莫之能固；凿深而辐小，则是固有余而强不足也，故竑其辐广②，以为之弱③，则虽有重任，毂不折。参分其辐之长而杀其一④，则虽有深泥，亦弗之溓也⑤。参分其股围，去一以为骹围⑥。揉辐必齐，平沉必均。直以指牙，牙得，则无埶而固；不得，则有埶必足见也⑦。六尺有六寸之轮，绠参分寸之二，谓之轮之固。凡为轮，行泽者欲杼⑧，行山者欲侔⑨。杼以行泽，则是刀以割涂也，是故涂不附；侔以行山，则是抟以行石也⑩，是故轮虽敝不甐于凿⑪。

【注释】

①扤（wù）：动，摇。

②竑（hóng）：量度。

③弱：菑，辐端末入毂中的部分。

④杀（shài）：递减渐小。

⑤溓（nián）：粘着。

⑥骹（qiāo）：车辐接近轮周而渐细的部分。

⑦埶（niè）：木楔。

⑧杼（zhù）：削薄。

⑨侔（móu）：相等。

⑩抟（tuán）：圆厚。

⑪甐（lìn）：破敝。

【译文】

制作辐条的时候，要测量菑榫入孔的深度，使车辐的广度与之相等；如果辐身较广而菑入孔太浅，就容易动摇，再好的工匠也难以使其稳固。如果入孔太深而辐身狭小，虽然够稳固，但强度不足。所以要度量辐广，使菑深与之相称，这样就是车负重时辐条也不会折断。车辐靠近牙处的三分之一长度削磨渐细，这样就是车行于深泥之中也不会粘住。车辐靠近车毂的股的周长的三分之二作为靠近牙的骹的周长。揉辐木一定要使之齐直，沉入水中时浮起的程度也要相当。辐直指牙，菑牙相称，虽然不用楔子也很坚固；如果菑牙不相称，虽然用楔子，楔子的末端一定会穿轮而过，显露在外。直径六尺六寸的车轮，绠三分之二寸，这使轮子稳固。制作轮子，要行于泽地的，轮子践地的外侧要削薄；要行于山地的，轮子的牙厚上下要齐等。轮子践地外侧削薄了，行驶于泽地，就像用刀子割过泥泞的道路，泥不会粘附；轮子的牙厚上下相等，行驶在山地，用其圆厚滚动在山石上，虽然轮子用坏了，也不影响凿菑使辐条动摇。

　　凡揉牙，外不廉而内不挫，旁不肿，谓之用火之善。是故规之，以视其圜也；萭之[①]，以视其匡也；县之，以视其辐之直也；水之，以视其平沉之均也；量其薮以黍，以视其同也；权之，以视其轻重之侔也。故可规、可萭、可水、可县、可量、可权也，谓之国工。

【注释】

①萭（jǔ）：一种测试车轮的工具。一说通"矩"。

【译文】

凡是用火揉牙，不使木的外侧伤理而断绝，不使内侧焦灼而挫损，不使旁侧壅肿,如果都能做到,那就是最佳的用火揉牙的技艺。用圆规来测量,审视轮子是否很圆;用萭来检测,审视轮子是否正;用悬绳来测量,审视是否凿正辐直;用水浸来测量,审视浮沉的深浅是否均等;用黍测量榖中空孔其容量是否相同;用称来称量两轮的重量是否相等。如果制成的轮子能够符合规、萭绳、水、悬、量、衡等各项测定,那么这工匠就是国之名工。

　　轮人为盖,达常围三寸①,桯围倍之②,六寸。信其桯围以为部广③,部广六寸。部长二尺,桯长倍之,四尺者二。十分寸之一,谓之枚。部尊一枚,弓凿广四枚,凿上二枚,凿下四枚。凿深二寸有半,下直二枚,凿端一枚。弓长六尺谓之庇轵④,五尺谓之庇轮,四尺谓之庇轸⑤。参分弓长而揉其一,参分其股围,去一以为蚤围。参分弓长,以其一为之尊,上欲尊而宇欲卑,上尊而宇卑,则吐水,疾而霤远。盖已崇,则难为门也;盖已卑,是蔽目也,是故盖崇十尺。良盖弗冒弗纮,毂亩而驰,不队⑥,谓之国工。

【注释】

①达常:车盖上柄。

②桯(yíng):车盖柄有二节,上节为达常,下节为桯,又称杠,达常插入杠中。

③信(shēn):伸延。部广:指盖斗的直径。部指盖斗,位于达常上端,以一木削成。部周围有孔,盖弓嵌入孔中,盖弓犹今伞骨。

④轵:音 zhǐ。

⑤轸:音(zhěn)。

⑥队:通"坠"。落。

【译文】

轮人制作车盖,柄上部围长三寸,下部围长则加倍,有六寸。伸延盖柄下部的围长作为盖斗的直径,盖斗的直径是六寸。上柄连同盖斗的长度一共为二尺,下柄比上柄长加倍,一节长四尺,二节共长八尺。称十分之一寸为一枚。盖斗上端隆起的高度为一枚,盖斗周围嵌入盖弓的孔方四枚,盖斗厚一寸,在孔的上方有二枚,下方有四枚,孔深二寸半,孔的内端自上渐削小,纵径二枚,横径一枚。盖弓长六尺的称为庇轵,长五尺的称为庇轮,长四尺的称为庇轸。盖弓接近盖斗的三分之一部分揉曲使平,以股围的三分之二作为蚤围。以弓长的三分之一长度作为弓末至部的高度,盖弓至盖斗三分之一部分较高,其余三分之二部分斜着向下如屋宇而稍低,上高而宇低,则吐水较快而斜流较远。车盖太高,则普通高度的门就过不去;车盖太低,就会挡住车上人的视线,所以车盖的高度为十尺。好的车盖,盖弓上不蒙幕,弓末不缀绳,随车驰骋在垄上,盖弓也不会脱落,这种技艺可以称之为国工了。

舆人

【题解】

舆即车厢,舆人即是专门制作车厢的技工。本篇介绍了制作车厢的各项规制。

舆人为车,轮崇、车广、衡长①,参如一,谓之参称②。参分车广,去一以为隧。参分其隧,一在前,二在后,以揉其式。以其广之半为之式崇,以其隧之半为之较崇③。六分其广,以一为之轸围④。参分轸围,去一以为式围。参分式围,去一以为较围。参分较围,去一以为轵围⑤。参分轵围,去一以为轵围⑥。圜者中规,方者中矩,立者中县,衡者中水,直者如生焉,继者如附焉。凡居材,大与小无并,大倚小则摧,引之则绝。栈车欲弇⑦,饰车欲侈⑧。

【注释】

①衡:车辕前的横木。

②参:通"叁"。称(chèn):相当。

③隧:通"邃",深,指车舆之深,即车舆纵长。较(jué):车箱两旁横木,跨于轛上(轛音 yǐ,车旁人所凭倚之木)。

④轸(zhěn):舆后横木。

⑤轵(zhǐ):车箱左右横直交结的栏木。

⑥轵(zhuì):车轵下横直交接的栏木。

⑦栈车:以竹木散材制成的车,无革饰,士所乘。

⑧饰车:有文饰的车,大夫以上所乘。

【译文】

舆人制作车舆,车轮的高度、车身的广度和车衡的长度三者相等,称之为参称。以车广的三分之二作为车舆的长度。式位于车舆前三分之一的位置,其后尚有三分之二,揉曲制式,以舆广的一半作为式的高度,以舆长的一半作为较距离式的高度。以车舆广度的六分之一作为轸的围长,以轸围的三分之二作为式的围长,以式围的三分之二作为较的围长,以较围的三分之二作为轵的围长,以轵围的三分之二作为轵的围长。圆的符合圆规画出的曲线,方的合乎矩尺的要求,直立达到墨绳所画的规格,横的可以达到水平的程度,直立的好像是从地下生成出来的一样,次比连缀的如同树木的枝杈一样。凡处理制车的材料,大小不相称,不能装配组合,大倚小就会摧折,扳引时一定会断绝。栈车要内向,饰车要开张。

辀人

【题解】

　　辀即车辕,辀人即是专门制造车辕的技工。本篇详细介绍了制造车辕的规制与工艺。

　　辀人为辀[①]。辀有三度,轴有三理。国马之辀,深四尺有七寸;田马之辀,深四尺;驽马之辀,深三尺有三寸。轴有三理:一者,以为嫩也[②];二者,以为久也;三者,以为利也。轨前十尺[③],而策半之[④]。凡任木、任正者,十分其辀之长,以其一为之围。衡任者,五分其长,以其一为之围。小于度,谓之无任。五分其轸间,以其一为之轴围。十分其辀之长,以其一为之当兔之围[⑤]。参分其兔围,去一以为颈围[⑥]。五分其颈围,去一以为踵围[⑦]。

【注释】

①辀(zhōu):辕。用于大车上的称辕,用于兵车、田车、乘车上的称辀。辀为曲木,一端为方形,置于轴中央,从车底伸出渐渐隆起,又渐成圆形。木前端置横木,称为衡。衡两端作缺月形,以夹贴马颈,称轭或鞅。

②嫩(měi):同"美"。好,善,无节目(树木根干交接处为节,纹理纠结不顺处为目)。

③轨(fàn):车前掩板,在轼之前,与轸前后相对。

④策:马鞭。

⑤当兔:车上钩连底板与车轴的部件叫伏兔;车辕方形的一端置于轴的中央,其面凸起,其入于车底所开方孔与左右两伏兔齐平的

部件叫当兔,因与伏兔相当而得名。

⑥颈:前持衡者。

⑦踵:后承轸者。

【译文】

辀人制辀。辀有三种深浅不同的度数,轴有三种不同的分理。种马、军马等国马所用之辀深四尺七寸,田猎的田马所用之辀深四尺,能力低下的驽马所用之辀深三尺三寸。轴有三种分理:第一是纹理匀顺没有节目,第二是木质坚韧耐久,第三是滑密合用。辀在轵前的长度为十尺,马鞭的长度为五尺。凡车上负载重力的木料,舆下三面掩板,以辀长的十分之一来作围长;两轵间的衡木,以长的五分之一来作围长。如果小于这个数据,可说得上是不堪重负了。以两轸之间距离的五分之一作为轴的围长,以辀长的十分之一作为当兔的围长,以当兔围长的三分之二作为颈围,以颈围的五分之四作为踵围。

凡揉辀,欲其孙而无弧深①。今夫大车之辕挚,其登又难,既克其登,其覆车也必易,此无故,唯辕直且无桡也。是故大车,平地既节轩挚之任②,及其登阤,不伏其辕,必缢其牛,此无故,唯辕直且无桡也。故登阤者③,倍任者也,犹能以登。及其下阤也,不援其邸④,必缩其牛后⑤。此无故,唯辕直且无桡也。是故辀欲顾典⑥,辀深则折,浅则负。辀注则利准,利准则久,和则安。辀欲弧而无折,经而无绝。进则与马谋,退则与人谋。终日驰骋,左不楗⑦;行数千里,马不契需⑧;终岁御,衣衽不敝,此唯辀之和也。劝登马力,马力既竭,辀犹能一取焉。良辀环灂⑨,自伏兔不至轵,七寸,轵中有灂,谓之国辀。

【注释】

①孙：通"逊"，顺。

②轩挚：即轩轾，车舆前高后低（前轻后重）称轩，前低后高（前重后轻）称轾，引申为轻重。

③阤(zhì)：山坡。

④邸：通"底"。

⑤绺(qiū)：套车时拴在牛马股后的革带。

⑥顑(kěn)典：坚韧。

⑦棋：倦。

⑧契(qiè)：裂开。需：通"𤰆"。

⑨澩(jiào)：涂漆。

【译文】

　　凡用火揉辀，要顺应木理，弧度不宜太深。像大车那样直辀较低，上坡就比较困难，就算能上得去，也容易发生倾覆，这没有别的缘故，就是因为辀太直。所以大车行驶在平地上则前后轻重适均，上坡时，如果不能压住前辀，则前辀翘起，紧勒牛颈，这没有别的缘故，就是车辀太直，没有弧度。上坡虽然加倍费力，还是爬得上去的，但下坡时，如果不能拉住车身，那么绺就会勒住牛的屁股。这没有别的缘故，就是因为车辀太直，没有弧度。所以辀要坚韧，弧度太深就容易折断，弧度太浅就会摩压马股。若辀的弧度深浅适中，行进时一定既快又稳；又快又稳则辀必能经久，曲直调和，必能安稳。辀要有适当的弧度，不易折断，要顺木理，不致绝裂。进退都和人、马的意思相应；一天到晚驰骋不息，乘坐在左边的尊者也不会感到疲倦；即使走了几千里的路，马也不会因马蹄开裂受伤而畏惧跑路；一年到头驾车驱驰，衣裳不会磨破，这就是辀的曲直调和的缘故啊！美好的辀可以帮助马牵引车辆，即使马力气用完要停下，好的辀也能顺势使马多走上几步。美好的辀漆痕纹理如同环形，轨下近伏兔部分七寸没有漆，其外有漆，轨下辅上的漆痕纹理完好，可称国辀了。

轸之方也,以象地也;盖之圜也,以象天也;轮辐三十,以象日月也;盖弓二十有八,以象星也;龙旂九斿[1],以象大火也;鸟旟七斿[2],以象鹑火也;熊旗六斿,以象伐也;龟蛇四斿,以象营室也;弧旌枉矢,以象弧也。

【注释】

①斿(liú):古代旌旗的下垂饰物。

②旟(yú):画有鸟隼图样的旗。

【译文】

轸的方形象征大地,车盖圆形象征天,轮辐三寸象征日月,盖弓二十八象征星宿,龙旂九斿象征大火星,鸟旟七斿象征鹑火星,熊旗六斿象征伐星,龟蛇四斿象征营室星,弧旌枉矢象征弧星。

弓人

【题解】

弓人是专门制弓的工匠。本篇对于选材、工艺,以及弓的等级和用途都有仔细的说明,由此可见当时人对于主要的远射程武器——弓,是多么的重视。

弓人为弓,取六材必以其时,六材既聚,巧者和之。干也者,以为远也;角也者,以为疾也;筋也者,以为深也;胶也者,以为和也;丝也者,以为固也;漆也者,以为受霜露也。凡取干之道七:柘为上,檍次之,檿桑次之,橘次之,木瓜次之,荆次之[1],竹为下。凡相干,欲赤黑而阳声,赤黑则乡心,阳声则远根。**凡析干，射远者用势**，势，自然之形势也，谓本曲也，亦谓坚劲也。**射深者用直。居干之道**②，**菑栗不迆**③，菑，斯也，析也，谓以据析之也；栗，裂之假借字也；迆，谓迆衺，失木之理也。**则弓不发**④。发，谓弓后有伤动也，发读为拨，《战国策》弓拨矢钩，《荀子》亦有拨弓枉矢。

【注释】

①"柘（zhè）为上"几句：柘，檍（yì），麋（yǎn）桑，木瓜，荆，皆木名。

②居：处，处置。

③菑：此指剖析。迆（yí）：邪行绝理。

④发：通"拨"，枉。

【译文】

　　弓人制弓，采取六种材料一定要适时。六种材料都已具备，就用精巧的技艺来配制。弓干这种东西，是要能射得远；角这种东西，是要能使箭行进快速；筋这种东西，是要使箭能够深入；胶这种东西，用来粘合弓身；丝这种东西，用来坚固弓身；漆这种东西，用来抵御霜露。选取干材的方法有七条，最好用柘木，其次用檍木，其次用麋桑，其次用橘木，其次用木瓜木，其次用荆木，最下等用竹。凡选择干材，要挑那颜色赤黑的，敲击时发出清声的。颜色赤黑则近于木心，声音清扬则远离树根。凡剖析干材，要射远的应挑选天然弯曲的树木，势，即自然的形态，天然的弯曲，亦表明其坚劲。要射深的则应挑选笔直的树木。处理弓干的要点是剖析弓干不邪行绝理，菑，就是劈开、剖析；栗，是裂的假借字；迆，即迆衺，不循木材的纹理。那么发弓也就不会枉曲。发，指开弓后出现偏离。发，读为拨。《战国策》上有："弓拨矢钩"，《荀子》上也有"拨弓枉矢"之说。

　　　凡相角，秋斱者厚①，**春斱者薄，稚牛之角直而泽，老牛**

之角纱而昔②。昔与错通文理交错也。疢疾险中③，瘠牛之角无泽。角欲青白而丰末，夫角之本，蹙于刿而休于气④，蹙，近也，刿与脑通，休读为煦。是故柔。柔，故欲其势也；白也者，势之征也。夫角之中，恒当弓之畏，畏谓弓渊也，读如秦师入隈之隈⑤。畏也者必桡。桡，故欲其坚也；青也者，坚之征也。夫角之末，远于刿而不休于气，是故脆。脆，故欲其柔也；丰末也者，柔之征也。角长二尺有五寸，三色不失理，谓之牛戴牛。

【注释】

①鞙（shài）：生杀，同"杀"，《周礼·考工记》多作"鞘"。

②纱（tiǎn）：纹理粗糙。昔（cuò）：与"错"通，交错。

③疢（chèn）疾：久病。

④刿（nǎo）：通"脑"。

⑤隈（wēi）：弓之弯曲处。

【译文】

凡选择角，秋天杀的牛，其角厚；夏天杀的牛，其角薄；小牛的角，直而润泽；老牛的角，弯曲而干燥。昔与错通，指纹路交错。久病之牛，角中也有伤；瘦瘠之牛，角则无光泽。角的颜色要青白色，角尖要丰满。角的根本接近脑，受脑气的蒸润，蹙，近的意思，刿与脑通，休读同煦的音。所以比较柔软，柔软则自然呈曲势，其白色就是曲势的征验。角的中段要附贴于弓隈，畏，指弓渊，读如"秦师入隈之隈"。弓隈必定是弯曲的，既然弯曲就需用角的坚韧来辅助，其青色就是坚韧的征验。角的尖端离脑较远，没有受到脑气的蒸润，所以较脆，既然是脆的，就需要它柔和一点，角的尖端丰满，就是柔和的象征了。角长二尺五寸，底白、中青、尖丰大，这样的角，其价值可以与牛相等呢。

　　凡相胶，欲朱色而昔，昔也者，深瑕而泽，纱而抟廉。抟，圜也，廉棱鄂分明也。鹿胶青白，马胶赤白，牛胶火赤，鼠胶黑，鱼胶饵，犀胶黄，凡昵之类不能方。

【译文】

　　凡选择胶，要挑选颜色朱红而年头较久的。年头久了，裂痕深，有光泽，纹理纠错，有廉棱。抟，圜的意思，指裂痕边角分明。鹿胶青白色，马胶赤白色，牛胶火赤色，鼠胶黑色，鱼胶淡黄色，犀胶黄色，其他的粘合物没有比它们更好的了。

　　凡相筋，欲小简而长，大结而泽，小简而长。大结而泽，则其为兽必剽①，以为弓，则岂异于其兽，筋欲敝之敝，漆欲测，丝欲沉，得此六材之全，然后可以为良。

【注释】

　　①剽（piào）：轻疾。

【译文】

　　凡选择筋，要小的成条而且长，大的圆匀而且有光泽。如果筋是小的成条而长，大的圆匀且有光泽，那么这种兽的行动一定是很剽疾的，所以用这筋制弓，它射出的箭也一定是剽疾有力的。筋要锤打劳敝，漆要清，丝的颜色要像在水里一样。能得到这六种优良的材料，然后可以制作出优良的弓。

　　凡为弓，冬析干而春液角①，夏治筋，秋合三材，寒奠体②，冰析灂③。冬析干则易，春液角则冶，夏治筋则不烦，秋合三材则合[4]，寒奠体则张不流，冰析灂则审环，春被弦则一年之事。析干必伦，析角无邪，斫目必荼[5]。斫目不荼，则及其大修也，筋代之受病。夫目也者必强，强者在内而摩其筋，夫筋之所由幨[6]，恒由此作，故角三液而干再液。厚其帤，则木坚；薄其帤[7]，则需[8]，是故厚其液而节其帤，帤谓弓中裨干虽用整木仍以木片细副之需，谓不充满。约之。不皆约，疏数必侔，斫挚必中，胶之必均。斫挚不中，胶之不均，则及其大修也，大修言极久也。角代之受病，夫怀胶于内而摩其角，夫角之所由挫，恒由此作。凡居角，长者以次需，恒角而短[9]，恒读为桓，桓，竟也。是谓逆桡[10]，角短则柎必长，中央强直，而隈之曲处如折，故曰逆桡。引之则纵，释之则不校。引，引满也；释，放弦也；校，疾也。恒角而达，譬如终绁[11]，达谓角自柎直达于箫是太长也。终绁谓常若有竹柲缚之者。非弓之利也。今夫茭解中有变焉[12]，故校；茭解谓隈与箫相接之处，弓干之端析为两歧而以箫剸入。干执向内，箫执向外，形制有变，故抗弦有力，是以校也。于挺臂中有柎焉[13]，故剽。恒角而达，引如终绁，非弓之利。挢干欲孰于火而无赢[14]，挢角欲孰于火而无燂[15]，赢，过孰也；燂，炙烂也。引筋欲尽而无伤其力，鬻胶欲孰而水火相得，然则居旱亦不动，居湿亦不动。苟有贱工，必因角干之湿以为之柔，善者在外，动者在内。虽善于外，必动于内，虽善亦弗可以为良矣。

【注释】

①液：浸渍。

②奠：定。

③灂(jiào)：漆。

④合：通"洽"。

⑤目：文理纠结不清的部分。荼(shū)：纾，舒缓。

⑥幨(chān)：绝起。

⑦帤(rú)：弓干正中的衬木。

⑧需：须。

⑨恒：竟。

⑩桡(náo)：弯曲。

⑪绁(xiè)：弓靲(bì)，即竹制的弓檠(qíng)，缚在弓里以防损坏的用具。

⑫荧(jī)：弓檠，正弓之器。

⑬柎(fǔ)：角弓柄部两侧的骨片。

⑭挢(jiǎo)：揉。

⑮燂(qián)：烘烂。

【译文】

　　凡制弓，冬天剖析弓干，春天浸角，夏天治筋，秋天用丝、胶、漆合干、角、筋，初冬微寒的时候定弓体，冰天雪地的时候分析弓漆。冬天剖析弓干，木理平滑；春天浸角，自然和洽；夏天治筋，不会纠结烦乱；秋天合三材，自然坚密；初冬微寒时节定弓体，则张弓时不会变形；隆冬时分析弓漆，可以审视漆痕是否为环形而定其高下优劣；春天装上弦，要经过一整年之后才能施用。剖析弓干一定要顺木理，剖析牛角不要歪邪，斫除节目一定要舒缓。如果削除节目不够舒缓，弓用久之后，弓干的问题就会影响、转移到筋上。节目都是坚硬的，坚硬的东西在内磨筋，筋不附干而绝起，一般说就是这个缘故。所以角要浸渍三次，干要浸渍两次。弓干中所加衬的帤木厚则弓干坚，所加衬的帤木薄则弓干软，所以制干要多用浸干的溶液而适度加帤木。帤，说的是制弓时弓干虽使用完整的木条，但还要用细木片做衬，使其不至于因过实而刚硬。弓干与帤相附的地方要用丝胶横缠,其他地方的丝胶较为稀疏且均匀。削治弓干要厚薄合适,用胶也要均匀。如果弓干厚薄不当,用胶不匀,一旦弓用久了以后,毛病就会出在角上。大修的意思是长久使用。胶在里面磨角,角的折断一般就是因为这个缘故。凡处置角,长的当放在弓隈,若角太短,恒,读为柜。柜,竟的意思。就称反桡,角短则横柎必长,中间强直,而弓隈的曲处如同弯折,所以称之为逆桡。引弓一定无力,故箭也不会疾行;引,拉满弓的意思;释,就是放弦;校,疾的意思。如果角太长,那么弓就像置于护弓的柲中一样,无法发挥其威力了,达,是说角自横柎直达于箫,是太长了。终绁,是指始终如有竹柲缚在上面。对弓来说不是好事。弓的接中处用力不同,所以放出去的箭疾急;茭解是指弓隈与箫的相接之处。弓干之端分为两片,以箫插入。干偏向内,箫偏向外,形制变化,所以控弦有力,发箭快捷。挺臂中有柎,所以放出去的箭疾急;但弓隈的角太长,就像把弓系在弓柲中一样,对弓来说就不是好事了。用火燥干要熟,但不能火候太过;用火燥角要熟,但不能太烂;赢,指过熟;燀,指烘烂。引筋绷紧,但不能用力太过损伤弹性;熬胶要水火恰到好处,这样,弓在干燥或潮湿的环境中弓体都不会变形。如果是技艺低劣的工匠来做,就会借着角、干材料尚潮湿时候用火来燥制,从外表来看很好,但里面一定会受到损伤。外表虽好,里面已受伤害,看上去再好的也不会成为良弓了。

凡为弓,方其峻而高其柎,长其畏而薄其敝①,峻谓箫隈之中隆起拄弦者,敝谓把处,柎谓把处之左右将接角隈者。宛之无已应。下柎之弓,末应将兴。下柎谓柎不高而力弱也,兴谓把处有摇撼之患。为柎而发,必动于䯍,弓而羽䯍②,䯍者,角与柎相接之处,羽,读为扈缓也。末应将发。弓有六材焉,维干强之,张如流水。维体防之,引之中参。维角䠧之③,弓与兴为韵,发与䯍为韵,强与防、䠧为韵。欲宛而无负弦,引之如环,释之无失体，如环。材美、工巧、为之时、谓之参均。角不胜干，干不胜筋，谓之参均。量其力，有三均，量其力有三均，谓若干胜一石，加角而胜二石，被筋而胜三石。有读为又，谓其力又均也。均者三，谓之九和。九和之弓，角与干权，筋三侔，胶三锊[④]，丝三邸[⑤]，漆三斞[⑥]。上工以有余，下工以不足。为天子之弓，合九而成规。为诸侯之弓，合七而成规；大夫之弓，合五而成规；士之弓，合三而成规。弓长六尺有六寸，谓之上制，上士服之；弓长六尺有三寸，谓之中制，中士服之；弓长六尺，谓之下制，下士服之。

【注释】

①敝：弓人所把持之处。

②羽（hù）：缓。

③党（chéng）：撑之使正。

④锊（lüè）：古代重量单位，一锊重六两又大半两，二十两为三锊。

⑤邸（dǐ）：量器名，收丝之器。

⑥斞（yǔ）：量器名。四升为豆，四豆为区（ōu），四区为釜（fǔ），二釜又半为斞。

【译文】

凡制弓，箫要方，柎要高，隈要长，敝要薄，峻指箫与隈之中隆起以支撑起弦之处，敝指弓把处，柎指弓把左右连接角隈之处。这样，虽然没完没了地引弓，弓势与弦总能相应，不致疲软无力。如果柎柱不高而力弱，引弓时隈与柎相接处有摇撼之感，下柎是指柎柱不高就力弱，兴是指弓把有摇晃的毛病。此处一动，力量无法相贯，松缓削减，翺，弓角与柎柱相接之处。羽，读为扈缓的音。各部件都会随之枉曲。制弓用六种材料，其中弓干强劲最为重要，张弓时自然如流水一般顺畅；纳之入檠，确定引弓之深浅；使引弓足以达到伸张三尺的规定尺寸。用角撑距增加力量,弓与兴为韵,发与鞠为韵,强与防、垫为韵。引弓时角与弦不会不相应,所以引弓如环形,释弦时也不会使弓体改变,亦如环形。材料优良,技艺精湛,制作适时,可称之为三均;角与干相得,干与筋相得,也称之为三均;衡量弓的力量,也有三均。衡量力量有三均,意思是干好就有一石力,角好加一石力,筋好再加一石力。有,读为又,意思是力量又加一均。以上三个三均,称为九和。九和之弓,角与干相称,用筋相当,用胶三铇,用丝三邸,用漆三斞,上等的工匠使用这些材料还会有剩余,而下等的工匠同样用这些材料则会有所不足。制作天子的弓,其曲度圆周为弓长的九倍;诸侯的弓,其曲度圆周为弓长的七倍;大夫的弓,其曲度圆周为弓长的五倍;士的弓,其曲度圆周为弓长的三倍。弓长六尺六寸,称为上制,供上士使用;弓长六尺三寸,称为中制,供中士使用;弓长六尺,称为下制,供下士使用。

　　凡为弓,各因其君之躬志虑血气。丰肉而短,宽缓以荼,荼,古文舒假借字。若是者为之危弓,危弓为之安矢。骨直以立,忿势以奔,若是者为之安弓,安弓为之危矢。其人安,其弓安,其矢安,则莫能以速中,且不深。其人危,其弓危,其矢危,则莫能以愿中。往体多,来体寡,谓之夹臾之属,利射侯与弋。往体寡,来体多,谓之王弓之属,利射革与质。往体、来体若一,谓之唐弓之属,利射深。大和无灂,其次筋角皆有灂而深,其次有灂而疏,其次角无灂。合灂若背手文。角环灂,牛筋蕡灂①,麋筋斥蠖灂②,和弓击摩。覆之而角至,谓之句弓;覆之而干至,谓之侯弓;覆之而筋至,谓之深弓。

【注释】

①蒉（fén）：麻的种子。

②斥蠖（huò）：又作"尺蠖"，小青虫，形体细长，屈伸而行。

【译文】

凡制弓，各按所用之人的形貌性格的特点而异。如果是丰满多肉，身材短粗，行动宽缓舒迟，荼，古文中"舒"的假借字。这样的人要给他制作强劲的弓，柔缓的箭。如果是刚强坚毅，行动急疾的，这样的人要给他制作柔软的弓，剽疾的箭。如果是宽缓舒迟的人，再用柔软的弓，柔缓的箭，那么箭行迟缓，不能命中，就是射中也不能深入。如果是刚毅坚强的人，再用强劲的弓，剽疾的箭，箭行急速，常越过目标而不能射中。弓体外桡的多，内向的少，称之为夹臾之类，适宜于射侯与徽射。弓体外桡的少，内向的多，称为王弓之类，适宜射革及木椹。弓体外桡与内向相等的，称为唐弓之类，适宜于射得深入。九和之弓没有漆痕，其次的是筋角有漆痕，深在中央，又次的筋角有漆痕而较稀疏，复次的是角中没有漆痕的。弓的表里漆痕相合如人手背。角中漆痕如环形，牛筋的漆痕如麻子文，麋筋的漆痕如蠖形。用弓时，先调试弓体，拂去灰尘，抚摩弓身以观察有无裂痕。经过仔细审察，角况优良的，称为句弓；角、干优良的，称为侯弓；角、干、筋都优良的，称为深弓。

矢人

【题解】

矢人是专门制矢的工匠。从本篇短小的篇幅里，向读者展示了小小一只箭矢，也有如此多的讲究。

矢人为矢。镞矢，参分。杀矢，参分，一在前，二在后。

兵矢、田矢，五分，二在前，三在后。荓矢，七分，三在前，四在后①。_{一在前者，前有铁重，与二在后者亭平也；五分而二在前，则铁稍轻矣；七分而三在前，则铁更轻矣。}参分其长，而杀其一。五分其长，而羽其一。以其筍厚为之羽深②。水之，以辨其阴阳③，夹其阴阳，以设其比④；夹其比，以设其羽。参分其羽，以设其刃，则虽有疾风，亦弗之能憚矣。刃长寸围寸，_{矢之比中博，自博处至锋谓之刃，长一寸，全比则长二寸。矢比中有背微高围寸，并背计之，博则不满寸矣。}铤十之⑤，重三垸⑥。前弱则俯，后弱则翔，中弱则纡，中强则扬。羽丰则迟，羽杀则趮⑦，是故夹而摇之，以视其丰杀之节也；挠之，以视其鸿杀之称也。凡相筍，欲生而抟。同抟，欲重；同重，节欲疏；同疏，欲栗。

【注释】

①"镞矢（hóu shǐ）"几句：镞矢、杀矢，用于近射田猎的箭。兵矢，即枉矢，用于守城、车战的箭，利于火射。田矢、荓（bó）矢，矰矢，以绳系箭的箭。

②筍（gě）：箭杆。

③阴阳：木向日为阳，背日为阴。置于水中，阳则燥而浮，阴则润而沉。本文"辨其阴阳"意在辨其轻重。

④比：箭杆末端刻为叉形，用以扣弦，亦名括。

⑤铤（dìng）：箭铤，箭镞末端插入箭杆的细茎。

⑥垸（huán）：通"锾"，重量单位，重六两，一说六两十六铢。

⑦趮（zào）：矢旁掉。

【译文】

矢人制矢。镞矢、杀矢，箭杆前三分之一与后三分之二轻重相等；

兵矢、田矢，箭杆前五分之二与后五分之三轻重相等；弗矢，箭杆前七分之三与后七分之四轻重相等。三分之一在前，是因为前有较重的铁质，与在后的三分之二保持平衡；五分之二在前，则铁稍轻；七分之三在前，则所用铁更轻了。箭杆前端三分之一处渐削小以安镞，箭杆后五分之一处置羽，羽毛入箭杆的深度与箭杆的厚度相等。置于水中来辨别箭杆本质的阴阳轻重，相应地设定比的位置，在另外两侧置羽。置羽长度的三分之一为刃长，就是有强烈的风，也不会影响到箭的飞行。刃长一寸，围一寸，矢的匕中是博，自博处至锋谓之刃，长一寸，全匕长二寸。匕中有背，微高，周长一寸，加上背，则博不满寸。铤长一尺，重三垸。如果箭杆前弱，箭飞行时前端就会下俯；如果箭杆后弱，箭飞行时就会出现箭身回旋的现象；如果箭杆中弱，箭飞行时纡曲不直；如果箭杆中强，箭飞行时飘忽不定；置羽过于丰厚，则箭行迟缓；羽毛过于稀、小，箭行时会旁落，所以，在制箭矢时，一定要夹持箭杆来摇动，来审视置羽的大小厚薄；把箭杆弯曲，看看粗细强弱是否均匀。凡是挑选制作箭杆的材料，要挑其形状是天生深圆的，同是天生深圆的则以较重的为佳，重量相当的以节目少的为好，同是节目较少的则要挑颜色如栗一般的。

汉人

东汉时人,佚名。

汉修西岳庙记

【题解】

本文是东汉孝灵帝时,中都令樊毅祭西岳华山时重修西岳庙后,由其部下郭敏、魏袭、许礼等为之刻制的碑记。碑文叙述了古代祭祀西岳的情形及重修西岳庙的情况,并赞颂了樊氏的功德,文辞颇有可采之处。但碑文不知出自何人之手,而樊氏等人又皆不见于《后汉书》,无从查考。

《山经》曰①:"泰华之山②,削成四方③,其高五千仞④,广十里。"《周礼·职方氏》:华谓之西岳。祭视三公者,以其能兴云雨,产万物,通精气⑤,有益于人,则祀之。故帝舜受尧历数⑥,亲自巡省,设五鼎之奠⑦,升柴燎烟,致敬神祇,又用昭明⑧。百谷繁殖,黎民时雍,鸟兽率舞,凤皇来仪。暨夏、殷、周,未之有改也。其德休明,则有祯祥;荒淫躁秽,笃灾必降⑨。秦违其典，璧遗鄗池⑩，二世以亡。高祖应运，礼遵陶唐，祭则获福，奕世克昌⑪。亡新滔逆⑫，鬼神不享。建武之初⑬，彗扫顽凶，更率旧章。敢用元牡，牲牷必充，天惟醇祐，万国以康。

【注释】

①《山经》：即《山海经》。

②泰华之山：即西岳华山。

③削成四方：华山以峭峻著名，称天险之最，山形上大而小，故称"削成四方"。

④仞：古代以周尺八尺为一仞，相当于今之六尺四寸八分。

⑤通精气：谓神通山川的灵气。

⑥历数：谓天运气数。

⑦五鼎：古代大夫祭礼之数。

⑧乂（yì）：整治。

⑨笃灾：大灾。

⑩鄗（hào）池：水名。也作"滴池"。据说当年秦使者从关东夜过华阴，有人拦住使者，说："请把玉璧交给鄗池君，今年祖龙要死掉。"鄗池君即鄗水之神，祖龙指秦始皇帝。

⑪奕世：世代交替不断。

⑫新：西汉大臣王莽篡汉所改的国号。

⑬建武：东汉光武帝年号。

【译文】

《山海经》记载："西岳华山，峭拔险峻，高五千仞，方圆十里。"《周礼·职方氏》称华山为西岳。主管祭祀的大臣们，因为这山能兴起云雨，生产万物，通达天地的灵气，对人颇有益处，所以祭祀它。所以大舜接受尧的禅让，亲自巡视，设立五鼎的礼仪，燃烧柴禾生起香烟来向神明表达敬意，修正治道显示英明。百谷繁茂丰收，百姓过得富足，鸟兽都翩翩起舞，凤凰降临致瑞。从夏、殷到周代，从来没有更改过。为政者的德行光明，就有祯祥的瑞兆；政令荒废淫乱和污秽，大的灾祸一定降临。秦王朝违背了旧典，所以出现关于交璧于水神的凶兆，历经二世就亡国了。汉高帝应时而起，遵奉上古的德义，祭祀华山而得福，代代相传。败亡的王莽新朝，逆天无道，罪恶滔滔，鬼神自然不再接受祭祀。建武初年，扫荡凶顽的叛逆，重新恢复旧时礼仪。恭恭敬敬地用牲祭祀，各种祭品十分完满，天地喜悦而降福祐，天下处处得以安康。

　　光和二年①，有汉元舅，五侯之胄②，射阳之孙，曰樊府君，讳毅，字仲德。承考让国，家于河南。究职州郡，辟公府，除防东长、中都令。诛强魗③，抚瘝民，二鄙以清。命守斯邦，威隆秋霜，恩逾冬日。景化既宣④，由复夕惕⑤。惟宠禄之报，顺民之则。孟冬十月，斋祀西岳。以传窄狭⑥，不足处尊卑。庙舍旧久，墙屋倾亚。世室不修⑦，春秋作讥，特部行事苟班与县令先谠以渐补治，设中外馆，图珍奇，画怪兽，岳渎之精⑧，所出祯秀。役不干时，而功已著；蹔劳久逸⑨，神永有凭。自古泰山，邸邑犹存，五岳尊同。哀此勤民，独不赖福，乃上复十里内工、商、农赋，克厌帝心，嘉瑞仍答，风雨应卦，瀸润品物⑩。瀸与渐同。君举必书，况乃盛德，惠及神人，可无述焉。于是功曹郭敏、主簿魏袭、户曹史许礼等，遂刊元石，铭勒鸿勋，垂曜亿龄⑪，永有铭识。其辞曰：

【注释】

①光和：东汉孝灵帝年号。

②五侯：指东汉灵帝时樊氏一门五侯，即寿张侯弘、射阳侯丹、玄乡
　侯寻、更父侯忠、平乡侯茂。樊弘先封长罗侯，后徙寿张，他是光
　武帝的舅父。

③虣：同"暴"。

④景化：即大化，教化普照。

⑤夕惕：每日早晚戒惧，不敢懈怠。

⑥传：即传舍，下榻的旅馆。

⑦世室：鲁周公之庙。

⑧岳渎：即五岳与四水。

⑨蹔：同"暂"。

⑩瀸：通"渐"。

⑪亿龄：万年。

【译文】

　　光和二年，汉光武帝的舅家，五侯的后代，射阳侯的孙子，樊大人名
毅字仲德，继承父辈祖业而住在河南，在州郡供职，进而入公府，出任防
东县令、中都令。诛锄强暴，抚恤贫疾的百姓，所治理的地方政治清明。
又受命镇守本地，他的威仪镇伏秋霜，他的恩德压服冬天。教化普遍推
广，并且早晚勤勉，不敢懈怠，只想着报答君上的恩宠，顺应百姓的法
则。初冬十月份，来祭祀西岳。因为下榻的旅舍狭小，难以分清尊卑贵
贱，庙宇历经年代已经残破，墙壁屋室倾危。当年鲁周公的庙没有修
整，《春秋》为此有所讽刺，因而便让下属荀班与县令先说，按次序修治，
并设立里外间的馆舍，做珍奇的布置，刻画怪异的野兽，这象征着山川
精气所发的吉祥之兆。这项工程没有妨碍农时，而收获却很明显；短时
的辛苦换来长久的安乐，神明也有了永久的归依。自古以来泰山的祭
庙旅舍都存在，五岳应得到同样尊奉。哀矜这辛苦的百姓，独独未享受
华山的赐福，便请命免除华山十里之内从事工、商、农业者的重税，能够
满足上帝的心意，吉庆的事接连不断，风雨也有了规律，渐渐泽被万物。

灉是渐的通假字。君子的行为一定记载，何况这一项盛大的德行，好处遍及神灵与凡人，怎么能不传述下去呢？所以功曹郭敏、主簿魏袭、户曹史许礼等人，就刻文于大石之上，铭记这重大的功德，使其光辉垂于万年，永远可以存记。这里是刻下的文辞：

二仪剖判①，清浊始分。阳凝成山，阴积为川。泰气推否，洪波况臻。尧命伯禹②，决江开汶。川灵既定，恩覆兆民。乃刊祀典，辨于群神。因渎祭地，岳以配天。世主遵循，永享历年。赤锐煌煌③，受兹介福④；京夏密清⑤，殊俗宾服。令问不违，可谓至德；德音孔昭，实惟我后。出自中兴，大汉之舅。本枝惟百，延庆长久。俾守西岳，达奉神祀⑥。改传饰庙，灵有攸齐。降瑞答祚，景风凯悌。惟风及雨，成我稷黍。稽民用章，建义室宇。刊铭记诵，克配梁甫⑦。

【注释】

①二仪：指天地。
②伯禹：即大禹，夏之祖。
③煌煌：光明正大的样子。
④介福：大福，洪福。
⑤密：静谧祥和。
⑥达奉：进奉，朝拜。
⑦梁甫：山名，为东岳泰山名峰。

【译文】

天地开辟，清浊始分。阳气凝结，成为山岳，阴气郁积，就是江河。山灵水精，大气巨波，都为神明，能祝福德。尧命大禹，治理洪水，决引大江，疏通汶河。水灵已定，恩泽万民，就举祭典，告祝诸神。因水而地，山则比天，各以祭祀，世代君主，遵从不移，永享长年。大汉赤德，光明正大，受此洪福；中华清靖，万国异俗，无不宾服。大德至义，实谓至圣，德行之声，宏大显彰，如此之业，乃归汉帝。光武中兴，樊公帝舅，至此之世，宗族广大，子子孙孙，繁荣昌盛，祖宗之福，延续久长。樊氏后人，职守西岳，进奉神灵，改建旅舍，修饰神庙，山其有灵，福瑞齐美。降下吉祥，报答人心，风貌不凡，众心景慕。衷心祈祷，风调雨顺，从此福佑，百谷丰收。劳作之民，使用彩色，修治屋室，刻文记述。西岳庙宇，从此一新，代代无穷，如同梁甫。

蔡邕

蔡邕简介参见卷六。

陈留东昏库上里社碑

【题解】

　　此文系蔡邕为陈留郡东昏县库上里树立社碑而撰写的碑文。文中赞扬库上里人杰地灵，人才辈出，表明为感谢后土之神的佑助，特撰写此文以志之。曾国藩认为汉碑多酬应谀颂之文，此碑亦专为颂扬库上里虞氏而作。

　　社祀之建尚矣①！昔在圣帝，有五行之官②，而共工子句龙为后土③，及其没也，遂为社祀。故曰社者，土地之主也。《周礼》建为社位，左宗庙，右社稷。戎丑攸行④，于是受脤⑤；土膏恒动，于是祈农。又颁之于兆民⑥，春秋之中，命之供祠。故自有国至于黎庶，莫不祀焉。

【注释】

　　①社祀：祭祀地神。社，土地之神。

②五行之官：这里泛指上古时代各行各业的负责官员。

③共工：相传为尧的大臣，和驩兜、三苗、鲧并称为四凶，被尧流放
　　于幽州。句龙：相传为共工子，能平水土，后代祀为后土之神。

④戎丑攸行：意为必告大众而后行之。戎丑，大众。戎，大。丑，
　　众。攸行，是行。攸，是。

⑤脤（shèn）：古代祭社稷用的生肉。

⑥兆民：万民，极言人数很多。

【译文】

　　祭祀后土神的年代极为久远！上古圣贤帝王在位时，有各个部门
的负责官员，其中共工的儿子句龙能平水土，句龙殁后，人们把他认作
土地之神来祭祀。所以说，社，是主宰土地的。根据《周礼》建立社位的
规定，左边是宗庙，右边是社稷。先是告诉大众而后行动，于是用脤礼
祀社稷；农作是否能获丰收时常有变，就要祈祷农业之神。要告知黎民
百姓，每年在春秋两季选择吉日，隆重祭祀土地神。因而上至国家，下
至普通百姓，没有不祭祀后土神的。

　　惟斯库里，古阳武之户牖乡也①。春秋时，有子华为秦
相。汉兴，陈平由此社宰②，遂佐高帝克定天下，为右丞相，
封曲逆侯。永平之世③，虞延为太尉、司空④，封公。至嘉
平⑤，延弟曾孙放，字子卿，为尚书令。外戚梁冀乘宠作乱⑥，
首策诛之。王室以绩封召都亭侯、太仆、太常、司空，毗天子
而维四方，克措其功。往烈有常，于是司监爰暨邦人⑦，金以
为宰相继踵，咸出斯里，秦一汉三，而虞氏世焉。虽有积善
余庆，修身之致，亦斯社之所相也。乃相与树碑作颂，以示
后昆云⑧。

【注释】

① 户牖：春秋时宋国地名，在今河南兰考境内。

② 陈平（前？—前178）：西汉阳武人，秦末乱起，初随项羽，后归刘邦，积功至护军中尉，封曲逆侯。惠帝时为左丞相。与周勃合力，尽诛诸吕，迎立文帝。

③ 永平：汉明帝年号（58—75）。

④ 虞延：东汉陈留东昏人，少时为户牖亭长。建武二十四年（48）为洛阳令。后任太尉、司徒职。楚王刘英谋反，遭诬陷自杀。

⑤ 嘉平：此处有误。按桓帝延熹二年（159），桓帝与宦官兵攻梁冀府，冀自杀。《汉魏六朝百三家集》作"延熹"。

⑥ 梁冀（？—159）：东汉安定乌氏人，字伯卓。两妹为顺帝、桓帝皇后。先后立冲、质、桓三帝，专断朝政二十年。延熹二年，桓帝与宦官共谋，被迫自杀。

⑦ 司监：指做官的人。司，官职。监，官署名。

⑧ 后昆：后嗣子孙。

【译文】

库上里，自古以来属阳武县的户牖乡。春秋时代，有叫子华的做了秦国之相。汉朝初兴，陈平就是出生于此，辅佐高祖，夺得天下，官至右丞相，封爵曲逆侯。汉明帝永平年间，虞延做了太尉、司空，封公爵。至桓帝延熹年间，虞延弟弟的曾孙虞放，字子卿，做了尚书令。当时外戚梁冀权倾朝野，仗势作乱，虞放首倡诛杀梁冀。朝廷念他有功，封为召都亭侯。这三人分别累官至太仆、太常、司空，辅佐天子统治天下。列举他们的功业，称赞他们的勋绩，有口皆碑，如此，从官府到百姓，都认为这个地方接踵而出朝中大臣，秦出一人，汉出三人，虞氏更是世代做官。虽说是他们各自积善积德、修身养性的结果，但也有地方后土之神保佑的功劳。于是人们争相树碑立石，作赞颂文，昭示后代子孙。

　　唯王建祀,明事百神。乃顾斯社,于我兆民。明德惟馨,其庆聿彰。自嬴及汉①,四辅代昌,爰我虞宗,乃世重光。元勋既立,锡兹土疆。乃公乃侯,帝载用康。神人协祚,且巨且长。凡我里人,尽受嘉祥。刊铭金石,永世不忘。汉碑多酬应诔颂之文,此碑亦专为虞氏而作。

【注释】

①嬴:秦朝统治者为嬴姓,故以嬴为秦的代称。

【译文】

　　国家建立社稷之庙,公开侍奉百神。眼前库上里,对我大众黎民有兆示。明义德行流芳千载,昭彰万代。自秦至汉,出了四位辅臣。尤其虞氏一门,数代仕宦,光耀门庭。已有元勋榜样,恩惠施予这方土地。无论是公还是侯,都是皇帝的左膀右臂。上天神灵和贤能之人辅佐皇帝,源远流长。凡是我库上里百姓,尽受嘉气祥瑞。刊铭金石,永志不忘后土之神的保佑祝福。汉碑多酬应诔颂之文,此碑文是专为称颂虞氏而作的。

王延寿

王延寿，字文考，一字子山，东汉顺帝、桓帝时人，生卒年不详。南郡宜城（今湖北宜城）人。少时随父游鲁，到泰山从鲍子真学算，归渡水溺死，年仅二十余岁。王延寿《鲁灵光殿赋》最为有名，据说蔡邕为此搁笔。《隋书·经籍志》著录《王延寿集》三卷，今佚。

桐柏庙碑

【题解】

碑文记颂了东汉延熹年间南阳太守张某敬重修桐柏庙，为民祈福之事。文章先交待祭祀的时间，再追溯立庙的由来，后道出重修的规模，官民的欢悦，最后加以热情洋溢的赞颂。神乐其实人乐，人乐其实官明，官明其实政和，所谓为官一任，造福一方，古今各有敬重，其理一也。全篇行文前后照应，一气贯通，令人叹美。

延熹六年正月八日乙酉①，南阳太守中山卢奴张君②，处正好礼，尊神敬祀。以淮出平氏③，始于大复④，潜行地中，见于阳口⑤，立庙桐柏⑥，春秋宗奉，灾异告谴，水旱请求，位比诸侯,圣汉所尊,受珪上帝,太常定甲⑦。郡守奉祀,务洁沉祭⑧。务洁,碑作禱絜,洪景伯以为禱字当是斋字。从郭君以来,二十余年,不复身到,遣行承事,隶释作遣丞行事。简略不敬,明神弗歆⑨,灾害以生。五岳四渎⑩,与天合德;仲尼慎祭,常若神在。君准则大圣,亲之桐柏⑪,奉见庙祠,崎岖逼狭。开拓神门,立阙四达⑫,增广坛场,饰治华盖,高大殿宇,穹齐传馆⑬,石兽表道,灵龟十四,衢廷宏敞,宫庙高峻。祇慎庆祀,一年再至,躬进牲牷,执玉以沉,为民祈福。灵祇报祐,天地清和,异祥昭格,禽兽硕茂,草木芬芳,黎庶预祉⑭,民用作颂。其辞曰:

【注释】

①延熹:东汉桓帝年号。

②南阳:今河南南阳。中山:汉中山国,治卢奴县地。卢奴:今河北定州。

③平氏:县名,汉置平氏、复阳二县,晋时合并为平氏县,隋改为桐柏县,即今河南桐柏。

④大复:山名,在河南桐柏。

⑤阳口:淮水出桐柏山,潜行地中三十余里,始见于大复山南,故名阳口。

⑥桐柏:山名,在今河南桐柏县西南,东南接湖北随州,西接湖北枣阳。

⑦太常:汉官名,汉九卿之一,掌礼乐郊庙社稷事宜。

⑧沉祭:投寄于水中而祭。

⑨弗歆(xīn):不享祭品。

⑩五岳:谓中岳嵩山、东岳泰山、南岳衡山、西岳华山、北岳恒山。

四渎:江、淮、河、济。

⑪之:到。

⑫阙(què):古代神庙及墓门立双柱者谓之阙。

⑬窎:高。

⑭预祉:受福。

【译文】

延熹六年正月八日乙酉时,南阳太守中山卢奴县张某,处身正道,喜好礼仪,尊奉神灵虔敬祭祀。因为淮水源出于平氏,起始于大复山,潜行地下三十余里,出现在阳口,所以在桐柏山建一庙宇,春秋两季进行祭祀,每有灾祸和异变都来告祷,每逢水灾和旱灾都来祈求,地位和诸侯相等,为圣明的汉代所尊行,其礼器受赐于皇帝,其祭礼由太常制定为永久之制。郡守主持祭祀,一定要用洁美的物品作沉祭。"务洁",碑上是"襦絜",宋人洪景伯认为"襦"字就是"斋"字。自从前任太守郭某以来,二十几年间,不再亲自前来,而是派人办理此事,宋人洪适《隶释》中写作"遣丞行事"。礼数简略而不恭敬,圣明之神不受祀享,灾祸因此而降临了。五岳四渎之德是与天契合的,孔子对祭祀的事情就十分谨慎,就像神明在身旁一样。张某效仿圣人之举,亲自到桐柏山,拜谒庙宇,他见山路崎岖狭窄,就扩展神庙的门庭,立起四面通达的门柱,扩大场界,修饰屋顶,增高了殿堂,修高了传馆,走道旁立上石兽和十四个灵龟,路道院落开阔宽敞,殿堂庙宇高大耸立。虔诚谨慎地告祝祭祀,一年当中两次告祭。恭敬地献上祭品,拿着玉器投到水底,为百姓祈求幸福。于是神灵护佑,天地清平和顺,异样的祥瑞显示出来,牲畜肥壮,草木芳香,万民受福,作颂辞祷祝。颂词说:

　　泫泫淮源①,圣禹所导。汤汤其逝②,惟海是造。疏秽济远,柔顺其道。弱而能强,仁而能武。圣贤立式③,明哲所取。定为四渎,与河合矩④。烈烈明府⑤,好古之则,虔恭礼祀,不愆其德。惟前废弛,匪恭匪力,灾眚以兴⑥,阴阳以忒⑦。陟彼高冈,臻兹庙侧⑧,肃肃其敬⑨,灵祇降福。雍雍其和⑩,民用悦服。穰穰其庆⑪,年谷丰植。望君舆驾,扶老携集;慕君尘轨,奔走忘食;怀君惠贶⑫,思君罔极。于胥乐兮⑬,传于万亿。韩退之南海神庙碑蹊径似仿此文,而青胜于蓝不啻百倍。

【注释】

①泋泋:水流动的样子。

②汤汤:大水急流。

③立式:立下规则和榜样。

④合矩:符合法规。

⑤烈烈:威武的样子。

⑥灾眚(shěng):灾害。

⑦忒(tè):差错。

⑧臻(zhēn):到达。

⑨肃肃:恭恭敬敬的样子。

⑩雍雍:和谐。

⑪穰穰:粮食丰盛。

⑫惠贶(kuàng):惠赐。

⑬于:发语词。胥:都,全部。

【译文】

　　淮水水源流潺潺,至圣大禹所开导。水流急急去无返,奔向茫茫大海中。洗涤秽物济远方,柔弱和顺是大道。弱性本能胜刚强,仁心自会通武德。圣人贤士为榜样,明智之人取其长。以是规定有四渎,齐与黄河合法则。威严贤明今官府,喜好古人之规矩。虔诚恭敬以礼祭，不使道德有过失。因为以前久荒废，不再虔敬不力行，于是灾祸得发生，阴阳运行出差池。登上那个高山岗，来到神殿庙宇旁，恭恭敬敬来祀祭，神灵应验降福祥。态度和谐并敦厚，民众因此心悦服。祷祝粮食以丰盛，一年庄稼大丰收。企望你的车马到，百姓老幼齐聚来；思慕你的车临路，百姓奔走不及食；怀念你的大恩惠，思念之情无穷极。桐柏士民齐欢悦，传扬千秋和万代。韩愈《南海神庙碑》的写作手法似仿此文，而青胜于蓝不啻百倍了。

王粲

王粲简介参见卷四。

荆州文学记

【题解】

此文写于建安五年(200)。据《通鉴》记载，刘表在建安元年开办学校，五年之后，王粲写了本文给以赞扬。在这篇文章中，作者记叙了设置文学官和学校的重要性："上知所以临下，下知所以事上。官不失守，民听无悖"，"人伦之守，大教之本"。又说到办学时的兴旺："武人革面，总角佩觿，委介免胄。"而办学成果则是："六路咸秩，百氏备矣。"最后总结设置学校在政治方面的成效："品物宣育，百谷繁芜，动格皇穹，声被四宇。"这篇文章虽是逢迎之作，但描写生动，自然流畅，很有说服力。

有汉荆州牧刘君①，稽古若时②，将绍厥绩③。乃曰："先王之为世也，则象天地④，轨仪宪极⑤；设教导化，叙经志业⑥，用建雍泮焉⑦，立师保焉⑧；作为礼乐以作其性⑨，表陈载籍以持其德⑩。上知所以临下，下知所以事上，官不失守，民听无悖⑪，然后太阶平焉⑫。夫文学也者⑬，人伦之守、大教之本也⑭。乃命五业从事宋衷所作文学⑮，延朋徒焉，宣德音以赞之，降嘉礼以劝之⑯。五载之间，道化大行，耆德故老綦毋闿等⑰，负书荷器，自远而至者，三百有余人。于是童幼猛进，武人革面，总角佩觿⑱，委介免胄⑲，比肩继踵，川逝泉涌⑳，亹亹如也㉑，兢兢如也㉒。遂训六经，讲礼物，谐八音㉓，协律吕㉔，修纪历㉕，理刑法，六路咸秩㉖，百氏备矣㉗。

【注释】

①州牧：西汉成帝时，改刺史为州牧，后废置。到东汉灵帝时，再设州牧，并提高其地位，居郡守之上，掌握一州军政大权。刘君：指刘表（142—208），山阳高平（今山东鱼台东北）人，字景升。东汉远支皇族。初平元年（190）任荆州刺史，后为荆州牧。

②稽古：考察古代之事。若时：顺时。

③绍：继承。厥绩：那些业绩。

④则：效法。

⑤轨：遵循。仪：法度。宪极：准则。

⑥叙经：讲述经典。

⑦用：资财。雍泮（pàn）：辟雍、泮宫，古时的学校。《礼记·王制》："大学有郊，天子曰辟雍，诸侯曰泮宫。"

⑧师保：古时担任辅导和协助帝王子弟的官，有师有保，统称师保。后来也叫师傅。

⑨礼乐：礼与乐的合称。作：兴起。性：人的本性。

⑩持：保持，约束。

⑪听：接受。不悖：不违背，不相冲突。

⑫太阶：即泰阶。原为星名，即三台：上台、中台、下台，各两星相比

而斜上。如阶级然,故名。本文太阶指不同等级。

⑬文学:这里指以儒学为主的文献经典。

⑭大教:重大教化。

⑮宋衷:字仲子,后汉南阳章陵(今湖北枣阳东)人,曾任荆州五业从事。所作文学:振兴文学之事。

⑯降:和同。嘉礼:古代五礼之一。《周礼·春官·大宗伯》:"以嘉礼亲万民。"郑玄注:"嘉礼之别有六",按即饮食、昏冠、宾射、飨燕、脤膰、贺庆等礼。劝:鼓励。

⑰耆德:年高有道德学问的人。故老:年老有声望的人。綦毋闿:复姓綦毋,名闿,汉川人,有才德。

⑱总角:儿童向上分开的发髻,后来指儿童。觿(xī):古代用骨头制的解绳结的锥子。

⑲委:舍弃。介:铠甲。免:摘掉。胄:头盔。

⑳川逝:像河水一样。此处指人流不息。

㉑亹亹(wěi):勤勉不倦的样子。

㉒兢兢:小心谨慎的样子。

㉓谐八音:调谐各种乐器。八音,中国古代对乐器的统称,指金、石、土、革、丝、木、匏(páo)、竹。

㉔协律吕:善于作曲、配音。协,协调音律。律吕,音乐术语。中国古代律别,有三分损益方将一个八度分为十二个不完全相等的半音的一种音律。各律从低到高依次为黄钟、大吕、太簇、夹钟、姑洗、仲吕、蕤宾、林钟、夷则、南吕、无射、应钟。奇数各律称"律",偶数各律称"吕",总称"六律""六吕",简称律吕。

㉕修纪历:学习历法。纪历,记时的历法。

㉖六路:指上述训六经至理刑法六件事。

㉗百氏:诸子百家。

【译文】

汉室有荆州牧刘君,考察古代顺时之事,想要继承其业绩,于是说:

“先代圣王治世时，效法天地，遵循法度准则，开设儒学教育，用以诱导、教化百姓；讲述经典，以使人们记住前人的业绩；拿出资财建学校，请老师；利用礼、乐节制人们的习性，运用古籍上的道理约束人的道德。在上的知道怎样对待百姓，在下的明白用什么态度对待他们的官长。官吏不失操守，百姓遵从而不违背，如此便会天下太平。文献经典，是伦理道德中应当遵守的，也是重大教化的根本。”于是刘君任命五业从事宋衷重新振兴文学之事，聘请在文章典籍方面有修养的朋友和弟子，用美好的言词宣扬文学的重要性，用古代的嘉礼来鼓励人们。五年之后，道德风化普遍推行，年高德劭，像綦毋闿这样的人，背着书，担着器具，远道而来的有三百多位。于是小孩纷纷入学上进，武人也来读书，改变原来的状况，努力向善，孩子们头上戴着觿，武人摘掉铠甲头盔，肩并肩，脚跟脚，川流不息，个个勤勉不倦，小心谨慎。于是教导人们学习六经，讲授礼节，调谐乐器，作曲配音，修习历法，条理刑法。上述六件事都井井有序，诸子百家都完备了。

天降纯嘏①，有所底授②。臻于我君③，受命既茂④。南牧是建⑤，荆、衡作守⑥。时迈淳德⑦，宣其丕繇⑧，厥繇伊何⑨？四国交阻⑩。乃赫斯威⑪，爰整其旅⑫。虔夷不若⑬，屡戡寇侮⑭。诞启洪轨⑮，敦崇圣绪⑯。《典》《坟》既章⑰，礼乐咸举。济济搢绅⑱，盛兹阶宇⑲；祁祁髦俊⑳，亦集爰处㉑。和化普畅，休征时叙㉒。品物宣育㉓，百谷繁芜㉔。勋格皇穹㉕，声被四宇。

【注释】

①纯嘏（gǔ）：大福。纯，大。嘏，福。

②底授：授之有目的，有根底。

③臻：至，到，到达。

④受命：受天之命。茂：丰厚。

⑤南牧：即荆州。因荆州在中原之南，故称南牧。

⑥荆、衡：即荆州。古九州之一。作：兴建。守：管理。

⑦时迈淳德：适时以行淳厚的德义。时，适时。迈，行。

⑧丕繇：大的计划。

⑨繇：忧。伊：是。

⑩四国交阻：四境都有战事。

⑪赫：赫然。

⑫爰：乃，于是。

⑬虔：斩杀。夷：铲平，消除。不若：即不顺。

⑭戡：平定，攻克。寇侮：叛乱者。

⑮诞启：新生，重新开始。洪轨：大轨，大道，大事业。

⑯敦崇圣绪：笃厚地尊崇圣人未竟的事业。绪，前人留下的事业。

⑰《典》《坟》：三坟五典的简称。指各种古书。三坟，一说是三皇之书，也有认为系指天、地、人三礼，或天、地、人三气。五典，即五常之教：父义，母慈，兄友，弟恭，子孝。章：彰显。

⑱济济：众多。搢（jìn）绅：即"缙绅"，官宦士大夫。

⑲盛兹阶宇：盛聚在庭阶堂宇之下。

⑳祁祁：众多的样子。髦俊：英俊少年。

㉑爰：于。

㉒休征：吉利的征兆。叙：叙说，引申为到达。

㉓品：众多。宣：普遍。

㉔芜：丰。

㉕勋：功劳。格：达，至。皇穹：皇天。

【译文】

　　上天降临大福，有所目的赐授。赐我荆州刘君，承受之福丰厚。南方统治建树，荆州兴建管理。适时以行淳德，宣扬伟大计划。其忧患是什么？四境战事未休。显示赫赫威风，于是统率部队。斩杀不顺之辈，平定匪患叛贼。重始鸿图大业，尊崇圣人业绩。三坟五典彰显，礼乐普遍兴起。众多达官显宦，盛聚庭阶堂宇；众多英俊少年，也于荆州聚集。和喜教化之功，吉兆应时而到。万物得以培养，百谷得以繁茂。功劳可齐皇天，名声覆盖四宇。

晋人

魏晋时人,佚名。

造戾陵遏记

【题解】

此文是一篇表记文字,收入《水经注》卷十四,原作者不详。戾陵遏,即修在戾陵附近的土堰。本文记叙的就是魏晋之际刘靖、刘宏父子两代修筑戾陵遏的利民事迹。文中也提到了百姓的甘于劳苦、积极参与,实属难能可贵。

魏使持节都督河北道诸军事、征北将军、建城乡侯、沛国刘靖①,字文恭,登梁山以观源流②,相漯水以度形势③,嘉武安之通渠④,羡秦氏之殷富⑤,乃使帐下督丁鸿军士千人,以嘉平二年立遏于水⑥,导高梁河,造戾陵遏⑦,开车箱渠。其《遏表》云:高梁河者,出自并州,潞河之别源也。长岸峻固,直截中流,积石笼以为主。遏高一丈,东西长三十丈,南北广七十余步。依北岸立水门,门广四丈,立水十丈。山水暴发,则乘遏东下;平流守常,则自门北入,灌田岁二千顷。凡所封地百余万亩。

【注释】

①魏:指曹魏。使持节:魏晋南北朝时,掌地方军政的长官往往加使持节的称号,给以诛杀中级以下官吏之权。次一级的称持节,可以杀无官职的人。再次称假节,可以杀犯军令的人。都督:负责一地区或数地区军务的长官。河北:黄河以北。乡侯:侯爵的一种。沛国:汉时为封国,此沿旧称,约当今安徽宿州及其以北与河南、山东相邻地区。

②梁山:在今山东寿张西南。

③漯水:古黄河支流。

④武安:指武安侯田蚡,汉武帝时为丞相。其时黄河决口,武帝派大臣汲黯等率众堵塞,不能成功。田蚡认为江河决口未易以人力为强塞,汉武帝采纳了他的建议,不再用堵塞的方法治水。

⑤秦氏之殷富:指秦国在关中兴修水利而致富饶。

⑥嘉平:曹魏齐王曹芳年号(248—254)。遏:同“竭”,即堰。

⑦戾陵:即戾太子陵。戾太子,即汉武帝的太子刘据,因谋反被诛,谥号“戾太子”,其坟墓称“戾陵”。

【译文】

魏使持节、都督河北道诸军事、征北将军、建城乡侯沛国人刘靖,字文恭,登上梁山以察看河水源流,观察漯水以考虑地理形势,赞叹武安侯不主张强塞河流来治水的想法,羡慕秦人兴修水利而使国家富裕,于是命令帐下丁鸿督率军士一千人,于嘉平二年在水中筑竭,疏导高梁河,修造戾陵遏,挖成车箱渠。遏成后刻记说:“高梁河发源于并州,是潞河的另一个源头。河岸绵长坚固,在河中央用石笼堵水为遏,高一丈,东西长三十丈,南北宽七十多步。靠北岸建立水门,门宽四丈,高十丈。山水暴发时，水通过遏而东下；正常水流则从水门北面通过。一年可灌溉农田二千顷，可保护农田百余万亩。

至景元三年辛酉①，诏书以民食转广，陆废不赡，遣谒者樊晨，更制水门，限田千顷，刻地四千三百一十六顷，出给郡县，改定田五千九百三十顷。水流乘车箱渠，自蓟西北径昌平东，尽渔阳、潞县，凡所润舍四五百里，所灌田万有余顷。高下孔齐，原隰底平，疏之斯溉，决之斯散。导渠口以为涛门，洒滮池以为甘泽。施加于当时，敷被于后世。

【注释】

①景元：魏元帝曹奂年号（260—263）。

【译文】

景元三年辛酉，因为老百姓用粮渐多，田地废弃，不能供给，诏书派遣谒者樊晨重新开设水门，命令灌田千顷，划出四千三百一十六顷拨给地方郡县，改封土地五千九百三十顷。水流通过车箱渠，从蓟县西北终昌平，东流至渔阳、潞县，流域四五百里，灌田一万多顷。高低整齐，原野平坦，引导可以灌溉，决之则可以分流。渠口是发水的门户，通过灌溉使土地变为良田。恩惠施于当世，福泽流及后代。

晋元康四年①，君少子骁骑将军、平乡侯宏，受命使持节，监幽州诸军事，领护乌丸校尉、宁朔将军。遏立积三十六载，至五年夏六月，洪水暴出，毁损四分之三，剩北岸七十余丈，上渠车箱，所在漫溢。追惟前立遏之勋，亲临山川，指授规略，命司马、关内侯逢恽、内外将士二千人，起长岸，立石渠,修主遏,治水门。门广四丈,立水五尺。兴复载利,通塞之宜,准遵旧制,凡用功四万有余焉。诸部王侯不召而自至、缲负而趋事者盖数千人。《诗》载"经始勿亟";《易》称"民忘其劳",斯之谓乎!

【注释】

①元康:晋惠帝年号(291—300)。

【译文】

晋元康四年,刘君幼子骁骑将军、平乡侯宏,被委任为使持节,监幽州诸军事,领护乌桓校尉、宁朔将军。遏立后三十六年,至元康五年夏季六月,洪水暴发,毁坏有四分之三,只剩下北岸七十多丈,冲上车箱渠,到处漫流。刘宏追思当初立遏之功,亲临山川,指点属下规划,命令司马、关内侯逄恽督率内外将士两千多人,建起长堤,开挖石渠,建起主遏,修理水门。门宽四丈,聚水五尺高,重兴水利,决诸随宜。按照原来的样式,共费功四万余人。各部王公大人不用召集就自己来了,用布包土背着帮助施工的,总数有几千人。《诗》记载"经始勿亟",《易》也说"民忘其劳",说的就是这种情况吧!

于是二府文武之士①,感秦国思郑渠之绩、魏人置豹祀之义,乃遐慕仁政,追述成功。元康五年十月十一日,刊石立表,以纪勋烈,并记遏制度,永为后式焉。

【注释】

①二府:刘宏官职领护乌丸校尉、宁朔将军,二职下分别有一套班子,故称二府。

【译文】

于是二府文武属吏，有感于秦人感激郑国渠所带来的好处，魏人立祠纪念西门豹的大义，追慕仁政，记叙功绩，于元康五年十月十一日刊石立表，来纪功勋，并记下遏的规模制式，使其永远成为后世的榜样。

韩愈

韩愈简介参见卷二。

蓝田县丞厅壁记

【题解】

本文写于元和十年(815)。文章分两部分。前一部分写当时县丞在官场中的地位和处境,借"吏抱成案诣丞"一节,把吏员的就势欺人、县丞的低声下气刻画得惟妙惟肖。后一部分以崔斯立任蓝田县丞的遭遇作具体印证,写出了一个有才能有抱负的县丞从想有所作为到无法有所作为而心灰意冷的过程,进一步揭露了当时官场的黑暗。

韩愈此文虽沿壁记旧体,但秉笔直书,赋予新的内容,成为一篇揭露唐代官场积弊的犀利泼辣的政治讽刺小品。

丞之职所以贰令①,于一邑无所不当问。其下主簿、尉②,主簿、尉乃有分职。丞位高而偪③,例以嫌不可否事④。文书行,吏抱成案诣丞⑤,卷其前⑥,钳以左手⑦,右手摘纸尾⑧,雁鹜行以进⑨,平立睨丞曰⑩:"当署⑪。"丞涉笔占位署⑫,惟谨⑬。目吏,问:"可不可?"吏曰:"得⑭。"则退,不敢略省⑮,漫不知何事⑯。官虽尊,力势反出主簿、尉下⑰。谚数慢必曰丞⑱,至以相訾謷⑲。丞之设,岂端使然哉⑳!

【注释】

①丞:县丞。唐制,县设丞一人,是一县的副长官。贰令:指县丞为县令的副手。贰,副,这里是佐助的意思。

②主簿:唐代县设主簿一人,负责文书簿册和监印事项,职位在县丞以下。尉:县尉。唐代设县尉二人,掌管监察、治安等事。

③偪(bī):贴近,迫近。县丞位仅次于县令,如果他认真办事,势必会侵犯到县令的职权,所以说"偪"。

④嫌:嫌疑,这里指侵犯职权之嫌。

⑤成案:指经县主管部门拟稿,经县令批准的定案。诣:到,至。

⑥卷其前:公文的内容写在纸前,纸尾是署名的地方。吏将公文前边卷起来,是不让县丞看到公文的内容。

⑦钳:夹着。

⑧摘:捏着。

⑨雁鹜行:形容人走路缓缓、大摇大摆的样子。鹜,野鸭。

⑩平立:指不施礼,只是站着。睨(nì):斜着眼睛看人。

⑪署:署名,签字。

⑫涉笔:动笔。占:看,端详确定。位:署名的位置。

⑬惟:顺从的样子。

⑭得:口语,要得,行了。

⑮省(xǐng):察看。

⑯漫:茫然。

⑰势:威势。

⑱谚数慢必曰丞:大家平时说话,讲到哪个官职最闲散,一定会说

是县丞。

⑲訾謷(zǐ áo)：诋毁。

⑳端：本来。

【译文】

县丞的职位是县令的副手，那么对于一县的事务就没有不应当过问的。县丞下面是主簿、县尉，主簿、县尉各有专责。县丞地位高，容易侵犯县令的权力，为了避免和县令有争权之嫌，县丞历来对公事不置可否。发公文的时候，县吏抱着已经写定的案卷去见县丞，把公文的前半部分卷起来，用左手夹着，右手拣出纸尾，大摇大摆地走到县丞眼前，直挺挺地站在那儿，斜着眼睛看着县丞说："签署。"县丞拿起笔，端详一下位置，小心地签上自己的名字，然后看着县吏，问："可不可以？"县吏说："行了。"便退了出去。县丞不敢稍微察看一下内容，对到底是处理什么事情茫然无知。县丞的职位虽高，他的权势反而在主簿、县尉之下。社会上谈到闲散官的时候，必举县丞为例，甚至发展到用县丞的闲散来讥诮人。难道朝廷设置县丞这一官职的本意就是如此吗？

博陵崔斯立种学绩文①，以蓄其有，泓涵演迤②，日大以肆③。贞元初④，挟其能⑤，战艺于京师⑥，再进再屈于人⑦。元和初，以前大理评事言得失黜官⑧，再转而为丞兹邑⑨。始至，喟曰："官无卑，顾材不足塞职。"既噤不得施用⑩，又喟曰："丞哉，丞哉，余不负丞，而丞负余。"则尽枿去牙角⑪，一蹲故迹⑫，破崖岸而为之⑬。

【注释】

①博陵：今河北定州。崔斯立：字立之，博陵人。元和十年(815)任蓝田县丞。种学绩文：以耕种比喻勤奋研究学问。绩，辑麻

成线。

②泓涵演迤(yí):形容学问修养广博深厚。泓涵,包孕宏深。演迤,
境界广阔。

③肆:不受拘束。

④贞元:唐德宗的年号(785—804)。

⑤挟(xié):怀抱,这里指凭着。

⑥战艺:同人比试才学,指参加科举考试。

⑦再进再屈千人:崔斯立贞元四年(788)中进士,贞元六年(790)中
博学宏词科,故言"再进"。"再屈千人"指两次压倒众人,千人比
喻服者之多,"千人"它本作"于人"。

⑧大理评事:大理寺的属官,掌刑法。得失:指朝政。

⑨再转:指崔斯立因上书言事贬官后又一次被贬官。转:迁转,迁
调官职。

⑩嚜:闭口不言。

⑪枿(niè):同"蘖"。拔去,去掉。牙角:棱角,锋芒。

⑫蹑:践,遵行。故迹:指过去做县丞的旧例。

⑬破崖岸:立求随和他人,跟"去牙角"的意思差不多。崖岸:比喻
处世的原则、界限,如同山水之有崖岸。

【译文】

博陵人崔斯立,作学问如耕田织麻般辛勤,不断地积累知识,他的
学问修养包孕宏深,境界广阔,而且愈来愈博大宏放。贞元初年,他怀
抱杰出才能,在京城参加考试,两次中第,两次压倒众人。元和初年,崔
斯立任大理评事时因议论朝政得失而遭贬官,经两次迁调才到蓝田做
县丞。刚到任时,他叹息说:"官职无卑贱大小之分,只是自己的才能不
能尽职。"当他事事不能过问而无所作为之后,又叹息说:"县丞啊,县丞
啊! 我没有辜负县丞这个职位,而县丞这个职位却辜负了我!"于是完
全去掉棱角锋芒,一切遵循做县丞的旧例,随和敷衍。

丞厅故有记，坏漏污不可读，斯立易桷与瓦①，墁治壁②，悉书前任人名氏。庭有老槐四行，南墙巨竹千梃③，俨立若相持④，水㶁㶁循除鸣⑤。斯立痛埽溉⑥，对树二松⑦，日哦其间⑧。有问者辄对曰："余方有公事，子姑去。"

【注释】

①桷（jué）：椽子。

②墁：涂抹的工具，这里作动词用。

③巨竹：大竹。梃（tǐng）：竿。

④俨：庄严。

⑤㶁㶁（guó）：水流声。除：台阶。

⑥痛：彻底地。埽溉：清扫洗涤。

⑦树：种植。

⑧哦：吟哦，吟诗。

【译文】

县丞办公的厅堂里原先有壁记，由于屋漏墙坏，壁记上污迹斑斑，记文看不清楚了。崔斯立让人换了房椽和屋瓦，修整粉刷好墙壁，把前任县丞的姓名都写在上面。庭院中有四行老槐树，南墙边有大竹千竿，槐竹对立，好像彼此争持，不相上下。水沿着庭阶流着，发出㶁㶁的响声。崔斯立把庭院彻底地清扫了一番，相对着栽上两棵松树，每天在树下吟诗。有来问事的人，他就说："我正有公事在办，你暂且离开这儿。"

考功郎中、知制诰韩愈记①。

【注释】

①考功郎中：属吏部，掌管文武百官功过恶善考绩事宜。知制诰：

掌管草拟诏令事项。韩愈此时任考功郎中兼知制诰。

【译文】

考功郎中、知制诰韩愈记。

郓州溪堂诗 并序

【题解】

此文写于长庆二年(822)。唐宪宗元和十四年(819),扶风人马总任郓、曹、濮节度观察使镇守东平。四年后(长庆二年),幽、镇、魏、徐四州叛乱,只有马总占据中间,未叛。郓州原为乱人盘踞近六七年,"将强卒武","皆骄以易",困难重重。马总推行教化,移风易俗,一境大治,于是皇帝对马总加封进爵。马总为招待士大夫,在居所北隅建溪堂,请韩愈作文记之。本文虽为称颂一类文章,但仍不失韩愈大家风格。陈后山说:"退之之作记,记其事耳,今之记乃论也。退之此篇未尝不论。然止是记事,尤神而明之矣。"

宪宗之十四年,始定东平①,三分其地②,以华州刺史、礼部尚书兼御史大夫扶风马公为郓、曹、濮节度观察等使③,镇其地。既一年,褒其军,号曰"天平军"④。上即位之二年⑤,召公入,且将用之,以其人之安公也⑥,复归之镇。上之三年,公为政于郓、曹、濮也适四年矣,治成制定,众志大固,恶绝于心,仁形于色,薄心一力,以供国家之职。以上镇郓大固。于是沂、密始分而残其帅⑦,其后幽、镇、魏不悦于政⑧,相扇继变⑨,复归于旧,徐亦乘势逐帅自置⑩,同于三方⑪。惟郓也截然中居⑫,四邻望之若防之制水⑬,恃以无恐。以上三方继变而郓常安。然而皆曰:郓为虏巢且六十年,将强卒武。

曹、濮于郓，州大而近，军所根柢⑭，皆骄以易怨⑮，而公承死亡之后⑯，掇拾之余⑰，剥肤椎髓⑱，公私埽地赤立⑲，新旧不相保持⑳，万目睽睽㉑，公于此时能安以治之，其功为大。若幽、镇、魏、徐之乱，不扇而变，此功反小，何也？公之始至，众未熟化㉒，以武则忿以憾㉓，以恩则横而肆㉔。一以为赤子㉕，一以为龙蛇，愡心罢精㉖，磨以岁月，然后致之，难也！及教之行，众皆戴公为亲父母㉗，夫叛父母㉘，从仇雠㉙，非人之情，故曰易。以上论前后之难易。于是天子以公为尚书右仆射，封扶风县开国伯以褒嘉之。公亦乐众之和，知人之悦，而侈上之赐也㉚。于是为堂于其居之西北隅，号曰"溪堂"，以飨士大夫㉛，通上下之志㉜。既飨，其从事陈曾谓其众言："公之畜此邦㉝，其勤不亦至乎㉞？此邦之人，累公之化，惟所令之，不亦顺乎？上勤下顺，遂跻登兹，不亦休乎㉟？昔者人谓斯何？今者人谓斯何？虽然，斯堂之作，意其有谓，而喑无诗歌㊱，是不考引公德㊲，而接邦人于道也。"乃使来请，以上作溪堂征诗歌。其诗曰：

【注释】

①始定东平：《旧唐书·宪宗纪》载，元和十四年二月，"壬戌，田弘正奏，今月九日，淄青都知兵马使刘悟，斩李师道并男二首请降，师道所管十二州平"。东平，治所在无盐，今山东东平东。

②三分其地：《旧唐书·宪宗纪》载，三月戊子，"以华州刺史马总为郓、濮、曹等州观察等使。己丑，以义成军节度使薛平为青州刺史，充平卢军节度淄、青、齐、登、莱等州观察等使。以淄青四面行营供军使王遂为沂州刺史，充沂、海、兖、密等州都团练观察等

　　　使。析李师道所据十二州为三镇也"。

③扶风：今陕西宝鸡东部。马公：即马总，字会元，陕西扶风人。
　　郓：郓州，今山东郓城东。曹：曹州，今山东菏泽。濮：濮州，治鄄
　　城县，今山东鄄城北旧城。

④褒其军，号曰"天平军"：《旧唐书·穆宗纪》载，元和十五年秋七
　　月乙巳，"郓、曹、濮等州节度赐天平军，从马总奏也"。

⑤上：指穆宗。元和十五年（820）即位。

⑥安：习惯。

⑦沂、密始分而残其帅：《新唐书·宪宗纪》载，元和十四年七月辛
　　卯，"沂海将王弁杀其观察使王遂，自称留后"。沂，沂州，治临沂
　　县，今山东临沂东南。密，密州，治诸城，今山东诸城。

⑧幽：幽州，治蓟县，今北京城西南。镇：镇州，治真定，今河北正
　　定。魏：魏州，治贵乡，今河北大名东北。

⑨相扇继变：《新唐书·穆宗纪》载，长庆元年七月甲辰，"幽州卢龙
　　军都知兵马使朱克融囚其节度使张弘靖以反"。"壬戌，成德军
　　大将王廷凑杀其节度使田弘正以反"。二年，正月癸卯，"魏博节
　　度使田布自杀，兵马使史宪诚自称留后"。扇，扇动。

⑩徐亦乘势逐帅自置：《新唐书·穆宗纪》载，长庆二年二月乙巳，
　　"武宁军节度副使王智兴，逐其节度使崔群"。武宁军节度使治
　　徐州，今江苏铜山。

⑪三方：指上文的幽、镇、魏。

⑫截然：界线分明，像割断一样。

⑬防：堤防。制：遏制。

⑭军所：军营。根柢：树木的根，引申指事业或学问的基础。

⑮皆骄以易怨：都放纵而容易产生怨恨。骄，放纵。

⑯死亡之后：指李师道死。

⑰掇：掠夺，劫取。拾（jié）：更迭，轮流。

⑱剥肤椎髓:形容没有遗余。椎,击打。

⑲埽地:破坏无余。赤立:空无所有。

⑳保持:维持。

㉑睒睒:形容注视。

㉒熟化:熟悉。

㉓憾:恨。

㉔横:蛮横。肆:放肆。

㉕赤子:婴儿。

㉖罢(pí):通"疲",疲劳。

㉗戴:爱戴。

㉘叛:背叛。

㉙仇雠:仇敌。

㉚侈:张大。

㉛飨:用酒食招待人。

㉜志:心意。

㉝畜:养育。

㉞勤:努力,尽力。

㉟休:喜庆。

㊱喑(yīn):默不作声。

㊲考:思虑。

【译文】

　　唐宪宗十四年,平定东平,并将东平分为三镇,以华州刺史、礼部尚书兼御史大夫、扶风马公任郓、曹、濮节度观察等使,镇守此地。一年后,表彰其军,封军号天平军。穆宗登极第二年,召马公入宫,想重用他。因为天平军的百姓安于马公的治理,就让他回到东平。穆宗三年,马公在郓、曹、濮为政恰好四个年头了,对地方的治理很成功,各种规章制度也确定下来,人们意志坚固,丑恶之事绝于心内,仁爱之情表现出来，大家齐心协力，尽忠职守。以上是写镇守郓州等地人心安定。就在这时，沂州、密州开始分裂而且杀了他们的主帅。这之后，幽州、镇州、魏州不悦服当时的朝政，相互煽动，发动兵变，使那里又回到原来的局面，徐州方面也乘势赶走主帅而自立，和幽、镇、魏三州一样。只有郓州，占据中间，四邻视之如堤坝遏制洪水，有依靠而毫不恐慌。以上写三地相继叛乱而郓州保持安定。但是人们都说："郓州作为敌人盘踞的巢穴将近六十年，将强兵勇。曹州、濮州相对郓州而言，地方大而两州间距离近，军中形成基础，士兵们放纵而且易生怨恨。而马公接受的是一个主帅刚去世之后，屡遭抢掠，剥肤敲髓，公私两空，新旧不能相互维持，上万只眼睛看着他的局面，马公在这种情况下，能安稳地治理郓州，功劳是很大的。如果幽、镇、魏、徐州叛乱的时候，郓州没有被煽动而变乱，这个功劳反而显得小了。"为什么呢？马公初上任，人们都不熟悉他，用武力则导致愤怒而怨恨，施恩惠则导致骄横与放肆。对他们有时像对待初生的婴儿，有时像对待龙蛇猛兽，费尽心神，耗费时间，终于治理得当，难啊！到马公的教化推行之后，百姓都爱戴他，视他为亲生父母，背叛父母，跟随仇敌，就不是人了，所以说反而容易了。以上是论述前事后事之难易。于是天子任命马公为尚书右仆射、封扶风县开国伯，以示嘉奖。马公也为百姓和睦而高兴，知道百姓们也高兴，于是增大了皇帝的赏赐，在他住所的西北角建了一座堂，称为溪堂，用酒食款待士大夫们，使上下心意相通。酒食过后，从事陈曾对在座客人说："马公养育此邦，他的努力不是达到顶点了吗？此邦之人，受马公的不断教化，只要有所命令，不是也很顺从吗？官吏努力，百姓顺应，于是达到今天这种程度，不也是喜庆之事吗？以前人们怎么说？现在人们又怎么说呢？虽然如此，这溪堂的建立，它的意义还是有可讲的，而默不作声，不写诗歌，就是不想宣扬马公的德政以帮助当地百姓就于仁义之道。"于是派人来请我，以上是叙述建造溪堂征求诗歌的情况。我作诗道：

帝奠九壥①，有叶有年②。有荒不条③，河、岱之间④。及我宪考⑤，一收正之。视邦选侯，以公来尸⑥。公来尸之，人始未信。公不饮食，以训以徇。孰饥无食？孰呻孰叹？孰冤不问，不得分愿⑦。孰为邦蟊⑧？节根之螟⑨。羊狼狼贪⑩，以口覆城。吹之煦之，摩手拊之⑪；篦之石之⑫，膊而磔之⑬。凡公四封⑭，既富以强。谓公吾父，孰违公令？可以师征，不宁守邦。公作溪堂，播播流水⑮。浅有蒲莲⑯，深有兼苇⑰。公以宾燕，其鼓骇骇⑱。公燕溪堂，宾校醉饱。流有跳鱼，岸有集鸟。既歌以舞，其鼓考考⑲。公在溪堂，公御琴瑟。公暨宾赞⑳，稽经诹律㉑。施用不差，人用不屈。溪有蒢芡㉒，有龟有鱼。公在中流，右《诗》左《书》。无我斁遗㉓，此邦是庥㉔。

【注释】

①九壥(chán)：九州。壥，同"廛"。

②叶：世。

③条：犹"理"。

④河、岱之间：黄河、泰山之间。河，黄河。岱，泰山称为岱宗。

⑤宪考：指父母官。

⑥尸：主。

⑦愿：仰慕。

⑧蟊：吃禾苗根节的害虫。本句指对人对国家有害的人。

⑨螟：螟虫，螟蛾的幼虫，吃稻茎髓部，害处很大。

⑩羊狼狼贪：《史记·项羽本纪》：宋义"下令军中曰：'猛如虎，很如

羊,贪如狼,强不可使者,皆斩之。'"很,通"狠"。凶恶。

⑪拊:抚摸。

⑫箴:同"针"。

⑬膊:磔尸而曝之。磔:一种分解肢体的刑法。

⑭封:边界,界域。

⑮播播:水流的样子。

⑯蒲:水生植物,可做席,嫩蒲可食。

⑰蒹苇:没有长穗的芦苇。

⑱骇骇:播放。

⑲考考:击鼓声。

⑳暨:同,和。

㉑稽经诹(zōu)律:考证经典,商议音律。稽,考证。诹,商议,询问。

㉒蘋(pín):浮萍。苽(gū):即茭白。

㉓斁(yì):厌,厌弃。

㉔庥(xiū):庇荫。

【译文】

　　帝王祭奠九州,有世并且有年。荒芜不加条理,黄河泰岱之间。及我父母官来,一并收拾纠正。视邦选取诸侯,用以马公主管。马公来为主管,开始人未信服。马公废寝忘食,来教诲去巡行。谁饥饿无口食?谁呻吟谁叹息?谁冤屈没有说?不能得到仰慕。是谁对国有害?节根上的螟虫。狠如羊贪如狼,以利口倾覆城。用口吹用温暖,摩擦手去抚摩。用针刺用砭石,施以分裂体肢。凡是马公四境,都是富庶强盛。称谓马公为父,谁违马公命令?可以击师征讨,不宁可以守邦。马公建造溪堂,堂前播播流水。浅处生有蒲莲,深处生有蒹苇。用以宴请宾客,鼓声阵阵擂响。马公宴于溪堂,宾客军校醉饱。溪流中有鱼跳,岸边常有鸟集。既唱歌又跳舞,充满击鼓之声。马公坐在溪堂,马公弹奏琴瑟。公和宾客颂赞，考证经典音律。实施运用不差，人由是而不屈。溪有浮萍茭白，而且有龟有鱼。马公处在中流，右边《诗》左边《书》。我辈得晏溪堂，此邦实是庇荫。

画记

【题解】

此文写于贞元十一年（795）。文章分两部分：前一部分描写画中人、动物和器具的形态，后一部分叙述画的来龙去脉和作者写此文的用意。

文章以极大的篇幅不厌其烦地一一介绍画中人、马的各个形态、动作以及其他动物和杂物，像一本流水账，但却不使人厌倦，原因是组织得法，层次清楚，且语言生动活泼，文字简炼精要，诸多描写栩栩如生，引人入胜。

杂古今人物小画共一卷。骑而立者五人，骑而被甲载兵立者十人①，一人骑执大旗前立，骑而被甲载兵行且下牵者十人，骑且负者二人，骑执器者二人，骑拥田犬者一人②，骑而牵者二人，骑而驱者三人，执羁靮立者二人③，骑而下倚马臂隼而立者一人④，骑而驱涉者二人⑤，徒而驱牧者二人⑥，坐而指使者一人，甲胄手弓矢铁钺植者七人⑦，甲胄执帜植者十人，负者七人，偃寝休者二人⑧，甲胄坐睡者一人，方涉者一人，坐而脱足者一人⑨，寒附火者一人⑩，杂执器物役者八人，奉壶矢者一人⑪，舍而具食者十有一人⑫，把且注者四人⑬，牛牵者二人⑭，驴驱者四人⑮，一人杖而负者，妇人以孺子载而可见者六人，载而上下者三人⑯，孺子戏者九人。凡人之事三十有二，为人大小百二十有三，而莫有同者焉。马大者九匹，于马之中又有上者、下者、行者、牵者、涉者、陆者、翘者、顾者、鸣者、寝者、讹者、立者、人立者、龁者、饮者、溲者、陟者、降者、痒磨树者、嘘者、嗅者、喜相戏者、怒相蹑啮者、秣者、骑者、骤者、走者、载服物者、载狐兔者⑰。凡马之事二十有七，为马大小八十有三，而莫有同者焉。牛大小十一头，橐驼三头⑱，驴如橐驼之数，而加其一焉。隼一、犬、羊、狐、兔、麋鹿共三十。旃车三两⑲。杂兵器弓矢、旌旗、刀剑、矛楯、弓服、矢房、甲胄之属⑳，瓶、盂、簦、笠、筐、筥、锜、釜饮食服用之器㉑，壶、矢博弈之具㉒，二百五十有一，皆曲极其妙㉓。

【注释】

①被甲载兵：穿着铠甲，扛着兵器。被，穿着。甲，铠甲，古代以皮革制成或以金属片连缀而成的军服。载，负载，负荷。兵，兵器。

②田犬：猎狗。田，同"畋"。打猎的意思。

③羁靮（dí）：马络头和马缰绳。羁，络在马头部的革带。靮，马缰绳。

④臂隼（sǔn）：手臂上立隼。臂，作动词用。隼，即鹘，一种凶猛的鸟，喜欢搏击鸟类和其他动物。

⑤驱涉：驱赶下水。

⑥徒：步行。驱牧：驱赶牧养牲畜。

⑦胄：古代用金属制成的军帽。此处甲胄作动词用。铁钺（fū yuè）植：斧钺的柄插在地上。铁，斧。钺，大斧。植，立。

⑧偃寝：仰卧睡觉。

⑨脱足：脱去所穿鞋袜，露出脚来。

⑩附火：近火，靠火，就是烤火取暖。

⑪奉：同"捧"。壶矢：古代投壶游戏所用的壶和箭。投箭以盛酒的
　　壶为目标，投箭入壶，以投中多少决胜负，负者须饮酒。

⑫舍而具食：在屋下做饭。舍，屋舍，此处当动词用。

⑬挹且注：酌水或酒灌入容器中。挹，酌，舀。

⑭牛牵：牵牛。此处是倒字法。

⑮驴驱：驱驴。用法同上。

⑯载而上下：指上车下车。

⑰涉：渡水。陆：跳跃。翘：举起前足预备跳。讹：动。齕（hé）：咬，
　　吃。溲：大小便。陟：登高。踶嚙（dì niè）：指马足踢口咬。踶，同
　　"蹄"。当动词用。嚙，口咬。秣：本是饲马的刍豆，作动词用，吃
　　草。骤：驰骤。指疾行，奔跑。

⑱橐（tuó）驼：骆驼。

⑲旃（zhān）车：插有曲柄旗的车。旃，曲柄旗。两：同"辆"。

⑳弓服、矢房：即弓袋、箭袋。服，同"箙（fú）"。用竹木或兽皮制成
　　的盛箭器。房，装矢的用器。

㉑簦（dēng）、笠：防雨用具，类似伞。簦，大而有柄，就是现在的雨
　　伞。笠，无柄，戴在头上。筐、筥（jǔ）：都为竹器。筐为方形，筥为
　　圆形。锜（qí）、釜：古代的烹煮器皿。锜底下有三足，釜下无足。

㉒博：一种游戏，用六箸十二棋。弈：围棋。

㉓曲：委婉细致。

【译文】

　　绘有古今各种人和物的小画共一卷。骑马立着的有五人，骑在马
上穿铠甲握兵器的有十人，一个骑马的人手执大旗站在前面，穿铠甲持
兵器骑在马上走和正在下马及牵着马走的有十人，骑马而且背上背着
东西的二人，骑马手拿器物的二人，骑马抱着猎狗的一人，骑马牵着缰

绳的二人,骑马驱鞭而行的三人,手握马络头、拉着缰绳立着的二人,本来骑马现在下来靠着马、臂上立着鹞鸟站着的二人,骑马并赶马下水的二人,徒步行走驱赶牲畜的二人,坐着指使别人的一人,披甲戴盔、手持弓箭、把斧钺往地上插的七人,披甲戴盔把旗帜往地上插的十人,背东西的七人,仰卧休息的二人,披甲戴盔坐着睡觉的一人,正在趟水过河的一人,坐着脱鞋袜的一人,因为冷靠火取暖的一人,拿着各种不同器物干活的八人,捧壶、箭的一人,在屋下做饭的十一人,把水往容器中舀的四人,牵牛的二人,赶驴的四人,一个人拄着拐杖背着东西,妇人和小孩坐在车中能看见的六人,上车下车的三人,在玩耍的小孩九人。画中人的活动一共三十二项,大小人物一百二十三个,没有相同的。马,大的有九匹。马当中,有站在高处的,站在低处的,正在走的,被人牵着的,正在过河的,跳着的,抬腿预备跳的,回头看的,嘶鸣的,睡着的,动的,站立着的,高举前足像人站一样立着的,咬东西的,喝水的,大小便的,往高处奔的,往低处下的,靠着树擦痒的,嘘气的,闻味的,高兴地在一起嬉戏的,发怒而互相足踢口咬的,正在吃草的,被人骑着的,奔跑的,跑的,驮衣物的,驮狐狸、兔子的。画中马的活动二十七项,大小马八十三匹,没有相同的。大小牛十一头,骆驼三头,驴比骆驼多一头。鹞鸟一只,狗、羊、狐狸、兔子、麋鹿一共三十只。插有曲柄旗的车三辆。各种兵器、弓箭、旌旗、刀剑、矛盾、弓袋箭袋、盔甲一类的东西,瓶盂、伞笠、筐筥、锜釜一类饮食服用器物,投壶的壶箭、博弈用具,一共二百五十一件,都非常细致地体现它们的妙处。

　　贞元甲戌年①,余在京师甚无事。同居有独孤生申叔者②,始得此画而与余弹棋③,余幸胜而获焉。意甚惜之,以为非一工人之所能运思,盖蒙集众工人之所长耳④,虽百金不愿易也。明年,出京师,至河阳⑤,与二三客论画品格,因出而观之。座有赵侍御者⑥，君子人也，见之戚然⑦，若有感然。少而进曰⑧："噫，余之手摸也⑨，亡之且二十年矣。余少时常有志乎兹事，得国本⑩，绝人事而摸得之⑪，游闽中而丧焉⑫。居闲处独，时往来余怀也⑬，以其始为之劳而风好之笃也。今虽遇之，力不能为已，且命工人存其大都焉⑭。"余既甚爱之，又感赵君之事，因以赠之，而记其人物之形状与数，而时观之，以自释焉⑮。

【注释】

①贞元甲戌年：即贞元十年，794 年。

②独孤生申叔：独孤申叔，字子重，官至校书郎，贞元十八年（802）卒，终年二十六岁。韩愈为他写过《独孤申叔哀辞》。

③弹棋：古时的一种游戏。现只知棋局方二尺，中心高如覆盂，其巅为小壶，四角微隐起。其他情况不详。

④蘴（cóng）集：聚集。蘴，同"丛"。

⑤河阳：今河南孟县。

⑥赵侍御：其人名字不详。侍御，即侍御史，掌管纠弹百官和受理冤讼。

⑦戚然：悲伤的样子。

⑧少而：一会儿。少，同"稍"。

⑨手摸：亲手摹绘。摸，同"摹"。

⑩国本：国工所绘的画本。一说为国库所藏的画本。

⑪绝人事：闭门和世人隔绝，不通时事。

⑫闽中：今福建闽侯。

⑬往来余怀：心中常常忆起这（幅画）。

⑭大都：大略，大概。

⑮自释:自我宽慰。

【译文】

贞元甲戌年,我在京城,没什么事。和我住在一起的独孤申叔刚得到这幅画就和我打赌弹棋,我侥幸获胜得到了画。我非常爱惜它,认为非一个画工所能运思而出,大概是集众画工之所长而得,即使是给我一百两银子,我也不卖。第二年,我出京到了河阳,和几位客人谈论画的品位格调,把这幅画拿出来赏鉴。在座的有位赵侍御,是位诚实君子,他见到画后便露出悲哀的神色,好像很有感触的样子。过了一会儿说:"唉!这是我亲手摹绘的,丢了快二十年了。我年轻时有志于绘画,得到了一件国工的画本,杜绝人事闭门摹绘出这幅画,却在游闽中时把它弄丢了。一个人闲居独处时,常常想起它,因为当初我为它付出过辛劳且一直非常喜爱它。今天虽然遇到了这幅画,但我已无力再摹绘了,姑且让画工把它大概画下来吧。"我既非常喜欢这幅画,又为赵君的事所感动,因此就把画送给了他,而记下画中人和物的形状与数目,常常观看,用来自我宽慰。

南海神庙碑

【题解】

此文写于元和十五年(820),记节度使孔戣励精图治,修庙祭神之事。文中用极大的篇幅描写了祭祀的经过,颇为壮观。韩愈推崇汉朝辞赋家司马相如、扬雄,他从扬雄处学"奇字",从司马相如处汲取写景的瑰丽。韩愈创造性地大量采用辞赋的铺叙与骈文的排偶,使文章质朴中见流丽,恣肆内寓严整,疏密掩映,丰腴多姿。

海于天地间,为万物最钜①。自三代圣王②,莫不祀事。

考于传记，而南海神次最贵，在北、东、西三神、河伯之上，号为祝融③。天宝中④，天子以为古爵莫贵于公侯，故海岳之祝⑤，牺币之数⑥，放而依之，所以致崇极于大神。今王亦爵也，而礼海岳，尚循公侯之事，虚王仪而不用，非致崇极之意也。由是册尊南海神为广利王⑦，祝号祭式，与次俱升。因其故庙，易而新之，在今广州治之东南，海道八十里，扶胥之口⑧，黄水之湾⑨。常以立夏气至，命广州刺史行事祠下，事讫驿闻。以上言南海神之尊，祀事之严。

【注释】

①钜：通"巨"。

②三代：指夏、商、周三个朝代。

③"而南海神次最贵"几句：《太平御览·神部》引太公《金匮》曰："武王都洛邑未成，阴寒雨雪十余日，深丈余。甲子旦，有五丈夫乘车马从两骑止王门外，欲谒武王。武王将不出见，太公曰：'不可。雪深丈余而车骑无迹，恐是圣人。'太公乃持一器粥出，开门而进五车、两骑，曰：'王在内，未有出意。时天寒，故进粥以御寒，未知长幼从何起？'两骑曰：'先进南海君，次东海君，次西海君，次北海君，次河伯雨师。'粥既毕，使者具告太公。太公谓武王曰：'前可见矣。五车两骑，四海之神，与河伯雨师耳。南海之神曰祝融，东海之神曰勾芒，北海之神曰玄冥，西海之神曰蓐收，请使谒者各以其名召之。'武王乃于殿上，谒者于殿下门外引祝融进，五神皆惊，相视而欢。祝融拜，武王曰：'天阴乃远来，何以教之？'皆曰：'天伐殷立周，谨来受命，愿敕风伯雨师各使奉其职。'"河伯，河神。

④天宝：唐玄宗李隆基的年号（742—756）。

⑤岳：高大的山，引申为分掌四方的诸侯之长。

⑥牺：古代祭祀用的纯色牲畜。

⑦广利王：《通典·礼典·吉礼》：天宝"十载正月，以东海为广德王，南海为广利王，西海为广润王，北海为广泽王，分命卿、监，诣岳渎及山，取三月十七日一时备礼，兼册祭，仪具开元礼。"

⑧扶胥：在番禺县东南三江口。

⑨黄水之湾：《广东通志》："广州府番禺县：波罗江，韩愈碑扶胥之口，黄水之湾即此，在南海神庙前，岭南诸水之会也。"

【译文】

　　天地间最大的东西是海，从夏、商、周三代起，圣明的君主无不祭祀它。在传书和史记中查到，南海位列最高，在北、东、西三神与河伯之上，名叫祝融。天宝年间，天子认为古代的爵位中公侯最为尊贵，所以对祭祀海神的仪式用的牲畜和资财，就仿效依从古代对公侯祭祀的办法，以为这样对大神才是崇敬至极。现在的王，也是爵，而祭祀海神仍遵循公侯的形式，虚置王的礼仪而不用，不是表达崇拜至极的意思。于是册封诸神，尊南海神为广利王，祝号和祭祀形式依次而升。因为是座旧庙，新修了一下，位置在今广州治东南，海道八十里，扶胥入口处的黄水湾。皇上常在立夏时命广州刺史在祠中行祭祀的仪式，仪式过后，把情况奏报给朝廷。以上说南海神的尊贵，祭祀的严格。

　　而刺史常节度五岭诸军①，仍观察其郡邑，于南方事无所不统，地大以远，故常选用重人。既贵而富，且不习海事，又当祀时，海常多大风，将往皆忧戚。既进，观顾怖悸②，故常以疾为解③，而委事于其副，其来已久。故明宫斋庐④，上雨旁风，无所盖障；牲酒瘠酸⑤，取具临时；水陆之品，狼藉笾豆⑥。荐裸兴俯，不中仪式；吏滋不供，神不顾享。盲风怪雨⑦,发作无节⑧,人蒙其害。以上言前刺史不躬亲其事。

【注释】

①五岭诸军:唐制岭南为五府,而岭南节度使观察四府事。《旧唐书·地理志》:"岭南道广州都督府、桂州都督府、邕州都督府、容州都督府、安南都督五府,亦曰五管,皆隶岭南节度使。"五岭,即越城、都庞、萌渚、骑田、大庾五岭的总称。

②怖:惶惧。悸:心跳。

③解:解脱,脱去。一为"辞"。

④宫:神庙。

⑤胔:没有完全腐烂的尸体。

⑥笾(biān)豆:笾和豆,古代礼器,供祭祀和宴会之用。笾用竹制,盛果脯等;豆用木制,也有用铜或陶制的,盛齑酱等。

⑦盲风:疾风。一说为凉风之误。

⑧节:节度,法度,这里是指规律。

【译文】

可是刺史经常是五岭诸军队的节度使,仍视察所属的郡邑,南方的事无所不管。因为地方大又远,所以常派一些重要人物来替他。那些人地位高而富有,且不熟悉海事,而且每当祭祀时,海上经常刮大风,还没去,就开始担心。等到进去,一看更加惶恐心跳,所以常常称病推托,而把这件事委托给副手,这种情况已经有很长时间了。所以庙中放的东西及斋戒用的香炉,下雨刮风时,都无所遮盖;牺牲供品常常腐烂,酒也变酸;各种用具都要临时随用随取;水陆贡品,加上笾豆一片狼藉。祭祀的各项程序,也不合仪式;官吏更不去供奉,神仙也不来享用。疾风异雨,发作无常,百姓深受其害。以上说前刺史不亲自做事。

元和十二年,始诏用前尚书左丞、国子祭酒、鲁国孔公为广州刺史①,兼御史大夫,以殿南服②。公正直方严,中心乐易③,祗慎所职④;治人以明,事神以诚;内外殚尽,不为表襮⑤。至州之明年,将夏,祝册自京师至⑥,吏以时告,公乃斋祓视册⑦,誓群有司曰⑧:"册有皇帝名,乃上所自署,其文曰:'嗣天子某⑨,谨遣官某敬祭。'其恭且严如是,敢有不承!明日,吾将宿庙下,以供晨事⑩。"明日,吏以风雨白,不听。于是州府文武吏士,凡百数,交谒更谏⑪,皆揖而退⑫。以上叙孔公亲往将事。

【注释】

①鲁国孔公:指孔戣,字君严,孔子三十八世孙。《旧唐书·宪宗纪》:元和十二年秋七月"庚戌,以国子祭酒孔戣为广州刺史、岭南节度使"。

②殿:镇抚。南服:周朝以土地距国都远近分为五服,因此,南方叫"南服"。

③易:和悦。

④祗:敬。

⑤襮(bó):外表,暴露。

⑥册:古代帝王祭祀时告天地神祇的文书。

⑦祓(fú):古代迷信习俗,为除灾去邪而举行仪式。《小尔雅广诂》:"祓,洁也。"

⑧誓:古代告诫将士的言词。

⑨嗣天子某:天子对神灵自称。

⑩晨事:天刚亮的时候即行事。事,指祭祀。

⑪交谒:先后拜见。

⑫皆揖而退：意思是揖而退之，不从其言。揖，拱手为礼。

【译文】

　　元和十二年，皇帝下诏任前尚书左丞、国子祭酒、鲁国孔公为广州刺史，兼御史大夫，来镇抚南方。孔公为人正直严厉，中心和悦，敬职尽责，治政严明，事奉神诚心诚意，表里如一。到广州的第二年，临近夏天时，祭神的祝册从京师送来，官吏告诉他祭祀的时间。孔公于是斋戒举行仪式看祝册，对有关人员说："册上有皇帝的名字，是皇帝亲自署名，文中说：'嗣天子某，遣某官某敬祭。'皇帝如此恭敬尊重，我们怎敢有不接受之理？明天，我会在庙中住下，以便祭祀。"第二天，属吏告诉他会刮风下雨，他不听。于是广州文武百官共一百多人，先后拜见来劝他，都没能说服他，最后作揖而退。以上叙述孔公亲自前往之事。

　　公遂升舟，风雨少弛，棹夫奏功①，云阴解驳②，日光穿漏，波伏不兴。省牲之夕③，载阳载阴；将事之夜，天地开除，月星明概④。五鼓既作⑤，牵牛正中⑥，公乃盛服执笏以入。即事，文武宾属俯首听位，各执其职。牲肥酒香，樽爵静洁，降登有数⑦，神具醉饱。海之百灵秘怪，慌惚毕出⑧，蜿蜿蛇蛇⑨，来享饮食。阖庙旋舻⑩，祥飙送驯⑪，旗纛旄麾⑫，飞扬晻蔼⑬，铙鼓嘲轰⑭，高管嗷噪⑮，武夫奋棹⑯，工师唱和⑰，穿龟长鱼⑱，跃踊后先，乾端坤倪⑲，轩豁呈露⑳。祀之之岁，风灾熄灭，人厌鱼蟹㉑，五谷胥熟㉒。明年祀归，又广庙宫而大之，治其庭坛，改作东西两序、斋庖之房㉓，百用具修。明年其时，公又固往，不懈益虔，岁仍大和，耋艾歌咏㉔。以上祀神获福。

【注释】

①棹(zhào)夫：驾舟的人，即船夫。奏功：成功，收效。

②解：分裂，涣散。驳：马毛色不纯，引申为成分不纯。

③省(xǐng)牲：祭祀的前一天，察看牲畜。

④概(jí)：原意为稠，这里是多的意思。

⑤五鼓：旧时计时制度，分一夜为五更，也叫五鼓、五夜。

⑥牵牛：星名，一名河鼓。

⑦降登：谓上下尊卑。

⑧慌惚：同"恍惚"，隐隐约约，不可辨认。

⑨蜿蜿：龙形貌。蛇蛇(yí)：安舒的样子。

⑩舻(lú)：船头。

⑪𩗞(fān)：同"帆"。

⑫纛(dào)：古时军队或仪仗队的大旗。旄：古时旗杆头上用旄牛尾作的装饰，因即指有这种装饰的旗。麾：古代用以指挥军队的旗帜。

⑬晻(yǎn)蔼：旌旗蔽日的样子。晻，阴暗不明。

⑭铙(náo)：古代乐器，青铜制，体小而短阔，有中空的短柄，插入木柄后可执，以槌击之而鸣。三个或五个一组，大小相次。嘲：鸟叫声。轰：象声词。

⑮嗷(jiào)：号呼声。噪：群鸣。

⑯武夫：武士，勇士。

⑰工师：掌管百工和官营手工业。唱和：指歌唱时此唱彼和，这里是帮忙的意思。

⑱穹：泛指高大。

⑲乾端坤倪：谓天地开辟，皆见端倪。端，绪。倪，通"儿"。引申为事物细微的开始。

⑳轩豁：开朗。

㉑厌:通"餍"。饱,满足。

㉒胥:皆。

㉓序:中堂的两旁,就是东西厢。庖:厨房。

㉔艾:五十。

【译文】

孔公于是登舟,风雨小一些了,船夫顺利地驾驶着船,云彩散去,太阳光穿过来,海浪平稳下来不再兴起。祭祀牲畜前一天,天空一会阴一会晴,夜里,天地开敞,月明星多。五鼓过后,牵牛星于正中,孔公身穿盛服,手拿笏板,入庙祭祀。文武百官及来宾俯首听立,各尽各的职责。牲畜肥大,水酒醇香,樽爵洁净,尊卑有序。神仙都吃饱喝足,海上百神秘怪,隐隐约约都出来,像龙一样舒舒服服地享用饮食。关上庙门,转动船舵,祥风吹动着风帆,旗帜飘扬,遮天蔽日,铙和鼓声作响,管乐齐鸣。勇士们奋力击桨,工师们也前来助阵。大龟长鱼,先后跃出水面。天地开辟,皆见端倪,高高显露。祭祀之年,没再发生风灾,鱼蟹丰足,五谷丰登。第二年祭祀回来,又扩建了庙宇,修整了庭院和神坛,改成东西两厢、斋戒和造厨的房间,所有用具修理停当。第三年这个时候,孔公又坚持去祭祀,毫不懈怠而且越发虔敬。这一年照例是和美之年,老者们歌颂称赞他。以上祭祀众神获得福佑。

始公之至,尽除他名之税①,罢衣食于官之可去者。四方之使,不以资交;以身为帅,燕享有时②,赏与以节;公藏私畜,上下与足。于是免属州负逋之缗钱廿有四万、米四万二千斛③。赋金之州,耗金一岁八百④,因不能偿,皆以丐之⑤。加西南守长之俸⑥,诛其尤无良不听令者⑦,由是皆自重慎法。人士之落南不能归者与流徙之胄百廿八族⑧,用其才良,而廪其无告者⑨。其女子可嫁,与之钱财,令无失时。刑德并流⑩,方地数千里,不识盗贼;山行海宿,不择处所;事神治人,其可谓备至耳矣。咸愿刻庙石,以著厥美,而系以诗⑪。以上坠叙孔公诸善政。乃作诗曰:

【注释】

①尽除他名之税:《孔公墓志》:"境内诸州负钱至二百万,悉收不收,蕃船舶之至,泊步有下碇之税,始至有关货之燕,犀珠磊落,贿及仆隶,公皆罢之。"

②燕:通"宴"。

③负逋(bū):拖欠。缗(mín):穿钱的绳子,亦指成串的钱,一千文为一缗。斛(hú):量器名,亦容量单位。古代以十斗为一斛,南宋末年改为五斗。

④耗:古代纳粮赋时官府以水分、腐坏、等级不够为由额外征收的粮或银。

⑤丐:给予,施予,这里是免的意思。

⑥守长:指地方官吏。

⑦诛:罚。

⑧胄:指帝王或贵族的后裔。

⑨廪:官府发给粮米。告(jú):审讯定罪。

⑩流:寻求,择取。

⑪系:依附。

【译文】

从孔公上任,免除所有其他名目繁多的税,只留下够官吏们衣食的费用。节度使以身作则不接受四方来的使臣赠予的资财。宴会偶尔才有,赏赐也十分节制,府库丰盈,百姓富足。于是免去所属州拖欠的钱二十四万、米三万二千斛。原来缴纳银子的州,每年要额外补交耗银八百两,因窘困无法偿还,现在都给他们免了。增加西南地方官吏的俸禄,惩罚其中特别恶劣不听命令的人,由此大家都为身自重,慎守法令。留在南方无法回去的人和流离迁徙的后代们一百二十八族,孔公任用其中有才华的人,还发放粮食给无罪的人。这些人家中有待嫁的女子,就发给一些钱和物,以免错过年纪。恩罚并举,所统之地方圆千里,没有盗贼;行路之人翻山过海,无须择地而宿。无论是事奉神灵还是治理百姓都做得至善至美。大家都愿意刻庙石来把他的功德昭示天下,再附上诗。以上叙孔公诸善政。于是我写诗说:

南海阴墟①,祝融之宅。即祀于旁,帝命南伯②。吏惰不躬,正自今公。明用享锡,右我家邦③。

【注释】

①阴墟:即海。阴,凹进去的。

②南伯:南方邦伯。这里指刺史。

③右:通"佑"。助。

【译文】

南海是祝融的宅第。在南海旁建了庙宇,皇上命南方的刺史祭祀。官吏们懒惰成性对神毫不恭敬,从孔公来后才有敬神之举。天子英明,使臣谨慎。明用赏赐,助我家邦。

惟明天子,惟慎厥使。我公在官,神人致喜。海岭之陬①,既足既濡②;胡不均宏③,俾执事枢④。公行勿迟,公无遽归⑤。匪我私公⑥,神人具依! 四字句凡百廿句,汉赋之气体也。

【注释】

①陬(zōu)：隅，角落。

②濡：柔顺。

③宏：扩充，光大。

④俾：使。执事：重要。枢：事物的重要部分。

⑤遽：急。

⑥匪：这里是亏的意思。

【译文】

　　我孔公在任，神与人都欢喜。即便是海岭之隔，也是富足且归顺。为什么不是所有的人都能如此，使这项工作成为重要的事情呢？孔公行事不要迟疑，孔公回去不要太急。不是我们孔公，神与人何所依赖呢！四字句总共一百二十句，是汉赋的气势与风格。

汴州东西水门记

【题解】

　　此文写于贞元十四年(798)。当时韩愈在汴州(今河南开封)董晋幕下做事，任观察推官(即观察使的军事参谋，同时掌管幕府书记事务)。这是韩愈第一次获得官职，是靠董晋的荐举，所以他对董晋是十分感激的。时逢董晋修汴州水门，韩愈于是有机会借生花之笔为董晋歌功颂德。文中记叙了修水门的原因、成效，歌颂了董晋的功绩。文章气势充沛，豪逸奔放，显示了韩愈深厚的文学修养。吴汝纶说："辞但用东汉金石体，而骏迈完固，乃古今无类。"又说："学韩公不从此入，不能得其雄骏。"

　　贞元十四年正月戊子，陇西公命作东西水门①。越三月辛巳朔，水门成。三日癸未，大合乐②，设水嬉③，会监军、军司马、宾佐僚属、将校熊罴之士④，肃四方之宾客以落之⑤。士女和会，阗郭溢郛⑥。既卒事，其从事昌黎韩愈请纪成绩⑦。其词曰：

【注释】

①陇西公：董晋，字混成，河中卢乡人，董仲舒的后裔。自广川徙陇西，所以称陇西公。水门：水闸。

②合乐：歌乐与众声俱作。

③水嬉：嬉戏于水上。

④熊罴(pí)：熊和罴为两种猛兽，比喻勇猛的武士。

⑤肃：恭敬地引进。落：古代宫室筑成时举行的祭典，后也称建筑工程告竣。

⑥阗(tián)：充满。郛(fú)：即郭，外城。

⑦从事：汉以后三公及州郡长官皆自辟僚属，多以从事为称，如从事史、从事中郎、别驾从事、治中从事。到宋代废除。成绩：已著成效的功绩。

【译文】

贞元十四年正月戊子日，陇西公下令建造东西水门。经过三个月，辛巳朔日，水门建成。三日癸未，举行大的庆典，让人们在水上嬉戏，汇集了监军、州司马、宾客、僚属、将校等勇猛之士，引来了四方的宾客出席水门落成典礼。男男女女和和乐乐，人群熙熙攘攘满城都是。典礼完后，从事昌黎韩愈主动请求记述这项功绩。记文是：

维汴州河水自中注，厥初距河为城①，其不合者②，诞真联锁于河③。宵浮昼湛④，舟不潜通。然其襟抱亏疏⑤,风气宣泄⑥,邑居弗宁,讹言屡腾⑦。历载已来,孰究孰思⑧？皇帝御天下十有八载,此邦之人遭逢疾威,嚚童嗷呼⑨,劫众阻兵⑩,懔懔栗栗⑪,若坠若覆⑫。时维陇西公受命作藩,爰自洛京⑬,单车来临⑭,遂拯其危,遂去其疵⑮,弗肃弗厉⑯,薰为太和⑰,神应祥福,五谷穰熟⑱。既庶而丰⑲,人力有余,监军是咨,司马是谋。乃作水门,为邦之郛,以固风气,以闲寇偷⑳。黄流浑浑㉑,飞阁渠渠㉒,因而饰之,匪为观游。天子之武,惟陇西公是布;天子之文,维陇西公是宣。河之沄沄㉓,源于昆仑;天子万祀㉔,公多受祉㉕。乃伐山石,刻之日月,尚俾来者,知作之所始。

【注释】

①厥:其。距:通"拒"。拦,堵。

②不合:谓城垣阙处。

③诞:本义为大言,引申为大,广阔。

④浮:上浮。湛:下沉。

⑤襟抱:胸怀,抱负。亏疏:损耗。

⑥风气:风俗。宣泄:发泄。

⑦讹言:谣言。

⑧究:彻底推求。

⑨嚚(yín)童:愚顽小民。嗷(jiào)呼:即叫呼。嗷,同"叫"。

⑩阻:依仗。

⑪懔懔:可敬畏的样子。栗栗:恐惧的样子。

⑫坠:失去。

⑬爰:改易,更换。董晋自东都留守移镇宣武。

⑭单车：一辆车。含勇于单独前往意。

⑮疵：过失。

⑯肃：清除。厉：勉励。

⑰薰：温和的样子。

⑱穰（ráng）：庄稼丰熟。

⑲庶：众多。

⑳闬（hàn）：墙垣，里巷的门。这里做动词用，把……挡在门外，防御的意思。

㉑黄流：黄河的水流，指黄河。浑浑：水流盛大的样子。

㉒渠渠：高大、深广的样子。

㉓沄沄（yún）：水流汹涌的样子。

㉔万祀：犹万年。

㉕祉：福。

【译文】

　　河水从汴州城中流过，当初拦河为城，城垣断阙处的河中设置锁链以贯通。夜浮昼沉，船无法从中通过。然而志气消靡，世风萎谢，城中居民生活不得安宁，经常谣言四起。多年以来，有谁探究，有谁谋虑？当今皇帝统治天下已十八年，汴州百姓遭到了严重的威胁，愚顽小民呼叫造反，挟持众人，依仗兵器，令人胆战心惊，汴州城就要失守。当时陇西公受命平乱，由洛阳一个人前来赴任，拯救了汴州的危难，革去了那里的弊端。既不过分追究过失，也不过分奖励功绩。人民心态平和温良，神灵报以吉祥幸福。庄稼成熟了，五谷丰登，人力也有余。监军出主意，司马想办法，就建成了水门，作为城的外墙，以便巩固敦厚的风俗，防御流寇盗贼。黄河之水滚滚流淌，亭台楼榭威严壮观，装饰了汴州城，哪里仅仅是为了观赏游玩！天子的武力，只有陇西公来呈现；天子的文治，只有陇西公来昭示。河水奔腾汹涌，发源于昆仑山；天子万年，公众多被

福祉。于是伐一段山石，刻上日月，让后来人知道这件事情的
始末。

处州孔子庙碑

【题解】

此文写于元和十五年（820）。当时韩愈任国子祭酒。文章叙述了
孔子在先朝及当时受到的尊崇，以及李繁修孔子庙的经过，然后写诗称
赞。韩愈排斥佛老、提倡儒教的思想从这篇文章中可见一斑。这篇文
章同《衢州徐偃王庙碑》题材相似，而着重点不同。文中没有重点赞扬
孔子，而是说孔子的地位"所谓生人以来，未有如孔子者"，那么修建孔
子庙自然是一件美事了。

自天子至郡邑守长，通得祀而遍天下者①，唯社稷与孔
子为然②。而社祭土，稷祭谷，句龙与弃乃其佐享③，非其专
主④，又其位所，不屋而坛⑤；岂如孔子用王者事？巍然当
座⑥，以门人为配⑦，自天子而下，北面跪祭，进退诚敬，礼如
亲弟子者。句龙、弃以功，孔子以德，固自有次第哉⑧！自古
多有以功德得其位者，不得常祀；句龙、弃、孔子，皆不得位，
而得常祀，然其祀事，皆不如孔子之盛。所谓生人以来，未
有如孔子者。其贤过于尧、舜远矣，此其效欤！

【注释】

①通：全部。

②社稷：古代帝王、诸侯所祭祀的土神和谷神。社，土地神。稷，
　谷神。

③句龙：相传为炎帝十一世孙，共工之子。能平水土，后代祀为土
　神。弃：周的先祖，相传他的母亲曾欲弃不养，故名弃。尧舜时
　为农官，封于邰，号后稷，别姓姬氏。后祀为农神。享：用食物供
　奉鬼神。

④专：单独的。

⑤坛：土筑高台，用于朝会、盟誓和祭祀等。

⑥巍然当座：高大雄伟面对而坐。巍然，高大雄伟。当，面对。

⑦门人：门生，弟子。配：在祭祀时附带被祭。开元二十七年八月，
　追谥孔子文宣王，南面而坐，以颜子配享。

⑧次第：次序，这里指尊贵的位置。

【译文】

　　自皇帝到郡守、县令，全都得对之祭祀而且遍于天下的，只有土神、
谷神和孔子。社祭土神，稷祭谷神，句龙和弃是配享，不是单独的供奉
对象，而且他们不是在庙屋中，而是在坛上，怎么比得上对孔子以王者
的礼节去事奉呢？孔子巍然而坐，以弟子配祭。自皇帝而下，面向北跪
祭，前进后退虔诚恭敬如弟子所行礼仪。句龙、弃因功业受到祭祀，孔
子是因为德行，所以才有这样的尊位啊！从古到今，有很多人以功德得
地位，而得不到人们的祭祀，句龙、弃和孔子都没有高的地位，而人们经
常祭祀他们，只是对句龙和弃的祭祀都不如孔子的盛大。可以说自从
有人以来，没有像孔子那样的。他的贤能远远超过尧、舜，这是他贤能
之所至啊！

　　郡邑皆有孔子庙，或不能修事。虽设博士弟子，或役于
有司①，名存实亡，失其所业②。独处州刺史邺侯李繁至
官③，能以为先。既新作孔子庙，又令工改为颜子至子夏十
人像④，其余六十子及后大儒公羊高、左丘明、孟轲、荀况、伏

生、毛公、韩生、董生、高堂生、扬雄、郑玄等数十人⑤，皆图之壁。选博士弟子，必皆其人。又为置讲堂，教之行礼，肄习其中⑥。置本钱廪米⑦，令可继处以守。庙成，躬率吏及博士弟子，入学行释菜礼⑧。耆老叹嗟，其子弟皆兴于学。郯侯尚文，其于古记无不贯达，故其为政，知所先后，可歌也已！乃作诗曰：

【注释】

①役：役使。有司：官吏。古代设官分职，各有专司，所以称官吏为有司。

②业：业务，引深为本来的意义。

③处州：今浙江丽水一带。李繁：唐宰相李泌之子。李泌封郯侯，李繁世袭，曾任弘文馆学士。

④颜子至子夏十人：即颜渊、闵子骞、冉伯牛、仲弓、宰我、子贡、冉有、季路、子游、子夏，均为孔子弟子。

⑤公羊高：《春秋公羊传》的作者。战国时齐国人，相传是子夏弟子，治《春秋》。左丘明：春秋时史学家，鲁国人。一说复姓左丘，名明；一说单姓左，名丘明。双目失明，曾任鲁太史。与孔子同时，或谓在其前。相传曾著《左传》，又传《国语》亦出其手。伏生：即伏胜。西汉今文《尚书》的最早传授者。毛公：即毛苌。相传是古文诗学"毛诗学"的传授者。韩生：即韩婴，燕（郡治今北京市）人。西汉今文诗学"韩诗学"的开创者。治《诗经》，兼治《易》。文帝时任博士，景帝时为常山王刘舜太傅。著有《韩诗内传》和《韩诗外传》。董生：指董仲舒。高堂生：名伯，鲁（郡治今山东曲阜一带）人。西汉礼学最早传授者，专治古代礼制。今本《仪礼》十七篇即出于他的传授。郑玄（127—200）：字康成，北海

高密(今属山东)人,东汉经学家。

⑥肄(yì):练习,学习。

⑦本钱:用以生息的母金。廪米:官方供给的米。

⑧释菜礼:亦作"舍采",古代读书人入学时以菜之属祭祀先圣先师的一种典礼。

【译文】

各郡、县都有孔子庙,但有的地方不能认真事奉。尽管设有博士弟子,但有的受官吏的差遣做别的事去了,祭祀名存实亡,失去本来的意义。只有处州刺史邺侯李繁上任后,能够以自身为先,既新建了孔子庙,又令工匠改原来的像为颜子至子夏十人像,其余六十人以及后来的大儒家公羊高、左丘明、孟轲、荀况、伏胜、毛苌、韩婴、董仲舒、高堂伯、扬雄、郑玄等数十人,都画像在墙上,所挑选的博士弟子,必是信奉儒家的人。又设置讲堂,教他们礼节,并且在其中学习。还设置用以生息的母金,官方也发给粮食,使他们可以长期留在那里学习儒家经典。庙建成后,李公亲自率领大小官员及博士弟子入学、行释菜礼。年高德劭的人都赞叹不已,他们的儿孙都将到这里来学习。邺侯尚文,对于史书无不贯通,所以他为政,知道分清主次先后,值得歌颂啊! 于是作诗道:

惟此庙学,邺侯所作。厥初庳下①,神不以宇②;生师所处,亦窘寒暑。乃新斯宫,神降其献;讲读有常,不诚用劝。揭揭元哲③,有师之尊;群圣严严④,大法以存⑤。像图孔肖⑥,咸在斯堂,以瞻以仪,俾不或忘。后之君子,无废成美。琢词碑石,以赞攸始。

【注释】

①庳:低下,矮。

②宇：房屋。

③揭揭：杰出的意思。元：大。哲：哲人。

④严严：严肃庄重。

⑤大法：重要法则。

⑥孔：很。肖：像，似。

【译文】

　　这座处州庙学，邺侯李繁所建。开始狭窄低矮，神不在此居住；师生所在之处，也是困迫寒暑。于是新建庙宇，神降享用祭献。讲读亦有常规，无需告诫相劝。杰出伟大先哲，具存师道之尊；严肃庄重群圣，儒家要法留存。画像维妙维肖，全都排列庙堂，用以仪式瞻仰，使不困惑遗忘。后世仁人君子，勿废前人之美。雕琢碑石言辞，以记此事始末。

衢州徐偃王庙碑

【题解】

　　此文写于元和十年(815)。文章先叙述了徐偃王的历史，徐姓后代修庙的经过，最后写诗称赞徐放的功绩。这篇文章充分表现了韩愈上天下地捕捉奇伟事物的爱好和才能。在叙述徐偃王历史时，作者写下了"周天子穆王无道，意不在天下，好道士说，得八龙骑之西游，同王母宴于瑶池之上，歌讴忘归"，把穆王与西王母的传说织进了他的作品，使这篇碑志涂上了一层浪漫的色彩。

　　衢州有偃王庙，其事本支离漫诞，文亦以恢诡出之，其神在若有若无之间。徐与秦俱出柏翳①，为嬴姓，国于夏、殷、周世，咸有大功②。秦处西偏③，专用武胜，遭世衰，无明天子，遂虎吞诸国为雄。诸国既皆入秦为臣属,秦无所取利,上下相贼害,卒偾其国而沉其宗④。徐处得地中,文德为治,及偃王诞当国⑤,益除去刑争末事,凡所以君国子民待四方,一出于仁义。当此之时,周天子穆王无道⑥,意不在天下⑦,好道士说,得八龙骑之西游⑧,同王母宴于瑶池之上,歌讴忘归⑨。四方诸侯之争辩者,无所质正⑩,咸宾祭于徐。贽玉帛、死生之物于徐之庭者三十六国⑪,得朱弓赤矢之瑞⑫。穆王闻之恐,遂称受命⑬,命造父御⑭,长驱而归,与楚连谋伐徐⑮。徐不忍斗其民,北走彭城武原山下⑯,百姓随而从之,万有余家。偃王死,民号其山为徐山,凿石为室,以祠偃王。偃王虽走死失国,民戴其嗣为君如初⑰。驹王、章禹⑱,祖孙相望,自秦至今,名公巨人,继迹史书。徐氏十望,其九皆本于偃王,而秦后迄兹无闻家。天于柏翳之绪⑲,非偏有厚薄,施仁与暴之报,自然异也。以上以秦配徐,彰偃王之有后。

【注释】

①柏翳:即伯益,亦称大费,传说是古代嬴姓各族祖先。柏翳有二子,长子太廉之后为秦,次子若木之后为徐。

②咸有大功:太廉玄孙孟戏中衍,殷帝大戊以为御而妻之。自大戊以下,中衍之世,遂世有功以佐殷国,故嬴姓多显,遂为诸侯。若木玄孙费昌,当夏桀之时,去夏归商,为殷御,以败桀于鸣条,是有大功也。

③秦处西偏:指秦处于西方偏远的地方。

④偾(fèn):败坏,破坏,引申为灭亡。沈:同“沉”。引申为灭。

⑤当国:掌握国家政权,主持国政。

⑥周天子穆王：周穆王，姓姬名满，昭王之子。无道：昏庸无道。

⑦意不在天子：《左传·昭十二年》载，穆王欲肆其心，周行天下，将皆必有车辙马迹焉。

⑧得八龙骑之西游：《列子》载，穆王驾八骏之乘，西征昆仑。八骏：骅骝、绿耳、赤骥、白义、渠黄、轮、盗骊、山子。本文指八匹骏马。

⑨同王母宴于瑶池之上，歌讴忘归：《穆天子传》载，穆王见于西王母，觞于瑶池之上。王母，指西王母，古代传说中的神名。瑶池，古代传说中昆仑山上的池名，西王母所居的地方。

⑩质：评断。

⑪贽：古代初次拜见尊长时所送的礼物。玉帛：瑞玉和束帛。古代典礼最重玉帛，因泛指礼器。又指古代诸侯与会盟聘时所持礼物。庭：通"廷"。指宫廷。

⑫得朱弓赤矢之瑞：《博物志》载，偃王欲舟行上国，乃通沟陈蔡之间，得朱弓赤矢，以为得天瑞，遂因名为弓，自称偃王。瑞，吉兆。

⑬受命：受天之命。

⑭造父：为穆王御，飞廉的玄孙。

⑮与楚连谋伐徐：以《史记·世系表》考，与穆王连谋伐徐者为楚国熊胜。

⑯彭城：今江苏徐州。

⑰戴：拥护。

⑱驹王：徐的祖先。章禹：徐氏宗族十一世孙。

⑲绪：世业。

【译文】

徐姓与秦姓都是柏翳的子孙，最初姓嬴，在夏、殷、周代，都有大的功劳。秦处偏远的西方，专恃武力取胜，又遇上世道衰落，没有英明天子，于是以猛虎之势吞并其他国家而称雄。各个国家都称臣附属秦国后，秦国在外没有什么利益可取了，内部上下开始互相杀害，终于灭亡了自己国家和宗族。徐地处中原,用文治与德治统理国家,到偃王掌握政权时,更是禁止以厮杀、争斗来解决事情,领导国家,待民如子,一切出于仁义。这时侯,周穆王无道,心不用在管理国家上,喜欢道士神仙怪异之说,他得到八匹名马,向西漫游,同西王母宴会在瑶池,相互对歌忘了回来。四方诸侯互相争辩是非,没有人来评断主持公正,全客祭在徐国,带着玉帛、死物、活物来到徐国宫中的有三十六国,偃王得到了大红色的弓、红色的箭这些吉兆。周穆王听说后很害怕,于是自称受天之命,命造父驾驭车马,长驱返回,和楚国谋划联合讨伐徐国。徐国不忍心让百姓去战斗,往北退走彭城武原山下,百姓随从的有一万多家。后来偃王死了,老百姓称武原山为徐山。人们开凿石室来祭祀偃王。偃王虽然死了,失去了国家,但臣民拥立他的后嗣当君主,和当初拥护他一样。由驹王到章禹,祖孙相继,自秦至今,名人、大人物相继有事迹写入史书,十家有名望的徐姓人有九家是偃王后裔,而秦的后人却无声无息了。不是老天对柏翳世业有厚有薄,施仁慈与施残暴的回报,自然不一样。以上叙述秦国事以陪衬徐国事,以彰显徐偃王之有后裔。

衢州①,故会稽太末也②,民多姓徐氏。支县龙丘有偃王遗庙③,或曰:偃王之逃战,不之彭城,之越城之隅,弃玉几研于会稽之水④。或曰:徐子章禹既执于吴,徐之公族子弟,散之徐、扬二州间,即其居立先王庙云。以上述衢州所以有偃王庙。

【注释】

①衢州:今浙江衢县。

②会稽:今浙江绍兴。太末:春秋时称姑蔑,越地。

③龙丘:今浙江龙游。

④研:通"砚"。

【译文】

衢州是过去会稽的太末,百姓多数姓徐。支县龙丘有偃王遗庙,有人说,偃王逃战,不到彭城,而到越城的一角,舍弃玉几、玉砚于会稽水中。还有人说,徐的子孙章禹被吴国执获后,徐的同族子弟散居徐州、扬州之间,就在其住地立先王庙。以上叙述衢州为什么有偃王庙。

开元初,徐姓二人①,相属为刺史②,帅其部之同姓③,改作庙屋,载事于碑。后九十年,当元和九年,而徐氏放复为刺史。放,字达夫,前碑所谓今户部侍郎,其大父也。春行视农,至于龙丘,有事于庙④,思惟本原⑤,曰:"故制:桷朴下窄⑥,不足以揭虔妥灵⑦。而又梁桷赤白⑧,剟剥不治⑨,图像之威,黭昧就灭⑩,藩拔级夷⑪,庭木秃缺⑫,祈盱日慢⑬,祥庆弗下,州之群支,不获荫庥⑭。余惟遗绍而尸其土⑮,不即不图⑯,以有资聚,罚其可辞!"乃命因故为新,众工齐事,惟月若日⑰,工告讫功,大祠于庙,宗卿咸序应⑱。是岁,州无怪风剧雨,民不夭厉⑲,谷果完实。民皆曰:"耿耿祉哉⑳,其不可诬㉑!"以上叙达夫修庙。乃相与请辞京师,归而镌之于石㉒。辞曰:

【注释】

①徐姓二人:即徐坚,字元固;徐峤,字巨山。

②属(zhǔ):接连。

③帅:通"率"。

④事:侍奉。这里引申为祭祀。

⑤本原：这里是指先人。

⑥觕朴：粗糙未经加工。

⑦揭虔：表示虔敬。妥：安。

⑧桷（jué）：方形的椽子。赤：裸露，光着。

⑨陊（duò）：破败。剥：剥落。

⑩黟（yì）昧就灭：深黑色差点看不清楚了。黟昧，深黑色。就，接近。灭，消失。

⑪藩拔级夷：篱笆拔掉了，台阶成为平地。藩，篱笆。级，台阶。夷，平坦。

⑫秃缺：光秃衰败。

⑬甿：古代称老百姓，平民。

⑭不获荫庇：不能够得到荫庇，得到保护。庥，保护。

⑮遗绍：后代的意思。绍，继承，亦谓继承者。尸：主持。

⑯不即不图：不靠近不谋划。

⑰惟月若日：只有一个月多几天。若，及。

⑱卿：对人尊称。

⑲夭：灾。这里做动词用。厉：祸患。

⑳耿耿祉哉：忠诚就有福啊！耿耿，忠诚。祉，福。

㉑诬：捏造。

㉒镵（chán）：刻。

【译文】

唐开元初年，两位姓徐的人相继任刺史。他们率领部下中的徐姓官兵，改建庙舍，立碑记事。九十年后，即元和九年时，姓徐的徐放又任刺史。徐放字达夫，前碑上所称的户部侍郎，是他的祖父。春天，徐放巡视农事，到了龙丘，在徐氏宗庙中行祭祀礼。他想到了自己的先人，说："以前的建筑非常粗糙且窄小，不能表达对先人的虔敬，以安慰他们在天之灵，而且房梁和椽子裸露，破败剥落，年久失修，先祖威武的神像变成深黑色，几乎看不清楚了。庙外的篱笆被拔掉了，台阶也被夷为平地，庭院里的树木光秃秃的。祈祷的百姓日渐怠慢，祯祥吉庆就不降临，衢州徐姓各个支系未能够得到保护。我是徐家的后代，又主持地方政事，不必有所期待。已有了复修宗庙的资财，我是责无旁贷，不可推卸。"于是徐放命人修建新庙，众多工匠共同参加修建，只用了一个月零几天，大功告成。于是，在庙里举行了盛大的祭祀典礼，同宗的人都依次排列祭祀。这一年，衢州没有异常的大风和暴雨，百姓不遭天灾祸患，稻谷水果丰收。老百姓都说："心诚就有福啊，这是捏造不了的。"以上叙述达夫修庙。于是大家一起请京师的人为庙写文章，拿回来后就刻在了石碑上。文辞是：

秦杰以颠，徐由逊绵①。秦鬼久饥，徐有庙存。婉婉偃王②，惟道之耽③。以国易仁，为笑于顽④。自初擅命，其实几姓。历短晋长⑤，有不偿亡。课其利害，孰与王当。姑蔑之墟，太末之里，谁思王恩，立庙以祀？王之闻孙，世世多有，唯临兹邦，庙土实守。坚、峤之后，达夫廓之。王殁万年，如始祔时⑥。王孙多孝，世奉王庙。达夫之来，先慎诏教⑦。尽惠庙民，不主于神。维是达夫，知孝之元⑧。太末之里，姑蔑之城，庙事时修，仁孝振声。宜宠其人⑨，以及后生。嗟嗟维王，虽古谁亢⑩？王死于仁，彼以暴丧。文追作诔，刻示茫茫。

【注释】

①逊：谦逊。
②婉婉：和顺的样子。
③耽：沉溺。

④顽:固执,愚蠢。

⑤詈:责备。

⑥袝:后死者附祭于先祖。

⑦慎:告戒。诏:教诲。

⑧元:根本。

⑨宠:荣耀。

⑩古:久远。亢:匹敌。

【译文】

秦姓杰出到顶,徐姓谦逊连绵。秦鬼久失供奉,徐有宗庙长存。和顺慈祥偃王,只因深好仁道。用国换来仁爱,为此被人耻笑。自初擅自施令,其实为了宗族。经历短责备多,无法抵挡而去。考核得失利害,哪个与王相当。姑蔑城的故城,太末城的故里,谁来思念王恩,立庙给以祭祀?王的显赫子孙,世世代代多有,只有来到衢州,宗庙土神实守。徐坚、徐峤之后,达夫刺史扩修。王已死去万年,附祭先祖如前。偃王子孙多孝,世代供奉王庙。达夫刺史到来,先行告诫诲教。尽力恩惠庙民,主要不是敬神。只有这位达夫,知道孝的根本。太末城的故里,姑蔑城的故城,宗庙适时扩修,仁孝声名远播。应当荣耀达夫,以及他的后人。赞叹维系之王,虽古谁能匹敌?偃王死之于仁,秦则相残自身。文章追思作哀,刻石昭示久远。

柳州罗池庙碑

【题解】

此文写于长庆三年(823)。文中叙述了柳宗元任柳州刺史时的政绩和死后"成神"的"神迹",最后加上迎享送神诗,写出了柳州人民对他的爱戴,表达了作者对他的追思。

　　韩愈因柳宗元之死写过三篇文章:《祭柳子厚文》《柳子厚墓志铭》和本文,文体不同,突出的主题也不同。本文和柳宗元的文体很相近。林纾《韩柳文研究法》:"此文幽峭颇近柳州,如'天幸惠仁侯,若不化服,我则非人',此三语,纯乎柳州矣。"文中的迎享送神诗,和屈原的风格相近,让人想起《楚辞·九歌》,文字清新优美,情韵醇厚。

　　罗池庙者,故刺史柳侯庙也①。柳侯为州②,不鄙夷其民③,动以礼法。三年,民各自矜奋④:"兹土虽远京师,吾等亦天氓⑤,今天幸惠仁侯⑥,若不化服⑦,则我非人。"于是老少相教语,莫违侯令。凡有所为,于其乡闾及于其家⑧,皆曰:"吾侯闻之,得无不可于意否⑨?"莫不忖度而后从事。凡令之期⑩,民劝趋之⑪,无有后先,必以其时。于是民业有经⑫,公无负租⑬,流逋四归⑭,乐生兴事。宅有新屋,步有新船⑮,池园洁修,猪牛鸭鸡,肥大蕃息。子严父诏⑯,妇顺夫指⑰,嫁娶葬送,各有条法,出相弟长⑱,入相慈孝⑲。先时,民贫以男女相质⑳,久不得赎,尽没为隶。我侯之至,按国之故㉑,以佣除本㉒,悉夺归之㉓。大修孔子庙,城郭巷道,皆治使端正,树以名木㉔。以上生能泽其民。柳民既皆悦喜。

【注释】

①柳侯:指柳宗元。刺史专一方之政,相当于古代诸侯,因此称刺史作"侯"。

②为州:指任州刺史。

③不鄙夷其民:不以柳民为鄙为夷而贱视之。鄙夷,贱视。

④矜奋:奋勉。矜,矜持,自尊。奋,奋发。

⑤天氓:天民,天朝的百姓,即同在"天子"治理之下的人民。一说
　古人认为人民是"禀受天地中和之气"所生的,因此称作天民。

⑥惠:赐给。

⑦化:感化。服:服从。

⑧乡闾:即乡里。

⑨得无:同"得毋"。疑问词。不可于意:不乐意。

⑩期:期约,要求。

⑪劝:乐于。趋:向。

⑫经:常规。

⑬负租:收不进来的欠租。

⑭流逋四归:一向流亡逃走的人民,现在从四面八方回来。流,流
　亡。逋,逃走。

⑮步:通"埠"。水边停船的地方。

⑯严:尊严。此处作动词用。诏:教诲,告诫。

⑰指:意旨。

⑱弟:同"悌"。对同辈人友爱。长:敬顺长辈。

⑲慈:爱儿女。孝:孝顺父母。

⑳质:抵押。

㉑故:指国家旧有的事例和规章。

㉒佣:佣金,工钱。本:指所借之钱。

㉓夺:争取。

㉔树:种植。名木:指好树木。

【译文】

　　罗池庙是祭祀已故刺史柳侯的庙。柳侯曾在此做过刺史,他不因
为老百姓处在边地生活习惯落后而鄙视他们,而用礼法来管理。三年
后,柳州的百姓都很自尊地对自己说:"柳州这地方虽远离京城,但我们
也是天朝的百姓,现在有幸天赐一位仁德的刺史,如果还不被感化而服

从他,我们就太不合人情了。"于是老少相互告诫,不要违背柳侯的命令。凡是打算在乡里或家中做某件事的,大家都会问:"我们柳侯知道这件事,是不是会不乐意呢?"无不仔细揣量后再行事的。凡是柳侯下的令中要求做的,老百姓都乐于去做,不提前也不错后,肯定按照他规定的时间完成。这样百姓做事有了常规,公家没有收不进来的欠租,一向流亡逃走的人民从四面八方回来,安居乐业。住处盖起新屋,埠上开来新船,池塘园林修饰整洁,猪牛鸭鸡肥大繁多。做子女的遵循父亲的教诲,做妻子的顺从丈夫意旨,婚丧嫁娶,各有条例、法令可遵,在外爱护同辈、尊敬长辈,回家慈爱儿女、孝顺父母。前时老百姓穷,借债用子女做抵押,时间长了不能赎回,孩子就被没收为奴隶。我们柳侯来到这里,按照国家旧有的规章条例,以佣金抵销债款的办法,使孩子都回到了家中。柳侯还大修孔子庙,整治城中大路小巷使之干净整洁,并栽上一些树木。以上讲柳侯生时能施恩德给他的百姓。柳州的老百姓都为柳州的变化感到高兴。

　　尝与其部将魏忠、谢宁、欧阳翼饮酒驿亭①,谓曰:"吾弃于时而寄于此②,与若等好也③。明年吾将死,死而为神,后三年,为庙祀我。"及期而死。三年孟秋辛卯④,侯降于州之后堂,欧阳翼等见而拜之。其夕,梦翼而告曰:"馆我于罗池。"其月景辰⑤,庙成,大祭,过客李仪醉酒,慢侮堂上,得疾,扶出庙门即死。以上死能食其土。

【注释】

　①部将:刺史兼理军事,其部下有司马、司兵、参军事等属官,所以
　　称他们为部将。驿亭:指柳州东亭。位于城南,西与驿站相连。
　　柳宗元有《柳州东亭记》。

②弃于时：为时代所弃。指被朝廷贬官之事。

③若等：你们。

④三年孟秋辛卯：指柳宗元死后三年，时为穆宗（李恒）长庆二年七月。

⑤景辰：即丙辰。唐人避世祖李昞（唐高祖李渊之父）的讳而改用景字。

【译文】

柳侯曾和部属魏忠、谢宁、欧阳翼在驿亭饮酒，对他们说："我被时代所弃，寄居在这里，和你们交好。明年，我会死，死后会成为神。死后三年，你们建庙祭祀我。"到期果然死了。三年后七月辛卯，柳侯神降临在州府后堂，欧阳翼等人见到后叩拜他。当天夜里，柳侯托梦给欧阳翼，告诉他说："让我住在罗池旁。"当月丙辰，罗池庙竣工，举行了大规模的祭祀活动。有个叫李仪的过客喝醉了酒，在庙堂上傲慢无礼，侮辱了柳侯，结果当时就得了病，扶出庙门就死了。以上讲柳侯死后能够享受其地的祭献。

明年春，魏忠、欧阳翼使谢宁来京师，请书其事于石。余谓柳侯生能泽其民，死能惊动福祸之，以食其土，可谓灵也已。作迎享送神诗遗柳民，俾歌以祀焉，而并刻之。柳侯，河东人①，讳宗元，字子厚。贤而有文章，尝位于朝，光显矣，已而摈不用。其辞曰：

【注释】

①河东：今山西解县。

【译文】

第二年春天，魏忠、欧阳翼派谢宁到京城，请我把柳侯的事迹写下来好刻在石碑上。我认为柳侯生前能恩泽百姓，死后能赐福降祸于人，而受到当地百姓的供养，可以说是很灵了。于是我做了一首迎送神灵的诗给柳州百姓，让他们唱着歌来祭祀他，而且把它一起刻上。柳侯，河东人，名叫宗元，字子厚。为人贤德且文才过人，曾经在朝廷里做官，光辉显耀一时，随后遭贬，不得重用。诗中说：

　　　　荔子丹兮蕉黄①，杂肴蔬兮进侯堂。侯之船兮两旗②，度中流兮风泊之，待侯不来兮不知我悲。侯乘驹兮入庙③，慰我民兮不嚬以笑④。鹅之山兮柳之水⑤，桂树团团兮⑥，白石齿齿⑦。侯朝出游兮暮来归，春与猿吟兮，秋鹤与飞⑧。北方之人兮⑨，为侯是非⑩。千秋万岁兮，侯无我违⑪。福我兮寿我，驱厉鬼兮山之左⑫。下无苦湿兮高无干⑬，秔稌充羡兮⑭，蛇蛟结蟠⑮。我民报事兮无怠其始⑯，自今兮钦于世世⑰。

【注释】

①荔子：即荔枝。蕉：香蕉。一说为芭蕉。

②侯之船兮两旗：《五百家注音辩》本引朱廷玉言曰："湖湘士人云，柳人迎神，其俗以一船两旗，置木马偶人于舟，作乐而导之登岸，而趋于庙。"

③驹：指船中的木马。

④不嚬（pín）以笑：不愁而喜。嚬，同"颦"。皱着眉头。以，而。

⑤鹅之山：鹅山即峨山，位于柳州城西四十里。山巅有石，状如鹅，故名。柳：柳江，流经柳州城南门外。

⑥团团：形容桂树枝叶繁密攒聚成圆形。

⑦齿齿：形容石在水中排列整齐，像牙齿一样。

⑧春与猿吟兮，秋鹤与飞：柳侯之神和猿鹤同游，往来攸忽不止，兼用抱朴子"君子化为猿鹤"之意。

⑨北方：指长安。

⑩为侯是非：说柳侯的坏话。为，同"谓"。是非，偏义副词，取"非"之意。

⑪无我违：不要离开我们。

⑫驱厉鬼：保护人民不生病的意思。厉鬼，恶鬼。韩愈此句依柳宗元《龙城石刻》（残片）："龙城柳，神所守。驱厉鬼，出匕首。福土珉，制九丑。"山之左：山之东。

⑬下无苦湿兮高无干：低田不涝，高田不旱，意思是雨水均匀。

⑭秔稌（jīng tú）：泛指农作物。秔，没有黏性的稻。稌，有黏性的稻。充羡：充足而有多余。

⑮蛇蛟结蟠：指柳侯之神，能够制服蛇蛟，使它们结蟠潜伏，不出来害人。相传蛇潜伏在深山泥土中，当时人以为山洪爆发就是它出来作怪。蟠，同"磐"。

⑯报事：举行祭神典礼。报，为报恩德而举行祭祀。

⑰钦：敬奉。末句为送神之词。

【译文】

　　荔枝红啊香蕉黄，各种蔬菜菜肴啊送进了侯堂。柳侯的船啊插着两面旗，渡中流啊风浪把船泊。等待柳侯他却不来啊，他哪里知道我的悲哀。柳侯骑马驹啊进了庙，为安抚我们百姓啊他不悲而笑。鹅山上啊柳江畔，桂树茂密团团啊，白石排列如齿。柳侯早晨出游啊日暮归来，春天与猿同吟啊，秋天与鹤飞。北方的人，还在说你的坏话。千秋万岁啊，柳侯不离开我们。赐给我们幸福啊让我们长寿，驱逐病魔啊赶到山东边。低田不涝啊高田不旱，稻谷丰收啊，蛇蛟不再害人。我们老百姓啊祭祀答谢你，始终不会懈怠，从今天开始啊世世敬仰你。

袁氏先庙碑

【题解】

　　此文写于元和十一年(816)。袁滋为祖先建庙,想立碑铭文,又担心自己写的不足以夸赞先人的业绩,就请韩愈来写。韩愈先叙述了立碑之由,然后历叙袁氏先世和袁滋的历官与功绩,最后写诗称颂。在这篇受命而写的文章中,韩愈首先用了极大篇幅写缘由,然后写死去的古人,从最早的祖宗写起,近代则挨辈而叙,最后才写到袁滋,尽管有如流水账,但仍自然流畅,看不出一点勉强的痕迹。

　　袁公滋既成庙①,明岁二月,自荆南以旍节朝京师②。留六日,得壬子春分③,率宗亲子属④,用少牢于三室⑤。既事退,言曰:"呜呼远哉!维世传德⑥,袭训集余,乃今有济⑦。今祭既不荐金石音声⑧,使工歌诗⑨,载烈象容⑩,其奚以饬稚昧于长久⑪?唯敬系羊豕。幸有石,如具著先人名迹⑫,因为诗系之语下⑬,于义其可。虽然,余不敢,必属笃古而达于词者⑭。"遂以命愈,愈谢非其人⑮,不获命⑯,则谨条袁氏本所以出⑰,与其世系里居⑱。起周,历汉、魏、晋、拓拔魏、周、隋,入国家以来,高、曾、祖考所以劬躬焘后⑲,委祉于公⑳,公之所以逢将承应者,有概有详,而缀以诗㉑。*以上叙立碑之由。*

【注释】

①袁公滋:袁滋,字德深,蔡州朗山(今河南汝南)人。德宗时历官彰义节度使,迁湖南观察使。

②自荆南以旍节朝京师:此为元和十一年。荆南,治荆州,今湖北江陵。旍,同"旗"。节,符节,古代掌兵用作凭证的东西。

③得：到。

④宗亲：同一祖宗所出的男性血亲。

⑤少牢：古代祭祀单用猪和羊，称少牢，后专以羊为少牢。

⑥世：继承。

⑦济：成。

⑧荐：献，进献祭品。金石：钟磬之类的乐器。金石之音清越优美，后因用以比喻文词的优美。

⑨工：古代特指乐人。歌：唱。

⑩载：陈置。烈：通“列”。排列。象：图象。容：仪容。

⑪饬：通“敕”。告诫。

⑫具：陈述。

⑬系：继，接。

⑭属：通“嘱”。交付，委托。笃：深。古：指古代文化。

⑮谢：推辞。

⑯获：能够。

⑰条：条陈。

⑱世系：指一姓世代相传的统系。里居：比户相连列里而居。

⑲劬（qú）：劳苦，劳累。焘（dào）：覆盖。

⑳委：积。祉：福。

㉑缀：点缀。

【译文】

　　袁滋公已经把家庙建成，第二年二月，从荆南打着旗帜持着符节到京师朝见。呆了六天，到壬子年春分这一天，率领同宗男子及儿子侄儿，用猪和羊在曾祖、祖父、父亲三间祠堂里祭祀。事毕以后，在往回走时袁公说：“唉，祖上世代相传的美德，真是源远流长啊！我承受无数教诲，才有今天的成就。今天祭祀，没有献优美文词，请乐工唱诗，也没有陈列先人的图像仪容，那么用什么来告诫子孙，让他们明白道理呢？只能以羊、猪进献祖上。现在幸而有碑石，如在碑上陈述先人的声名事迹，再在后面配上诗文，于义上才说得过去。尽管如此，我不敢自己写，一定要委托精通历史而且言词练达的人来写。"于是把这件事情交给我。我说自己不够资格，不能从命，但最后没能推辞过去，我谨条陈从袁氏祖上渊源世系、居住的地区。叙述从周开始，经汉、魏、晋、拓跋魏、周、隋至唐以来，高祖、曾祖、祖父、父亲如何辛苦劳作，萌覆子孙，积福于公，公又如何承受这一切，有详有略，再配上诗。以上叙述立碑的缘由。

其语曰：周树舜后陈①，陈公子有为大夫、食国之地袁乡者②，其子孙世守不失，因自别为袁氏。春秋世，陈常压于楚③，与中国相加尤疏④，袁氏犹班班见，可谱⑤。常居阳夏⑥，阳夏至晋属陈郡⑦，故号陈郡袁氏。博士固⑧，申儒遏黄⑨，唱业于前⑩。至司徒安⑪，怀德于身，袁氏遂大显，连世有人。终汉连魏、晋，分仕南北。始居华阴⑫，为拓拔魏鸿胪⑬，鸿胪讳恭，生周梁州刺史、新县孝侯⑭，讳颖。孝侯生隋左卫大将军⑮，讳温，去官居华阴，武德九年⑯，以大耊薨⑰，始葬华州。左卫生南州刺史⑱，讳士政。南州生当阳令⑲，玄讳伦，于公为曾祖。当阳生朝散大夫、石州司马⑳，讳知玄。司马生赠工部尚书、咸宁令㉑，讳晔，是为皇考。袁氏旧族，而当阳以通经为儒㉒，位止县令；石州用《春秋》持身治事，为州司马以终；咸宁备学而贯以一，文武随用，谋行功从，出入有立㉓，不爵于朝。比三世，宜达而窒㉔，归成后人，数当于公。以上历叙先世。

【注释】

①周树舜后陈：周武王攻克殷，访求舜后代妫（guī），并分封陈地。

树,立。

②食国之地:供给士大夫衣食租税的封地。

③压:欺凌。

④加:混在一起。

⑤袁氏犹班班见,可谱:如袁涛涂、袁侨等都为名人。班班,繁密,众多。谱,这里指各种记载的书籍。

⑥阳夏:今河南太康。

⑦陈郡:今河南淮阳。

⑧博士:掌古今史事待问及书籍典守。固:袁固。汉儒,齐人,以治《诗》为孝景帝时博士。

⑨申儒遏黄:提倡儒家,遏制黄老。黄,指黄老学说。窦太后好黄老书,召问固,固说:“此家人言尔。”太后怒说:“安得司空城旦书乎!”

⑩唱业于前:景帝时,袁固与黄生争论景帝前。黄生说:“汤武非受命,乃弑。”固说:“不然。夫桀纣虐乱,天下之心皆归汤武,汤武不得已而立,非受命为何。”唱,通“倡”。倡导。业,事业。

⑪司徒安:字邵公,后汉汝阳人,仕终司徒。

⑫华阴:今陕西华阴。

⑬鸿胪:掌管朝贺庆吊之赞导相礼。

⑭周:指北周。557年宇文觉建立,建都长安,581年为隋所代。梁州:故治在今陕西南郑县东。

⑮左卫大将军:掌管禁宿卫,督摄仪仗。

⑯武德:唐高宗年号(618—626)。

⑰耆:七十、八十岁称为耆。

⑱南州:治所在隆阳县,今四川綦江县北。

⑲当阳:今湖北当阳。

⑳石州:治离石,今山西离石。

㉑咸宁：治所与长安县同城，今陕西西安市。

㉒经：指儒家经典。

㉓立：建树，成就。

㉔窒：阻塞，不通。

【译文】

　　话说周朝封舜的后代于陈，陈公的儿子中有一个在朝中任大夫而所封食邑在袁地的，他的子孙世世代代守在这里，因此自称袁氏。春秋时，陈常常被楚欺负，与中原往来很少，而袁氏的杰出人才却众多涌现，可载入族谱。袁氏常住在阳夏，到了晋朝，阳夏开始隶属陈郡，所以称陈郡袁氏。汉朝时，博士袁固，宣扬儒家学说，遏制黄老之学，在皇上面前倡导自己信奉的事业。到司徒袁安，心中蕴藏着道德，所以袁氏得以显达，代代有人。汉灭后连着魏晋，在南北方都有人做官。最初住在华阴的，曾在拓跋魏的鸿胪寺任职，名恭，生梁州刺史、新县孝侯，名颖。颖生隋左卫大将军，名温，袁温离官卸任后住在华阴，武德九年，高寿而死，是家族中第一个葬在华阴的。袁温生南州刺史，名士政。袁士政生当阳县令，名伦，即袁公的曾祖父。袁伦生朝散大夫、石州司马，名知玄。袁知玄生追赠工部尚书的咸宁令，名晔，即袁公的父亲。袁氏是老族氏了，袁伦精通儒家经典，是位学者，官只做到县令；袁知玄以《春秋》治身行事，终于州司马；袁晔学问完整，贯穿如一，可文可武，谋划得当，颇有建树，但没有在朝中做官。不像这三代人应当显达而却遭遇窒碍，最终取得成功的，当然要数袁公了。以上依次叙述祖先。

　　公惟曾大父、大父、皇考比三世，存不大夫食①，殁祭在子孙，惟将相能致备物，世弥远②，礼则益不及。在慎德行业治，图功载名③，以待上可。无细大，无敢不敬畏；无早夜，无敢不思。成于家，进于外，以立于朝。自侍御史历工部员外郎、祠部郎中、谏议大夫、尚书右丞、华州刺史、金吾大将军④，由卑而巨，莫不官称⑤。遂为宰相，以赞辨章⑥，仍持节将蜀、滑、襄、荆⑦，略苞河山⑧。秩登禄富⑨，以有庙祀，具如其志。又垂显刻⑩，以教无忘，可谓大孝。以上袁公滋历官功绩。诗曰：

【注释】

①存：活着。食：俸禄。

②弥：久。

③图：期图。

④华州刺史：贞元十六年，袁滋自尚书右丞转任华州刺史。

⑤官称（chèn）：称职。

⑥赞：辅助。辨章：分辨明白。

⑦节：符节。将蜀、滑、襄、荆：《旧唐书·袁滋传》："永贞元年十月，以滋为西川节度使。元和元年十月，徙义成军节度。八年正月，自户部尚书出为山南东道节度。九年九月，徙荆南节度。"蜀指西川，滑指义成，襄指山南东道，荆指荆南。

⑧苞：通"包"。裹。

⑨秩：官位品级次第。

⑩垂：流传。

【译文】

袁公因曾祖父、祖父、父亲连着三代人，在世时都未能位列高位，死后也只有子孙来祭祀，因为只有为将相才能得到丰足的供物，而且时间愈久远，礼仪愈加不到。于是袁公慎重自己的德行，以求成功载名，以待朝廷的认可。无论事情大小，不敢失一点恭敬；无论时间早晚，不敢停下思考问题的念头。成名于家乡，在外面步步升官，以立身于朝廷。

从侍御史，历任工部员外郎、礼部郎中、谏议大夫、尚书右丞、华州刺史、金吾大将军，由职位低微到位列高官，所任没有不守职分或不称职的。终于做了宰相，以辅佐皇上，又持符节任蜀、滑、襄、荆州节度使，管理大片国土。官位高俸禄厚，又建了祀庙，全如他所愿。还要刻石流传，以使后人不忘，真可以说是大孝啊！**以上叙袁公滋先后任官功绩。诗为：**

　　　袁自陈分，初尚蹇连①。越秦造汉，博士发论。司徒任德②，忍不锢人③。收功厥后④，五公重尊⑤。晋氏于南，来处华下。鸿胪孝侯，用适操舍。南州勤治，取最不懈。当阳耽经⑥，唯义之畏。石州烈烈⑦，学专《春秋》。懿哉咸宁⑧，不名一休。趋难避成，与时泛浮⑨。是生孝子，天子之宰。出把将符⑩，群州承楷⑪。数以立庙，禄以备器。由曾及考，同堂异置；柏版松楹⑫，其筵肆肆⑬。维袁之庙，孝孙之为；顺势即宜，以谋以龟⑭；以平其巇⑮，屋墙持持⑯。孝孙来享，来拜庙庭；陟堂进室，亲登筵铏⑰。肩臑胉骼⑱，其尊玄清⑲；降登受胙⑳，于庆尔成。维曾维祖，维考之施；于汝孝嗣，以报以祇㉑。凡我有今，非本曷思㉒；刻诗牲系，维以告之。

【注释】

①蹇连：亦作"连蹇"，艰难。

②任：堪。

③忍不锢人：汉明帝时，袁安为河南尹，未尝以赃罪鞠人。尝曰："凡学仕者，高则望宰相，下则希牧守。"锢，禁锢。

④收：聚集。

⑤五公：袁安有二子：袁京、袁敞。袁京子袁汤，字仲河，桓帝时任

太尉。袁汤子袁逢，字周阳，灵帝时任司空。袁逢的弟弟袁隗
（kuí），字次阳，献帝时任太傅。袁京的弟弟袁敞，字叔平，安帝时
为司空。五人分别为太尉、司空、太傅，所以称"五公"。

⑥耽：沉溺。

⑦烈烈：威武。

⑧懿：美德。

⑨泛浮：比喻盛衰、消长。

⑩把：执，持。

⑪楷：法式，典范。

⑫楹：柱子。

⑬筵：竹制的垫席。肆：陈设。

⑭诹：商议，询问。龟：龟甲，这里是用龟甲占卜的意思。

⑮巇（xī）：隙。

⑯持持：挺立的样子。

⑰登：完成。这里是摆放的意思。笾：古代祭祀和宴会时盛果脯的
　竹器，形状像木制的豆。铏（xíng）：古代盛羹的器皿。

⑱肩：动物的前腿跟部。臑（nào）：牲畜的前肢。胉（bó）：同"膊"。
　牲体两肋。骼：牲畜的后胫骨。

⑲尊：泛指一切酒器。

⑳胙：祭祀用的肉。

㉑祇：恭敬。

㉒曷：何，岂，难道。

【译文】

　　袁氏自陈分支，最初困难重重。　经过秦代到汉，博士袁固发
问。　司徒袁安堪德，对人不忍禁锢。　集功为其后人，五公行重位
尊。　晋时袁氏在南，有人来住华阴。　鸿胪孝侯父子，适用使其治
家。　南州士政勤奋，求取精深不懈。　袁伦沉溺经书，对义十分敬

服。石州知玄威武，学习钻研《春秋》。美哉县令袁晔，名利一概罢
休。赴困难避成绩，与时节共沉浮。袁晔生下孝子，天子朝中宰
相。出外把持将符，群州视为楷模。屡次都想立庙，以俸来购器
具。曾祖、祖父、父亲，虽同堂而异置；柏木板松木柱，庙内陈设垫
席。这座袁氏宗庙，孝顺子孙所建；顺时势才合宜，商议加上龟筮；
填平房屋裂隙，房屋墙壁挺立。孝孙亲来供奉，祭拜先人庙庭；登
庙堂进祀室，亲自摆放笾铏。肩臑胉骼齐全，酒器黑色清雅；祖宗
下来享用，庆典才是完成。有曾祖有祖父，有父亲施恩惠；有你孝
顺后嗣，恭敬回报先人。凡是今天我有，没有先人何来；刻诗于此
碑石，以来告诉后人。

乌氏庙碑

【题解】

此文写于元和八年(813)。乌重胤有功于朝，皇上允他为祖先建
庙，遂请韩愈为庙写此碑文。文章先写立碑的缘由，然后是乌氏先世及
近四代，接着专门写了乌重胤的父亲乌承玼。文章起笔很新颖："元和
五年，天子曰……"，突破一般碑文的呆板模式，一下子就把读者的注意
力吸引住。这是只有如韩愈这样的大家手笔才能应用自如的写作
手法。

元和五年，天子曰："卢从史始立议用师于恒①，乃阴与
寇连②，夸谩凶骄③，出不逊言，其执以来！"其四月，中贵人承
璀即诱而缚之④，其下皆甲以出，操兵趋哗⑤，牙门都将乌公
重胤当军门⑥，叱曰："天子有命，从有赏，敢违者斩！"于是士
皆敛兵还营，卒致从史京师。壬辰，诏用乌公为银青光禄大

夫、河阳军节度使⑦，兼御史大夫，封张掖郡开国公⑧。居三年，河阳称治，诏赠其父工部尚书，且曰："其以庙享。"即以其年营庙于京师崇化里。军佐窃议曰："先公既位常伯⑨，而先夫人无加命⑩，号名差卑，于配不宜⑪。"语闻，诏赠先夫人刘氏沛国太夫人⑫。八年八月，庙成，三室同宇⑬，祀自左领府君而下⑭，作主于第。乙巳，升于庙。以上叙立庙之由。

【注释】

①卢从史：原为节度使李长荣大将，李长荣死后，升为昭义军节度副使。立议：建议。恒：恒州，治真定，今河北正定。

②乃阴与寇连：指卢从史暗中与王承宗通谋。

③夸：奢侈。谩：通"慢"。怠慢，轻视。

④中贵人：也称"中贵"，帝王所宠幸的宦官。承璀：吐突承璀。宪宗时授内常知内省事、左监门将军，不久授左军中尉功德史。王承宗叛，以河中、河南、浙西、宣歙等道，赴镇州行营兵马招讨等，后穆宗即位，被处死。

⑤兵：兵器。哗：哗变。

⑥牙门：古代军营门口置牙旗，所以营门叫"牙门"。都将：唐、五代时的统兵官。乌公重胤：即乌重胤。唐代张掖（今属甘肃）人，字保君。初在昭义节度使卢从史部下，任都知兵马使。元和五年（810）以擒从史有功，升河阳节度使。后又参与讨淮西节度使吴元济，累官横海、天平等镇节度使。

⑦银青光禄大夫：系职位较高官员的加衔。河阳：今河南孟县。

⑧张掖郡：治觻得，今甘肃张掖西北。开国公：位次郡王，在郡公之上。公，古代五等爵位第一等。

⑨常伯：古代君主左右的大臣，此处指工部尚书。

⑩加命：加，赠。命，诰命。

⑪配：在祭祀时附带被祭。

⑫沛国：即沛郡，治相县，今安徽濉溪县西北。

⑬三室同宇：指乌重胤曾祖、祖父、父亲同堂三室。后汉以来，公私庙制，皆为同堂异室。宇，房屋。

⑭左领：指乌令望。府君：旧时子孙对其先世敬称。

【译文】

元和五年，天子说："卢从史最先建议用兵于恒州，却暗中与敌寇勾结。他生活奢侈，目中无人，凶恶骄横，出言不逊。去把他抓来！"那年四月，中贵人承璀设计引诱捆住了卢从史，卢从史的部下都戴好铠甲，手持兵器，想要哗变，牙门都将乌重胤挡住营门，大声喊道："天子有命，顺从的有赏，敢违抗者斩。"士兵们都收起兵器回到营房里去了，这才最后把卢从史送到京师。壬辰日，皇帝下诏任乌公为银青光禄大夫、河阳军节度使，兼御史大夫，封张掖郡开国公。乌公在河阳节度使任上三年，河阳得以治理，皇帝又下诏，追赠乌公的父亲为工部尚书，而且说："可修庙供奉。"就在当年，在京师崇化里营造乌氏宗庙。军队里的僚佐们暗地里议论说："先大人被赠工部尚书，而先夫人没有诰命追赠，称号与名分都很低下，作为配祀不合适。"这番言论传出后，皇帝就下诏追封先夫人刘氏为沛国太夫人。元和八年八月宗庙建成，同堂三室。祭祀自左领府君开始向下顺序排列，列灵位于各室。乙巳日，正式升到庙堂。以上叙述立庙缘由。

　　乌氏著于《春秋》，谱于《世本》①，列于《姓苑》②，在莒者存③，在齐有馀、枝鸣④，皆为大夫。秦有获⑤，为大官。其后世之江南者，家鄱阳；处北者，家张掖；或入夷狄，为君长。唐初，察为左武卫大将军⑥，实张掖人。其子曰令望，为左领军卫大将军⑦。孙曰蒙，为中郎将⑧，是生赠尚书，讳承玭⑨，字某。乌氏自莒、齐、秦大夫以来，皆以材力显，及武德已来⑩，始以武功为名将家。以上叙乌氏先世及近四代。

【注释】

①《世本》：战国时史官所撰，记黄帝春秋时诸侯大夫的氏姓、世系、居（都邑）、作（制作）等。原书约在宋代散失。

②《姓苑》：何承天著。

③在莒者存：《左传·昭公二十三年》："莒子庚舆虐而好剑……乌存率国人逐之。"莒，西周分封诸侯国，建都计斤（今山东胶县西南），春秋初年迁于莒（今山东莒县）。存，乌存。

④在齐有馀、枝鸣：乌馀、乌枝鸣。

⑤获：即乌获。据说他能举千钧之重，为秦武王宠用。

⑥察：即乌察。左武卫大将军：汉末曹操为丞相，设武卫营。魏文帝置武卫将军以统率禁军。唐置左右武卫，各设大将军、将军。

⑦左领军卫大将军：唐代左右领军为十六卫之一。设上将军、大将军及将军，宿卫宫禁。

⑧中郎将：唐代各卫中郎将为低级武职。

⑨承玭（cī）：字德润，乌重胤父。

⑩武德：唐高祖李渊的年号（566—635）。

【译文】

　　乌氏在《春秋》上有记载，在《世本》上有罗列，在《姓苑》上有位次。在莒国的有乌存，在齐国的有乌馀、乌枝鸣，都为大夫。秦时有乌获，任大官。乌氏后代到江南的定居鄱阳，留在北方的定居张掖，还有的到夷狄地区去，都任国君或酋长。唐朝初年，乌察任左武卫大将军，就是张掖人。他的儿子叫乌令望，任左领军卫大将军。孙子叫乌蒙，任中郎将。中郎将生追封尚书的乌承玼,字某。乌氏自营、齐、秦各位大夫以来,都以文才政事挣得显位,武德以来开始以武功成为名将家族。以上叙述乌氏的祖先及近四代。

　　开元中,尚书管平卢先锋军①,属破奚、契丹②。从战捺禄,走可突干③。渤海扰海上,至马都山,吏民逃徙失业④,尚书领所部兵塞其道,堑原垒石⑤,绵四百里,深高皆三丈,寇不得进,民还其居,岁罢运钱三千万余。黑水、室韦以骑五千来属麾下⑥,边威益张。其后与耿仁智谋,说史思明降。思明复叛,尚书与兄承恩谋杀之⑦。事发,族夷⑧,尚书独走免。李光弼以闻⑨,诏拜冠军将军、守右威卫将军、检校殿中监⑩,封昌化郡王、石岭军使⑪。积粟厉兵⑫,出入耕战⑬,以疾去职。贞元十一年二月丁巳,薨于华阴告平里,年若干,即葬于其地。以上专叙赠尚书乌承玼。二子:大夫为长⑭,季曰重元,为某官。铭曰:

【注释】

①平卢:唐方镇名。为玄宗时十节度使之一。先锋军:行军或作战时的先头部队。

②属(zhǔ):连接。奚:古族名,分布在饶乐水(今内蒙古自治区西拉木伦河)流域。契丹:古族名,在今辽河上游一带游牧。唐以其地置松漠都督府,并任契丹首领为都督。

③从战捺禄,走可突干:《新唐书·承玼传》:"奚、契丹入寇,承玼破于捺禄山,又战白城。承玼按队出其右,斩首万计,可突干奔北。"捺禄,捺禄山。可突干,契丹勇将。

④"渤海扰海上"几句:许孟容《乌承洽神道碑》:"渤海郡王武艺出

海滨,至马都山,屠陷城邑,公以本营士马防遏要害。"渤海,即渤海国,唐代我国东北以靺鞨粟末部为主体,结合其他靺鞨诸部和部分高句骊所建政权。

⑤堑原垒石:在平地上挖沟,在沟边上垒石墙。堑,挖沟。

⑥黑水:即黑水靺鞨,在今黑龙江省。隋唐时号居滨此水的靺鞨部落为黑水靺鞨。室韦:一译失韦,古族名。北魏时始见于史书记载。有五部。分布在嫩江流域及黑龙江南北岸之地。唐时,在室韦的名称下,所包更广,有二十多部。居住在额尔古纳河一带的蒙兀室韦是蒙古族祖先。

⑦尚书与兄承恩谋杀之:《旧唐书·史思明传》载,思明内通贼,上以承恩为河北节度使副大使,使图思明。事泄,承恩父子及支党皆被杀。承恩,承玼的从父兄。

⑧族夷:亦称"夷族""族灭"。整个家族被诛灭。此指乌承玼全家被杀。

⑨李光弼:营州柳城(今辽宁朝阳阳南)契丹族人。"安史之乱"时任河东节度使,与郭子仪进攻河北,收复十余郡。又在太原击败史思明。因功进封临淮郡王、临淮王。

⑩冠军将军:古时将军名号。魏晋以至南北朝皆设冠军将军,唐代设冠军大将军,为武散官。

⑪昌化:今浙江临安县。郡王:次于亲王的一等封号。除皇室外,臣下亦得封郡王。石岭:石岭关,在今山西阳曲东北,形势险要,为山西北部要冲。唐驻兵于此,以防突厥南下。

⑫厉:磨刀石,引申为磨砺。

⑬出入耕战:一面种地,一面打仗。

⑭大夫:即乌重胤。

【译文】

开元中期,尚书掌管平卢先锋军,连破奚、契丹,转战于捺禄山,赶走可突干。渤海国扰乱海上，一直到马都山，官吏、百姓逃走，扔下财产家业。尚书率领部下堵住了敌人通道，在平原上挖沟，在沟边上用石头垒上高墙，绵延四百里，沟深都是三丈。敌寇进不来，百姓又回来了，每年节省运费三千多万。黑水、室韦二国五千人马投到他的旗下，使他边疆的声威更加显扬了。这之后又与耿仁智谋划说服史思明降唐。史思明再次叛变后，尚书与哥哥乌承恩谋划杀史思明，事情被发觉，全家被史思明杀掉，只有尚书一人逃出。李光弼上书奏报后，皇上下诏任他为冠军将军、右威卫将军、检校殿中监，封昌化郡王、石岭军使。他积蓄军粮，秣马厉兵，一边屯田，一边打仗，但因病退职。贞元十一年二月丁巳日于华阴告平里逝世，享年若干，就地安葬。以上专门叙述赠尚书乌承珑事迹。尚书有二个儿子，大夫是长子，小儿子乌重元，任某官。铭曰：

乌氏在唐，有家于初①。左武左领，二祖绍居②。中郎少卑，属于尚书。不偿其劳，乃相大夫。授我戎节③，制有壇墟④。数备礼登⑤，以有宗庙。作庙天都，以致其孝。右祖左孙，爰飨其报⑥。云谁无子，其有无孙？克对无羞，乃惟有人。念昔平卢，为艰为瘁⑦。大夫承之，危不弃义。四方其平，士有迨息。来觊来斋⑧，以馈黍稷。

【注释】

①家：古代大夫家族。

②绍：接续。

③戎节：军队符节。戎，军队。

④制：控制。墟：故城。

⑤数备礼登：官位具备，祭礼提高。

⑥爰：于是。飨：祭献。

⑦瘁：劳累。

⑧觊：冀望，希图。斋：斋戒。

【译文】

乌姓氏族在唐，为官大夫唐初。左武左领领军，连续显位二祖。中郎稍微位卑，其子职任尚书。辛劳不计酬报，终为宰相大夫。授我军队符节，控制边疆故地。官位升礼仪增，所以有了宗庙。建庙天子都城，用以达到其孝。右边祖左边孙，于是祭献回报。有谁没有儿子？有谁没有孙子？能对祖宗无愧，只有后继有人。想念昔日玼公，经过劳苦艰辛。大夫勇敢承受，临危不弃道义。四方已经平定，士兵疲倦休息。前来冀望斋戒，先人赐以黍粟。

新修滕王阁记

【题解】

此文写于元和十五年(820)。文中述说了作者三不得见滕王阁，而为人叙修阁之事。凡记修阁，必记修阁之人，何况是上司。若是俗手，定将王仲舒的政绩，十分揄扬。而韩愈偏把欲游未得游之意作线，发出感慨。其实前两段不得游，乃是中段不得游的衬笔。中段不得游，乃是叙王公政绩的衬笔。叙政绩处，"春生秋杀、阴闭阳开""湖山千里"等语，与滕王阁上的佳胜相对应，文心欲绝。

金圣叹说："粗览之，若只为自己行文章法，却不知其已将王公政绩无不悉书。文章虚实之妙，乃不可以一笔定之矣。"姚范说："风格竣朗，公文之老境如此。"

　　愈少时，侧闻江南多临观之美①，而滕王阁独为第一②，有瑰伟绝特之称③。及得三王所为序、赋、记等④,壮其文辞,益欲往一观而读之,以忘吾忧。系官于朝,愿莫之遂。十四年,以言事斥守揭阳⑤,便道取疾以至海上,又不得过南昌而观所谓滕王阁者。韩公贬阳山,由湖南郴州以往,未过南昌,故曰便道取疾,贬潮州亦然。

【注释】

①临:居高处朝向低处。

②滕王阁:故址在今江西南昌市赣江滨,唐高祖子滕王元婴为洪州刺史时始建。其后阎伯屿为洪州牧,宴群僚于阁上,王勃省父过此,即席作《滕王阁序》。

③瑰伟:奇伟,卓异。

④三王所为序、赋、记:王勃的《游阁序》,王绪作《赋》,当时的王公为从事日作《修阁记》,即王仲舒。

⑤以言事斥守揭阳:指韩愈写《论佛骨表》一文指责皇帝过错,被贬官。揭阳,即唐时潮州,今广东潮安。

【译文】

我小时候,就听说江南有许多登览的名胜地方,而滕王阁为第一,都说它瑰伟绝特。等到后来得到三王所作的序、赋、记等,觉得他们的文章很美,越发要一至滕王阁,以读他壁上的古文,而解我忧。做官身系朝廷,这个愿望无法实现。元和十四年,我因为言事被贬至揭阳。因为要赶时间,走了海道,又没能经过南昌而游览滕王阁。韩公贬至阳山,由湖南彬州前往,没经过南昌,所以说"便道取疾",贬至潮州也是如此。

其冬,以天子进大号①,加恩区内②,移刺袁州③。袁于南昌为属邑,私喜幸自语,以为当得躬诣大府,受约束于下执事,及其无事且还,倘得一至其处④,窃寄目偿所愿焉。至州之七月,诏以中书舍人太原王公为御史中丞⑤,观察江南西道,洪、江、饶、虔、吉、信、抚、袁悉属治所⑥。八州之人,前所不便及所愿欲而不得者,公至之日,皆罢行之。大者驿闻,小者立变,春生秋杀,阳开阴闭⑦,令修于庭户;数日之间,而人自得于湖山千里之外。吾虽欲出意见,论利害,听命于幕下,而吾州乃无一事可假而行者,又安得舍己所事以勤馆人⑧? 则滕王阁又无因而至焉矣。

【注释】

①号:这里是年号的意思。

②区内:指天下。

③袁州:今江西宜春。

④倘:倘或。

⑤太原王公:即王仲舒。元和十五年六月戊寅,以中书舍人王仲舒为洪州刺史、御史中丞,充江西观察使。

⑥洪:洪州,治南昌,今江西南昌。江:江州,治浔阳,今江西九江。饶:饶州,治鄱阳,今江西波阳。虔:虔州,治赣县,今江西赣州。吉:吉州,治庐陵,今江西吉安。信:信州,治汝阳县,今江西上饶。抚:抚州,治临川,今江西抚州西。

⑦春生秋杀,阳开阴闭:意思是一年过去。

⑧勤:劳。馆人:古称管理馆舍、招待宾客的人。

【译文】

这年冬天,因为天子进大号,加恩于天下,将我调到袁州任刺史。袁州是南昌的属郡,我暗自高兴自语,以为可以有机会到南昌去,办完了公事,闲的时候,或可一至滕王阁,以偿宿愿。到袁州第七个月,天子下诏,任中书舍人太原王公做御史中丞,视察江南西道,洪、江、饶、虔、吉、信、抚、袁各州皆为所管。八州的人,以前觉着不便的事情和所愿行而不得行的,王公一到,应罢的都罢了,应行的都行了。大事奏明朝廷,小事当机立断,春生秋杀,阳开阴闭,政令修于庭户之内;数日之间,百姓自得益于湖山千里之外。我虽然也想去条陈意见,议论利害,听命于幕下,无奈我袁州没有可以兴革的事情,可以假借而行,我又怎么能丢了我自己的事不管,而跑到南昌去呢? 这样又没有机会去滕王阁了。

　　其岁九月,人吏浃和①,公与监军使燕于此阁②,文武宾士皆与在席。酒半,合辞言曰:"此屋不修,且坏。前公为从事此邦,适理新之,公所为文,实书在壁。今三十年而公来为邦伯③,适及期月,公又来燕于此,公乌得无情哉?"公应曰:"诺。"于是栋楹、梁桷、板槛之腐黑挠折者④,盖瓦、级砖之破缺者⑤,赤白之漫漶不鲜者⑥,治之则已,无侈前人,无废后观。

【注释】

①浃(jiā)和:和洽。

②监军:唐后期于各镇及出征讨叛之军中,以宦官为监军,与统帅分庭抗礼。燕:通"宴"。

③邦伯:这里指观察使。

④楹:庭堂前的柱子。桷:方的橡子。槛(jiàn):栏杆。挠:弯曲。

⑤盖瓦:覆盖之瓦。

⑥漫漶(huàn):模糊不可辨识。

【译文】

这年九月,百姓官吏相处融洽,王公与监军使在滕王阁上摆宴,文武官员都在席上。酒到半酣,大家说:"这个阁如果不修,就要坏了。从前公在这里的时候,刚新修过。公所做的文章都在壁上。今过三十年,公又来做这地方的长官;刚及一月,公又到这里来请客,公何以能够无情?"公答道:"好!"因此大加修理:梁、柱、窗户上腐、黑、弯、折了的地方或加了瓦,或加了砖;破缺了的地方,或漆了红色,或涂了白粉;漫灭不鲜明的地方,把它修理就是了,也不格外比以前奢侈,只是不使名胜没灭了。

　　工既讫功,公以众饮,而以书命愈曰:"子其为我记之。"愈既以未得造观为叹①,窃喜载名其上,词列三王之次,有荣耀焉!乃不辞而承公命。其江山之好,登望之乐,虽老矣,如获从公游,尚能为公赋之。

【注释】

①造:往,到。

【译文】

　　完工后,公与众人饮宴,而且写信给我说:"你为我做一篇记。"我既为未能欣赏阁而感叹,又窃喜列名于阁上,以文章与三王并列,很荣耀啊!便不辞让而欣然受命。若说到江山之美,登览之乐,我虽然老了,倘使能有机会从公游,我还能替公赋诗呢!

科斗书后记

【题解】

　　此文写于元和十一年(816)。文中叙述了作者得《科斗孝经》后又把它送给别人的整个事情经过。开头几句话交代了作者与书主人之间的世交："三家传子弟往来"，说明他为什么会得到这部书；然后是他得书，"不暇学"，送给"好古书"的归登，后又"乞观"，因事只"得其十四五"，显得很是谦虚。简捷是本文的一大特点，文章很短，字数不过三百余字，然而事情的来龙去脉清清楚楚。曾国藩曾称此文说："叙述无一闲字。"

　　愈叔父当大历世①，文辞独行中朝②，天下之欲铭述其先人功行取信来世者，咸归韩氏。于时李监阳冰独能篆书③，而同姓叔父择木善八分④，不问可知其人，不如是者，不称三服⑤，故三家传子弟往来。

【注释】

　　①愈叔父：指韩云清，官至礼部侍郎。大历：唐代宗李豫的年号（766—780）。

　　②中朝：朝中，朝廷。

　　③李监阳冰：李阳冰，字少温，赵郡（今河北赵县）人。官至将作监少监。工篆书，自成风格，后世学篆者多宗之，有"笔虎"之称。

　　④同姓叔父择木：指韩择木，代宗时任礼部尚书。杜子美《李潮八分歌》："尚书韩择木，骑曹蔡有邻，开元以来数八分。"指的就是他。八分：汉隶的别名。魏晋时也称楷书为隶书，因别称当时通行的有波磔的隶书为八分，以免混淆。李斯作小篆，程邈作隶，王次仲作八分。蔡文姬曰："割程邈字八分，取二分；割李篆字二分，取八分。"故谓之八分。

　　⑤三服：本指拉车时领头的三匹马，这里借喻领导当时书法艺术潮流的三个人。服，古代一车驾四马，居中的两匹叫服。

【译文】

　　我的叔父生活在大历年间，当时他的文辞在朝中称雄一时，普天下有想为先人歌功颂德以取信后世的人，都来找他写文章。当时的将作少监李阳冰擅长写篆书，而我叔父辈的韩择木擅长写八分。看他们写的东西不用问就知道他们的为人，不这样就称不上"三服"了，所以三家的子弟后来也互相来往。

　　贞元中，愈事董丞相幕府于汴州①，识开封令服之者，阳冰子，授余以其家科斗《孝经》、汉卫宏《官书》②，两部合一卷，愈宝蓄之而不暇学。后来京师，为四门博士③，识归公④。归公好古书，能通之，愈曰："古书得其据依，盖可讲。"因进其所有书属归氏。元和来，愈亟不获让⑤，嗣为铭文。荐道功德⑥，思凡为文辞，宜略识字，因从归公乞观二部书。得之，留月余。张籍令进士贺拔恕写以留愈⑦，盖得其十四五，而归其书归氏。

【注释】

①董丞相：董晋，贞元中镇汴州。汴州：今河南开封北。

②卫宏：字子敬，光武时为议郎。

③四门博士：《旧唐书·韩愈传》："愈发言真率，无所畏避，操行坚正，拙于世务，调授四门博士。"

④归公：归登，字冲之。

⑤亟（qì）：屡次。

⑥荐：屡次，接连。

⑦张籍：字文昌，吴郡（今江苏吴县）人。历任太常寺太祝、工部员外郎、国子监司业等职。工诗，尤长乐府。

【译文】

贞元年间，我在汴州做董丞相的幕僚，结识了开封令李服之——李阳冰的儿子,他送给我他们家的科斗《孝经》和汉卫宏《官书》两部,合为一卷。我当做宝贝一样收藏起来,但却无暇阅览。后来我回到京师,任四门博士,结识了归公。归公喜欢古书,通晓古文,我说:"古书要有所依据,才能讲。"所以就把书都送给了归公。元和以来,我有几次谦让不过去,替人家写墓志铭。接连为人歌功颂德,我就想凡是写文章,都要大略懂得一些古文,所以向归公要书来看。书拿到手后,留在身边一个多月。张籍让进士贺拔恕抄写留给我,大概有十分之四五,就把它还给了归公。

十一年六月四日,右庶子韩愈记①。

【注释】

①右庶子:《旧唐书·韩愈传》:"俄有不悦愈者,摭其旧事,言愈前左降为江陵掾曹,荆南节度使裴均馆之颇厚。均子锷凡鄙。近者锷还省父,愈为序饯锷,仍呼其字。此论喧于朝列,坐是,改太子右庶子。"

【译文】

元和十一年六月四日,右庶子韩愈记。

柳宗元

　　柳宗元在贬谪永州期间,漫游山水,搜奇探胜,随笔作成游记,来排遣心中郁闷。其中《永州八记》为世人称颂。《始得西山宴游记》冠于八记之首,领起以后诸篇。

始得西山宴游记

【题解】

　　在这篇游记中,作者采用映衬的手法,着力描写登高望远的境界,意在渲染西山的开阔;着力描写在山顶上看到的景物,意在映衬西山的高峻。文章一开头写自己游览前的忧惧心理,经过对景物描绘之后,又写了对忧惧的忘怀,这样,就把自己对身世之感的抒发与对山水的描写融化在一起了。

　　自余为僇人①,居是州②,恒惴栗③。其隙也④,则施施而行⑤,漫漫而游⑥,日与其徒上高山⑦,入深林,穷回溪⑧,幽泉怪石,无远不到。到则披草而坐⑨,倾壶而醉⑩;醉则更相枕以卧⑪,意有所极⑫,梦亦同趣。觉而起,起而归。以为凡是州之山水有异态者^⑬，皆我有也^⑭，而未始知西山之怪特^⑮。

【注释】

①僇(lù)人：受刑戮的人，有罪的人，作者贬官永州，这是表示愤激的自称之词。

②是州：指永州。

③恒：常常。惴(zhuì)栗：忧惧不安。

④隙(xì)：空闲的时候。

⑤施施(yí)：缓缓慢行的样子。

⑥漫漫：随意不受拘束的样子。

⑦徒：同游者。

⑧穷：尽，这里指走到尽头。回溪：曲折的溪流。

⑨披：分开，拨开。

⑩倾壶：倾倒完壶里的酒。

⑪更：更替交换。相枕：互相依靠为枕。

⑫极：至，到。

⑬异态：奇异的形态。

⑭皆我有也：都是我游历过的。

⑮怪特：奇怪独特。

【译文】

自从我被认为是有罪之人，就居住在这个州里，常常忧惧万分。空闲的时候，就从容散步，随意游览。每天同伙伴一起登上高山，进入幽深的树林，来到曲折的溪水的尽头。无论是幽深的泉水还是奇特的怪石，再远也没有不游到的。到了那里就拨开草而坐，倾倒完壶里的酒，喝个大醉；醉后就相互靠在对方身上睡觉，睡觉时做梦，意想中所能想到的，梦中也有同样的趣味。睡醒后便起身回家。自以为凡是这个州山水奇特的地方，都是我游历过的，却不曾知道西山的怪异。

今年九月二十八日，因坐法华西亭^①，望西山，始指异之^②。遂命仆过湘江^③，缘染溪^④，斫榛莽^⑤，焚茅茷^⑥，穷山之高而止。攀援而登，箕踞而遨^⑦，则凡数州之土壤^⑧，皆在衽席之下^⑨。其高下之势，岈然洼然^⑩，若垤若穴^⑪，尺寸千里^⑫，攒蹙累积^⑬，莫得遁隐^⑭。萦青缭白^⑮，外与天际，四望如一。然后知是山之特出，不与培塿为类^⑯，悠悠乎与灏气俱^⑰，而莫得其涯；洋洋乎与造物者游^⑱，而不知其所穷^⑲。

【注释】

①法华：法华寺，在零陵县城内的东山上。西亭：作者曾在法华寺西建亭，名为西亭。

②指异之：指点着西山觉得特别。

③湘江：又名湘水，发源于广西壮族自治区兴安县阳海山，最后流入湖南省洞庭湖，长约二千余里。

④缘：沿着。染溪：零陵县西潇水的支流。

⑤斫（zhuó）：砍削。榛（zhēn）莽：杂生的草木。

⑥茅茷（fá）：茅草。

⑦箕踞：两腿伸开而坐，形似簸箕，表示倨傲或适意忘形。遨：游赏。

⑧土壤：土地。

⑨衽（rèn）席：睡觉用的席子。

⑩岈（xiā）然：山深的样子。洼（wā）然：山谷低洼的样子。

⑪垤（dié）：小土堆。

⑫尺寸千里：指从西山上遥望，眼前景物虽只有尺寸一般大小，但相距可能有千里之遥。

⑬攒（cuán）：簇聚。蹙：压缩，收拢。

⑭遁隐:隐藏。

⑮缭:缭绕。

⑯培塿(lǒu):小坟堆。

⑰悠悠:广大的样子。灏(hào)气:同"浩气"。大自然之气。

⑱洋洋:完美的样子。造物者:指天地。

⑲穷:尽头。

【译文】

今年九月二十八日,因为坐在法华寺的西亭里,望着西山,指点中才发觉它的奇特。于是让仆人带我们渡过湘江,沿着染溪,砍伐丛生的草木,焚烧茅草,一起登上了山的最高处。攀援着登上山顶,像簸箕似地伸开两腿坐着观赏,就像几个州的土地,都在席子底下一样。居高临下,下面的高山、低谷,从西山上看去,像小土堆和小土洞一般,看上去只有尺寸一般大小,但相距有千里之遥,千里以内的景物聚集、压缩、累积在眼前,没有一点隐藏。远处,白云绕着青山,与天相接,浑然一体。这时才感到此山的特别雄伟,非小丘可比,广大得同自然界之气一样没有谁看得到它的边际,完美地与天地同游才觉得没有穷尽。

引觞满酌①,颓然就醉②,不知日之入。苍然暮色③,自远而至,至无所见④,而犹不欲归。心凝形释⑤,与万化冥合⑥。然后知吾向之未始游⑦,游于是乎始,故为之文以志⑧。是岁,元和四年也⑨。

【注释】

①引觞(shāng):拿起酒杯。

②颓然:醉倒的样子。

③苍然:形容黄昏的天色,深青色的样子。

④至无所见:到了天黑什么也看不见时。

⑤凝:凝聚,专一。释:解除束缚。

⑥万化:自然万物。冥合:暗合,混合一体。

⑦向:往昔,从前。未始:未尝。

⑧志:记。

⑨元和:唐宪宗李纯的年号。

【译文】

我们拿起酒杯来满饮,不觉东倒西歪地醉倒,不知太阳几时落山。黄昏的天色,从远而来,到了天黑什么也看不见了,仍不想回家。心像凝结了,形体像消散了,与万物浑然一体。然后才知道从前未曾真正游赏过山水,真正的游赏山水是从这次开始的。所以做这篇文章来记这次游赏,这一年是元和四年。

钴鉧潭记

【题解】

这是柳宗元《永州八记》之一。这篇游记,篇幅很短,语言精简,只数十个字,把一个隽美的潭写得清新而有生气,宛然在目。如写水流用"暴""啮"等字,非常传神。作者不仅写了钴鉧潭的景色,通过描写还揭露了当时官租的繁重,表达了人民不能安居的疾苦,抒发了作者胸中郁闷而愤激的情绪,写出了自己凄凉的心情。

作者采取了情景交融的写法,借写潭景揭时弊,寄忧情,笔调含蓄,委婉自然。

钴鉧潭在西山西①,其始盖冉水自南奔注②,抵山石③,屈折东流④。其颠委势峻⑤,荡击益暴⑥,啮其涯⑦,故旁广而中深,毕至石乃止⑧。流沫成轮⑨,然后徐行⑩,其清而平者且十亩⑪,有树环焉⑫,有泉悬焉⑬。

【注释】

①钴鉧(gǔ mǔ)潭:形似熨斗的潭,在今湖南零陵县西。钴鉧,熨斗。西山:在永州城西五里。

②冉水:即染溪。

③抵:碰着。

④屈折:即曲折。

⑤颠委:首尾,指冉水的上游和下游。势峻:流势峻急,波涛汹涌。

⑥益暴:更厉害,更猛烈。

⑦啮(niè):咬,这里是"侵蚀"的意思。涯:边沿。

⑧毕:最后。至:到,这里指水势碰到。

⑨流沫:水流的浪花。轮:这里指漩涡。

⑩徐行:缓慢流去。

⑪且:将近。

⑫焉:在那里,这里是兼词。

⑬悬焉:从高处流到潭里。

【译文】

钴鉧潭在西山的西面,它的源头是冉水从南面奔流注入,碰到山石,再曲折地向东流来的。它的上游和下游波涛汹涌,激荡拍击得更猛烈,侵蚀钴鉧潭的边沿,所以岸边广阔而中间很深,冲击的力量最后碰到山石才停止。水流的浪花成为漩涡,然后慢慢流去,它的清澈而平静的水面将近十亩,有树木环绕在潭边,有泉水从高处流到潭里。

其上有居者①,以予之亟游也②,一旦款门来告曰③:"不胜官租私券之委积④,既芟山而更居⑤,愿以潭上田贸财以缓祸⑥。"予乐而如其言⑦。则崇其台⑧,延其槛⑨,行其泉于高者坠之潭⑩,有声淙然⑪。尤与中秋观月为宜⑫,于以见天之高,气之迥⑬。孰使予乐居夷而忘故土者⑭,非兹潭也欤⑮?

【注释】

①居者:住家的人。

②以:因为。亟(qì):多次。

③款门:敲门。

④不胜:不能胜任,指负担不了。私券:私人借据,指债务。委积:积累,堆积。

⑤芟(shān):割草,此指开荒。更居:搬去住。

⑥贸财:换钱。以:来。缓祸:解救灾难。

⑦如其言:照他说的办。

⑧崇:修高,形容词动用。

⑨延其槛:延长那里的栏杆。

⑩行:这里指引导。

⑪淙(cóng)然:水流到潭里淙淙的声音。

⑫宜:适合。

⑬迥:远,这里指气清,气清才望得远。

⑭孰使:谁使,为什么使。夷:原系古代东方少数民族,此指边远的地方。

⑮兹:这个。

【译文】

它的上面住有人家,因为我多次去游玩,有一天他们敲门来告诉我说:"因受不了官家租税和私人债务的重负,已经在山里开辟出土地,要搬到那儿去住。愿意用钴鉧潭上的田换钱来缓解目前纳税还债的重压。"我乐意照他的话办。便加高那里的台,延长那里的栏杆,从高处引来泉水落到潭里,发出淙淙水声。这地方尤其在中秋赏月更是合适,在这里可以看到天空的高深、大气的清新。是什么使我乐意住在这边远地区而忘掉故乡的呢?不正是这个潭吗?

钴鉧潭西小丘记

【题解】

本文是《永州八记》的第三篇。此游记写小丘,抓住小丘中的奇石和从小丘看出去的风景来写。写奇石时,用传神新奇的"出人意外,入人意中"之比喻,形象逼真,将石写活了。从小丘望出去的景物,境界广阔,表现了作者的乐观情绪。在写景状物的同时,作者借题发挥,以小丘被弃置在僻远的永州,不被人重视的情况,曲折表达了自己被贬谪为"僇人"的怀才不遇的心情。文末"贺兹丘之遭也",包藏了作者渴望得到重新重用的复杂心情。

文章短小精悍,含蓄隽永,既寄托了他的情怀又体现了他的人格以及除恶向善、改革政治的理想。

得西山后八日①,寻山口西北道二百步②,又得钴鉧潭。西二十五步,当湍而浚者为鱼梁③。梁之上有丘焉④,生竹树。其石之突怒偃蹇负土而出争为奇状者⑤,殆不可数⑥。其嵚然相累而下者⑦,若牛马之饮于溪;其冲然角列而上者⑧,若熊罴之登于山⑨。

【注释】

①得：发现。

②寻：顺着，缘着。道：在道路上走，动词。步：古代长度单位，秦制以六尺为步，旧制以营造尺五尺为步。

③湍：急流。浚（jùn）：深。鱼梁：挡水的石堰，中间有缺口，可以捕鱼。

④丘：小土堆。

⑤突怒：突起挺立的样子。偃蹇（yǎn jiǎn）：高耸的样子。

⑥殆（dài）：几乎，将近。

⑦嵚（qīn）然：石头高而耸立的样子。相累：重叠。下：其势向下。

⑧冲然：突起向上的样子。角列：争取到前面的行列。上：其势向上。

⑨罴（pí）：熊的一种。

【译文】

　　在发现西山以后的第八天，顺着山口向西北面的小路上走二百步，又找到了钴鉧潭。离钴鉧潭西边二十五步远，在水流急且深的地方有一道堰。堰的上面有一个小丘，丘上生长着竹林和树林。那里的山石有的高高耸立，有的从泥土中冲显出来，争相呈现出奇形怪状，几乎多得数不清。那些耸立重叠，其势向下的石头，宛如牛马在溪边饮水；那些昂然突起，像兽角一样挺立向上的石头，又好像熊罴在登山。

　　丘之小不能一亩①，可以笼而有之②。问其主，曰："唐氏之弃地，货而不售③。"问其价，曰："止四百④。"余怜而售之⑤。李深源、元克己时同游⑥，皆大喜，出自意外。即更取器用⑦，铲刈秽草⑧，伐去恶木⑨，烈火而焚之⑩。嘉木立⑪，美竹露，奇石显。由其中以望⑫，则山之高，云之浮，溪之流，鸟兽鱼之遨游^⑬，举熙熙然回巧献技^⑭，以效兹丘之下^⑮。枕席而卧^⑯，则清泠之状与目谋^⑰，潖潖之声与耳谋^⑱，悠然而虚者与神谋^⑲，渊然而静者与心谋^⑳。不匝旬而得异地者二^㉑，虽古好事之士^㉒，或未能至焉^㉓。

【注释】

①能：不足，不够。

②笼而有之：整块地占有它，这里是极言山小，仿佛可以把山放在笼子中包举。

③货：卖，动词。售：这里是指卖出。

④止：只，仅仅。四百：四百文。

⑤怜：爱。售之：买下它。

⑥李深源、元克己：柳宗元的朋友。

⑦更（gēng）：轮流更替。器用：器物。

⑧铲刈（yì）：铲割。秽草：杂乱的草。

⑨恶木：长得不好的树木。

⑩烈火：把火烧得很旺，这里"烈"是动词。

⑪嘉木：好的树木。

⑫其：代词，指小丘。

⑬遨游：自由自在地在天地间游荡。

⑭举：都，全。熙熙然：和乐的样子。回巧献技：呈献各种技巧本领。

⑮效：表现，呈献。兹：这，此。

⑯枕席：设枕铺席，作动词用。

⑰清泠（líng）：清凉。状：指景色。谋：合，这里指接触到。

⑱潖潖（yíng）之声：溪水流动的声音。

⑲悠然：悠闲自在的样子。虚者：指开阔空旷的境界。神：心神。

⑳渊然：深沉恬静。

㉑匝：满，周。旬：十天。异地者二：二个名胜地方，这里指钴鉧潭和小丘。

㉒虽：即使。古好事之士：古时候爱山水的人。

㉓或：也许。至：达到。焉：代词，指这种情况。

【译文】

　　小丘的面积很小，不到一亩，几乎可以把它装在笼子里。询问谁是小丘的主人，回答说是唐氏丢弃的一块荒地，标价出卖却卖不出去。询问小丘的价格，回答说只要四百文钱。我爱这小丘，买下了它。李深源、元克己当时与我同游，都十分高兴，感到出乎意料之外。我们立即轮流拿着工具，铲除杂草，砍去乱树，燃起大火烧掉它们。于是美好的树木，秀美的竹子，奇异的山石都显露出来。由小丘向四周望去，那高高的山岭，浮动的白云，奔流的溪水，以及飞禽、走兽自由自在地游荡，都快乐悠然，千姿百态呈现在小丘之下。我们在小丘上设枕铺席，躺了下来，眼睛接触的是清凉的景色，耳朵接触的是淙淙的水声，精神接触的是清闲而空旷的境界，心灵体验的是深沉而恬静的气氛。不满十天就发现这两个风景胜地，就是古代热爱山水的人，也许还未能遇到过这种情况吧。

　　噫①！以兹丘之胜，致之沣、镐、鄠、杜②，则贵游之士争买者③，日增千金而愈不可得。今弃是州也④，农夫渔父过而陋之⑤，贾四百⑥，连岁不能售⑦，而我与深源、克己独喜得之，是其果有遭乎⑧！书于石⑨，所以贺兹丘之遭也⑩。

【注释】

①噫（yī）：叹词。

②致之：把它放在。沣(fēng)、镐(hào)、鄠(hù)、杜：四个地方均在唐时的都城长安附近，当时是贵族豪门居住的地方。

③贵游之士：爱好游玩的人，指那些豪门显宦的子弟。

④是州：这个州，指小丘被抛弃在永州。

⑤陋之：认为它鄙陋。陋，在此处是意动词。

⑥贾(gǔ)：价。

⑦连岁：连年，这么多年。

⑧是：代词，指小丘。其：同"岂"。难道。果：果真。遭：遭际，时机，指碰到赏识的人。

⑨书：写。

⑩所以贺兹丘之遭也：用来庆贺这个小丘的际遇。

【译文】

唉，凭着这个小丘的胜景，把它放在沣、镐、鄠、杜一带地方，那么，那些爱好山水的显宦子弟们一定争相购买，即使每天增值千金，恐怕也难以买到。现在它被丢弃在这个州里，连农夫渔父从这里走过也看不起它，价钱仅仅四百文，这么多年还卖不出去，然而我同深源、克己却高兴地得到了它，这个小丘难道真的交上了好运吗？我把这些写在石头上，用来庆贺这个小丘的好运吧。

游黄溪记

【题解】

本篇是作者游记中最为侧重记述游赏山水景致的作品。文章开头就出奇，不无夸张，引人入胜。然后，一路指点领略奇丽景物，一直到了黄神隐居处，最后理所当然地介绍了黄神来历和所受敬遇，虽显得自然天成，但仔细推敲，却有意味。

作者在本篇游记中的形象是探幽赏奇，欣然自适，似无发挥，而兴会心得，怡然自信。其艺术老到，得心应手，耐人寻味，却似信笔写来，天衣无缝。

　　北之晋①，西适豳②，东极吴③，南至楚、越之交④，其间名山水而州者以百数⑤，永最善。环永之治百里⑥，北至于浯溪⑦，西至于湘之源⑧，南至于泷泉⑨，东至于黄溪东屯⑩，其间名山水而村者以百数，黄溪最善。黄溪距州治七十里，由东屯南行六百步，至黄神祠⑪。祠之上两山墙立⑫，如丹碧之华叶骈植，与山升降⑬，其缺者为崖⑭，峭岩窟水之中，皆小石平布。黄神之上⑮，揭水八十步，至初潭⑯，最奇丽，殆不可状⑰。其略若剖大瓮⑱，侧立千尺。溪水积焉，黛蓄膏渟⑲，来若白虹，沉沉无声。有鱼数百尾，方来会石下⑳。南去又行百步，至第二潭。石皆巍然㉑，临峻流㉒，若颏颔龂腭㉓。其下大石杂列，可坐饮食。有鸟赤首乌翼，大如鹄㉔，方东向立。自是又南数里，地皆一状，树益壮，石益瘦，水鸣皆锵然。又南一里，至大冥之川㉕，山舒水缓㉖，有土田。始黄神为人时㉗，居其地。传者曰：黄神王姓，莽之世也㉘。莽既死，神更号黄氏㉙，逃来，择其深峭者潜焉㉚。始莽尝曰："余，黄虞之后也"，故号其女曰"黄皇室主"㉛。黄与王声相迩，而又有本㉜，其所以传焉者益验㉝。神既居是，民咸安焉㉞。以为有道㉟，死乃俎豆之㊱，为立祠。后稍徙近乎民㊲，今祠在山阴溪水上。元和八年五月十六日㊳，既归为记，以启后之好游者㊴。

【注释】

①之晋：到晋。晋是古诸侯国名，今山西西南部，位于永州北面。

②适豳（bīn）：到豳。豳是古国名，唐邠州，今陕西、甘肃边区，位于永州西北。

③极吴：极远到达吴。吴是古国名，今江苏省境内，位于永州之东北。

④楚：古国名，今两湖地区。越：古国名，今浙江、福建一带。

⑤以百数：数以百计。

⑥永之治：永州的治所。

⑦浯溪：源出湖南祁阳西南松山，东北流入湘江。

⑧湘之源：湘江源出广西兴安，此指唐代永州属县湘源，今广西全州。

⑨泷（shuāng）泉：在永州。

⑩东屯：黄溪畔的村庄名。

⑪黄神祠：黄溪居民所立祠。

⑫墙立：像墙壁似矗立。

⑬如丹碧之华叶骈植，与山升降：形容两座山盛开红花绿叶。华，同"花"。骈植，并行种植。

⑭其缺者：指缺花叶。

⑮黄神之上：谓从黄神祠沿溪水溯源而上。

⑯初潭：第一个水潭。

⑰殆：几乎。状：形容。

⑱其略：指初潭的大概轮廓。剖大瓮：剖开了大陶瓮。

⑲黛：古代妇女画眉用的颜料。膏：油脂。渟（tíng）：水停止不流。

⑳会：聚集。石下：溪底之下，指初潭。

㉑巍然：高大的样子。

㉒峻流：急流。

㉓颏(kē)：下巴尖。颔(hàn)：下巴。断(yín)：牙根。腭(è)：牙床。

㉔鹄(hú)：天鹅。

㉕大冥：海一般大。冥，同"溟"。海。

㉖舒：坡度小。

㉗黄神为人时：谓当黄神还是凡人，尚未成神时。

㉘莽：王莽，汉元帝妻王皇后的侄子，平帝时擅政篡汉，改国号"新"，世称"新莽"。世：后嗣。

㉙更号：改姓氏。

㉚深峭者潜焉：深山险崖的地方潜居藏身。

㉛故号其女曰"黄皇室主"：王莽的女儿是汉平帝的皇后。平帝死后，王莽摄政，尊其女为皇太后。王莽立新朝，改其女为安定公太后，王莽想叫她改嫁，改称为"黄皇室主"，意思是新莽的公主，表示与汉断绝（见《汉书·外戚传下》）。

㉜有本：有根据。

㉝验：证实。

㉞咸：都。安：安心居住。

㉟有道：黄神给黄溪居民以太平。

㊱俎(zǔ)豆：古代祭祀时放祭品的案盏，此用作动词，祭祀。

㊲后稍徙近乎民：谓黄神祠先建在他的潜居处，后来在靠近村民处改建今祠，即上文所说在东屯南六十步处。

㊳元和八年：813年。

㊴启：引导。

【译文】

　　北到晋，西到豳，往东极远到达吴，往南到楚、越相交地带，其中以山水著名的州有好几百个，其中永州的山水最佳。围绕永州的治所百里内，北到浯溪，西到湘江的源头，南到泷泉，东到黄溪的东屯，其中以山水而著名的村庄数以百计，而黄溪的山水最好。黄溪离州治有七十里。由东屯往南走六百步,到黄神祠。祠在溪水之上,两边的山像墙壁似矗立,山上到处是红花绿叶,随着山的高矮之势生长。那些没有花草的地方是山岸峻峭和山岩石窟的地方,水中都是小石块。从黄神祠沿溪水溯源而上,撩起衣服,涉水而行八十步,到第一个水潭,是最奇丽的地方,几乎无法形容。初潭的大概轮廓像剖开了的大陶瓷,倾斜地放着,有千尺之高。溪水积在潭里,乌光油亮,像贮了一瓷画眉的油膏。游来像白虹,无声无息的,是数百尾鱼正聚集在初潭溪底之下。往南又走百步,到第二潭。石头又高又大,面对着从高而下的急流,像下巴、牙根、牙床一样,下面大的石块相杂排列,可坐在上面饮食。有红头黑翅的鸟,像天鹅一样大,正面向东方站立。从这里再向南数里,地势都与第二潭附近形状一样,树更壮,石更瘦,水声铿锵。再往南一里,到了像海一样大的水域。山坡度舒缓,水流缓慢,有田地在其间。当初,黄神还未成神,是凡人时,住在此地。介绍关于黄神传说的人说:黄神原本姓王,是王莽的后嗣。王莽死后,黄神更改姓氏姓黄,逃来这里,选择深山险崖的地方潜居藏身。当初,王莽曾说:"我是黄帝的后裔,虞舜的嗣息。"所以给他女儿改号为"黄皇室主"。"黄"与"王"声相近,并且有根有据,那些传言就更加得到验证。黄神一经住在黄溪一带,百姓都安心居住,认为黄神可以给居民以太平,黄神死后,百姓都祭祀他,为他修建了祠。后来把祠堂稍微迁徙更接近百姓居地,现在的祠在山北溪水之上。元和八年五月十六日,归来后作记,以引导后来喜欢游历的人。

永州万石亭记

【题解】

本文是作者著名的"永州八记"之一,主要描写叙述零陵石林的怪奇和万石亭的建立经过。文章状物生动,摹景真切,于叙事写景中,流露出恬淡寂寞的心情,感人至深。

御史中丞清河男崔公来莅永州①。闲日，登城北墉②，临于荒野丛翳之隙③，见怪石特出，度其下必有殊胜④。步自西门，以求其墟⑤。伐竹披奥，敧仄以入⑥。绵谷跨溪，皆大石林立，涣若奔云，错若置棋，怒者虎斗，企者鸟厉。抉其穴则鼻口相呀⑦，搜其根则蹄股交峙，环行卒愕，疑若搏噬。于是刳辟朽壤⑧，翦焚榛秽⑨，决浍沟⑩，导伏流，散为疏林，洄为清池。寥廓泓渟⑪，若造物者始判清浊，效奇于兹地，非人力也。乃立游亭，以宅厥中。直亭之西，石若掖分，可以眺望。其上青壁斗绝，沉于渊源，莫究其极。自下而望，则合乎攒峦⑫，与山无穷。

【注释】

①崔公：崔敏，贞元中为永州刺史。莅（lì）：临。

②墉：筑土垒壁。

③丛翳之隙：丛莽的空隙。

④殊胜：特别奇特的境地。

⑤墟：旧址。

⑥敧仄：倾侧。

⑦相呀：张口的样子。

⑧刳：剖。

⑨秽：荒芜。

⑩浍沟：小溪。

⑪寥廓：宽广的样子。泓渟：水清而静止。

⑫攒：聚。峦：指山势纡回绵连。

【译文】

御史中丞清河人崔公莅临永州。闲暇时候登上城北的土垒，面对荒野丛莽隐蔽之处，发现怪石突出，料想它的下面一定有特别奇特的境地。于是从西门步行，前去探寻它的地址。伐竹辟棘，侧身而入。越谷涉溪，到处巨石林立，散乱得像奔腾的云彩，错杂得像对杀的棋局，掩奄欲飞的石头宛如两虎相斗，拔地而起的石头好像鸟飞冲天。挖开它们的洞穴，里面如鼻口大张，搜寻它们的根基，下面犹足股对峙，绕着石林行走，突然惊愕起来，疑心它们好像在搏斗嘶咬。于是剖挖腐朽的土壤，焚烧荒芜，疏通溪川，导引潜流，分散的水导入稀疏的石林，迂回的水流入清池。水广阔清澈明净，好像造物主刚开始区分清澈和浑浊，在此地显示神奇，这不是人力所能达到的。就在这里建立了游乐的亭子，住宅设在中央。游亭的西边，巨石好像从掖下分开，可以眺望远方，石壁上端青绿陡峭，下部非常幽深，无法知道它的尽头。从下面仰望它，宛如起伏的山峦，和山一样没有尽头。

明日，州邑耆老杂然而至①，曰："吾侪生是州，艺是野，眉厖齿鲵②，未尝知此。岂天坠地出，设兹神物，以彰我公之德欤？"既贺而请名。公曰："是石之数不可知也，以其多，而命之曰万石亭。"耆老又言曰："懿夫公之名亭也，岂专状物而已哉！公尝六为二千石，既盈其数。然而有道之士咸恨公之嘉绩未洽于人，敢颂休声，祝公于明神。汉之三公，秩号万石，我公之德，宜受兹锡③。汉有礼臣，惟万石君④；我公之化，始于闺门。道合于古，佑之自天。野夫献词，公寿万年。"

【注释】

①耆：古指八十岁的人。

②眉厖齿鲵：言眉长如犬毛之多，齿脱如鲵。谓年长。厖，通"龙"。

犬之多毛者。鲵，雌鲸。

③锡：通"赐"。

④万石君：指石奋。河内温人。景帝时为九卿，四子皆官至二千石，号"万石君"。

【译文】

第二天，州里的老人们蜂拥而至，说："我辈在州里出生，在田野里耕植，活了一大把年纪，从来不知道这个处所。难道是上天下坠，大地生长，设立这个神奇的事物来表彰大人的德行吗？"祝贺完成后，就请崔公为亭子命名。崔公说："这里的石头不计其数，因为非常多，就命名为万石亭吧。"老人们再次说："噫！大人的著名游亭，怎么能仅仅描述形状就可以呢？大人曾经六次作为二千石的官员，虽然任职迁转次数已经够多的了，但是有德行的人，都深怪大人的伟大业绩没有和人事谐和一致。冒昧地献上吉祥的言辞，向神明为大人祈福：汉代的三公，封号为万石，大人的德行，应该受到这个赏赐。汉代讲究礼仪的官员，惟有石奋，号万石君；大人的教化，从很小就开始。合乎古道，上天保佑，粗俗的乡老奉上献词，祝愿大人长寿万年！"

宗元尝以笺奏隶尚书，敢专笔削，以附零陵故事。时元和十年正月五日记。

【译文】

我曾经用短笺提笔写字，斗胆专擅文字，用它附合发生在零陵的一些往事。元和十年正月五日记。

至小丘西小石潭记

【题解】

本文是柳宗元《永州八记》中的第四篇。这篇游记以色彩绚烂的文笔,描绘了一幅优美的小石潭风景画,表现了作者游览山水的浓郁情趣,反映了他当时清高孤傲的心境。

　　本文一大特点是善用比喻,如"如鸣珮环""斗折蛇行,明灭可见""犬牙差互"等极为贴切,颇具匠心。语言精炼、优美,全文短小精悍,读起来朗朗上口,富于音乐美。

　　　从小丘西行百二十步,隔篁竹①,闻水声,如鸣佩环②,心乐之。伐竹取道③,下见小潭,水尤清冽④。全石以为底⑤,近岸卷石底以出⑥,为坻为屿⑦,为嵁为岩⑧。青树翠蔓⑨,蒙络摇缀⑩,参差披拂⑪。潭中鱼可百许头⑫,皆若空游无所依。日光下澈⑬,影布石上,怡然不动;俶尔远逝⑭,往来翕忽⑮,似与游者相乐。

【注释】

①篁(huáng)竹:成林的竹子。

②珮环:挂在身上玉制的装饰品。

③取道:开辟道路。

④清冽(liè):清凉。

⑤全石:整块的石头。它本或作"泉石""金石"。以为:作为。

⑥卷石底以出:石底有些部分翻卷露出水面。

⑦坻(chí):水中的高地。

⑧嵁(kān):不平的石头。岩:高耸的大石。

⑨翠蔓:翠绿的藤蔓。

⑩蒙络摇缀:遮蔽环绕,遥相连结。蒙,掩映,覆盖。络,缠绕。摇,通"遥"。缀,连结。

⑪参差披拂:参差不齐地被风吹动着。

⑫可：大约。许：左右。

⑬下澈：指日光照到水底。

⑭俶（chù）尔：忽然。

⑮翕（xī）忽：轻快，疾速。

【译文】

从小丘向西走一百二十步，隔着一片竹林，就听到了水的声音，像玉珮玉环相互撞击发出的声音，心里非常高兴。砍伐了竹子开辟一条道路，向下看到了一个小潭，潭水特别清凉。水底是整块的大石，靠近岸边，石底翻卷过来露出水面，构成坻、屿、嵁、岩各种不同的形状。青青的树木，茎蔓翠绿，遮盖缠绕，长短不齐地随风飘动。小潭里边的鱼大约有一百多条，都像是在空中游动，没有什么依靠。太阳光直照到水底，鱼的影子映在石头上，自在地停在那里，忽然又向远处游去，往来十分轻快，好像与游人同乐。

潭西南而望，斗折蛇行①，明灭可见②。其岸势犬牙参互③，不可知其源。坐潭上，四面竹树环合，寂寥无人，凄神寒骨④，悄怆幽邃⑤。以其境过清⑥，不可久居⑦，乃记之而去。同游者吴武陵龚古、余弟宗玄⑧，隶而从者⑨，崔氏二小生，曰恕己⑩，曰奉壹。

【注释】

①斗折：像北斗星那样曲折。蛇行：像蛇爬行那样蜿蜒。

②明灭可见：忽明忽暗，依稀可见。

③其岸势：溪岸的形状。犬牙差互：像狗牙一样地交错不齐。

④凄神寒骨：感到心神凄凉，寒气透骨。

⑤悄怆（qiǎo chuàng）：寂静得使人悲哀忧伤。邃（suì）：深。

⑥清:凄清冷僻。

⑦居:停留。

⑧吴武陵:信州(今江西上绕)人,初名侃,元和初进士,元和三年(808)被贬谪到永州,与柳宗元友谊深厚。龚古:或作"袭古",当为吴的字。或为他人。

⑨隶而从者:跟着同游的。崔氏二小生:姓崔的二个年轻人,指柳宗元的妹丈崔简的二子。

⑩曰:叫。

【译文】

朝潭的西南方望去,小溪像北斗七星那样曲折,像蛇行那样蜿蜒,因而忽明忽暗,依稀可见。岸的形状犬牙交错,不知道它的源头。坐在潭的上面,四周竹树环绕,空荡荡没有一个人,心神凄凉,寒气彻骨,使人感到悲哀忧伤。由于这里环境过于冷清,不能久留,我把景物记下来就离开了。同游的人,是吴武陵龚古和我的弟弟宗玄。跟随着同来的还有姓崔的两个年轻人,一个叫恕己,一个叫奉壹。

袁家渴记

【题解】

这篇山水主要是记写袁家渴的景物,在点明它的地点、来历、方位、形状之后,先写山石,再写树草,最后极力描写了风中的草木山水,在这里用了拟人的手法,写得极为惊妙。

本文可以说是别具特色,所写的水或深或浅,或急或缓,构成许多小溪澄潭、小洲小渚。景象虽复杂,但作者以极简炼之笔精确描绘出来,写得生动而又富于色彩。

由冉溪西南水行十里①,山水之可取者五,莫若钻鉧潭^②。由溪口而西陆行^③,可取者八九,莫若西山。由朝阳岩东南水行至芜江^④,可取者三,莫若袁家渴。皆永中幽丽奇处也^⑤。楚、越之间方言^⑥,谓水之反流者为渴^⑦,音若衣褐之褐^⑧,渴上与南馆高嶂合^⑨,下与百家濑合^⑩。其中重洲小溪^⑪,澄潭浅渚^⑫,间厕曲折^⑬,平者深黑^⑭,峻者沸白^⑮。舟行若穷^⑯,忽又无际^⑰。有小山出水中,山皆美石,石上生青丛^⑱,冬夏常蔚然^⑲。其旁多岩洞,其下多白砾^⑳,其树多枫、楠、石楠、梗、槠、樟、柚^㉑,草则兰芷^㉒。又有异卉,类合欢而蔓生^㉓,轇轕水石^㉔。每风自四山而下,振动大木,掩苒众草^㉕,纷红骇绿^㉖,蓊葧香气^㉗。冲涛旋濑^㉘,退贮溪谷,摇飏葳蕤^㉙,与时推移。其大都如此,余无以穷其状^㉚。永之人未尝游焉,余得之不敢专也^㉛,出而传于世。其地世主袁氏^㉜,故以名焉^㉝。

【注释】

①水行:坐船走。

②莫若:没有比得上的。

③陆行:从陆地上步行。

④朝阳岩:地名。在今零陵县西。

⑤皆:都是。永:永州。

⑥楚、越之间:相当于现在的湖南、湖北、安徽、江苏、浙江等省。

⑦反流:这里指水不是向东而是向西流。

⑧褐(hè):精麻布衣。

⑨南馆高嶂:袁家渴上游发源处的高山。

⑩百家濑(lài):水名,现在叫百家渡,在零陵县南。

⑪重洲：重叠的小洲。

⑫浅渚(zhǔ)：刚露出水面的小洲。

⑬间厕曲折：曲折地夹杂着。

⑭平者：平的潭水。

⑮峻者：峻急的溪水。沸白：像沸水时出现的浪花。

⑯穷：到了尽头。

⑰际：边际。

⑱青丛：丛生的翠绿草木。

⑲蔚然：草木茂盛的样子。

⑳白砾(lì)：白色的小石。

㉑枫：落叶乔木，叶掌的形状裂成三瓣，秋天叶子变红。楠：常绿乔
　木，叶子为长椭圆形，经冬不凋，木材极珍贵。石楠：常绿灌木，
　叶子椭圆并且光滑，叶背呈褐色，多毛。楩(pián)：即黄楠木。楮
　(zhū)：常绿乔木，树皮呈白色。樟：常绿乔木，叶子呈圆形较硬，
　光滑，夏初开花。柚：常绿灌木，果实鲜甜。

㉒芷(zhǐ)：香草名。

㉓类：像。合欢：落叶乔木，叶子像槐树，到了晚上就合起来。

㉔樛辂(jiāo gé)水石：在水石中交结。

㉕掩苒：柔弱的草倒向一边。

㉖纷红骇绿：形容花叶被吹得纷乱，像受惊似的。

㉗蓊勃：茂盛的样子。

㉘冲涛旋濑：浪涛冲击，溪水回旋。

㉙葳蕤：花草茂盛。

㉚无以：没有办法。

㉛专：独自占有。

㉜世主：世代主人，指世代为袁氏所有。

㉝名：命名。

【译文】

从冉溪往西南方向乘船水行十里以内，可取的山水有五处，但都没有能比得上钴铒潭的。从溪口往西，从陆上步行，可取的山水有八九处，没有能比得上西山的。从朝阳岩往东南方向，乘船行驶到芜江，可取的山水有三处，没有能比得上袁家渴的。都是永州幽远奇丽的所在。楚、越一带，方言把水往西流称为渴，渴字读音就像衣褐的褐。渴的上游在南馆高山，下游流到百家濑，这中间有重重叠叠的小洲和小溪，澄清的潭水，浅的刚露出水面的小洲，曲折地夹杂其间。平的潭水很深，呈现墨黑色，峻急的溪水溅起，像水沸时的雪白浪花。船走着，好像前面没有路了，忽然一转弯，前面又开旷得无边无际。有小山从水中露出来，山上都是奇美的石头，上面长着丛生的常绿草木，无论冬夏都是郁郁葱葱。旁边有许多岩洞，下面多是白色的小石子。上面的树大多是枫、楠、石楠、楩、槠、樟、柚，草则大多是兰、芷。又有奇异的花卉，像合欢但却是草本蔓生，交结于水石之中。每当风从四面山上刮下，吹动大的树木，许多草都倒向一边，花叶被风吹得纷乱，像受惊似的，浓郁的香气到处弥漫。浪涛冲击，溪水回旋，退回贮存在溪谷，水中茂盛的植物随水流摇荡，随着时光的流逝而变化。这里的景色大致如此，我没有办法写尽它们的情状。永州的人未曾游过这里，我发现了它但不敢据为己有，写出来把它传之于世。当时那块地世代为袁氏所有，所以把它命名为袁家渴。

石渠记

【题解】

这篇游记，对景致作了细致入微的描摹。不论是写泉水还是泉上景物，都各具特色。泉水在石渠中流，用"幽幽然"和"其流抵大石，伏出其下"来描摹其细，显出与别泉的不同。写泉上景物有树木、花草、竹子，写出其特点是抓住风吹树木发出的声音造成的回响。这样细致入微的描写是与作者细致的观察分不开的。表现了作者艺术功底的深厚。

自渴西南行，不能百步，得石渠，民桥其上①。有泉幽幽然②，其鸣乍大乍细③。渠之广，或咫尺④，或倍尺，其长可十许步。其流抵大石，伏出其下。逾石而往，有石泓，菖蒲被之⑤，青鲜环周⑥。又折西行，旁陷岩石下，北堕小潭。潭幅员减百尺，清深多鯈鱼⑦。又北曲行纡余⑧，睨若无穷⑨，然卒入于渴。其侧皆诡石怪木，奇卉美箭，可列坐而庥焉⑩。风摇其巅，韵动崖谷，视之既静，其听始远。予从州牧得之，揽去翳朽⑪，决疏土石，既崇而焚⑫，既酾而盈⑬。惜其未始有传焉者，故累记其所属⑭，遗之其人，书之其阳⑮，俾后好事者求之得以易。元和七年正月八日，蠲渠至大石⑯。十月十九日，逾石得石泓小潭。渠之美于是始穷也⑰。

【注释】

①桥：句中是动词，架桥。

②幽幽然：形容细微的样子。

③乍：忽然。

④咫（zhǐ）尺：一尺左右。咫是古代尺寸，合今市尺六寸二分二厘。

⑤菖蒲被之：菖蒲覆盖在石洼上面。

⑥鲜：苔藓。

⑦鯈（tiáo）鱼：白鲦鱼。

⑧纡余：形容曲折的样子。

⑨睨（nì）：斜视。

⑩列坐：成排地坐着。庥：同"休"。休息。

⑪翳：遮蔽。

⑫崇：积聚。

⑬酾：疏通。

⑭累记：一连串地记下来。

⑮书之其阳：把它记刻在山南的石头上。阳，山的南面。

⑯蠲（juān）：清除，疏通。

⑰穷：穷尽。

【译文】

从袁家渴往西南走不到百步，就到了石渠，百姓在渠上架了桥。渠里泉水非常舒缓，声音忽大忽小。石渠宽有时一尺左右，有时两尺左右，长度大约有十几步。流水碰到大石，就潜流在石下。穿越石头，有一石头注下处，菖蒲覆盖在石洼上面，青色的苔藓环绕四周。又转而往西走，岩石从旁陷下去，从北面陷成一个小潭。小潭幅员面积不足百尺，水清而深，有许多白鯈鱼。又向北曲折而行，看着好像无穷无尽，但却突然进入了袁家渴。旁边多是奇特的石头，怪异的树木，奇丽的花卉，修长的竹子，可以列坐休息。风摇动树木、花草、竹子的梢头，声音在山谷里响动，看看被风吹动的树木、花草、竹子已经静静地不动了，还能听见声音向远处传去。我跟着柳州刺史找到了这石渠，除去遮蔽泉水的杂草和腐木，开凿土石来疏通泉水，杂草腐木既已积聚起来就把它烧掉，泉流既已疏通，水就充满了。可惜这泉水还没有人提起过，所以把石渠上的景物，一连串地记下来，传给那些爱好山水的人。把这篇记刻写在山南的石头上，使后来的山水爱好者容易找到它。元和七年正月八日，疏通渠水到大石。十月十九日，穿越石头发现石泓和小潭，石渠的美景到这里方才穷尽。

石涧记

【题解】

本文最大的特色是运用了不同的比喻手法，来描写景物，显得格外的生动、有趣而鲜明。对水中的石头,以"若床若堂,若陈筵席,若限闻奥"比喻;对泉水,以"流若织文,响若操琴"比喻,这些都是明喻。文中对泉上的树和石,则用翠羽、龙鳞比喻,这是暗喻。

　　这篇短文,起句承上篇,接着记石涧。先点桥,写桥下水势。次喻石,写石上水流。继而记游赏石涧之乐。然后,点明石涧位置,与前两篇连接起来。末句写峭险境界,似乎是弦外之音,实为作者心境写照。

　　石渠之事既穷①,上由桥西北,下土山之阴②,民又桥焉③。其水之大,倍石渠三之④。巨石为底⑤,达于两涯⑥,若床若堂⑦,若陈筵席⑧,若限闻奥⑨。水平布其上,流若织文⑩,响若操琴。揭跣而往⑪,折竹埽陈叶,排腐木,可罗胡床十八九居之⑫。交络之流⑬,触激之音,皆在床下;翠羽之木,龙鳞之石⑭,均荫其上。古之人其有乐于此邪? 后之来者,有能追余之践履邪⑮? 得意之日,与石渠同。由渴而来者,先石渠,后石涧;由百家濑上而来者,先石涧,后石渠。涧之可穷者⑯,皆出石城村东南,其间可乐者数焉。其上深山幽林,逾峭险⑰,道狭不可穷也。

【注释】

①石渠之事:指游赏、整治石渠的事。既:已经。穷:完毕。

②阴:山北。

③桥:这里是动词。

④倍石渠三之:是石渠的三倍。它本后有"一"。

⑤巨石为底:巨石构成涧底。

⑥涯:岸。

⑦堂:正屋,这里指屋基。

⑧陈：陈设。

⑨限：门槛，这里作动词用，分隔。阃(kǔn)奥：内屋，室内深处。

⑩织文：织物上的图案花纹。

⑪揭跣(qì xiǎn)：撩起衣服，赤着脚。

⑫罗：排列。胡床：交椅。

⑬交络：交织的纹理。流：流泉。

⑭龙鳞之石：像龙的鳞片一样的石头。

⑮追余之践履：继我而亲身来此一游。

⑯洞之可穷者：石洞的源头能够找到的。

⑰逾峭险：越来越陡峭峻险。

【译文】

　　游赏、整治石涧的事已经完毕，上由桥的西北，下达土山的北面，百姓又在那里架了桥。水域宽阔，是石渠的三倍。巨大的石头从这岸连到那岸，构成涧底。涧底的石头，有的像床，有的像堂屋屋基，有的像筵席上的碗盏杯碟，有的像用门槛分隔内外。流水平布在涧底石头上，水流呈现出像织物上的图案花纹，水响声像弹琴。撩起衣裳，赤着脚走在那里，砍折竹子，去掉旧叶子，除去腐朽的树木，可以排列十八九把胡床在那上面。像交织的纹理一样的流泉，以及湍流激石的声音，都在床下；而绿色的树木，像龙的鳞片一样的石头，都遮荫在它的上面。古人也有这般的乐趣吗？后世人又有能继我而亲来此一游的吗？我找到石涧的日期是与找到石渠的日期相同的。从袁家渴过来的，先到石渠，后到石涧。由百家濑逆水而来的，先到石涧，后到石渠。石涧的源头能够找到的，都出自石城村东南，其间可以游赏的景致有好几处。其上是深山幽林，越走越陡峭峻险，道路狭窄不可穷尽。

小石城山记

【题解】

　　本文是柳宗元《永州八记》中的最末一篇。写于元和七年秋，与第一记的写作,正好晚三年时间。

　　《小石城山记》可分为两段。第一段描写小石城山的奇异景物;第二段是在第一段的基础上,抒发感情。两段环环相扣,相互照应。结尾错落有致,随笔自然收转,妙语惊人。

　　作者借景抒情,在文中含蓄表达了自己横遭贬谪,政治抱负难以施展的悲愤感情。以小石城山自比,抒胸中愤懑。

　　自西山道口径北①,逾黄茅岭而下②,有二道:其一西出,寻之无所得;其一少北而东③,不过四十丈,土断而川分④,有积石横当其垠⑤。其上为睥睨梁欐之形⑥,其旁出堡坞⑦,有若门焉。窥之正黑⑧,投以小石,洞然有水声⑨,其响之激越⑩,良久乃已⑪。环之可上,望甚远。无土壤而生嘉树、美箭⑫,益奇而坚⑬,其疏数偃仰⑭,类智者所施设也⑮。噫!吾疑造物者之有无久矣⑯。及是⑰,愈以为诚有⑱。又怪其不为之于中州⑲,而列是夷狄⑳,更千百年不得一售其技㉑,是固劳而无用㉒。神者傥不宜如是㉓,则其果无乎㉔?或曰:"以慰夫贤而辱于此者㉕。"或曰:"其气之灵不为伟人㉖,而独为是物,故楚之南少人而多石㉗。"是二者㉘,余未信之。

【注释】

①径北:一直往北。

②逾:越过。黄茅岭:在今湖南零陵县城西面。

③少北:稍微偏北。

④土断:山土断开。川分:河流从这里分支。

⑤横当其垠(yín):横堆在山的边际。

⑥睥睨(pì nì):城上矮墙。梁欐(lì):正梁。

⑦出：突出。堡坞(wù)：碉堡，小城堡。

⑧窥：看。

⑨洞然：形容洞中的声音。

⑩激越：声音清亮。

⑪已：停止。

⑫美箭：美好的竹子。

⑬坚：坚实。

⑭疏数(cù)：疏密。偃仰：高低，俯仰。

⑮类：像，好像。施设：安排布置。

⑯造物者：创造万物的上天。

⑰及是：到现在，到这时。

⑱诚：确实。

⑲其：代词，指造物者。中州：中原地区。

⑳列：安排。夷狄：少数民族，指文化落后的地区。

㉑更(gēng)：经历。售：实现，这里是指显示。

㉒固：乃。

㉓傥：同“倘”。也许。

㉔其：指神者。果：果真。

㉕慰：安慰。夫：那。

㉖气之灵：古人有一种迷信的看法；认为一地方有一地方的灵秀之
　　气，这种气聚集在人身上，就生出伟人，聚集在物身上，就形成奇
　　特的东西。为：造就。

㉗楚之南：指永州一带。

㉘是二者：这二种说法。

【译文】

　　我从西山路口一直向北，越过黄茅岭向下走，有两条路。一条向西
伸延，沿途寻找，没有什么好景致；另一条稍微偏北又转向东，走了不过

四十丈远,山土断开,河水从这地方分流,有堆积的石头横挡在路边。
它的上面,有的石头像城上矮墙,有的像房屋的正梁。它的旁边突出一
座城堡,好像门一样。朝里看,黑洞洞的,把小石头丢下去,从深邃之处
发出咚咚的水声,音响高亢清亮,很久才消失。绕着积石可以上去,望
过去可以看得很远。没有泥土的地方,却生出许多好的树木和秀丽的
竹子,格外显得奇特坚美,它们疏密有致,有高有低,好像聪明人安排布
置的一样。唉! 我怀疑造物主的有无已经很久了,等到了这里,便认为
造物主确实是有的。但又怪造物主不把这样的美景安置在中原地区,
却把它安放在这偏僻的地方,以致经历了千百年也不能显示它的美来,
这实在是劳苦而没有用处的事。神或许不该这样做,那么造物主果真
是没有的吧? 有人说:"这是用来安慰在这里受辱的贤人的。"有人又
说:"这天地间的灵气,不用来孕育杰出的人才却偏偏造就出这些景物,
所以永州一带贤人少可是奇石却很多。"这二种说法,我都不相信它。

柳州东亭记

【题解】

　　本文叙述了作者建立东亭的经过,透露出作者被贬谪后自甘寂寞、
恬淡自得的心境。全篇文字真切深致,简短有序。

　　出州南谯门①,左行二十六步,有弃地在道南。南值
江②,西际垂杨传置③,东曰东馆。其内草木猥奥④,有崖谷,
倾亚缺圮⑤,豕得以为圂,蛇得以为薮⑥,人莫能居。至是始
命披制翦疏⑦,树以竹、箭、松、柽、桂、桧、柏、杉,易为堂亭⑧,
峭为杠梁⑨。下上回翔,前出两翼,冯空拒江⑩,江化为湖,众
山横环,嶄阔灗湾⑪。当邑居之剧,而忘乎人间,斯亦奇矣!

乃取馆之北宇，右辟之以为夕室；取传置之东宇，左辟之以为朝室。又北辟之以为阴室；作屋于北牖下⑫，以为阳室；作斯亭于中，以为中室。朝室以夕居之，夕室以朝居之，中室日中而居之，阴室以违温风焉，阳室以违凄风焉。若无寒暑也，则朝夕复其号。既成，作石于中室，书以告后之人，庶勿坏。元和十二年九月某日，柳宗元记。

【注释】

①谯门：城门上的门楼，用以望远。

②江：指柳江。其源出贵州榕江县。经马平至象县曰象江，又南至武宣县西，与黔江会合。

③传置：驿站。

④猥奥：丛积。

⑤倾：侧。亚：压。

⑥薮：所聚之地。

⑦披：斫。

⑧易：平。

⑨杠梁：桥梁。小桥古称杠。

⑩冯：同"凭"。

⑪瀓：水远的样子。

⑫牖：窗户。

【译文】

　　走出柳州南城门，向左走二十六步，路南有一块废弃之地，南临柳江，西临垂杨驿站，东面是东馆。里面草木丛积，有悬崖山谷，侧着压在断缺的墙上。猪能够把它当做猪圈，蛇能够把它当做聚居之地，人不能居住。于是，就命人砍斫荆棘，疏理水道，种上竹、箭、松、柽、桂、桧、柏、杉，平整的地方建成正亭，陡峭的地方设立桥梁。上下回旋，向前伸出两翼，凌空拒江，江仿佛成为湖泊，众山环绕，水面辽阔。每当居住于此，即忘却了人间，这也真神奇啊！于是选取东馆的北面，向右开辟成为夕室；选取驿站的东面，向左开辟成为朝室。又向北开辟成为阴室；在北窗下建屋，作为阳室；亭子建在中央，成为中室。朝室供晚上居住，夕室供早上居住，中室供白天居住，阴室用来避开热风，阳室用来避开冷风。如果没有严寒酷暑，那么从早到晚就重复着这种安排。这些都建成后，就在中室立了一块碑石，在上面刻上字以示后人，希望不要破坏它。元和十二年九月某日，柳宗元记述。

柳州山水近治可游者记

【题解】

此文作于柳州。元和十年(815)正月，柳宗元被召入京师，同年三月，出任柳州刺史。这篇文章记述了柳州城郊可游览的山水，无起无收，无照无应，全部是叙事，娓娓道来，不加一句议论感慨，但却十分自然雅致，不着痕迹，妙手天成。

古之州治在浔水南山石间①，今徙在水北，直平四十里，南北东西皆水汇。

【注释】

①浔(xún)水：亦称柳江，由柳州城西绕城南、东而过。

【译文】

古代的柳州州治在浔水南的山区，现在迁移到了浔水之北，方圆大约有四十里的平坦之地，东西南北都是水流汇合的地方。

北有双山①，夹道嶄然②，曰背石山。有支川③，东流入于浔水。因是北而东，尽大壁下。其壁曰龙壁，其下多秀石，可砚。

【注释】

①双山：两山对峙。

②嶄然：山高峻的样子。

③支川：支流。

【译文】

北面有两山对峙，夹着道路山地高峻，叫背石山。有支流，向东流进浔水。浔水由此向北偏东流，止于大壁下。其壁叫龙壁，其下多秀美的石头，可以做砚台。

南绝水①，有山无麓②，广百寻③，高五丈，下上若一，曰甑山④。山之南皆大山，多奇。又南且西，曰驾鹤山，壮耸环立，古州治负焉。有泉在坎下⑤，恒盈而不流。南有山，正方而崇，类屏者，曰屏山，其西曰四姥山，皆独立不倚。北流浔水濑下⑥。又西曰仙弈之山⑦，山之西可上。其上有穴，穴有屏，有室有宇⑧。其宇下有流石成形⑨，如肺肝，如茄房⑩，或积于下，如人，如禽，如器物，甚众。东西九十尺，南北少半。东登入于小穴，常有四尺⑪，则廓然甚大。无窍⑫，正黑，烛之⑬，高仅见其宇，皆流石怪状。由屏南室中入小穴，倍常而上⑭，始黑，已而大明⑮，为上室。由上室而上，有穴北出，出之，乃临大野，飞鸟皆视其背。其始登者，得石枰于上⑯，黑肌而赤脉⑰，十有九道，可弈，故以云。其山多槠多櫧⑱，多箖笁之竹⑲，多橐吾⑳，其鸟多秭归㉑。

【注释】

①绝：横流。

②无麓：山陡峭无缓坡。

③寻：古度量单位，八尺为寻。

④甑（zèng）：古代蒸饭用的一种瓦器。

⑤坎：地面低陷之处。

⑥濑：湍急之水。

⑦仙弈（yì）之山：也叫仙人山。

⑧宇：屋檐，此指石穴上外突部分像屋檐。

⑨流石：钟乳石。

⑩茄（jiā）房：指莲蓬。

⑪有：通"又"。

⑫窍：孔洞，指透日光之孔洞。

⑬烛：动词，指用蜡烛照亮。

⑭倍常：指三丈二尺。常是古度量单位。倍寻为常，寻为八尺，常
　　是一丈六尺。

⑮已而大明：不久就很亮。

⑯石枰（píng）：石头棋盘。

⑰黑肌而赤脉：黑色盘面红色线条。

⑱柽（chēng）：又名观音柳、西河柳、红柳、三春柳，落叶小乔木，供观
　　赏，枝叶可入药。

⑲篔筜（yún dāng）：竹名。

⑳橐（tuó）吾：常绿多年生草木。

㉑秭归：又叫子规，杜鹃鸟。

【译文】

往南横渡河水，有山但陡峭无坡，山宽八百多尺，高万丈，山上下陡直无变化，叫甑山。山的南面，都是大山，较奇特。又往南偏西，叫驾鹤山，耸立环绕，山在古代州治的后面。有泉水在地面低注之处，常满不溢不流。南面有山，正正方方并且很高，像屏风，叫屏山，西面的叫四姥山，都独立不相连。北流入湍急的浔水中。又往西叫仙弈山，山的四面可以攀登。上面有洞穴，洞穴上有屏风，有像屋子的地方，有石穴突出像屋檐。屋檐下有千奇百态的钟乳石，有的像肺肝，有的像莲蓬，或者流积在地下，像人、像动物、像器物，非常多。东西有九十尺，南北要小一半。从东登进小洞穴，又有四尺，非常空旷广大。没有洞孔，十分黑暗，用蜡烛照亮，只看到屋檐，钟乳石奇形怪状，历历在目。由屏风的南室进小洞穴，三丈二尺高的上面，开始很暗，不久就很亮了，是上室。由上室再往上，有洞穴，从北面出来，就面对着广阔的原野，俯看空中的飞鸟，只能看到它们的脊背。那些最先登到的人，在上面看到一个石头棋盘，黑色的盘面，红色的线条，共有十八道，可以下棋，所以叫仙弈山。山上多柽木、楛木，多筼筜竹子，多橐吾草，鸟大多是秭归鸟。

　　石鱼之山全石，无大草木，山小而高，其形如立鱼①，在多秭归。西有穴，类仙弈。入其穴，东出，其西北灵泉在东趾下②，有麓环之。泉大类毂，雷鸣，西奔二十尺，有泂③，在石涧，因伏无所见④，多绿青之鱼及石鲗⑤，多鲦⑥。

【注释】

①立鱼：站立的鱼。

②趾：脚。

③泂：回流。

④伏：隐藏。

⑤绿青：指鱼的颜色。

⑥鲦（tiáo）：白鲦鱼，长一尺多，好群游水面。

【译文】

　　石鱼山全是石头，无大的草木，山较小但很高，形状像站立的鱼，稀归鸟很多。西面有洞，类似仙弈山的洞。进入洞穴，从东面出来，西北的灵泉在东边山脚下，有山麓环绕。泉水面广，有如车轮，雷鸣般声响，向西奔流二十尺，在石涧中形成回流。因为隐藏着不能看见，多绿青的鱼和石鲫鱼，多白鲦鱼。

　　雷山两崖皆东西，雷水出焉，蓄崖中曰雷塘，能出云气，作雷雨，变见有光①。祷用俎鱼、豆彘、修形、糈稌、阴酒②，方望溪云："形"当作"刑"、铏，羹也，见《周官·内外饔职》。虔则应。在立鱼南，其间多美山，无名而深。峨山在野中，无麓，峨水出焉，东流入于浔水。

【注释】

①见：即"现"。

②祷（dǎo）：祈神求福。俎（zǔ）：古代祭祀时盛牛羊等祭品的礼器，木制，似案。豆：古礼器，木制，形如高脚盘。彘（zhì）：猪。糈（xǔ）：祭神用的精米。阴酒：水酒。

【译文】

　　雷山的两边山崖都在东西面，雷水从中流出，水积蓄在山崖中叫雷塘，能形成云气雷雨，变幻出光彩。用礼器盛着鱼、猪、干肉、精米、稻谷、水酒祈福，方望溪说："形"字当作"刑"，铏，是羹的意思，见《周官·内外饔职》。态度虔诚就灵应。在立鱼山的南面，其间多美丽山峰，没有名字但很幽深。峨山在荒野中，无山麓，峨水从中流出，往东流入浮水中。

零陵三亭记

【题解】

　　本文记叙的是零陵县令薛存义的政绩及其建立三亭（读书亭、湘秀亭、俯清亭）的经过。文章称赞了薛存义的政治才能，并通过对薛存义的称慕，寄寓了作者恬淡自得、无为而治的政治理想。全文状物生动，摹景真切，笔调明快而感慨深远，为后世的叙事言志文字树立了榜样。

　　邑之有观游，或者以为非政，是大不然。夫气烦则虑乱，视壅则志滞①，君子必有游息之物，高明之具，使之清宁平夷，恒若有余，然后理达而事成。

【注释】

　　①壅：闭塞。

【译文】

　　在县内观光巡游，有人认为不是在执行公务，其实完全不是这样。心绪烦闷则思虑紊乱，目光闭塞则志向阻滞，君子必须拥有灵活的心绪，高明的眼光，使自己清静平和，经常心有余力，然后才可以事理明达而且事业有成。

　　零陵县东有山麓，泉出石中，沮洳污涂①，群畜食焉，墙藩以蔽之。为县者积数十人，莫知发视。河东薛存义以吏能闻荆、楚间②，潭部举之③，假湘源令④。会零陵政厖赋扰⑤，民讼于牧，推能济弊，来莅兹邑。遁逃复还，愁痛笑歌，逋租匿役⑥，期月辨理，宿蠹藏奸，披露首服。民既卒税，相与欢归道涂，迎贺里闾。门不施胥吏之席，耳不闻鼖鼓之召⑦，鸡豚糗糒⑧，得及宗族。州牧尚焉，旁邑仿焉，然而未尝以剧自挠，山水鸟鱼之乐，澹然自若也。乃发墙藩，驱群畜，决疏沮洳，搜剔山麓，万石如林，积坳为池。爰有嘉木美卉，垂水蕖峰，珑琭萧条⑨，清风自生，翠烟自留，不植而遂。鱼乐广闲，鸟慕静深，别孕巢穴，沉浮啸萃，不畜而富。伐木坠江，流于邑门；陶土以埴⑩，亦在署侧，人无劳力，工得以利。乃作三亭⑪，陟降晦明，高者冠山巅，下者俯清池。更衣膳餐，列置备具，宾以燕好，旅以馆舍。高明游息之道具于是邑，由薛为首。

【注释】

①洳：低湿之地。

②薛存义：河东（今山西）人，元和间授零陵令。

③潭部：指湖南观察使，治潭州，故名。

④假：兼职。湘源：今广西全县，唐时为永州属县。

⑤厖：杂乱的样子。

⑥逋租：欠逃租税。匿役：逃避服徭役。

⑦鼖鼓：大鼓。

⑧糗：饭。糒：美酒。

⑨珑琭：空明的样子。

⑩埴：黏土。

⑪三亭：一曰读书亭，二曰湘秀亭，三曰俯清亭，均在东山之麓。

【译文】

零陵县东面山麓,泉水从石中流出,腐烂植物埋在地下形成泥沼,污泥附在上面,许多牲畜在此觅食。因为围墙的遮蔽,历任的十数位县令竟然没有人看见它。河东人薛存义以治理才能卓越闻名于荆楚之间,湖南观察使举荐他,兼任湘源县令。正值零陵县受赋税困扰之时,老百姓诉讼到州官,州官推举贤能之才去解决困难,薛存义就来到了零陵。逃跑的百姓又重新回来,愁苦和悲痛变成欢歌,拖欠租税躲避徭役的,一个月内予以惩办,隐匿窝藏坏人的,逮捕示众。老百姓完成了税赋,相互在归途中欢呼,在里巷内欢迎祝贺。屋内不再设胥吏的席位,耳朵不再听到大鼓的召唤,鸡、狗、饮食、美酒都陈上来,宗族欢聚。州里尊敬他,邻县仿效他,然而他却从来没有被繁重的行政工作所困扰,恬然于山水鱼鸟之乐,神情自若。于是打开围墙,驱赶牲畜,放水疏导沼泽,清理山麓,使得万石如林,变坳为池。这样才有了优良的树木及美丽的花草,长长的流水及起伏的山峰,空明萧条,清风如缕,翠绿自存,不用整治,自然天成。鱼儿喜爱广阔的空间,鸟儿仰慕静静的深渊,繁衍生息,聚集在一起,不用蓄养就越来越多。砍下树木投入江中,漂流到县城的门口,挖掘黏土烧制陶器,也在县衙的旁边,百姓不需费力,工作获得便利。于是建了三个亭子,高下错落,阴晴晦明,高的冠绝山巅,低的俯瞰清池。于是换上衣服准备饭食,摆好器具,用宴会招待宾客,用馆舍安排旅人。高雅的游息之乐,这个县已具备了,这是由薛存义首倡的。

在昔裨谌谋野而获^①,宓子弹琴而理^②,乱虑滞志,无所容入,则夫观游者果为政之具欤? 薛之志,其果出于是欤? 及其弊也,则以玩替政,以荒去理。使继是者咸有薛之志,则邑民之福,其可既乎^③! 余爱其始,而欲久其道,乃撰其事以书于石。薛拜手曰:"吾志也。"遂刻之。昌黎志东野,则仿东野;志樊宗师,则仿宗师;其作罗池碑,似亦仿此等文为之。然如裨谌、宓子等句,实未脱唐时骈文畦径,昌黎不屑为也。

【注释】

①裨谌谋野而获:相传裨谌能谋,谋于野则获,谋于邑则否。郑国有事,子产与之乘以适野,共谋可否。裨谌,春秋郑大夫。

②宓子弹琴而理:相传宓子鸣琴不下堂,而邑大治。宓子,即宓不齐,字子贱,春秋鲁人。

③既:完毕,终了。

【译文】

往昔,裨谌与乡人相谋而有政绩,宓子弹琴瑟而邑大治,这样,混乱的思虑和凝积的志向,没有地方可以乘虚而入。那么观光巡游果真是有益为政的好办法吗?薛存义的志向,果真是出于这种考虑吗?若是产生流弊,就可能以玩乐代替为政,以荒废代替治理。假若后继者都有薛存义的志向,那么老百姓的福祉,可就是没有止境了!我喜爱他的首创,想让他的精神能延续下去,就拟把他的事迹记下来书写在石碑上。薛存义揖手称拜:"这是我的志向啊!"于是就刻下了这篇文章。昌黎向慕东野,就模仿东野;向慕宗师,就模仿宗师;他的作品罗池碑,似乎也是模仿这类文章而作。然而如裨谌、宓子等句,其实未脱离唐时骈文的程式,昌黎不屑这么写。

序饮

【题解】

本文是一篇叙事文字("序"通"叙"),叙饮酒场面,叙心中所感。谪居永州十年,是作者一生中最失意的时期,但政治上的挫折并没有改变作者恬淡、爽朗的性恪。文中,作者恬然自得、乐观开朗的情状跃然纸上。本文行文流畅,质朴无华,摹情状物甚为真切。寓以"合山水之乐,成君子之心"作结,可谓寄寓深远。

　　买小丘①,一日锄理,二日洗涤,遂置酒溪石上。向之为记所谓牛马之饮者②,离坐其背③,实觯而流之④,接取以饮。乃置监史而令曰⑤:当饮者举筹之十寸者三,逆而投之,能不洄于洑、不止于坻、不沉于底者⑥,过不饮。而洄、而止、而沉者,饮如筹之数。既或投之,则旋眩滑汩⑦。若舞若跃,速者迟者,去者住者,众皆据石注视,欢忻以助其势。突然而逝,乃得无事。于是或一饮,或再饮。客有娄生图南者,其投之也,一洄一止一沉,独三饮,众乃大笑,欢甚。余病痞,不能食酒,至是醉焉,遂损益其令,以穷日夜而不知归。

【注释】

①小丘:在零陵县西。

②向之为记:指作者先前所写的《钴铒潭西小丘记》。向,从前。

③离坐:并坐。

④实觯而流:注酒于觯,使浮水而流。觯,古代称酒杯。

⑤监史:监行酒令的人。

⑥洄:洄流。洑(fú):漩涡。坻(chí):水中高地。

⑦旋眩:昏乱。滑汩:灭。

【译文】

　　买下小丘,第一天锄地修理,第二天用水洗涤。于是把酒摆在溪边的石头上,即先前所记载的牛马饮水之处,并坐在石背上,注酒于酒杯使浮水而流,众人从水中取酒畅饮。就安排监行酒令的人行酒令说:

"当轮到谁喝酒时，就请拿起筹码的十分之三寸处，倒过来把它投入水中。如果筹码不在水中洄流、不停在水中高地处、不沉于水底者，经过他时可以不喝酒。如果筹码洄流、停止、下沉了，那么他就按照筹码上所规定的数字喝酒。"已经投下了筹码，筹码来回洄旋若隐若现，像在跳舞又像在雀跃。有的快速，有的迟缓，有的漂走，有的停住，众人都坐在石上注视着水中的筹码，欢呼着协调筹码在水中的情势。筹码突然间不见了，自己就相安无事。于是有的喝一杯，有的喝两杯。客人中有叫娄图南的青年，他所投的筹码，洄流一次，停止一次，下沉一次，独自喝了三杯，众人于是大笑起来，场面十分热闹。我身有硬块，不能喝酒，到了这时也醉了，于是就相应增加或减少酒令，昼夜不息，不知归去。

吾闻昔之饮酒者，有揖让酬酢百拜以为礼者，有叫号屡舞如沸如羹以为极者，有裸裎袒裼以为达者①，有资丝竹金石之乐以为和者，有以促数纠逖而为密者②。今则举异是焉，故舍百拜而礼，无叫号而极，不袒裼而达，非金石而和，去纠逖而密。简而同，肆而恭，衎衎而从容③，于以合山水之乐，成君子之心，宜也。作《序饮》以贻后之人。

【注释】

①裸裎（chéng）：露身。裎，光着身子。袒裼（xī）：露臂。裼，敞开或脱去上衣，露出身体的一部分。

②纠逖：纠集而赴远。

③衎衎（kàn）：快乐。

【译文】

我曾听说古时候喝酒的人，有作揖百拜以为礼貌的，有号叫欢舞如沸腾的汤水那样以为极致的，有袒胸露臂以为畅达的，有佐以丝竹金石之乐以为和谐的,有纠集在一起远远地避开众人以为亲密的。现在只不过是在此列举这些奇异的行为,所以舍废百拜而彬彬有礼,没有欢号而达到极致,不袒胸露臂而欢畅淋漓,没有金石之乐而相互和谐,不去纠集在一起而亲密无间。虽简单却共同参与,虽放肆却恭敬有礼,快快乐乐,从从容容,用这个来合乎山水的乐趣,成全君子的心思,是很合适的。因此,写作了《序饮》,以留给后人。

序棋

【题解】

这是篇杂文,写于作者被贬永州期间。作者以物喻人,从棋子分成上下贵贱说起,痛斥了当时唐王朝推行的"近而先之"的任人唯亲的错误路线,提出了"择其善否"的任人唯贤的正确路线;揭露了贵者与贱者社会地位"相去千万不啻"的黑暗现实。文末,作者结合自己被贬的不幸遭遇,表达了对当权的保守派迫害革新势力的强烈不满。

房生直温与予二弟游①,皆好学。予病其确也②,思所以休息之者。得木局③,隆其中而规焉,其下方以直。置棋二十有四,贵者半,贱者半,贵曰上,贱曰下,咸自第一至十二,下者二乃敌一,用朱墨以别焉。房于是取二毫,如其第书之。既而抵戏者二人④,则视其贱者而贱之,贵者而贵之。其使之击触也⑤,必先贱者,不得已而使贵者,则皆慄焉昏焉⑥,亦鲜克以中⑦。其获也,得朱焉则若有余,得墨焉则若不足。

【注释】

①生：古时对读书人的称呼。

②病：担心的意思。确：坚。这里是专心致志的意思。

③局：棋盘。

④抵戏：对局。

⑤击触：碰击。

⑥偬焉：精神紧张的样子。昏焉：心神不定的样子。

⑦鲜克：很少能够。

【译文】

房直温和我的两个弟弟是好朋友，都喜爱读书。我担心他们太专心致志影响身体，就想了个让他们休息的办法。找到一个木棋盘，它的中间高起成为圆形，下面是四方形的平面。放上二十四枚棋子，高贵的占一半，低贱的占一半，高贵的叫上等子，低贱的叫下等子，都从第一排到第十二，低贱的两个棋子相当于高贵的一个棋子，用红色和黑色加以区别。于是房直温取来两支毛笔按照次序画上两种颜色。做好后，两个人开始对局，便对低贱的黑子很轻视，对高贵的红子很重视。他们使用棋子碰击时，必定先用黑子，不得已时才用红子，但是都显得精神紧张、心神不定的样子，也很少能有击中的。他们赢得棋子时，得到红的就好像很满意，得到黑的就似乎不痛快。

余谛睨之①，以思其始，则皆类也，房子一书之而轻重若是。适近其手而先焉②，非能择其善而朱、否而墨之也。然而上焉而上，下焉而下，贵焉而贵，贱焉而贱，其易彼而敬此③，遂以远焉。然则若世之所以贵贱人者，有异房之贵贱兹棋者欤？无亦近而先之耳！有果能择其善否者欤？其敬而易者，亦从而动心矣，有敢议其善否者欤？其得于贵者，

有不气扬而志荡者欤④？其得于贱者，有不貌慢而心肆者
欤⑤？其所谓贵者，有敢轻而使之击者欤？其所谓贱者，有
敢避其使之击触者欤？彼朱而墨者，相去千万不啻⑥，有敢
以二敌其一者欤？余墨者徒也⑦，观其始与末，有似棋者，
故叙。

【注释】

①谛(dì)：仔细。睨(nì)：斜看。

②适：恰好。

③易：轻视。

④荡：放纵，放荡。

⑤肆：任意，指心灰意冷。

⑥不啻(chì)：不只，不仅。

⑦墨者徒：属于墨者一类的人，这里指与低贱同类。

【译文】

　　我仔细地看他们玩棋，联想到棋子最初都是一样的，经过房先生一
画，轻重贵贱竟这样不同。他只是把靠近手边的棋子拿来先画，并没有
选择其中好的画成红的，不好的画成黑的。但是，一经画过，上等的就
高尚，下等的就低下，高贵的就高贵，低贱的就低贱；他们轻视黑子而看
重红子，于是差别就很大了。那么像现今社会上把人分成贵贱的原因，
跟房直温把这些棋子分成贵贱有什么不同呢？也不过是亲近的人便先
得到重用罢了！谁真能考虑他们的好与不好呢？那些被看重或被轻视
的人，也就按着这一既定的看法行动了，有谁敢议论他们究竟是好还是
坏呢？那些得到高贵地位的人，有谁不是趾高气扬而意志放荡呢？那
些落得地位低贱的人，有谁不是神情沮丧而心灰意冷呢？那些所谓高
贵的人，有谁敢像对黑棋子那样轻易地使用他们去碰击呢？那些所谓

低贱的人,有谁顾及像对红棋子那样避免先使用他们去碰击的呢? 那些高贵的和低贱的人,他们之间相距不只千万,有谁敢用两个低贱的去抵挡一个高贵的呢? 我,属于地位低贱一类的人,看到他们的遭遇,觉得有和黑棋子相似的地方,所以写了这篇文章。

范仲淹

范仲淹(989—1052),字希文,祖籍邠州(今属陕西),后移居吴县(今江苏苏州)。少孤贫而有志,勤于攻学,大中祥符八年(1015)中进士,康定元年(1040)以龙图阁直学士任陕西经略安抚使,守边多年,御西夏侵扰卓有成效。庆历三年(1043)任枢密副使、参知政事,因"庆历新政"失败,后任陕西四路宣抚使,于赴颍州途中病故。谥文正。范仲淹一生致力于政治改革,同时主张诗文革新,是北宋诗文革新运动的先行者之一。他的散文、诗、词均有佳作名篇,如《岳阳楼记》《渔家傲·秋思》均为世人所称道。有《范文正公集》。

岳阳楼记

【题解】

本文是一篇以抒怀为主的散文。文章通过对洞庭湖景物的描写,抒发了作者"先天下之忧而忧,后天下之乐而乐"的政治抱负。虽题为"记",但实际是即景抒情,写物言志。全篇把写景、记事、抒情、议论熔于一炉,构思精妙,章法严密。文句多用四言,骈散结合,排比押韵,词采富丽,音节和谐,铿锵有力,形式上富于创造性,被当时古文家尹洙评为"传奇体"。由于它立意高远而又文辞优美,成为我国古代散文中脍炙人口的名篇。

　　庆历四年春^①，滕子京谪守巴陵郡^②。越明年^③，政通人和，百废具兴，乃重修岳阳楼^④，增其旧制^⑤，刻唐贤、今人诗赋于其上^⑥，属予作文以记之^⑦。

【注释】

①庆历四年：即 1044 年。庆历，宋仁宗（赵祯）年号。

②滕子京：名宗谅，河南人，与范仲淹为同科进士，曾在泾州任知州，后因人诬告其"枉费公用钱"而贬至岳州（今湖南岳阳）。谪（zhé）：贬官。守：太守，一郡的行政长官。巴陵郡：本巴丘地，南朝宋于此立巴陵郡。隋改为岳州，治所在巴陵，宋为岳州。宋代行政区划中本无"郡"名，文章中以古地名代指今地，纯系文人雅趣，不特宋人为然。

③越：逾。

④岳阳楼：中国江南三大名楼之一，在今湖南岳阳，相传为三国吴将鲁肃训练水师的阅兵台。

⑤旧制：原来的规模形状。

⑥唐贤：唐时名人。

⑦属：同"嘱"。嘱托，寄言。

【译文】

　　仁宗庆历四年春季，滕子京贬至巴陵郡为郡守。过了两年，他将巴陵郡治理得政治通达，民风和顺，一切被荒废了的全都恢复起来了。于是，重新修复了岳阳楼，扩大了它原有的规模，同时将唐代和现代名人的诗词歌赋镌刻在上面，并嘱托我写篇文章将这事记述下来。

予观夫巴陵胜状①,在洞庭一湖。衔远山②,吞长江,浩浩汤汤③,横无际涯。朝晖夕阴④,气象万千。此则岳阳楼之大观也,前人之述备矣⑤。然则北通巫峡⑥,南极潇湘⑦,迁客骚人⑧,多会于此。览物之情,得无异乎⑨?

【注释】

①胜状:美好景象。

②衔:含。

③汤汤(shāng):水大流急的样子。

④晖:日光。

⑤备:齐全,详尽。

⑥巫峡:长江三峡之一,在四川境内。

⑦潇湘:一种说法为潇水、湘江二水名,流经湖南省,注入洞庭湖。
  另一说法是指清深的湘水。旧诗文中多称湘水为潇湘。

⑧迁客:被贬外任的官吏。骚人:诗人。

⑨得无:能无,能没有。

【译文】

我看巴陵郡的美景,全在这洞庭湖上。它像是衔着远处的山峦,吞下奔腾的长江似的,浩浩荡荡,湖面辽阔得无边无际。早晨旭日照耀,傍晚暮霭阴沉,真是气象万千。这就是岳阳楼最壮观的景致啊,前人的描述已经很详尽了。然而它向北连通巫峡,向南延绵到了潇湘。受贬的官员及风雅的文人,常常集聚在这里,观景览物所产生的情感,能没有差异吗?

若夫霪雨霏霏①,连月不开,阴风怒号,浊浪排空,日星隐曜,山岳潜形;商旅不行,樯倾楫摧②;薄暮冥冥,虎啸猿啼。登斯楼也,则有去国怀乡③,忧谗畏讥④,满目萧然,感极而悲者矣⑤。

【注释】

①霪雨:连绵不停的过量的雨。霏霏:雨很盛的样子。

②樯:船的桅杆。楫(jí):船桨。

③去国:离开国都。国,京都。

④忧谗畏讥:担心遭谗言陷害,怕被别人嘲讽。

⑤感极:感慨到了极点。

【译文】

但说那阴雨连天,经月不晴,寒冷的大风狂呼乱叫,混浊的浪花冲向长空,日月星辰藏匿了光辉,峰峦山陵隐蔽了自己的身影;商人和旅客不能上路,船上的桅杆倾倒,篙桨折断,一片昏暗笼罩着傍晚,猛虎长啸,哀猿啼鸣。此时登上岳阳楼,就会联想到自己远离朝廷,思念家乡,担心别人对自己的谗毁讥讽,眼前看到的都会是冷落萧条的景象,感慨万端,那么,心中的悲伤也就油然而生了。

至若春和景明①,波澜不惊,上下天光,一碧万顷,沙鸥翔集②,锦鳞游泳③,岸芷汀兰④,郁郁青青。而或长烟一空⑤,皓月千里,浮光跃金⑥,静影沉璧⑦,渔歌互答,此乐何极!登斯楼也,则有心旷神怡,宠辱皆忘,把酒临风,其喜洋洋者矣!

【注释】

①至若:至于。

②翔:飞。集:栖,止。

③锦：色彩鲜明华丽。鳞：指代鱼。

④芷（zhǐ）：香草。汀（tīng）：水中小洲，引申为水边平地，岸边。

⑤空：全部消失。

⑥浮光跃金：水面浮现月色闪烁着金光。

⑦静影沉璧：静静的月影如同沉在水中的玉璧一样。璧，古代的一种玉器，扁平，圆形，中间有孔。

【译文】

若到了那春光明媚、艳阳高照时，水天相映，碧波万顷，水鸟飞落参差，鱼儿翔游水中，岸上或水中洲上的花草，浓绿嫩青，丰茂异常。有时夜晚天空云消雾散，皓月当空普照千里，微风起处，银光浮动，金波跳跃，风静时，满月倒影湖上，犹如白璧沉落水中。兼有渔歌此唱彼和，这时的乐趣真是无尽啊！此时登上岳阳楼，便觉心胸开阔，精神快乐，所受恩宠和羞辱全都忘却了，手持酒杯临风而饮，那心中会充满无限的喜悦啊！

　　嗟夫！予尝求古仁人之心，或异二者之为①，何哉？不以物喜②，不以己悲③。居庙堂之高④，则忧其民；处江湖之远，则忧其君。是进亦忧，退亦忧，然则何时而乐耶？其必曰"先天下之忧而忧，后天下之乐而乐"欤！噫！微斯人⑤，吾谁与归⑥？！

　　时六年九月十五日。

【注释】

①二者：指上述一悲一喜两种情绪。

②不以物喜：不因外物的美好而欢快。

③不以己悲：不因个人的不幸而忧伤。

④庙堂:指朝廷。

⑤微:没有。斯人:这样的人。

⑥吾谁与归:我同谁在一起呢? 归,归向,归心。

【译文】

哦! 我曾经探讨过古时品德高尚人的思想,发现有别于上述两种人的感情,这是什么原因呢? 他们不因外界境遇的顺达而欢快,也不因个人的遭遇坎坷而伤感。他们在朝廷中身居高位时,就替百姓忧虑;退居偏僻山林时,就替国君忧虑。这样升迁为官在忧虑,隐退山林也在忧虑,那么,他们什么时候才能快乐呢? 他们一定会说"先天下之忧而忧,后天下之乐而乐"吧! 啊! 没有这样的人,我又能和谁在一起呢?!

庆历六年九月十五日作。

欧阳修

欧阳修简介参见卷二。

襄州谷城县夫子庙记

【题解】

本文是一篇题记性质的小品文,作于宋仁宗宝元元年(1038)。文章借为谷城县孔庙题记,指出世风日下,其原由在于学风不浓,尊孔不至。追溯远古,抚看当今,大有厚古伤今的情感。作者希望社会兴学,以此来教化民风,因此他对谷城县令狄君的做法大加赞赏。

文章由怀古尊圣尊师起笔,至赞许兴学而终,行文古朴自然,无任何雕琢之感。字里行间,真情流露,可谓用心良苦。是为倡学尊孔的典范之作。

释奠、释菜①,祭之略者也。古者,士之见师,以菜为挚,故始入学者必释菜以礼其先师。其学官四时之祭,乃皆释奠。释奠有乐无尸②,而释菜无乐,则其又略也,故其礼亡焉。而今释奠幸存,然亦无乐,又不遍举于四时,独春秋行事而已。《记》曰:"释奠必有合③,有国故则否④。"谓凡有国,各自祭其先圣先师,若唐、虞之夔、伯夷⑤,周之周公⑥,鲁之孔子。其国之无焉者,则必合于邻国而祭之。

【注释】

①释奠:置爵于神前而祭谓之释奠,即将牲牢币帛放于神前表示对神的祭奠。释菜:形式与"释奠"同,只是不以牲牢币帛,而用芹藻一类祭奠,礼较释奠为轻。

②有乐无尸:有音乐但没有迎接神像的环节。尸,神像,这里指迎接神像。

③合:指合乐。

④国故:国家有事故,一般指丧事。

⑤夔(kuí):人名,传说中舜时的乐官。伯夷:舜的臣子。与不食周粟而死的伯夷不是同一个人。

⑥周公:周文王姬昌之子姬旦,辅佐周成王而成大贤之名。

【译文】

释奠和释菜,这是祭祀中较为简略的。古时候,读书的人去拜见老师,都用芹菜一类的蔬菜作为初次见老师的礼物。所以刚开始进学堂求学的人一定用芹菜之礼来拜见先师。那时期主管教育的官员,一年四季都采用释奠的礼仪。释奠的礼仪有音乐但没有迎接神像的环节,而释菜连音乐都没有,那么这又简略了一层,所以它的礼仪全都消失了。可现在释奠的礼仪还侥幸保存了下来,然而在释奠的内容上也没有了音乐,同时,这种礼仪不再遍行于一年四季,只有在春秋两季进行了。《礼记》上讲:"举行释奠一定要合乐,如果国家有事故,则可以去掉。"说是只要是一个国家,就要各自祭祀自己的先圣和先师,如唐尧和虞舜时期的夔和伯夷,周朝时期的周公,鲁国的孔子。假使这个国家没有先圣先师就一定要会同邻近的国家一起来祭祀。

　　然自孔子殁，后之学者莫不宗焉，故天下皆尊以为先圣，而后世无以易。学校废久矣，学者莫知所师，又取孔子门人之高弟曰颜回者而配焉，以为先师。隋、唐之际，天下州县皆立学，置学官、生员，而释奠之礼遂以著令^①。其后州县学废，而释奠之礼，吏以其著令，故得不废。学废矣，无所从祭，则皆庙而祭之。

【注释】

①著令：写成文告。

【译文】

　　自从孔子去世以后，后辈求学的人，没有不尊奉他的，所以天下的人都将孔子奉为圣人，后代人没有将这改变的。学校的废除已经很长时间了，求学的人不知道谁是老师，又有人将孔子的学生中最优秀的颜回作为祭祀时的配享，尊为先师。到了隋唐时期，全国的各个州府县都设立儒学，而且还设置主管教育的官员及生员，于是将释奠的礼仪写成明文条例。之后各州县的学校取消了，可释奠的礼仪，官员们因已写入条例，所以没能废止。学校没有了，学生们无法来祭祀，于是都到庙里去祭祀。

　　荀卿子曰^①："仲尼，圣人之不得势者也。"然使其得势，则为尧、舜矣。不幸无时而没，特以学者之故，享弟子春秋之礼。而后之人不推所谓释奠者，徒见官为立祠而州县莫不祭之，则以为夫子之尊由此为盛，甚者，乃谓生虽不得位，而没有所享，以为夫子荣，谓有德之报，虽尧、舜莫若。何其谬论者欤！

【注释】

①荀卿：即荀况，战国时赵国人。时人尊其为"荀卿"，后世称"荀子"。

【译文】

荀卿说："孔子是圣人中没有取得权势的人啊！"假使让他取得权势，那么他就会成为尧、舜一样的人了。不幸的是没有这样的时机，他就去世了，只因为他讲学授徒，才获得求学的人们春秋的祭祀。而以后的人们不再追究释奠是什么样的礼仪了，只看到官府为祭礼所设立的祠庙，而州府县治没有不去祭祀的，便认为孔子至尊的地位此时才开始确立，更有甚者，说是孔子活着的时候没有得到尊贵的地位，可是去世之后却享受到了人们的祭祀，认为孔子所得的荣耀，是他高尚品德的回报，即使尧舜也没有享受到像这样的礼遇。这样的说法有多荒谬啊！

祭之礼，以迎尸、酌鬯为盛①；释奠，荐馔直奠而已，故曰祭之略者。其事有乐舞、授器之礼，今又废，则于其略者又不备焉。然古之所谓吉凶、乡射、宾燕之礼②，民得而见焉者，今皆废失，而州县幸有社稷、释奠、风雨雷师之祭③，民犹得以识先王之礼器焉。其牲酒器币之数，升降俯仰之节，吏又多不能习，至其临事，举多不中而色不庄，使民无所瞻仰，见者怠焉，因以为古礼不足复用，可胜叹哉！

【注释】

①鬯（chàng）：祭祀所用的一种酒。

②吉：祭礼。凶：丧礼。乡射：古以射选士，其一为州长于春秋两季
以礼会民，射于州之学校。宾：指宾客之礼。燕：燕礼，古代敬老
之礼。

③社稷：土、谷之神。社为土神，稷为谷神。

【译文】

祭祀的礼仪，以有迎神像、有酒器和美酒为最隆重；释奠只不过用一些简单的吃的祭奠罢了，所以说祭祀已经很简约了。过去在进行释奠时还有音乐、舞蹈、承授祭器等礼节，现在都废止了，即是说这简略的祭礼现在也是不完备的。古时候所说的祭礼、丧礼、以礼会民、宾客之礼、宾燕之礼等等，那都是百姓可以亲眼见到的，现在也都已经废弃了，州府县治幸而还保存有社庙和稷祠、释奠的仪式及对风师、雨师、雷师等神明的祭祀，百姓们还可以见到一些先王时期的祭礼和祭器。但是举行祭祀仪式中的牲物、酒器、钱币等等的数量，以及仪式中什么时候升降俯仰的步骤环节，官员们又多不熟练，等到临场的时候，一些行动有很多不合规矩，整个仪式气势又不雄壮，这样使百姓无从观赏，情绪上也就懈怠了，因此认为古代的礼仪不值得再使用了，这是多么的遗憾啊！

　　大宋之兴，于今八十年，天下无事，方修礼乐，崇儒术，以文太平之功①。以谓王爵未足以尊夫子，又加至圣之号以褒崇之。讲正其礼，下于州县，而吏或不能谕上意②，凡有司簿书之所不责者，谓之不急，非师古好学者，莫肯尽心焉。谷城令狄君栗③，为其邑未逾时，修文宣王庙，易于县之左，大其正位，为学舍于其旁，藏九经书④，率其邑之子弟兴于学。然后考制度，为俎豆、笾筐、樽爵、簠簋凡若干⑤，以与其邑人行事。谷城县政久废，狄君居之，期月称治，又能载国

典,修礼兴学,急其有司所不责者,谒谒然惟恐不及⑥,可谓有志之士矣!

【注释】

①文:通"纹"。修饰意。

②谕:告诉,引申为理解。

③谷城:宋时属襄州,今湖北谷城。狄君栗:即狄栗,字孟章,长沙人,以大理寺丞致仕。

④九经:将《诗经》《易经》《尚书》并"三传""三礼"合称九经。

⑤俎豆:祭祀时用的器具。笾筐:用竹编的祭祀器具。樽爵:祭祀时用的酒器。簠簋:盛谷物的器具,祭祀之用。

⑥谒谒(xǐ):畏惧的样子。

【译文】

大宋建立到今天已经有八十年了,天下太平无事,正在整修礼乐,尊崇儒术,以粉饰太平盛世。认为仅加封王爵(文宣王)还不足以表示对孔子的尊崇,于是又给孔子加封"至圣"的称号,以此来加强对孔子的褒扬与推重之意。端正祭祀礼仪,下达到州县。可是那些地方官没能理解皇上的意图,只要主管部门或是册簿上没有要求的,都懈怠从事,那些不以古为师、勤奋好学的人,都不肯尽心尽力。谷城县令狄栗先生,除了按时完成本职政事,还把文宣王庙迁建到县衙左侧,扩大了面积,在它旁边修建学校,搜藏九经书籍,带领本县子弟入学读书。之后,研究考查了古时的典章制度,还制做了俎豆、笾筐、樽爵、簠簋等若干祭器,同本县的人举行释奠之礼。谷城县的政事已经混乱了很长时间了,可狄先生到了那里,经过个把月就治理好了,又能够备载国家典章制度,整治礼仪,兴办学校,对上司没有要求办的事情,他却能急于去办,而且总是小心翼翼地惟恐没有做好,真可称得上是有志向的人啊!

岘山亭记

【题解】

本文写于宋神宗熙宁三年(1070)，作者时年六十四岁，已是从心所欲的年龄。他认为，人的功过、声名无需自己去考虑，要留待后人去评价，因而本文对与岘山亭有关的羊、杜二人，于褒扬中多有讥讽。

文章从岘山写起，由景而人，由人而事，由事而感，再因感记事，旧事新事，系于一山一亭，自然转合，笔法老到，非常切合其所要表达的思想内容。

岘山临汉上①，望之隐然。盖诸山之小者，而其名特著于荆州者②，岂非以其人哉！其人为谁？羊祜叔子、杜预元凯是已③。

【注释】

①岘(xiàn)山：又称岘首山，在今湖北襄阳南。汉：指汉水，亦称汉江。源出陕西宁羌，经湖北谷城至襄阳，在武汉汇入长江。

②荆州：治所在今湖北省。汉、晋时的荆州是指包括汉水中下游在内的广大地区。宋代地方政区中并无"荆州"之名。文中言岘山"特著于荆州"，系袭用古地名。

③羊祜：字叔子。泰山南城(今山东新泰)人。魏末任相国从事中郎。晋朝建，封钜平侯，都督荆州诸军事。死后南州人罢市巷哭，其部属于岘山其生前游息处，建碑立庙。杜预命名为堕泪碑。杜预：字元凯。京兆杜陵(今陕西西安东南)人。代羊祜都督荆州，后封当阳侯。

【译文】

岘山位于汉水上游地带，远远望去，它隐没在群山之中。大概它在群山之中是比较小的,可是它在荆襄地区特别有名,这难道不是因为人的原因吗? 那人又是谁呢? 是羊祜羊叔子和杜预杜元凯吧!

　　方晋与吴以兵争,常倚荆州以为重,而二子相继于此,遂以平吴而成晋业,其功烈已盖于当世矣。至于风流余韵蔼然被于江、汉之间者,至今人犹思之,而于思叔子也尤深。盖元凯以其功,而叔子以其仁,二子所为虽不同,然皆足以垂于不朽。余颇疑其反自汲汲于后世之名者①,何哉? 传言叔子尝登兹山,慨然语其属,以谓此山常在,而前世之士皆已湮灭于无闻,因自顾而悲伤,然独不知兹山待己而名著也。元凯铭功于二石②,一置兹山之上,一投汉水之渊。是知陵谷有变,而不知石有时而磨灭也。岂皆自喜其名之甚,而过为无穷之虑欤? 将自待者厚,而所思者远欤?

【注释】

①汲汲:心情急切的样子。

②铭功:刻石表彰功勋。

【译文】

　　当年晋朝与吴国在军事上较量,常常以荆襄地区为军事重地,而羊、杜二人相继在这里掌兵,吞并了吴国,完成了晋的统一大业,他们的功劳成就盖压当时。至于他们的轶闻逸事,风流佳话,更是弥散于江汉一带地区,现在的人还在思念着他们呢,而且对于羊叔子的怀念好像还要深一些。原因在于杜元凯因功业而成名,而羊叔子因施仁而得名,两人的所作所为虽然不相同,但都足以名垂青史而不朽的。而我对他们操切于自己后世的名声感到很费解,缘由何在? 据传说,羊叔子曾经登上这座山,感慨地对他的属下说,像这座山是会常存的,可是前几代的名人，都已经云散烟消，因此顾影自怜，悲从中来，然而单单地没有想到这座山，还有待于他的到来而声名显扬。杜元凯将自己的功业成就镌刻在两块石头上，将一块放置在这座山上，将另一块投到了汉水之中。他这是明白高山和峡谷是会有所变化的，可是却不知道石头也会被磨灭掉了的啊！怎么那么过分地爱惜自己的声名，而且做那些无穷无尽的考虑呢？还是因为过于自我推崇，就考虑得太深远了呢？

山故有亭，世传以为叔子之所游止也，故其屡废而复兴者，由后世慕其名而思其人者多也。熙宁元年，余友人史君中辉以光禄卿来守襄阳。明年，因亭之旧，广而新之。既周以回廊之壮，又大其后轩，使与亭相称。君知名当世，所至有声，襄人安其政而乐从其游也，因以君之官名其后轩为光禄堂，又欲纪其事于石，以与叔子、元凯之名并传于久远，君皆不能止也，乃来以记属于余。

【译文】

岘山上原来有亭子，世代相传认为是羊叔子所游览休息的地方，所以这亭子多次毁坏又多次修复，原因在于后代人仰慕羊叔子的名声，怀念他的人多。神宗熙宁元年，我的朋友史中辉以光禄寺卿的职衔来荆襄做襄阳知州。第二年，由于岘山亭已经破旧了，就扩建翻新，在它的周围建了结实的回廊，又加大了它后面轩亭，使之和亭子相对称。先生是当代知名人士，他所到之处，都大有声名。荆襄地区的人对他的施政都很满意，愿意和他交游，于是用先生的职衔将后面的亭轩命名为光禄堂，又想将这件事刻在石头上，使它与羊叔子和杜元凯的名声一齐流传下去，永不泯灭。这些事情先生都不能制止，于是将这篇记文嘱托给我。

　　余谓君知慕叔子之风而袭其遗迹,则其为人与其志之所存者可知矣。襄人爱君而安乐之如此,则君之为政于襄者又可知矣,此襄人之所欲书也。若其左右山川之胜势,与夫草木云烟之杳霭,出没于空旷有无之间,而可以备诗人之登高、写《离骚》之极目者①,宜其览者自得之。至于亭屡废兴,或自有记,或不必求其详者,皆不复道也。

【注释】

　　①《离骚》:本为屈原所作的我国第一首抒情长诗,这里用以代指诗词之类。

【译文】

　　我知道先生懂得敬仰羊叔子的风范,延袭其遗迹,那么他的为人和他的志向抱负由此可知了。荆襄地区的人爱戴他,能像这样安居乐业,那么他在荆襄地区的政绩也由此可知了,这也是荆襄地区的人所希望写的内容啊。像岘山亭周围山川的形胜气势,与花草树木的幽深和云烟的缥缈,在广阔的空间中若隐若现,这些可以供诗人骚客登高望远、极目远眺后谱写《离骚》那样的篇章,这适合游人自己去体会。至于岘山亭屡毁屡修,有的本来就有碑记,有的没必要考究它的兴废经过,所以都不必再写了。

丰乐亭记

【题解】

　　本文作于庆历六年(1046)。文章从写丰乐亭所处环境的可爱起笔,寓笔于自然之美,意在写宋太祖开国的功绩,江山一统的盛事,从而突出文章主旨,说明今日丰乐来之不易,告诫世人创业艰难的道理。本文在章法上很有独到之处,清人金圣叹评论道:"记山水,却纯述圣宋功德;记功德,却又纯写徘徊山水。寻之不得其迹,曰:只是不把圣宋功德看得奇怪,不把徘徊山水看得游戏。此所谓心地淳厚,学问真到文字也。"可谓得其真谛。

　　修既治滁之明年①,夏,始饮滁水而甘。问诸滁人,得于州南百步之近。其上丰山耸然而特立②,下则幽谷窈然而深藏③,中有清泉潄然而仰出。俯仰左右④,顾而乐之。于是疏泉凿石,辟地以为亭,而与滁人往游其间。

【注释】

①滁:指滁州,今属安徽。

②耸然:高高矗立的样子。特立:独立。

③窈然:幽暗深远的样子。

④俯仰:指抬头看,低头看。

【译文】

　　我到滁州任职的第二年,到了夏天,才喝到滁洲的泉水,觉得特别甘甜。向滁州当地人询问,才找到这水的源头是在滁州城南面大约百十步的地方。那上头是美丽的丰山矗立独挺着,下面是幽深的峡谷暗暗地隐藏着,两山之间流淌着清清的一弯泉水,翻腾着由地下冒了出来。不管是仰视还是俯看,还是左右环视,都非常非常令人惬意。于是我就发动人来疏通水道泉眼,开凿石道,辟出地方建造了一座亭子,这样就可以和滁州的人一起到这里观赏景色了。

　　滁于五代干戈之际①,用武之地也。昔太祖皇帝尝以周师破李景兵十五万于清流山下②,生擒其将皇甫晖、姚凤于滁东门之外，遂以平滁。修尝考其山川，按其图记，升高以望清流之关，欲求晖、凤就擒之所，而故老皆无在者，盖天下之平久矣。自唐失其政，海内分裂③，豪杰并起而争，所在为敌国者，何可胜数！及宋受天命，圣人出而四海一④。向之凭恃险阻，划削消磨⑤，百年之间，漠然徒见山高而水清。欲问其事，而遗老尽矣⑥。

【注释】

①五代：指唐灭亡后，中原地区相继建立的后梁、后唐、后晋、后汉、后周五个短期王朝。

②太祖皇帝：指宋太祖赵匡胤（927—976）。周师破李景兵：《资治通鉴》载：周显德三年（956）春，周世宗征淮南，南唐将领皇甫晖、姚凤退守滁州清流关，周世宗命赵匡胤突阵，将皇甫晖与姚凤等活捉。李景，本名景通，改名瑶，后名璟，字伯玉，为南唐中主。

③海内：四海之内，指全国。

④圣人：指宋太祖赵匡胤。

⑤划（chǎn）：通"铲"。铲除。

⑥遗老：经历事变的野老旧臣。

【译文】

在五代战乱四起的时候，滁州是战略要地。从前太祖皇帝曾经率领后周的军队在清流山下大败南唐李璟十五万大军，在滁州的东门外活捉了他们的将领皇甫晖和姚凤，于是平定滁州。我曾经考察过这里的山川地形，查看核对了有关这里的地图和记载，还登上高处远望过清流山的隘口，想寻找到当年捉获皇甫晖和姚凤两人的地方，可是当年的老人现在已经都不在人世了，无人可问，大概是由于天下太平已经很长时间了的缘故吧！自从唐朝丧失了政权，海内分崩离析，各路豪杰都纷纷起来争夺天下，到处建立政权，互相敌对，多得哪能数过来！等到了大宋朝禀承天命，圣人出现，天下才得以统一。以前所凭恃的山川险阻，有的被人铲除，有的被岁月磨灭，百余年来，只留下这些高耸的山峦和清清的河水供人淡淡地观赏。想要了解当年的事情，可当年的遗老们现在都已经不在人世了。

今滁介于江、淮之间，舟车商贾、四方宾客之所不至①。民生不见外事，而安于畎亩衣食，以乐生送死，而孰知上之功德、休养生息、涵煦百年之深也②？修之来此，乐其地僻而事简，又爱其俗之安闲。既得斯泉于山谷之间，乃日与滁人仰而望山，俯而听泉，掇幽芳而荫乔木。风霜冰雪，刻露清秀。四时之景，无不可爱。又幸其民乐其岁物之丰成，而喜与予游也。因为本其山川，道其风俗之美，使民知所以安此丰年之乐者，幸生无事之时也。夫宣上恩德，以与民共乐，刺史之事也③，遂书以名其亭焉。

【注释】

①商贾：指商人。

②涵煦：滋润化育。

③刺史：汉、唐州的主官称刺史，宋时为知州的别称。

【译文】

如今的滁州地处长江和淮河之间，是个舟船车辆、富商小贩以及各地的旅客都不到的地方。这里的人自出生以来就没看见过外面的世界，却能够安心地在农田里谋求衣食，繁衍后代，养老送终，有谁能体会天子的功德，使万民休养生息、春风化雨长达百年的深恩厚泽呢？我来到这里，喜爱这里环境幽僻，政务轻简，更喜欢这里安闲自得的民风。

既然高山深谷之中寻找到了这处清泉，就常常和滁州人抬头观赏青山，俯视倾听峡谷流泉，时而采摘深谷中的花朵，时而纳凉于参天大树之下。待那霜寒风冽、冰封雪舞的时节，那山谷如同雕刻过似的，显露出另一番清爽秀丽的身姿来。一年四季风光变幻，无不惹人喜爱。这里的百姓欣逢年成丰收，无不乐于同我一起游山赏景。于是就依据这里的山川特色，讲述这地方风俗的淳美，使人们理解之所以安享这丰收景象的欢乐，应该庆幸我们大家生活在太平无事的年代。颂扬天子的恩德，和百姓共享欢乐，这原本是刺史的职责。于是就将"丰乐"二字书写出来，让它作为这座亭子的名字。

曾巩

曾巩简介参见卷九。

宜黄县学记

【题解】

　　这是曾巩为江西宜黄县立县学而写的一篇纪念性文章。文章开头,作者并未直奔主题,叙写宜黄立学之事,而是从学习的功用谈起,论述了学习的重要性及后代废学所引起的不良后果,最后对宜黄立学予以赞美,劝勉人们努力学习,使"风俗成,人材出"。文章层次分明,条理清楚,文字朴实,议论精当,体现了曾巩散文的特有风格。

　　古之人,自家至于天子之国皆有学①,自幼至于长,未尝去于学之中②。学有《诗》《书》、六艺、弦歌、洗爵、俯仰之容、升降之节③,以习其心体、耳目、手足之举措;又有祭祀、乡射、养老之礼④,以习其恭让;进材、论狱、出兵授捷之法⑤,以习其从事⑥。师友以解其惑,劝惩以勉其进,戒其不率⑦,其所以为具如此。而其大要,则务使人人学其性,不独防其邪僻放肆也。虽有刚柔缓急之异,皆可以进之于中,而无过不及。使其识之明,气之充于其心,则用之于进退语默之际,而无不得其宜;临之以祸福死生之故,而无足动其意者。为天下之士,而所以养其身之备如此,则又使知天地事物之变,古今治乱之理,至于损益废置、先后终始之要,无所不知。其在堂户之上,而四海九州之业、万世之策皆得。及出而履天下之任,列百官之中,则随所施为,无不可者。何则?其素所学问然也。

【注释】

①学:古代的学校。《礼记·学记》云:"古之教者,家有塾,党有庠,术有序,国有学。"

②去:离开。

③六艺:礼、乐、射、御、书、数。弦歌:音乐。洗爵:洗涤酒器。主人向客人敬酒,客人回敬之后,主人再给客人敬酒之前,主人先将酒杯洗一洗。爵,古代青铜制的饮酒器。

④乡射:古代以射选士。按《周礼》,其制有二:一为州长于春秋两季以礼会民,射于州之学校;二为乡大夫三年大比,献贤能之书于王,行乡射之礼。射礼前皆先行乡饮酒礼。养老:使国中年老而有德行的人及时享有酒食,称为养老。

⑤进材:推荐人才。论狱:诉讼案件。授捷:出征而返,以所割敌人左耳告于先圣先师。

⑥从事:办事技能。

⑦率:遵循,服从。

【译文】

古时候,从家庭到天子所住的京城都设立学校,人们从小到大,从来都未曾离开过学校。所学有《诗》《书》、六艺、弦歌、洗爵及仪容、规范等，以训练其心身、耳目、手足的举止动作；还有祭祀、乡射、养老的礼节，以训练其恭敬谦让；学习举荐贤能、处理诉讼案件、出征攻伐及凯旋的方法，以训练其办事技能。以朋友为师解惑答疑，以奖励惩处鼓励上进，并警告不遵从教诲的人，其所设置的学习内容就是这样的。但其中最重要的，则是一定要使人们通过学习来恢复其善良本性，并不仅仅是为防备乖戾不正、恣意放纵。人在性格上虽有刚柔缓急的差别，却都可以走入正道，没有僭越或不足。学习能使人见识澄明、生气贯注，因而在退避进取言谈静默的时候无不恰切适宜，面临祸福生死的变故也不会动摇意志。天下的士子如果都具有了如此周备的养身条件，就能通晓天地万物的变化规律、古今治乱的道理，对于损益废置、先后始终的关键所在，也将无所不知。他们虽在学校、家庭当中，却了解掌握国家的创业及未来发展的策略。等到出仕为官担当天下大任，站在文武百官当中，又能随意施展、无所不成。为什么会这样呢？因为他平素所学习的就是这些。

　　盖凡人之起居、饮食、动作之小事，至于修身为国家天下之大体，皆自学出，而无斯须去于教也。其动于视听四支者①，必使其洽于内；其谨于初者，必使其要于终。驯之以自然，而待之以积久。噫，何其至也！故其俗之成，则刑罚措②；其材之成，则三公百官得其士；其为法之永，则中材可以守；其入人之深，则虽更衰世而不乱③。为教之极至此，鼓舞天下，而人不知其从之，岂用力也哉！

【注释】

　　①四支：同“四肢”。指人的两手两足。

②措：搁置。

③更：经历。

【译文】

从起居、饮食、行止这样的小事，到修身养性为国家天下做大事，都是从学习中得来的，时刻也离不开教育。眼、耳、手足必随内心所思而动；恭敬诚实也应始终如一。教育要顺应自然，让学生日积月累，以待变化。啊，这是多么完美的境界！如果社会能形成这种好的风气，那么刑罚律例就可以被置之不用了；如果成了有用之材，那么三公百官中就又可增加一员；如果能制法恒久，那么中等才智的人也会遵守法令；如果能触及内心使人臣服，那么即使在衰败的时代也不会混乱失序。教化可以达到如此程度，并鼓舞天下人，但有人却不知道这种结果并非强力所致的。

及三代衰①，圣人之制作尽坏②。千余年之间，学有存者，亦非古法。人之体性之举动③，唯其所自肆，而临政治人之方，固不素讲④。士有聪明朴茂之质⑤，而无教养之渐，则其材之不成，夫疑固然。"夫疑固然"四字，似当作"固然无疑"。盖以不学未成之材，而为天下之吏，又承衰敝之后，而治不教之民，呜呼！仁政之所以不行，贼盗刑罚之所以积，其不以此也欤！

【注释】

①三代：指夏、商、周。

②制作：著作，撰述。

③体性：性格。

④素：平素，平常。

⑤朴茂:诚实厚重。

【译文】

夏、商、周三代衰亡后,圣人的著作撰述都遭到毁坏。千余年间,尚存的学校也并不师法古代。人们一味地放纵自己的个性行为,却不去研究从政治人的办法。士子徒有聪明诚实卓越的材质,却没有教育的浸润熏陶,那么他成不了大材,便是必然的了。"夫疑固然"四字,似乎当作"固然无疑"。没有教育,未成大材,却要出仕为官,并且在世道衰微之后去管理没有经过教化的百姓,嗨,仁政之所以不被施行,盗贼和犯法受刑的人之所以增多,不都是因为这个原因嘛!

宋兴几百年矣。庆历三年,天子图当世之务,而以学为先,于是天下之学乃得立。而方此之时,抚州之宜黄犹不能有学①,士之学者皆相率而寓于州,以群聚讲习②。其明年,天下之学复废,士亦皆散去,而春秋释奠之事以著于令③,则常以庙祀孔氏,庙废不复理④。皇祐元年,会令李君详至,始议立学。而县之士某某与其徒皆自以谓得发愤于此⑤,莫不相励而趋为之⑥。故其材不赋而羡⑦,匠不发而多⑧。其成也,积屋之区若干,而门序正位⑨,讲艺之堂、栖士之舍皆足;积器之数若干,而祀、饮、寝食之用皆具;其像孔氏而下,从祭之士皆备;其书经史百氏、翰林子墨之文章无外求者⑩。其相基会作之本末⑪,总为日若干而已,何其周且速也! 当四方学废之初,有司之议⑫,固以谓学者人情之所不乐,及观此学之作,在其废学数年之后,唯其令之一唱⑬,而四境之内响应而图之,如恐不及,则夫言人之情不乐于学者,其果然也欤?

【注释】

①抚州:今属江西。宜黄:今属江西。

②讲习:讲论研习。

③释奠:设置馔爵以祭先圣先师。

④理:修治。

⑤发愤:勤勉。

⑥趋(cù):急。

⑦赋:取。

⑧发:征调。

⑨序:隔开正堂东西夹室的墙。

⑩翰林:文翰之林,犹文苑。子墨:汉扬雄撰《长杨赋》,假借子墨客卿与翰林主人的问答为文,寓讽谏之意。后来省"子墨客卿"为"子墨",成了文士的代称。

⑪相基:选择基地。会作:会合工匠。本末:开工完工的日期。

⑫有司:古代设官分职,事有专司,故称有司。

⑬唱:同"倡"。提倡。

【译文】

宋朝的建立已有近百年的历史。庆历三年,天子在计划当朝事务时,把立学放在了首位,于是天下各地才得以建立学校。但当时,抚州的宜黄县还不能立学,士子中有要入学的,都一起聚集到州治讲论研习。第二年,各地的学校又被废弃,士子也就纷纷离开了,但春秋时设置馔爵以祭先圣先师之事,因为以法令的形式规定下来了,所以经常在庙里祭祀孔子。庙破败了,却没有重修。皇祐元年,适逢李详来当县令,才开始讨论立学的事情。县里的士人某某和他的门徒都自认为能够勤奋办这件事,他们大家相互勉励,立即去筹备立学的事情。所以木材不用征收、工匠不用征调就绰绰有余了。学校建成之后,有房屋若干,大门及正堂的东西墙位置适宜,供讲授用的厅堂及士子们歇息的房舍也很充足；用器若干，祭祀、饮水、吃饭、睡觉的各种用器都置备上了；绘制的孔子及后世附从祭祀的诸位先师的画像也都准备齐全了；书籍包括经史百家、文人学士的文章也都齐备了，不必再到各处寻求。兴立县学时，从选择地基、招集工匠开工至完工的日期，总共只有若干天。准备得多么周到、建设得又是多么迅速啊！当各地的学校被废弃时，有关部门还以为立学是人们所不愿意做的事，可是宜黄县学的兴立，在它废学数年之后，只需县令的一声倡言，境内的人们就纷纷起来响应，唯恐落后，那么，说人们心里不乐于立学，是真实的吗？

宜黄之学者，固多良士，而李君之为令，威行爱立，讼清事举，其政又良也。夫及良令之时，而顺其慕学发愤之俗，作为宫室教肄之所①，以至图书器用之须，莫不皆有，以养其良材之士。虽古之去今远矣，然圣人之典籍皆在，其言可考，其法可求，使其相与学而明之，礼乐节文之详②，固有所不得为者，若夫正心修身，为国家天下之大务，则在其进之而已。使一人之行修移之于一家，一家之行修移之于乡邻族党，则一县之风俗成，人材出矣。教化之行，道德之归，非远人也，可不勉欤？县之士来请曰："愿有记。"故记之。十二月某日也。

【注释】

①教肄(yì)：教学，学习。

②礼乐节文：礼乐礼节仪文。

【译文】

宜黄此地本来就多优秀的士子，而李君作为县令，形象威严，广施恩泽，狱讼清明，举事得力，其为政表现也很优秀。他作贤良的县令时，能顺遂人们渴慕求学、发愤读书的意愿,修建殿堂屋舍,置备图书用具,以培养优良人才。虽然古代距今已很遥远,然而圣人所撰述的典籍还在,他们的言论可以查考,方法可以寻求,可以让学子们共同学习并了解掌握它们。礼乐、礼节、仪文非常周详,固然会有一些做不到的,但只要端正内心,修养品性,学习治理国家天下的方法,努力进取就是了。如果使一个人的素养行为能够影响一家人,一家人的素养行为又可影响其乡邻族党,最后就能使一个县形成良好风气,就会人才辈出。教化的施行,道德的归属,与人们相距并不遥远,能不努力吗? 县里的士子来请求我说:"希望您能将立学之事记下来。"所以我就将此事记载下来了。十二月某日。

筠州学记

【题解】

本文是曾巩在宋英宗年间所写的一篇有关江西筠州立学的纪念文章。论述了汉代以后至作者所处时代学者治学用世的不同方法,指出在很长一段时间里,由于文人治学不能真正明了和固守"先王之道"而出现的弊端,进而主张除弊兴善、治国安邦要依靠朝廷立学兴教进行化导,才能拔除遮蔽,守持古圣先贤所倡导的思想。文章最后简要交待了筠州立学的过程并寄寓了对筠州学子们的殷切希望。文章体裁虽为记,但通篇却偏重论。论述周正绵密,视界开阔,语言平实而又不失议论的锋芒。

周衰,先王之迹熄。至汉,六艺出于秦火之余①,士学于百家之后。言道德者,矜高远而遗世用;语政理者,务卑近而非师古。刑名兵家之术,则狃于暴诈②。惟知经者为善矣，又争为章句训诂之学③，以其私见，妄穿凿为说。故先王之道不明，而学者靡然溺于所习。当是时，能明先王之道者，扬雄而已，而雄之书，世未知好也。然士之出于其时者，皆勇于自立，无苟简之心④，其取与进退去就，必度于礼义。及其已衰，而搢绅之徒抗志于强暴之间⑤，至于废锢杀戮而其操愈厉者，相望于先后。故虽有不轨之臣，犹低徊没世，不敢遂其篡夺。以上汉之学者。

【注释】

①六艺：一为周代所设置的礼、乐、射、御、书、数六种科目；一为汉代以后儒家的六经，即《诗》《书》《礼》《乐》《易》《春秋》六部典籍。本文义为后者。

②狃(niǔ)：习以为常。

③章句：分析古书的章节句读(dòu)。训诂：解释古书字义。本文指只知分章析句、就字注解而不注重实际。

④简：怠慢。

⑤搢(jìn)绅：古代官员的装束，亦作官员的代称。抗志：坚持平素志向，不动摇不屈服。

【译文】

周朝衰亡，先世君王的功业式微。到了汉代，六艺在秦皇坑儒焚书的浩劫残余中勃兴，学者士人开始依从、学习春秋百家之后的学说。他们之中，讨论道德的人，态度矜持，好高骛远，忘却了经世致用；讨论政务国事的人，追求世俗，急功近利，却不师法古时先贤。刑、名、兵诸家学说所倡导的用世策略，常常是流于暴戾、诈伪。只有了解和掌握经学的人是仁善的，然而这些人又争相寻章摘句，只知为经书就字注解，用他们的偏颇之见穿凿附会解释经说。因此，先王的用世之道不明澈，学者士人徒然沉溺于自己所执迷的学说之中。当时，能够明察先王治世之道的人，只有扬雄，但扬雄阐述正确主张的书籍，世人并不了解喜好。然而当时不断涌现的士人，都勇敢自立，毫无苟安怠慢的心思，他们遇到取舍、进退、去留的关键时节，必以礼法和大义为依归。到汉代衰败之时，那些在朝的志士在强横凶暴之中，坚持平素志向，不动摇不屈服，即使遭遇罢官、禁锢、杀戮，而他们的操行就更加鲜明，无不前仆后继。所以虽然有心怀不轨的臣子，仍然徘徊犹豫至死，不敢遂其心愿篡夺权力。

　　自此至于魏、晋以来，其风俗之弊、人材之乏久矣，以迄于今，士乃有特起于千载之外、明先王之道、以寤后之学者①。世虽不能皆知其意，而往往好之。故习其说者，论道德之旨，而知应务之非近；议政理之体，而知法古之非迂。不乱于百家，不蔽于传疏②。其所知者若此，此汉之士所不能及。然能尊而守之者，则未必众也，故乐易惇朴之俗微③，而诡欺薄恶之习胜。其于贫富贵贱之地，则养廉远耻之意少④，而偷合苟得之行多。此俗化之美，所以未及于汉也。以上今之学者。

【注释】

①特起：挺起。寤（wù）：醒悟。

②传（zhuàn）：解释经义的文字。疏：注疏，对旧注进行解释或发挥。

③乐（yào）：爱好。

④廉：廉洁。

【译文】

自那时起到魏晋以来，世俗风尚败坏、人才匮乏的状况已经存在了许久，以至到今天，千年之后才有士人脱颖而出，阐明先王的治世之道，以唤醒后来的学者。世人虽不能完全理解这些有志之士的思想，却往往能够喜好、倾慕。所以研习他们学说的人，讨论道德的旨意，能够知晓处理事物不能急功近利；议论政事的体制，能够明白师法古圣先贤不能拘泥守旧。耳聆百家学说而不乱心智，不受经传注疏粗疏学说的蒙弊。他们对先王的治世方略了解到这般程度，这是汉代的士人所不及的。然而能够遵循并坚守这些治世方略的人却未必很多，所以崇尚简朴淳厚风俗的人极少，而诡诈、欺世、轻薄、恶俗的习气却非常盛行。他们在贫富、贵贱的环境里，保持和养成廉洁的操守，远避羞恶的心意少了，而迎合世俗、苟且求得的行为却多了。这就是习俗风气的美好赶不上汉代的原因。以上讲当今的学者。

　　夫所闻或浅，而其义甚高，与所知有余，而其守不足者，其故何哉？由汉之士察举于乡闾①，故不得不笃于自修。至于渐摩之久，则果于义者，非强而能也。今之士选用于文章，故不得不笃于所学。至于循习之深，则得于心者，亦不自知其至也。由是观之，则上所好，下必有甚焉者，岂非信欤！令汉与今有教化开导之方，有庠序养成之法②，则士于学行，岂有彼此之偏、先后之过乎？夫《大学》之道，将欲诚意正心修身，以治其国家天下，而必本于先致其知，则知者固善之端，而人之所难至也。以今之士，于人所难至者既几矣，则上之施化，莫易于斯时，顾所以导之如何尔③。以上言汉、宋虽异，贵有化导之方。

【注释】

　①察举：举荐。

②庠(xiáng)序：古代地方学校。殷作庠，周作序。

③顾：只是，但是。

【译文】

　　对先王治世之道的了解较为浮浅而节义甚高，和了解充分而坚守不足这两种情况的出现，是什么缘故呢？这是由于汉代的士人多从乡村举荐，所以不得不立志修养。渐渐揣摩，时间久了，结果是对治世方略的理解虽不充分却能恪守遵循。当今士人的选拔、任用多通过文章之道，所以不得不潜心书本学问。积习太深，即便内心有所领悟也不知道如何实施。由此可见，无论古今，上面有什么样的喜好，下面必定更厉害了，这难道不是事实吗？假使汉朝与当今有教化风俗、开导学风的正确方法，有学校培养教化，那么，士人的治学和行为，难道会有顾此失彼的偏颇、不能前后兼顾的过失吗？《大学》的思想，是让学子诚心实意、修正心智、修养品性，以便治理国家天下，而这一切一定要立足于先使学子掌握知识，那么了解、掌握了知识的人可以守持仁善的一面，而这却是没有经过教化的人所难以达到的境界。以当今的士子而论，同普通人一样难以进入这种境界，而上面实施教化的主张，与汉代相比并无改变，这就要看开导、教化的方法如何了。以上说汉代、宋代虽不同，却贵在有教化开导之方。

　　筠为州，在大江之西，其地僻绝。当庆历之初，诏天下立学，而筠独不能应诏，州之士以为病。至治平三年，盖二十有三年矣，始告于知州事、尚书都官郎中董君仪。董君乃与通判州事、国子博士郑君蒨相州之东南①，得亢爽之地②，筑宫于其上。斋祭之室、诵讲之堂、休息之庐至于庖湢库厩③，各以序为。经始于其春，而落成于八月之望。既而来学者常数十百人。二君乃以书走京师，请记于予。

【注释】

①相（xiāng）：审察，观察。

②亢爽：高爽，明朗。

③庖（páo）湢（bì）库厩（jiù）：厨房、浴室、库房、马棚。

【译文】

　　筠州在长江西面，地方僻远闭塞。庆历初年，朝廷诏示天下兴办学校，然而单单筠州不能响应诏示，筠州的士子们表示不满。从那时起到治平三年，已有二十三年了，此时才有人将此事告诉了知州事、尚书都官郎中董仪。董君于是同通判州事、国子博士郑蒨一起，察看了筠州东南，选择了一块清爽高地，在此建房造屋。其中斋戒祭祀的房屋、诵诗讲学的课堂、休息用的厅室以及厨房、浴室、库屋、马棚，均依次建造。这年春天开始建造，到八月十六日落成。此后不久来学习的人，经常有数十近百人。董、郑二君于是寄书信到京都，请我写文章记载此事。

　　予谓二君之于政，可谓知所务矣。使筠之士相与升降乎其中，讲先王之遗文，以致其知，其贤者超然自信而独立，其中材勉焉以待上之教化，则是宫之作，非独使夫来者玩思于空言，以干世取禄而已①。以上筠州立学请记。故为之著予之所闻者以为记，而使归刻焉。

【注释】

①干（gān）世：迎合世俗，求取功名。

【译文】

　　我看这二人对于政务，可说是非常明了该抓什么了。如果筠州的士子在学校里相互按时祭拜先圣先师，宣讲古时圣贤流传下来的文章学说，使士子们到达掌握知识、通晓事理的境界，其中的优秀者高超脱俗，自信而且能独立思考，中等的人勤勉努力，等待上面的教化开导，那么这所学校的作用，就不只是让那些来学习的人把玩思索空洞的言词、迎合世俗求取功名以获得俸禄了。以上筠州设立学校请我为其作记。所以我用自己明晓的道理写成这篇文章，让他们回去刻于碑石之上吧。

徐孺子祠堂记

【题解】

　　这是曾巩为汉末名士徐孺子祠堂的落成所做的一篇记文。汉朝末年，宦官当道，社会混乱。徐孺子认为"大木将颠，非一绳所维，何为栖栖不皇宁处"，因而隐居乡里，拒绝出仕为官。曾巩因为徐孺子对待世事能够进退有据而为他立祠修庙，也表现出对这种人生操守风范的倾慕。文章着墨于徐孺子在那乱世之秋行为的特异，并以孔子、孟子的言论作比较衬托，突出了徐孺子性格的脱俗超凡。文章对孺子立祠的过程记叙详尽，一面照顾了题旨，一面又曲折表现了作者的观点。

　　汉元兴以后，政出宦者，小人挟其威福，相煽为恶，中材顾望，不知所为。汉既失其操柄，纪纲大坏。然在位公卿大夫，多豪杰特起之士，相与发愤同心，直道正言，分别是非白黑，不少屈其意，至于不容，而织罗钩党之狱起①，其执弥坚，而其行弥厉，志虽不就而忠有余。故及其既没②，而汉亦以亡。当是之时，天下闻其风、慕其义者，人人感慨奋激，至于解印绶③，弃家族，骨肉相勉，趋死而不避。百余年间，擅强大觊非望者相属④，皆逡巡而不敢发⑤。汉能以亡为存，盖其力也。以上言党锢诸公之贤。

【注释】

①织罗：亦作"罗织"，虚构罪名，陷害无辜。钩党：相互牵连被诬为同党。

②没：通"殁"。死亡之意。

③印绶(shòu)：古时官员们的印信和系印的丝带，引申意为官吏。

④觊(jì)：希冀，希图。属(zhǔ)：接连，连续。

⑤逡巡：迟疑徘徊，欲行又止。

【译文】

汉和帝元兴年间以后，政令多出自朝中掌权的宦官，品行恶劣的人挟持着宦官作威作福，相互煽动作恶，才智平平的人瞻前顾后，相互观望，不知应当做些什么。汉朝已经失掉了所操持的权柄，法纪被大大破坏，然而在朝的公卿大夫，多有气概豪迈、挺身而出的人，相互激励，同心协力，坚持正直之道，发表合于道义的言论，分辨是非黑白，丝毫不摧折自己的志向，以至不容于世，而被罗织罪名，相互牵连被诬陷为同党，狱讼一时迭起。他们的执着精神更加坚定，他们的高尚行为更加振奋，志向虽然不能实现，忠义精神却可说是绰绰有余了。所以他们一死，汉朝也就随之衰亡了。当时，天下听说他们的操守风范、仰慕他们的忠义精神的人，个个感慨奋发，乃至丢弃官职，抛弃家族骨肉，相互勉励从容赴死而绝不逃避。百余年间，占有强大势力企图实现非分愿望的人接连不断出现，却都有所顾虑而徘徊甚至退却不敢付诸行动。汉朝能够实亡而名存，就是这些忠良之士的力量所致。以上说党锢诸公的贤能。

孺子于时，豫章太守陈蕃、太尉黄琼辟皆不就①。举有道②，拜太原太守，安车备礼，召皆不至。盖忘己以为人，与独善于隐，约其操虽殊，其志于仁一也。在位士大夫抗其节于乱世③，不以死生动其心，异于怀禄之臣远矣，然而不屑去者,义在于济物故也。以上言孺子与党锢诸公事异而志同。孺子尝谓郭林宗曰:"大木将颠,非一绳所维,何为栖栖不皇宁处④?"此其意亦非自足于丘壑,遗世而不顾者也。孔子称颜回⑤:"用之则行,舍之则藏,惟我与尔有是夫。"孟子亦称孔子"可以进则进,可以止则止",乃所愿则学孔子。而《易》于君子小人消长进退,择所宜处,未尝不惟其时则见,其不可而止。此孺子之所以未能以此而易彼也。以上言孺子之进退惟其时。

【注释】

①辟(bì):荐举,征召。

②有道:汉代的选举科目之一。

③抗:坚持。节:节操。

④栖栖:忙碌,不能安居的样子。皇:通"遑"。闲暇。

⑤颜回:春秋鲁国人,字子渊,孔子弟子,以德行著称。

【译文】

那时,徐孺子被豫章太守陈蕃、太尉黄琼征召,都不曾就职。他曾被选拔推荐,授予太原太守的职务,为他装备了车马,备好了礼物,多次征召都不去赴任。这是因为舍己为人与独善其身,操守尽管不同,而有志于仁义却是一样的。在朝为官的士人在乱世中坚持自己的节操,绝不屈服,不为生死的威胁而动摇自己的意志,和那些追求功名利禄的臣子的志向差异甚大;然而他们认为不值得离开自己的职位,是为了救助时世的缘故。以上说徐孺子与党锢诸公之事不同而志向一致。徐孺子曾对郭林宗说:"参天大树将要倒下,不是一根绳子所能系牢的,何必居食不安心情恓惶!"他的意思,也不是自我满足于远离世俗,忘却时世而毫不顾念。孔子称赞颜回:"为世所用便大胆进取,被人遗弃则隐居于民间,只有我和你持这种行世态度。"孟子也称赞孔子"可以进取就勇敢进取,可以止步便立即止步",并且表示自己的愿望就是学习孔子的这种态度。《易经》中说面临君子小人此消彼长、你进我退的境况就应当选择自己适宜的位置,无不提倡着适应时世便入世、不见容于时世便止步的处世方法。这就是徐孺子之所以不将自己远离世俗的态度改变为入世进取态度的原因。以上说徐孺子进退有时。

　　孺子姓徐名稺,孺子其字也,豫章南昌人①。按图记:"章水北径南昌城②,西历白社,其西有孺子墓。又北历南塘,其东为东湖,湖南小洲上有孺子宅,号孺子台。吴嘉禾中,太守徐熙于孺子墓隧种松③,太守谢景于墓侧立碑。晋永安中,太守夏侯嵩于碑旁立思贤亭,世世修治。至拓跋魏时,谓之聘君亭。"今亭尚存,而湖南小洲,世不知其尝为孺子宅,又尝为台也。予为太守之明年,始即其处,结茆为堂④,图孺子像,祠以中牢⑤,率州之宾属拜焉。以上叙修葺祠堂。

【注释】

①豫章:今江西南昌。

②章水:即章江,江西赣江的西源。

③墓隧:墓道。

④茆(máo):同"茅"。茅草。

⑤中牢:祭祀的牺牲,即猪、羊二畜。

【译文】

　　孺子姓徐,名稺,孺子是他的字,豫章南昌人。依据地理志记载:"章江北经南昌城,西过白社,它的西面有徐孺子的墓地。又北经南塘,东面为东湖,湖的南面的沙洲上有徐孺子的宅院,名为孺子台。三国时吴大帝嘉禾年间,太守徐熙在孺子的墓道种植松树,太守谢景在孺子墓旁立碑。晋惠帝永安年间,太守夏侯嵩在碑旁修建了一座思贤亭,后世时常修缮。到拓跋氏建立的北魏,将这座亭子改称为聘君亭。"直到今天,这座亭子还立于此地,然而世人已不知道东湖南面小沙洲上曾有徐孺子的宅院,也不知道曾被称作孺子台。我做太守的第二年,开始在此用茅草建造堂屋一座,画上徐孺子的图像,供上猪、羊祭品,率领本州的宾客属员施礼拜祭。以上叙述修葺祠堂。

　　汉至今且千岁,富贵堙灭者不可胜数,孺子不出闾巷^①,独称思至今,则世之欲以智力取胜者非惑欤? 孺子墓失其地,而台幸可考而知。祠之,所以视邦人以尚德^②,故并采其出处之意为记焉^③。

【注释】

①闾巷:指乡里。

②视:通"示"。

③出处:进退。

【译文】

汉代到今天将近千年,那些被历史所遗忘的豪富显贵数不胜数,徐孺子从来不曾走出乡里,单单能够被人们称颂思念到现在,那么世上那些想用智慧和力量来成就功名的人不是要感到困惑吗? 孺子墓现在已经找不到了,而孺子台幸而可以考据清楚。在此地修建祠堂祭拜,是为了对这一方百姓显示崇尚仁德,所以一并收集孺子处世中的进退思想作了这篇记文。

襄州宜城县长渠记

【题解】

这是曾巩为襄州宜城县兴修长渠一事而作的记文。文章先写长渠兴建的缘起，次写长渠年久失修，以致田地苦旱，再写孙永修复长渠，造福于民。但曾巩并不单纯记事，他还进一步分析了孙永之所以修复长渠的多种原因，对孙永的才能和功绩多有襄扬。文章有叙有议，层层推进，条理井然。

荆及康狼，楚之西山也。水出二山之间，东南而流，春秋之世曰鄢水。左丘明《传》，鲁桓公十有三年，"楚屈瑕伐罗，及鄢，乱次以济"是也。其后曰夷水，《水经》所谓"汉水又南过宜城县东①，夷水注之"是也。又其后曰蛮水，郦道元所谓"夷水避桓温父名，改曰蛮水"是也②。秦昭王二十八年，使白起将攻楚③，去鄢百里，立碣④，壅是水为渠以灌鄢。鄢，楚都也，遂拔之⑤。秦既得鄢，以为县。汉惠帝三年，改曰宜城。宋孝武帝永初元年，筑宜城之大堤为城，今县治是也。而更谓鄢曰故城。鄢入秦，而白起所为渠因不废，引鄢水以灌田，田皆为沃壤，今长渠是也。以上长渠之原。

【注释】

①宜城：故城在今湖北宜城县南。

②夷水避桓温父名：桓温，谯国龙亢（今安徽怀远）人，官至大司马，专擅朝政。其父名彝。因彝与夷同音，故避之。

③白起：战国时秦将。

④碣（è）：堤坝。

⑤拔：攻克。

【译文】

　　荆和康狼是楚地西部的两座山。两山之间，有河水奔涌而出，流向东南。春秋时将此水称为鄢水。《左传》记载：鲁桓公十三年，"楚屈瑕征伐罗，到鄢水时，在混乱中渡河。"说的就是这条河。后又称为夷水，《水经》有记："汉水又向南流，经宜城县东后，有夷水汇入。"再往后又被称为蛮水，郦道元说"为了避讳桓温父亲的名字，所以将夷水改名为蛮水"。秦昭王二十八年，白起攻打楚国，在距离鄢水百里的地方修筑了土堰，将水堵截，修建沟渠，试图以水冲毁鄢城。鄢是楚国的国都，白起用这种方法终于将城攻克了。秦攻克鄢城后将它改成了县。汉惠帝三年改名为宜城。宋孝武帝永初元年，又在宜城大堤上筑城，现在的宜城县县治就在这里，而将鄢城更名为故城。鄢被划归秦国，白起所建的沟渠因而没被废弃，人们就引鄢水灌溉田地，到处是肥田沃土，这就是今天的长渠。以上讲长渠的来源。

　　长渠至宋至和二年，久堕不治①，而田数苦旱，川饮者无所取，令孙永曼叔率民田渠下者②，理渠之坏塞，而去其浅隘，遂完故竭，使水还渠中。自二月丙午始作，至三月癸未而毕，田之受渠水者，皆复其旧。曼叔又与民为约束③，时其蓄泄，而止其侵争，民皆以为宜也。以上孙永治长渠。

【注释】

①堕：同隳（huī）。毁弃，破坏。

②孙永：字曼叔，曾任宜城知县。

③约束：规约。

【译文】

　　到宋至和二年，长渠毁坏，久未治理，田地多次遭逢大旱，饮用河水的人都无处取水。县令孙曼叔率领渠下耕田的百姓,修治水渠被毁及堵塞之处,他们加深沟渠,疏通淤塞,将原来的堤坝恢复完好,终于使水又回到了渠中。此项工程从二月丙午动工,至三月癸未竣工,受水渠灌溉滋润的田地都恢复了往日的肥沃。曼叔还给百姓制定了规约,按照天时蓄水放水,制止恃强争抢,百姓都认为这个规约非常恰当。以上讲孙永治理长渠。

盖鄘水之出西山,初弃于无用,及白起资以祸楚,而后世顾赖其利①。郦道元以谓"溉田三千余顷",至今千有余年,而曼叔又举众力而复之,使并渠之民足食而甘饮,其余粟散于四方。盖水出于西山诸谷者,其源广;而流于东南者,其势下。至今千有余年,而山川高下之形势无改,故曼叔得因其故迹,兴于既废。使水之源流与地之高下一有易于古②,则曼叔虽力,亦莫能复也。

【注释】

①顾:反而。

②使:如果,假若。易:变化,改变。

【译文】

鄘水发源于西部的大山里,最初都没有被利用起来。等到白起利用鄘水让楚国遭了殃,后世反而从中获得了好处。郦道元认为它可"灌溉田地三千余顷",至今已有千余年了。曼叔发动大家的力量修复长渠,使渠边百姓吃得饱、喝得甘美,余粮还可输散到各地。鄘水发源于西部大山中的各个山谷,水源非常丰富;河水顺势而下,流向东南。至今虽已有千余年,但山川地势的高低并没有改变,所以曼叔得以依靠旧渠,在已经被废弃了的沟渠上兴建长渠。但如果河水的源流与地势的高下比之于古代已有所变化,那么曼叔虽倾尽全力,也不可能修复长渠。

夫水莫大于四渎^①,而河盖数徙,失禹之故道。至于济水,又疑作及王莽时而绝,况于众流之细,其通塞岂得而常?而后世欲行水溉田者,往往务蹑古人之遗迹,不考夫山川形势古今之同异,故用力多而收功少,是亦其不思也欤? 以上孙永修复古迹亦因山川高下之势。

【注释】

①四渎:指长江、淮河、黄河、济水。渎,河川。江、淮、河、济都独流入海,故名四渎。

【译文】

鄢水不及长江、淮河、黄河、济水四条河大,而且黄河数次改道,早已偏离了禹时的旧河道。至于济水,"又"字疑为"及"。在王莽时就已干涸断流了,更何况那些小河细流,是通是塞,哪有定数?后世有些想修渠灌溉田地的人,往往一味踩着古人足迹亦步亦趋,不去考察山川地势在古今的不同变化,所以白白地耗费了气力却收效甚微,这难道不值得深思吗? 以上讲孙永修复古迹也依照山川高下的形势。

初,曼叔之复此渠,白其事于知襄州事张瓌唐公。公听之不疑,沮止者不用^①,故曼叔能以有成。则渠之复,自夫二人者也。方二人者之有为,盖将任其职,非有求于世也。及其后言渠竭者蜂出,然其心盖或有求,故多诡而少实。独长渠之利较然^②,而二人者之志愈明也。

【注释】

①沮止：阻止。

②较然：显明的样子。较，通"皎"。

【译文】

当初，曼叔修复这条长渠时，曾将此事禀告襄州知州张瓌唐先生。先生听后毫不犹疑，不听从阻碍此事的人的意见，所以曼叔终能有所成就。长渠的修复，完全是得力于这两个人。他们之所以要做这件事，是因为担任了那份职务，必须尽职尽责，而并非求名求利。后来，谈论修渠治坝的人多起来，但有些人的内心是别有所求的，所以多诡诈而少实干。只有长渠清清楚楚地显示了它的功用，更加凸现了张公、曼叔二人的志向。

熙宁六年，余为襄州，过京师。曼叔时为开封，访余于东门，为余道长渠之事，而诿余以考其约束之废举①。余至而问焉，民皆以谓贤君之约束，相与守之，传数十年如其初也。余为之定著令，上司农②。八年，曼叔去开封，为汝阴③，始以书告之。而是秋大旱，独长渠之田无害也。夫宜知其山川与民之利害者，皆为州者之任，故余不得书以告后之人，而又使之知夫作之所以始也。以上作记之由。

【注释】

①诿（wěi）：委托。

②司农：司农寺的简称，主管农事。

③汝阴：今安徽阜阳。

【译文】

熙宁六年，我到襄州任职，路过京师。曼叔当时正在开封任职，于是到东门来拜访我,跟我谈起了兴修长渠的事,并委托我查考当初为长渠所定的规约是已被废弃还是在继续执行。我去了以后就向百姓打听此事,他们都说曼叔所定的规约非常好,大家仍然遵守着,这数十年都和当初一样。我为此制定了法令,并形诸公文,上报司农寺。熙宁八年,曼叔离开开封去汝阴任官,我才写信告诉他。这年秋天大旱,只有能受长渠灌溉的田地没有遭到旱灾。应充分了解山川之于百姓的利害,这都是知州的职责,所以我特将长渠之事写下来以告诫后人,同时也使人们知道我之所以作这篇文章的缘由。以上是作记的缘由。

齐州二堂记

【题解】

这是曾巩为齐州泺水之滨所建的两间客舍而写的记文。两间客舍,一曰历山堂,一曰泺源堂,皆以其附近的山川而得名。作者详细地考证了历山、泺水的地理环境及有关资料,辨伪存真,证据充分,论证谨严周密。

齐滨泺水①,而初无使客之馆。使客至,则常发民调林木为舍以寓,去则彻之②,既费且陋。乃为徙官之废屋③,为二堂于泺水之上以舍客,因考其山川而名之。

【注释】

①齐:齐州,今山东济南。泺水:源出济南西北,今为小清河新渠之上源。

②彻:撤除,撤去。

③徙官:谪戍官吏。

【译文】

齐州濒临泺水，最初没有使者的客舍，使者一到，就征发百姓调集木材修建客舍，使者一走就拆除，既浪费财力，还简陋狭小。于是就将泺水边谪戍官吏废弃的屋子，改建为两座客舍，使客人来后在此休息，并且根据那里的山川为它命名。

　　盖《史记·五帝纪》谓："舜耕历山①，渔雷泽②，陶河滨，作什器于寿丘③，就时于负夏。"郑康成释："历山在河东，雷泽在济阴④，负夏卫地。"皇甫谧释："寿丘在鲁东门之北，河滨济阴，定陶西南陶丘亭是也。"以予考之，耕、稼、陶、渔，皆舜之初，宜同时，则其地不宜相远。二家所释雷泽、河滨、寿丘、负夏，皆在鲁、卫之间，地相望，则历山不宜独在河东也。《孟子》又谓："舜，东夷之人⑤。"则陶、渔在济阴，作什器在鲁东门，就时在卫，耕历山在齐，皆东方之地，合于《孟子》。按图记，皆谓《禹贡》所称"雷首山在河东⑥，妫水出焉⑦"。而此山有九号，历山其一号也。予观《虞书》及《五帝纪》，盖舜娶尧之二女乃居妫汭⑧，则耕历山盖不同时，而地亦当异。世之好事者，乃因妫水出于雷首，迁就附益，谓历山为雷首之别号，不考其实矣。由是言之，则图记皆谓"齐之南山为历山，舜所耕处，故其城名历城"，为信然也。今泺上之北堂，其南则历山也，故名之曰历山之堂。

【注释】

①历山：在今山东济南南，一名舜耕山、千佛山，有舜祠。
②雷泽：在今山东菏泽境内。

③寿丘:在今山东曲阜东。

④济阴:汉郡名,治所在今山东菏泽定陶区。

⑤东夷:古代华夏民族对东方诸民族的称呼。

⑥雷首山:山名。在今山西省中条山脉西南端,介于黄河和谏水之间。

⑦妫(guī)水:在今山西永济县南,源出历山。

⑧汭(ruì):河流弯曲处,又水北曰汭。

【译文】

　　《史记·五帝纪》说舜在历山耕种,在雷泽渔猎,在河滨制陶,在寿丘做常用器物,在负夏乘时射利。郑康成解释说:"历山在河东,雷泽在济阴,负夏是卫属地。"皇甫谧解释说:"寿丘在鲁东门北部,河滨是济阴定陶西南部的陶丘亭。"据我所考,耕种、稼穑、制陶、渔猎,都是舜最初的事,应该在同一时间,地方也不应相距很远。以上二家所解释的雷泽、河滨、寿丘、负夏,都在鲁、卫之间,两地相望,但历山不应独在河东。《孟子》说:"舜是东夷人",那么制陶、渔猎在济阴,做常用器物在鲁的东门,乘时射利在卫,耕种历山在齐,这些都是东方的属地,符合《孟子》所说。按地理志,都称《禹贡》所说的"雷首山在河东,妫水就发源在那里"。而这座山有九个名字,历山只是其中的一个。我看《虞书》及《五帝纪》,舜娶了尧的两个女儿,就住在妫水之北,那么他耕种历山就不是在同一时候,而且地方也应当不一样。世上那些好事之徒,就因为妫水发源于雷首山,而牵强附合,说历山是雷首山的别名,他们都没有考察到它的真实情况。由此说来,地理志说"齐的南山是历山,是舜所耕种的地方,所以那座城就叫历城",这一点是真实可信的。现在泺水边所建的北堂,其南面就是历山,所以为它取名历山之堂。

　　按图,泰山之北与齐之东南诸谷之水,西北汇于黑水之湾,又西北汇于柏崖之湾,而至于渴马之崖。盖水之来也众,其北折而西也,悍疾尤甚,及至于崖下,则泊然而止。而自崖以北,至于历城之西,盖五十里,而有泉涌出,高或至数尺,其旁之人名之曰趵突之泉。齐人皆谓尝有弃糠于黑水之湾者,而见之于此。盖泉自渴马之崖,潜流地中,而至此复出也。趵突之泉冬温,泉旁之蔬甲经冬常荣①,故又谓之温泉。其注而北,则谓之泺水,达于清河,以入于海,舟之通于济者皆于是乎出也。齐多甘泉,冠于天下,其显名者以十数,而色味皆同,以予验之,盖皆泺水之旁出者也。泺水尝见于《春秋》,鲁桓公十有八年,"公及齐侯会于泺"。杜预释:"在历城西北,入济。"济水自王莽时不能被河南,而泺水之所入者清河也,预盖失之。今泺上之南堂,其西南则泺水之所出也,故名之曰泺源之堂。

【注释】

①蔬:可食之草菜。甲:植物果实。

【译文】

　　根据地图所记,泰山的北面及齐的东南部各个山谷中的水,都向西北汇聚在黑水湾,再向西北经柏崖湾,一直到渴马崖。汇聚到这里的水很多,它北折向西流时,更为汹涌迅疾。等到了崖下,却静静地断了流。但从崖下向北,到历城西部大约五十里处,又有泉水喷涌而出,有的高达数尺,附近的人称之为趵突泉。齐人都说曾经有一个人将糠丢在了黑水湾里,后来又在趵突泉见到了。大概泉水从渴马崖开始就潜藏在地下流淌,到这里才又出现在地面上。趵突泉冬季温暖,泉旁的蔬菜、水果即使在冬季也长得非常繁盛,所以又被称为温泉。泉出再向北流,就被称为泺水,泺水流入清河,最后归入大海,人们舟船摆渡,都在这里。齐州多甘泉，为天下之冠，其中闻名的就有十几个，而且色泽味道都一样。据我所查，都是泺水附近涌出的。泺水，《春秋》中有记载：鲁桓公十八年，"公与齐侯相会在泺水"。杜预解释说："泺水是在历城的西北流入济水的。"济水自王莽时就不能流到河南，而泺水又是流入清河，杜预的解释是错误的。现在泺水边修建的南堂，其西南边就是泺水的发源地，所以取名为泺源之堂。

　　夫理使客之馆，而辨其山川者，皆太守之事也①，故为之识，使此邦之人尚有考也。熙宁六年二月己丑记。

【注释】

　　①太守：秦汉至隋时为一郡之长。唐宋时改郡为州、府。故习称知州、知府为太守。其时，曾巩正任齐州知州。

【译文】

　　修建使者的客舍，并考察山川为之命名，都是知州该做的事。我只将此事记载下来，以备当地人查考。熙宁六年二月己丑记。

广德军重修鼓角楼记

【题解】

　　这是曾巩为广德军重修鼓角楼一事所作的记事。文章对其兴建的缘由、过程及建成后广德的变化几方面依次而叙，赞颂了钱辅、朱寿昌的德行。其文多用偶句，讲求协音修辞，有骈文之风。

　　熙宁元年冬，广德军作新门鼓角楼成①，太守合文武宾属以落之②。既而以书走京师，属巩曰："为我记之。"巩辞不能，书反复至五六，辞不获，乃为其文，曰：

【注释】

①广德：今安徽广德。汉为丹阳郡鄣县。东汉末分置广德县。宋太平兴国四年，置广德军。军：宋代行政区划名，与州、府、监同隶属于路。

②落：古代宫室建成时举行的祭礼。

【译文】

熙宁元年冬天，广德军的新门鼓角楼建成，太守聚集文武宾客举行了落成典礼。之后又写信到京师，嘱咐我说："请为我写一篇记。"我推说不行，书信往来达五六次，终于没有推辞掉，于是就为他撰写了这篇文章，内容如下：

盖广德居吴之西疆，故鄣之墟，境大壤沃，食货富穰[①]，人力有余。而狱讼赴诉，财贡输入，以县附庸[②]，道路回阻，众不便利，历世久之。太宗皇帝在位四年，乃按地图，因县立军，使得奏事专决，体如大邦。自是以来，田里辨争[③]，岁时税调，始不勤远[④]，人用宜之。而门闳隘庳[⑤]，楼观弗饰[⑥]，于以纳天子之命，出令行化朝夕，吏民交通四方，览示宾客，弊在简陋，不中度程[⑦]。

【注释】

①穰：丰富。

②附庸：附属于诸侯的小国。引伸为偏狭之地。

③田里：田地与住宅。

④勤：忧虑。

⑤闳：大。庳(bēi)：低矮。

⑥楼观：高大建筑物的泛称。

⑦度：计量长短的标准。程：度、量的总称。

【译文】

　　广德县位于吴地的西部，属原来的鄣县，那里幅员广大，土地肥沃，财物丰饶，人力充足。但如果要告官诉讼、进贡财物，却因地处偏僻，道路迂回阻塞，有诸多不便，这种状况已持续很久了。太宗皇帝在位的第四年，曾按照地图，改广德县为广德军，使其奏事、决断之权如同府州。从此以后，有关田地住宅的诉讼纠纷、每年的税收征调，才不需为路途遥远而忧虑，人们感到很便利。只是广德军的城门狭窄低矮，楼观都没有装修整治，在这样的地方接纳天子的诏命、发布政令、施行教化，加之每天都有各地的官吏百姓来来往往，在宾客的眼里，破败简陋的门楼很不符合应有的标准。

　　治平四年，尚书兵部员外郎知制诰钱公辅守是邦，始因丰年，聚材积土，将改而新之。会尚书驾部郎中朱公寿昌来继其任，明年政成①，封内无事，乃择能吏，揆时庀徒②，以畚以筑③，以绳以削④，门阿是经⑤，观阙是营⑥。不督不期，役者自劝。自冬十月甲子始事，至十二月甲子卒功。崇墉崛兴⑦，复宇相瞰，壮不及僭，丽不及奢。宪度政理⑧，于是出纳；士吏宾客，于是驰走，尊施一邦，不失宜称。至于伐鼓鸣角，以警昏昕⑨；下漏数刻⑩，以节昼夜，则又新是四器，列而栖之。邦人士女，易其听观，莫不悦喜，推美诵勤。夫礼有必隆⑪，不得而杀；政有必举，不得而废。二公于是兼而得之，宜刻金石，以书美实，使是邦之人，百世之下，于二公之德尚有考也。气体颇近退之,但少奇崛之趣。

【注释】

①政:通"征"。征税。

②揆(kuí):测度,度量。庀(pǐ):具备。徒:服劳役的人。

③畚(běn):用草绳或竹篾编织的盛物器具。筑:捣土之杵。

④削:曲刀。皆为劳动用具。

⑤阿(ē):原意为大的丘陵,此处指屋栋。

⑥观(guàn)阙:宫门前两边的望楼。

⑦墉:城墙。

⑧宪度政理:法规政令。

⑨昏昕:拂晓天将明而未明时。

⑩下漏数刻:漏刻,古代计时器,即漏壶。因壶上刻符号表时间,昼夜百刻,故称漏刻。

⑪隆:尊崇。

【译文】

治平四年,尚书兵部员外郎、知制诰钱辅先生镇守这里,正赶上丰年,才得以聚积土木建材,计划着装修整治门楼,使之焕然一新。适逢尚书驾部郎中朱寿昌公来接替他的职务,所以又等到第二年征完了税,封内无事时,才选派能干的官吏,选择适宜的日期,准备好人力及所需畚、筑、绳、削等用具,修治闳门屋栋,营建城墙望楼。不需监督,没有限期,大家互相督促。从冬季十月的甲子开工,到十二月甲子就已完工。城墙高矗,层楼相望,雄壮而不越分,华丽却不奢靡。法规政令在这里发布接奉,士吏宾客在这里来往奔走,作为一境之尊而不失其应有的地位。击鼓鸣角,以警醒众人;漏壶数刻,以表示时间,并更新了这四样器物,将它们依次陈列。境内男女耳闻目睹均与从前不同,无不欣悦欢喜,到处都在传诵着钱、朱二公的美德与辛劳。有礼法就必须尊崇,否则就可能败坏;有政令就必须施行,否则就可能废弃。两位先生在这两方面都做得很好,应该将他们的美德和业绩镌刻在金石上,使这里的人们在百世之后,仍能查考二公的德行。文章的气势和韩愈很像,但少了奇特不凡的趣味。

王安石

王安石简介参见卷九。

慈溪县学记

【题解】

本文记叙慈溪县兴学之事。通过对古时立学之法的考察，慨叹后世士大夫抱残守阙，毫无生气，形同木偶的可悲局面。认为慈溪县虽为"小邑"，但有前后两任县令效法古风，兴学重教，实足称道，并希望后继者能予继承。

天下不可一日而无政教，故学不可一日而亡于天下。古者井天下之田，而党庠遂序①，国学之法立乎其中。乡射饮酒、春秋合乐、养老劳农、尊贤使能、考艺选言之政②，至于受成、献馘、讯囚之事③，无不出于学。于此养天下智仁、圣义、忠和之士，以至一偏之技、一曲之学，无所不养。而又取士大夫之材行完洁，而其施设已尝试于位而去者，以为之师。释奠、释菜④，以教不忘其学之所自；迁徙、逼逐，以勉其怠而除其恶。则士朝夕所见所闻,无非所以治天下国家之道,其服习必于仁义⑤,而所学必皆尽其材。一日取以备公卿、大夫、百执事之选,则其材行皆已素定,而士之备选者,其施设亦皆素所见闻而已,不待阅习而后能者也。古之在上者,事不虑而尽,功不为而足,其要如此而已。此二帝、三王所以治天下国家而立学之本意也。以上古立学之本意。

【注释】

①党:古代地方户籍编制单位,五百家为党。遂:古代一种行政区划,距王城百里以外至两百里。庠、序:均为古代学校。欧阳修《吉州新学记》:"国有学,遂有序,党有庠,家有塾,此三代极盛之时,大备之制也。"

②乡射:古代以射选士,其制有二:一为州长于春秋两季以礼会民,射于州之学校;二为乡大夫三年大比,献贤能之书于王,行乡射之礼。射礼前皆先进行乡饮酒礼。饮酒:也是古代一种礼节,在乡射之前进行。合乐:众乐同时合奏。

③受成:接受已定的谋略。《礼·王制》:"天子将出征……受命于祖,受成于学。"献馘(guó):古代一种军礼。古时作战杀敌,割取敌人左耳,以计功论赏。馘,截耳。

④释奠、释菜:古代礼仪的一种,立学前先祭祀先师。始入学,行释菜礼。每年春秋二季,用释奠礼。释菜,用芹菜之类的素食,礼轻;而释奠则有牲牢币帛,礼重。

⑤服习:适应研习。

【译文】

天下一天也不能没有刑赏教化,所以天下就一天也不能没有学校。古时候天下实行井田制,党里有庠,遂里有序,国家有太学的办学方法,就在这当中建立起来。乡射之前的饮酒礼、春秋两季的合乐礼、敬养老人慰劳农夫、尊敬贤德任用能士、考核技艺选纳谏言之类的政事,甚至是受成、献馘、审讯囚犯之类的事,没有不出自学校训练的。在这里培养出天下那些智慧、仁义、神奇、义气、忠诚、平和的学者,甚至是一项特长技能、一支曲子这样的学问,都要去培养。而且还选取那些才能完备、德行高洁,曾经在这个位置上施展其所想、所能而后来又离职的士大夫,作为他们的老师。举行释奠、释菜等拜师礼,来教导他们不要忘了学问是从哪里得来的;用贬斥、强逼之类的做法,去勉励他们不要怠惰并去掉他们的不良品质。那么这些读书人早晚的所见所闻,都是那些怎样去治理天下国家的道理,他们习惯和学习的一定在仁义之道的范围内,而他们学习起来也一定能尽其才能。有一天把他们选取去充当公卿、大夫、各级官吏等,那他们的才能品行都是平时已经形成了的,而那些被选取的士子们,他们所要干的也都只是平时所见所闻的事情罢了,不需要经过学习而后才能胜任。古时候的帝王,不需要考虑到每一件事却能做到尽善尽美,不需要屡兴事功却能使国家富足,其要点如此而已。这就是二帝、三王治理天下国家而创立学校的根本意图。以上讲古代创立学校的根本意图。

后世无井田之法,而学亦或存或废。大抵所以治天下国家者,不复皆出于学。而学之士群居族处,为师弟子之位者,讲章句、课文字而已。至其陵夷之久[1],则四方之学者,废而为庙,以祀孔子于天下,斫木抟土,如浮屠、道士法[2],为王者象。州县吏春秋帅其属释奠于其堂,而学士或不与焉。盖庙之作出于学废,而近世之法然也。以上学废乃立孔子庙。

【注释】

①陵夷:衰落。

②浮屠:僧人,和尚。亦作"浮图"。

【译文】

　　后来的朝代没有实行井田制,而学校也有时存在有时废弃。大概从此以后治理天下国家,不再全部出自学校教育。而那些饱学的读书人聚集在一起,处在老师学生的位置上,只是讲些辞章句读,考课文句而已。到学校废弃已久之后,各处的学校被改为庙宇,用来祭祀孔子,像和尚道士的做法那样,刻木抟土,做成雕像。州里县里的官吏在春秋时节,率领僚属在那些堂屋里举行释奠礼进行纪念,而学者们有时就不参加了。大概庙宇的兴作是出自学校废弃的原因,而近代的做法就是这样的。以上讲学校废弃才创立孔子庙。

　　今天子即位若干年,颇修法度,而革近世之不然者①。当此之时,学稍稍立于天下矣,犹曰州之士满二百人,乃得立学,于是慈溪之士不得有学,而为孔子庙如故,庙又坏不治。今刘君在中言于州,使民出钱,将修而作之,未及为而去,时庆历某年也。后林君肇至,则曰:"古之所以为学者,吾不得而见,而法者吾不可以毋循也。虽然,吾之人民于此,不可以无教。"即因民钱,作孔子庙,如今之所云。而治其四旁为学舍,讲堂其中,帅县之子弟,起先生杜君醇为之师②,而兴于学。噫!林君其有道者邪!夫吏者,无变今之法,而不失古之实,此有道者之所能也。林君之为,其几于此矣。以上林肇因庙立学。

【注释】

①不然者:不这样的,指近世以来的弊端。

②起：举用，征聘。

【译文】

当今皇上即位若干年来，法令制度颇为修整，革除了近代以来的弊端。在这时，学校逐渐在各地建立起来，仍然认为一州的士子满二百人，才可以建立学校，因此慈溪县的读书人就没有学校，而仍像过去那样建起了孔子庙，而孔庙又颓败得不到修治。县令刘在中先生向州里说明情况，让百姓出钱，将修复孔庙兴办学校，未来得及办就离开了，当时是庆历某年。后来林肇先生来到慈溪，他说："古时候为什么要修建学校，我无法见到，而过去的成法，我不能不遵循。即使这样，我的百姓在这里却不能没有教育。"于是就用百姓出的钱建立了孔子庙，就是现在那座吧。又在孔庙四周建立了校舍，带领县里的青年人，征聘杜醇先生作为老师，开始教学。哎，林先生真是个有办法的人啊！当官的虽没有改变现状的办法，却不失古时务实的精神，这是有办法的人才能做到的。林先生的所作所为，大致与此相同。以上讲林肇依托孔子庙创立学校。

林君固贤令，而慈溪小邑，无珍产淫货，以来四方游贩之民；田桑之美，有以自足，无水旱之忧也。无游贩之民，故其俗一而不杂；有以自足，故人慎刑而易治。而吾见其邑之士，亦多美茂之材，易成也。杜君者，越之隐君子，其学行宜为人师者也①。夫以小邑得贤令，又得宜为人师者为之师，而以修醇一易治之俗②，而进美茂易成之材，虽拘于法，限于势，不得尽如古之所为，吾固信其教化之将行③，而风俗之成也。夫教化可以美风俗，虽然，必久而后至于善。而今之吏，其势不能以久也④。吾虽喜且幸其将行，而又忧夫来者之不吾继也⑤，于是本其意以告来者。以上众美悉备，求为可继。

【注释】

①学行:学识品行。

②修醇:修明纯正。

③教化:政教风化。

④其势:那形势,那样子。

⑤不吾继:即"不继吾"的倒装形式。意为"不能继承我的事业"。

【译文】

林先生本来就是个贤德的县令,而慈溪小县又不出产奇珍异宝去招徕四方的走贩行商;田园桑林丰富可以丰衣足食,又没有水旱忧患。没有行商走贩,所以这里的风俗单一而不复杂;能自给自足,所以百姓不轻易犯法而易于治理。而我所见到的县里读书人,也多数是容易成就的美质良才。杜先生是越地隐居的君子,他的学识品行适合为人师表。以这么个小县,能有贤明的县令,又有宜于为人师表的君子作为老师,再加上修明纯正容易治理的民俗,还有容易造就的美质良才,虽然被成法所拘束、为形势所局限,不能完全践行古人的做法,但我深信那里的政教风化必将广泛推行,纯正的民俗风情也一定能够形成。政教风化虽然可以美化一个地方的民风,但一定要持之以恒才能达到完美;而限于当今的政策,官吏难以长期供职于一个地方。我虽然为林肇即将升迁而欢喜、庆幸,却又担心继任者不能继承和发扬光大,因此把这些想法告诉继任者。以上讲众多优势都已经具备,希望继任者继承和发扬光大。

芝阁记

【题解】

作者因两代君主政令的不同,而致使灵芝的身价迥异,慨叹"因一时之好恶,而能成天下之风俗";又因陈君将灵芝搁置于东偏,而感叹士人因时遇不同而有贵贱之别。其实灵芝的本身并没有改变,其身价之高低完全取决于人之好恶取舍,作者以小见大,隐喻为政者在制定大政方针时,不可不慎,否则便会有碍政治。

祥符时,封泰山以文天下之平①,四方以芝来告者万数。其大吏,则天子赐书以宠嘉之;小吏若民,辄锡金帛②。方是时,希世有力之大臣③,穷搜而远采;山农野老,攀缘狙杙④,以上至不测之高,下至涧溪壑谷,分崩裂绝,幽穷隐伏,人迹之所不通,往往求焉,而芝出于九州、四海之间,盖几于尽矣。

【注释】

①文:粉饰。

②锡:通“赐”。赏赐。

③希世:迎合世俗。

④狙(jū):猕猴。杙(yì):树木的一种,果实像梨,味酸甜,核坚实。

【译文】

真宗大中祥符年间,封禅泰山以粉饰天下太平,各地以灵芝来上报的上万了。那些政府大员,皇上就赐书给予宠待嘉奖;小官或一般百姓,就赐给金钱布帛。在那个时候,极力迎合世俗的大臣,为贡献灵芝而不惜穷搜远采;山野农夫,如猿攀树,向上敢登不测的高峰,向下敢去山涧谷底,那些悬崖绝壁、幽深无穷而暗伏危险、人迹不至的地方,也常常敢冒险前去搜求,灵芝产于九州四海,差不多快要被采尽了。

至今上即位,谦让不德。自大臣不敢言封禅,诏有司以祥瑞告者皆勿纳①。于是神奇之产,销藏委翳于蒿藜榛莽之间②,而山农野老不复知其为瑞也。则知因一时之好恶,而能成天下之风俗,况于行先王之治哉③!

【注释】

①祥瑞:迷信的人指好事情的兆头或征象。

②销藏委翳(yì):意为隐蔽躲藏。销,销声匿迹。藏,躲藏。委,托附于他物。翳,隐蔽,掩藏。

③行先王之治:推行先王的政治。

【译文】

到当今皇上即位,谦让不敢认为自己有德,就是大臣们也不敢上书谈及封禅的事情,皇上还下诏有关部门,有呈报祥瑞的均不得接纳。于是神奇一时的灵芝,只能深藏在蒿草艾藜树林丛莽之间了,而山野百姓也不再知道它是祥瑞之物了。据此我们就可以知道,因为一时的好恶,就可以形成一时的风气所尚,更何况推行先王的政治呢!

太丘陈君,学文而好奇。芝生于庭,能识其为芝,惜其可献而莫售也①,故阁于其居之东偏②,掇取而藏之。盖其好奇如此。噫!芝一也,或贵于天子③,或贵于士,或辱于凡民,夫岂不以时乎哉?士之有道,固不役志于贵贱④,而卒所以贵贱者,何以异哉?此予之所以叹也。

【注释】

①售:本意是卖出,此处引申为"实现"的意思。

②阁:名词动用,意"修建阁楼"。

③贵:形容词动用,"以……为贵"。

④固:本来。役志于贵贱:志向被贵贱所役使(凌驾)。

【译文】

太丘陈君习文而又喜欢奇珍,有灵芝在他的庭院中长出,他能认出那是灵芝。惋惜可以把它贡献上去却无法实现,于是便在自己居室的东边建立一个小阁楼,将灵芝采下珍藏起来。大概他喜爱奇珍的性情就像这样。嗳! 灵芝都是一样的,有的被皇帝珍爱,有的被士人视同珍宝,也有的辱没于一般的平民之手,难道不是由时运决定的吗? 读书人有道德素养,志向本来不应该被贵贱所驱使,但终于还是被贵贱所驾驭,又有什么不同呢? 这就是我感叹的原因。

度支副使厅壁题名记

【题解】

北宋中期以来,官僚大地主的兼并活动十分猖獗,严重影响到国家财政经济,甚至危及封建统治秩序。作为革新派,王安石主张给以坚决的打击,以挽救潜在的统治危机。这篇文章就体现了王安石的革新思想。三司副使作为管理财政的政府大员,其工作绩效直接影响到国家的财政收入,因此王安石主张起用有革新思想的官吏来管理财政,并且通过改善法令,对他们进行监督,以保证在高效理财的同时,又能减少官吏的违法乱纪行为。

三司,北宋时为国家财政中枢,通管盐铁、度支、户部,号曰计省,设三司使及盐铁副使、度支副使、户部副使等官。元丰改官制,废除。

三司副使不书前人名姓。嘉祐五年,尚书户部员外郎吕君冲之,始稽之众史①,而自李纮已上至查道,得其名;自杨偕已上,得其官;自郭劝已下,又得其在事之岁时,于是书石而镵之东壁②。

【注释】

①稽：核查。

②镵（chán）：本意是锐利或刺。此处引申为"镶嵌"。

【译文】

三司副使一直没有前任者题名册。到嘉祐五年，尚书户部员外郎吕冲之先生，开始核查众多的史籍，于是从李纮之前到查道，找到了他们的名讳；杨偕之前的，查到了他们的职衔；从郭劝向后的，又查明了他们的详细任期，于是便把这些镵刻到石板上，镶嵌在东面的墙壁之上。

夫合天下之众者财①，理天下之财者法，守天下之法者吏也。吏不良则有法而莫守，法不善则有财而莫理。有财而莫理，则阡陌闾巷之贱人，皆能私取予之势，擅万物之利②，以与人主争黔首，而放其无穷之欲③，非必贵强桀大而后能。如是，而天子犹为不失其民者，盖特号而已耳④。虽欲食蔬衣敝，憔悴其身⑤，愁思其心，以幸天下之给足⑥，而安吾政⑦，吾知其犹不得也。然则善吾法而择吏以守之，以理天下之财，虽上古尧、舜，犹不能毋以此为急务，而况于后世之纷纷乎⑧？

【注释】

①合：聚合。

②擅：专擅，占有。

③放：放纵。

④特：只。

⑤憔悴：折磨。

⑥幸：期望。

⑦安：使动用法，"使……安"，意即稳定。

⑧后世之纷纷：意思是"纷乱的后世"。

【译文】

能聚合天下民众的是财物，管理天下财物的是法令，而掌管天下法令的则是官吏。官吏不贤明，那么即使有了法令也不能掌管；法令不完善，即使有财物也无法管理。有财产却不能管理，即使是田间小巷中的下贱之人，都能够私自取予，从中谋利，用来同帝王争夺人口，从而使其欲望无限膨胀，并非只有那些强宗贵族才能够做到。到那时，帝王还能称得上没有失去民心的，大概只是名号而已。即使他愿意吃菜蔬穿破衣，折磨自己的肉体、忧愁忧思，以期望天下能丰衣足食，从而稳定自己的政权，我想那仍是不可能的。既然这样，那么就要完善我们的法令，再选择良吏来执法，去管理天下的财政，即使是上古时代的尧、舜等明君都不能不认为这是为当务之急，更何况于纷乱的后世呢？

三司副使，方今之大吏，朝廷所以尊宠之甚备。盖今理财之法有不善者，其势皆得以议于上而改为之，非特当守成法①，吝出入，以从有司之事而已。其职事如此，则其人之贤不肖，利害施于天下如何也！观其人，以其在事之岁时，以求其政事之见于今者，而考其所以佐上理财之方，则其人之贤不肖与世之治否，吾可以坐而得矣。此盖吕君之志也。

【注释】

①成法：陈规旧法。

【译文】

三司副使是当今政府大员，朝廷尊宠他们的条例已经很完备了。一般来说，现在管理财政法令如有不完善之处，都有责任提出意见建议上报后加以改正并遵照执行,不应该只是墨守陈规旧法,对财政开支过于斤斤计较,跟从有关部门敷衍塞责而已。这才是他们的本职工作,那么他们是贤能还是不肖之徒,将对天下产生不同的影响。鉴别他的好坏,要以他任期为准,去探求他对于政事的见解及其对现在的影响,再去考察他辅佐皇上整理财政的方法,那么这个人或贤能或不肖,以及天下得治理与否,我们就可以静坐而能够了解了。这大概就是吕先生的初衷吧。

游褒禅山记

【题解】

本篇以小见大,借游山说明治学的道理:一是反对半途而废,提倡深入探索,并分析了"志"(志向)、"力"(能力)、"物"(物质条件)三个条件及其相互关系;二是反对道听途说,以讹传讹,主张探本索源,深思慎取。这两点讲的虽只是治字,但却反映了王安石那种百折不回、敢于创新的改革家的思想作风,迄今仍具有较大的启发意义。本篇以具体形象的记游来论证抽象的道理,在游记中别具一格。

褒禅山亦谓之华山,唐浮图慧褒始舍于其址,而卒葬之,以故其后名之曰褒禅。今所谓慧空禅院者,褒之庐冢也。距其院东五里,所谓华阳洞者,以其在华山之阳名之也。距洞百余步,有碑仆道①,其文漫灭②,独其为文犹可识,曰花山。今言"华"如"华实"之"华"者,盖音谬也。其下平旷,有泉侧出,而记游者甚众,所谓前洞也。由山以上五六里,有穴窈然③,入之甚寒,问其深,则虽好游者不能穷也④,谓之后洞。余与四人拥火以入⑤,入之愈深,其进愈难,而其见愈奇。有怠而欲出者⑥,曰:"不出,火且尽。"遂与之俱出。盖予所至,比好游者尚不能十一⑦,然视其左右,来而记之者已少。盖其又深,则其至又加少矣。方是时,予之力尚足以入,火尚足以明也。既其出,则或咎其欲出者⑧,而予亦悔其随之,而不得极夫游之乐也。于是予有叹焉⑨。

【注释】

①仆:倒伏。

②漫灭:模糊不清。

③窈然:幽深的样子。

④穷:穷尽,走到头。

⑤拥:持,举。

⑥怠:松懈,怠惰。

⑦十一:十分之一。

⑧咎:责备。

⑨叹:感慨。

【译文】

　　褒禅山也叫华山,唐朝和尚慧褒当初在这个地方起屋定居,最后又葬在这里,因为这个缘故,后来就把这座山叫做"褒禅"。现在所说的慧空禅院,就是慧褒生前住的庐舍和死后葬的坟墓。离开禅院东面五里,有个叫做华阳洞的,因为它在华山的南面,就这样称呼它。离开华阳洞一百多步,有块石碑倒在路上,它上面的文字模糊不清,只是残存的字还可以认出,名叫"花山"。现在把"华"字读成"华实"的"华",那是字音读错了。山下平整开阔,有股泉水从旁边涌出来,曾经来这里游览并题字留念的人很多,这就是所说的"前洞"。从山脚上去五六里,有个山洞深远幽暗,走进去十分寒冷,问这个洞的深度,就是那些爱好游览的人也不能走到它的尽头,人们叫它"后洞"。我和四个人打着火把走进去,进去越深,行走就越困难,可是看到的景色就越奇妙。有个人疲累了,想退出去,说:"还不出去,火把快要熄灭了。"我就跟他们一道出来了。大约我们所到的地方,跟那些爱好游览的人比起来还不到十分之一,然而看洞的左右两边,到达那里并题字留念的已经很少了。看来洞越深,到的人就越少了。在这个时候,我的体力还足够继续前进,火把还足够用来照明。出洞之后,就有人责怪那主张退出来的人,而我也后悔跟着他们出来,不能尽情享受游洞的快乐。因此,我对这件事有些感慨。

　　古人之观于天地、山川、草木、虫鱼、鸟兽,往往有得①,以其求思之深而无不在也。夫夷以近,则游者众;险以远,则至者少。而世之奇伟瑰怪非常之观,常在于险远,而人之所罕至焉,故非有志者不能至也。有志矣,不随以止矣,然力不足者,亦不能至也。有志与力,而又不随以怠,至于幽暗昏惑而无物以相之②,亦不能至也。然力足以至焉而不至,于人为可讥,而在己为有悔。尽吾志也而不能至者,可以无悔矣,其孰能讥之乎?此予之所得也。

【注释】

①得:心得,体会。

②相:帮助。

【译文】

　　古人对天地、山川、草木、虫鱼、鸟兽进行观察,常常有所收获,这是因为他们思考得深入而且广泛周密。平坦、距离近的地方,游览的人就多;艰险、偏远的地方,去的人就少。可是,世界上奇妙雄伟壮丽怪异的不同寻常的景象,常常在那艰险偏远、人们很少到的地方,所以不是有志向的人是不能到达的。有了志向,即使不盲目跟着别人而中途停止,但是体力不够,也不能够到达。有了志向和体力,又不盲目跟从别人而且不怠惰,但到了那幽深黑暗、令人迷糊困惑的地方,如果没有外力帮助,也不能够到达。可是,力量能够达到却没有达到,在别人看来是可笑的,在自己则应该感到悔恨。如果尽了我的努力还是不能到达,便可以没有悔恨了,那谁又能够来讥笑他呢? 这就是我的心得。

　　余于仆碑,又有悲夫古书之不存①,后世之谬其传而莫能名者,何可胜道也哉! 此所以学者不可以不深思而慎取之也。

【注释】

①悲:感慨。

【译文】

　　我对于倒在路边的石碑也有感叹:古代有些书籍不能保存,使得后代以讹传讹竟至无法说明的,哪里能讲得完呢! 因此,做学问的人对所学的东西不能不深刻地思考并谨慎地采择啊。

　　四人者,庐陵萧君圭君玉,长乐王回深父、予弟安国平父、安上纯父,至和元年七月某日,临川王某记。

【译文】

　　同游的四个人是:庐陵人萧君圭,字君玉;长乐人王回,字深父;我的弟弟安国,字平父;安上,字纯父。至和元年七月某日,临川王某记。

苏洵

苏洵简介参见卷二。

张益州画像记

【题解】

张益州，即张方平（1006—1091），字道安，北宋南京（今河南商丘）人，官至太子太保，曾在宋仁宗至和元年（1054）成功地平息了益州（今四川成都）的骚乱局面，受到当地百姓的爱戴。

本文作于嘉祐元年（1056），记叙了张方平治理益州的功绩，生动地塑造了张方平"为天子牧小民不倦"的封建官吏的形象。但称颂过于溢美，甚至有些神化。

至和元年秋①，蜀人传言有寇至，边军夜呼，野无居人，妖言流闻，京师震惊。方命择帅，天子曰："毋养乱，毋助变。众言朋兴②，朕志自定。外乱不作，变且中起。不可以文令③，又不可以武竞，惟朕一二大吏，孰为能处兹文武之间，其命往抚朕师！"乃惟曰："张公方平其人④。"天子曰："然。"

公以亲辞⑤，不可，遂行。冬十一月，至蜀。至之日，归屯军，撤守备，使谓郡县："寇来在吾，无尔劳苦。"明年正月朔旦⑥，蜀人相庆如他日，遂以无事。又明年正月，相告留公像于净众寺⑦，公不能禁。

【注释】

①至和：宋仁宗赵祯年号（1054—1056）。

②朋：群起。

③文令：文教政令，重在"感化"。

④张公：名咏，字方平，自号乐全居士，官至参知政事。

⑤亲辞：以奉养双亲为由推辞。

⑥朔：阴历初一。旦：清晨。

⑦净众寺：又名万福寺，在成都西北。

【译文】

　　至和元年秋天，蜀地的人传言敌寇侵犯边境，守边的军队深夜惊恐乱叫，城外边没有人敢居住了。各种谣言、小道消息广泛流播，京师为之震惊，于是选派将帅。天子说："不要酿成乱子，也不要助成变故。各种说法都有，朕的主意已经拿定。外患不能使我们惊慌，内乱倒可能从中爆发。这种事情既不能用文教政令解决，又不能用军事镇压，只能通过朕的一两个大臣去妥善处理。谁兼备文韬武略，谁就受命去安抚朕边关的军队。"于是大家推举说："张公方平就是那样的人。"天子说："可以。"张公以侍奉双亲为由推辞，没有得到允许，于是只好出发了。冬十一月，到达蜀地。到达的这天，就收回屯守的军队，撤除了守备的将吏，并派使者告谕各郡县说："敌寇来了由我负责，不需要你们再受劳苦。"到了第二年正月初一的清晨，蜀地的人们像往常一样相互欢庆过年，一直平安无事。又过了一年，正月里，人们相互商量要把张公的像画在净众寺里,张公也制止不了。

　　眉阳苏洵言于众曰:"未乱,易治也。既乱,易治也。有乱之萌,无乱之形,是谓将乱。将乱难治,不可以有乱急,亦不可以无乱弛①。惟是元年之秋,如器之敧②,未坠于地。惟尔张公,安坐于其旁,颜色不变,徐起而正之。既正,油然而退,无矜容。为天子牧小民不倦③,惟尔张公。尔繄以生④,惟尔父母。且公尝为我言:'民无常性,惟上所待。人皆曰蜀人多变,于是待之以待盗贼之意,而绳之以绳盗贼之法,重足屏息之民⑤,而以砧斧令,于是民始忍以其父母妻子所仰赖之身,而弃之于盗贼,故每每大乱。夫约之以礼,驱之以法,惟蜀人为易。至于急之而生变,虽齐鲁亦然⑥。吾以齐鲁待蜀人,而蜀人亦自以齐鲁之人待其身。若夫肆意于法律之外,以威劫齐民⑦,吾不忍为也。'呜呼!爱蜀人之深,待蜀人之厚,自公而前,吾未始见也。"皆再拜稽首曰⑧:"然。"苏洵又曰:"公之恩在尔心,尔死在尔子孙,其功业在史官,无以像为也。且公意不欲,如何?"皆曰:"公则何事于斯? 虽然,于我心有不释焉⑨。今夫平居闻一善,必问其人之姓名与乡里之所在,以至于其长短大小美恶之状,甚者或诘其平生所嗜好,以想见其为人。而史官亦书之于其传,意使天下之人,思之于心,则存之于目。存之于目,故其思之于心也固。由此观之,像亦不为无助。"苏洵无以诘⑩,遂为之记。

【注释】

①弛:松懈。

②攲（qī）：倾侧，不平稳。

③牧：治理。古代统治阶级把统治人民比做牧养牛羊。

④繄（yī）以生：犹言因此能够活下来。繄，是，相当于"这""此"。

⑤重（chóng）足屏息之民：迭足而立，不敢前进。形容非常害怕的样子。

⑥齐、鲁：春秋战国时两个国家，在今山东省。由于孔丘生于鲁国曲阜，故信奉儒家的统治者认为齐、鲁是教化最好的地区。

⑦齐民：平民。齐，相等，无贵贱之别。

⑧稽（qǐ）首：叩头到地，一种跪拜礼。

⑨释：放下。

⑩诘：追问，进一步深问。

【译文】

　　眉阳人苏洵对大家说："尚未酿成变乱是容易治理的，已经发生变乱也是容易治理的。出现变乱的萌芽，而没有变乱的表现，这也就是所说的将要变乱。将要变乱的状况是难以治理的，既不能因出现变乱的趋势而操之过急，也不能因为尚未乱起来而放松警惕。这次至和元年的情势，就如同器物已经倾斜，又尚未坠落到地上一样。只有你们的张公，安详地坐在旁边，脸不改色，缓缓地站起来扶正了它。扶正之后，又从容地退出，而没有丝毫骄矜的神色。替天子治理百姓而不知道疲倦的，只有你们的张公。你们因此能够活下来，他就如同你们的父母。张公曾经对我说过：'老百姓没有固定的性情，只取决于上面怎样对待他们。人们都说，蜀人常常容易变乱。如果用对待盗贼的态度去对待他们，用管束盗贼的法规去管制他们，对于已经谨小慎微的百姓，却用严刑酷法去残害他们，这样，百姓就会狠下心来抛弃父母、妻子、儿女，堕落为盗贼，因此常常发生大乱。如果用礼义来约束他们，用法令来驱使他们，那么只有蜀人是容易治理的。至于逼得他们走投无路而激生变乱，即使是号称礼乐之邦的齐鲁也会这样。我用对待齐鲁百姓的办法对待蜀人,那么蜀人也就自己用齐鲁人的规范来约束自己。如果在法律之外恣意妄为,用权势去胁迫百姓,我是不忍心这样做的。'唉! 对蜀人爱得如此深切,对待蜀人又如此厚道,从张公往前数,我还从未见过。"人们都毕恭毕敬地点头说:"是这样的。"苏洵又说:"把张公的恩情深深记在你们心里,你们死后,继续铭记在你们子孙的心里,他的功德业绩自有史官负责书写,用不着画像了。况且张公自己又不愿这样做,怎么样?"大家说:"张公哪里会关心这类事情呢? 话虽然是这样说,我们心中还是过意不去。现在,人们听说一件好事,必定会打听那人的姓名,家在何处,包括他的身材高矮、年龄大小、容貌美丑,甚至有的人会追问他平时的嗜好,并以此来想象他的为人。而史官也是这样撰写传记,其用意是让全天下的人不仅记在心里,而且看在眼里。眼里看得见,所以人们在心里对他的思念也就更牢固。由此看来,画像也不是没有作用。"苏洵无话可说,于是就替他们写了这篇画像记。

公南京人,为人慷慨有节,以度量容天下。天下有大事,公可属^①。系之以诗曰:

【注释】

①属(zhǔ):通"嘱"。托付。

【译文】

张公是南京人,为人胸怀坦荡,节操高尚,以度量大而闻名天下。国家有大事,张公是可以重托的。最后用诗来总结:

天子在阼,岁在甲午。西人传言^①,有寇在垣^②。庭有武臣,谋夫如云。天子曰嘻,命我张公。公来自东,旗纛舒舒^③。西人聚观,于巷于涂。谓公暨暨^④,公来于于⑤。公谓西人：安尔室家，无敢或讹。讹言不祥，往即尔常。春尔条桑，秋尔涤场。西人稽首，公我父兄。公在西囿，草木骈骈⑥。公宴其僚，伐鼓渊渊⑦。西人来观，祝公万年。有女娟娟⑧，闺闼闲闲⑨。有童哇哇，亦既能言。昔公未来，期汝弃捐。禾麻芃芃⑩，仓庾崇崇。嗟我妇子，乐此岁丰。公在朝廷，天子股肱⑪。天子曰归，公敢不承？作堂严严，有庑有庭⑫。公像在中，朝服冠缨。西人相告，无敢逸荒。公归京师，公像在堂。

【注释】

①西人：蜀人。因四川在我国西部。

②垣（yuán）：墙。这里指边境。

③纛（dào）：古时军队或仪仗队的大旗。舒舒：伸展飘扬的样子。

④暨暨：果敢刚毅的样子。

⑤于于：行动舒缓自得的样子。

⑥骈骈：茂盛的样子。

⑦渊渊：鼓声。

⑧娟娟：姣好的样子。

⑨闲闲：娴静从容的样子。

⑩芃芃（péng）：茂密丛杂的样子。

⑪股肱（gōng）：比喻帝王的得力大臣。股，大腿。肱，手臂从肩到肘的部分。

⑫庑（wǔ）：厅堂周围的廊屋。

【译文】

天子在位时，适逢甲午年。蜀人传谣言，有寇将扰边。朝中有武将，谋士多如云。天子面含笑，张公把命唧。张公从东来，旌旗迎风展。蜀人倾城观,街巷人如川。皆称张公勇,一路却安闲,公对蜀人宣:抚慰家人心,莫要传谣言。谣言多不祥,细思好时光。春煦剪桑枝,秋日修粮场。蜀人俯首拜,张公即父兄。张公来西园,草繁佳木旺。张公宴同僚,击鼓咚咚响。蜀人殷勤望,祝公万年长。有女多姣美,待字称淑娴。儿童哇哇啼,人前亦能言。张公未至蜀,无奈儿女捐。田中禾麻壮,粮仓欲高崇。室中妇与子,喜乐庆年丰。张公在朝廷,天子股肱臣。天子召公归,皇命岂敢违?父老起祠堂,有廊亦有庭。公像在堂中,朝服与冠缨。蜀人争相告,勿敢贪逸荒。公身归京师,公像永在堂。

苏轼

苏轼简介参见卷二。

表忠观碑

【题解】

这是苏轼为纪念钱镠的表忠观所写的碑文,文中先借赵抃之口,叙述建观树碑的来由是为纪念钱镠对朝廷的功绩,以显示朝廷劝奖忠臣、慰答民心的大义,最后以铭文作结。全文主体分为两部分:赵抃的上书及铭文。文章语言简洁明快,如行云流水,同时又充满激情,感奋处令人肃然起敬。后面铭文均为四字句,朗朗上口,气势恢宏,凝炼地概括了钱氏及其后代的伟绩和建观的来由,所引用的典故也都恰当地突出了所要表达的内容。这是苏轼所写碑文中较好的一篇。

熙宁十年十月戊子①,资政殿大学士、右谏议大夫、知杭州军州事臣抃言②:

【注释】

①熙宁:宋神宗年号(1068—1077)。

②抃:即赵抃,字阅道,衢州西安人。

【译文】

熙宁十年十月戊子日,资政殿大学士、右谏议大夫、杭州军知州赵抃奏曰:

"故吴越国王钱氏坟庙及其父、祖、妃、夫人、子孙之坟,在钱塘者二十有六①,在临安者十有一②,皆芜废不治。父老过之,有流涕者。

【注释】

①钱塘:即今杭州。
②临安:今浙江临安。

【译文】

"已故吴越国王钱镠的坟庙及其父祖、夫人王妃、儿孙的坟墓,在钱塘的有二十六座,在临安的有十一座,都已荒芜,疏于修治。父老乡亲每经过此地,总有痛哭流涕的。

谨按:故武肃王镠①,始以乡兵破走黄巢,名闻江、淮。复以八都兵破刘汉宏②,并越州,以奉董昌③,而自居于杭。及昌以越叛,则诛昌而并越,尽有浙东西之地。传其子文穆王元瓘④。至其孙忠显王仁佐⑤,遂破李景兵⑥,取福州。而仁佐之弟忠懿王俶⑦,又大出兵攻景,以迎周世宗之师⑧,其后卒以国入觐。三世四王⑨,与五代相终始。天下大乱,豪杰蜂起,方是时,以数州之地盗名字者,不可胜数。既覆其族,延及于无辜之民,罔有孑遗⑩。而吴、越地方千里,带甲十万,铸山煮海,象犀珠玉之富,甲于天下,然终不失臣节,贡献相望于道⑪。是以其民至于老死不识兵革,四时嬉游,歌鼓之声相闻,至于今不废,其有德于斯民甚厚。

【注释】

①镠(liú):即钱镠,字具美,临安人。

②八都兵:即八道。杭州八县,每县募一千人为一道。时有刘汉宏聚众发难,盘据越州,其时唐僖宗正在蜀地,下诏命董昌前往讨伐,董昌又委派钱镠率八道之士进攻越州,诛杀刘汉宏。之后董昌为浙东节度使兼越州刺史,表钱镠代任杭州刺史。

③董昌:临安人,中和年间(881—885)组织义胜军,先拜封节度使,后为陇西郡王。最后脱离朝廷,自立为王,国号大越,自称为圣人,被镇海节度使钱镠击败诛杀。

④元瓘:钱元瓘,字明宝,钱镠第五子。

⑤仁佐:钱仁佐,字元祐,元瓘之子。

⑥李景:南唐主,初名景,成年后改名为璟。

⑦俶:钱俶,字文德,钱元瓘之子。

⑧周世宗之师:据《五代史》记载,周显德三年,世宗征讨淮南,命令钱俶率所辖部队分路进讨,钱俶即派遣偏将吴程围攻毗陵,攻下关城,擒获团练使赵仁泽,但不久吴程部队战败,丢失常州。其时恰好赶上李景上表要求割地以内附于周,世宗遂下诏命钱俶班师回兵。

⑨三世四王:指钱镠、钱元瓘、钱仁佐、钱俶。

⑩罔有孑遗:没有后代,言战乱殃及百姓之烈。

⑪贡献:进贡,进献。

【译文】

谨按:故武肃王钱镠,开始是以他自己组织的乡兵败走黄巢兵,从而名扬江淮。之后，又率领杭州八道之士击破刘汉宏的叛军，收复越州，推举董昌为王，自己驻扎于杭州。等到董昌以越州为根据地发动叛乱，又引兵诛杀董昌，再次收复越州，一统浙东浙西之地。后传位于其子文穆王钱元瓘，至其孙忠显王钱仁佐之时，又破南唐李景的军队，夺取福州。而同时仁佐的弟弟忠懿王钱俶，也率大部队攻打李景，以迎接周世宗的部队，最终以一完整的国家入朝称臣。三代四个国王，直与五代时期相始终。此后，天下大乱，豪杰蜂拥而起，也正是在这样的年代，以几州之地划地为王、僭号称王的不计其数。最终使家族覆灭，又延及无辜百姓，使他们家破人亡。只有吴越有千里山河，拥兵十万，却是靠山铸钱，临海煮盐，象牙、犀角、珠玉等财物的富有，冠于天下，虽然如此，却始终没有丧失为臣的气节，每年的进贡之物相望于道。因此，吴越的百姓到老死也不认识兵器，四季嬉游欢乐，处处歌鼓奏乐之声相闻，至今仍是繁盛景象，三代四王有恩德于百姓是非常深厚的。

　　皇宋受命，四方僭乱以次削平。西蜀、江南负其崄远①，兵至城下，力屈势穷，然后束手。而河东刘氏②，百战守死，以抗王师，积骸为城，釃血为池③，竭天下之力，仅乃克之。独吴越不待告命，封府库，籍郡县，请吏于朝。视去其国如去传舍，其有功于朝廷甚大。昔窦融以河西归汉④，光武诏右扶风修理其父祖坟茔，祠以太牢。今钱氏功德，殆过于融，而未及百年，坟庙不治，行道伤嗟，甚非所以劝奖忠臣慰答民心之义也。臣愿以龙山废佛寺曰妙因院者为观⑤，使钱氏之孙为道士曰自然者居之。凡坟庙之在钱塘者，以付自然；其在临安者，以付其县之净土寺僧曰道微。岁各度其徒一人，使世掌之。籍其地之所入，以时修其祠宇，封殖其草木。有不治者，县令丞察之，甚者易其人。庶几永终不坠，以称朝廷待钱氏之意。臣抃昧死以闻"。

【注释】

①西蜀:指后蜀。江南:指南唐。

②刘氏:指北汉。

③酾(shī):流聚。

④窦融:字周公,扶风平陵人。祖辈一直在河西做官,后在乱时盘据河西,称行河西五郡大将军。光武帝攻陷蜀地时,融入朝,拜为冀州牧,后任大司空,封安阳侯。

⑤龙山:在杭州市内,又名卧龙山,天目山的分支。

【译文】

我大宋皇帝传承天命以来,四方的僭越叛乱逐渐被削平。后蜀南唐,凭借其所处地理险峻遥远,兵临城下,仍直到力屈势穷,然后束手投降。而河东北汉刘氏,经百战仍然死守,对抗王朝部队,尸骨累积成城垛,鲜血流聚为池塘,战争惨烈之至,竭尽天下之力,才终于攻克。相比之下,唯独吴越地方不等待命令,便封存府库,收纳所属郡县册籍,请求朝廷派驻官吏。对待取消国号同取消旅舍,对于朝廷的功劳很大。古时窦融率领河西归属汉朝,光武帝下诏令扶风郡官员修理其父祖坟墓,用牛、羊、豕祭祀。而现在钱氏的功劳德行,与窦融相比,有过之而无不及,却是不到百年,而坟庙得不到及时修治,荒芜废弛,路人无不为此难过嗟叹,这实在体现不出朝廷劝奖忠臣、慰答民心的本意和大义的啊!臣下请求把龙山之上叫做妙因院的废旧佛寺改为观,让钱氏子孙中当道士名叫自然的居住。凡在钱塘的坟庙,交给他负责。凡在临安的坟庙,则交给该县净土寺僧人名道微的。每年各自剃度一个人,让他们世代管理下去。凭借土地的收入,及时修建坟庙,培植草木。如有不负责的情况,由该县责成县丞及时察看,不行的就换人。这样,或许才能保证其永久不败,从而体现朝廷优待钱氏的本意。臣下赵抃昧死奏明。"

制曰："可！其妙因院改赐名曰表忠观。"铭曰：

【译文】

朝廷下令："应当这样做！妙因院改赐名叫表忠观。"铭文是这样的：

天目之山①，苕水出焉。龙飞凤舞，萃于临安。笃生异人，绝类离群。奋梃大呼，从者如云。仰天誓江，月星晦蒙②。强弩射潮③，江、海为东。杀宏诛昌，奄有吴越。金券玉册④，虎符龙节。大城其居，包络山川。左江右湖，控引岛蛮。岁时归休，以燕父老。晔如神人，玉带毬马⑤。四十一年，寅畏小心。厥篚相望⑥，大贝南金⑦。五朝昏乱，罔堪托国。三王相承，以待有德。既获所归，弗谋弗咨。先王之志，我维行之。天胙忠孝，世有爵邑。允文允武，子孙千亿。帝谓守臣，治其祠坟。毋俾樵牧，愧其后昆。龙山之阳，岿焉新宫⑧。匪私于钱，唯以劝忠。非忠无君，非孝无亲。凡百有位，视此刻文。

【注释】

①天目之山：天目山，在浙江杭州西北，山极峻险，山中有两峰，峰顶各有一池，故曰天目。

②仰天誓江，月星晦蒙：中和二年，刘汉宏派其弟汉宥，率兵驻扎西陵伺机进犯。董昌即遣钱镠抵御，是夜就要准备渡江，然其时，星光灿烂，明月皎洁，钱镠心中默祝，希望阴云遮月，以帮助所率部队过江。果然，不一会儿，即云雾四起，咫尺之间，晦冥不见，

钱镠遂顺利渡江，最终击败刘汉宥兵。

③强弩射潮：杭州曾一度连年潮头直打罗刹石，吴越人钱尚父，天生神勇，遂背负弓弩，在岸边等潮至时，弯弓搭箭，与潮逆尔射之，于是潮势渐退，罗刹石也忽然化为一片陆地，成于岸边。

④金券玉册：唐昭宗赐钱镠金券，后唐庄宗又赐其玉册金印。

⑤玉带毬马：宋太祖曾问吴越进奏吏说："钱镠平生有什么喜好？"吏说："好玉带名马。"宋太祖笑曰："真英雄也。"遂以玉带一匣、打毬、御马十匹赐钱镠。

⑥筐：竹器，方的叫筐，圆的叫筐。

⑦大贝：特指钱币。

⑧岿焉：岿然独立的样子。

【译文】

　　天目山上，苕水飞流。龙飞凤舞，荟萃临安。生有异人，离群特异。举梃大呼，从者如云。江边起誓，月潜星暗。强弩射潮，江海东退。杀刘汉宏灭董昌，并有吴越全境。朝廷封赏，金券玉册，虎符龙节，表彰功绩。驻扎杭州，统临山川，扼制长江，据有太湖，控引海岛，各类民族。休养生息，与民同乐。英姿如神人。有玉带毬马。四十一年，小心谨慎。发展生产，百姓丰衣足食，户户都有积蓄。五代纷争时期，无法托国归附朝廷。三王相继承接，等待有德之君。大宋崛兴，众望所归，忠王钱俶，不谋不咨。继承先王之志，归附大宋朝廷。天成其忠孝，世代享有爵邑。能文能武，子孙兴旺。诏命杭州守臣，修治钱氏坟庙。不许砍柴、放牧，使钱氏后代羞愧。龙山的南边，新建的殿观岿然屹立。不是偏爱钱氏，只是劝勉忠孝。不忠即是无君，不孝便是无亲。恭请列位，看此碑文。

超然台记

【题解】

苏轼于熙宁七年（1074）调任密州知州。次年修复了密州北城上的一座楼台,其弟苏辙为此台取名"超然",于是苏轼便写了这篇《超然台记》,藉以阐述其游心于物之外而不为物役的处世态度。文章从"凡物皆有可观,苟有可观,皆有可乐"的审美命题入手,精辟地说明了沉湎于私欲,一味追求物质利益,"美恶之辨战乎中,而去取之择交乎前,则可乐者常少,而可悲者常多"的深刻道理。全篇在结构的安排上做得很好,既不游离于所记之外,又不失自己要发挥的主题思想,显示出作者特殊的艺术才能。

　　凡物皆有可观,苟有可观①,皆有可乐,非必怪奇伟丽者也。铺糟啜醨②,皆可以醉;果蔬草木,皆可以饱。推此类也,吾安往而不乐③?夫所谓求福而辞祸者,以福可喜而祸可悲也。人之所欲无穷,而物之可以足吾欲者有尽。美恶之辨战乎中,而去取之择交乎前④,则可乐者常少,而可悲者常多,是谓求祸而辞福。夫求祸而辞福,岂人之情也哉! 物有以盖之矣⑤。彼游于物之内,而不游于物之外。物非有大小也,自其内而观之,未有不高且大者也。彼挟其高大以临我⑥,则我常眩乱反覆⑦,如隙中之观斗,又乌知胜负之所在⑧? 是以美恶横生⑨,而忧乐出焉。可不大哀乎!

【注释】

①苟:假如。

②铺(bū):吃。糟:滤酒后的渣滓。啜:饮。醨(lí):淡酒。

③安往:去哪里。

④美恶之辨战乎中,而去取之择交乎前:意谓孰好孰坏的分辨在心中斗争,对哪个是该争取而哪个是该抛弃的选择一齐摆在面前。

⑤盖:掩盖,蒙蔽。此处引申为蒙蔽心窍的意思。

⑥挟：倚仗。

⑦反覆：犹言颠倒。

⑧乌：哪里。

⑨是以：因此。

【译文】

　　大凡事物都会有值得观赏的。倘若有可以观赏的，也就都会使人觉得快乐，并不一定非要奇异雄美。吃酒糟饮薄酒，一样可以使人醉；果实蔬菜草木，也都可以让人吃饱。由此类推，我去哪里会不快乐呢？通常所说的求福避祸，是由于福让人欢喜而祸让人悲伤。人的欲望无穷，而能够满足我们欲望的东西却有限。人们在心中反复思考斗争，究竟哪些好哪些不好，时刻面对哪些该争取哪些该抛弃的抉择，这样一来，值得快乐的事情常常很少，而让人悲哀的却很多，这可以说是求祸而辞福。求祸而辞福，哪里是人之常情呢！这是外物把人心给蒙蔽了。他们沉溺于事物之内，就不能超然于事物之外。事物本不能以大小区别，如果站在事物的内部去看它，没有不既高且大的。它依仗高大压制我，我就会时常眼花心乱，是非难辨，正如从缝隙中看人打斗，又怎么能明了胜负的关键所在？因此，美好、丑恶的念头就会交互产生，忧愁、欢乐的情绪也由此出现。这能不让人觉得太悲哀了嘛！

　　余自钱塘移守胶西①，释舟楫之安，而服车马之劳②；去雕墙之美③，而庇采椽之居④；背湖山之观，而行桑麻之野。始至之日，岁比不登⑤，盗贼满野，狱讼充斥，而斋厨索然⑥，日食杞菊⑦，人固疑余之不乐也。处之期年⑧，而貌加丰，发之白者日以反黑。余既乐其风俗之醇，而其吏民亦安余之拙也⑨。于是治其园圃，洁其庭宇，伐安丘、高密之木以修补破败⑩，为苟完之计。而园之北，因城以为台者旧矣⑪，稍葺而新之⑫,时相与登览⑬,放意肆志焉⑭。南望马耳、常山⑮,出没隐见,若近若远,庶几有隐君子乎⑯?! 而其东则卢山⑰,秦人卢敖之所从遁也⑱。西望穆陵⑲,隐然如城郭,师尚父、齐桓公之遗烈犹有存者⑳。北俯潍水㉑,慨然太息,思淮阴之功㉒,而吊其不终㉓。台高而安,深而明,夏凉而冬温。雨雪之朝,风月之夕,余未尝不在,客未尝不从㉔。撷园蔬㉕,取池鱼,酿秫酒㉖,瀹脱粟而食之㉗,曰:"乐哉游乎㉘!"

【注释】

①钱塘:古县名。北宋时为杭州治所,故以指代杭州。胶西:宋属密州,这里指代密州,在今山东诸城。

②服:乘坐。

③雕墙:这里指装饰华美的房屋。

④庇:也作"蔽",遮盖,即居住。采椽(chuán):用不刨光的木头做的椽子,形容房屋简陋。

⑤比:接连。登:庄稼成熟,亦指收成。

⑥索然:冷落空虚的样子。

⑦杞菊:枸杞、菊花,二物嫩苗皆可食用。

⑧期(jī)年:一整年。

⑨安:习惯于。拙:朴实,治政宽厚。

⑩安丘:在今山东潍坊东南。高密:在今山东诸城东北。当时,二县都属密州。

⑪因城:借着城墙。

⑫葺(qì):修理房屋。新之:使之新。

⑬相与:共同,一起。

⑭放意肆志:尽情地舒散情怀。

⑮马耳、常山：二山名，均在今山东诸城南。

⑯庶几有隐君子乎：意谓或许有隐居高士住在那里吧。

⑰卢山：位于诸城市南。本名故山，因卢敖而得名。

⑱卢敖：燕人，秦始皇召为博士，使求神仙，亡而未返。

⑲穆陵：关名。故址在今山东临朐（qú）县东南大岘山上，有"齐南天险"之称。

⑳师尚父：即姜太公吕尚，西周初年官太师，尊为师尚父，封于齐。齐桓公：春秋齐君，姜姓，名小白，春秋五霸之一。烈：功业，功绩。

㉑潍水：即今潍河，源出山东五莲箕尾山，北入莱州湾。

㉒淮阴：即淮阴侯韩信。

㉓吊：凭吊。不终：不得善终。据《史记·淮阴侯列传》，韩信伐齐，楚派大将龙且率二十万救齐，双方夹潍水为阵，而韩信胜，故作者俯潍水而叹。

㉔未尝：未曾。

㉕撷（xié）：采摘。

㉖秫（shú）：黏高粱，多用来酿酒。

㉗瀹（yuè）：水煮。脱粟：糙米。

㉘乐哉游乎：玩得真快乐啊！

【译文】

　　我从钱塘调任胶西，放弃坐船的舒适，而颠簸于车马之上；离开华美的居室，而住于简陋的房屋中；远离了湖光山色之美，而来到遍布桑麻的田野。刚到任的时候，这里连年歉收，盗贼满山遍野，案件堆积如山，厨下却是空空荡荡，我只好每天以枸杞、菊花充饥，人们自然怀疑我心中并不愉快。我在这里过了整整一年之后，面貌反而日见丰满，白发也一天天变黑。我喜欢这里的民风淳朴，而这里的吏民也认可我拙朴的治事风格。于是开始整治花园菜圃，清扫庭院房屋，从安丘、高密砍

伐树木,修补破败的地方,使生活起居大致完备。花园的北面,靠着城
墙的一座看台已经破旧了,稍稍翻新之后,常常和朋友上台游览,尽情
抒发自己的愉快心情。站在台上,向南眺望马耳山和常山,只见山势时
隐时现,似乎近在眼前又似乎遥不可及,或许那里还隐居着有德行的君
子吧?!台的东面是卢山,秦朝卢敖就从这儿遁世归隐。西望穆陵关,
隐隐约约像一座城郭,姜太公、齐桓公当年建功立业的遗迹依稀尚存。
向北俯望潍水,不禁感慨叹息,遥想韩信的功勋,又不免为他不得善终
而默哀。台子高大安稳,视野开阔,夏天凉爽而冬天暖和。不论是在下
雨落雪的早晨,还是月白风清的夜晚,我没有不在那里的,而客人也没
有不随我去的。我们到园中摘菜,到池中捉鱼,酿高粱酒,煮糙米饭,同
做同吃,大家都说:"游玩得真高兴啊!"

　　方是时,予弟子由适在济南,闻而赋之,且名其台曰超
然①,以见余之无所往而不乐者,盖游于物之外也。

【注释】

①子由:苏辙的字。当时苏辙在齐州(今山东济南)掌书记。

【译文】

　　这时候,我的弟弟子由正在济南,他听到这些情形就写了一首诗,
并且为这个台取名"超然",来表现我无论走到哪里都能找到快乐,这大
概就是由于我能超然游于事物之外吧。

石钟山记

【题解】

宋神宗元丰七年(1084)四月,苏轼移官汝州团练副使。在赴任途

中,他从水路绕道江西,送长子苏迈去德兴上任。六月,到达湖口,寻访石钟山,于是写下这篇著名的游记。文章以石钟山命名的由来为中心,先疑,再辩驳,复记亲身探访及所获的结论,最后发表感想。全文融叙事、描写、议论于一体,结构严密,层次分明,文笔简净流畅。尤其小舟夜游一段,宛如神来之笔,绘声绘色而境界森冷,使人恍如置身其中。

自咸丰四年十二月,楚军水师在湖口为贼所败,自是战争八年。至十一年,乃少定。石钟山之片石寸草,诸将士皆能辨识。上钟岩与下钟岩,其下皆有洞,可容数百人,深不可穷,形如覆钟,彭侍郎玉麟于钟山之顶建立昭忠祠。乃知钟山以形言之,非以声言之,郦氏、苏氏所言,皆非事实也。

《水经》云①:"彭蠡之口②,有石钟山焉③。"郦元以为④:"下临深潭,微风鼓浪,水石相搏⑤,声如洪钟。"是说也,人常疑之。今以钟磬置水中⑥,虽大风浪⑦,不能鸣也,而况石乎⑧!至唐李渤始访其遗踪⑨,得双石于潭上,扣而聆之,南声函胡⑩,北音清越⑪,桴止响腾⑫,余韵徐歇⑬,自以为得之矣。然是说也,余尤疑之。石之铿然有声者⑭,所在皆是也,而此独以钟名⑮,何哉?

【注释】

①《水经》:书名,是我国古代专记水道的一部地理书。《新唐书·艺文志》称:"(汉)桑钦《水经》三卷,一作(郭)璞撰。"但据清代戴震等考订,认为其作者约是三国时某人,非为郭璞。

②彭蠡(lǐ):即鄱阳湖。

③石钟山:在今江西湖口。此山分为两部分,位于湖口城南的称为"上钟山",位于城北的称为"下钟山"。

④郦元：即郦道元，字善长，北魏著名学者。他为《水经》作注，即传世的《水经注》。

⑤搏：撞击，碰撞。

⑥钟磬(qìng)：都是古代打击乐器。钟，青铜制。磬，玉或石制。

⑦虽：即使。

⑧而况：何况。

⑨李渤：唐代洛阳人。元和年间任江州刺史，曾寻访过石钟山，写了《辨石钟山记》一文。

⑩函胡：同"含胡"。形容声音不清。

⑪清越：形容声音清脆。

⑫桴(fú)：鼓槌。

⑬韵：和谐的声音。

⑭铿(kēng)然：形容金石之声。

⑮名：命名。

【译文】

《水经》记载："鄱阳湖的出口，有一座石钟山。"郦道元认为："这山下面是一口深潭，只要轻风吹动波浪，湖水和石头就会互相撞击，发出的声响就像撞击大钟一样。"我常常怀疑这种说法。现在把钟和磬放在水里，即使有很大的风浪，也不能发出声音，何况石头呢？到了唐朝，李渤才循着郦氏的旧踪寻访石钟山，在那深潭上找到两块石头，敲打之后反复聆听，南面的那块石头声音含混模糊，北面的那块声音清脆高扬，鼓槌停止敲打后，石头的余音才慢慢消失，他自认找到了石钟山命名的原因。然而对这种说法，我更加怀疑。敲打后就能发出声音的石头，到处都是，可偏偏这座山以"钟"命名，为什么呢？

元丰七年六月丁丑①，余自齐安舟行适临汝②，而长子迈将赴饶之德兴尉③，送之至湖口，因得观所谓石钟者。寺僧使小童持斧,于乱石间择其一二扣之,硿硿然④,余固笑而不信也。至其夜,月明,独与迈乘小舟至绝壁下。大石侧立千尺,如猛兽奇鬼,森然欲搏人⑤。而山上栖鹘闻人声亦惊起⑥,磔磔云霄间⑦。又有若老人欬且笑于山谷中者,或曰:"此鹳鹤也⑧。"余方心动欲还,而大声发于水上,噌吰如钟鼓不绝⑨,舟人大恐。徐而察之,则山下皆石穴罅⑩,不知其浅深,微波入焉,涵澹澎湃而为此也。舟回至两山间,将入港口,有大石当中流,可坐百人,空中而多窍,与风水相吞吐,有窾坎镗鞳之声⑪,与向之噌吰者相应,如乐作焉。因笑谓迈曰:"汝识之乎? 噌吰者,周景王之无射也⑫;窾坎镗鞳者,魏献子之歌钟也⑬。古之人不余欺也⑭。"

【注释】

①元丰:宋神宗年号(1078—1085)。六月丁丑:六月初九日。

②齐安:黄州的古称,今湖北黄冈。临汝:今河南汝州。

③饶:即饶州,治所在今江西鄱阳。德兴:今江西德兴。尉:县尉,专管一县捕盗查奸等有关治安事宜。

④硿硿(kōng):形容石头被敲打后发出的声响。

⑤森然:阴森可怕的样子。搏:扑击。

⑥栖鹘(qī gǔ):栖宿在巢中的鹘。鹘,一种猛禽。

⑦磔磔(zhé):鸟鸣声。

⑧鹳(guàn)鹤:形似鹤又似鹭。

⑨噌吰(chēng hóng):象声词,用以形容钟鼓声。

⑩罅(xià):缝隙。

⑪窾坎(kuǎn kǎn)、镗鞳(tāng tà):都是象声词,形容钟鼓的鸣声。

⑫周景王:名贵,灵王之子,前544—前520年在位。无射(yì):本为

　　十二乐律中的第十一律。这里指周景王以此命名所铸大钟。

⑬魏献子：应为魏庄子。即魏绛，春秋时晋国大夫。晋悼公因为魏绛有功，赐给他女乐和歌钟。

⑭古之人：指郦道元。不余欺：即"不欺余"。

【译文】

　　元丰七年六月初九，我从齐安乘船到临汝，同时大儿子苏迈要到饶州的德兴县去做县尉，我送他到湖口，因而得以看看大家所说的石钟山。庙里的和尚领着一童子拿把斧头，在乱石中间拣出一两块敲打，发出硿硿的声音，我只是笑笑，并没有相信。到了晚上，月色很好，我和苏迈乘坐一只小船来到悬崖之下。巨大的岩石耸立在旁边，高达千尺，像猛兽和鬼怪，阴森森地仿佛要向人扑来。这时山上栖息的鹘鸟听到人声也被惊起，磔磔叫着飞入云霄。又有一种像老人在山谷里一边咳一边笑的声音，有人说："这是鹳鹤。"我正心里惊恐想回去时，忽然从水上发出一种很大的声音，洪亮而沉重，像敲钟、擂鼓一样连绵不断，船夫很害怕。我小心仔细地察寻原由，原来山下都是石洞和石缝，不知道它们的深浅，当轻微的波浪冲过来，就会震荡撞击，发出这种声音。船回到石钟山的南北两座山之间，在将要进入港口的地方，有一块大石挡在江中，上面可容纳百十人，石头中空且有许多小洞，吞吐着风浪，发出窾坎镗鞳的声音，和刚才噌吰的声音彼此应和，就好像在那里演奏音乐。我于是笑着对苏迈说："你知道吗？噌吰的声音，是周景王的'无射'钟发出的；窾坎镗鞳的响声，是魏献子的歌钟发出的。古代的人并没有欺骗我们啊。"

　　事不目见耳闻，而臆断其有无，可乎？郦元之所见闻，殆与余同，而言之不详。士大夫终不肯以小舟夜泊绝壁之下，故莫能知。而渔工水师①，虽知而不能言，此世所以不传也。而陋者乃以斧斤考击而求之^②，自以为得其实。余是以记之，盖叹郦元之简，而笑李渤之陋也。

【注释】

①水师：船夫。

②陋者：指李渤。

【译文】

事情不是自己亲眼所见、亲耳所闻，就凭主观来断定它的有无，这行吗？郦道元看到和听到的，大概和我一样，只是记述不详细。士大夫们怎么也不会夜里乘小舟停泊在峭壁下面，因此不能明晓石钟山命名的原因。而那些渔夫船工和水兵，即使知道也说不清楚，这就是石钟山名称的由来在世上没有流传的缘故。而那些浅陋的人竟然拿斧头敲击石头来寻求根底，并自以为得到了石钟山命名的真相。因此，我记录我的见闻，借以慨叹郦道元的过分简略，同时嘲笑李渤的浅陋无知。

苏辙

苏辙简介参见卷十五。

武昌九曲亭记

【题解】

这篇文章作于宋神宗元丰五年（1082），此时苏轼因"乌台诗案"谪居黄州三年。这是苏轼入仕以来在新、旧党争中遭遇的一次重大挫折和打击，致使他厌烦世俗，寄情山水，追求超然洒脱，但内心又非常苦闷。苏辙理解这种心境，故前去探望，与苏轼同游武昌西山。文中多释忧宽慰之语，并通过对苏轼黄州游踪和情怀的描写，借以表现苏轼的为人品格和思想情操。文章写得纡徐曲折，情景交融，体现了记亭以记人、叙事以扬人的目的。

子瞻迁于齐安①，庐于江上。齐安无名山，而江之南武昌诸山②，陂陁蔓延③，涧谷深密。中有浮图精舍④，西曰西山⑤，东曰寒溪⑥。依山临壑，隐蔽松枥⑦，萧然绝俗，车马之迹不至。每风止日出，江水伏息，子瞻杖策载酒，乘渔舟乱流而南⑧。山中有二三子，好客而喜游，闻子瞻至，幅巾迎笑⑨，相携徜徉而上。穷山之深，力极而息。扫叶席草，酌酒相劳，意适忘反，往往留宿于山上。以此居齐安三年，不知其久也。

【注释】

①子瞻：苏轼的字。齐安：即黄州，今湖北黄冈。苏轼在神宗元丰三年（1080）被贬齐安。

②武昌：今湖北鄂城。

③陂陁（pō tuó）：不平的样子。

④浮图精舍：佛教徒居住的房子。浮图，佛，也指僧人。精舍，道士僧人修炼居住之所。

⑤西山：即樊山。此指西山寺。

⑥寒溪：即寒溪寺。

⑦枥：同"栎"。俗称"柞（zuò）树"。

⑧乱流：横渡。

⑨幅巾：长条形的布巾。古代男子以绢一幅（二尺二寸）裹头，表示儒雅不俗，具有隐士风度。

【译文】

　　子瞻贬官来到齐安，居住在长江边上。齐安没有出名的山岭，而长江南岸武昌县的一些山岭却山势起伏，连绵不断，山涧、沟壑多而幽深。山上有佛寺，西边的叫西山寺，东边的叫寒溪寺。这里，背靠着高山，面对深谷，掩映在松树、栎树中，给人一种清静和隔绝尘世的感觉，车马的痕迹是到不了这里的。每当风停日出的时候，长江之水缓缓流动，子瞻就拄着手杖，载着美酒，乘坐渔舟横渡到南岸。山林里有两三位先生，好客而喜欢游玩，他们听说子瞻来了，便头戴方巾笑靥相迎，然后手挽着手顺道漫步上山去了。他们寻幽探芳，累了就休息。扫去落叶，围坐在草地上，斟上酒相互慰劳，以至称心如意而忘记了回家，常常住在山上。子瞻像这样在齐安住了三年，竟没有感到时间的漫长。

然将适西山，行于松柏之间，羊肠九曲而获少平①，游者至此必息。倚怪石，荫茂木，俯视大江，仰瞻陵阜，旁瞩溪谷，风云变化，林麓向背②，皆效于左右。有废亭焉，其遗址甚狭，不足以席众客。其旁古木数十，其大皆百围千尺，不可加以斤斧。子瞻每至其下，辄睥睨终日③。一旦大风雷雨，拔出其一，斥其所据，亭得以广。子瞻与客入山视之，笑曰："兹欲以成吾亭邪！"遂相与营之。亭成，而西山之胜始具，子瞻于是最乐。

【注释】

①羊肠九曲：比喻道路曲折而狭窄。少平：小块平地。
②林麓(lù)：树林和山脚。向背：有的面对它，有的背朝它。
③睥睨(pì nì)：斜着眼睛看。此处是"观察"的意思。

【译文】

然而要准备去西山寺，就要穿过松柏相间的山林，经过一条九曲羊肠一样的山道，然后才能到一小块平地，游客们来到这里必定会停下歇息。靠着嶙峋的怪石，在茂盛的大树下纳凉，俯视着滚滚长江，仰望逶迤的高山，注视着旁边的溪流、河谷，氤氲缭绕，变化无穷，山林的阴阳向背，都呈现在人们的周围。这里有一座废弃的亭子，其遗址很是狭小，尚不能让大家围坐下来。旁边有几十棵古树，都粗有百围、高有千尺，用斧头是砍不倒的。子瞻每次来到树下，总要上下仔细观察。一天，风雨雷电交加，竟拔倒了一棵大树，清理出树根，就可以扩大亭子的地盘。子瞻和朋友们进山看到这种情景,笑着说:"这是老天想要成全我修建这个亭子吗?"于是他们一起出谋划策。亭子修成后,西山寺的胜景才完美无瑕,子瞻感到这是最快慰的事情。

昔余少年,从子瞻游,有山可登,有水可浮,子瞻未始不褰裳先之①。有不得至,为之怅然移日②。至其翩然独往,逍遥泉石之上,撷林卉③,拾涧实,酌水而饮之,见者以为仙也。盖天下之乐无穷,而以适意为悦。方其得意,万物无以易之,及其既厌,未有不洒然自笑者也④。譬之饮食杂陈于前,要之一饱而同委于臭腐。夫孰知得失之所在? 惟其无愧于中,无责于外,而姑寓焉。此子瞻之所以有乐于是也。

【注释】

①褰(qiān)裳:把衣裳提起来。裳,下衣。

②移日:日影移动,形容时间长久。

③撷(xié):摘取。

④洒然:吃惊的样子。

【译文】

从前我年轻时跟随子瞻游玩,看到有山可以攀登,有水可以游泳,子瞻未尝不是提着衣裳走在前面。假如有好的景点却不能到达,他就会为此烦恼很久。每当他轻快地独自游玩,在山石泉水中间自由自在,采摘些林中的花,捡一些掉落在山涧中的果子,掬一捧泉水喝下去,见到的人以为他是山中神仙。天底下的乐趣无穷无尽,可只有适合心意才是快乐。当他惬意时,任何事物都无法取代这种快乐,到他已经满足时,没有不为自己的行为哑然失笑的。就好比吃饭,各种食物混杂在面前,总不过是填饱肚子后又统统化为污秽的东西。谁又能说出从中得

到了什么，又失去了什么？只求无愧于心，外人又无从责备，就让这些
得失暂且藏在心里吧。这才是子瞻能从中找到快乐的原因。

归有光

归有光简介参见卷二十一。

项脊轩记

【题解】

项脊轩是归有光故宅中的书房名。因其远祖归道隆曾居住在江苏太仓的项脊泾，所以作者就用项脊名其书房。文章叙写与项脊轩有关的家事变迁，通过几件日常琐事，表达了对祖母、母亲及妻子等已故亲人的深切怀念。文笔纡徐平淡，感情深挚动人，充分体现了归有光散文自然质朴的风格。本文是其散文代表作之一。

项脊轩，旧南阁子也。室仅方丈，可容一人居。百年老屋，尘泥渗漉①，雨泽下注，每移案顾视，无可置者。又北向不能得日，日过午已昏。余稍为修葺，使不上漏；前辟四窗，垣墙周庭②，以当南日，日影反照，室始洞然。又杂植兰桂竹木于庭，旧时栏楯③，亦遂增胜。借书满架，偃仰啸歌④，冥然兀坐，万籁有声。而庭阶寂寂，小鸟时来啄食，人至不去。

三五之夜⑤，明月半墙，桂影斑驳，风移影动，珊珊可爱。然余居于此，多可喜，亦多可悲。

【注释】

①渗漉(lù)：渗漏。

②垣墙周庭：院子周围都砌上墙。

③栏楯(shǔn)：栏杆。

④偃仰：俯仰。指从容自得。啸歌：长啸歌吟。

⑤三五之夜：阴历每月十五日的夜晚。

【译文】

项脊轩，就是原来的南阁子。阁子仅一丈见方，可容一个人居住。这是座百年老屋，每次下雨时，雨水就和着泥土从屋顶墙头向下渗漏，我常不得不移动书桌，但环顾小屋，却找不到适宜安置书桌的地方。此外，屋子又是朝北的，见不到太阳，正午一过，屋里就变得昏暗了。我对老屋作了一些修补，使得屋顶不再漏雨；在南面开了四扇窗户，院子周围都砌上墙，以挡住南面射来的日光，并把日光反射过来，屋里也就变得亮堂了。我还在庭院里种上了兰草、桂树、竹子等，旧时的栏杆也因此平添了几分光彩。老屋里，书籍满架，我俯仰从容，长啸歌吟。有时，我就坐在屋里，静听屋外的声响。庭院里静悄悄的，时而会有几只小鸟飞来觅食，当人走到它们面前时，它们也并不飞走。每逢十五的夜晚，月光照着桂树，在墙上投下斑驳的树影，轻风一吹，树影便随之摇曳，那景致美妙极了。然而我住在这里，欢乐多，忧伤也多。

先是，庭中通南北为一。迨诸父异爨①，内外多置小门墙，往往而是。东犬西吠，客逾庖而宴，鸡栖于厅。庭中始为篱，已为墙，凡再变矣。家有老妪，尝居于此。妪，先大母婢也。乳二世，先妣抚之甚厚。室西连于中闺，先妣尝一至，妪每谓予曰："某所，而母立于兹。"妪又曰："汝姊在吾怀，呱呱而泣。娘以指叩门扉曰：'儿寒乎？欲食乎？'吾从板外相为应答。"语未毕，余泣，妪亦泣。

【注释】

①异爨(cuàn)：意即各起炉灶。爨，烧火做饭。

【译文】

先前，这院子是南北相通的。等到伯父叔父们分居以后，就在院墙上开了许多小门，到处都是。东边的狗跑到西边叫，客人吃饭得越过厨房，堂屋里还养着鸡。院子刚开始是扎的篱笆，后来才垒了墙，总共变动了两次。我家原来有一位老妇人，曾住在这里。她是我已故祖母的婢女，先后给两代人做过奶妈，我母亲在世时待她非常好。这屋子与西边内室相连，母亲来过一回。老妇人常常对我说："某个地方，你母亲曾经站在这里。"她还说："你姐姐在我怀里哇哇地哭，你母亲就用手指敲着门板，说：'孩子是冷吗？想吃饭了吗？'我隔着门与你母亲互为应答。"老妇人话还没有讲完，我就哭了，她也禁不住哭起来。

余自束发读书轩中①，一日大母过余曰："吾儿，久不见若影，何竟日默默在此，大类女郎也？"比去，以手阖扉，自语曰："吾家读书久不效，儿之成，则可待乎？"顷之，持一象笏至②，曰："此吾祖太常公宣德间执此以朝③，他日汝当用之。"瞻顾遗迹，如在昨日，令人长号不自禁。

【注释】

①束发：古人以十五岁为成童之年，要把头发束起来盘到头顶。

②象笏(hù)：象牙制的手板，上朝时，可在上面记事以备遗忘。

③太常公：指夏昶，字仲昭，昆山人。永乐时中进士，官太常寺卿。
宣德：明宣宗年号(1426—1435)。

【译文】

我从十五岁起，就在这轩中读书。一天，祖母过来看我，对我说："孩子，好久没见到你的人影了，为什么整天都不出声地坐在这里，像个女孩子似的。"离开时，她双手轻轻地将门关上，还自言自语道："咱们家好久都没有人因为读书而取得功名，这孩子该有指望了吧?"过了一会儿，就见她手里拿着一个上朝时用的玉制手板，对我说："这是我的祖父太常公在宣德年间上朝时用的。以后，你会用上的。"每当我看到这些遗迹，就好像是昨天发生的事，忍不住要放声痛哭。

轩东故尝为厨，人往从轩前过。余扃牖而居①，久之，能以足音辨人。轩凡四遭火，得不焚，殆有神护者。

【注释】

①扃牖(jiōng yǒu)：关窗。扃，关闭。牖，窗户。

【译文】

项脊轩的东边，原来曾是厨房，人们来去都要从轩前经过。我关着门窗住在这里，时间一长，都能从脚步声辨出每一个人来。此轩总共遭过四次火灾，但都没有被烧毁，我想可能是有神保佑吧。

项脊生曰①：蜀清守丹穴，利甲天下，其后秦皇帝筑女怀清台②。刘玄德与曹操争天下，诸葛孔明起陇中③。方二人之昧昧于一隅也④，世何足以知之? 余区区处败屋中，方扬眉瞬目⑤，谓有奇景。人知之者，其谓与陷井之蛙何异⑥!

【注释】

①项脊生：归有光自称。

②"蜀清守丹穴"几句：《史记·货殖列传》："巴寡妇清，其先得丹穴，而擅其利数世，家亦不訾。清，寡妇也，能守其业，用财自卫，不见侵犯。秦皇帝以为贞妇而客之，为筑女怀清台。"蜀清，四川一寡妇名清。丹穴，朱砂矿。秦皇帝，秦始皇。

③陇中：丘垄、田埂之中，指孔明隐居隆中。陇，通"垄"。

④昧昧：昏暗。意即不为人所知。

⑤扬眉瞬目：形容得意的样子。瞬目，眨眼。

⑥陷井：当为"埳（kǎn）井"，今作"坎井"，意即坏井、废井。《庄子·秋水》："子独不闻乎坎井之蛙乎。"

【译文】

项脊生说，四川有一个名为清的寡妇，开了一座朱砂矿，由此获利，富甲天下，后来秦始皇为她筑了一个女怀清台。刘备与曹操争雄天下时，诸葛孔明起于垄亩之中。然而当初这两个人默默无闻偏居一隅时，世人哪里知道他们呢？我一个区区小人物，住在这破败简陋的屋子里，却得意洋洋，说以后会有奇景出现。别人如果知道了，岂不要说我与废井中蛙没什么两样！

　　余既为此志，后五年，余妻来归①。时至轩中，从余问古事，或凭几学书。吾妻归宁②，述诸小妹语曰："闻姊家有阁子，且何谓阁子也？"其后六年，吾妻死，室坏不修。其后二年，余久卧病无聊，乃使人复葺南阁子，其制稍异于前。然自后余多在外，不常居。庭有枇杷树，吾妻死之年所手植也，今已亭亭如盖矣。

【注释】

①归：出嫁。

②归宁：回家省亲。指已出嫁女子回娘家。

【译文】

我立下了志向后，又过了五年，妻子嫁到了我家里来。她经常来到轩中，向我问一些古代的事情，或者靠在书桌上学写字。妻子到娘家去，回来后就跟我复述她妹妹们的话："听说姐姐家有个阁子，到底什么是阁子呢？"六年之后，妻子故去，屋子坏了，我也无心修补。又过了两年，我因久病卧床，无所事事，就找人对南阁子做了一些修补，建筑样式同以前略有不同。但之后，我多数时间都在外漂游，难得在阁里一住。院子里长着一棵枇杷树，是我妻子在死去那年亲手栽种的，如今它已挺拔玉立、枝繁叶茂，宛若一把伞似的。

姚鼐

姚鼐(1732—1815)，字姬传，号惜抱，世称惜抱先生，安徽桐城人，清代著名散文家。乾隆进士，官至刑部郎中，任四库馆纂修官，主讲江宁、扬州等地书院凡四十年。治学以经为主，兼及子史、诗文，为桐城派领袖。其著作有《惜抱轩全集》《九经说》等，还编有《古文辞类纂》《五七言今体诗钞》。

仪郑堂记

【题解】

这是曾国藩《经史百家杂钞》中最后一篇选文，亦是曾氏所选的唯一一篇清人文章。

"仪郑堂"是姚鼐弟子孔㧑约为表达自己对东汉郑康成的仰慕而为自己居室取的名字。姚鼐作这篇文章称颂孔㧑约继承郑康成传儒家经典六艺之学的志向，并对如何作学问，如何继承我国丰富的文化遗产提出了精辟的见解。

"六艺"自周时①，儒者有说：孔子作《易传》②，左丘明传《春秋》③，子夏传《礼·丧服》④。《礼》后有《记》⑤，儒者颇哀取其文⑥。其后,《礼》或亡而《记》存,又杂以诸子所著书,是为《礼记》⑦。《诗》《书》皆口说⑧,然《尔雅》亦其传之流也⑨。当孔子时,弟子善言德行者固无几,而明于文章制度者,其徒尤多。及遭秦焚书,汉始收辑,文章制度,举疑莫能明,然而儒者说之,不可以已也。汉儒家别派分,各为峚门。及其末造⑩,郑君康成总集其全⑪,综贯绳合,负闳洽之才⑫,通群经之滞义⑬,虽时有拘牵附会,然大体精密,出汉经师之上;又多存旧说,不掩前长,不覆已短。观郑君之辞,以推其志,岂非君子之徒笃于慕圣,有孔氏之遗风者与?

【注释】

①六艺:汉以后指儒家的六部经典,即《诗》《书》《礼》《乐》《易》《春秋》。

②《易传》:《易》即《周易》,又称《易经》,是古代卜筮之书。《易传》是《周易》的组成部分,是儒家学者对《周易》所作的各种解释,据传是孔子所作,不足信。

③左丘明:春秋时期鲁国人,曾任鲁国太史,与孔子同时或稍后,相传《左传》为其所编写。

④子夏:春秋时期卫国人,孔子弟子,长于文学,曾为《诗》作序,为《易》作传。

⑤《记》:解释经传的文字叫"记",这里专指解释《礼经》的文字。

⑥裒(póu):聚集,引申为众多。

⑦《礼记》:西汉人戴圣编定,共 49 篇,采自先秦旧籍。有汉郑玄《注》及唐孔颖达《正义》。亦称《小戴记》,以别于戴德《记》85 篇(称《大戴礼》)。

⑧《诗》:即《诗经》。《书》:即《尚书》,是现存最早的关于上古时典

　　章文献的汇编,儒家经典之一,相传曾经孔子编选,其中也保存
　　了商及西周初期的一些重要史料,有今、古文之别。

⑨《尔雅》:相传为周公所撰,或谓孔子门徒解释六艺之作,盖系秦
　　汉间经师缀辑旧文,递相增益而成,不出于一时一人之手。《汉
　　书·艺文志》著录20篇,今本3卷19篇。

⑩末造:末世,近于衰亡的时期。

⑪郑君康成(127—200):即郑玄,字康成,东汉高密(今属山东)人。
　　游学十余年,回乡后聚徒讲学。因党事禁锢,刻意研经,合今古
　　文而集经学之大成。西汉儒生大都专治一经,郑玄主张博通,遍
　　注五经,并著有《天文七政论》等书。

⑫闳洽:渊博通达。闳,高,大。洽,广博。

⑬滞义:晦涩难懂的含义。

【译文】

　　从东周时开始,儒家学者就对六艺进行研究、解释:孔子作《易传》,
左丘明为《春秋》作解释,孔子的弟子子夏解释《礼·丧服》。《礼》以后
也有解释它的文字《记》,许多儒家学者取《记》中的文章来学习。在以
后,《礼》可能失传了,而《记》却保存了下来,又掺进了诸子所写的书,这
就成为《礼记》。《诗》《书》都是口头讲解的,但《尔雅》也是解释六艺的
一本书。在孔子传道授业的时代,他的弟子中虽然没有几个善于讲解
德行的人,但熟悉文章制度的人却很多。秦始皇时,古籍遭到了被焚毁
的厄运,汉朝时才开始重新收辑,但文章制度中有许多疑问已难以明
了,即使如此,儒家学者仍然坚持不懈地研究。汉代的儒家学者,或自
成一家,或自创一派,各自专门研究六艺中的一经。到汉末,郑康成集
六艺研究之大成,将其综合贯通,依靠自己渊博通达的学问,遍释六经
之中晦涩难懂的文字,虽然在一些方面有牵强附会之嫌,但大体上是精
确缜密的,高出于汉代其他的经师;而且保存了许多前人成果,不埋没
前人的长处,也不遮掩自己的短处。根据郑康成的著作以推断他的志

向,难道不是君子之徒坚定虔诚地仰慕圣学,具有孔子的遗风吗?

　　郑君起青州,弟子传其学既大著。迄魏王肃驳难郑义①,欲争其名,伪作古书,曲传私说,学者由是习为轻薄。流至南北朝,世乱而学益坏。自郑、王异术,而风俗人心之厚薄以分。嗟夫! 世之说经者,不蕲明圣学诏天下②,而顾欲为己名,其必王肃之徒者与! 曲阜孔君㧑约③,博学,工为词章④,天下方诵以为善,㧑约顾不自足,作堂于其居,名之曰"仪郑",自庶几于康成⑤,遗书告余为之记。㧑约之志,可谓善矣。

【注释】

①王肃(195—256):三国时魏东海郡人,字子雍,官至中领军加散骑常侍。

②蕲(qí):通"祈"。求。诏:教导。

③孔㧑(huī)约:孔广森,字众仲,一字㧑约,清代曲阜人,孔子六十八代孙。乾隆三十六年(1771)进士。曾受业于戴震、姚鼐,专力经史小学,尤精《三礼》及《公羊春秋》,宗汉郑玄,著有《春秋公羊通义》《大戴礼记补注》等。

④工:擅长。

⑤庶几(jī):相近,差不多。

【译文】

郑康成起自青州,他的弟子们将他的学问传播开去,使之闻名于世。到三国时,魏国王肃驳斥非难郑康成的学问,欲与郑氏争胜,伪托孔安国造假书以佐证自己的学说,学者的习气自此轻薄起来。影响到南北朝,世道大乱而学风更加不堪。从郑、王二人各持不同的学说,可以清楚地看到风俗人心的厚薄。哎！世上解释、宣扬儒家经典的人，如不求阐明圣门之学，以教导天下百姓，而只顾宣扬自己的名声，那么他一定是王肃的门徒！曲阜孔㧑约，学问渊博，擅长诗词文章，天下都在称颂已做到极致。而㧑约并不自满，在自己的住所建造一堂，命名为"仪郑"，自己希望能向郑康成看齐，写信给我，请我为"仪郑堂"作记。㧑约的志向，可说是太好了！

昔者圣门颜、闵无书①，有书传者或无名，盖古学者为己而已。以㧑约之才，志学不怠，又知足知古人之善，不将去其华而取其实，扩其道而涵其艺②，究其业而遗其名，岂特词章无足矜哉③！虽说经精善，犹末也。以孔子之裔，传孔子之学，世之望于㧑约者益远矣。虽古有贤如康成者，吾谓其犹未足以限吾㧑约也。

【注释】

①颜、闵：指颜回、闵子骞，春秋鲁人，孔子弟子。

②涵：包容。艺：技艺。

③特：只是。

【译文】

昔日孔门弟子颜回、闵损没有留下著作，有的著作虽然流传下来都无署名，或许就是因为古时的学者只是为一己之修养罢了。以㧑约的才学，立志学而不倦，又明了要充分认识古人留下的文化遗产的精华，如不去掉其中浮华部分而汲取其真正的成果，发扬其中的真理又吸纳其治学方法，探究其学业又舍弃其虚名，那么，只是学了他们的诗词文章这些皮毛是不值得夸傲的！这样，即使阐释经书再怎么精确完善，仍是末流。作为孔子后裔，来传承孔子的学说，世人都寄望㧑约能走得更远。虽然前有郑康成这样的贤明之士,在我看来,他也不足以阻止拗约取得更大的成就!

乾隆四十五年春二月,桐城姚鼐记。

【译文】

乾隆四十五年春二月,桐城姚鼐记。

中华经典名著
全本全注全译丛书
（已出书目）